BASTEI LÜBBE

Von Diana Beate Hellmann sind bei Bastei Lübbe Taschenbücher lieferbar:

11 478 Zwei Frauen
12 522 Laras Geschichte
14 559 Das Kind, das ich nie hatte
61 524 Ich fang noch mal zu leben an
66 387 Leben ohne Alkohol
61 617 Aus Liebe zu ihm

Über die Autorin:

Diana Beate Hellmann, 1957 in Essen geboren und dort aufgewachsen, erkrankte als Mädchen an Leukämie. In ihrem Weltbestseller ZWEI FRAUEN (1989), der auch erfolgreich verfilmt wurde, erzählt sie, wie sie diese tückische Krankheit besiegte. Auf vielen Lesereisen und durch ihren Einsatz für krebskranke Kinder hat sie anderen Menschen Mut und Hoffnung gegeben. Diana Beate Hellmann lebt seit 1994 in Los Angeles, USA, wo sie sich unter anderem in der Hospiz-Bewegung engagiert hat.

Diana Beate Hellmann

ZEIT DER FREUNDINNEN

Roman

BASTEI LÜBBE

BASTEI LÜBBE TASCHENBUCH
Band 15 828

1. Auflage: März 2008

Bastei Lübbe Taschenbücher in der Verlagsgruppe Lübbe

Originalausgabe

Textredaktion: Britta Siepmann
Titelillustration: getty-images/altrendo images
Umschlaggestaltung: Gisela Kulowatz
Satz: Urban SatzKonzept, Düsseldorf
Druck und Verarbeitung: Ebner & Spiegel, Ulm
Printed in Germany
ISBN 978-3-404-15828-7

Prolog

Am Tag davor war ihre Welt noch in Ordnung.

Es war Dienstag, der 27. September 2005, 18.46 Uhr, genau vierundzwanzig Stunden vorher. Charlotte Henson fuhr wie jeden Abend ihren Wagen in die Garage und schaltete den Motor ab. Will war noch nicht zu Hause. Dienstags hatte er immer noch spät einen Schüler, und Charlotte ärgerte sich jede Woche darüber.

Sie hasste ihren Beruf, war aber gezwungen, bei *Cohen, Clark & Danner* zu bleiben, weil ihr Mann sich für ein paar Dollar die Stunde als Musiklehrer verdingte. Er war nicht bereit, etwas anderes zu machen, da ihn seine Arbeit »erfüllte«. In ihren Augen warf er dabei Perlen vor die Säue. Will hatten mal alle Möglichkeiten offengestanden, er hätte Karriere machen können.

Charlotte stieg aus dem Wagen und öffnete die Tür, die von der Garage in die Küche führte. Sie quietschte. Sie quietschte, wie sie am Morgen gequietscht hatte, vor drei Tagen, vor zwei Wochen. Will hatte das also immer noch nicht in Ordnung gebracht, und im Grunde wunderte Charlotte sich nicht darüber, denn es war mit der Tür genauso wie mit allem anderen auch: Wenn sie sich nicht selbst darum kümmerte, wurde nichts daraus.

Es war still im Haus. Die Kinder, die sie so gern gehabt hätten, waren ihnen versagt geblieben. Sie hatten nicht einmal ein Haustier. Will war allergisch gegen Katzenhaare. Charlotte hatte Angst vor Hunden. Vögel und Fische mochten sie beide nicht, und Tiere wie Hamster oder Kaninchen waren eher etwas für Kinder, und die hatten sie ja nicht.

Charlotte stellte ihre Handtasche auf den Küchentisch und

atmete tief durch. Zumindest wohnten sie in einem schönen Haus. Eigentlich war es sogar eine Villa mit einem Swimmingpool und einem Steingarten. Vom Küchenfenster konnte man über die schroffen Felsen des Malibu Canyon blicken, und von der Dachterrasse sah man den Pazifik.

Millionen Menschen träumten davon, so zu leben. Für das Ehepaar Henson hatte sich dieser Traum erfüllt, und darauf durften sie stolz sein. Charlotte dachte mal wieder, dass sie eigentlich dankbar hätte sein müssen, da läutete das Telefon.

Ihr Blick verfinsterte sich. Sie wusste, wer anrief; sie brauchte den Hörer gar nicht abzunehmen. Sie war zehn Minuten später als gewöhnlich nach Hause gekommen, und das durfte sie sich nicht erlauben, zumindest nicht, ohne vorher ausdrücklich darauf hingewiesen zu haben, dass es möglicherweise etwas später werden könnte.

Das Telefon läutete viermal, fünfmal, der Anrufbeantworter schaltete sich ein.

»Sie sind mit dem Anschluss 310 469–4763 verbunden. Bitte sprechen Sie nach dem Signalton!«

Charlotte ballte die Hände unwillkürlich zu Fäusten. Die Stille am anderen Ende der Telefonleitung war ihr vertraut. Sie währte nicht lange, dann legte der Anrufer auf.

»Typisch!«, stellte sie ärgerlich fest.

Sie ging in den Korridor, zog ihre Kostümjacke aus und hängte sie sorgfältig über einen der Messingbügel, die ihre antike Garderobe zierten. Dann bearbeitete sie die Jacke in aller Ruhe mit einer Flusenrolle. Das machte sie jeden Abend, um ihre Sachen nicht so häufig in die Reinigung geben zu müssen.

Charlotte liebte es, Geld zu sparen wie Geld zu verdienen. Sie liebte Geld, das war es wohl. Sie liebte es so sehr, dass sie dafür einen ungeliebten Beruf ertrug – tagaus, tagein, jahraus, jahrein.

Sie hatte nie Jura studieren wollen. Ihre Mutter hatte das gewollt, und Charlotte hatte sich von ihr überreden lassen, genau wie später auch dazu, den Job bei *Cohen, Clark & Danner* anzunehmen. Diese verhasste Stelle, von der sie vor zweiundzwanzig Jahren geglaubt hatte, sie sei nur etwas für den Übergang, das Sprungbrett zu einer großen Karriere.

Charlotte riss die obere Lage der Flusenrolle herunter, knüllte das Papier in der Hand zu einer Kugel zusammen und warf es auf dem Weg ins Wohnzimmer in den Abfalleimer.

Sie musste sich um ihre Pflanzen kümmern, das sah sie sofort. Sie standen nicht richtig, vermutlich, weil Will sie am Morgen von der Fensterbank genommen und nach dem Lüften lieblos wieder zurückgestellt hatte. Er hatte kein Auge für solche Dinge. Wieder klingelte das Telefon. Charlotte hätte am liebsten laut geschrien.

Stattdessen atmete sie tief durch. Nur mit der Ruhe, schließlich hatte sie auch ein eigenes Leben und lebte nicht nur für andere.

Der Himmel über Malibu färbte sich golden, und dieses Schauspiel der Natur war berückend schön. Charlotte beschloss, den Sonnenuntergang zu genießen, gleichgültig, was sie jetzt gleich wieder zu hören bekam.

Schließlich griff sie aber doch nach dem Telefon und rief ihre Mutter an. Das machte sie jeden Abend, damit Trudy sich nicht sorgte. Aus dem gleichen Grund telefonierte sie morgens mit ihr, wenn sie in der Kanzlei eintraf, und mittags, wenn sie vom Essen in die Kanzlei zurückkehrte.

Ihre Mutter sorgte sich schnell. So war sie auch an diesem Dienstag schon beunruhigt, weil ihre Tochter nicht zu der üblichen Zeit anrief.

»Ich hatte gerade schon –«

»Zehn Minuten, Mama«, fiel Charlotte ihrer Mutter aufgebracht ins Wort. »Ich war im Supermarkt und habe das Abendessen für morgen bestellt, und das hat zehn Minuten gedauert.«

Wiltrud Brock war überzeugt, dass das nicht stimmte. Der Anruf ihrer Tochter war wesentlich länger überfällig gewesen, doch war das inzwischen nebensächlich.

»Du hast Essen bestellt?«, fragte sie in hörbar missbilligendem Tonfall. »Gehen wir denn morgen nicht aus?«

Charlotte hatte am nächsten Tag Geburtstag. Sie wurde siebenundvierzig, und zu Trudys Entsetzen wollte sie offenbar zu Hause feiern.

»So ist es, Mama. Ich will keinen –«

»Aber –«

»Ich will keinen Stress haben!«

Charlotte hatte das alles von langer Hand geplant. Sie würde früher Feierabend machen und ihre Mutter um halb sechs zu Hause abholen.

»Hörst du, Mama? Um halb sechs, nicht um halb sieben! Nicht, dass du nicht fertig bist, wenn ich komme!«

Auf dem Weg von Santa Monica nach Malibu würden sie dann kurz am Supermarkt vorbeifahren und das Essen abholen.

»Mama?«

Trudy schwieg bewusst länger als nötig. Sie war nicht nur enttäuscht, sondern fühlte sich beinahe persönlich angegriffen. Für sie war ein Fest nur dann gelungen, wenn man es in einem Restaurant feierte. Deshalb hatten sie es bisher auch immer so gehalten.

Schon als Charlotte noch ein ganz kleines Mädchen gewesen war, hatte Trudy jedes Jahr irgendwo einen Tisch bestellt und die Bedienung informiert, dass ihre Tochter Geburtstag hatte. In diesen Fällen gab es den Nachtisch gratis, und der bestand zumeist aus einem kleinen Kuchen, der in der Mitte mit einer brennenden Kerze geschmückt war. Wenn er serviert wurde, versammelten sich sämtliche Kellner am Tisch und sangen *Happy Birthday.*

Charlotte hatte Mühe, sich zu beherrschen.

»Als ob es darum gehen würde!«, raunzte sie ihre Mutter an.

Solange sie zurückdenken konnte, hatte ihr Geburtstagsessen aus einem Teller Salat und ein paar Bissen trockenem Kuchen bestanden. Der Rest des Essens wurde traditionell mit nach

Hause genommen, damit ihre Mutter die nächsten zwei Tage nicht kochen musste. Und in den letzten Jahren war noch etwas anderes hinzugekommen.

»Du willst dir nur wieder das salzigste Gericht bestellen, das auf der Speisenkarte steht«, schimpfte Charlotte. »Und Will und ich können dich dann später –«

»Zu Hause zu essen ist aber doch so gar nicht festlich, Kind! Denk dran, selbst meine Eltern –«

»Hast du deine Medikamente genommen?«

Trudy hasste es, wenn Charlotte sie nicht aussprechen ließ. Und noch mehr hasste sie, dass ihre Tochter sich in alles einmischte.

»Natürlich habe ich meine Medikamente genommen«, zischte sie. »Ich würde doch niemals wagen … das Zeug hilft ja nur nicht.«

»Weil du die Tabletten nicht regelmäßig nimmst.«

»Selbstverständlich nehme ich sie regelmäßig«, widersprach Trudy.

»Du willst mir erzählen, dass du heute pünktlich um zehn Uhr dreißig, um vierzehn Uhr dreißig und um achtzehn –«

»Es sind Vitamine, Charlotte! Ob ich Folsäure fünf Minuten früher oder später –«

»Deshalb helfen dir die Medikamente nicht. Die musst du ganz pünktlich – Und was heißt überhaupt, es sind nur Vitamine?«, wurde Charlotte plötzlich noch heftiger. »Wenn du während der Schwangerschaft zu viel Vitamin A schluckst«, belehrte sie ihre Mutter. »Nicht, dass das für mich von irgendeiner Bedeutung wäre, aber solche Dinge weiß man schließlich als gebildeter Mensch! Wenn du zu viel Vitamin A schluckst, kann es passieren …«

Trudy schloss die Augen. Sie musste sich jetzt ganz schnell etwas einfallen lassen, denn hatte ihre Tochter erst einmal das Wort Schwangerschaft ausgesprochen, war gleich wieder die *Ansprache* fällig, und in dieser Woche hatte Trudy die Ansprache bereits zweimal über sich ergehen lassen müssen.

»Ich weiß, dass Vitamin A gefährlich werden kann«, schimpfte sie deshalb schnell ins Telefon, »aber mir doch nicht, Charlotte! Ich bin fünfundsiebzig Jahre alt und krank, verdammt noch mal! Richtig krank. So krank, dass läppische Mittelchen nichts dagegen ausrichten können. Du machst dir ja gar keine Vorstellung!«, fuhr sie fort, ohne auch nur einmal zwischendurch Luft zu holen. »Hab mal ständig Rückenschmerzen und Gliederschmerzen und Gelenkschmerzen und Kopfschmerzen! Und wenn ich diese erbärmlichen Entwässerungsmittel ...«

Mit leerem Blick starrte Charlotte aus dem Wohnzimmerfenster. Tag für Tag hörte sie sich das an. Tag für Tag sang ihre Mutter das Lied von der Arthritis, der Blasenschwäche und dem Bluthochdruck, und wenn es ganz dick kam, ging es auch noch um den Stuhlgang.

An diesem Tag hatte der mal keine nennenswerten Schwierigkeiten bereitet, doch war Post gekommen, mit der Trudy nichts anfangen konnte, und das Fenster im Schlafzimmer klemmte auch wieder, danach musste Will die Tage mal schauen. Trudy wusste auch immer noch nicht, was Charlotte und Will für das Wochenende geplant hatten, ob sie wirklich wegfahren wollten.

»Es ist nicht so, dass ich es euch nicht gönne, Charlotte. Aber du weißt ja, wie unruhig ich immer bin, wenn ihr unterwegs seid. Und wenn ihr wirklich ...«

Charlotte versuchte, gar nicht hinzuhören. Draußen neigte sich ein strahlend schöner Tag seinem Ende zu. Der Himmel über Malibu färbte sich rot, und Charlotte wollte diesen traumhaften Anblick nicht nur sehen, sondern auch fühlen. Sie wollte irgendetwas fühlen, was nicht Zorn oder Frustration oder Bitterkeit war.

Dabei war ihre Welt zu diesem Zeitpunkt noch in Ordnung. Sie wusste es nur nicht. Vor allem wusste sie es nicht zu schätzen.

Bei Jodie Lang verhielt es sich ähnlich und doch ganz anders. Sie glaubte an jenem Abend, dass ihr Leben nach langer Zeit endlich wieder eine Ordnung besaß.

Es war 18.46 Uhr, am Dienstag, den 27. September 2005, genau vierundzwanzig Stunden vorher. Jodie Lang klappte das Buch zu, mit dem sie sich seit Wochen in jeder freien Minute plagte. Sie hatte genug gebüffelt. Morgen war es so weit, und dann würde sie es endlich hinter sich haben. Das hoffte sie zumindest.

Jodie lehnte sich zurück in die Polster ihres italienischen Ledersofas und schloss die Augen. Im Grunde war es empörend, dass in Kalifornien ein deutscher Führerschein nicht anerkannt wurde. Jodie hatte elf Jahre Fahrpraxis und musste jetzt trotzdem noch mal eine Prüfung ablegen, und was das Schlimmste war: Sie fürchtete sich zu versagen.

Aber vielleicht war das gut. Die Angst zu versagen schuf einen Grad von Anspannung, der sich in Konzentration umsetzen ließ, vorausgesetzt, die Anspannung wurde nicht so groß, dass sie zu Verspannung führte und jedwede Konzentrationsfähigkeit lähmte. Jodie hatte mal ein ganzes Buch über dieses Thema gelesen. Wenn sie sich recht erinnerte, hatte sie es sogar mitgebracht; es musste irgendwo stehen, sie wollte im Moment nur nicht danach suchen.

Nero bellte. Nero war der Hund von Jodies Nachbarin Abigail, ein Labrador mit einem unverkennbar hellen Anschlag. Jodie erkannte das Bellen sofort.

Sie stand auf, ging in die Küche und trat ans Fenster. Abigail und Nero kamen gerade von ihrem abendlichen Spaziergang zurück. Sie liefen immer die gleiche Strecke, die Straße hinunter zum Wilshire Boulevard, dann Richtung Meer, und anschließend ging es über die Uferpromenade wieder nach Hause.

Die *Tour de Santa Monica* nannte Abigail den Rundgang, und sie versuchte ständig, Jodie zu überreden, sich auch einen Hund anzuschaffen.

»Dann könnten wir zusammen gehen und dabei so richtig schön quatschen.«

Jodie seufzte. Sie liebte Hunde, Nero liebte sie ganz besonders. Wenn er mit Abigail im Garten war, ging Jodie häufig nach unten, um mit ihm zu spielen.

Es machte jedoch einen immensen Unterschied, ob man sich hin und wieder mit einem Tier befasste oder selbst eins hatte. Jodie wusste nicht, ob sie schon in der Lage war, eine solche Verantwortung zu übernehmen. Außerdem entwickelte man auch eine starke Bindung zu so einem Lebensgefährten, und da Hunde nicht die gleiche –

Jodie zwang sich, nicht weiter darüber nachzudenken. Es war nicht gut für sie, über solche Dinge nachzudenken, doch war es kein Wunder, dass es ihr gerade beinahe passiert war.

Den ganzen Tag hatte sie gesessen, zuerst am Schreibtisch, dann am Telefon, zuletzt auf dem Sofa. Bis mittags hatte Jodie allein gebraucht, um all die E-Mails zu beantworten, die Marvin ihr in der Nacht geschickt hatte. Das war der Nachteil, wenn man in Los Angeles arbeitete, der Arbeitgeber aber in München saß. War bei Marvin Tag, war bei Jodie Nacht und umgekehrt. Sie wusste nie, was sie morgens erwartete, wenn sie sich an den Computer setzte, und in letzter Zeit schien Marvin ihr immer mehr Arbeit aufzuhalsen.

Obwohl das einerseits gut war, weil es Jodie ablenkte, empfand sie es andererseits als ganz und gar nicht gut. Jodie wollte sich schließlich von Marvin lösen, und die räumliche Trennung war nur der erste Schritt gewesen, der einfachste.

Sich innerlich von Marvin zu befreien war wesentlich schwieriger, vor allem, wenn sie ständig miteinander telefonierten und E-Mails und Faxe austauschten.

Da konnte die Beziehung nach außen hin noch so rein beruflich wirken, der Ton, der die Musik machte, lag in den Kleinigkeiten verborgen, in dem Nachsatz einer Mail, in der Marvin ihr scheinbar beiläufig schrieb, dass er übrigens den braunen Pullover trage, den sie ihm vor zwei Jahren zu Weihnachten geschenkt hatte. Da waren diese kurzen Anrufe, die Jodie nachmittags immer bekam, kurz bevor Marvin in München schlafen ging. Dann erzählte er ihr belanglose Dinge, die getrost hätten warten können, oder wollte wissen, wo sie gerade war.

»Im Supermarkt!«

»In welchem, Jo? In dem auf der 4. Straße?«

»Bei Ralph's auf der 10. Straße.«

»Ist das der Laden, dem gegenüber das marokkanische Restaurant liegt? Erinnerst du dich? In dem wir damals bei unserer ersten gemeinsamen Reise nach Los Angeles –«

Natürlich erinnerte Jodie sich an all diese Dinge. Neun Jahre vergaß man schließlich nicht so leicht, schon gar nicht, wenn man gerade erst neunundzwanzig Jahre alt war. Nur wollte sie ja noch einmal ganz von vorne anfangen, ohne diese Erinnerungen, ohne Marvin, und wenn er –

»Mist!«, schimpfte Jodie laut und böse.

Sie war schon wieder im Begriff, über etwas nachzudenken, was nicht gesund für sie war. Sie brauchte dringend Bewegung.

Rasch lief Jodie ins Schlafzimmer. Körperliche Anstrengung war wichtig für sie, ebenso wichtig wie gesunde Ernährung. Das hielt die Depressionen im Zaum, die Angstzustände und vor allem auch die Albträume.

In München hatte ihr das niemals jemand gesagt. Da hatte man Jodie immer nur bedauert und in irgendwelche Gesprächsgruppen geschickt, oder aber man hatte ihr Medikamente verschrieben, die sie schläfrig und fett machten.

Erst der Heiler, zu dem sie sofort nach ihrem Umzug nach Los Angeles gegangen war, hatte ihr geholfen. Seither ernährte sie sich hauptsächlich von Obst und Gemüse, aß kein Fleisch mehr, nur noch mageren Fisch, und mindestens einmal am Tag ging sie für mindestens anderthalb Stunden ins Fitness-Studio. Dort stemmte sie Gewichte, radelte, pumpte sich die letzte Kraft auf dem Laufband aus dem Körper.

Das wirkte. Sie spürte, dass es wirkte. Noch ein bisschen Geduld, und Jodie würde sich fühlen, wie normale Neunundzwanzigjährige sich fühlten. Sie wusste, dass sie auf dem Weg dahin war. Sie durfte nur nicht lockerlassen. Und in diesem Moment hieß das, dass sie jetzt ganz schnell Kleidungsstücke finden musste, in denen sie sich wohlfühlte.

Es sah nicht gut aus. Jodie blickte besorgt in ihren Schrank. Die schwarze Trainingshose war zu kurz. Darin sah sie aus, als sei sie aus dem Ding herausgewachsen. Die himmelblaue Trainingshose war zu weit. Jodies Po war makellos, rund und prall und zu fünfundneunzig Prozent fettfrei, und das sah man in der Hose überhaupt nicht. Damit blieb nur noch die smaragdgrüne Trainingshose, doch zu der hatte Jodie kein passendes Oberteil. Das schwarze mit den langen Ärmeln war zwar aus dem gleichen Material, aber zu hoch geschlossen. Es drückte Jodies Busen platt, und sie quälte sich schließlich nicht täglich im Fitness-Studio, um auszusehen, als müsse sie dringend trainieren oder besser noch zu einem Schönheitschirurgen.

Seufzend entschied sie sich für das weiße Oberteil mit den kurzen Ärmeln. Das hatte zwar einen Kaffeeflecken, der in der Waschmaschine nicht herausgegangen war, doch glücklicherweise lag der strategisch günstig in Höhe des Bauchnabels. Mit ein bisschen Fantasie konnte man glauben, das solle so sein.

Die Laufschuhe standen im Korridor. Jodie schlüpfte hinein und schnappte sich ihre Sporttasche, die wie immer griffbereit neben der Eingangstür lag. Sie wollte zu Fuß zum Fitness-Studio laufen und den herrlichen Sonnenschein genießen, der laut Wettervorhersage noch eine Weile erhalten blieb.

Jodie freute sich auf die angekündigten sonnigen Tage, und das erfüllte sie mit Stolz. Nach all den Jahren gab es wieder Dinge in ihrem Leben, auf die sie sich freute, und das war nicht selbstverständlich. Es war vielmehr eine Leistung.

Niemand hatte für möglich gehalten, dass sie je wieder so weit kommen würde. Sie hatten eben alle ihren Selbsterhaltungstrieb unterschätzt. Jodie ließ sich nicht unterkriegen. Niemals. Sie plante sorgfältig und setzte ihre Vorhaben diszipliniert in die Tat um. Ihr Leben hatte vielleicht keinen Sinn, zumindest aber eine Ordnung.

Ja, genau vierundzwanzig Stunden vorher war Jodie Lang felsenfest davon überzeugt, dass ihr Leben nach langer Zeit endlich wieder eine Ordnung hatte.

1. Kapitel

Der 28. September 2005 war ein Mittwoch. Catherine sollte am nächsten Tag eine Physikarbeit schreiben, die sie auf keinen Fall wieder in den Sand setzen durfte. Isabelle war am Nachmittag zu einem Kindergeburtstag eingeladen, und ich hatte das Geschenk noch nicht eingepackt. Das waren meine einzigen Sorgen, als ich an dem Morgen nach Hause kam, was mir allerdings erst im Nachhinein bewusst wurde. Solche Dinge bemerken wir Menschen ja immer erst, wenn es schon zu spät ist. Wir leben von einem Augenblick zum nächsten und bekommen nur in den seltensten Fällen mit, wenn sich unser Leben in einem einzigen dieser Augenblicke ändert.

Als ich meinen Wagen an jenem Mittwochmorgen um Punkt 6.46 Uhr vor unserer Garage parkte, hatte ich keine Ahnung, dass die Zeit gerade zu ticken angefangen hatte. In genau zwölf Stunden sollte sich mein Leben verändern, und begreifen würde ich das erst sehr viel später. Im Moment beschäftigte mich nichts anderes als Cathys Physikarbeit und das Geburtstagsgeschenk für Britney. Und das Wetter!

Trotz der frühen Stunde war es bereits satte fünfundzwanzig Grad warm. Laut Wetterbericht würde die Temperatur während des Tages noch um einiges steigen, und das glaubte ich gern. Als ich aus dem Wagen stieg und die paar Schritte zu unserer Haustür lief, spürte ich es deutlich. Unerbittlich bahnten sich die Santa Ana-Winde ihren Weg in die Stadt; in ein paar Stunden würde die Hitze in Los Angeles unerträglich sein.

Ben öffnete mir und streckte beide Hände nach mir aus.

»Guten Morgen«, sagte er feierlich, und im nächsten Moment schloss er mich in seine Arme und sah mir tief in die Augen.

»Alles Liebe zum Hochzeitstag, Helen!«

Er küsste mich, als müsse er mich erst noch davon überzeugen, dass er der Mann meines Lebens war; dabei wusste ich das seit sechzehn Jahren.

»Dir auch!«, hauchte ich und strahlte dabei über das ganze Gesicht.

Die zehn Dollar hatten sich gelohnt! Das durfte ich nur nicht laut sagen, sonst würden die Kinder im nächsten Jahr mehr verlangen, um ihren Vater an unseren Hochzeitstag zu erinnern.

Arm in Arm gingen Ben und ich ins Haus. Der Duft von frisch gebrühtem Kaffee strömte mir in die Nase. Mein Mann hatte sogar den Frühstückstisch gedeckt.

»Ist das schön!«, rief ich angemessen begeistert aus und sank erschöpft auf den erstbesten Küchenstuhl.

Dabei hatte ich eine vergleichsweise ruhige Nacht hinter mir. Bis halb drei hatte ich mich um den Ehemann der jungen Frau gekümmert, die am Vortag bei einer Routine-Operation gestorben war, und danach die restlichen Röschen auf Britneys Tutu genäht.

Ben schenkte mir eine Tasse Kaffee ein. Es war entkoffeinierter, damit ich später nicht senkrecht im Bett saß.

»Saft?«, erkundigte er sich.

Ich schüttelte den Kopf.

»Nicht mal ein Schlückchen Orangensaft?«

Wieder schüttelte ich den Kopf, und mein Mann blickte mich mitfühlend an. Er wusste, wie sehr ich meine Nachtschichten hasste. »Leben zum Abgewöhnen« nannte ich sie, aber ich musste den Albtraum einmal im Monat für eine Woche ertragen, ob es mir passte oder nicht.

»Bellie geht heute Nachmittag zu Britneys Geburtstag, Ben. Bitte vergiss das nicht!«

»Wie könnte ich. Sie hat mich gestern schon jede Stunde daran erinnert.«

»Und Cathy hat –«

»Tennis! Gleich nach der Schule.«

»Vor allem schreibt sie morgen die Physikarbeit, und du musst wirklich mit ihr üben, sonst wird das wieder nichts. Wenn sie im neuen Schuljahr gleich wieder so anfängt, wie sie –«

»Iss doch erst mal was, Helen!«

Ich hatte keinen Hunger. Ich hatte nie Hunger, wenn ich Nachtdienst gehabt hatte, denn in unserer »Höhle«, wie wir den Aufenthaltsraum nannten, wurde ständig für Essensnachschub gesorgt. Einer bestellte Pizza, ein anderer brachte selbstgebackenen Kuchen mit, aus den Automaten wurden stetig neue Tüten Gummibärchen, Kartoffelchips, Nüsse oder Plätzchen gezogen.

»Und seit Amy ein Auge auf Kidder geworfen hat, versorgt die uns auch noch ständig mit Leckereien!«

Amy arbeitete auf der Entbindungs- und Neugeborenenstation, wo sie und ihre Kollegen mit Pralinen und feinem Gebäck überhäuft wurden. Diese Köstlichkeiten schleppte sie bei jeder sich bietenden Gelegenheit in unsere »Höhle«, denn Amy war in meinen Chef, Dr. Kidder, verliebt und überzeugt, dass der Volksmund recht hatte und Liebe durch den Magen ging.

»Die Rechnung ist aber doch schon bei Jeffrey Zuckerman nicht aufgegangen«, meinte Ben, während er sich selbst eine Tasse Kaffee einschenkte.

»Amy will ja auch nicht dazulernen«, erwiderte ich. »Sie will Ruhe in ihr Leben bringen, und das glaubt sie zu schaffen, indem sie immer wieder die gleichen Fehler macht. Sie meint, dass sie dann immerhin im Voraus weiß, was ihr blüht.«

»Ach, so sieht sie das ...«

Mein Mann nickte beeindruckt vor sich hin. Er war Professor für Verhaltenspsychologie, und kaum etwas faszinierte ihn mehr als das kranke Verhalten von Menschen, die man gemeinhin für gesund hielt.

»Das erklärt einem so vieles«, sinnierte er.

Ich hatte noch ein paar Minuten Zeit und zündete mir eine Zigarette an. Ben, der sich gerade hatte hinsetzen wollen, sprang sofort zum Küchenfenster und riss es auf. Er rauchte selbst zwar auch, doch nie im Haus, und er schätzte es überhaupt nicht, wenn ich drinnen rauchte.

Doch jetzt jagte er mich nicht nach draußen, weil ich ja Nachtdienst gehabt hatte und er sich dafür verantwortlich fühlte, dass ich mir das antun musste. Wenn er vor drei Jahren nicht krank geworden wäre, hätte ich nicht mitarbeiten müssen. Das Schuldgefühl stand ihm auch an diesem Morgen deutlich ins Gesicht geschrieben.

Ich sah die Sache ganz anders. Ich war dankbar dafür, dass der einzige Preis, den wir zahlten, darin bestand, dass Ben jetzt nur noch eine halbe Stelle hatte und ich mitarbeiten musste. Es hätte auch anders ausgehen können. Er hätte im Rollstuhl oder im Pflegeheim, wenn nicht gar auf dem Friedhof landen können.

»Hast du gestern Abend noch geschrieben?«, fragte ich, um mich selbst auf andere Gedanken zu bringen.

Mein Mann verzog das Gesicht. Er arbeitete an einem Fachbuch zum Thema Neurotizismus und wollte mit der ersten Fassung fertig sein, bevor im Oktober das neue Semester begann.

»Man kann sich schlecht auf neurokonstitutionell bedingte Wesensmerkmale konzentrieren, wenn ...« Ben spitzte die Lippen. »Cathy hat es schwer«, meinte er dann. »Das sehe ich ein, wir hatten es schließlich alle schwer, als wir vierzehn waren. Nur ... wenn dir alle paar Minuten dröhnend laut ... Gott spricht nicht mit unserer Catherine, Helen, da lag gestern Abend das Problem. Gott spricht nicht mit ihr, denn sie, Gott, scheint schwer beschäftigt zu sein.«

Ich lachte laut auf.

»Das ist ein Lied von Lindsay Lohan, Ben. Das hört sie –«

»Ich weiß«, unterbrach mich mein Mann, und dabei klang seine Stimme fast ein bisschen empört. »Hinter dem Mond lebe ich ja nun auch nicht.«

Er erklärte mir, das Lied sei schrecklich, aber das wüssten wir ja, und die Stimme dieser Lindsay sei auch schrecklich, das wüssten wir auch. Doch wäre das alles gar nichts, verglichen mit dem, was er am Vorabend hätte ertragen müssen.

»Jetzt singen sie das selber, Helen! Kaum dass du weg warst, kam Jennifer, angeblich, um mit Cathy für die Physikarbeit zu lernen. Ich hätte gleich misstrauisch werden müssen, denn sie hatte so einen Kasten dabei. Den Kasten des Grauens, wie ich ihn jetzt bezeichnen möchte.«

Ich lachte unablässig vor mich hin. Ben spielte die Rolle des weltfremden Professors mit meisterhafter Komik.

»Ein Karaoke-Gerät?«, brachte ich mit Mühe heraus.

»So nennt man das wohl«, meinte er und nahm die Pfeffermühle vom Tisch und hielt sie sich vor den Mund.

»*God won't talk to me*«, versuchte er, eine krähende, dünne Frauenstimme zu imitieren, »*I guess she's pretty busy lately . . .*«

Inzwischen konnte ich mich vor Lachen kaum noch halten und musste mir die ersten Tränen aus den Augen wischen. Dann drückte ich meine Zigarette im Aschenbecher aus und stand auf. Ich legte meine Arme um Bens Hals und sah ihm tief in die Augen.

»Ich schließe daraus, dass du mit deinen neurokonsti- . . . deinem Neurotizismus nicht weitergekommen bist?«

»Ich kam ja nicht mal mit den Neurotikern weiter«, gab er zurück.

Ich lehnte meine Stirn gegen seine.

»Wenn die Kinder nachher in der Schule sind . . .«

»Schläfst du, Helen. Mach keine leeren Versprechungen!«

Um Schlag sieben Uhr lief ich die Treppe hinauf, die ins Obergeschoss führte. Der blaue Teppichboden, mit dem der Aufgang und der angrenzende Korridor ausgelegt waren, musste dringend ersetzt werden. Das dachte ich jedes Mal, wenn ich das Dilemma im Tageslicht sah, und jedes Mal dachte ich als Nächstes, dass Ben erst einmal ein neues Auto brauchte und dass wir seit vier Jahren keinen Urlaub mehr gemacht hatten. Dann kam mir der Boden immer schon nicht mehr so erneuerungsbedürftig vor, zumal der Flur ansonsten noch einigermaßen in Ordnung war. Die Raufaser an den Wänden hatten wir erst im letzten Jahr neu gestrichen. Die Türen, die rechts und links vom Korridor in die Kinderzimmer, Bens Arbeitszimmer und unser Schlafzimmer führten, waren zur gleichen Zeit in Handarbeit abgeschliffen und anschließend neu lackiert worden.

Ich beschloss, endlich nach ein paar bunten Postern Ausschau zu halten. Wenn man die Aufmerksamkeit auf die Wände richtete, fiel der verschlissene Teppich vielleicht gar nicht mehr auf.

Isabelle war acht Jahre alt. Sie wollte Primaballerina werden oder Tierärztin – genau stand das noch nicht fest. Deshalb prangte über ihrem Bett ein lebensgroßes Plakat von Suzanne Farrell in George Balanchine's *Scotch Symphony*, während auf dem Regal daneben ein Arztkoffer stand und an die zwanzig Stofftiere gruppiert waren: Affen, Bären, Löwen, ein Igel war auch dabei.

Ich stieg über auf dem Boden verstreutes Spielzeug hinweg und setzte mich zu meiner Kleinen auf die Bettkante.

Bellie hatte Bens Gesichtszüge, die breite Stirn und die hohen Wangenknochen. Sie hatte auch die gleiche schöne Nase und die fein geschwungenen Lippen. Ihr dunkelblondes Haar zeigte einen leichten Rotstich, den man nur ausmachen konnte, wenn die Sonne darauf schien. Es war einfach ein Wunder, wie zwei winzige Zellen so miteinander verschmelzen konnten, dass daraus ein neuer Mensch entstand.

Ich legte meinen Kopf neben Isabelles auf das Kissen und drückte ihr einen Kuss auf die Wange. Daraufhin begann sie sich langsam zu regen, streckte nach einer Weile die Arme durch, dann die Beine.

»Guten Morgen, Bellie!«

Zaghaft öffnete meine Kleine die Augen und blinzelte mich an. Dann gähnte sie.

»Ist das Tutu fertig?«, fragte sie im nächsten Moment.

Ich war nicht erstaunt, dass das ihr erster Gedanke war. Britneys Geburtstag war seit Tagen die einzige Sache, die Isabelle wirklich beschäftigte. Der Rest ihres Lebens fand sozusagen nebenher statt.

»Jawohl«, meldete ich pflichtschuldig. »Das Tutu ist fertig, ich muss es nur noch einpacken.«

Schlagartig war mein Kind hellwach. »Dann kann ich es ja noch anziehen.«

Die Vorstellung behagte mir nicht. Meine Tochter würde sich nie und nimmer damit begnügen, das Kostüm nur anzuziehen. Sie wollte dann bestimmt darin durchs Haus tanzen, und Tüll und winzige Seidenröschen vertrugen es nicht gut, wenn man hier irgendwo hängen blieb und da mal eben nach dem Glas mit dem Orangensaft griff – schon bei der Vorstellung wurde mir ganz elend.

»Du hast doch dein eigenes Tutu«, sagte ich und erhob mich von Isabelles Bett und zog die Vorhänge auf.

»Das ist zu klein, Mom.«

»Trotzdem.«

»Es ist viel zu klein!«, beharrte Isabelle und setzte sich mit trotzigem Blick auf die Bettkante.

Leider hatte sie damit recht. Ihr eigenes Tutu war zu klein, sie trug es jetzt schon seit drei Jahren. Ich stöhnte innerlich auf. An Britneys Geburtstagsgeschenk hatte ich nämlich zehn Tage herumgestickt. Wenn ich Isabelle nun auch so ein Stück anfertigen würde, musste ich für Catherine ein neues Tenniskleid nähen, und das bedeutete, dass ich mindestens zwei Wochen in jeder freien Minute beschäftigt sein würde, aber trotzdem fiel es mir schwer, ihr den Wunsch nicht zu erfüllen.

»Du weißt ja, was ich immer sage, Bellie, um dich auf die Palme zu bringen: Wenn du ein ganz, ganz liebes Mädchen bist, könnte es sein –«

Der Rest des Satzes erstarb mir auf den Lippen. Catherines

Radiowecker war auf eine Lautstärke eingestellt, die ein erwachsener Mensch nicht ertragen konnte. Ich war sicher, dass sie mit diesem Getöse die halbe Nachbarschaft aufweckte, doch bisher hatte sich noch niemand beschwert. Die Leute beklagten sich nur pausenlos über Kassiopeia, die zweijährige Chihuahua-Hündin, die den Moredocks im Haus gegenüber gehörte. Das Tier fing nämlich jeden Morgen Punkt fünf nach sieben an zu kläffen, ohne dass es dafür einen triftigen Grund zu geben schien.

Ich sprang auf den Korridor hinaus, war mit einem Satz an Cathys Zimmertür und drückte die Klinke hinunter. Aber meine Große hatte wieder mal abgeschlossen.

»Mach sofort auf!«, schimpfte ich. »Cathy?«

Die Musik verstummte.

»Catherine?«

»Ja, ja«, ertönte es von innen, gefolgt von einem lauten Gähnen.

»Wie oft habe ich dich gebeten, die Tür nicht hinter dir zuzusperren? Cathy?«

Ich hörte unverständliches Gemurmel, dann Schlurfen und schließlich, wie der Schlüssel herumgedreht wurde.

Catherine war zwei Tage zuvor vierzehn Jahre alt geworden. Äußerlich war sie mein Ebenbild. Sie war fast genauso groß wie ich, knappe einssiebzig, und sie hatte den gleichen schlanken Körperbau, die kleinen Brüste, die schmale Taille, die langen Beine. Ihre Haare waren genauso blond wie meine, nur wesentlich länger. Unverkennbar hatte sie das schmale Gesicht, die wohlgeformte Nase, die großen blauen Augen und leider auch die viel zu schmal geratenen Lippen von mir geerbt. Wenn man Fotos von ihr mit Bildern aus der Zeit verglich, als ich vierzehn gewesen war, konnte man glauben, es würde sich um die gleiche Person handeln.

Ja, äußerlich waren wir einander sehr ähnlich. Innerlich hatten wir zurzeit allerdings nicht viel miteinander gemein.

Ich bemühte mich in stetem Wechsel, etwas daran zu ändern oder es hinzunehmen, mal leidend, mal verärgert. Das eine funktionierte so wenig wie das andere. Catherine hatte in ihrem Leben keinen Platz für mich. Ihre Welt bestand derzeit aus ihren Freundinnen, Lindsay Lohan, Jungen, die man cool fand, Lindsay Lohan, Musik, die man *hot* fand, Lindsay Lohan und, ach ja, dem Ärger mit den Alten, vor allem dem Ärger mit mir!

Ich öffnete die Tür und sah, wie meine Tochter auf ihr Bett zurückfiel.

»Nein!«, meinte sie, bevor ich etwas sagen konnte. »Fang jetzt nicht wieder damit an, dass ich verbrennen könnte.«

Ich zwang mich zur Ruhe. »Es kann immer mal etwas sein, Cathy. Was meinst du, wie viel Zeit man damit verschwendet, erst eine Tür einschlagen –?«

»Hat Dad dir gratuliert?«

Ich brauchte einen Moment, um diesem Gedankensprung zu folgen.

»Ja, Cathy. Danke.«

»Ich hoffe, er hat die Zettel alle eingesammelt, die ich im Haus ausgelegt habe. Wäre ja sonst echt peinlich.«

Sie gähnte und wollte wissen, ob sie denn jetzt die andere Hälfte bekäme.

»Welche andere Hälfte?«, fragte ich verdutzt.

»Na, fünf Dollar vorher, und fünf Dollar –«

»Die zehn Dollar waren für euch beide, Cathy. Fünf für Isabelle und fünf für dich.«

»Aber ich habe die Drecksarbeit doch alleine gemacht.«

»Du tust ja gerade so, als hätte ich einen Mord in Auftrag gegeben!«, erwiderte ich empört und zog die Vorhänge auf.

Catherine verzog das Gesicht.

»Einen Mord vielleicht nicht«, meinte sie. »Aber wenn du bedenkst, wie armselig es ist, dass du deinen Mann erst tausendmal –«

Sie hielt inne. Im nächsten Moment schoss sie senkrecht in die

Höhe. Das Telefon hatte geklingelt. Und das war ein Geräusch, auf das sie ebenso reagierte, wie der Pawlowsche Hund auf das Glöckchen reagiert hatte. Sie sprang auf und rannte an mir vorbei in den Korridor.

Wann immer sie zu Hause war, ging das so. Es wurden Anrufe entgegengenommen, es wurde auf Anrufe gewartet, oder aber es wurden Anrufe getätigt. Ohne Telefon konnte das Mädchen nicht existieren. Dabei fragte man sich als Erwachsener unwillkürlich, worüber da immerzu geredet wurde.

Schon auf der Fahrt zur Schule schwatzten Catherine und ihre Freundinnen ohne Unterlass. In den Pausen ging das weiter, und während der Unterrichtsstunden schrieben sie einander Zettelchen, deren vermeintlicher Inhalt dann auf dem Heimweg diskutiert wurde.

Bis zu diesem Moment konnte ich vielleicht noch folgen, zumindest, wenn ich mich bemühte. Warum diese Mädchen einander gleich wieder anrufen mussten, sobald sie zu Hause waren, leuchtete mir nicht mehr ein. Innerhalb einer halben Stunde konnten sich doch nicht täglich lebensverändernde Dinge ereignen, die sofortiger Analyse bedurften.

»Helen?« Ben riss mich aus meinen Gedanken. »Telefon!«

Amy hatte wie ich Nachtdienst gehabt, und ebenso wie ich war sie gerade erst nach Hause gekommen.

»Helen?«

»Was ist los, Amy?«

»Bist du das, Helen?«

Amy telefonierte immer nur über ihre Freisprechanlage, damit sie nebenbei noch andere Dinge tun konnte. Gerade klapperte sie mit Geschirr, während im Hintergrund der Wasserkessel pfiff und die Mikrowelle piepte. Deshalb konnte sie mich natürlich kaum verstehen und fragte noch zweimal nach, ob ich auch wirklich am Apparat sei.

»Du, ich habe ein riesiges Problem«, meinte sie dann.

Was mich überhaupt nicht erstaunte. Amy hatte immer Probleme. Sie war der gestressteste Mensch, der mir je begegnet war.

Amy Huxley war ein Jahr älter als ich; im Februar hatten wir ihren vierzigsten Geburtstag gefeiert. Verheiratet war sie irgendwann auch mal gewesen, doch das war lange her. Seit ich sie kannte, war Amy allein erziehende Mutter mit drei Kindern von mindestens zwei verschiedenen Väter, die nur unregelmäßig Unterhalt zahlten.

Schon allein deshalb war Amy immer im Stress. Sie wusste nie, wie viel Geld ihr für den laufenden Monat zur Verfügung stand, ob es genug war, um sämtliche Rechnungen zu bezahlen, oder ob es nicht mal reichte, wieder den Anwalt einzuschalten, damit der bei Gericht die Unterhaltszahlungen einforderte.

»Du hast gehört, was ich gesagt habe, Helen?«

»Du hast ein riesiges Problem, und wenn du mal für einen Moment die Teller hinstellst, verstehst du –«

»Was?

Ich wollte gerade noch mal ansetzen, als ich merkte, dass Amys Nachfrage gar nicht an mich gerichtet gewesen war.

»Das kommt nicht in Frage, Jen!«, hörte ich sie schimpfen. »Du gehst heute Nachmittag mit zu den Dreschers, und wenn – leg das weg, Ricky! Leg das sofort weg, oder ich vergesse mich!«

Amys Tochter Jennifer war Catherines beste Freundin. Sie waren in den gleichen Kindergarten gegangen und hatten einander nie aus den Augen verloren. Seit einem Jahr gingen sie gemeinsam zum Tennisunterricht und verbrachten auch sonst jede Menge Zeit miteinander, vornehmlich, um die letzten Neuigkeiten über ihren Schwarm Lindsay Lohan auszutauschen.

Amys Sohn Ricky war ein Jahr jünger als Isabelle und das, was man hinter vorgehaltener Hand ein schwieriges Kind nannte. Verwunderlich fand ich das nicht, denn Rickys vollständiger

Name war Broderick Allister Huxley, und damit hatte er von Geburt an eigentlich gar keine andere Wahl gehabt als die, sich zu einem schwierigen Kind zu entwickeln.

Amys Jüngste beteiligte sich indirekt auch noch an unserem Telefonat. Sie hieß Lineah und war erst drei, ging aber bereits seit Monaten in den Kindergarten – wie Amy sie da untergebracht hatte, wollte ich gar nicht wissen.

»Bist du noch dran, Helen?«

»Wir sollen Jennifer heute Nachmittag nach dem Tennis mit zu uns nehmen?«

»Woher weißt du, dass ich das fragen wollte?«, stieß Amy erstaunt aus, wartete aber gar nicht auf meine Antwort.

»Ricky hat mal wieder was verbockt«, ließ sie mich stattdessen wissen. »Seine Englischlehrerin will mich sprechen, was er mir natürlich gerade erst – leg das weg, Ricky! Ich warne dich zum letzten Mal!«

Lineah schrie derweil weiter, und da ihre Mutter sie jetzt offenbar auf dem Arm hielt, schrie mir das Kind mehr oder weniger ins Ohr.

»Entschuldige, Helen, aber sie hat letzte Nacht dreimal gebrochen.«

Deshalb konnte sie jetzt nicht in den Kindergarten, sodass Amy kaum eine Chance hatte, während des Tages auch nur ein, zwei Stunden Ruhe zu bekommen.

»Was bedeutet, dass ich heute Nacht auf dem Zahnfleisch gehen werde! Und das finde ich nicht gerade angenehm, wenn Dr. Kidder Nachtdienst hat.«

Amy wusste immer, wann Dr. Kidder Nachtdienst hatte. Sie schien nur nicht zu wissen, dass Dr. Kidder die Gesellschaft von philippinischen Krankenschwestern schätzte, die das fünfundzwanzigste Lebensjahr noch nicht vollendet hatten.

Vielleicht wollte Amy das aber auch nur nicht wissen. Vielleicht brauchte sie einen Traum wie Kidder, um ihr reales Leben ertragen zu können, und da ich annahm, dass genau das der Fall war, bemühte ich mich, Verständnis für sie aufzubringen.

Schichtdienst, Geldnot und Babysitter, die in letzter Minute absagten, waren auf Dauer nur auszuhalten, wenn man sich nebenher etwas gönnte. Und sich zu verlieben war der einzige Luxus, den Amy Huxley sich leisten konnte.

Es kostete kein Geld, und da sie klug war und sich immer in irgendeinen Arzt des RMC verliebte, kostete es sie auch keine Zeit. Im Gegenteil, es bereicherte ihr Leben, denn seit sie Dr. Kidder auserkoren hatte, ging sie wieder leidenschaftlich gern zur Arbeit und hatte permanent Schmetterlinge im Bauch. Das war ein tolles Gefühl. Selbst nach all den Jahren erinnerte ich mich noch daran.

Ben und ich hatten einander in Monte Carlo kennengelernt, an einem strahlend schönen Sommertag im August 1987.

So erzählten wir das gern, denn es klang nicht nur romantisch, sondern auch nach Geld und Jet-Set, und die Wahrheit war es obendrein. Rein theoretisch hätten wir sogar behaupten können, wir seien einander im Spielcasino von Monte Carlo begegnet, denn das wäre immer noch die Wahrheit gewesen – wenn auch nur mehr peripher.

Unsere Lebenswege hatten sich in der Tiefgarage des Spielcasinos von Monte Carlo gekreuzt. Ich arbeitete damals als Au-Pair-Mädchen für ein Pariser Ehepaar. Die Laboutins hatten unglücklicherweise drei schrecklich anstrengende Kinder, glücklicherweise aber auch ein Strandhaus in Nizza, in dem wir alle den Sommer verbrachten.

Am 17. August 1987 hatte ich den Nachmittag frei. Monsieur Laboutin lieh mir seinen kleinen Renault, und ich fuhr allein nach Monaco. Ich war am Vortag einundzwanzig geworden und damit endlich alt genug, um ins Spielkasino zu gehen.

Hundert Mark hatte ich in der Tasche. Die wollte ich am Roulette-Tisch mindestens verhundertfachen – mindestens! Ich spürte, dass das möglich war. Ja, das Glück war auf meiner Seite, das spürte ich an jenem Tag ganz genau.

Ben hatte ähnlich eigenartige Gefühle gehabt. Er war damals sechsunddreißig und zum ersten Mal in seinem Leben in Europa.

Seine Eltern hatten ihm die Reise ausreden wollen. Sie nannten sie die größte Dummheit, die er je begangen hatte, denn ihres Erachtens hätte er das viele Geld lieber dazu benutzen sollen, die Anzahlung auf eine eigene Praxis zu leisten. Damit er nicht irgendwann als Universitätsprofessor endete! Die verdienten schließlich nicht viel.

Ben hatte sich nicht beirren lassen. Er hatte sein Leben lang gelernt, gejobbt, studiert, gejobbt, gearbeitet und nebenher immer noch gejobbt, um seine Ausbildungsförderung abzubezahlen. Jetzt wollte er endlich mal leben und etwas von der Welt sehen.

So flog er nach London und fuhr von dort mit dem Auto bis Schottland. Er besuchte Paris und Berlin und Rom, und über Florenz und Venedig fuhr er mit dem Mietwagen nach Monte Carlo, um dort sein Glück zu versuchen.

Nach dem Gesetz der Wahrscheinlichkeit war zwar nicht davon auszugehen, dass er innerhalb von einer Sekunde all das Geld zurückgewann, das er im Verlauf der vorangegangenen viereinhalb Wochen ausgegeben hatte. Dennoch hatte er so ein eigenartiges Gefühl, als er an diesem 17. August 1987 in die monegassische Hauptstadt fuhr.

Er würde Glück haben, das wusste er. Und er glaubte fest an sein Glück, als er ins Kasino ging und zweihundert Dollar eintauschte. Er beschwor sein Glück förmlich, als er die gesamte Summe auf Rot setzte.

Schwarz gewann.

»Mademoiselle?«, rief mir eine wohlklingende Männerstimme nach, als ich in der Kasino-Garage auf die Aufzüge zusteuerte.

Ich war mir nicht sicher, ob ich darauf reagieren sollte, und tat erst mal so, als hätte ich nichts gehört.

»Mademoiselle?«, rief es da auch schon zum zweiten Mal, und ich drehte mich zaghaft um.

Mitten auf der Fahrspur, etwa zehn Meter von mir entfernt, stand ein großer, schlanker, gut aussehender Mann mit sonnengebräunter Haut und lockigem Haar.

Fragend sah er mich an.

»Sprechen Sie Englisch?«

Ich sprach Englisch, nur wusste ich ebenso wenig wie Dr. Benjamin Drescher aus Los Angeles, Kalifornien, ob die einzelnen Parkebenen des Spielcasinos noch über Zwischenebenen verfügten. Das ließ sich aber schnell herausfinden.

»Mein Wagen ist geklaut worden!«, behauptete er.

»So schnell wird nichts geklaut!«, behauptete ich.

»Aber ich weiß doch, wo ich das Auto abgestellt habe.«

»Sie haben sich bestimmt nur die verkehrte Parkebene gemerkt.«

»Stellplatz vierundvierzig auf Ebene Vier – Sie meinen, dabei könnte ich was verwechselt haben?«

Ben behielt recht. Man hatte ihm den Wagen tatsächlich gestohlen, ein Umstand, für den wir dem Schicksal und den Autodieben im Nachhinein zutiefst dankbar waren.

Zwei Jahre später heirateten wir, zwei weitere Jahre später kam Catherine zur Welt. Das Haus in Studio City kauften wir kurz nach ihrer Geburt, und es war eigentlich viel zu groß für uns, und vor allem auch viel zu teuer.

Daran hatte sich bis heute nur insofern etwas geändert, als dass das Haus inzwischen nicht mehr zu groß für uns war. Zu teuer war es nach wie vor. Dafür sorgten schon die Kinder.

Die brachte Ben am Morgen des 28. September 2005 um kurz nach acht in die Schule.

Catherine und Isabelle gingen in dieselbe Schule, die *Emerson,* und die war der Grund dafür, warum es bei uns so häufig Nudeln und Spiegeleier gab. *Emerson* war eine Privatschule. Sie kostete uns für beide Mädchen schlappe fünfundvierzigtausend Dollar im Jahr, und das war leider nicht einmal ein Luxus, sondern nackte Notwendigkeit.

Die öffentlichen Schulen in der Stadt gehörten zum LAUSD, zum Los Angeles Unified School District, und der war der zweitgrößte in den USA und hatte einen denkbar schlechten Ruf. Die Klassenverbände waren riesig, die Räumlichkeiten in teilweise verheerendem Zustand, und neben chronischem Lehrermangel herrschte überall Gewalt.

Die Stadt bemühte sich zwar, diesen Zustand zu verbessern, doch bis sich erste Erfolge zeigten, konnten noch Jahre vergehen. Unsere Kinder würden dann vermutlich schon selbst Kinder haben.

Deshalb waren Ben und ich gezwungen, in den sauren Apfel *Emerson* zu beißen. Nur so war gewährleistet, dass Catherine und Isabelle eine anständige Ausbildung erhielten.

Während Ben die Mädchen zur Schule brachte, ging ich nach oben ins Schlafzimmer und zog mich aus. Im Fernsehen lief *Good Morning, America*, der Moderator berichtete gerade über die Los Angeles bevorstehende Hitzewelle. Ausgelöst wurde sie von den gefürchteten Santa Ana-Winden, einem Phänomen, das im Herbst und im Winter das Wetter in Südkalifornien bestimmte und in der Vergangenheit immer wieder zu Naturkatastrophen geführt hatte.

Wenn sich die heißen Winde mit ihrer unglaublichen Geschwindigkeit Los Angeles näherten, bestand immer akute Waldbrandgefahr. So hatten die Santa Anas im Oktober 2003 innerhalb von wenigen Tagen eine Gesamtfläche von fast dreitausend Quadratkilometern vernichtet.

Deshalb nannten viele Kalifornier sie auch die »Satanas«, die Teufelwinde. Diese Leute wollten einfach nicht wahrhaben, dass die Winde ihren Namen dem Santa Ana Canyon verdankten, in dem ihre Geschwindigkeit meistens am höchsten war. Sie wollten glauben, dass man die Rechtschreibung absichtlich verfälscht hatte, um vom Wesentlichen abzulenken. Es war einer jener verzweifelten Versuche, einem wissenschaftlichen Phänomen einen mystischen Beigeschmack zu verleihen.

Mir persönlich war ziemlich gleichgültig, warum die Santa Ana-Winde hießen, wie sie hießen, und eigentlich hatte ich sie auch gern. Ich liebte die Hitze, die sie mit sich brachten, und vor allem schätzte ich, dass sie die Luft reinigten. Sie wirbelten den Staub erst auf, peitschten ihn dann aber aus der Stadt aufs Meer hinaus, und danach wirkte Los Angeles immer so klar und so rein, blitzblank wie eine frisch gescheuerte Küchenspüle.

Während im Hintergrund der Fernseher lief, ließ ich mir ein Bad ein und putzte meine Zähne. Leider half das überhaupt nicht, meine Zunge fühlte sich nach wie vor pelzig an. Mein ganzer Körper wirkte wieder mal verkümmert.

Meine Haare fielen mir normalerweise in weichen Wellen bis auf die Schultern. Jetzt hingen sie strähnig hinunter, wirkten dünn und kraftlos.

Meinen Augen fehlte nicht nur jeder Glanz, sie sahen mit ihren vielen geplatzten Äderchen und den tiefbraunen Schatten um sie herum auch aus, als sei ich unlängst in eine Schlägerei verwickelt gewesen.

Meine Haut dürstete so sehr nach Feuchtigkeit, dass sich die Poren weit geöffnet hatten, als schrie jede einzelne von ihnen um Hilfe.

Und das waren nur die Dinge, die ich im Spiegel sah. Was

ich nicht sah, nur fühlte, war eigentlich noch schlimmer. Ich hatte Mühe, Haltung anzunehmen, wie meine Mutter das genannt hatte, als ich noch ein Kind gewesen war. »Kopf hoch! Schultern runter! Brust raus!« – diese Maßregelung zu befolgen war im Moment ein Ding der Unmöglichkeit für mich. Meinen Muskeln fehlte einfach die Kraft, meine Knochen zu stützen, und in meinen Eingeweiden rumorte es ohne Unterlass. Abgenommen hatte ich auch wieder. Es war jeden Monat das gleiche Elend.

Kaum jemand weiß, was es für den menschlichen Körper bedeutet, rotierende Nachtschichten zu schieben. Alle vier Wochen riss ich meine Organe für eine Woche aus ihrer Routine und zwang mich, tagsüber zu schlafen und nachts wach, möglichst sogar munter zu sein.

Doch der Körper ließ sich nicht einfach umschalten. Der Mensch ist dazu konzipiert, im Vierundzwanzig-Stunden-Takt zu existieren. Nimmt man ihm seinen normalen Rhythmus, spielt er verrückt. Appetit und Verdauung geraten aus dem Takt. Bleierne Müdigkeit macht sich in den Gliedern breit, und man hat ein konstantes Gefühl von Abgeschlagenheit, weil man tagsüber niemals so tief wie nachts schlafen kann und sich deshalb auch kaum dabei erholt. Viele Menschen, die im Schichtdienst arbeiten, leiden zudem unter chronischen Kopfschmerzen, die mir bisher glücklicherweise erspart geblieben waren. Dafür hatte ich aber regelmäßig fürchterliche Muskelverspannungen. Als ich an jenem Mittwochmorgen in die Badewanne stieg, tat mir von Kopf bis Fuß mal wieder alles weh.

Achtundzwanzig Grad Celsius meldete Los Angeles in der Zwischenzeit. Der Wettermann im Fernsehen behauptete, bis zum Mittag sollten die Temperaturen auf zweiunddreißig bis vierunddreißig Grad ansteigen, und ich seufzte.

Es hätte alles so schön sein können.

Wenn der blöde Nachtdienst nicht gewesen wäre, hätten Ben und ich jetzt gleich zum Strand fahren können. Es gab da in Venice dieses hübsche Restaurant. Catherine behauptete, die Pizza sei die mit Abstand beste in der Stadt, und gleich daneben war ein Fahrradverleih. Die hatten auch Tandems, und wenn die blöde Nachtschicht nicht gewesen wäre ... ich hatte eine Idee. Vielleicht ...

»Das wäre doch Wahnsinn!«, befand mein Mann, als er um Viertel vor neun nach Hause kam und ich immer noch in der Badewanne lag. »Du brauchst deinen Schlaf, Helen. Was meinst du, wie du dich morgen fühlen würdest, wenn wir heute in der Hitze durch die Gegend strampeln. Wir können unseren Hochzeitstag doch nachfeiern.«

Ben setzte sich auf den Badewannenrand, und ich blickte müde zu ihm auf.

»Die letzten beiden haben wir auch nicht nachgefeiert«, sagte ich.

»Den letzten haben wir sogar richtig gefeiert!«, widersprach Ben. »Erinnerst du dich nicht?«

Ich starrte vor mich hin.

»Ach ja«, entfuhr es mir schließlich.

An unserem fünfzehnten Hochzeitstag hatte ich Tagdienst gehabt, und wir waren nach der Arbeit zum Essen ausgegangen.

»Da bin ich am Tisch eingeschlafen, Ben! Was erklärt, warum ich mich nicht so recht daran erinnern kann!«

Mein Mann reichte mir das Badetuch und erklärte dabei feierlich: »Unsere Silberhochzeit feiern wir in Monte Carlo. Das verspreche ich dir.«

Das versprach er mir seit Jahren.

Ich wuchtete mich aus der Badewanne, als wöge ich mindestens zwei Zentner. Daran war die unnatürliche Müdigkeit schuld.

»Wenn wir Silberhochzeit haben«, stöhnte ich und griff endlich nach dem Handtuch, das Ben mir hinhielt, »dann ist Cathy dreiundzwanzig. Und Bellie ist fünfzehn. Und wenn wir Pech haben ...«

»Nun sag das doch nicht auch noch, Helen! Es gehört sich nicht, alte Männer schon am Vormittag zu deprimieren!«

Um Viertel nach neun lag ich im Bett und stellte den Timer und die Lautstärke des Fernsehapparats ein. Das Programm durfte nur ganz leise im Hintergrund laufen, und auch nur noch eine halbe Stunde lang. In der Zwischenzeit würde ich hoffentlich eingeschlafen sein, und wenn ich ganz großes Glück hatte, würde ich sogar durchschlafen.

Bis Viertel vor drei hatte ich Zeit. Dann holte Ben die Kinder von der Schule ab, und ich wollte noch kurz in den Supermarkt, bevor ich wieder zum Dienst musste. Die Vorräte in unserem Gefrierschrank hatten sich gefährlich reduziert. Ich musste am Wochenende mal wieder in rauen Mengen vorkochen, Nudelsoße beispielsweise, Möhreneintopf. Ben aß gern Gulasch, den konnte ich auch mal wieder machen. Vorausgesetzt, sie hatten gerade Fleisch im Angebot.

Ein eigenartiges Rauschen weckte mich. Zuerst glaubte ich, es mir nur einzubilden. Aber nein, da war ein stetes Rauschen von Wasser, nicht im Haus, sondern vor dem Haus, direkt unter dem Schlafzimmerfenster.

Es war vier Minuten nach zwei Uhr nachmittags. Ich kletterte aus dem Bett und versuchte herauszufinden, was da draußen los war, konnte aus dem Fenster aber nichts sehen. Also zog ich meinen Bademantel an und lief in den Korridor.

»Ben?«

Mein Mann antwortete nicht. Ich ging nach unten und sah ihn durch das Küchenfenster im Vorgarten stehen.

»Was machst du denn da?«, fragte ich und lehnte mich in den Rahmen der Haustür.

Ben hielt den Gartenschlauch in der Hand wie einen Flammenwerfer und tränkte den Rasen und die Büsche an der Hauswand, als stände eine mindestens sechzigtägige Dürreperiode bevor.

»Guck mal da oben!«, erwiderte er und wies mit dem Kopf nach hinten.

Über den Hügeln von Studio City lag dichter Rauch.

»Um Gottes willen!«

»Hat um zwölf angefangen«, sagte Ben. »Sie behaupten, es sei nur ein kleines Feuer.«

Ich schluckte und strich nahezu liebevoll über den Holzrahmen unserer Eingangstür. Wenn unser Haus in Flammen aufging, war es denkbar unbedeutend, ob ein kleines oder ein großes Feuer dafür verantwortlich war.

»Wie schnell kommt es näher?«

»Langsam«, antwortete Ben.

Trotzdem hielt er es offensichtlich für ratsam, Schutzmaßnahmen zu treffen. Aus Jux und Tollerei stand er sicher nicht mit dem Gartenschlauch in der glühenden Mittagshitze. »Ich sehe mal zu, dass ich in die Gänge komme«, erklärte ich und verzog mich wieder ins Haus.

Die Nachbarn wussten zwar, dass ich hin und wieder Nachtdienst hatte und dann tagsüber schlief, trotzdem erschien es mir nicht so ganz passend, um zwei Uhr nachmittags im Bademantel im Vorgarten zu stehen. Außerdem hasste Ben es, mich im Bademantel zu sehen – gleichgültig, ob im oder vor dem Haus.

Ich duschte und zog mich an, nahm die letzte Nudelsoße aus dem Eisschrank, damit sie langsam auftauen konnte, und schrieb mir eine Einkaufsliste. Dann machten Ben und ich uns auf den Weg, um das zu tun, was allen kalifornischen Eltern das Leben verschönerte: Wir warfen uns auf die Straße, um die Kinder zu chauffieren.

Zu Fuß konnten sie nicht gehen, denn die Entfernungen waren einfach zu groß. Mit der Straßenbahn konnten sie auch nicht fahren, da keine existierte. Den Bus hätten sie nehmen können, wenn es denn eine Busverbindung gegeben hätte. Einen Schulbus-Service bot *Emerson* auch nicht an, denn Schulbusse waren für Schüler, und *Emerson* hatte Zöglinge.

Also blieb die Fahrerei an uns hängen, und da ich früher als erwartet aufgewacht war, konnten Ben und ich uns das an jenem Mittwochnachmittag teilen. Er holte Catherine von der Schule ab, fuhr sie zum Tennisunterricht, wartete die Dreiviertelstunde und brachte Catherine und Amys Tochter Jennifer dann zu uns nach Hause, während ich Isabelle von der Schule abholte und sie nach Sherman Oaks zu den Meyers fuhr.

Herbert Meyers war ein erfolgreicher Fernsehproduzent. Zurzeit liefen auf zwei Kanälen insgesamt sechs verschiedene Serien, die alle von ihm produziert wurden, und fünf dieser Serien hatten im vergangenen Jahr begehrte Preise gewonnen. Die sechste lief gerade aus, da Herbert Meyers nicht wartete, bis ein Schiff sank, sondern es vorher selbst versenkte.

Deshalb lebte er mit Frau und Tochter auch nicht in einem schnöden Haus. Die Meyers besaßen ein Anwesen.

Von der Straße passierte man noch etwa zweihundert Meter eine von Rhododendron gesäumte Auffahrt, die in einen breiten Kiesweg überging. Dieser führte geradewegs zum Haupthaus, einem Prachtbau mit Marmorsäulen und Freitreppe.

Britney und ihre Mutter standen vor dem Portal und bildeten das Empfangskomitee. Britney war ebenso klein, zart und schwarzhaarig wie ihre Mutter Emily, und wenn das Mädchen Pech hatte, würde sie irgendwann genauso unzufrieden mit ihrem Äußeren sein, wie ihre Mutter es war, und sich dann womöglich die gleichen wuchtigen Silikonbrüste verpassen lassen.

»Wie schön, Frau Drescher! Wir haben uns so lange nicht gesehen.«

Emily Meyers fuhr ihre Tochter nie selbst zur Schule, das machten Angestellte. Emily Meyers kam auch nie zu Elternabenden oder nahm an irgendwelchen Schulveranstaltungen teil, bedauerte aber jedes Mal, wenn ich sie sah – zweimal im Jahr kam das vor –, dass sie so wenig Kontakt zu den anderen Eltern hatte.

»Wann haben wir uns das letzte Mal gesehen, Frau Drescher? Bei der letzten Gala?«

Anders konnte es gar nicht gewesen sein. Einmal im Jahr veranstaltete *Emerson* eine Gala. Das hieß, dass die Eltern der Zöglinge in Abendkleidung in der Schule erschienen und schon an der Tür Schecks ausstellten, deren Summen möglichst kongruent zu den jeweiligen Garderoben sein sollten. Hundert Dollar waren das Minimum. Die Meyers hatten letztes Jahr fünfzigtausend Dollar gespendet, sodass jetzt eine neue Schwimmhalle nach ihnen benannt war.

»Genau«, sagte ich und reichte Emily die Hand. »Sie trugen dieses traumhaft schöne korallenrote Kleid.«

Emily Meyers gab sich nicht einmal den Anschein, als würde sie überlegen. Sie besaß so unendlich viele Abendkleider, dass sie sich unmöglich an jedes einzelne erinnern konnte, schon gar nicht an eines, das sie lediglich zur Schul-Gala getragen hatte. Die Meyers besuchten ständig Partys, Bälle und Empfänge und waren berühmt für die Feste, die sie selbst ausrichteten; ihre Aktivitäten verfolgte ich regelmäßig in der Zeitung.

Britneys Geburtstag wurde auch nicht einfach so wie jeder andere Geburtstag mit primitiven Spielchen wie Topfschlagen gefeiert. Vielmehr hatten die Meyers ein Team von Unterhaltungskünstlern engagiert, das für die angemessene Animation der jungen Gästeschar sorgte. Natürlich begnügte man sich auf dieser Feier auch nicht mit Muffins und Negerküssen, sondern ließ sich das Essen von einem Catering-Service liefern, der auf die Ausrichtung von Kindergesellschaften spezialisiert war.

»Es wird ganz bestimmt schön«, sagte Emily zu mir. »Die Kinder werden großen Spaß haben.«

Davon war ich auch überzeugt, zumal man mit dem Motto

›Prinzessin für einen Tag‹ bei achtjährigen Mädchen nicht viel verkehrt machen konnte. Da mir der Kopf wahrlich nicht nach weiterem Small Talk stand, verabschiedete ich mich kurzerhand, indem ich an Bellie gewandt sagte: »Dad holt dich um halb acht ab!«

»Was?«, rief Emily entsetzt. »Sie können nicht bleiben, Frau Drescher? Ich habe doch extra ein Damenprogramm –«

»Ich muss arbeiten«, unterbrach ich sie.

»Heute noch?«

Emily Meyers lebte nicht nur in einer Villa, sie lebte auch in einer ganz anderen Welt.

Auf dem Rückweg nach Hause fuhr ich wie geplant am Supermarkt vorbei und kaufte alles ein, was ich brauchte, um unter anderem Bens heiß geliebtes Gulasch zu kochen. Es gab nämlich tatsächlich Fleisch im Sonderangebot, und das war so günstig, dass für mich selbst noch eine Tüte Pfirsichringe heraussprang. Nein, nicht die gesunden aus getrocknetem Obst! Meine Pfirsichringe bestanden aus ekelig süßem Gelee, das man zudem in Zucker gewälzt hatte, um dem ungesunden Genuss das Krönchen aufzusetzen. Sie schmeckten auch nicht wirklich nach Pfirsich, wohl aber nach irgendeiner Säure, die ein Aroma verstärkte, das man für das von Pfirsichen halten konnte, wenn man unbedingt glauben wollte, was auf der Tüte stand. Ich liebte dieses Zeug. Wenn es allein nach mir gegangen wäre, hätte ich mich ausschließlich davon ernährt, von Pfirsich-, Apfel- und Melonenringen. Nur musste ich als Mutter ja ein gutes Vorbild liefern. Deshalb aß ich das Zeug immer nur heimlich und griff vor den Kindern nach frischem Obst oder nach Nüssen.

Als ich nach Hause kam, saß Ben mit den Mädchen im Wohnzimmer. Ich hörte ihn schimpfen.

»Was ist denn daran so schwierig, Cathy? Sterne sind selbstleuchtende Himmelskörper, die aus Plasma bestehen. Und Plasma ist?«

»Gas«, knurrte Cathy.

»Gas, das freie Ladungsträger enthält«, führte Ben aus. »Und die heißen Ionen und?«

»Elektronen«, rief Jennifer.

Sie ging in eine öffentliche Schule und hatte im Bereich der Naturwissenschaften schon zweimal einen Preis gewonnen.

»Richtig«, lobte Ben. »Die freien Ladungsträger heißen Ionen und Elektronen. Und warum strahlt ein Stern, der aus Plasma besteht, Cathy? Wo entsteht die Strahlenenergie?«

Ich stellte meine Tüten auf den Küchentisch und ging dann in Richtung Wohnzimmer.

»Im Inneren des Sterns?«, rätselte unsere Tochter.

»Genau. Und wodurch entsteht die Energie?«

»Fusion?«

Ich lehnte mich an den Türrahmen.

»Kernfusion«, verbesserte mein Mann. »Leichte Atomkerne vereinigen sich zu schweren, wodurch Energie freigesetzt wird. Wasserstoff wird zu –«

»Ich kann mir das nicht merken«, kreischte Catherine verzweifelt auf und sah dabei zu mir herüber, wohl, weil sie sich von mir Verständnis erhoffte.

Ich war ja auch nicht gut in der Schule gewesen. Wenn uns zurzeit schon sonst nichts verband, so doch bitte wenigstens das!

Ich wich dem Blick meiner Tochter bewusst aus und sah meinen Mann an.

»Du kannst dir aber doch merken, dass Lindsay Duff heute Geburtstag hat«, schimpfte der.

Unsere Große erstarrte.

»Hi, Frau Drescher!«, rief Jennifer mir zu.

»Hi, Jen.«

Derweil wandte Catherine sich wieder ihrem Vater zu und meinte mit fassungsloser Stimme: »Was hast du da gerade gesagt? – Lindsay Duff? – Hast du Lindsay Duff gesagt?«

Jennifer versuchte, nicht zu lachen, kam aber nicht dagegen an.

»Was ist so komisch?«, wollte Ben von ihr wissen.

»Hilary Duff!«, meinte Jennifer. »Das ist Hilary Duff, Herr Drescher. Die hat heute Geburtstag.«

Solche Nichtigkeiten interessierten meinen Mann nicht im Geringsten, was seine Miene deutlich zur Schau trug.

»Jeder weiß das«, meckerte Cathy und verschränkte dabei enttäuscht die Arme vor der Brust. »Nur du nicht, Dad. – Lindsay ist keine Waage! Lindsay ist ein Krebs. Und sie heißt Lohan.«

Ich merkte, dass Ben sich nur mit Mühe zusammenreißen konnte.

»Krebs?«, hakte er nach. »Du kennst das Sternbild einer fremden Frau, kannst dir aber nicht – was ist denn ein Sternbild, Cathy? Woraus besteht ein Sternbild?«

»In zwanzig Minuten gibt's Essen«, fuhr ich dazwischen.

»Lenk jetzt bitte nicht ab, Helen. Ich will wissen, ob unsere Tochter überhaupt eine Vorstellung hat, worüber sie redet.«

Er begann, von Fixsternen zu reden und von der Gestalttheorie, und ich zog mich in die Küche zurück.

Die Nudelsoße musste nur noch erhitzt werden, Salat war schnell angemacht, und die Nudeln kochten von allein.

Mein Handy musste ich dringend aufladen, und Ben durfte nicht vergessen … Gott, es war bereits Viertel vor fünf. In einer Dreiviertelstunde musste ich schon wieder los.

2. *Kapitel*

Rockwell Medical Center, kurz RMC genannt, war das größte Krankenhaus im Stadtbezirk von Los Angeles.

Als ich am Spätnachmittag des 28. September 2005 die Zufahrtsstraße zum Hauptgebäude erreichte, begannen im Radio gerade die 18-Uhr-Nachrichten. Damit hatte mein Nachtdienst soeben angefangen, doch angesichts der schier endlosen Autoschlange vor mir würde es noch mindestens eine halbe Stunde dauern, bis ich das Auto geparkt hatte.

»Wo bist du?«, schimpfte Victor ins Telefon. »Vor dem Hauptgebäude?«

Er hatte die Tagschicht gearbeitet und angeblich eine wichtige Verabredung, zu der er auf keinen Fall zu spät kommen durfte.

»Meine Freundin reißt mir den Kopf ab!«

Ich entschuldigte mich damit, dass ich dieses Verkehrschaos beim besten Willen nicht hatte voraussehen können.

»Da ist nördlich von der 101 ein Feuer ausgebrochen, Vic. Deshalb haben sie einen Teil der Autobahn gesperrt, und die weichen jetzt alle –«

»Das interessiert meine Freundin einen Dreck, Helen. Wenn ich deinetwegen Schwierigkeiten bekomme ...«

Er drohte damit, mir den Kopf abzureißen oder mich zu teeren und zu federn, je nachdem, wonach ihm am Ende mehr der Sinn stehen würde.

»Du machst dir ja kein Bild, Helen. Wenn ich das heute Abend nicht mehr rechtzeitig auf die Reihe kriege ...«

Ich hörte mir sein Gejammer geduldig an, rollte aber die Augen dabei. Victors Freundin hieß Jack. Wir wussten alle, dass sie ein Mann und Victor homosexuell war. Das wollte er aber wohl nicht wahrhaben, und deshalb spielten wir alle mit. Schließlich musste jeder erst mal mit sich selbst zurechtkommen, bevor er sich der Welt stellen konnte. Irgendwann würde auch Vic so weit sein und sich outen können.

Ich beendete das Gespräch mit ihm und steckte das Handy wieder in meine Handtasche. Auf der Uhr in meinem Auto war es sechs Minuten nach 18 Uhr. Mir blieben noch vierzig Minuten, dann war es so weit. Ich hatte keine Ahnung. Da war kein dumpfes Gefühl, kein Gedanke, ich spürte nichts. Ich hörte nur, dass der Nachrichtensprecher im Radio eine Sondersendung zu den Waldbränden in Los Angeles ankündigte.

Einige Minuten später vernahm ich zu meiner großen Erleichterung, dass sie das Feuer in Studio City erfolgreich gelöscht hatten. Unser Haus war nicht mehr in Gefahr.

In Burbank, unweit der Warner Brothers Film Studios war aber inzwischen ein Brandherd außer Kontrolle geraten, und die meisten Schwierigkeiten bereitete das Feuer nördlich der 101. Die Santa Ana-Winde jagten die Flammen über die von der sengenden Sommerhitze ausgedörrten Hügel, und die Feuerwehr hatte Sorge, der Brand könne die Autobahn überqueren und Richtung Malibu treiben. Die Autobahn verband die Stadt mit dem Valley und verfügte über mehrere Knotenpunkte, von denen der Verkehr Richtung Norden, Süden und Osten geleitet wurde. Dort ging nichts mehr, da man vorsichtshalber Straßensperren errichtet hatte. Dementsprechend kam man jetzt auch auf dem Pacific Coast Highway wie auf allen anderen Umgehungsstraßen nur noch im Schritttempo voran, und entnervte Autofahrer wichen mit überhöhter Geschwindigkeit auf Schleichwege aus, was bereits zu mehreren Unfällen geführt hatte.

Das glaubte ich gern. Während der siebenunddreißig Minuten, die ich insgesamt benötigte, um zu meinem Parkplatz vorzudringen, der hinter der Notaufnahme des RMC lag, preschten auf der eigens dafür eingerichteten Fahrspur vier Notarztwagen an mir vorüber. Wir hatten also Hochbetrieb.

Ich öffnete das Handschuhfach und nahm schon mal meinen Ausweis heraus, den wir Angestellten als Hundemarke bezeichneten. Er hatte die Größe einer Kreditkarte und war auf der einen Hälfte mit meinem Passbild versehen. Auf der anderen Hälfte standen unter meinem Namen jede Menge Nummern und Buchstaben, die es einem autorisierten Menschen ermöglichten, innerhalb von Minuten meine gesamte Personalakte einzusehen.

Ich arbeitete mittlerweile seit gut drei Jahren im Traumazentrum und war zuständig für die Erstversorgung von Menschen, deren nächste Angehörige unerwartet im RMC verstorben waren, wofür das Krankenhaus selbst aber nicht verantwortlich gewesen war. Ich kümmerte mich also um die Mutter des Jungen, der auf dem Schulweg verunglückt und in der Notaufnahme seinen Verletzungen erlegen, nicht aber um die Mutter des Mädchens, das bei einer Mandeloperation gestorben war, womit man eine mögliche Mitschuld des Krankenhauses zunächst nicht ausschließen konnte.

Hauptsächlich war ich für die Erstversorgung von Angehörigen registrierter Organspender verantwortlich. Es war ein Job, den niemand haben wollte, ein Job, an den man sich nie gewöhnen durfte, ein Job … es war alles andere als ein Job. Es wurde lediglich so schlecht bezahlt wie ein Job.

Doch war es die einzige Stelle gewesen, die ich damals, nach Bens Operation, hatte finden können, die einzige, zu der ich die erforderlichen Qualifikationen gehabt hatte.

Seufzend hängte ich mir die Hundemarke um den Hals. Sie hing an einer Lederkordel, die Isabelle mir zu meinem letzten Geburtstag geschenkt hatte.

Den Kindern war ich es schuldig, arbeiten zu gehen. Unsere Mädchen sollten die Möglichkeiten bekommen, die mir versagt geblieben waren. Sie sollten in aller Ruhe erforschen, wozu sie geeignet waren und wofür sie sich interessierten, denn nur dann würden sie in der Lage sein, aus sich selbst und aus ihrem Leben das Beste zu machen. Damit es ihnen nicht irgendwann wie ihrer Mutter erging!

Die Uhr in der Halle zeigte 18.38 Uhr, als ich die Notaufnahme durch den Haupteingang betrat. Nathalie saß am Empfang.

»Du machst Triage?«, wunderte ich mich.

Es war äußerst ungewöhnlich, die diensthabende Stationsschwester am Empfang zu sehen.

»Lilly musste mal«, erklärte sie mir. »Und hier kannst du dir heute keine Pinkelpausen erlauben.«

Der Warteraum war brechend voll, und während unseres kurzen Wortwechsels strömten hinter mir bereits vier weitere Leute herein.

Sie wurden sofort von unseren freiwilligen Helfern in Empfang genommen und nach ihren Beschwerden befragt, woraufhin Nathalie die Angaben dann auswertete.

Die Atemnot mit dem Hustenreiz und den tränenden Augen bekam ein Zettelchen, auf dem eine Nummer stand, und wurde ebenso gebeten, im Warteraum Platz zu nehmen, wie der geschwollene Ellenbogen, der zwar nicht schmerzte und auch voll beweglich, aber eben geschwollen war.

Der geschwollene Knöchel, der beim Umknicken so merkwürdig gekracht hatte, wurde in einen Rollstuhl verfrachtet und in die Röntgenabteilung geschoben, und die Atemnot mit dem Druck auf der Brust legte man sofort auf eine Trage.

»Machen Sie sich keine Sorgen!«, sagte ich zu dem Mann, weil wir uns in die gleiche Richtung bewegten und er mich mit angsterfüllten Augen ansah. »Sie sind hier in den besten Händen.«

Ich öffnete die Tür, die vom Warteraum in den Triage-Bereich der Notaufnahme führte. Es war 18.42 Uhr.

Ein langer Korridor tat sich vor uns auf. Auf seiner rechten

Seite befanden sich die Verwaltung, öffentliche Toiletten und ein großer Behandlungsraum mit einer Vielzahl von Liegen, die man mit Vorhängen voneinander abtrennen konnte. Wie im Warteraum herrschte auch hier das absolute Chaos. Kinder schrien, Schwestern rannten.

Auf der linken Seite waren noch mal zwei kleinere Behandlungsräume, die ebenfalls besetzt waren. Daneben war das Büro der diensthabenden Stationsschwester, und dahinter ging es in den Hauptbereich der Notaufnahme.

Dort war der Korridor schon auffallend breiter, damit man Tragen problemlos drehen und wenden konnte. Auf beiden Seiten gab es je fünf sogenannte Buchten, Behandlungsräume, in denen Notfälle erstversorgt wurden, die einer Weiterbehandlung bedurften, beispielsweise instabile Knochenbrüche und größere Fleischwunden, alles, was zwar schwerwiegend, aber nicht akut lebensbedrohlich war.

Über dem Eingang zu Bucht 5 blinkte ein grünes Lämpchen. Hier würde man sich um den Mann mit der Atemnot und dem Druck auf der Brust kümmern; Dr. Meckelstein kam mir bereits entgegen.

»Hallo, hallo!«, begrüßte er mich mit vollem Mund und riet mir, mich zu beeilen, man habe gerade schokoladenüberzogene Paranüsse angeliefert. Ich lachte und lief auf die elektrische Tür zu, die vom Hauptbereich der Notaufnahme in den Traumabereich führte. Sie öffnete sich automatisch, und man fand sich auf einem Korridor wieder, der so breit war, dass er im ersten Moment an eine überdachte Markthalle erinnerte. Hier konnte man mehrere Tragen nebeneinander manövrieren.

Rechts war der Durchgang zum Dock, einer Großraumgarage für Ambulanzfahrzeuge. Links lagen nebeneinander Trauma 1, 2 und 3, drei große Behandlungsräume für Schwerstverletzte und Patienten in akut lebensbedrohlichem Zustand.

Trauma 3 stand leer. Trauma 2 wurde gerade freigemacht, sodass ich wartete, um niemandem im Weg zu stehen.

Auf der Trage lag eine alte Frau. Sie war bewusstlos und wurde beatmet; ein Pfleger schob das EKG-Gerät, ein anderer trug die Beutel mit den Infusionen. Zu den insgesamt vier Angestellten der Notaufnahme gesellten sich jetzt noch zwei, die für die Orthopädie arbeiteten, und all diese Menschen warfen einander für jeden Außenstehenden wirr wirkende Informationen an den Kopf, während sie die Trage Richtung Aufzug schoben. Blutdruckwerte, Herzrate, wie viel Kubik von was wie oft bereits verabreicht worden war und welche der Frakturen unbedingt zuerst behandelt werden mussten.

Ich sah Dr. Warren. Er kam den Gang hinunter und steuerte geradewegs auf Trauma 1 zu.

»Hi, Helen!«

»Guten Abend!«, grüßte ich zurück.

Dr. Warren war der Chef unserer Neurochirurgie, und dass er so gelassen wirkte und so gar keine Eile zu haben schien, war kein gutes Zeichen.

»Ist das da ...?«

»Ja!«, meinte Warren und betrat den Traumaraum.

Ich blickte durch die Glasscheibe. In Trauma 1 sah es wie auf einem Schlachtfeld aus. Der Fußboden war mit blutigen Lappen übersät, und eine Gruppe von Menschen in gelben Gummikitteln stand um den Behandlungstisch herum, sodass ich die darauf liegende Person zunächst nicht sehen konnte. Ich sah nur diesen Pulk von Körpern und Plastik, und darüber war die Uhr, die 18.45 Uhr zeigte.

Im nächsten Moment traten die Anwesenden nacheinander zurück, und ich erblickte Dr. Kidder, den Chef des Traumazentrums. Er streifte die Gummihandschuhe ab und sagte etwas zu Warren, der sich neben ihn gestellt hatte. Ich konnte zwar nicht hören, was er sagte, doch war es, nach dem Gesichtsausdruck zu urteilen, etwas Unanständiges.

Unsere Blicke trafen sich, und Kidder nickte mir zu, als wolle er sagen: ›Du liegst mit deinen Befürchtungen absolut richtig!‹

»Mist!«, zischte ich durch die Zähne, und sah im gleichen Augenblick, dass der Zeiger der Uhr über Kidders Kopf weitersprang.

Jetzt war es 18.46 Uhr, am Mittwoch, den 28. September 2005. Vor genau zwölf Stunden war ich nach Hause gekommen. Es war mein Hochzeitstag. Ich hätte ihn mit Ben am Strand verbringen können, wenn dieser blöde Nachtdienst nicht gewesen wäre.

Jetzt würde es auch noch ein anstrengender Nachtdienst werden.

»Mist!«, wiederholte ich und lief dabei die letzten Meter den Gang hinunter, stieß mit der Hand die Tür zu unserer »Höhle« auf.

Ich brauchte jetzt erst einmal eine große Tasse Kaffee.

3. Kapitel

William Henson und seine Schwiegermutter Trudy Brock hatten dem stehenden Verkehr auf dem Pacific Coast Highway ausweichen wollen und deshalb Seitenstraßen genommen, um von Santa Monica nach Malibu zu gelangen.

Ähnliches hatte wohl auch der Fahrer des schweren LKWs vor ihnen im Sinn gehabt, nicht ahnend, dass die Querstraßen des Wilshire Boulevards zu eng für seinen Anhänger waren und er in einer Kurve stecken bleiben würde. Er musste also wenden, und William Henson und seine Schwiegermutter warteten dieses Manöver geduldig ab.

Zur gleichen Zeit war Shawn Black einem Nervenzusammenbruch nahe. Der Verkehr auf dem Wilshire Boulevard wurde mit jeder Minute zäher, und es war abzusehen, dass es bald zum totalen Stillstand kommen würde. Shawn beschloss, bei nächster Gelegenheit rechts abzufahren, doch war das leichter gesagt als getan. Er brauchte elf Minuten für schätzungsweise sieben Meter, und als er endlich hätte abbiegen können, ging da in aller Ruhe eine junge Frau mit einem Hund über die Straße, sodass er wieder warten musste. Als ob das allein nicht schon schlimm genug gewesen wäre, blickte ihm diese junge Frau auch noch geradewegs ins Gesicht, während sie die Straße überquerte. Sie sah ihn mit einer Dreistigkeit an, als müsse er dankbar dafür sein, sie beobachten zu dürfen. Shawn war am Ende seiner Beherrschung. Er musste sich förmlich dazu zwingen, die Frau mit dem Hund vorbeizulassen und nicht umzufahren. Im nächsten Moment trat er das Gaspedal bis zum Anschlag durch. Er musste das tun, konnte gar nicht anders.

Der LKW-Fahrer hatte es fast geschafft. Noch zwei, drei

Manöver, und er konnte wieder Richtung Wilshire Boulevard zurückfahren. Diese letzten zwei, drei Manöver waren aber die schwierigsten. Seine Sicht war eingeschränkt, und er hatte Sorge, eines der auf dem Seitenstreifen parkenden Autos zu schrammen.

William Henson löste seinen Sicherheitsgurt und stieg aus, um dem LKW-Fahrer mit Handzeichen zu helfen.

Trudy Brock dachte, sie müsse ebenfalls aussteigen, konnte ihren Sicherheitsgurt aber nicht lösen.

Shawn Black ergötzte sich am Aufheulen seines Motors. Er wusste, dass er durch ein reines Wohngebiet fuhr. Er sah William Hensons Wagen rechtzeitig. Er bremste auch sofort, doch war sofort in diesem Moment zu spät. Shawn Black prallte auf den Kofferraum, und William Hensons Wagen schoss nach vorne, geradewegs unter die Anhängerkupplung des Lasters.

»Mia macht die Unterlagen fertig«, ließ Dr. Kidder mich wissen, als er kurze Zeit später in die »Höhle« kam. »Herz, Leber, Lungen – das heißt, die Leber ist nicht mehr zu gebrauchen!«

Er ließ seinen Blick über den Tisch gleiten, auf dem sich mal wieder jede Menge Tüten mit Gummibärchen und Chips neben zwei leer geputzten Tellern Kuchen befanden.

»Aber die Nieren, Helen«, meinte er dann. »Und ich glaube, er hat auch die Bauchspeichel...«

Er hielt inne und starrte Victor an, der mir gerade die Schicht übergeben hatte und jetzt im Begriff war zu gehen.

»Frohes Schaffen!«, rief er noch im Hinausgehen, und Kidder folgte ihm mit seinem starren Blick, bis unser Kollege den Raum endgültig verlassen hatte.

»Hatte der Eyeliner drauf?«, fragte er dann in die Runde.

Den trug Victor in letzter Zeit häufiger, doch wir gaben vor, als wüssten wir nicht, wovon die Rede war.

»Der hatte Eyeliner drauf!«, beharrte Dr. Kidder empört.

»Nun tut doch bitte nicht so, als würdet ihr das alle nicht sehen!«

Wir vernahmen ein Klopfen. Die Tür, die zu unserer »Höhle« führte, war eine Schwingtür, und es klopfte nur daran, wer eigentlich nichts in unserem Aufenthaltsraum verloren hatte.

»Lasst mich raten!«, meinte Kim, unsere derzeit fähigste Operationsschwester, ein wunderschönes Wesen mit pechschwarzem Haar und tiefbraunen Mandelaugen.

Das war natürlich überflüssig, denn Dr. Kidder war ja gerade von Trauma 1 über den Korridor in die »Höhle« gelaufen. Prompt kam Amy.

OBGYN 1, die Entbindungs- und Neugeborenenstation, grenzte an die Notaufnahme, und die Sicherheitstür, die beide Bereiche voneinander trennte, verfügte über eine Glasscheibe, die freien Blick auf die Korridore bot.

»Guten Abend!«, rief Amy fröhlich und scheinbar unbedarft.

Kim sah mich an. »Das ist krankhaft«, flüsterte sie mir zu. »Kannst du ihr nicht mal …?« Sie ballte die rechte Hand zu einer Faust und bewegte sie, als boxe sie jemanden in die Magengrube.

Ich spitzte die Lippen, riss die Augen auf und schüttelte zugleich heftig den Kopf. Den Teufel würde ich tun und mich in die Sache einmischen!

Derweil setzte Amy an zu einem längeren Vortrag über die Paranüsse, von denen sie uns Nachschub besorgt hatte.

»Die hier sind nicht mit Milchschokolade überzogen, sondern zur Hälfte mit bitterer Schokolade, das schmeckt ganz wunderbar kräftig, und zur anderen Hälfte mit weißer Schokolade, die ihnen einen sehr feinen Nachgeschmack gibt.«

Kokosmakronen gab es auch. Die waren erst recht köstlich, sodass wir sie unbedingt probieren mussten.

»Mögen Sie Kokosmakronen, Dr. Kidder?«

Der Augenblick war denkbar schlecht gewählt. Dr. Kidder mochte zurzeit gar nichts, reden schon mal überhaupt nicht.

Mit Leichenbittermiene und in sich zusammengesackt saß er auf dem Ledersofa, das der Eingangstür gegenüber an der Wand stand.

»Jeder mag Kokosmakronen«, versuchte ich, die Situation zu retten, und nahm Amy den Teller mit den Leckereien ab.

»Deine Jen hat heute beim Tennis übrigens sechs Asse geschlagen«, fügte ich hinzu. »Die Mädchen spielen nächsten Monat ein Turnier.«

Amy sah mich an, als habe sie nicht die geringste Ahnung, wovon die Rede war.

»Das haben sie beim Abendessen erzählt«, versuchte ich, ihr auf die Sprünge zu helfen.

Amy interessierten die sportlichen Aktivitäten unserer Töchter im Moment nicht. Sie war viel zu sehr damit beschäftigt, mit ihrer Enttäuschung zu ringen. Ihr Mienenspiel ließ keinen Zweifel daran, dass sie wenigstens einen freundlichen Blick von ihrem Dr. Kidder erwartet hatte, wenn schon kein Lächeln oder gar ein Dankeschön.

Doch im Moment konnte sie von ihrem Angebeteten einfach keine freundliche Geste erwarten.

Menschen ließen sich nicht über einen Kamm scheren, und das galt genauso für Mediziner. Ärzte waren durch die Bank intelligent. Sie hatten alle jahrelang studiert und nochmals jahrelang praktische Erfahrungen gesammelt. Um in einem Traumazentrum zu arbeiten, reichte es jedoch nicht, ein guter Mediziner zu sein.

Wer in diesem Bereich Karriere machen wollte, brauchte Nerven wie Drahtseile und ein Gehirn mit den Fähigkeiten eines Computerprogramms. Der Körper musste belastbar sein wie der eines olympischen Zehnkämpfers und die Psyche wie die eines Kaplans im Feldlazarett.

Dr. Steven Kidder besaß all diese Eigenschaften. Er war zweiundvierzig Jahre alt und Chef der Traumaabteilung des RMC. Er war zweimal geschieden und hatte aus seiner ersten Ehe einen elfjährigen Sohn, mit dem er in letzter Zeit einmal im Monat einen ganzen Nachmittag verbrachte. Darauf war er stolz. Ein Privatleben zu führen war Luxus für Menschen wie Dr. Kidder. Sie hatten sich an den Zustand chronischer Übermüdung dermaßen gewöhnt, dass sie sich ganz merkwürdig fühlten, wenn sie zwischendurch mal ausgeschlafen waren.

Notaufnahmen waren vierundzwanzig Stunden pro Tag besetzt. Sämtliches Personal arbeitete Zwölf-Stunden-Schichten, mit Ausnahme der Ärzte, deren Arbeitszeiten noch einmal gesondert geregelt waren. Mit diesen Richtlinien hatte sich der Gesetzgeber große Mühe gegeben. So durfte beispielsweise ein junger Arzt auf gar keinen Fall mehr als achtzig Stunden in der Woche arbeiten, und das auch nicht länger als vier Wochen hintereinander. Seine Zwölf-Stunden-Schichten konnten aber auf fünfzehn Stunden ausgedehnt werden, vorausgesetzt, es handelte sich dabei um Tagschichten. Ging es um Nachtschichten, war davon auszugehen, dass der Herr oder die Frau Dr. zwischen einzelnen Patienten Ruhepausen hatte, und dann war es durchaus möglich, auch vierundzwanzig Stunden durchzuarbeiten. Allerdings nur alle drei Nächte. Häufiger war ungesetzlich.

Außerdem mussten zwischen den einzelnen Schichten mindestens acht Ruhestunden liegen. Das fiel ins Gewicht. In Anbetracht des Verkehrs in einer Stadt wie Los Angeles brauchten viele Ärzte mindestens eine Stunde, um nach Hause, und eine weitere Stunde, um später wieder zur Arbeit zu kommen. Wenn sie sich also das Baden, das Essen und möglichst auch noch das Pinkeln verkniffen, konnten sie mindestens sechs Stunden Schlaf ergattern, und das war ja schon mal was!

Bei diesen Arbeitsbedingungen war es nicht verwunderlich, dass junge Ärzte sich nicht gerade darum rissen, im Bereich der Trauma-Medizin Karriere zu machen. Wer sich trotzdem dazu berufen fühlte, war ein ganz besonderer Mensch – ein Mensch wie Dr. Steven Kidder.

Kein Anblick konnte ihn schrecken, und seine Ohren waren

offenbar immun gegen Schmerzensschreie jedweder Art, mochten sie auch noch so schrill sein.

Zudem war er eine wandelnde Enzyklopädie. Man warf ihm ein paar Symptome an den Kopf, und binnen Sekunden war er in der Lage, die Symptome den einzelnen Krankheitsbildern zuzuordnen, die mit solchen Symptomen einhergingen. Zeitgleich erörterte er bereits, mit welchen Tests man die jeweiligen Krankheitsbilder diagnostizieren konnte, und diese Tests wurden dann durchgeführt, ausgewertet, und schließlich wurde behandelt.

Kidder war ein brillanter Chirurg. Für ihn war ein Unfallopfer in erster Linie kein Mensch, sondern ein reparaturbedürftiger Körper. Und so reparierte Steven Kidder, klemmte hier etwas ab, sägte da etwas auf, schob Schläuche, spritzte Flüssigkeiten. Ich hatte ihn mehr als einmal dabei beobachtet, wie er mit beiden Händen im Bauchraum eines Menschen wühlte, der wenige Wochen später wieder fröhlich über den Golfplatz lief.

Dr. Kidder war ein Retter im wahrsten Sinne des Wortes, der geborene Sieger.

Genau deshalb saß er am Abend des 28. September 2005 wie ein Häufchen Elend auf dem Ledersofa. So saß er immer da, wenn er einen Patienten verloren hatte. Für Steven Kidder war nicht das Schicksal schuld an William Hensons Ende, nicht der Autofahrer, der den Unfall verursacht hatte, und Gott schon mal überhaupt nicht.

Nein, in Kidders Welt der perfekten Traumachirurgie gab es nur einen, der dafür verantwortlich war, und das war er selbst. Irgendetwas hätte er vielleicht doch anders und damit besser machen können. Er zermarterte sich das Hirn, was das wohl gewesen sein mochte. Wenn er es nämlich nicht herausfand, stand zu befürchten, dass der Erzfeind irgendwann wieder gewinnen würde, wie er gerade im Fall Henson gewonnen hatte.

Der Tod war Steven Kidders persönlicher Gegner.

»Die Frau ist schon so alt«, brummte er ärgerlich vor sich hin.

»Die Knochen werden bestimmt nicht mehr anständig zusammenwachsen. Der Sohn hätte eine Chance gehabt, wenn –«

»Das war der Schwiegersohn«, erklärte Mia, die gerade zur Tür hereingekommen war. Mia Sims arbeitete in der Verwaltung der Notaufnahme im Bereich Koordination. Hinter diesem Wort verbarg sich ein wirres Geflecht von Aufgaben.

Wenn es wie in diesem Fall um Traumapatienten ging, sammelte Mia zunächst einmal die Informationen von Feuerwehr, Polizei und Ambulanzpersonal. Die Ausweispapiere des Patienten ermöglichten ihr dann herauszufinden, ob die Person über Versicherungsschutz verfügte oder nicht, und sie legte eine entsprechende Krankenakte an. Den Angehörigen wurde mitgeteilt, dass ihr Verwandter einen Unfall gehabt hatte und sie bitte kommen sollten. Weitere Informationen durfte Mia nicht geben.

Im Fall William Henson hatte es das RMC mit einem registrierten Organspender zu tun. Die entsprechenden Unterlagen hatte Mia in der Zwischenzeit auf ihre Rechtmäßigkeit überprüft und für mich kopiert. Die OPO war informiert und wartete auf die Freigabe.

»Den guckst du dir vorher besser mal an, Helen«, meinte Dr. Kidder, während ich in den Papieren las, die Mia mir gerade gebracht hatte.

Ich blickte kurz auf und sah ihn durch die Augenwinkel an. Es war kein gutes Zeichen, wenn Kidder mir das von sich aus vorschlug.

»So schlimm?«, fragte ich vorsichtshalber nach.

Er verzog das Gesicht.

»Der bleibt hier unten«, sagte er dann. »Die ICU brauchen wir dafür nicht.«

Ich schluckte. Normalerweise kamen potentielle Organspender von der Notaufnahme auf die Intensivstation, die ICU, was für *Intensive Care Unit* stand. Dort wurden die verschiedenen Tests durchgeführt, die erforderlich waren, um den Hirntod des

Patienten hundertprozentig zu diagnostizieren. Da das im Fall William Henson nicht nötig war, bedeutete ...

»Sag mir Bescheid, wenn du noch was brauchst«, sagte Mia im Hinausgehen zu mir. »Die Ehefrau ist unterwegs.«

An der Tür stieß sie mit Dr. Meckelstein zusammen.

»Mmh, wieder Paranüsse!«, registrierte der erfreut.

»Iss die nur weiter«, fuhr Kim ihn an, »und du bist der nächste Herzinfarkt!«

Amy zuckte zusammen. Vielleicht ignorierte ihr geliebter Dr. Kidder sie ja, weil er glaubte, sie habe mit den fettigen Paranüssen und den mindestens ebenso fettigen Kokosmakronen einen Anschlag auf seine Gesundheit verüben wollen.

Sie öffnete schon den Mund, womöglich, um das abzustreiten.

»Komm!«, sagte ich gerade noch rechtzeitig und schob sie Richtung Tür. »Ich wollte dich was fragen wegen dieser Karaoke-Maschine, die Jennifer uns da gestern ins Haus geschleppt hat.«

Endlich waren wir draußen auf dem Korridor.

»Was ist denn?«, wollte Amy wissen.

»Nichts«, gestand ich ihr.

»Aber du wolltest mich doch –«

»Ich wollte, dass du da verschwindest, damit du dich nicht noch lächerlicher machst.«

Amy stöhnte.

»Ich mache mich nicht lächerlich, Helen. Das kommt dir nur so vor, weil er sich immer so abweisend gibt, wenn andere dabei sind. Du solltest mal erleben, wie er sich benimmt, wenn ich mit ihm allein bin. Dann ist er total charmant und flirtet, was das Zeug hält. Hörst du mir überhaupt zu?«

Die Frage war berechtigt. Ich spürte selbst, dass meine Gesichtszüge völlig entgleist waren, das allerdings aus gutem Grund.

Da stand plötzlich eine Frau auf unserem Korridor. Sie war ungemein groß und hatte die Figur eines Hollywoodstars, mit langen Beinen, knabenhaft schmalen Hüften und ganz enormen

Brüsten. Ihr dunkles Haar war dicht gelockt und fiel ihr weich über die Schultern. Es umrahmte ein makellos geschnittenes Gesicht mit großen braunen Augen und einem üppigen Mund.

»Das darf ja wohl nicht wahr sein«, hauchte ich und hielt mich für einen Augenblick an Amy fest.

Wir arbeiteten mit den Angehörigen von Organspendern nach einem festen Punkte-Plan. Fachleute hatten ihn aufgestellt, und wir hatten später unsere persönlichen Erfahrungen beigetragen, um ihn zu dem auszuarbeiten, was er heute war. Er war unumstößlich. Jeder Beteiligte musste sich strikt daran halten.

Deshalb war es unverzeihlich, dass Charlotte Henson einfach so in den Trauma-Bereich vorgedrungen war. So etwas war noch nie passiert, und ich nahm mir vor, eine entsprechende Beschwerde abzufassen.

»Entschuldige mich!«, sagte ich zu Amy und ging auf die Hollywood-Schönheit zu, streckte ihr die Hand entgegen.

»Frau Henson?«

Die junge Frau sah mich verwirrt an und blickte auf meine Hundemarke.

»Sind Sie hier zuständig?«, fragte sie mich in einem Englisch, das einen eigenartig vertrauten Akzent hatte.

»Frau Henson?«, wiederholte ich.

»Nein«, erwiderte sie daraufhin. »Ich bin Jodie Lang. Aber der Mann, wegen dem ich hier bin, der heißt Henson.«

Ich ließ ihre Hand los und bat sie in einen der drei Familienräume, die unserer »Höhle« gegenüberlagen. Dabei ratterte es in meinem Hirn so laut, dass ich überzeugt war, der Lärm müsste durchs ganze Haus schallen.

So einen Fall hatte ich schon einmal gehabt. Die Ehefrau und die Geliebte hatten nichts voneinander gewusst und waren am Ende handgreiflich geworden. Wir hatten den Sicherheitsdienst verständigen müssen.

»Nehmen Sie doch bitte Platz!«, forderte ich Jodie Lang auf und schloss die Tür hinter uns.

Sie setzte sich auf den erstbesten Stuhl.

»Sie kennen William Henson?«, fragte ich und machte mich darauf gefasst, nun die ganze romantische Liebesgeschichte erzählt zu bekommen.

Doch Jodie Lang schüttelte lediglich den Kopf.

»Ich war an der Unfallstelle«, erklärte sie. »Weil ich den Hund meiner Nachbarin ... sie will immer, dass ich mir selbst einen Hund anschaffe, und da dachte ich heute ... wir waren gerade erst ein paar Meter vom Haus weg, als es plötzlich knallte.«

Sie schluckte und führte aus, wie schrecklich der Knall gewesen wäre, so laut, so entsetzlich –

»Ich war ja gerade erst nach Hause gekommen! Wenn ich ein paar Minuten früher ... – ich habe heute erst meinen kalifornischen Führerschein gemacht. Heute Nachmittag.«

Sie schüttelte den Kopf, als könne sie es einfach nicht fassen.

»Deshalb wusste ich sofort, was ich tun musste.«

Sie hatte auf der Stelle den Notruf alarmiert. Währenddessen war der Fahrer, der den Unfall verursacht hatte, geflüchtet.

»Ich habe das erst gar nicht gemerkt, sonst hätte ich mir doch die Nummer aufgeschrieben.«

Sie versuchte nach wie vor, sich an die Marke des Wagens zu erinnern, doch hatte es sich dabei um ein amerikanisches Modell gehandelt, und mit denen kannte sie sich noch nicht richtig aus.

»Ich habe aber den Mann gesehen, der den Wagen fuhr. Er war ganz jung. Als ich mit Nero ... das Gesicht von dem Jungen vergesse ich nie. Er schaute so feindselig, den erkenne ich jederzeit wieder.«

Das hatte sie auch schon den Polizisten gesagt, die allerdings nicht sonderlich interessiert gewesen waren. Die Informationen anderer Zeugen hatten sie offenbar für wertvoller gehalten.

»Darf ich fragen, wie Sie hier hereingekommen sind?«, fragte ich, bewusst das Thema wechselnd.

»Wo reingekommen?«

»Hier in die Notaufnahme.«

Sie konnte mit der Frage nichts anfangen.

»Die Polizisten waren sehr nett«, meinte sie nur. »Die haben gesagt, in welches Krankenhaus sie ihn bringen. Ich glaube, dass es mit dem Herrn Henson nicht gut aussah. Ich habe gehört, dass sie das gesagt haben. Und ich wohne ja ganz in der Nähe der Unfallstelle, mehr oder weniger gegenüber.«

Also hatte sie schnell den Hund nach Hause gebracht und war dann hergekommen, und die netten Polizisten hatten sie kommen sehen.

»Die Polizei hat Sie hier hereingelassen?«

Wieder konnte sie mit meiner Frage nichts anfangen.

»Wie meinen Sie das?«

»Als Privatperson können Sie nicht einfach so vom Warteraum in die Notaufnahme spazieren. Hat die Polizei Ihnen die Tür–?«

Jodie lachte verlegen auf und schlug sich dabei die Hand vor den schön geformten Mund.

»Durften die das nicht?«, fragte sie.

Ich verzog das Gesicht und ersparte mir damit, auf die Frage zu antworten.

»Die waren aber ganz süß, die beiden«, meinte Jodie daraufhin.

Ich konnte mir denken, dass die süß gewesen waren. Welcher Streifenpolizist gab sich nicht süß, wenn er ein Mädel vor sich hatte, dessen hübscher Busen mit Lochstickerei verziert war. Jeden einzelnen Einstich auf dem Büstenhalter konnte man durch die transparente Bluse ausmachen.

Ich räusperte mich.

»Wir kümmern uns hier um die Angehörigen von Unfallopfern«, erklärte ich Jodie. »Und da Sie ja nicht mit Herrn Henson verwandt sind –«

»Ich war aber bei ihm nach dem Unfall«, fiel sie mir ins Wort. »Die waren ja eingeklemmt, und ich bin unter den Laster geklettert, weil ich ... ich kam nur nicht dran. Aber ich habe mit ihm geredet. Das heißt, ich habe versucht ...«

Auf einmal wurde sie ganz ruhig und blickte mich ernst an.

»Die Familie hat vielleicht Fragen«, sagte sie dann. »Verstehen Sie?«

Ich war verwirrt.

»Sie sind hergekommen, um sich den Angehörigen zur Verfügung zu stellen für den Fall, dass sie Fragen haben?« Ich wollte mich vergewissern, sie richtig verstanden zu haben.

Sie nickte und wirkte auf einmal eigenartig steif, fast wie versteinert.

»Wie ... wie geht es den beiden denn?«, fragte sie dann. »Ich wage kaum ... ist das so ungewöhnlich, dass ich der Familie ermöglichen will, mit mir zu sprechen?«

Ich atmete tief durch. Es war ungewöhnlich. Es war so ungewöhnlich, dass es mir nach drei Berufsjahren gerade zum ersten Mal passierte. Und deshalb wusste ich auch gar nicht, wie ich jetzt weiter vorgehen sollte.

»Machen wir es so!«, schlug ich schließlich vor. »Die Angehörigen sind verständigt, aber noch nicht eingetroffen. Und wenn Sie mir versprechen, hier ganz ruhig sitzen zu bleiben und niemanden unaufgefordert –«

»Hier in diesem Zimmer?«, unterbrach sie mich.

»Genau. Ich werde Ihnen etwas zu trinken bringen, Toiletten sind gleich nebenan.«

»Kein Problem. Wie geht es den beiden denn?«, fragte sie noch einmal. »Oder dürfen Sie mir das nicht sagen?«

»Das kann ich Ihnen gar nicht sagen«, log ich. »Medizinisches gehört nicht zu meinem Arbeitsbereich.«

Jodie Lang nickte, nicht gerade überzeugt, aber immerhin.

»Ich werde mich hier nicht von der Stelle rühren«, versprach sie mir.

»Es kann aber dauern, Frau Lang. Machen Sie sich das bitte klar!«

Wieder nahm ihr Gesicht diesen eigenartig versteinerten Zug an, jetzt wirkte sie darüber hinaus auch noch traurig. Todtraurig. Ja, für einen kurzen Moment sah Jodie Lang ganz so aus, als sei sie die Hauptleidtragende des Unfalls.

»Das macht überhaupt nichts«, sagte sie dann. »Ich warte.«

4. Kapitel

Die Jalousien von Trauma 1 waren inzwischen geschlossen, sodass man von draußen nicht mehr in den Raum hineinsehen konnte. Ich öffnete die Tür. Eine unserer Schwestern saß neben William Henson auf einem Drehstuhl.

»Hi, Helen!«, flüsterte sie.

»Hi, Riza«, gab ich ebenso leise zurück.

Wie Kim stammte Riza aus Manila. Und ebenso wie Kim war Riza eine mandeläugige Schönheit mit schwarzen Haaren und eine ausgezeichnete Notaufnahme-Schwester. Die Ausbildung, die diese Mädchen auf den Philippinen erhielten, galt als einmalig. Sie waren qualifiziert, fähig – und sie waren alle fest in ihrem katholischen Glauben verwurzelt. Niemand hatte Riza dazu aufgefordert, bei William Henson zu bleiben. Sie tat es freiwillig.

»Wenn du jetzt mal gerade eine Pause machen willst?«

Sie lächelte mich dankbar an.

»Sag mir Bescheid, wenn du gehst«, meinte sie nur.

Dann huschte sie an mir vorbei aus dem Raum und schloss nahezu lautlos die Tür hinter sich.

Dr. Kidder hatte mir nicht umsonst geraten, dass ich mir William Henson vorher ansah; so viel war sicher. Auf Anhieb konnte ich nur keinen Grund dafür finden, und dass Kidder plötzlich sensibel geworden war, durfte ich getrost ausschließen.

Natürlich wusste er, dass ich gerne ein paar Minuten mit dem Patienten allein war, bevor ich später mit den Angehörigen den Raum betrat. Es bewahrte mich davor, dann meinen eigenen Gefühlen zu erliegen, statt mich um die Gefühle der Menschen zu kümmern, die in diesem Augenblick auf mich angewiesen waren.

Nur hatte Kidder sich bisher noch nie sonderlich für meine Gefühle interessiert. Er konnte sie gar nicht nachvollziehen, wie er mir mal erklärt hatte.

Ich atmete tief durch. Auf einer Straße in Santa Monica war ein Unfall passiert, und eine Augenzeugin hatte die Polizei und den Rettungswagen verständigt. Während des Transports hatte man das Leben des Patienten erfolgreich erhalten, und bei der Einlieferung ins RMC hatten sich Horden von Fachleuten auf ihn gestürzt.

Jetzt lag sein Körper auf dem Behandlungstisch von Trauma 1, mit grünen Laken bedeckt. Das Beatmungsgerät und Infusionen versorgten seine Organe, mehr nicht; sie hielten ihn nicht mehr am Leben.

Auf dem Boden lagen die Schuhe, die William Henson am Morgen angezogen hatte. Eine der Socken. Sie hatten ihm bei der Einlieferung die Hosen aufgeschnitten, und obwohl die Sachen eigentlich in den Korb unter dem Behandlungstisch gehörten, lagen sie jetzt zu meinen Füßen. Ihr Anblick setzte mir verdammt zu.

Dabei wusste ich, dass so etwas passierte. Es passierte immer. Es gab in diesen Traumaräumen Wichtigeres zu tun, als Hosen und Hemden ordnungsgemäß wegzulegen. Trotzdem tat es mir weh, diese Sachen zu sehen. Sie waren das Überbleibsel, das davon zeugte, dass der Organspender, der da vor mir lag, bis vor kurzem ein Mensch gewesen war, der sein Leben gelebt und Pläne gehabt hatte. Vermutlich hatte er seit Wochen gewusst, wo und wie er Weihnachten und Sylvester verbringen wollte.

Ich streifte mir Gummihandschuhe über und räumte die Kleidungsstücke in den Korb unter der Trage. Dabei fand ich auch noch einen blutigen Lappen, den sie übersehen hatten.

William Hensons Körper war vollkommen unter den grünen Laken verborgen. Sein Kopf lag frei, doch sah ich nicht viel davon, eigentlich nur den Mund, in dem der Schlauch des Beatmungsgeräts steckte, und den unteren Teil der Nase. Der Rest seines Gesichts war wiederum mit grünen Laken abgedeckt.

Ich nahm an, dass es darum ging. Wenn Kidder mir schon von sich aus riet, mir den Patienten vorher anzusehen, musste da etwas faul sein. Ich schaute noch einmal in die Unterlagen, die Mia mir gegeben hatte. Noch gab es keinen richtigen Bericht, nur handschriftliche Vermerke, doch sah ich mit einem Blick, dass sich das Wort Trümmerfraktur fünfmal wiederholte, das Wort Quetschung dreimal, und dann stand da in großen Buchstaben Herniation, das gefürchtete Wort für Einklemmung.

Ich schluckte. William Hensons Gehirn war also nicht mehr da, wo es eigentlich hingehörte, es hatte sich verschoben. Da ich davon ausgehen musste, dass seine Ehefrau das ganze Gesicht ihres Mannes sehen wollte und nicht nur das untere Drittel, würde ich jetzt gut daran tun, dieses Tuch abzuheben, das seinen Kopf bedeckte. Damit ich wusste, was der Frau bevorstand!

Vorsichtig ging ich es an. Im nächsten Moment erschrak ich.

Ich hatte in den vergangenen drei Jahren viel gesehen, so etwas noch nicht. Der Mann hatte kaum mehr ein Gesicht.

Es klopfte an der Tür, zwar nur kurz, dafür aber dermaßen heftig, dass ich zusammenzuckte. Im nächsten Moment stand Nathalie schon mitten im Raum.

»Guckst du dir Grauen an?«, fragte sie und riskierte selbst einen Blick. »Übel!«, meinte sie dann. »Sag mal, ist Warren noch hier unten?«

Dr. Warren war der zweite Arzt gewesen, der William Hensons Hirntod diagnostiziert hatte. Nach kalifornischem Gesetz mussten das zwei Ärzte unabhängig voneinander tun.

»Ich habe ihn kurz auf dem Korridor gesehen«, erwiderte ich, »aber das ist schon eine Weile her.«

Nathalie stöhnte. Sie brauchte lediglich eine Unterschrift.

»Ich piepe dich an, wenn die Familie da ist«, sagte sie im Hinausgehen.

Um 20.16 Uhr war es so weit. Um 20.16 Uhr, am Mittwoch, den 28. September 2005, teilte Nathalie mir mit, dass Charlotte Henson soeben im Warteraum der Notaufnahme eingetroffen war.

Ich ging noch mal kurz zur Toilette und suchte Dr. Kidder. Der war gerade mit einem Motorradunfall beschäftigt, sodass wir warten mussten.

Um halb neun stürmte er in die »Höhle« und stieß dabei triumphierende Urschreie aus.

»Der wird wieder laufen wie Lewis«, jubelte er, »springen wie Boitano, tanzen – dabei war der ganze Unterschenkel zerfetzt, habt ihr das gesehen? Die Arterie … – habt ihr das gesehen, Kinder? Habt ihr gut zugeguckt, wie man so was wieder zusammenflickt?«

Kidder goss sich eine Tasse Kaffee ein und wippte dabei auf den Spitzen seiner Schuhe. Er war beinahe euphorisch. Er hatte das Bein eines Zwanzigjährigen gerettet, und die Erregung darüber strömte ihm aus jeder Pore.

»Jawoll!«, rief er immer wieder. »Ja, ja, ja, ja!«

Es tat mir in der Seele leid, seinen Freudentaumel jetzt so schnöde beenden zu müssen.

»Charlotte Henson ist draußen, Dr. Kidder.«

»Nenn mich nicht immer Dr. Kidder, Helen! Wer ist draußen?«

»Charlotte Henson.«

»Der Hirntod«, erklärte Kim, die an dem Motorradunfall mitgearbeitet hatte.

Dabei nahm sie Kidder die Kaffeetasse aus der Hand und trank einen Schluck daraus, was er jedoch gar nicht zu bemerken schien.

Mir wurde ganz sonderbar zumute. Meine Freundin Amy machte sich also nicht nur lächerlich, sie schuf sich hier auch systematisch eine Feindin.

Kidder stöhnte zum Gotterbarmen.

»Na, dann lass es uns hinter uns bringen, Helen!«

Auf dem Weg Richtung Warteraum blieb ich an Nathalies Tür stehen, die wie so oft weit offen stand.

»Ihr seid so weit?«, fragte sie nur, als sie mich sah.

Ich nickte.

Sofort stand sie auf. Sie hatte alles, was sie brauchte: Stethoskop, Blutdruckmesser, Beruhigungsmittel. Sie lief an mir vorüber in den Korridor.

Ich folgte ihr bis zu der Glastür, die den Warteraum von der eigentlichen Notaufnahme trennte. Inzwischen platzte der Raum fast aus den Nähten.

Unter der Hitzewelle litten alte Leute und kleine Kinder und jeder mit Bluthochdruck. Die Waldbrände wirkten sich negativ auf die Luftqualität aus, und wer Asthma hatte, glaubte zu ersticken. Es war mir unmöglich, in diesem Menschenauflauf eine Frau auszumachen, die möglicherweise Charlotte Henson war.

Nathalie versuchte es gar nicht erst. Ich sah, wie sie mit gesenktem Kopf zum Empfang ging und mit Lilly ein paar Worte wechselte. Dann kam sie wieder in meine Richtung zurück, und für einen kurzen Moment trafen sich unsere Blicke.

Nathalie Hoskins war eine hervorragende Krankenschwester. Sie war einundfünfzig Jahre alt und hatte zwei erwachsene Kinder. Ihr Mann, ein Berufssoldat, war im ersten Golfkrieg gefallen. Nathalie kannte Schmerz, und sie hatte auch Respekt vor dem Schmerz anderer. Allerdings gehörte es nicht zu ihren Aufgaben, sich mit dem Schmerz auseinanderzusetzen, der Charlotte Henson in diesem Augenblick bevorstand. Nathalie hatte lediglich darauf zu achten, dass Charlotte Hensons Schmerz sich nicht verselbständigte und aus der Angehörigen zweier Patienten des RMC selbst eine Patientin machte.

Ich sah, dass Nathalie jemanden ansprach. Im nächsten Moment sprang eine Frau von einem der Stühle auf.

Ich öffnete die Tür, die in die Notaufnahme führte, und Nathalie und Charlotte Henson traten an mir vorüber auf den Korridor.

»Man hat mir gesagt, dass mein Mann und meine Mutter einen Unfall gehabt hätten. Was ist denn passiert? Was ist mit ihnen? Warum weiß denn hier keiner was?«

Charlotte Henson stand inzwischen auf dem Gang des Triage-Bereichs und schien auf einmal nicht bereit, auch nur noch einen Schritt weiterzugehen. Erst wollte sie eine Antwort.

»Es tut mir leid«, behauptete Nathalie mit sanfter Stimme, »aber viel mehr als Sie weiß ich auch nicht. Ihr Mann und Ihre Mutter hatten einen Unfall, und der Arzt, der sich nach ihrer Einlieferung um sie gekümmert hat –«

»Den will ich sprechen!«, fiel Frau Henson ihr ins Wort. »Denn der wird ja wohl was wissen. Oder weiß er auch nichts? Es kann doch nicht angehen, dass hier niemand eine Ahnung hat.«

Charlotte Henson war verständlicherweise sehr aufgebracht. Sie sah abwechselnd Nathalie und mich an, nahm mich jedoch eigentlich gar nicht wahr.

Das war immer so. Da ich keinen Kittel trug, sondern Straßenkleidung – an diesem Tag Jeans und einen schwarzen Pullover –, wies mich nur die Hundemarke als Angestellte aus, und die entging den meisten Leuten in ihrer Aufregung. Das war gut so. Es gab mir Gelegenheit, den Menschen, mit dem ich es zu tun bekam, vorher ein kleines bisschen kennenzulernen.

Charlotte Henson ging schätzungsweise auf die fünfzig zu und war eine gut aussehende Frau. Sie hatte ein schönes Gesicht mit wachen blauen Augen und einem feingeschnittenen Mund. Ihre Zähne waren schneeweiß und makellos. Ihr langes blondes Haar war am Hinterkopf zusammengesteckt.

Sie war groß und nicht gerade schlank. Dick konnte man sie allerdings auch nicht nennen; es lag vielmehr dazwischen.

Sie war ausgesprochen gut gekleidet. Sie trug ein graues Kostüm und eine weiße Seidenbluse. Ihre schwarzen Lederschuhe und die Handtasche waren vom Feinsten, und das Gleiche galt für ihre Sprache. Die Frau schien gebildet zu sein.

Das war gut. Es half mir bei meiner Arbeit, wenn die Menschen, mit denen ich zu tun hatte, über eine gewisse Bildung verfügten. Dann waren sie schneller imstande, mit dem Verstand zu erfassen, was dem Gefühl unbegreiflich war. Sie konnten Verstand und Gefühl auch eher voneinander trennen und manchmal sogar mit dem Verstand das Gefühl unterdrücken, zumindest für eine Weile.

Charlotte Henson war angespannt, das konnte ich beinahe körperlich spüren. Doch sie ließ sich nicht gehen, vielmehr versuchte sie, gegen die Anspannung anzukämpfen.

Während sie an Nathalies Seite durch die Korridore lief, redete sie unaufhörlich.

»Ich hätte am Steuer sitzen sollen, nicht Will. Ich wollte meine Mutter heute Abend abholen, damit wir gemeinsam ... aber durch das Feuer auf der 101 ...«

Ihr Mann hatte am Nachmittag einen Schüler gehabt.

»Er gab eine Gesangsstunde. Und auch noch eine, die er ganz besonders gern hat!«

Trotzdem hatte sie ihn vom Büro aus angerufen, damit er den Unterricht vorzeitig beendete.

»Weil die Straßen ja alle verstopft waren. Die sind immer noch absolut dicht. Ich habe von Malibu über eine Stunde gebraucht ... Die haben mich ja nicht auf meinem Handy angerufen, um mich über den Unfall zu unterrichten, sondern zu Hause. Ihre Nachricht war auf dem Anrufbeantworter, als ich kam. Oder meinen Sie, die haben vorher versucht, mich auf dem Handy zu erreichen?«

Charlotte Henson redete ohne Unterlass. Das war nicht ungewöhnlich, das taten viele in ihrer Lage. Unter Stress war das menschliche Gehirn nicht mehr imstande, wichtige Dinge von unwichtigen zu unterscheiden. Manche Menschen fielen in tiefes Schweigen, weil sie so viele verschiedene Gedanken auf einmal hatten, dass sie keinen einzigen halten oder gar in Worte kleiden konnten.

Andere, wie Charlotte Henson und Jodie Lang, sprachen einige der vielen Gedanken aus, und das kam Außenstehenden dann oftmals so vor, als seien sie sich des Ernstes ihrer Lage nicht bewusst und plapperten einfach munter vor sich hin.

Jodie Lang! Die hatte ich fast vergessen. Mit einem Satz war ich an Nathalies Seite.

»Zwei«, flüsterte ich ihr zu. »In drei sitzt eine junge Frau, die ignoriert bitte!«

Während Nathalie Charlotte Henson in FAM 2 führte, ging ich zur »Höhle« und streckte den Kopf zur Tür hinein. Kidder hatte es sich inzwischen in unserem Fernsehsessel bequem gemacht, einem alten, ausgesessenen Ding, das ganz in der Ecke des Aufenthaltsraums stand.

»Dr. Kidder?«

Er reagierte nicht.

»Dr. Kidder?«

Durch die Augenwinkel sah er zu mir herüber, aber nur kurz. Dann blickte er wieder auf den Bildschirm, auf das Flammenmeer, das sich dort gerade glutrot vom schwarzen Nachthimmel abhob.

Kim rollte die Augen.

»Henson!«, sagte sie zu Kidder. »Hörst du?«

Seufzend erhob sich unser Doktor, griff in seine Kitteltasche und zog im nächsten Moment einen Zettel heraus.

Ich hielt ihm die Tür auf, und er trat an mir vorbei auf den Korridor.

»Du sollst nicht immer Dr. Kidder zu mir sagen, Helen!«

Einem Menschen zu sagen, dass sein nächster Angehöriger verstorben ist, zählt zu den gefürchtetsten Aufgaben vieler Ärzte. Sie sind eben alle geborene Sieger. Um Krankheit und Tod zu besiegen, sind sie schließlich Mediziner geworden. Einen Patienten zu verlieren macht sie hingegen zu Verlierern. Mit dem Tod können Ärzte nicht gut umgehen. Sie haben ihn allesamt seit dem ersten Tag ihres Medizinstudiums zum persönlichen Feind erklärt, und je häufiger er ihnen im Verlauf ihrer Karriere in die Quere kommt, desto stärker verachten sie ihn. Sie verachten die Heimtücke, mit der er ihnen immer wieder in ihr Handwerk pfuscht, obwohl sie sich doch so sehr darum bemühen, ihr Handwerk zu perfektionieren.

Weil sie den Tod so sehr verachten, legen sie auch oft ein nahezu verächtliches Verhalten an den Tag, wenn sie über ihn sprechen. Dr. Kidder war in dieser Hinsicht noch einer unserer menschlichsten Ärzte. Ich kannte andere, die sich so gefühllos aufführten, dass es mir manchmal ganz elend wurde.

Nach unserem festgelegten Punkteplan hatten sich alle Beteiligten genauestens an die einzelnen Vorschriften zu halten. Für den Betroffenen war gar nicht erkennbar, welcher wohl geplanten Routine er in diesem so schrecklichen Augenblick seines Lebens ausgesetzt war. Wir hofften zumindest, dass das nicht erkennbar war.

Dr. Kidder hielt eine Art Spickzettel in der Hand. Darauf standen Charlottes vollständiger Name, der ihrer Mutter und der ihres Mannes sowie ein paar Stichworte, die er sich in der »Höhle« zu dem Fall gemacht hatte.

Nathalie befand sich scheinbar nur mit im Raum, weil sie Charlotte hergebracht hatte, und ich schien Kidder nur zu folgen, damit er die Tür von FAM 2 nicht selber hinter sich schließen musste.

Ich blieb gleich an der Tür stehen. Charlotte Henson saß in einem der Sessel; dafür hatte Nathalie gesorgt, die neben ihr stand und sich jetzt auf die Sessellehne hockte.

»Frau Henson?«, sprach Kidder sie an.

Sofort wollte sie aufspringen.

»Nein, bleiben Sie bitte sitzen!«, sagte Kidder ruhig zu ihr.

»Mein Name ist Dr. Steven Kidder, Frau Henson, und ich habe die Erstversorgung Ihres Manns und Ihrer Mutter nach der Einlieferung vorgenommen.«

Charlotte wagte nicht zu atmen. Sie stellte aber auch keine Fragen. Sie starrte Kidder nur mit ängstlich aufgerissenen Augen an.

»Ihre Mutter hat bei dem Unfall mehrere Knochenbrüche erlitten«, fuhr er nach einer Atempause fort. »Hauptsächlich in den Beinen und im Bereich des Beckens. Wir waren aber in der Lage, ihren Allgemeinzustand zu stabilisieren, und die Frakturen werden im Moment von den Kollegen in der Orthopädie weiterbetreut.«

Er blickte kurz zu Nathalie hinüber.

»Frau Henson kann sie später sicher auch sehen, oder?«

»Natürlich«, erwiderte Nathalie und lächelte. »Sobald sie aus dem OP kommt, sagen die uns –«

»Was ist mit meinem Mann?«

Charlotte Henson rang nach Luft. Sie schien einfach nicht genug Luft zum Atmen zu bekommen.

Dr. Kidder wartete einen Moment, dann sah er ihr fest in die Augen.

»Ihr Mann, Frau Henson, hat bei dem Unfall schwere Schädelverletzungen erlitten, außerdem einen Leberriss und Frakturen im Brustraum.«

Starr vor Panik starrte Charlotte ihn an.

»Es waren aber die Schädelverletzungen«, fuhr er daraufhin fort. »Durch die ist es zu multiplen Blutungen im Gehirn gekommen, und obwohl wir alles versucht haben, was in unserer Macht steht ...«

Er hielt inne, atmete tief durch. Dann sah er Charlotte noch fester in die Augen als bisher und erklärte mit starker Stimme: »Es tut mir leid, Frau Henson, aber Ihr Mann ist klinisch tot.«

Es war heraus. Für Steven Kidder war es vollbracht. Für Charlotte Henson fing der Albtraum jetzt erst an.

Zunächst rührte sie sich nicht. Es dauerte eine ganze Weile, bis sie einen nahezu unmenschlich klingenden Schrei ausstieß. Er klang eher wie ein Gurgeln, als würde sie an ihrem Schmerz ersticken.

Kidder blickte zu Schwester Nathalie. Nein, noch war es nicht nötig, das Beruhigungsmittel zu verabreichen, das sie griffbereit in der Tasche hatte, und ein erfahrener Arzt wie Dr. Kidder wusste sogar, wie er verhindern konnte, dass es überhaupt so weit kam.

»Es tut mir wirklich leid«, sagte er noch einmal zu Charlotte Henson, »aber leider muss ich Sie auch noch mit einer ganz anderen Sache belästigen.«

Charlotte verstummte auf der Stelle.

»Wie Sie ja sicher wissen, ist Ihr Mann Organspender. Er hat sein Herz; seine Lungen, die Nieren, seine Leber und die Bauchspeicheldrüse zur Transplantation freigegeben. Die Leber können wir nicht mehr nutzen, weil sie bei dem Unfall einen zu schweren Schaden genommen hat, aber die anderen Organe ...«

»Nein«, schrie Charlotte. »NEIN!«

Kidder zeigte sich ungerührt.

»Ich weiß, dass das schwer für Sie ist«, meinte er nur.

»Ich will das nicht!«, schrie Charlotte Henson ihn daraufhin an. »Ich will meinen Mann sehen. Wo ist er?«

Dr. Kidder nickte scheinbar nachdenklich vor sich hin. Das konnte er ganz hervorragend. Seinen Kollegen gelang das nicht halb so gut wie ihm.

»Selbstverständlich dürfen Sie Ihren Mann sehen, Frau Henson. Helen wird Sie begleiten. – Helen?«

Er stellte mich Charlotte Henson vor und erklärte ihr, dass ich mich in den nächsten Stunden um sie kümmern würde.

»Helen wird Ihnen auch mit all den Formalitäten behilflich sein.«

»Wo ist Will?«

»Ich werde Sie zu ihm bringen«, sagte ich leise. »Möchten Sie sofort oder –«

Sie sprang auf.

Dr. Kidder nutzte die Gelegenheit, erhob sich ebenfalls von seinem Stuhl und streckte Charlotte die Hand entgegen, um sich von ihr zu verabschieden. Er bot aber an, ihr für Fragen jedweder Art zur Verfügung zu stehen.

Nathalie schloss sich ihm an.

»Wenn Sie irgendetwas brauchen, Frau Henson ... jederzeit! Und sobald die Orthopädie Bescheid gibt, können Sie Ihre Mutter sehen.«

Charlotte reagierte gar nicht. Sie wandte sich nur mit flehendem Blick an mich.

»Kommen Sie!«, sagte ich leise und öffnete die Tür.

5. Kapitel

Organbeschaffung und Organweiterverwertung sind in den USA wie in den meisten Industrienationen durch den Gesetzgeber geregelt. Jeder Bundesstaat hat seine eigene OPO, Organ Procurement Organization, und große Bundesstaaten wie Kalifornien sind noch mehrmals unterteilt. Das *Rockwell Medical Center* unterstand der OPOSC, der Organ Procurement Organization of Southern California.

Wurde in irgendein Krankenhaus im jeweiligen Zuständigkeitsbereich ein Patient eingeliefert, dessen Leben nicht mehr zu retten war, dessen Organe aber für eine Spende in Frage kamen, wurde die entsprechende OPO verständigt.

Dort kümmerte man sich dann darum, dass die Organe ordnungsgemäß, das heißt gemäß der Warteliste, weitergeleitet wurden. Die in Frage kommenden Transplantationszentren wurden informiert, damit sie die erforderlichen chirurgischen Vorbereitungen treffen konnten.

Zugleich sorgte die OPO dafür, dass die Angehörigen der Organspender betreut wurden. Sie konnten Gesprächsgruppen besuchen, wurden mit Leidensgenossen zusammengeführt, bekamen jede Menge Lesestoff, und einige OPOs ermöglichten ihnen sogar, einmal im Jahr die Empfänger der Organe zu treffen, sofern beide Parteien damit einverstanden waren.

Es war ein großartiges Netzwerk aus Menschlichkeit sowie Lebens- und Sterbenserfahrung, doch funktionierte es leider nur mittel- und langfristig. Kurzfristig hatte es lange Zeit keine Lösung gegeben, und so griffen große Kliniken wie das RMC irgendwann zur Selbsthilfe. Jetzt kümmerten sich Leute wie ich um die Erstversorgung der Angehörigen.

Unfälle passierten draußen, irgendwo auf der Straße, am Arbeitsplatz oder im eigenen Haus. Eingeliefert wurden die Patienten in die Notaufnahme. Dort oder auf der Intensivstation wurde die Diagnose Hirntod gestellt, und dort teilte man auch den Verwandten das Schicksal ihres Angehörigen mit.

Diesen Menschen half es in einem solchen Moment nicht, dass sie in wenigen Stunden einen Anruf, am nächsten Morgen einen Besuch und zwei Tage später per Post ein Paket mit Informationsmaterial erhielten. Sie brauchten in dem Moment jemanden, an dem sie sich festhalten und mit dem sie reden konnten, und wenn ich gute Arbeit leistete, sah es für sie auch ganz so aus, als sei ich genau dazu da.

Die Wahrheit sah anders aus. Meine eigentliche Aufgabe bestand einzig und allein darin sicherzustellen, dass der Krankenhausbetrieb nicht gestört wurde.

Krankenhäuser waren Einrichtungen, in denen kranke Menschen behandelt wurden, und per Definition war nur der Patient selbst *Kunde*, nicht sein Angehöriger.

In unseren Fällen war diese Definition auch nicht dehnbar, konnte sich das Wohlbefinden der Angehörigen doch nicht mehr positiv auf das Wohlbefinden des Patienten auswirken, denn der Patient selbst war ja tot.

Ich hatte also dafür zu sorgen, dass sich die Angehörigen während der kritischen Stunden ruhig verhielten, damit alles seinen geregelten Gang gehen konnte. Und der Gang war in Kalifornien geregelt – seit kurzem besser als jemals zuvor.

Aufgrund der fehlenden Infrastruktur im Land machte fast jeder Bürger, sobald er sechzehn Jahre alt war, seinen Führerschein, der alle zwölf bis sechzig Monate erneuert wurde. Bei der Ausstellung beziehungsweise der Neuausstellung war man verpflichtet, anzugeben, ob man im Falle eines Falles seine Organe spenden wollte oder nicht, und der Führerschein wurde dann mit einem entsprechenden Sticker gekennzeichnet.

Bis vor kurzem hatten Transplantationsteams trotz dieser Führerschein-Sticker immer noch das Einverständnis der nächsten Angehörigen einholen müssen, und das war ihnen nicht selten versagt worden.

Deshalb gab es seit April 2005 ein neues Gesetz, das dazu gedacht gewesen war, Transplantationsteams die Arbeit zu erleichtern. Das tat es auch, allerdings nur insofern, als dass es jetzt zwar keine ethischen und juristischen Probleme mehr gab, doch die moralischen waren durch das neue Gesetz eher größer geworden.

Wir brauchten die Angehörigen jetzt gar nicht mehr. Wenn man es ganz brutal betrachtete, waren sie uns sogar im Weg. Je länger sie benötigten, um sich von jemandem zu verabschieden, der nicht mehr lebte, desto länger waren Maschinen blockiert, die vielleicht noch ein Leben hätten retten können. Vor allem aber mussten andere Menschen um so länger auf die entsprechenden Organe warten und damit auf ihre oftmals letzte Chance weiterzuleben.

Alle, die in diesem Bereich arbeiteten, waren sich der Zeitnot bewusst. Das galt auch für mich. Nur war ich die Einzige in der Kette von Ansprechpartnern, die diesen Aspekt für sich behalten musste. Für mich durfte es nur um den Hinterbliebenen gehen. Ich musste seinen Schock abfangen und möglichst schnell in erste Trauer verwandeln.

Schock lähmt. Der Betroffene fühlt sich, als sei er plötzlich und unerwartet in einen engen Schacht gestürzt, in dem es dunkel ist und in dem er sich nicht einen Millimeter rühren kann. Schock ist Stillstand.

Im Gegensatz dazu ist Trauer ein Weg, ein langer Weg zwar, doch er ist nur zu Anfang dunkel und steinig, am Ende führt er immer zurück ins Leben.

Menschen dabei zu helfen, sich aus der Starre des Schocks zu befreien und den ersten Schritt in heilsame Trauer zu wagen, ist jedoch leichter gesagt als getan. Auf dem Papier gibt es da viele Möglichkeiten, und wie ich bei diversen Fortbildungen immer wieder feststellte, ließen sich die Theoretiker auch ständig etwas Neues einfallen.

In meinem Arbeitsalltag waren die Möglichkeiten allerdings begrenzt. Wie ich vorging, war von Fall zu Fall unterschiedlich. Es hing ganz von meinem jeweiligen Gegenüber ab, von seiner persönlichen Einstellung zum Leben und Sterben, zu Gott und der Welt, genauso wie von seiner Beziehung zu der Person, die es gerade verloren hatte.

Deshalb machte ich nie irgendwelche Pläne. Ich nahm mir niemals vor, mich so oder so zu verhalten. Ich ließ es immer auf mich zukommen, wie ich die Menschen selbst auf mich zukommen ließ, mit denen ich es in dieser Ausnahmesituation ihres Lebens zu tun hatte.

Charlotte Henson bildete da keine Ausnahme. Und doch war sie anders als jeder andere Fall, den ich bisher betreut hatte. Das wurde mir erstmals klar, als ich sie über den Gang zu Trauma 1 führte. Ich wusste nur nicht, warum ich so empfand, und hatte in dem Moment auch keine Zeit, darüber nachzudenken.

»Sind Sie bereit?«, fragte ich nur noch, als wir die Tür erreichten.

Charlotte sah mich nicht an. Sie blickte auf ihre Schuhspitzen, nickte aber.

Riza saß auch jetzt wieder an William Hensons Seite. Sie blickte auf, als ich die Tür öffnete, und ich deutete ihr mit einer Handbewegung, sich nicht zu rühren.

Charlotte Henson blieb wie angewurzelt im Türrahmen stehen und sah mich an. In den Raum zu blicken, wagte sie nicht.

»Haben Sie keine Angst!«, sagte ich leise.

Sie biss sich auf die Unterlippe.

»Die Kopfverletzungen sind abgedeckt, Charlotte. Sie müssen wirklich keine Angst haben.«

Zaghaft trat sie einen Schritt vor, schaute um die Ecke.

»Wer ist das?«, fragte sie im nächsten Moment ganz aufgeregt. »Betet die? Ich will auf keinen Fall, dass hier gebetet wird!«

Ich war dermaßen überrascht über diesen Ausbruch, dass ich einen Moment brauchte, um überhaupt zu begreifen, worum es ging. Für meine Begriffe hatte Riza nicht gebetet. Sie hatte lediglich dagesessen, wenn auch mit gefalteten Händen. Die legte sie jetzt flach in den Schoß, und im nächsten Moment erhob sie sich von ihrem Stuhl.

»Das ist Schwester Riza«, stellte ich sie Charlotte vor. »Und sie hat bestimmt nicht gebetet, Frau Henson. Sie ist nur hier, damit Ihr Mann nicht allein ist. – Riza, das ist Charlotte Henson, die Ehefrau von –«

»Er lebt ja noch!«

Charlotte schrie diese Worte förmlich heraus, und im nächsten Moment rannte sie an mir vorbei auf den Behandlungstisch zu und ließ ihre Handtasche fallen, an der sie sich bis dahin krampfhaft festgehalten hatte.

Riza sah mich fragend an. Ich nickte, und sie lief auf Zehenspitzen aus dem Raum.

Charlotte Henson zitterte am ganzen Körper. Einerseits wollte sie ihren Mann wohl berühren, doch sah sie ja nur das untere Drittel seines Gesichts, weil der Rest von ihm unter grünen Laken verborgen war.

Sie schien Angst zu haben, einfach dahin zu fassen, wo sich die Arme ihres Mannes, seine Brust und die Beine befinden mussten. So glitten ihre Hände in der Leere ziellos von einer Stelle zur anderen, griffen aber nie zu.

»Hörst du mich?«, flüsterte sie dabei immer und immer wieder. »Hörst du mich, Will?«

Ich stellte mich ans Fußende des Behandlungstisches.

»Ich bin es, Will! Charlotte! Hörst du mich?«

»Er hört sie nicht«, sagte ich ruhig.

»Bestimmt hört er mich.«

Hirntod war ein Wort, von dem die meisten zu wissen glaubten, was es bedeutete – bis sie vor einem geliebten Menschen standen, der hirntot war.

Das Gehirn ist das Steuerzentrum für alles, was uns als die Person ausmacht, die wir sind. Die Bilder, die unsere Augen sehen, wertet das Gehirn aus, sodass wir erkennen, was wir sehen. Die Töne, die unsere Ohren aufnehmen, setzt unser Gehirn in Worte und in Musik um. Wir bewegen uns, weil unser Gehirn es uns erlaubt. Es speichert unsere Erinnerungen, unsere Gedanken und unsere Ideen, es steuert all unsere Gefühle.

Weil dem Gehirn für das menschliche Leben eine derart immense Bedeutung zukommt, hat die Natur dafür gesorgt, dass es extrem gut geschützt ist. Unsere Schädelknochen sind wie ein Panzer, und es bedarf enormer Gewalteinwirkung, ihn zu beschädigen. Selbst dann hält er noch wacker stand und seinen Schatz Gehirn fest umschlungen, und genau das ist für viele Hirntode verantwortlich.

Wir wissen alle, was geschieht, wenn wir mit der Stirn gegen einen Türrahmen prallen. Binnen Sekunden entwickelt sich durch den Schlag eine Beule auf der Stirn, da die verletzte Stelle anschwillt.

Bei Gehirnverletzungen muss man sich das so ähnlich vorstellen: Das Hirn schwillt an, wenn der Schädel schwer verletzt wurde. Da jedoch die festen Schädelknochen kaum Raum für eine Schwellung bieten, steigt der Druck in den Hirnwindungen, und die Blutgefäße werden abgedrückt. Die Hirnzellen können daraufhin nicht mehr mit Blut und Sauerstoff versorgt werden und sterben innerhalb weniger Minuten ab.

Damit sterben auch die Fähigkeiten des Patienten zu sehen, zu hören, zu sprechen, zu riechen, zu schlucken, sich zu bewegen, zu denken, zu atmen, zu fühlen … nur eins stirbt nicht: das Herz.

Das menschliche Herz hat sein eigenes Versorgungssystem. Solange der Körper mit ausreichend Sauerstoff und Glukose versorgt wird, schlägt es weiter. Deshalb bekommen hirntote Patienten Infusionen und werden künstlich beatmet, damit arbeitet das Herz weiter und versorgt wiederum die übrigen Organe mit Blut und Sauerstoff.

»Er lebt ja noch!«, hatte Charlotte Henson geschrien.

So empfand sie es in diesem Augenblick, und so empfanden es die meisten in ihrer Situation.

Ihr Mann atmete. Sie hörte deutlich das monotone Pumpen der Beatmungsmaschine. Auch sein Herz schlug. Das hörte sie nicht nur, sondern sah es sogar auf dem EKG-Monitor. Durch Schläuche tropften Flüssigkeiten in den Körper ihres Mannes, in diesen Körper, der von den grünen Laken bedeckt wurde, die ihr so unheimlich waren.

Vorsichtig legte ich meine Hand auf Charlottes rechte Schulter. Sie zuckte zusammen und wich der Berührung aus. Mein Versuch war fehlgeschlagen. Viele meiner Fälle, wie ich die Angehörigen unserer Patienten nannte, schätzten körperliche Nähe. Sie gab ihnen das Gefühl, nicht allein zu sein. Mindestens ebenso viele lehnten körperliche Nähe ab.

Wie ein Angehöriger im Einzelfall reagierte, hing vornehmlich davon ab, welche persönlichen Lebenserfahrungen er gesammelt hatte, bevor er mir begegnete. Charlotte Henson war offenbar gut damit gefahren, sich ausschließlich auf sich selbst zu verlassen.

»Lassen Sie mich mal gerade etwas nachsehen!«, bat ich sie und schob mich ohne weiteren Körperkontakt an ihr vorüber, stellte mich so, dass sie nicht sehen konnte, was ich tat.

Vorsichtig hob ich das grüne Laken und sah, dass William Hensons linke Hand unversehrt war. Ich legte sie auf das Laken und ließ Charlotte vortreten. Dann rollte ich den Stuhl heran, auf dem Riza bis gerade gesessen hatte, und bot Charlotte an, darauf Platz zu nehmen.

»Ich lasse das nicht zu«, erklärte sie und schüttelte den Kopf dabei.

Da ich nicht davon ausging, dass sich diese Bemerkung auf das Hinsetzen bezog, sagte ich nichts dazu.

Charlotte befand sich in einem Schockzustand, auch wenn es auf den ersten Blick vielleicht nicht danach aussah. Was geschehen war, war völlig unerwartet geschehen, und sie war nicht darauf vorbereitet gewesen. Das waren zwei der drei Kriterien, die ein emotionales Trauma kennzeichneten. Das dritte wollte kein Betroffener wahrhaben: Sie hätten nichts tun können, um zu verhindern, was geschehen war.

Bis das akzeptiert wurde, vergingen oftmals Jahre. Zunächst reagierten die Angehörigen, wie Charlotte Henson in diesem Moment reagierte.

»Das ist alles meine Schuld«, flüsterte sie. »Ich hätte am Steuer … ich müsste hier … Alles meine Schuld!«, wiederholte sie. »Alles meine Schuld!«

Das stimmte natürlich nicht. Doch in diesem Augenblick brauchte sie das Gefühl, die Schuld zu tragen, da ihr das eine gewisse Sicherheit vermittelte. Indem sie die Schuld für das schreckliche Ereignis auf sich nahm, glaubte sie, es möglicherweise verhindert haben zu können. Sich selbst moralisch zu verantworten war erträglicher, als sich einzugestehen, dass man keine Kontrolle über das Leben hatte, dass jederzeit und überall Dinge geschehen konnten, gegen die man machtlos war.

Auf einmal starrte Charlotte mich an. Mit großen Augen. Und dann begann sie, den Kopf zu schütteln, immer schneller, immer heftiger.

»Ich hätte nicht anrufen dürfen«, sagte sie. »Ich hätte einfach zu spät …«

Sie gab es auf, ihren armen Kopf zu malträtieren, und schloss die Augen.

»Aber sie nimmt ihre Medikamente ja nicht«, sagte sie bitter. »Wenn man nicht ständig hinter ihr her ist, nimmt sie die nicht. Deshalb wäre es zu spät geworden, wenn ich selbst … nur deshalb habe ich …«

Sie öffnete ihre Augen wieder und sah mich an.

»Wissen Sie, dass ich heute Geburtstag habe?«

Ich schluckte. Dem Tod war es gleichgültig, welches Datum der Kalender zeigte, doch schien er in diesem Fall ausnahmsweise mal gut gewählt zu haben. Charlotte Hensons Geburtstag würde ohnehin nie wieder das sein, was er bisher gewesen war, denn ihr Mann war nicht mehr da, um ihr zu gratulieren. Allerdings würde sie im Gegensatz zu vielen anderen Menschen statt zwei Trauertagen in Zukunft nur einen haben. Das war ein Geschenk. Dessen war sie sich im Augenblick nur nicht bewusst, und ich hätte mir auch eher auf die Zunge gebissen als zu versuchen, es ihr bewusst zu machen.

»Wie lange waren Sie verheiratet?«, fragte ich stattdessen.

Ihre Augen verengten sich schlagartig zu Schlitzen, und aus denen sah sie mich scharf an. »Wir sind seit siebzehn Jahren verheiratet, Frau Drescher.«

»Helen«, gab ich ruhig zurück.

Die Krankenhausverwaltung legte großen Wert darauf, dass ich meine Fälle mit dem Vornamen ansprach; auf diese Weise sollte ein persönliches Verhältnis hergestellt werden.

»Seit siebzehn Jahren sind wir verheiratet«, wiederholte sie dann. »Wir haben gerade erst Hochzeitstag gefeiert. Am 16. August.«

Ich erschrak. Charlotte Hensons Geburtstag fiel auf meinen Hochzeitstag, und ihr Hochzeitstag war an meinem Geburtstag. Ich wollte zwar nicht glauben, dass solche Zufälle irgendeine Bedeutung haben, fand es aber trotzdem merkwürdig – oder besser gesagt sogar unangenehm.

»Haben Sie Kinder?«, fragte ich weiter, um mir das nicht anmerken zu lassen.

Sie verzog das Gesicht.

»Nein!«, erklärte sie mir dann, und zwar so laut, dass ich zum zweiten Mal erschrak.

Und es schien ihr zu gefallen, dass ich erschrak.

»Natürlich nicht!«, führte sie nämlich weiter aus und verzog das Gesicht immer mehr. »Kinder kriegen doch nur Leute, die Drogen nehmen oder alkoholabhängig sind. Oder schon so viele Kinder haben, dass sie gar nicht mehr wissen, wohin mit den neuen, und sie in Mülltonnen stopfen.«

Sie sah mich an, als erwarte sie einen Kommentar von mir, doch wusste ich beim besten Willen nicht, was ich dazu sagen sollte.

Charlotte nahm es zur Kenntnis und schenkte mir das verzweifelteste Lächeln, das ich je gesehen hatte.

»Aber das müssen die Kinder ja alle selbst wissen«, seufzte sie. »Wenn sie sich solche Eltern aussuchen, haben sie es nicht besser verdient. Haben Sie von dieser Frau in Texas gehört? Von der, die ihre fünf Kinder ertränkt hat?«

Jeder hatte von Andrea Yates gehört. Ihre Geschichte war der tragischste Fall von Postpartum-Depression, der jemals publik gemacht worden war.

»Einen Orden verdient die!«, rief Charlotte. »Die hat den Würmchen gegeben, was sie wollten. Bei uns wäre es ihnen gut gegangen. Will und ich hätten diese Kinder –«

Abrupt hielt sie inne. Im nächsten Moment wurde sie ganz nervös. Ihr Blick irrte durch den Raum, als habe sie vorübergehend vergessen, wo sie und warum sie hier war.

Sie blickte auf ihren Mann hinunter, wagte endlich, ihn zu berühren. Ganz vorsichtig strich sie mit den Fingerspitzen über seinen linken Unterarm.

»Wenn er wieder aufwachen würde«, flüsterte sie, »wie ... könnte er dann noch irgendetwas ... ich meine, ist sein Gehirn so geschädigt ...?«

Sie sprach nicht weiter. Ich wartete eine ganze Weile.

»Das Gehirn Ihres Mannes ist nicht geschädigt«, antwortete ich dann betont ruhig. »Es ist tot, Charlotte. Und weil es tot ist, kann Ihr Mann nicht mehr aufwachen.«

Wieder sah sie mich so scharf an. Wieder waren ihre Augen ganz schmal dabei.

»Aber man hört das doch immer wieder«, sagte sie. »Erst kürzlich ist eine junge Frau nach über zwanzig Jahren aus dem Koma erwacht.«

»Aus dem Koma!«, wiederholte ich. »Ihr Mann liegt aber nicht im Koma.«

Es kam immer wieder vor, dass Angehörige Hirntod und Koma für ein und denselben Zustand hielten, selbst dann, wenn sie den Unterschied im Grunde genau kannten. Ich war beispielsweise sicher, dass Charlotte Henson ihn kannte, doch stand sie zurzeit unter einer solch immensen nervlichen Anspannung, dass ihr eigenes Hirn nicht in der Lage war, dieses Wissen abzurufen. Außerdem brauchte man etwas, an das man sich klammern konnte, um die Situation ertragen zu können, und das Wort Koma war ein Tunnel, an dessen Ende ein Licht namens Hoffnung flackerte.

»Das hat nur was mit Bewusstsein zu tun?«, murmelte sie da auch schon. »Nichts mit Hirnfunktion?«

»Unser Gehirn arbeitet auf verschiedenen Bewusstseinsebenen«, bestätigte ich ihr. »Sie und ich, wir sind jetzt wach und können auf das reagieren, was um uns herum passiert. Wenn ein Mensch aber im Koma liegt –«

»Schläft er!«, fiel Charlotte mir ins Wort und legte endlich ihre ganze Hand auf den Arm ihres Mannes.

»Nein«, widersprach ich, damit es hier auf keinen Fall zu Missverständnissen kam. »Während wir schlafen, hat unser Gehirn zwar eine andere Bewusstseinsstufe als im Wachzustand, reagiert jedoch auf äußere Einflüsse. Sonst würde uns der Wecker ja nicht jeden Morgen aufs Neue aufschrecken. Komapatienten –«

»Ich weiß schon«, unterbrach sie mich, ohne aufzublicken. »Ich hatte mal einen Mandanten, dessen Frau seit Jahren im Koma lag.«

Sie seufzte.

»Sie sind Anwältin?«, erkundigte ich mich.

»Scheidungsanwältin.«

Sie lachte bitter auf und erzählte mir, wie frustrierend es sei, tagein, tagaus mit Menschen zu tun zu haben, die einander mal geliebt, das aber längst vergessen hätten.

»Von denen wäre mancher froh, wenn ihr Partner so daliegen würde. Aber nein! Ausgerechnet uns muss das passieren!«

Sie schluchzte auf, hatte sich im nächsten Moment aber schon wieder unter Kontrolle.

Vorsichtig setzte sie sich auf den Drehstuhl, rollte ihn so weit wie möglich an den Behandlungstisch, legte ihren Kopf auf den Arm ihres Mannes.

Im gleichen Moment klopfte es an der Tür, gleich zweimal. Charlotte bemerkte es nicht, aber mir wurde schlagartig elend zumute. Zu Hause musste eine Katastrophe passiert sein. Sonst hätten meine Kollegen nie gewagt, jetzt zu stören.

Mit weichen Knien lief ich zur Tür. Vielleicht war das Feuer in Studio City neu entfacht und unser Haus in Flammen aufgegangen. Vielleicht war wieder was mit Ben und –

Ich wollte meinen Augen nicht trauen. Vor mir stand die Hollywood-Schönheit und wisperte, ich möge ihr bitte, bitte nicht böse sein.

»Aber Sie hatten gesagt, dass Sie mir was zu trinken brächten.«

»Ich bin gleich zurück«, sagte ich zu Charlotte Henson und trat auf den Gang hinaus.

»Es tut mir leid, dass ich das vergessen habe«, erklärte ich Jodie Lang, »aber –«

»Das macht ja nichts«, meinte sie lächelnd.

»Wie nachsichtig von Ihnen!«, entfuhr es mir mit unüberhörbarem Sarkasmus.

»Nachsichtig?«

Sie schien das Wort nicht zu kennen, und für Vokabellektionen hatte ich nun wirklich keine Zeit.

»Was möchten Sie denn?«, fragte ich deshalb rasch. »Cola? Kaffee?«

»So etwas trinke ich nicht. Haben Sie Wasser? Aber nur, wenn es keine Kohlensäure hat!«

Was bildete sich dieses Wesen ein? Wir betrieben hier keinen Getränkeausschank, auch wenn ich ziemlich sicher war, dass es im Haus durchaus verschiedene Mineralwassersorten gab. Nur war ich keine Kellnerin. Ich war zwar gern bereit, wenn ich Zeit und nichts anderes zu tun hatte, anderen Leuten einen Gefallen zu tun, aber das hier ging entschieden zu weit.

»Da hinten ist ein Automat«, sagte ich und wies auf das Ende des Ganges.

»Da hatte ich schon geguckt«, gab Jodie prompt zurück, »aber ich habe kein Kleingeld. Und die nette Krankenschwester, die mir was wechseln wollte, war plötzlich verschwunden.«

Ich bat Jodie, wieder in FAM 3 Platz zu nehmen, und holte rasch ein Glas und eine Flasche stilles Wasser aus der »Höhle«.

Als ich wieder auf den Korridor hinaustrat, kam Amy mir entgegen.

»Nur ganz kurz, Helen! Wenn du später –«

»Ich habe überhaupt keine Zeit.«

»Ich weiß. Aber wenn du den Kidder nachher mal fragen könntest ...«

Ich hörte gar nicht weiter zu, betrat FAM 3, brachte Jodie das Wasser.

»Helen ist auch Deutsche«, rief Amy da auf einmal von hinten.

»Wirklich?«, fragte Jodie.

»Sie sind Deutsche?«, erkundigte ich mich meinerseits nun bei ihr.

»Aus München«, antwortete Jodie auf Deutsch.

Deshalb war mir ihr Akzent also so eigenartig vertraut vorgekommen.

»Und Sie?«, wollte sie wissen

»Ich komme aus Dortmund«, antwortete ich, drehte die Wasserflasche auf und schenkte ihr ein.

»Und seit wann leben Sie hier?«

»Seit knapp achtzehn Jahren.«

Ich drehte die Wasserflasche wieder zu und stellte sie auf den Tisch, sah, dass Jodie das Gesicht verzog.

»Ich erst seit fünf Monaten und drei Wochen«, sagte sie.

»Ein Rookie also.«

»Ein was?«

Ich hatte wirklich keine Zeit für einen Plausch, und außerdem schienen Amy und Jodie sich bereits angefreundet zu haben.

»Ich wollte ihr Geld wechseln, damit sie sich was aus dem Automaten ziehen konnte, aber ich hatte selbst kein … soll ich den Kidder mal fragen?«

Stöhnend eilte ich an Amy vorüber zu Trauma 1.

»Hast du gar nichts zu tun?«, fragte ich sie nur noch über die Schulter.

»Wieso?«

Als ich in den Raum zurückkehrte, saß Charlotte Henson unverändert da. Sie hatte nur ihren Kopf zur anderen Seite gedreht, sodass ich ihr Gesicht nicht sehen konnte.

»Ich bin's«, sagte ich und schloss die Tür hinter mir.

Sie reagierte nicht. Für einen Moment blieb ich stehen. Das Bild, das sich mir bot, schien mir vertraut. Ein Mensch saß an der Seite eines anderen, verzweifelt bemüht, dieses letzte Miteinander mit jeder Faser zu spüren und vielleicht sogar zu genießen. Das Leben, das diese beiden Menschen bis vor kurzem miteinander verbunden hatte, war das gleiche Leben, das sie jetzt voneinander trennte.

Das Bild schien mir wirklich vertraut, allerdings nur im ersten Moment. Im nächsten erschrak ich regelrecht, denn etwas war hier anders als sonst. Ich konnte es weder sehen noch hören. Es war nicht greifbar, ich fühlte es nur. Hier fehlte etwas.

Langsam ging ich zum Fußende des Behandlungstisches. Da lag William Hensons Hülle. Technisch lebte sie zwar noch, war dabei aber einwandfrei leer. Das spürte ich. Der Mensch, der William Henson gewesen war, war nicht mehr da, und um Charlotte schien es genauso bestellt zu sein.

Ihre Gegenwart konnte ich ebenso wenig spüren wie die ihres hirntoten Ehemanns, und so etwas hatte ich bisher noch nie erlebt.

Das war es gewesen, was mir auf dem kurzen Weg von FAM 2 zum Traumaraum aufgefallen war. Charlotte war nur körperlich anwesend. Ich atmete tief durch. Ben hatte mir beigebracht, dass es für jedes Gefühl, selbst wenn es einem noch so irrwitzig erschien, eine vernünftige Erklärung gab. Das musste auch für Charlotte Henson gelten.

Ich trat hinter sie und beschloss, noch einmal zu versuchen, sie zu berühren. Vorsichtig legte ich meine Hand auf ihren Rücken, und diesmal zuckte sie nicht. Sie zeigte überhaupt keine Regung. Es kam mir fast so vor, als sei sie eingeschlafen.

»Charlotte?«

Sie richtete sich auf und sah mich an. Geschlafen hatte sie nicht.

»Was?«

Ich ließ sie los und versuchte, in ihren Augen irgendetwas zu entdecken, Schmerz oder Angst, Trauer oder Verzweiflung. Doch in ihrem Blick lag nichts als Leere.

»Haben Sie sich die Kopfverletzungen Ihres Mannes angesehen?«, fragte ich mit betont sanfter Stimme.

»Nein.«

»Soll ich Ihnen zeigen, was dazu geführt hat, dass er –«

»Ich will das nicht sehen, Frau Drescher.«

Ihre Stimme klang ruhig und fest.

Ich nickte.

»Helen«, bot ich ihr dann noch einmal an.

»Helen«, wiederholte sie in einem Tonfall, der deutlich signalisierte, dass es zurzeit wirklich Wichtigeres gab und es ihr ziemlich egal war, ob sie mich nun mit meinem Vor- oder Nachnamen ansprach.

Und damit hatte sie ja auch recht.

»Nebenan ist eine junge Frau, Charlotte. Die war bei Ihrem Mann nach dem Unfall, und falls Sie –«

»Sie war bei ihm?«

Charlotte schoss förmlich von ihrem Stuhl.

»Im Auto?«

Ihre Frage verwirrte mich.

»Nach dem Unfall«, wiederholte ich und bemühte mich dabei um ein Lächeln.

Sie entspannte sich sichtlich.

»Ach so, danach«, murmelte sie und sank auf den Stuhl zurück.

Ich legte Charlotte dar, was Jodie Lang mir erzählt hatte.

»Sie ist eine sehr nette Frau«, fügte ich abschließend hinzu. »Noch sehr jung, aber ausgesprochen nett. Eine Deutsche.«

Charlotte schien verdutzt.

»Eine Deutsche?«, fragte sie nach, als müsse sie mich falsch verstanden haben.

»Sie kommt aus München.«

»Und sie spricht auch noch Deutsch?«

Die Frage war berechtigt, denn viele Amerikaner waren zwar deutscher Herkunft, sprachen deshalb aber noch lange nicht die Sprache.

»Ich habe mich gerade auf Deutsch mit ihr unterhalten«, antwortete ich.

Jetzt war Charlotte Henson nicht mehr verdutzt, jetzt sah sie mich nahezu fassungslos an.

»Sie sind auch Deutsche, Helen?«

Charlotte Henson war eine geborene Brock, und ihre Mutter Wiltrud stammte aus Berlin. Charlotte war zwar in Los Angeles geboren, besaß aber beide Staatsangehörigkeiten und sprach auch fließend deutsch.

»Nur kann man das hier ja kaum benutzen«, seufzte sie. »In Los Angeles ist man ja besser bedient, wenn man Spanisch spricht oder Koreanisch. Farsi ist die Sprache der Zukunft, sagt Will immer.«

Sie hielt inne und umfasste nun mit beiden Händen den linken Arm ihres Mannes.

»Wills Familie ist skandinavischer Abstammung«, sagte sie leise. »Er ist in Solvang geboren. Waren Sie da schon mal?« Solvang ist ein malerischer Ort im Santa Barbara County. Ich hatte schon viel davon gehört, und wir hatten auch immer mal hinfahren wollen, allzumal es gar nicht so weit entfernt war.

»Nein, leider nicht«, erwiderte ich. Charlotte lächelte.

»Will und ich fahren jedes Jahr an unserem Hochzeitstag hin«, flüsterte sie. »Die haben da sogar eine Nachbildung der Meerjungfrau, die in Kopenhagen steht.«

Ihr Lächeln wurde immer breiter, ganz so, als könnte sie die Skulptur plötzlich deutlich vor ihrem geistigen Auge sehen. Vielleicht ging sie aber auch gerade Hand in Hand mit ihrem Mann durch die Straßen von Solvang. In Augenblicken wie diesem waren die Erinnerungen ein Zufluchtsort.

»Wenn ich die Organe meines Mannes zur Transplantation freigebe ... schalten Sie dann die Maschinen ab?«

Ich hatte damit gerechnet, dass Charlotte mir diese oder eine ähnliche Frage früher oder später stellen würde, nur hatte ich in diesem Augenblick nicht damit gerechnet.

Ich atmete tief durch.

»Wenn Sie sich von Ihrem Mann verabschiedet haben«, sagte ich mit fester Stimme, »wird er in den Operationssaal gebracht, und dort werden dann die Geräte abgeschaltet.«

Charlotte nickte vor sich hin, als hätte sie sich so etwas gedacht.

»Und wenn ich meine Einwilligung nicht gebe? Bleiben die Maschinen dann an?«

Neben der Eingangstür stand ein zweiter Drehstuhl, den ich jetzt holte. Dann setzte ich mich neben Charlotte.

»Wir haben seit April dieses Jahres neue Gesetze«, versuchte ich, sie auf das vorzubereiten, was ihr jetzt bevorstand. »Und danach ist die Einverständniserklärung, die Ihr Mann unterschrieben hat, das einzige gesetzlich bindende Dokument.«

Sie starrte mich an.

»Ihr Mann hat seinen Führerschein sogar erst nach der Gesetzesänderung erneuern lassen, wenn ich das richtig gelesen habe. Anfang Mai?«

Sie schluckte.

»Das kann sein«, meinte sie dann. »Will hat am 7. Mai Geburtstag.«

Ich glaubte, nicht richtig zu hören. Bens Geburtstag war auch am 7. Mai, und diese Zufälle wurden mir jetzt langsam zu viel.

Wie ferngesteuert stand ich auf und suchte nach den Unterlagen, die Mia mir gegeben hatte. Sie lagen auf dem Ablagetisch neben der Tür.

Tatsächlich! Charlottes Hochzeitstag war an meinem Geburtstag, unser Hochzeitstag war an ihrem Geburtstag, und jetzt sah ich auch noch schwarz auf weiß, dass mein Mann und William Henson am gleichen Tag und im gleichen Jahr geboren worden waren.

»Ja«, stammelte ich und versuchte mich zu fassen, »genau ... richtig! Der Führerschein Ihres Mannes ist am 3. Mai 2005 erneuert worden, und er war persönlich beim DMV.«

»Wegen seiner Augen!«, rief Charlotte. »Er musste einen neuen Sehtest machen lassen. Deshalb ist er persönlich hingegangen.«

Gemäß meinen Unterlagen hatte er seinen Termin beim Department of Motor Vehicles darüber hinaus noch zu etwas anderem genutzt.

»Ihr Mann war schon vorher Organspender, Charlotte. Seit 1994. Anfangs offenbar ohne Einschränkungen. Bei seinem letzten Besuch beim DMV, am 3. Mai, hat er Einschränkungen gemacht. Da hat er klar verfügt, dass nur sein Herz, seine Leber, seine Lungen, sein –«

»Aber davon weiß ich nichts!«, schrie Charlotte auf.

Das war leider häufig so. Dass jemand einen Sticker auf seinen Führerschein klebte, Formulare ausfüllte und ein paar Unterschriften leistete, hieß noch lange nicht, dass er seine Familie über die Entscheidung in Kenntnis setzte. Sterben und Tod waren nach wie vor Themen, über die man ungern sprach.

»Sie wussten nicht, dass Ihr Mann seine Organe spenden wollte?«, vergewisserte ich mich.

Charlotte kniff die Augen zusammen und legte den Kopf in den Nacken.

»Doch«, gab sie zu. »Das schon. Nur ... ich bin selbst Organspender. Aber ich hatte keine Ahnung, dass man als nächster Angehöriger nicht ... Sie wollen mir sagen, dass ich keine Möglichkeit habe, mich gegen Wills Entscheidung zu wehren?«

Genauso war es.

»Man kann meinen Mann jetzt wider meinen Willen ausschlachten?«

»Ausgeschlachtet wird hier niemand, Charlotte. Unsere Ärzte –«

»Mir ist völlig gleich, wie Sie das nennen: Ich will das nicht.«

Leider ging es nicht darum, was sie wollte.

»Es geht um das, was Ihr Mann wollte, Charlotte. Wir müssen hier dafür sorgen, dass seine Wünsche respektiert werden, nicht Ihre. Und er hatte sich ja offenbar ernsthaft Gedanken gemacht. Sonst hätte er nicht einzelne Organe freigegeben, und andere –«

»Ich werde nicht tatenlos dabei zusehen, wie man Will umbringt!«, schrie Charlotte mir ins Gesicht. »Denn darum geht es ja. Sie schalten die Maschinen ab, um an seine Organe zu kommen. Wenn er das da nicht unterschrieben hätte, würden Sie ihn weiterleben lassen.«

Ausbrüche dieser Art erlebte ich immer wieder. Charlotte Henson wollte glauben, dass ihr Mann noch eine Chance hatte, solange man ihn nur an den Maschinen ließ.

»Das stimmt nicht«, sagte ich mit fester Stimme. »Wenn das Beatmungsgerät abgeschaltet wird, hört sein Herz auf zu schlagen.«

»Und woher wissen Sie das?«

»Ohne Hirntätigkeit kann der Mensch nicht atmen, Charlotte. Und ohne Atmung kann das Herz nicht –«

»Und wenn es nicht stehen bleibt, Frau Drescher? Wenn es weiterschlägt?«

»Das wird nicht passieren, Frau Henson. Aber rein theoretisch, wenn das Herz weiterschlüge, würde das bedeuten, dass Ihr Mann nicht hirntot ist, sondern in einem Koma liegt, und in dem Fall würde man ihn selbstverständlich weiterbehandeln.«

»Dann würde man die Maschinen anlassen?«

»Die Maschinen würde er dann ja gar nicht brauchen.«

Sie versuchte zu denken. Ich konnte körperlich spüren, wie sie sich darum bemühte, ein Bild von dem zu bekommen, was passieren musste, damit ihr noch ein Funken Hoffnung blieb.

»Kann ich dabei sein?«, fragte sie.

»Wobei?«

»Wenn Sie die Maschinen abschalten?«

Im RMC kam es häufiger vor, dass Angehörige anwesend waren, wenn das Beatmungsgerät abgeschaltet wurde. Ich hatte auch schon erlebt, dass Familienmitglieder der gesamten Organentnahme beiwohnten.

Ich selbst konnte nicht entscheiden, wie im Fall Henson vorgegangen wurde, und deshalb auch nichts versprechen. Ich konnte Charlotte nur zusichern, ihren Wunsch entsprechend weiterzuleiten.

»Na, ob das im Endeffekt wirklich mein Wunsch ist, weiß ich noch gar nicht«, schränkte sie gleich wieder ein. »Obwohl …«

Sie fühlte sich hin- und hergerissen, und das wurde zusehends schlimmer.

Charlotte war eine kluge Frau. Sie wusste, dass man sich hier nichts aus den Fingern sog. Die Diagnose über den Zustand ihres Mannes beruhte nicht auf vagen Vermutungen. Da sie sich dessen einerseits bewusst war, wollte sie es schnell hinter sich bringen. Sie konnte ja doch nichts daran ändern; die neuen Gesetze hatten sie jedweden Mitspracherechts beraubt.

Charlotte war aber andererseits auch eine liebende Frau, und als solche klammerte sie sich verzweifelt an die Möglichkeit eines weiterhin lebenden Ehemanns. Sie hatte keine Zeit gehabt, sich auf ihren Verlust vorzubereiten, und deshalb war es verständlich, dass sie ihren Mann aller Vernunft zum Trotz so lange wie eben möglich am Leben erhalten wollte, obwohl sie sich darüber im Klaren war, dass das, was sie jetzt noch Leben nannte, gar keins mehr war.

»Was hätten Sie denn mit Will gemacht, wenn er nicht Organspender wäre?«

»Das Gleiche«, antwortete ich.

Das glaubte sie mir nicht.

»Sie hätten ihn nicht ... gehen lassen?«, vergewisserte sie sich.

Ich seufzte. So schnell ließen Ärzte wie Steven Kidder niemanden gehen. Wenn es eine immer wieder vorgebrachte Kritik an moderner Trauma-Medizin gab, so bestand diese darin, dass oftmals zu lange zu viel versucht wurde, um Menschen am Leben zu erhalten – gleichgültig, um welchen Preis.

»Das heißt, wenn Will nicht ...«

Charlotte sprach nicht weiter. Sie sah mich aber plötzlich mit einem Blick an, der Bände sprach. Sie war eben eine intelligente Frau, und obendrein gebildet. Der Schockzustand, in dem sie sich im Augenblick befand, hinderte sie sogar daran, ihr Wissen und ihren Verstand im vollen Umfang zu nutzen, doch reichte es immer noch, um zwei und zwei zusammenzuzählen.

»Ich verstehe«, meinte sie prompt und biss sich auf die Unterlippe. »Wenn Will das Zeug da nicht unterschrieben hätte, würde ich hier jetzt durch die Mangel genommen.«

Ich sagte bewusst nichts dazu, doch das war auch gar nicht nötig.

»Dann säße hier jetzt mindestens ein Anwaltskollege«, vermutete Charlotte ganz richtig, »und sicher auch ein paar Betschwestern. Und mindestens zwei, drei Ärzte würden mir erklären, wie bedeutsam meine Unterschrift für irgendeinen Familienvater in Wisconsin ist. Habe ich recht?«

Ich schluckte. Sie hatte recht. Doch das war ein Thema, das unangenehm werden konnte.

»Betschwestern haben wir nicht«, versuchte ich abzulenken, »und wir können im RMC leider auch keinen geistlichen Beistand anbieten. Ich bin aber jederzeit bereit, mich mit einem Vertreter Ihres Glaubens –«

»Lenken Sie bitte nicht ab, Helen!«, fiel Charlotte mir ärgerlich ins Wort. »Ich habe recht mit meiner Vermutung, nicht wahr? Wenn Will nicht ... man würde sich hier jetzt richtig um mich bemühen. Eine Menge Leute würden vermutlich vor lauter Eifer Räder schlagen!«, fügte sie bissig hinzu. »Sehe ich das richtig?«

Ich atmete tief durch.

»Genau deshalb hat man die Gesetze geändert«, erklärte ich Charlotte. »Damit Menschen nicht mehr zu etwas überredet werden müssen, was eigentlich gar nicht ihre Angelegenheit ist. Es ist IHR Körper, über den Sie entscheiden, Charlotte. Nicht der Körper Ihres Mannes. Ebenso wenig kann Ihre Mutter über IHREN Körper entscheiden; das können nur Sie selbst.«

Charlotte sah mich an, als hätte ich etwas Unverzeihliches gesagt. Sie ließ sich aber dennoch nicht beirren.

»Mit Persönlichkeitsrecht hat das herzlich wenig zu tun«, zischte sie. »Um Politik geht es hier, das wissen Sie genau. Wenn man Menschen wie mich erst überreden muss, braucht man dazu verdammt viel qualifiziertes Personal. Da habt ihr es so natürlich viel leichter. Sind Sie Sozialarbeiterin?«

Charlotte Henson war nun regelrecht wütend, und ich nahm an, dass es gleich noch schlimmer werden würde, denn ich war weder ausgebildete Sozialarbeiterin, noch hatte ich ein Diplom in Psychologie. Trotzdem musste ich ihre Frage wohl oder übel verneinen.

»Das wäre ja auch viel zu teuer«, stellte sie bissig fest. »Nicht wahr, Helen? Wir müssen sparen, wo wir können, gerade jetzt. Damit wir unser Fachpersonal nach Afghanistan und in den Irak schicken können. Hier zu Hause kann dann ruhig der Hausmeister den Blinddarm rausnehmen. Hat er ja oft genug im Fernsehen gesehen! Der Arbeitnehmer muss heutzutage schließlich flexibel sein. Hat das RMC eigentlich ein eigenes Transplantationszentrum?«

»Ja.«

»Und wie viele Leute sitzen da schon, die Wills Nieren haben wollen?«

Lautlos stieß ich ein Dankgebet gen Himmel. Von William Hensons Organen würde kein einziges im RMC bleiben.

»Das können Sie mir nicht erzählen«, schimpfte Charlotte, nachdem ich sie über diese Tatsache aufgeklärt hatte. »Welchen vernünftigen Grund sollte es haben, die Nieren erst durchs halbe Land zu transportieren?«

»Was die Nieren betrifft, ist der Gewebetyp schon mal ein vernünftiger Grund«, antwortete ich. »Und wie Sie ja schon so trefflich bemerkt haben, lohnt es sich in Los Angeles eher, Spanisch, Koreanisch oder Farsi zu sprechen als Englisch.«

Sie erstarrte. William Henson war ein Weißer. In Kalifornien herrschte dringender Bedarf an hispanischen und asiatischen Organspenden.

»Wenn Sie wissen möchten, welches Transplantationszentrum die Nieren Ihres Mannes –«

»Um Gottes willen!«, rief Charlotte dazwischen und hob dabei abwehrend beide Hände. »Es mag ja Menschen geben, die sich in so einer Situation daran erfreuen, Gutes zu tun, aber bei mir sind Sie da – ich will den Arzt noch mal sprechen! So schnell wie möglich!«

Dr. Kidder war nicht ansprechbar. Er rannte von Trauma 2 in Trauma 3, zurück in 2, dann wieder in 3, erklärte mir jedoch jedes Mal, wenn er die paar Schritte über den Korridor lief, ich solle ruhig reden.

»Ich bin ganz Ohr, Helen!«

Ich zog es vor zu warten, weniger, um ihn zu entlasten, vielmehr, um mir selbst eine Auszeit zu verschaffen.

Charlotte Henson war anstrengend. Sie war anders als jeder andere Fall, den ich in den letzten drei Jahren betreut hatte. Irgendwie erschien sie mir emotional behindert. Sie hatte bestimmt Gefühle, die hatte schließlich jeder Mensch, doch kam es mir so vor, als gelangten ihre Gefühle nur selten an die Oberfläche. Deshalb hatte ich wohl auch den Eindruck gehabt, als sei sie eigentlich gar nicht da. Ich konnte sie nicht fühlen, weil sie selbst nur wenig von dem fühlte, was die meisten anderen in ihrer Lage fühlten.

Nicht nur deshalb tat sie mir leid. Da war auch noch etwas anderes. Ich hatte Charlotte schon zweimal angeboten, Telefonate für sie zu erledigen, Verwandte oder Freunde anzurufen, damit die herkamen, um ihr zur Seite zu stehen. Sie hatte das jedes Mal abgelehnt und behauptet, es gäbe niemanden. Wenn das wirklich stimmte …

»Nathalie?«

»Nicht jetzt, Helen!«

Unsere Stationsschwester kam gerade von der Toilette, eilte aber mit Riesenschritten an mir vorbei in Richtung Hauptbereich.

»Ich wollte nur wissen, ob –«

»Nicht jetzt, Helen!«, wiederholte sie.

»Aber die Mutter von Frau Henson –«

»Frag oben!«

Riza kam aus Trauma 2 und hielt den Pflegern, die gerade eine leere Trage aus dem Fahrstuhl schoben, die Tür auf.

»Hast du ein paar Minuten Zeit?«, fragte ich sie.

»Wenn ich mit dem hier durch bin, ja.«

»Würdest du dich mal kurz zu Charlotte Henson setzen?«

Riza war immer sehr entgegenkommend, wenn es um solche Dinge ging, auch jetzt. So lief ich rasch über die Feuertreppe in die zweite Etage. Das war unser Geheimweg. Wenn wir es eilig hatten oder die Aufzüge besetzt waren, ging das am schnellsten.

Die Intensivstation und die Operationsabteilung waren beide im zweiten Stock untergebracht. Sie waren durch einen Vorraum voneinander getrennt, zu dem man von der Feuertreppe direkten Zugang hatte. Weiter kam man nicht. Links war eine riesige Milchglastür, die in den OP-Bereich führte; ich lief nach rechts. Auch dort war eine riesige Milchglastür. Ich schellte.

Faith hatte Dienst. Sie saß hinter diesem halbrunden Ungetüm von Schreibtisch, das fünf Meter breit war, aussah wie die Schaltzentrale eines Raumschiffs und deshalb auch die »Brücke« genannt wurde.

»Hi, Helen!«, rief sie, schon bevor ich ganz hereingekommen war.

Sie hatte mich bereits auf einem der zahllosen Bildschirme gesehen, die auf ihrer Seite der Brücke standen.

»Faith, ich –«

»Ist dir nach einer Zigarettenpause?«

Ich lechzte schon seit Stunden nach Nikotin, musste mein Verlangen aber wohl oder übel noch weitere Stunden im Zaum halten. An eine Pause war gar nicht zu denken.

»Dann geht es dir wie uns!«

Faith erklärte mir, bei ihnen wäre die Hölle los. Nach wie vor war die ICU dicht. Alle Räume waren besetzt, das gesamte Personal war im Einsatz.

»Dabei habe ich solche Lust, eine zu rauchen.«

Faith hatte immer Lust. Sie war eine hellblonde Schönheit mit tiefblauen Augen und einem kleinen Mund mit prachtvollen Lippen. Sie erinnerten an die von Angelina Jolie und waren reine Natur – wie die zweihundertzwanzig Pfund Körpergewicht, die Faith mit sich herumschleppte.

Sie hatte eben immer Lust, vor allem auf Süßigkeiten. Sie rauchte sogar süße Zigaretten. Sie rochen zumindest nach Lakritz, und zwar so arg, dass ich mich noch nie dazu hatte durchringen können, eine zu versuchen.

»Habt ihr eine Wiltrud Brock?«, kam ich auf den eigentlichen Grund meines Besuchs zu sprechen. »Oder Trudy Brock?«

Faith schaute nach.

»Noch nicht, Helen. Kriegen wir aber. Die drüben haben vor einer halben Stunde – Scheiße!«, entfuhr es ihr im nächsten Moment. »Da müssen wir ja noch mal rollen!«

Zu rollen hieß, einen Patienten, der bis gerade Intensivpflege bekommen hatte, auf eine andere Station zu verlegen, damit ein Patient, der dringender intensiver Pflege bedurfte, aufgenommen werden konnte.

Deshalb schätzte Faith das Rollen nicht. Es bedeutete, Ärzte hinzuzuziehen, die dann empört waren, dass man ausgerechnet ihren Patienten rollen wollte, und manchmal schien es auch gar nicht vertretbar, einen Menschen zugunsten eines anderen zu verlegen.

»Kannst du mich anrufen, wenn ihr die Brock bekommt?«, fragte ich und lief schon wieder zur Tür.

»Klar«, stöhnte Faith. »Und vielleicht können wir später eine Zigarettenpause machen.«

6. *Kapitel*

Dr. Kidder war zwar nicht begeistert darüber, dass Charlotte Henson nochmals mit ihm sprechen wollte, hatte jedoch wohl schon damit gerechnet.

»Sie will sicher ...«

Er sprach nicht weiter, sondern eilte in Trauma 1 voraus, schlug mir galant die Tür ins Gesicht, woraufhin er sich aber sofort entschuldigte.

»Nicht schlimm!«, sagte ich.

Ich war ja nur eine kleine Angestellte. Da machte das überhaupt nichts aus.

Riza saß neben Charlotte, als wir eintraten. Sie sah mich an, als sei sie heilfroh, dass wir kamen. Ja, es lag einwandfrei so etwas wie Erlösung in Rizas Blick, und sie stand auch sofort auf und ging.

Charlotte erhob sich ebenfalls und dankte Kidder dafür, dass er sich die Mühe machte.

»Das ist doch selbstverständlich«, erwiderte er und fragte, was er denn für sie tun könnte.

Charlotte zögerte nicht eine Sekunde.

»Hirnzellen«, sagte sie, »die wachsen doch nach, nicht wahr? Ich hatte nämlich mal eine Bekannte, die nach einer Schädelverletzung alles neu hat lernen müssen: das Laufen, das Sprechen ... aber sie hat das alles wieder gelernt, Herr Doktor.«

Steven Kidder hörte solche Geschichten so häufig, dass ich nicht verwundert gewesen wäre, wenn er laut gestöhnt hätte. Doch blieb er ruhig und wartete sogar, bis Charlotte geendet hatte.

»Diese Bekannte«, sagte er dann, »die hatte eine Schädelverletzung, bei der ein Teil des Gehirns traumatisiert worden ist. Die beschädigten Hirnzellen sind nicht nachgewachsen, Frau Henson, sondern andere Hirnzellen haben später durch die Rehabilitation ihre Funktion übernommen.«

Er wartete einen Moment, doch Charlotte hatte offenbar keine weiteren Fragen. Also beantwortete Kidder ihr von sich aus die Frage, die sie ganz offensichtlich nicht zu stellen wagte.

»Das Gehirn Ihres Mannes, Frau Henson, ist bei dem Unfall so schwer verletzt worden, dass die Blut- und Sauerstoffversorgung der Hirnzellen abgerissen ist. Und deshalb sind die Hirnzellen abgestorben, nicht nur in einem Teil des Gehirns, sondern im ganzen Gehirn. Und wenn Hirnzellen einmal abgestorben sind, können sie sich nicht mehr regenerieren. Man kann sie nicht wiederbeleben wie ein Herz.«

Charlotte schluckte.

»Und Sie haben alle Tests gemacht, die man machen kann, um das hundertprozentig sicherzustellen?«, fragte sie. »Dabei kann Ihnen kein Fehler unterlaufen sein?«

Steven Kidder blickte Charlotte fest in die Augen. Er hatte bisher am Fußende des Behandlungstisches gestanden, aber jetzt bewegte er sich plötzlich und wollte wohl an mir vorübergehen.

Im letzten Moment zog ich so heftig am Ärmel seines Kittels, dass Kidder abrupt stehen blieb und mich anblickte.

Keine Schocktherapie!, sagten meine Augen zu ihm; Worte brauchte ich dazu nicht.

Er spitzte die Lippen, stellte sich wieder ruhig hin und wandte sich erneut Charlotte zu.

»Mein Kollege von der Neurochirurgie, Dr. Warren, und ich, wir haben unabhängig voneinander alle erforderlichen Tests durchgeführt und sind dabei einstimmig zu dem Ergebnis gekommen, dass Ihr Mann klinisch tot ist.«

Zum ersten Mal in jener Nacht wurden Charlotte Hensons

Augen feucht. Die Tränen versiegten aber gleich wieder. Im Moment war sie noch viel zu traurig, um weinen zu können.

»Und ich darf dabei sein?«, fragte sie Kidder mit zitternder Stimme.

»Wobei?«

»Wenn Sie die Organe ... wenn Sie die Maschinen ...?«

»Wenn Sie das möchten, Frau Henson, wird Helen Sie auf die Galerie begleiten, und Sie können dabei sein. Sie sollten sich nur darüber im Klaren sein –«

Charlotte winkte ab.

Kidder hielt inne. Es lag ihm nicht, Menschen zu überreden. Darüber hatten wir uns schon mehrmals ausführlich unterhalten. Seiner Meinung nach tat doch jeder, was er tun wollte, gleichgültig, ob das, was er wollte, vernünftig war oder nicht, gleichgültig, ob Fachleute ihm davon abrieten oder ihn gar davor warnten.

Im Gegenteil, laut Kidder fühlten Menschen sich betrogen oder zumindest manipuliert, wenn man ihnen nicht ermöglichte, das zu tun, was sie tun wollten. Deshalb hielt er es für reine Zeitverschwendung, Charlotte Henson zu belehren. Sie würde es ihm hinterher höchstens zum Vorwurf machen.

»Ich werde Professor Lipsey entsprechend informieren«, sagte er nur. »Das ist der Chef unseres Ernteteams.«

Charlottes Augen weiteten sich bei diesem Ausdruck, sie zeigte jedoch keine weitere Reaktion.

Kidder wandte sich an mich.

»Wenn noch irgendetwas sein sollte, Helen«, sagte er und meinte damit: *Wage es bloß nicht, mich noch mal zu stören!*

Inzwischen war es kurz nach Mitternacht. Amy saß mit Jodie Lang in FAM 3, und die beiden unterhielten sich angeregt über Männer, darüber, dass diese alle nichts taugten, darüber, dass diese eigentlich nur zu einer Sache gut waren, dazu aber auch nur in den seltensten Fällen taugten.

»Ich war mal mit einem zusammen, der hatte seinem Penis einen Namen gegeben«, erklärte Amy gerade lachend, als ich zwischendurch kurz zu ihnen ging unter dem Vorwand, Jodie mit weiterem Mineralwasser versorgen zu wollen.

»Das kannst du dir nicht vorstellen, Jodie! Da hast du einen Mann in deinem Bett, der die ganze Zeit –«

»Sag mal, hast du überhaupt nichts zu tun?«, fiel ich Amy ins Wort.

»Warum gönnst du mir nicht ein paar Minuten Auszeit?«, schimpfte die. »Ich hatte den ganzen Tag keine Ruhe.«

Ohne Luft zu holen, wandte sie sich wieder Jodie zu und redete weiter über jenen Mann mit dem Penis namens Roger.

Ich räusperte mich.

»Was jetzt?«, kläffte Amy.

»Darf ich mal kurz mit Frau Lang reden?«

»Tu dir keinen Zwang an, Helen!«

Ich teilte Jodie mit, dass William Hensons Ehefrau im Moment keine Anstalten machte, mit ihr zu reden, und dass ich es deshalb für das Vernünftigste hielte –

»Das kann ich mir denken«, fiel Jodie mir ruhig ins Wort. »Es wird dauern, bis die Frau begreift, dass ich der letzte Mensch war, der ihren Mann lebend gesehen hat.«

Ich wollte meinen Ohren nicht trauen. Bis gerade war ich nur ärgerlich gewesen, weil Amy und diese Jodie den tragischen Anlass nutzten, um ein banales Frauengespräch zu führen.

Jetzt war ich stocksauer und vor allem enttäuscht. Ich bedachte Amy mit einem entsprechenden Blick, denn sie hatte Jodie Lang Informationen gegeben, die ausschließlich für die Angehörigen von William Henson bestimmt waren.

Amy nahm meinen Missmut gar nicht wahr. Dazu war sie viel zu sehr mit ihrer Geschichte beschäftigt, mit den Erinnerungen an Roger, den sie immer persönlich hatte begrüßen müssen.

»Und bedanken musste ich mich auch immer bei ihm. Und

wenn wir irgendwo unterwegs waren, wo es unpassend gewesen wäre, wenn Roger sich plötzlich aufgebäumt hätte –«

Sie lachte laut auf. Das Wort Aufbäumen fand sie in dem Zusammenhang wohl schrecklich witzig.

»Bist du sicher, dass du das hier herumposaunen willst?«, fragte ich.

»Sie kennt ihn doch nicht, Helen.«

Meine Sorge galt auch nicht Jodie Lang. Sie galt den Wänden im RMC, die, wie jeder wusste, Ohren hatten.

»Quatsch!«, meinte Amy und fügte hinzu, das sei typisch für mich.

Ich gab mich geschlagen. Amy Huxley war erwachsen und musste selber wissen, was sie tat.

Als ich um kurz vor halb eins in Trauma 1 zurückkehrte, kniete Charlotte vor ihrem Mann auf dem Boden. Sie hielt seine linke Hand zwischen ihren Händen, hatte den Kopf gesenkt, die Augen fest geschlossen und sprach leise vor sich hin; ich glaubte, das Vaterunser aus ihrem Gemurmel herauszuhören.

Eine Art Erleichterung machte sich in mir breit. Charlotte Henson war also doch nicht so ungläubig, wie sie es bisher dargestellt hatte.

Das erstaunte mich nicht. Wirklich ungläubig waren nur die wenigsten Menschen, mit denen ich zu tun bekam. Sie waren eher unerfahren. Der Tod war für viele nur ein Wort, bis sie ihm begegneten. Erst dann wurde ihnen bewusst, dass er existierte.

Im Angesicht des Todes fiel einem Großteil der Angehörigen dann auf, dass womöglich auch ein Gott existierte, an den man sich in seiner Verzweiflung wenden konnte.

Ich wusste nicht, ob es bei Charlotte so war oder ob ihr Verhalten andere Gründe hatte. Letztendlich war es gleichgültig, warum sie jetzt betete. Wichtig war nur, dass sie es tat.

Als ich Charlotte jetzt noch einmal anbot, Kontakt zu einem Vertreter ihrer Kirche aufzunehmen, zögerte sie zunächst.

»Auf keinen Fall!«, meinte sie dann.

»Sind Sie sicher?«

»Will ist Atheist«, sagte sie. »Er war zwar von Haus aus Lutheraner, und wir haben auch kirchlich geheiratet, aber das hat er damals nur mir zuliebe getan. Er würde nicht wollen, dass hier irgendein Pfaffe –«

Sie sprach nicht weiter, erhob sich aber von den Knien und setzte sich wieder auf den Stuhl. Zärtlich küsste sie den Arm ihres Mannes.

»Und wie ist es mit Ihnen?«, ließ ich nicht locker. »Ihr Mann ist in Gottes Hand, Charlotte. Ob er an Gott geglaubt hat oder nicht, für ihn ist gesorgt. Wenn Sie gern mit Ihrem Pastor oder mit einem Seelsorger –«

»Nein!«, fiel sie mir mit ruhiger, äußerst fester Stimme ins Wort. »Ganz sicher nicht. Das Letzte, was ich jetzt brauche, ist die Litanei, dass der Herr es gegeben und der Herr es wieder genommen hat. Dass mein Heiland angeblich am Kreuz – dieses Gerede brauche ich jetzt wirklich nicht.«

Solch brüske Worte hörte ich in diesem Zusammenhang häufig. Sie entsprangen der tiefen Enttäuschung des Augenblicks, diesem Gefühl, dass Gott sie nicht nur verlassen, sondern sogar im Stich gelassen hatte.

»Sie glauben aber an Gott?«, bohrte ich weiter.

Charlotte schien sich nicht sicher zu sein.

»Ich wüsste nicht, woran ich sonst glauben sollte.«

»Haben Sie das Gefühl, dass Gott in diesem Moment bei Ihnen ist?«

Sie schien nicht eine Minute überlegen zu müssen.

»Nein«, erklärte sie mit einem bitteren Lacher. Dann fing sie plötzlich an zu weinen. Will sei ein gutaussehender Mann gewesen, erklärte sie unter Schluchzen, groß und stattlich. Und ein gutmütiger Mensch sei er auch gewesen.

»Vielleicht zu gutmütig, Helen. Bestimmt sogar. Er war bestimmt zu gutmütig.«

Zum ersten Mal hatte sie von ihrem Mann in der Vergangenheitsform gesprochen. Es war ihr gar nicht aufgefallen.

»Will war Komponist«, redete sie weiter und beruhigte sich dabei. »Er hätte richtig was aus sich machen können, wenn er mal versucht hätte, mit den Filmstudios Kontakt aufzunehmen oder so. Aber irgendwie hat er die Kurve nie gekriegt.«

Sein Geld hatte er, wie sie mir erklärte, damit verdient, Kindern Klavier- und gelangweilten Frauen Gesangsunterricht zu geben.

»Das heißt, viel Geld hat er damit natürlich nicht verdient, und darüber sind wir oft in Streit geraten.«

Sie hätten überhaupt häufig miteinander gestritten.

»Und daran war immer nur ich schuld. Erst gestern ... «

Sie erzählte mir etwas von einer Tür, die von ihrer Garage in die Küche führte, davon, dass das Scharnier dieser Tür seit Wochen quietschte.

»Hundertmal habe ich Will gebeten, das in Ordnung zu bringen. Und als er es gestern Abend immer noch nicht geölt hatte, bin ich explodiert. Ich habe dermaßen herumgeschrien ...«

Sie schlug die Hände vor den Mund und barg kurz darauf ihr ganzes Gesicht in ihnen.

»Dabei ging es nie wirklich um ihn und um mich«, stieß sie böse aus. »Es ging immer nur um den Frust. Um die Kinder, die wir nicht haben, um meine Mutter, die so schrecklich anstrengend ist. Wie ein Kleinkind, um das man sich ständig kümmern muss, weil sie sonst aus Trotz ...«

Sie nahm die Hände wieder vom Gesicht und sah mich an.

»Meine Mutter ist nicht in der Lage, ein paar Medikamente regelmäßig zu nehmen, Helen. Können Sie sich das vorstellen? Wenn ich das nicht täglich überwache, tut sie es nicht, und dann geht es ihr schlecht, und dann will sie, dass Will sie zum Arzt fährt oder dass ich komme und über Nacht bei ihr bleibe.«

Nur wegen der Medikamente hatte sie Will am Vortag angerufen. Nur deshalb lag er jetzt hier.

»Wenn ich das nicht getan hätte, wenn ich selbst ... aber ich kam nicht durch den Verkehr. Und ich konnte nicht warten, ich –«

Charlotte kam nicht dazu, den Satz zu beenden, da ohne jede Vorwarnung die Tür von Trauma 1 aufflog. Lärm brandete auf, und Nathalie stürmte herein.

»Wir müssen freimachen«, rief sie mir zu und erklärte Charlotte, sie solle doch bitte mit ihr kommen.

»Ihre Mutter hat die Operation gut überstanden, und Sie können sie jetzt gleich sehen. Sie hat auch schon nach Ihnen gefragt.«

Mehrere Krankenpfleger waren Nathalie gefolgt, und während diese mit Charlotte sprach, machten sie sich an Will Henson zu schaffen.

»Was passiert hier? Was machen die mit ihm?«

Nathalie schob Charlotte geübt auf den Korridor hinaus, während ich versuchte, die arme Frau zu beruhigen.

»Sie bringen Ihren Mann jetzt auf die Intensivstation, Charlotte. Und da Ihre Mutter auch da oben –«

»Ich will mich jetzt nicht mit meiner Mutter befassen.«

Ein Team von Reinigungskräften stürmte in Trauma 1, und ich hörte in der Ferne dumpfes Grollen. Sie öffneten bereits die Einfahrt zum Dock, und das bedeutete, dass hier jeden Moment Horden von Menschen die Korridore bevölkern würden.

»Gehen wir hier hinein!«, rief ich rasch und öffnete die Tür von FAM 1.

Nathalies Pager schrillte.

»Kannst du mit Frau Henson nach oben zu der Mutter –?«

»Hören Sie auf mit meiner Mutter!«, schrie Charlotte mit hochrotem Kopf.

Nathalie war regelrecht verschreckt, und es bedurfte einer Menge, um Nathalie zu verschrecken.

»Ich bitte Sie«, fügte Charlotte dann ruhiger hinzu.

Im nächsten Moment verfärbte sie sich wieder, doch lief ihr Gesicht diesmal nicht rot an, sondern wurde kreidebleich.

»Setzen Sie sich!«, sagte Nathalie sofort und griff nach ihrem Stethoskop.

»Nein, nein«, rief Charlotte. »Ich bin okay. Sie müssen mir nur ... meine Mutter! Die darf auf keinen Fall erfahren, dass Will tot ist. Auf keinen Fall. Oder hat man ihr das etwa schon ...? Um Gottes willen!«

Wir bugsierten Charlotte auf den nächstbesten Stuhl, und während Nathalie sich um ihr körperliches Wohlergehen kümmerte, eilte ich nach oben zur Intensivstation.

»Frau Brock ist doch noch gar nicht richtig bei sich«, erklärte mir Faith. »Sie weiß überhaupt nicht, was passiert ist.«

»Die Deutsche?«, rief einer der jungen Orthopäden, der offenbar an ihrer Operation beteiligt gewesen war.

»Trudy Brock«, erwiderte ich.

Er lachte.

»Wiltrud. Genau. Spricht nur Deutsch. Denkt, sie sei in Berlin und man habe ihr den Blinddarm herausgenommen.«

Ich hoffte, dass die geistige Umnachtung nur vorübergehend war, und bat, einen entsprechenden Vermerk bezüglich Charlottes Wunsch in der Krankenakte zu machen.

»Wir sollen ihr also nichts sagen?«

»Die Tochter will das wohl selbst tun.«

Als ich nach unten zurückkehrte, war dort die Hölle los. Ein Touristenbus war ins Schleudern geraten und hatte sich überschlagen. Auf dem Korridor standen die Tragen neben- und hintereinander, und in einem Rollstuhl saß eine junge Frau, die wilde Schmerzensschreie ausstieß.

»Ist das die neununddreißigste Woche?«, hörte ich eine vertraute Stimme fragen.

Nathalie bestätigte das und fügte hinzu, in welchen Abständen die Wehen kamen und wie weit der Muttermund bereits geöffnet war.

Wieder schrie die junge Frau, so schrill, dass ich eine Gänsehaut bekam.

»Können Sie mir mal gerade helfen, Helen?«

Mir klappte der Unterkiefer herunter, ich konnte gar nichts dagegen tun. Im nächsten Moment lächelte ich wie ein Schulmädchen.

»Sicher, Dr. Zuckerman.«

Der Chef unserer Geburtsabteilung war nicht nur der mit Abstand attraktivste und charmanteste Arzt im RMC, er war darüber hinaus auch der mit Abstand attraktivste und charmanteste Mann, der mir jemals begegnet war, eingeschlossen all der Männer, deren Bekanntschaft ich bisher nur via Bildschirm und Leinwand gemacht hatte.

Dr. Jeffrey Zuckerman hatte die Gesichtszüge von George Clooney, den Körperbau eines Hochleistungssportlers, den Charme eines Politikers im Wahlkampfjahr und den Geist eines Wissenschaftlers. Außerdem war er sanft, hatte jede Menge Humor, und seine Stimme ging einem angenehm durch Mark und Bein.

Den Rollstuhl für ihn zu schieben, damit er die Sicherheitstür öffnen konnte, die OBGYN 1 von der Notaufnahme trennte, war eine Gefälligkeit, die nicht ich ihm erwies, sondern umgekehrt. Ich durfte das für ihn erledigen.

»Geht es Ihnen gut, Helen?«

»Viel zu tun, Herr Doktor.«

»Bei uns war es bisher ruhig.«

Ich schluckte. Mit einem Schlag war der Zauber dahin. Wenn Zuckerman von *uns* sprach, wusste man nämlich nie so recht, wen er damit meinte: sich selbst und seine Station, oder sich selbst und Roger.

Ich lächelte ihn an.

»Wie schön für Sie, Dr. Zuckerman!«

Nachdem ich mir in der »Höhle« schnell eine Tasse Kaffee genehmigt hatte und wenig später die Tür von FAM 1 öffnete, staunte ich nicht schlecht. Charlotte Henson und Jodie Lang saßen dicht beieinander auf dem Sofa, und Jodie hielt Charlottes Hände und weinte bitterlich. Charlotte weinte auch, wenn auch wesentlich verhaltener.

»Es tut mir alles so unendlich leid, Charlotte. Wenn ich irgendetwas hätte tun können, ich hätte alles ... es tut mir so unendlich –«

»Jodie!«, rief ich dazwischen, zwar nicht laut, dafür ziemlich harsch.

Sie hielt inne und sah mich mit tränenverschleierten Augen an.

»Ich wollte Charlotte gerade erzählen ...«

Sie griff zu der Box mit Kleenex-Tüchern, die auf dem Tisch stand, und schnäuzte sich die Nase. Charlotte verfolgte jede Handbewegung.

Schweren Herzens schloss ich die Tür hinter mir und setzte mich zu den beiden. Hier war Vorsicht geboten.

Jodie fasste sich ein wenig. Sie knüllte das Papiertaschentuch zusammen und griff vorsichtshalber gleich nach einem neuen.

William Henson war bewusstlos gewesen, als Jodie zu ihm vorgedrungen war.

»Vielleicht war er das von Anfang an«, meinte sie, »aber das kann ich natürlich nicht sagen.«

Es war schwierig gewesen, unter die Anhängerkupplung des LKWs zu klettern, und deshalb hatte es auch ziemlich lange gedauert.

»Es kann allerdings sein, dass es mir auch nur so lange vorgekommen ist.«

Williams Körper hätte zum Teil unter seinem eigenen Wagen gelegen.

»Aber nur zum Teil«, wiederholte Jodie einige Male.

Sein Kopf hätte nämlich zwischen der Kühlerhaube und dem Gestänge des LKWs gesteckt.

»Wie eingepresst sah das aus.«

Von irgendwelchen Schädelverletzungen hatte Jodie nichts gesehen.

»Der Kopf sah nur so eingepresst aus.«

Sie nahm an, dass Charlottes Mann deshalb sofort das Bewusstsein verloren hatte.

»Kein Wort hat er gesagt. Dabei habe ich ihn angesprochen, Charlotte. Ein paar Mal. Ich habe ihn auch angefasst. Seine Schulter habe ich angefasst.«

Er hätte nicht darauf reagiert.

»Die alte Dame hat gestöhnt«, wimmerte Jodie. »Zumindest am Anfang hat Ihre Mutter gestöhnt, Charlotte.«

Als sie zu ihr hinüberging, hätte es bei jedem Schritt unter Jodies Schuhen geknirscht, und sie war sicher, dass sie dieses Geräusch, solange sie lebte, nicht wieder vergessen würde.

»Und dieses Schwein ist einfach weggefahren, Charlotte! Der ist auf und davon!«

Ganz allein wäre sie gewesen. Der LKW-Fahrer hätte vor Schmerzen laut geschrien, Charlottes Mutter hätte gestöhnt, nur William Henson wäre ganz still gewesen. Und dann wäre der Rettungswagen gekommen, beendete Jodie ihre Ausführungen.

Charlotte hatte die ganze Zeit über stumm und starr dagesessen. Als Jodie geendet hatte, begann sie, am ganzen Körper zu zittern.

Das war kein gutes Zeichen. Die Nerven des Menschen waren zwar wesentlich belastbarer, als man gemeinhin annahm, aber dennoch waren sie nicht bedingungslos strapazierbar.

»Charlotte?«, sprach ich sie an.

Sie hatte sich auf der Stelle im Griff. Wir hatten alle die Zügel selbst in der Hand, doch erlebte ich nur selten, dass ein Mensch sie so spontan zog.

Charlotte Henson sah mich an.

»Meinen Sie, Helen, dass er gleich …? Meinen Sie, Will hat gelitten?«

Diese Frage hörten wir oft, fast immer. Dabei war es unmöglich, sie wahrheitsgetreu zu beantworten. Also sagte ich, was ich in diesen Fällen immer sagte:

»Angesichts seiner Verletzungen, Charlotte, glaube ich nicht, dass Ihr Mann gelitten hat.«

Das hatte ich noch nicht ganz ausgesprochen, als Jodie Lang so laut aufschluchzte, dass Charlotte und ich gleichermaßen erschraken.

So ging das nicht. Ich musste dem Theater hier dringend Einhalt gebieten.

»Nebenan liegen noch Sachen von Ihnen, Jodie.«

Ich stand auf und griff nach ihrem Arm.

»Kommen Sie bitte mal gerade?«

Sie zeigte sich nicht unbedingt willig, aber ich ließ ihr keine Wahl. Ich zerrte sie förmlich hoch und schob sie zur Tür, während ich Charlotte versicherte, es dauere höchstens zwei Minuten.

»Ich lasse die Tür offen.«

Kaum etwas war ähnlich menschenverachtend wie das, was Menschen wie Jodie Lang für Mitleid hielten. Sie glaubten, es spreche für einen guten Charakter, Mitleid zu empfinden und Mitgefühl zu zeigen, und sie waren überzeugt, mit diesen guten Charaktereigenschaften geboren zu sein, und ließen sie deshalb heraus, wie sie als Baby den ersten Pups herausgelassen hatten. Sie dachten gar nicht darüber nach.

Aber der Mensch ist ja von Natur nicht nächstenliebend; das muss man ihm erst beibringen. Von Natur aus geht es jedem von uns nur um sich selbst. Wir sind die geborenen Egozentriker. Als Baby schreien wir vor Angst wie am Spieß, wenn wir Hunger haben. Wir laufen vor Wut rot an, wenn wir zu lange in nassen

Windeln liegen, und fundamental wie diese ersten Gefühlsausbrüche unseres Lebens bleibt auch unsere Mitleidsfähigkeit, es sei denn, jemand bringt uns bei, Mitgefühl zu entwickeln.

Jodie Langs Fähigkeit auf diesem Gebiet war einwandfrei in den Kinderschuhen stecken geblieben.

»Sie weinen und schluchzen«, erklärte ich ihr, kaum dass wir auf dem Korridor standen, »angeblich, weil Charlotte Ihnen so leidtut, aber lassen Sie sich von mir versichern, dass wir Menschen zu dieser Art von Empfindung gar nicht fähig sind. Ich bin es nicht. Sie sind es nicht. Keiner ist es.«

Jodie starrte mich an, als sei ich nicht bei Trost.

»Ich habe täglich mit so etwas zu tun«, versuchte ich, meine direkten Worte zu entschuldigen. »Glauben Sie mir! Bitte! Sonst muss ich Sie nach Hause schicken.«

Sie wollte etwas sagen, doch ich ließ sie nicht zu Wort kommen.

»Wenn Sie hierbleiben wollen, Jodie, haben Sie der Frau Henson gegenüber eine gewisse Verantwortung. Sie können nicht den Putz von den Wänden schluchzen, weil Sie sich selbst so schrecklich leidtun. Hier geht es nicht darum, ob Sie Ähnliches hinter sich haben, was Charlotte passiert ist, oder ob Sie Angst davor haben, dass Ihnen Ähnliches passieren könnte. Hier geht es überhaupt nicht um Sie. Es geht hier einzig und allein um Charlotte. Verstehen Sie?«

Jodie bekam den Mund gar nicht mehr zu. Sie hatte aufgehört zu weinen, schien jedoch auch nicht mehr zu atmen. Sie wirkte wie gelähmt.

»Verstehen Sie?«, fragte ich noch einmal.

Sie schnappte nach Luft, schloss den Mund und schluckte.

»Ich wollte doch nur ... ich will doch nur helfen.«

»Dann tun Sie das!«, sagte ich sanft. »Sie helfen Charlotte allerdings nicht, indem Sie sie überfordern.«

»Aber das –«

»Die Frau hat genug damit zu tun, mit ihren eigenen Gefühlen fertig zu werden. Wenn sie gleichzeitig auch noch gegen Ihre Gefühle ankämpfen muss, ist das zu viel verlangt.«

Durch die Augenwinkel sah ich Nathalie. Sie stand ein paar Meter von uns entfernt und wollte offenbar etwas von mir, denn sonst hätte sie nicht so geduldig gewartet.

Fragend sah ich sie an, und ihre Handbewegung zeigte mir, dass ich richtiglag. Sie wollte etwas von mir. Auch das noch!

»Atmen Sie tief durch!«, sagte ich zu Jodie. »Und waschen Sie sich bitte das Gesicht!«

Nathalie hielt eine Akte in der Hand, was mir bisher nicht aufgefallen war. Ich ahnte Schreckliches.

»Da war doch der Busunfall«, erklärte sie mir im Flüsterton. »Vier Leute waren sofort tot, und die Tochter von einem von denen –«

»Ich kann das jetzt nicht.«

»Nur ganz kurz, Helen. Die liegt in B4 und geht gleich rauf in den OP. Damit hast du nicht viel Arbeit.«

Ich stöhnte, verhalten zwar, aber unüberhörbar.

»Ich kann die Frau von dem Henson nicht so lange allein lassen, Nathalie.«

»Die ist doch gar nicht allein, Helen.«

Ich drehte mich um und sah, dass Jodie schon wieder aus der Toilette kam. Sie hatte sich das Gesicht gewaschen, das bemerkte ich sofort. Und zu meinem neidvollen Erstaunen sah sie ungeschminkt mindestens ebenso gut aus wie vorher.

Fragend blickte sie mich an.

»Ich kann mich auf Sie verlassen?«, fragte ich.

Sie verzog das Gesicht zu einem bitteren Lächeln.

»Absolut.«

7. Kapitel

Pete Hamill und seine siebenundzwanzigjährige Tochter Gwendolyn Wagner hatten die Reise an die Westküste in einem Preisausschreiben gewonnen. San Francisco, Santa Barbara, Los Angeles – am Abend des 28. September 2005 waren sie auf dem Weg nach Las Vegas gewesen.

»Wir hatten uns so darauf gefreut«, flüsterte Gwen.

Sie lag auf dem Behandlungstisch von B4, einer der zehn Buchten im Hauptbereich der Notaufnahme. Sie hatte Schnittwunden im Gesicht und an den Armen, vor allem aber offene Unterschenkelbrüche. Es sah grausig aus, doch sie schien keine Schmerzen zu haben. Sie war auch kaum zu irgendwelchen Gefühlsausbrüchen fähig; das Morphium leistete ganze Arbeit.

»Was ist mit meinem Vater?«, fragte sie nur.

Die beiden hatten schwere Zeiten hinter sich. Erst im Juli war Gwens Mutter an Lungenkrebs gestorben.

»Die letzten Monate waren so schrecklich«, erinnerte sie sich mit glasigem Blick. »Mein Vater konnte das allein gar nicht bewältigen.«

Also hatte Gwendolyn ihm geholfen, woraufhin ihre noch junge Ehe in die Brüche gegangen war. Ihr Mann hatte sich vernachlässigt gefühlt und war schließlich aus der gemeinsamen Wohnung ausgezogen.

»Als ob nicht alles schon schlimm genug gewesen wäre«, wimmerte Gwen. »Dabei ... ich liebe ihn immer noch ...«

Und dann hätten sie die Reise gewonnen.

Das war ihnen wie ein Geschenk des Himmels vorgekommen. Gwen schilderte, dass sie New Jersey bis dahin nur ein Mal verlassen hatte, um ihren Honeymoon in Florida zu verbringen.

Pete Hamill war überhaupt noch nie aus New Jersey herausgekommen. Er hatte zum ersten Mal in seinem Leben einen Koffer gepackt, und den hatten sie erst kaufen müssen.

»Was ist mit meinem Vater?«

Pete Hamill hatte noch eine Schwester. Die lebte wie der Rest der Familie im Norden New Jerseys und war bereits auf dem Weg nach New York City, um mit der nächsten Maschine nach Los Angeles zu fliegen. Sie kam wohl nicht allein. Wenn ich Mias Notiz richtig verstand, wurde sie von Gwens Ehemann begleitet, doch konnte sich das auf die Fahrt von New Jersey nach New York beschränken, und deshalb behielt ich es für mich.

Sicher war, dass Gwendolyn Wagner nicht allein sein würde, wenn sie nach ihrer Operation wieder aufwachte.

Ein Trost war ihr das nicht. In ihrer Lage gab es keinen Trost, und nicht einmal das konnte sie bewusst empfinden. Das Morphium umhüllte sie wie eine Wolke aus Watte. Sie sah, dass dahinter etwas war, konnte es zum gegenwärtigen Zeitpunkt jedoch nicht einmal schemenhaft erkennen.

»Warum?«, fragte sie nur immer und immer wieder, nachdem sie erfahren hatte, dass ihr Vater bei dem Unfall ums Leben gekommen war. »Warum?«

Die Frage war ebenso wenig zu beantworten wie die Frage *Warum nicht?*.

»Sind Sie gläubig, Gwen?«

Sie nickte. Sie war Baptistin und aktives Mitglied ihrer Gemeinde.

»Waren Ihre Eltern lange verheiratet?«, fragte ich weiter.

Sie sah mir so fest in die Augen, wie es ihr unter den Schmerzmitteln möglich war.

»Fünfunddreißig Jahre«, antwortete sie dann.

Ich lächelte, und es dauerte nur einen kurzen Moment, bis sie zurücklächelte.

»Sie meinen, meine Eltern sind jetzt wieder zusammen?«

»Ganz bestimmt, Gwen.«

Sie versuchte, mich nicht nur anzusehen, sondern in mich hineinzusehen, doch wäre ihr das selbst ohne Morphium kaum möglich gewesen. Also versuchte sie, nach mir zu greifen, streckte die Hand nach mir aus.

»Glauben Sie, dass meine Mutter da war, als mein Vater …«

Sie konnte nicht weitersprechen; ihre Zunge wurde immer schwerer.

Ich griff nach ihrer Hand und hielt sie fest zwischen meinen Händen. Pete Hamill war DOA gewesen, *dead on arrival.* Er war bereits tot, als die Rettungswagen eintrafen.

»Ich bin ganz sicher, dass Ihre Mutter an der Unfallstelle auf ihn gewartet hat«, sagte ich ruhig. »Gott hat es von langer Hand so geplant, dass die beiden einander nicht lange vermissen mussten.«

Gwen hatte Mühe, die Augen offen zu halten. Sie glaubte mir aber, das sah ich deutlich. Sie glaubte mir vermutlich, weil ich selbst glaubte, was ich da gerade gesagt hatte. Mehr noch, ich war aus tiefer Seele überzeugt davon.

»Wie heißen Sie noch mal?«, brachte Gwen mit schwerer Zunge heraus.

»Helen«, antwortete ich. »Helen Drescher.«

»Helen«, wiederholte sie, und dann biss sie sich plötzlich auf die Unterlippe.

»Was ist?«

Sie antwortete nicht. Sie schien den Schmerz kaum noch ertragen zu können. Die meterdicke Wattewolke musste plötzlich an einer Stelle ein Loch bekommen haben.

»Was ist?«, fragte ich noch einmal und rieb ihre Hand zwischen meinen Händen.

»Warum … warum durfte ich dann nicht mit?«

Mir wurde ganz eigenartig zumute. Vor vielen Jahren hatte ich am Bett meiner toten Mutter gesessen und genau die gleiche Frage gestellt. Warum, um alles in der Welt, hatte ich nicht mit ihr gehen dürfen?

Ich spitzte die Lippen.

»Ich nehme an, Gwen, dass Ihre Kinder das nicht erlaubt haben.«

Gwen brauchte einen Moment.

»Ich habe keine Kinder.«

»Die sehen Sie nur nur noch nicht«, flüsterte ich. »Wir sehen so vieles nicht, obwohl es schon da ist.«

Der Schmerz wich aus ihrem Gesicht, und so etwas wie ein Lächeln flog darüber.

»Sie meinen, dass ich irgendwann Kinder haben werde?«

»Ganz sicher, Gwen.«

In der OP-Abteilung war man so weit. Zwei Pfleger holten Gwendolyn Wagner ab, und ich begleitete sie zum Aufzug.

»Wenn Sie wieder aufwachen, ist Ihre Tante da und wird sich um Sie kümmern. Und einen Pastor rufe ich Ihnen auch.«

»Beten Sie für meinen Vater?«

»Das verspreche ich Ihnen.«

Ich tat es sofort. Ich tat es, kaum dass sich die Fahrstuhltüren geschlossen hatten, damit ich es nur ja nicht vergaß.

»Tut mir leid, dass ich mich so kurz fassen muss, lieber Gott, aber du siehst ja, was hier heute los ist. – Bitte, bitte! Lass alles genauso gewesen sein, wie ich es dem Mädchen gesagt habe. Oder besser.«

8. Kapitel

Charlotte und Jodie saßen immer noch in FAM 1, als ich in den Traumabereich zurückkehrte. Jodie hielt gerade einen Vortrag über körperliche Anstrengung, wie positiv die sich auf die Gemütsverfassung auswirke, vorausgesetzt, man strenge sich auch wirklich genug an.

»Ein bisschen Fahrradfahren reicht natürlich nicht, außerdem muss man auch die Ernährung –«

»Ich will zu meinem Mann!«, rief Charlotte, als sie mich erblickte, und sprang im selben Moment auf. »Bringen Sie mich zu ihm, Frau Drescher!«

Im Moment war auf dem Gang gerade sehr viel los. Man räumte offenbar zur gleichen Zeit zwei der drei Traumaräume, und ich sah einige Leute vom Ambulanzpersonal, sodass ich davon ausgehen musste, dass wir schon wieder Nachschub bekommen hatten.

»Es wäre vernünftiger, wenn wir noch ein paar Minuten –«

»Nein!«, schrie sie und stellte sich dicht vor mich. »Ich will jetzt zu meinem Mann! Jetzt!«

Ich führte Charlotte zu unserem Geheimweg. Das hätte ich zwar eigentlich nicht tun dürfen, weil das Benutzen der Treppen nicht ungefährlich war und diese spezielle Feuertreppe außerdem ausschließlich für das Personal bestimmt war. Es war jedoch die einzige Möglichkeit, dem Betrieb zu entgehen und niemandem im Weg zu sein.

Wir erreichen die zweite Etage, und ich hielt Charlotte die Tür auf, die in den Vorraum von Intensivstation und Operationsabteilung führte. Erst in diesem Moment bemerkte ich, dass Jodie uns gefolgt war.

»Sie können nicht mit in die ICU, Frau Lang.«

»Oh«, meinte sie und blieb auf halber Treppe stehen.

»Sie gehen besser wieder nach unten.«

»Oh«, wiederholte sie.

Meine Kollegin Faith war in einem desolaten Zustand. Inzwischen litt sie dermaßen unter Nikotinentzug, dass sie nach eigener Aussage kaum mehr klar denken konnte, doch wurde genau das von ihr verlangt.

»Wir haben hier inzwischen sechsmal gerollt, Helen. Sechsmal! Wenn der Kidder wagt, uns noch einen –«

»Das ist Charlotte Henson, Faith. Die Ehefrau von William Henson und die Tochter –«

»Will!«, rief Charlotte laut und hastig.

Ich war verwirrt.

»Will Henson«, erklärte sie uns daraufhin mit zitternder Stimme. »Mein Mann mag das überhaupt nicht, wenn man ihn William nennt.«

Faith führte uns in den Umkleideraum, der sich neben der Brücke befand. Dort bekamen wir beide sterile Kittel, einen Kopfschutz, Gummihandschuhe und Gebilde, die wie Duschhauben aussahen und über die Schuhe gestülpt wurden.

Charlotte war schneller fertig als ich und wollte gleich wieder nach draußen laufen.

»Um Gottes willen!«, hielt ich sie zurück. »Hier geht es lang, und Ihre Handtasche dürfen Sie nicht mitnehmen.«

Letzteres gefiel ihr gar nicht, und sie fing an, in der Tasche zu wühlen, nahm etwas heraus, versteckte es unter dem Kittel. Ich reichte ihr neue Gummihandschuhe.

»Wieso?«

»Weil Sie Ihre Handtasche angefasst haben!«

Sie riss sich die Handschuhe von den Fingern, zog die anderen an und wollte wieder aus der verkehrten Tür laufen.

»Hier geht es lang, Charlotte!«

Man musste den Umkleideraum aus einer anderen Tür verlassen. Von dort führte ein Gang in die eigentliche Intensivstation. Es waren nur ein paar Schritte. Will Henson lag in einem abgeschlossenen, verglasten Raum. In der vorangegangenen Nacht hatten die Baileys hier darauf gewartet, dass vielleicht noch ein Wunder geschah.

»Frau Henson?« Auf unserer Intensivstation arbeiteten im Pflegebereich mehr Männer als Frauen. Patrick war einer der erfahrensten Krankenpfleger und eigentlich im Post-OP-Bereich tätig.

»Das ist Frau Henson«, antwortete ich für Charlotte und stellte ihr Patrick vor.

»Ihre Mutter ist vorne bei uns«, sagte er freundlich zu ihr, »und sie ist jetzt einigermaßen bei sich und fragt nach Ihnen.«

Charlotte sah ihn bitterböse an. Ebenso aggressiv wie ihr Blick war der Wortschwall, mit dem sie den armen Patrick im nächsten Moment bedachte.

»Ich will meine Mutter nicht sehen!«, kläffte sie. »Nicht jetzt! Wie oft muss ich das noch sagen? Und ich will auf gar keinen Fall, dass ihr irgendjemand sagt, was passiert ist. Kann ich mich wenigstens darauf verlassen?«

Patrick war an Gefühlausbrüche gewöhnt, wenn auch vielleicht nicht an solche. Trotzdem gab er sich unbeeindruckt.

»Kein Problem«, erwiderte er nur.

Charlotte schob sich an ihm vorüber und eilte zu ihrem Mann.

So verständlich das einerseits war, so unverständlich war jedoch ihr übriges Verhalten.

Patrick schien das ebenso zu empfinden wie ich.

»Wie geht es denn der Mutter?«, fragte ich ihn.

Er wiegte den Kopf hin und her, als wäre das schwer zu sagen.

»Sie ist alt«, meinte er dann. »Das macht so eine Situation immer kritisch. Aber wenn sie die nächsten achtundvierzig Stunden übersteht – was macht die denn da?«

Patrick wurde plötzlich ganz hektisch, und im nächsten Moment sah ich, warum. Charlotte hatte ihre Handtasche zwar im Umkleideraum gelassen, doch hatte sie ganz offensichtlich ihr Handy mitgebracht, denn das hielt sie sich jetzt gerade ans Ohr.

»Das dürfen Sie nicht!«, rief Patrick und war mit einem Satz an ihrer Seite.

Charlotte wich theatralisch zurück, als müsste sie sich vor einem plötzlichen Angriff schützen.

»Damit dürfen Sie hier nicht telefonieren«, versuchte ich, Charlotte in ruhigem Ton zu erklären. »Das Benutzen von Handys ist in der gesamten Klinik strikt verboten, und hier im ICU kann das –«

»Dass das im Flugzeug verboten ist, weiß ich!«, fiel Charlotte mir ins Wort. »Aber im Krankenhaus?«

Sie glaubte uns kein Wort und nahm offenbar an, einer Verschwörung zum Opfer zu fallen.

»Ich hätte längst einen Kollegen anrufen sollen, damit der eine einstweilige Verfügung erwirkt. Hier geht es doch nie und nimmer mit rechten Dingen zu.«

Die nächste Stunde verging damit, dass Charlotte sich wieder umzog und vom öffentlichen Fernsprecher im Vorraum der Intensivstation telefonieren wollte. Jodie hatte dort gewartet und war sofort bereit, ihr behilflich zu sein. Sie wollte den Schreibblock halten, den ich Charlotte überlassen hatte, damit sie sich Notizen machen konnte.

»Aber so habe ich ja gar keine Privatsphäre«, klagte die. »Ich brauche hier endlich mal ein paar Minuten ganz für mich.«

Ich rief Nathalie an und fragte, ob Frau Henson ihr Büro

benutzen dürfte. Dann brachte ich Charlotte nach unten und wartete mit Jodie vor der Tür.

»Wie nennt sich das, was Sie beruflich machen, Helen?«

»Betreuer«, antwortete ich erschöpft und wies auf meine Hundemarke.

Da hatte sie es nämlich schriftlich. Betreuer war ich. So stand es da geschrieben.

»Und wie wird man das?«

Dazu hätte ich jetzt eine Menge sagen können, war jedoch viel zu erledigt, um auch nur ein Wort herauszubringen.

Charlotte Henson saugte mir die letzte Kraft aus den Knochen Ich wollte mir gar nicht ausmalen, was als Nächstes kommen würde. Ich wusste nur, dass irgendetwas kommen würde; das war sicher.

Ich sollte recht behalten. Als Charlotte nach fünfundvierzig Minuten aus Nathalies Büro kam, wirkte sie zwar sehr viel ruhiger als vorher, wollte nun aber sofort und auf der Stelle mit dem zweiten Arzt sprechen, der ihren Mann für hirntot erklärt hatte.

»Denn es gibt doch hoffentlich einen zweiten Arzt, Helen. Oder etwa nicht?«

Natürlich gab es den, allerdings war Dr. Warren zurzeit im OP.

»Dann warten wir, bis er da fertig ist.«

»Dr. Warren ist Neurochirurg, Charlotte. Seine Operationen dauern manchmal sieben, acht Stunden, und Sie wollen doch sicher –«

»Dann will ich noch mal mit diesem Kidder reden«, unterbrach sie mich. »Und er soll mir diesmal die Ergebnisse der einzelnen Untersuchungen mitbringen. Alle. Auch die von diesem Dr. Warren. Ich will das schwarz auf weiß sehen.«

Es war wie verhext. Zwanzig Minuten waren vergangen, seit Dr. Kidder in Trauma 1 seinen vorerst letzten Patienten erfolgreich »geflickt« hatte, wie er sich so gerne ausdrückte. In diesen zwanzig Minuten hatte er etwas getrunken und ein paar der Kokosmakronen gegessen, die Amy ihm heimlich noch mal nachgeliefert hatte. Anschließend war er zur Toilette und dann in den Ruheraum gegangen.

Dort zog er sich den Kittel und die Schuhe aus, legte sich auf das untere der schmalen Hochbetten, schloss die Augen – und war gerade dabei einzunicken, als ich klopfte.

»Was ist denn mit dieser Frau?«, schimpfte er, weil es wieder um Charlotte Henson ging. »Bist du nicht in der Lage, ihr klarzumachen, Helen ... wo ist sie denn jetzt?«

Ich hatte sie wieder in die ICU gebracht. Dort saß sie am Bett ihres Mannes und wartete.

»Worauf? Wir sind hier diejenigen, die warten. Ist dir bewusst ...?«

Er hielt mir eine lange Ansprache, in der es darum ging, wie viele Menschen wo und unter welchen Umständen dringend darauf warteten, dass Charlotte Henson *zu Potte kam*, wie er es formulierte.

»Das darf mir nicht bewusst sein«, wehrte ich mich, denn er hatte bereits mehr gesagt, als ich von diesen Dingen hören wollte.

Ohne ihn nochmals zu Wort kommen zu lassen, gab ich ihm wieder, was Charlotte mir gesagt hatte.

»Du machst Witze, Helen.«

»Leider nicht.«

Kidder sah mich an, als müsste da jetzt einfach noch etwas von mir kommen. Irgendetwas, zumindest ein Geständnis. Da ich nicht entsprechend seiner Erwartung reagierte, setzte er sich wütend auf, schlüpfte in seine Schuhe und griff noch wütender nach seinem Kittel.

»Der zeige ich jetzt die Untersuchungsergebnisse.«

Ich folgte ihm nur ungern. Einmal hatte ich ihn in dieser Nacht gerade noch davon abhalten können, Charlotte mittels Schocktherapie zur Einsicht zu bringen. Ein zweites Mal würde es mir nicht gelingen, das spürte ich.

So standen wir drei kurze Zeit später in ICU 4 vor William Hensons Bett, und Dr. Kidder bat Charlotte, doch bitte näher zu treten.

»Es gibt Schädel-Hirn-Traumata, Frau Henson, bei denen wir eine Reihe von Tests durchführen müssen, um eine noch vorhandene Hirntätigkeit des Patienten auszuschließen«, erklärte er. »Und oft warten wir vierundzwanzig Stunden und nehmen die gleichen Tests dann noch einmal vor, um ganz sicherzugehen.«

Er machte eine Pause. Charlotte blickte ihn an, als hätte sie bereits gewusst, was er gerade gesagt hatte, als ginge es ihr genau darum.

»Bei Ihrem Mann«, fuhr Kidder deshalb fort, »mussten wir nur einen Teil der Untersuchungen durchführen.«

Er hob das grüne Tuch, das bis dahin den oberen Teil von William Hensons Gesicht bedeckt hatte.

Charlotte erschrak so sehr, dass sie nicht einmal schrie.

»Wie Sie sehen können«, führte Kidder mit sanfter Stimme aus, »ist die Hirnschale Ihres Mannes durch den Aufprall zermalmt worden. Was Sie da auf der rechten Seite sehen, Frau Henson, ist ein Teil des Gehirns. Es ist aus dem Schädel herausgedrückt worden, und wenn wir Ihren Mann jetzt umdrehen, also auf den Bauch legen würden –«

Charlotte schlug die Hände vors Gesicht und lief nach draußen.

Kidder ließ das Tuch sinken und sah mich an, als wolle er sagen: *Siehst du? So macht man das!*

Ich schluckte. Dann folgte ich Charlotte.

Dr. Kidder und seine Kollegen warfen mir gern vor, dass ich meine Möglichkeiten nicht im vollen Umfang nutzte. Damit meinten sie, dass ich für ihren Geschmack zu sehr auf die Bedürfnisse der Angehörigen einging, statt die Bedürfnisse des RMC in den Vordergrund zu stellen.

Frau Müllers Mann war in der Notaufnahme gestorben – traurig, aber nicht zu ändern. Deshalb rief man schleunigst Frau Müllers Nachbarin an, damit sie kam, um uns Frau Müller vom Hals zu schaffen – fertig!

Mutter Meiers Sohn war klinisch tot und lag auf der Intensivstation, und das RMC wartete händeringend darauf, dass die Mama das Einverständnis zur Organspende gab. So unterstützte man die Bemühungen der Rechtsabteilung und der Ärzte schnell ein bisschen und erzählte der Frau von den vielen, vielen Müttern, die ebenso leiden mussten wie sie selbst, wenn sie die Papiere nicht unterschrieb.

Ging es um die Angehörigen registrierter Organspender, war ich laut Dr. Kidder immer viel zu geduldig. Auch wenn man denen versicherte, dass ihnen so viel Zeit gewährt würde, wie sie brauchten, hatte ich einen Zeitrahmen aufzustellen und den auf Biegen und Brechen einzuhalten. Und wenn das nicht problemlos klappte, griff man eben wie im Fall Charlotte Henson auf die Schocktherapie zurück.

Ich fand das grausam, musste aber zugeben, dass es funktionierte. Es funktionierte immer, und vielleicht war allein das der Grund dafür, dass Ärzte wie Dr. Kidder bisweilen so vorgingen, so wollte ich zumindest gerne glauben.

Was Charlotte in den Sekunden in ICU 4 gesehen hatte, machte ihr das Wort *Hirntod* begreiflich. Jetzt war es nichts Abstraktes mehr, nichts, was sie abstreiten oder zumindest anzweifeln konnte. Jetzt hatte sie es mit ihren eigenen Augen gesehen, und in einigen Monaten würde das Bild ihr ein Trost sein:

So hatte ihr Mann nicht weiterleben können. Es war unmöglich gewesen, damit zu leben, und deshalb war er tot.

Für den Moment bewirkte Kidders Schocktherapie auch noch etwas anderes. Charlotte wollte nicht mehr dabei sein, wenn man die Organe ihres Mannes entnahm. Sie wollte nur wissen, ob sein Herz auch wirklich aufhörte zu schlagen, wenn das Beatmungsgerät abgeschaltet wurde.

So begleitete ich Charlotte Henson um kurz nach drei Uhr morgens durch schmale Gänge in das Treppenhaus, das zur Galerie führte.

Faith kam uns entgegen. Von diesem Treppenhaus gelangte man nämlich auch auf den Balkon, bei dem es sich eigentlich nur um einen Mauervorsprung handelte und den Nikotinabhängige wie Faith und ich gerne nutzten, um unsere Sucht zu befriedigen.

»Ich soll dir einen schönen Gruß von Dr. Jeng bestellen«, sagte sie, während sie stehen blieb und sich ans Geländer drückte, damit wir an ihr vorübergehen konnten.

Wegen ihrer Leibesfülle war es anders nicht möglich.

»Hörst du, Helen?«

Ich hatte es durchaus gehört, konnte es mir allerdings nicht erklären. Ich kannte Dr. Jeng nur vom Namen; er arbeitete in der Chirurgischen Orthopädie.

»In seinem Land könntest du Karriere als Hellseherin machen, hat er gesagt.«

Nun verstand ich gar nichts mehr, allerdings war das hier weder der passende Ort noch die passende Zeit, um zu plaudern.

Entsprechend sah ich Faith an.

»Der Busunfall!«, meinte sie daraufhin. »Gwen Sowieso? War in der zehnten Woche schwanger und wusste das gar nicht.«

All meine Konzentration, die bis gerade Charlotte Henson gegolten hatte, war dahin. Mir schossen sogar die Tränen in die Augen, ich konnte gar nichts dagegen tun.

Faith nahm es zur Kenntnis und freute sich.

»Hast du ihr das echt vorausgesagt, Helen? Sie hat dem Jeng gegenüber behauptet, du hättest das gewusst.«

»Später!«, sagte ich zu Faith.

Dann lief ich weiter.

Die Galerie war ein kleiner verglaster Raum mit fünfzehn dicht beieinanderstehenden Klappstühlen. Ich ließ Charlotte eintreten. Unter uns befand sich der größte Operationssaal des RMC, von Studenten auch »Center Court« genannt.

»Wenn Sie Fragen haben, stellen Sie sie bitte«, sagte ich zu Charlotte, drückte sie auf einen der Stühle und setzte mich neben sie.

Kurz darauf gesellte sich Nathalie zu uns. Sie nahm hinter mir Platz und bedeutete mir mit einer Handbewegung, dass sie jederzeit einsatzbereit war, sollte Charlotte doch noch das Beruhigungsmittel benötigen, das sie bisher nicht gebraucht hatte.

»Wir müssen wirklich dringend irgendeine andere Lösung finden«, flüsterte sie mir ins Ohr.

Ich wusste, was sie meinte. Nach den derzeitigen Gesetzen war es mir verboten, irgendjemandem eine Pille oder ein paar Tropfen zu geben, selbst dann, wenn die Pillen oder Tropfen vorher von einem Arzt verordnet und von einer staatlich geprüften Krankenschwester abgefüllt worden waren.

Nur deshalb war Nathalie jetzt dazu verdonnert, mit uns auf der Galerie auszuharren, obwohl ihre Mädchen sie unten in der Triage dringend gebraucht hätten. Ein paar Stunden zuvor hatte man auf einer Party in Beverly Hills Hühnchen serviert, die ihre besten Zeiten offenbar lange hinter sich gehabt hatten. Zwanzig Patienten kotzten unten um die Wette, aber Nathalie durfte sich hier nicht von der Stelle rühren.

William Hensons Brust- und Bauchraum hatte man bereits eröffnet, was man nicht sehen konnte, weil das Operationsfeld mit Tüchern abgedeckt war. Die Monitore, die sonst Studenten ermöglichten, in Großaufnahme zu sehen, was sich unten am Tisch abspielte, waren abgeschaltet.

Der Chef des »Ernteteams« stellte sich Charlotte vor. Er hieß Jonathan Lipsey und war ein ausgesprochen frommer Mann, weshalb ich persönlich ihn sehr schätzte.

Da ich befürchtete, dass Charlotte aggressiv auf ihn reagierte, wenn er sich nicht ihren Erwartungen gemäß verhalten würde, hatte ich Lipsey extra noch eine Nachricht zukommen lassen und hoffte nun inständig, dass sie ihn auch erreicht hatte.

»Frau Henson«, schallte es da auch schon durchs Mikrofon, »meine Kollegen und ich möchten Ihnen sagen, wie dankbar wir Ihrem Mann für seine Entscheidung sind.«

Charlotte zeigte keinerlei Reaktion.

»Heute Nacht hört nur das Leben auf, das William Henson bisher kannte«, fuhr Dr. Lipsey fort. »Gleichgültig, ob Sie glauben oder nicht, dass damit zugleich für ihn ein neues Leben beginnt, heute Nacht bekommen durch Ihren Mann mehrere Menschen die Chance auf ein neues Leben, und durch diese wird er selbst weiterleben. Und in deren Namen möchte ich Ihrem Mann auch noch mal danken.«

Das war's. Ich konnte meine Erleichterung kaum verbergen. Lipsey hatte meinen Zettel also bekommen.

Charlotte hatte während seiner Ansprache starr dagesessen, und sie rührte sich auch jetzt nicht.

Ich rang mit mir. Mit meinen bisherigen Versuchen, sie körperlich zu berühren, hatte ich nur mäßigen Erfolg gehabt, und ich nahm nicht an, dass das jetzt anders sein würde.

Trotzdem griff ich nach ihrer Hand. Sie war eiskalt.

»Wir schalten das Beatmungsgerät jetzt ab, Frau Henson.«

Jonathan Lipsey sagte das mit ruhiger Stimme, und Charlottes Finger schlangen sich so fest um meine Hand, dass es schmerzte.

»Was sind das für Kübel da?«

Ich war mehr als erstaunt darüber, dass sie sich ausgerechnet in diesem Moment für die Einrichtung des Operationssaals interessierte. Es erstaunte mich so sehr, dass ich einen Moment brauchte, um die Frage zu beantworten.

Die Kübel waren Kühlbehälter. Sie standen auf verschiedenen Rollwagen am Rand des Raums und waren für die einzelnen Organe bestimmt.

»Darin wird das transportiert?«, fragte Charlotte.

»Ja«, behauptete ich, denn ich wollte das Thema nicht weiter vertiefen.

Im Augenblick standen unten am Dock drei Spezialfahrzeuge unserer OPO bereit. In San Diego wartete man händeringend auf William Hensons Herz. Das Flugzeug, das es von Los Angeles nach San Diego brachte, war schon seit einer Stunde abflugbereit.

Wenn Charlotte Henson ein anderer Mensch gewesen wäre, hätte ich ihr davon erzählt.

Nur war Charlotte nach meinem Empfinden eben nicht der Mensch, dem man so etwas erzählen durfte.

Ich kannte sie nicht gut genug, um das begründen zu können. Ich musste mich in meinem Job einfach auf mein Gefühl verlassen, und das riet mir, den Mund zu halten. Für Charlotte Henson durfte es nur um Charlotte Henson gehen. Sie schien ein völlig in sich abgeschlossenes Wesen zu sein.

Das monotone Pumpen des Beatmungsgeräts verstummte. Deshalb hörte man das Piepsen des EKGs jetzt umso deutlicher. William Hensons Herz schlug tapfer weiter, dann wurde es still.

»Herzstillstand«, sagte eine Frauenstimme.

Charlottes Händedruck wurde ganz schwach. Nathalie tätschelte Charlottes Schulter.

Im nächsten Moment sandte das EKG sein Alarmsignal aus,

jenen so einmaligen Ton, den wir alle schon mal gehört hatten, im Zweifelsfall im Kino oder im Fernsehen.

»Todeszeit drei Uhr vierundzwanzig!«, sagte Jonathan Lipsey.

Dann wurde das Gerät abgeschaltet.

Jodie Lang wartete vor dem Operationstrakt auf uns und lief Charlotte sofort entgegen und schloss sie in ihre Arme.

Sie wich von nun an nicht mehr von ihrer Seite, begleitete sie in die Verwaltung, versprach Mia, Charlotte später noch einmal in Ruhe zu erklären, was Mia ihnen gerade auf die Schnelle gesagt hatte. Ja, auf einmal erwies Jodie sich als ungemein tatkräftig und vor allem auch fähig. Sie organisierte sogar ihrer beider Rückfahrt nach Hause.

»Meine Nachbarin kommt gleich mit dem Taxi her, Helen, und ich fahre Charlotte dann mit ihrem Wagen nach Malibu. Und Abigail fährt uns mit meinem Wagen nach, damit ich später auch wieder nach Hause komme.«

»Hat Mia der Frau Henson alles gegeben, was die Polizei –«

»Die Armbanduhr, den Ehering und die anderen persönlichen Dinge?«, fiel Jodie mir ins Wort.

»Genau.«

»Einiges hatte sie wohl, aber nicht alles, weil die Polizei, glaube ich, einige Sachen … da war ja noch Zeug im Auto, so habe ich das zumindest verstanden. Darum kümmere ich mich aber. Das mache ich morgen.«

Die Hollywood-Schönheit beeindruckte mich. So viel Handfestigkeit hatte ich ihr gar nicht zugetraut.

Um kurz vor sechs Uhr morgens begleitete ich Charlotte Henson zum Haupteingang der Notaufnahme. Ihre Mutter hatte sie zu diesem Zeitpunkt noch immer nicht gesehen. Das wollte sie auf später verschieben.

»Heute Nachmittag oder heute Abend.«

Jetzt müsste sie erst einmal nach Hause, sich umziehen und ein paar Telefonate erledigen.

»Vielleicht kann ich ja sogar weinen.«

Jodie fuhr mit Charlottes Wagen vor den Haupteingang. Es war ein brandneuer silberner Mercedes, ein 500er SL.

Ich verabschiedete mich von Charlotte und gab ihr noch einmal die Visitenkarte der OPOSC. Die hatte sie in dieser Nacht zwar schon einige Male bekommen, doch einmal zu viel war immer besser als einmal zu wenig.

»Da können Sie jederzeit anrufen, Frau Henson, und die werden sich auch ihrerseits mit Ihnen in Verbindung setzen.«

Sie nickte, als interessierte sie nichts weniger als das.

»Wenn ich noch irgendetwas für Sie tun kann, melden Sie sich.«

Charlotte sah mich mit leerem Blick an, und im nächsten Moment holte sie tief Luft und dankte mir für meine Mühe.

»Ich frage mich, wie Sie so einen Job aushalten können«, meinte sie. »Aber es gibt ja Menschen ... vermutlich haben Sie auch noch ...«

Insgeheim war ich dankbar, dass sie nicht weitersprach. Viele Leute glaubten, dass ich unsensibel und abgestumpft war, weil man ihres Erachtens unsensibel und abgestumpft sein musste, um eine Arbeit wie meine zu verrichten.

Das stimmte nicht, aber mir lag nicht daran, sie eines Besseren zu belehren. An den Einzelheiten ihrer Theorie lag mir aber ebenso wenig. Deshalb war ich wirklich dankbar dafür, dass Charlotte Henson nicht weitersprach.

Jodie war inzwischen aus dem Wagen gestiegen und half Charlotte, auf dem Beifahrersitz Platz zu nehmen. Danach wollte ich mich von ihr verabschieden, doch sie kam mir zuvor. Jodie Lang ignorierte die Hand, die ich ihr entgegenstreckte, und umarmte mich stattdessen.

Es war eine eigenartige Umarmung. Ich hätte nicht sagen können, was daran so seltsam war, dazu ging es zu schnell. Jedenfalls war es mit nichts vergleichbar, was ich bisher an Körperkontakten erlebt hatte.

Entsprechend verwirrt sah ich Jodie an. Sie lächelte.

»Wir sehen uns, Helen!«

9. *Kapitel*

Das Feuer, das am Mittwochnachmittag im Nordwesten von Los Angeles ausgebrochen war, hatte sich über Nacht unerbittlich ausgebreitet. Thousand Oaks, Simi Valley und das elegante Calabasas waren reine Wohngebiete. Der trockene Santa Ana-Wind trieb das Feuer mit hoher Geschwindigkeit in genau diese Richtung, und der Rauch lag wie dichter Nebel über den Hügeln.

Dreitausend Einsatzkräfte der Feuerwehr kämpften darum, das Schlimmste zu verhindern.

Als ich am Donnerstagmorgen nach Hause kam, hatten bereits zahlreiche Zwangsevakuierungen stattgefunden. Das Rote Kreuz richtete Katastrophenzentren ein, und die Nachrichtensprecher in Radio und Fernsehen verliehen ihrer Hoffnung Ausdruck, die Verantwortlichen möchten von Hurricane *Katrina* gelernt haben.

»Aber was passiert, wenn das Feuer die Starkstromleitungen erwischt?«

Ich schloss die Augen. Der Fernseher lief im Hintergrund, damit wir nichts verpassten. Zurzeit stellte das Feuer keine Gefahr für uns dar, weil der Wind es von uns weg trieb. Dieser Wind konnte sich allerdings jederzeit drehen, und deshalb mussten wir informiert bleiben.

Ich saß in der Badewanne, und Ben hockte auf dem Wannenrand und massierte meinen Rücken. Das heiße Wasser allein reichte an dem Morgen nicht, um meinen Muskelverspannungen beizukommen.

»Das waren ganz komische Frauen, die Charlotte und die Jodie«, sagte ich und seufzte.

Mein Mann griff so fest in meine verkrampften Nackenmuskeln, dass ich einen Laut ausstieß, von dem sich nicht so ganz sagen ließ, ob er von Schmerz oder von Wollust kundete.

»Ganz komisch«, sagte ich dann noch einmal, »alle beide.«

Ben nahm meinen Kopf zwischen beide Hände und versuchte, ihn locker hin- und herzubewegen, was allerdings hoffnungslos war. Wäre das möglich gewesen, hätte ich die Massage ja nicht gebraucht.

»Komisch waren die?«, fragte er dabei.

»Eigenartig«, verbesserte ich mich.

»Anders geartet als du?«

Ich stöhnte. Wenn ich müde war, fehlte mir der Sinn für psychologische Feinheiten.

»Und ich will auch nicht immer jedem gerecht werden, Ben. Warum sollte ich Erklärungen suchen und Entschuldigungen finden? Ich bin kein Psychologe!«

Mein Mann tätschelte meine Wangen, das bot sich gerade so an.

»Okay«, meinte er dann, »ganz komische Frauen waren das, und du hattest trotzdem nichts zu lachen.«

Das traf es schon eher. Wir hatten noch nie einen Unfallzeugen gehabt, der sich darum gerissen hatte, mit den Angehörigen des Opfers zu reden.

»Normalerweise läuft's genau andersrum«, räsonierte ich. »Die Angehörigen wollen mit den Zeugen reden, sofern es welche gibt, die sperren sich aber meistens.«

Sie machten zwar ihre Aussagen und waren auch bereit, vor Gericht zu erscheinen, falls es zu einem Prozess kam, doch freiwillig redeten sie mit niemandem.

»Das ist ja auch verständlich«, meinte mein Mann und gab es auf, meine Halsmuskeln lockern zu wollen.

»Sieh mal dabei zu, wie jemand überfahren wird!«, sagte er und strich mit den Daumen über meine Schultermuskeln.

Ich jaulte auf.

»Das ist für dich selbst ein Schock, mit dem du erst mal fertig werden musst, Helen. Du willst die Bilder vergessen und nicht noch daran erinnert werden.«

»Siehst du?«, fühlte ich mich bestätigt. »Eine ganz komische Person, diese Jodie! Sie hat bestimmt mal was Ähnliches wie Charlotte erlebt. Oder sie hat Angst davor, dass es ihr passieren könnte.«

Mein Mann beugte meinen Oberkörper nach vorn, und ich spürte, wie seine Daumen mit festem Druck von meinen Schultern in Richtung meiner Schulterblätter wanderten.

»Das Verhalten dieser Frau kann ganz andere Gründe gehabt haben«, sagte er dabei. »Vielleicht war es pure Sensationslust.«

Das glaubte ich nicht. Aber da mein Mann ja so klug war, konnte er mir vielleicht erklären, warum Charlotte Henson so merkwürdig reagiert hatte.

»Den Mann bei dem Unfall zu verlieren und die Mutter, die überlebt hat, nicht mal für fünf Minuten zu besuchen?«

»Das soll ich dir erklären?«, lachte Ben. »Kannst du das nicht selbst?«

Er klopfte mir auf den Rücken, und ich nahm betrübt zur Kenntnis, dass meine Massage zu Ende war. Mein Mann erhob sich vom Wannenrand und machte es sich auf dem Toilettendeckel bequem.

»Den Grund hat diese Charlotte doch sogar ausgeführt«, erklärte er. »Vorausgesetzt, ich habe richtig verstanden, was du mir erzählt hast.«

Ich legte mich wieder zurück in das angenehm warme Wasser und überlegte. Allerdings war ich viel zu erschöpft, als dass dabei etwas hätte herauskommen können. Außerdem hatte ich Ben schon so vieles erzählt, seit ich zu Hause war. Das tat ich immer, wenn ich einen schweren Fall gehabt hatte.

Die Schwere eines Falles war auf meiner persönlichen Wertskala nicht abhängig vom Ausmaß seiner Tragik. Tragisch war es immer, wenn Menschen ihren nächsten Angehörigen verloren – wie tragisch im Einzelfall, zeigte sich meist erst viel später, wenn deutlich wurde, auf wie vielen Ebenen der Verlust stattgefunden hatte.

Ein Mensch war nicht nur ein Wesen, das liebte und geliebt wurde. Oft war er auch der letzte noch lebende Verwandte, der einzige Verdiener, der die Familie bis dahin ernährt hatte, der einzige Ansprechpartner für einen altersschwachen Elternteil, das einzige Kind.

Mit diesem Gesamtausmaß der Tragik hatte ich in meinem Arbeitsfeld nicht zu tun, denn im Schock des ersten Augenblicks zählte nur der Verlust der Liebe, die der Verstorbene gegeben und empfangen hatte. Insofern waren meine Fälle also alle gleichermaßen tragisch.

Schwer wurden sie für mich persönlich, wenn der Betroffene nicht über ein eigenes Versorgungsnetz verfügte.

»Nimm die Baileys gestern!«, sagte ich zu Ben. »Von der Tragik her war das viel schlimmer. Steh mal als Mann mit drei kleinen Kindern da, und dir stirbt die Frau weg!«

Melinda Bailey hatte sich nur die Eileiter abbinden lassen wollen. Dass sie ein Aneurysma im Gehirn hatte, wusste sie nicht. Sie hatte die immer stärker werdenden Kopfschmerzen auf den häuslichen Stress zurückgeführt und kein Wort darüber verloren, weder gegenüber ihrem Mann noch gegenüber den Ärzten im RMC.

»Keiner konnte fassen, dass die Frau plötzlich tot war«, erzählte ich Ben. »Der Mann hat so laut geschrien, dass ich Gänsehaut bekam.«

Glücklicherweise hatte es bei den Baileys ein funktionierendes Versorgungsnetz gegeben. Binnen kürzester Zeit bildeten ihre und seine Eltern sowie Geschwister und Freunde einen festen Ring um Michael Bailey und seine Kinder; der eine fing den anderen auf.

»Diese Charlotte hatte angeblich niemanden, Ben.«

Allein deshalb war der Fall Henson schon ganz besonders schwer gewesen.

»Und das kann ich gar nicht glauben«, fuhr ich fort. »Keine Verwandte? Keine Freunde? Nicht einmal ein Arbeitskollege oder ein Nachbar? Und so ein Mensch nimmt sich nicht mal fünf Minuten, um die Mutter zu sehen?«

Ben sah mich an, als sei ich ein Volltrottel.

»Du bist müde!«, sagte er sanft. »Du wunderst dich über Dinge, die gar nicht verwunderlich sind.«

»Nicht verwunderlich?«

»Für diese Charlotte war die Mutter doch an allem schuld«, erklärte er mir. »Nur weil ihr Mann die Mutter abholen musste, ist der Unfall passiert.«

»Nein, nein, nein«, widersprach ich. »Sie hatte selbst fahren wollen, Ben. Der Unfall ist ihrem Mann passiert und nicht ihr selbst, weil –«

»Sie *konnte* nicht selbst fahren«, fiel Ben mir ins Wort. »Denk dran, Helen: Feuersbrünste, Erdbeben, Kriege ... Sie *konnte* nicht. Höhere Gewalt!«

Jetzt fiel es mir auch auf. Mein Mann hatte es richtig erkannt, obwohl er bis jetzt gar nichts von den Medikamenten wusste, von denen Charlotte in der Nacht geredet hatte.

»Ihre Mutter muss wohl regelmäßig Tabletten nehmen und tut das nicht, wenn man es nicht überwacht.«

Deshalb hatte Charlotte nicht warten können, bis sich der Stau auflöste. Deshalb hatte sie ihren Mann bitten müssen, seine Unterrichtsstunde vorzeitig zu beenden.

»Trotzdem!« Ich sträubte mich nach wie vor. »Das kann psychologisch alles noch so logisch sein! Die Mutter in einem solchen Fall nicht wenigstens mal ganz kurz –«

»Vermutlich hat sie grundsätzlich Probleme mit ihrer Mutter«, unterbrach mich mein Mann und griff nach dem Badetuch. »Dafür müsstest du doch eigentlich Verständnis haben.«

Ich bedachte ihn mit einem bösen Blick.

Wenn er mir die Laune verderben wollte, musste er bloß meine Mutter ins Gespräch bringen.

»Nur habe ich Mutti ja nie ignoriert, Ben. Ich hätte mir nichts so sehnlich gewünscht wie Nähe. Wenn sie mir nur ein einziges Mal –«

Ich hielt inne, denn mein Mann hob beide Hände. Ja, er hielt das Badetuch wie eine weiße Flagge.

»Entschuldige, Helen!«

Laut und ärgerlich atmete ich aus.

»Das war dumm von mir«, sagte Ben und stand auf. »Es tut mir ehrlich leid.«

Ich nickte zustimmend, dabei war das, was er gesagt hatte, keineswegs dumm gewesen – unbedacht vielleicht, aber nicht dumm. Wenn ein Mensch Verständnis für ein getrübtes Mutter-Tochter-Verhältnis haben musste, dann war ich das.

Ben hielt das Badelaken ausgebreitet, um mich darin einzuhüllen. Ich musste nur endlich aufstehen.

»Weißt du was?«, flüsterte ich stattdessen. »Diese Charlotte Henson hatte gestern Geburtstag. An unserem Hochzeitstag.«

»Und?«, fragte Ben. »Da werden noch mehr Leute Geburtstag gehabt haben. Oder Hochzeitstag.«

»Mmh«, erwiderte ich und nickte dabei vor mich hin. »Weißt du, wann ihr Hochzeitstag ist?«

»Wie soll ich das wissen?«

»An meinem Geburtstag, Ben! Und ihr Mann ist am gleichen Tag geboren wie du.«

Ich legte eine bedeutungsschwere Pause ein, doch Ben schien nicht im Mindesten beeindruckt zu sein.

»Erwartest du, dass ich mir darüber jetzt ernsthafte Gedanken mache?«, fragte er und ließ endlich das Badetuch sinken. »Solche Zufälle gibt es, Helen. Oder glaubst du etwa, es habe irgendeine *Be-wandt-nis*?«

Er sang dieses letzte Wort mehr, als dass er es aussprach. Ebenso sang er Worte wie *Geist-hei-ler* und *Wahr-sa-ger*, Worte also, die für meinen Mann nur aus Buchstaben bestanden, denen er aber keinerlei Bedeutung beimaß, weil das seiner unwürdig gewesen wäre. Man war schließlich Wissenschaftler. Und Wissenschaftler glauben nur, was auch wissenschaftlich zu beweisen ist.

Ich versuchte, Ben in die Hand zu beißen, was misslang, da er sie rechtzeitig in Sicherheit brachte.

»Ich fand das schon unheimlich«, sagte ich dann.

»Sei nicht albern!«

»Albern? Wenn Daten, die in deinem Leben eine Bedeutung haben –«

Er warf mir das Badetuch über den Kopf, und prompt fiel ein Teil des dicken Frottees ins Wasser und saugte sich binnen Sekunden voll.

»Was machst du denn?«, schimpfte ich.

»Weißt du, wer noch am 7. Mai geboren ist, Helen?«

Ich wrang das Badetuch aus. Auf Anhieb fiel mir niemand ein, der am gleichen Tag wie Ben Geburtstag hatte. Ich glaubte aber, mich zu erinnern, dass Mildred Moredock von gegenüber –

»Tschaikowsky und Tagore, Helen! Und Douglas Fairbanks ist am 7. Mai gestorben.«

Ben wusste auch aus dem Stegreif, dass ich meinen Geburtstag mit Charles Bukowski teilte.

»Und an unserem Hochzeitstag, Helen, am 28. September 1988, ist Ferdinand Marcos gestorben, der Präsident der –«

»1988?«, fiel ich ihm ins Wort und presste das nasse Badetuch gegen meine Brust. »Haben wir 1988 geheiratet?«

Mein Mann wurde rot.

»89?«, hauchte er.

»Das fragst du mich noch?«

»Ferdinand Marcos ist aber an dem Tag gestorben«, wiederholte er mit erhobenem Zeigefinger.

Ich spitzte die Lippen und beschloss, das Thema nicht weiter zu vertiefen. Ich musste das hier positiv sehen. In Zukunft brauchte ich die Kinder nicht mehr zu bestechen, damit sie ihren Vater an unseren Hochzeitstag erinnerten. Nein, im nächsten Jahr würde ich Ben einfach nur darauf aufmerksam machen, dass sich der Todestag von Ferdinand Marcos bald jährte. Schon wieder zehn Dollar gespart!

10. Kapitel

Nachtschichten werden auch Friedhofsschichten genannt, zum einen, weil es in manchen Arbeitsbereichen nachts so still wie auf dem Friedhof zugeht, zum anderen, weil es den Menschen schneller auf den Friedhof bringt, wenn er in unregelmäßigen Abständen nachts arbeiten muss.

Dass Letzteres stimmt, gilt inzwischen als erwiesen. Man forscht nur noch, warum das so ist, warum Menschen, die rotierende Nachtschichten haben, so viel häufiger als andere an Magengeschwüren, Suchterkrankungen und Depressionen leiden und an Herz-Kreislauf-Versagen, Darm- oder Brustkrebs sterben.

Nach neuesten Erkenntnissen sind vornehmlich zwei Hormone dafür verantwortlich. Melatonin steuert den Tag-Nacht-Rhythmus des menschlichen Körpers. Registriert das Auge Tageslicht, stellt die Zirbeldrüse die Herstellung von Melatonin ein. Zugleich steigt der Cortisolwert im Blut, und Cortisol wirkt sich auf den Kohlehydrathaushalt aus, auf den Fettstoffwechsel und auf den Proteinumsatz.

Kein Wunder also, dass der gesamte Körper aus seinem natürlichen Gleichgewicht gerät, wenn man plötzlich die Nacht zum Tag macht und umgekehrt.

Ich hatte Kollegen, die während einer Woche Nachtdienst bis zu sechs Pfund Gewicht zulegten. Ich selbst gehörte zu den *Schrumpfern*. Ich nahm bei jeder Runde Nachtdienst drei bis fünf Pfund ab, da ich nachts einfach nicht essen konnte. Ich aß abends, bevor ich zum Dienst ging, und morgens, wenn ich heimkam, dann aber immer nur eine Kleinigkeit, weil ich sonst nicht hätte schlafen können.

Die verminderte Kalorienzufuhr schwächte mich nach zwei, drei Tagen mindestens ebenso sehr wie der aus dem Gleichgewicht geratene Hormonhaushalt.

Als der Wecker am Donnerstagnachmittag schrillte, fror ich erbärmlich, und mein Magen knurrte. Ich war dermaßen müde und kraftlos, dass ich es nicht einmal schaffte, den elenden Alarm abzuschalten, denn dazu hätte ich ja die Hand unter der Bettdecke hervorziehen und den Arm ausstrecken müssen, und das war zu viel verlangt.

Meine Lider waren schwer wie Blei. Ich wusste, dass ich sie heben musste, um zumindest den Hauch einer Chance zu bekommen aufzuwachen, aber ich konnte nicht. Ich wollte nicht. Und ich wollte eigentlich auch gar nicht können, und ich konnte mich erst recht nicht dazu zwingen zu wollen.

Um mein Selbstmitleid vollkommen zu machen, wurde das Schrillen des Weckers auch noch immer lauter. Unwillkürlich sehnte ich mich nach der Zeit zurück, als man die Biester noch hatte aufziehen müssen, denn denen war wenigstens irgendwann der Saft ausgegangen. Im elektronischen Zeitalter gab es das nicht mehr.

Ich roch Kaffee. Dann wurde es still. Ben hatte mir eine Tasse Kaffee ans Bett gebracht und den Wecker abgeschaltet.

»Helen?«

Ich stöhnte.

»Letzter Tag heute!«, sagte mein Mann mit sanfter Stimme. »Helen?«

Ich stöhnte noch einmal und wollte mich auf die Seite drehen, aber in diesem Moment zog Ben mir kurzerhand die Bettdecke weg.

»Nicht«, winselte ich, ich hatte ja schon unter der Decke gefroren.

»Setz dich auf, dann wird dir wärmer!«, meinte mein Mann. »Helen?«

Zermürbt riskierte ich ein Auge. Ben saß auf der Bettkante

und hielt die Kaffeetasse in der Hand. Es war nicht gut, ihn so deutlich spüren zu lassen, wie sehr ich litt. Er war nicht schuld daran, dass ich arbeiten musste. Seine Krankheit war schuld daran.

Ich zwang mich, beide Augen zu öffnen. Dann lächelte ich Ben an, und er lächelte zurück.

»Die Physikarbeit ist gut gelaufen!«, berichtete er mir.

»Sagt sie das?«, murmelte ich und setzte mich auf.

»Sie sagt, sie hätte alles gekonnt.«

Ich griff nach der Kaffeetasse und seufzte aus tiefer Seele. Bei unserer Catherine hieß das leider nicht viel. Sie glaubte immer, dass alles ganz wunderbar gelaufen sei, das war schon in ihrer frühen Kindheit so gewesen. Ich erinnerte mich noch mit Schrecken an das erste Sportfest, an dem sie teilgenommen hatte. Damals war sie sechs Jahre alt gewesen.

Vierzig Punkte hatten die Kinder beim Laufen und Springen und Werfen sammeln müssen, um eine Urkunde zu bekommen. Unsere Cathy brachte es zwar nur auf einundzwanzig Punkte, erzählte aber jedem, wie toll sie gewesen sei.

»Erinnerst du dich, Ben? Sie hat auf dem Sportplatz vor ihren Mitschülern mit ihrer Punktezahl geprahlt, obwohl die anderen im Gegensatz zu ihr Urkunden in der Hand hatten.«

Ich konnte es zehn Jahre später immer noch nicht fassen.

»Weil die Zahlen damals noch keine Bedeutung für sie hatten«, behauptete Ben.

Ich nahm einen Schluck Kaffee.

»Nein«, widersprach ich, »zählen konnte sie damals schon.«

»Aber sie hatte vermutlich –«

»Sie wusste genau, dass vierzig mehr sind als einundzwanzig, Ben. Sie wusste auch, dass die anderen besser gewesen waren als sie. Das ist es nicht. Cathy ist immer stolz auf sich. Auf alles, was sie tut!«

Von mir hatte sie das nicht und von ihrem Vater ebenso wenig. Ich kannte aber jemanden, der ganz genauso veranlagt war und mich damit mein Leben lang zur Weißglut getrieben hatte.

»Ich muss Angelika anrufen«, stöhnte ich und widmete mich weiter meinem Kaffee. Ich hasste es, mit meiner Schwester zu reden. Ich hasste es sogar, über meine Schwester zu reden, und wie ich jetzt gerade feststellte, ging meine Ablehnung inzwischen so weit, dass ich nicht einmal mehr an meine Schwester denken wollte. Ja, da zog ich es vor, darüber nachzudenken, dass ich das Wohnzimmer wieder mal anständig putzen musste, das sagte alles.

Ganz intensiv beschäftigte ich mich damit, um den Gedanken an Angelika zu verdrängen. Die Gardinen waren schmutzig, und das Silber in der Glasvitrine war dermaßen angelaufen, dass Amys Tochter Jennifer kürzlich meinte, wir hätten ja auch so eine schöne Sammlung Zinnbecher wie ihre Mutter.

Am Montag wollte ich mich darum kümmern. Heute musste ich noch mal ran, aber dann hatte ich den Nachtdienst fürs Erste hinter mir und ein langes Wochenende vor mir, an dem ich mich regenerieren konnte.

»Wie ist das Wetter?«, fragte ich Ben.

»Unerträglich heiß.«

»Und die Luft?«

Er bezweifelte, dass wir am Samstag die Fahrradtour machen konnten, die wir geplant hatten. Das beruhigte mich ungemein. Im Moment konnte ich mir bei bestem Willen nicht vorstellen, stundenlang in die Pedale zu treten und das dann noch Vergnügen zu nennen.

11. Kapitel

Victor hatte den Tag über eine ruhige Kugel geschoben. Er saß vor dem Fernseher, als ich zum Dienst kam, denn inzwischen gab es eine Dauerberichterstattung über die Brände nördlich der 101.

»Bist du davon betroffen?«, fragte er und bog mit dem Zeigefinger der rechten Hand die Wimpern seines rechten Auges nach oben.

»Nein«, antwortete ich leicht befremdet. »Die Luft wird bei uns nur zusehends verqualmter. Wie ist es bei dir?«

Victor leckte mit der Zunge über die Kuppe seines rechten Zeigefingers, um auch den Wimpern seines linken Auges den gewünschten Schwung zu verpassen.

»Ich selbst bin auch nicht betroffen«, seufzte er dann, »aber mein –«

Er erschrak, nicht sehr, aber ein bisschen.

»Die Mutter meiner Freundin«, begann er den Satz dann noch einmal, »die ist betroffen. Sie wohnt oben in Hidden Hills, und schon gestern Abend wurden dort alle evakuiert.«

Deshalb war er so in Eile und so ärgerlich über meine Verspätung gewesen.

»Ich hatte hoch und heilig versprochen zu helfen. Weil meine Freundin doch in ihrem kleinen Zweisitzer kaum Stauraum hat.«

Der Verkehr war aber viel zu dicht gewesen. So war er nur bis Woodland Hills gekommen, und die Mutter seiner Freundin hatte die Nacht in einer zum Evakuierungszentrum umfunktionierten Turnhalle verbracht.

»Tut mir leid«, sagte ich und fühlte mich ganz unbehaglich.

Mir war, als sei ich allein dafür verantwortlich, dass eine alte Frau auf einer harten Pritsche hatte nächtigen müssen.

»Ach was!«, meinte Victor. »Selbst wenn du früher zum Dienst gekommen wärest, hätte ich es nicht rechtzeitig geschafft.«

Inzwischen war die Mutter seiner Freundin bei Bekannten untergekommen, die sie mitsamt ihrer Katze Zsa-Zsa aus ihrer Notunterkunft befreit hatten.

»Und morgen Mittag sollen die verdammten Santa Anas ja auch wieder aufhören.«

Victor erhob sich aus dem Fernsehsessel.

»Sollen wir mal gerade den Papierkram erledigen, Helen?«

Gwendolyn Wagner war von der Intensivstation auf die orthopädische Chirurgie verlegt worden.

»Sie hat nach dir gefragt«, sagte Vic und zeigte mir seine entsprechende Notiz.

»Du hast sie besucht?«

»Nur ganz kurz.«

Gwen und ihrem Baby ging es gut, und inzwischen waren ihre Tante und ihr Ehemann eingetroffen.

»Ein ganz toller Typ ist das übrigens, Helen. So ein großer, blonder mit – die kümmern sich um alles, er und die Tante.«

Trudy Brock lag nach wie vor auf der Intensivstation.

»Von der habe ich nichts gehört«, sagte Vic.

»Warst du da auch mal oben?«

Er schüttelte den Kopf. Er war froh gewesen, dass er eine ruhige Schicht gehabt hatte. Eine ruhige Schicht wünschte ich mir selbst auch, und zunächst sah es auch ganz danach aus, als würde dieser Wunsch in Erfüllung gehen.

In der Triage war nach wie vor viel los, fast noch mehr als in der vorangegangenen Nacht. Die Luft in der Stadt wurde immer schlechter, was Übelkeit, Atemnot und allergische Reaktionen auslöste.

Demselben Umstand war es zu verdanken, dass es bei uns im Traumazentrum ruhig zuging. Weil die Luft so schlecht war, blieben die Leute zu Hause und verursachten weniger Verkehrsunfälle als sonst. Außerdem vermieden die meisten Menschen bei diesem Wetter auch größere Anstrengungen, und deshalb gab es keine schwereren Sport- oder Haushaltsunfälle.

Kim und Riza hatten es sich auf dem Ledersofa bequem gemacht. Dr. Meckelstein rückte zwei Stühle gegeneinander und las in einem Fachbuch über Gefäßverletzungen.

»Der Motorradunfall gestern«, sagte er zu mir. »Deshalb bin ich darauf gekommen. Wollte ich immer schon mal lesen.«

Amy lugte ein paar Mal um die Ecke, musste aber enttäuscht feststellen, dass sich ihr geliebter Dr. Kidder in seinem Ruheraum aufhielt. Auch ich war nicht bereit, mit ihr zu plauschen. Ich hatte mir nämlich gerade *LOST* in den Videorecorder geschoben. Zurzeit kamen Wiederholungen der ersten Staffel, bevor im Oktober die zweite anlief, und mein wunderbarer Ehemann hatte mir die letzten beiden Episoden aufgezeichnet. Damit die Frau im Bild blieb!

Nathalie war neidisch, als sie zwischendurch kurz hereinschaute. Sie kämpfte sich seit Dienstbeginn durch die Patientenschar eines nahegelegenen Altersheims. Dreiundzwanzig Senioren litten an Augen- und Atemwegsirritationen, und bevor man den Symptomen zu Leibe rücken konnte, musste geklärt werden, welche Medikamente die einzelnen Patienten nahmen.

»Aber sie wissen natürlich nicht, welche Blutdrucksenker sie nehmen.« Nathalie seufzte und schenkte sich eine Tasse Kaffee ein.

»Und dass sie Blutverdünner schlucken, wissen sie überhaupt nicht. Sie schwören aber, noch nie Probleme mit ihren Cholesterinwerten gehabt zu haben. Nur mit Blutfetten müssen sie aufpassen. Und im gleichen Atemzug wollen sie wissen, wann ich ihnen denn ihr Abendessen bringe. Sprich, die haben allesamt keine Ahnung, wo sie sind. Welches Jahr wir haben. Welches Leben!«

Sie stöhnte zum Gotterbarmen und meinte:

»Ach, Helen, ich wünschte, ich wäre *LOST*. Warum verschlägt es mich nie auf so eine Insel? Ich fliege doch so oft.«

»Aber doch immer nur nach Salt Lake City«, tönte Meckelstein, ohne von seinem Buch aufzublicken.

Nathalie sah ihn grimmig an. Sie wusste selbst, dass es zwischen Kalifornien und Utah kein Wasser gab und deshalb natürlich auch keine Inseln.

»Intelligenzbestie!«, zischte sie und leerte ihre Kaffeetasse in einem Zug.

Dann eilte sie zurück zu ihren Senioren, und ich widmete mich wieder meiner Fernsehsendung.

Dass ich das konnte, stimmte mich zuversichtlich. Ich war zwar müde, weil die letzte Nacht so anstrengend gewesen war und ich über Tag wieder nur fünf Stunden geschlafen hatte, trotzdem schlug ich mich wacker. Immerhin war ich in der Lage, der Handlung auf dem Bildschirm zu folgen und nicht darüber einzuschlafen.

Um kurz vor zwanzig Uhr steckte Amy den Kopf wieder zur Tür herein.

»Nein!«, rief ich, als ich sie sah.

Sie lachte.

»Du weißt doch gar nicht, was ich will, Helen.«

Kim stöhnte selbst im Schlaf, als sie das hörte, und Riza warf Amy einen müden Blick zu und drehte ihr dann den Rücken zu.

Meckelstein war enttäuscht.

»Du hast keine Leckerchen mitgebracht?«, fragte er mit anklagendem Tonfall. »Lohnt sich das für das Fußvolk etwa nicht?«

Amy überhörte die Fragen geflissentlich.

»Kommst du mal gerade, Helen?«

»Ich?«

»Heißt hier sonst noch jemand Helen?«

Da ich den Ärger der anderen nicht unnötigerweise auf mich ziehen wollte, stellte ich keine weiteren Fragen, sondern quälte mich aus dem Fernsehsessel und auf den Gang hinaus.

»Was ist denn, Amy?«

Sie lief auf die Sicherheitstür zu, die ihre Station von der Notaufnahme trennte.

»Komm!«, bat sie mich noch einmal und steckte ihre Hundemarke in den dafür vorgesehenen Schlitz neben der Tür.

Es dauerte einen Moment, dann blinkte das grüne Lämpchen, und sie öffnete die Tür und wartete darauf, dass ich ihr folgte.

Ich konnte mich kaum dazu durchringen. Ich wusste ja eh, worum es ging, und ich hatte keine Lust, mit Amy im Schwesternzimmer von OBGYN 1 zu hocken und mir anzuhören, wie Dr. Kidder sie angesehen hatte, als sie ihm das letzte Mal begegnet war, und was sie zu sagen gedachte, wenn sie ihm heute Nacht das nächste Mal begegnen würde.

Darum ging es immer. Es waren Unterhaltungen, die ich nicht einmal als Teenager geführt hatte. Selbst damals, als ich noch Helene Höffner und im zarten Alter von dreizehn Jahren unsterblich in meinen Geschichtslehrer verliebt gewesen war, selbst da hatte ich mich nicht zu solchen Unterhaltungen hinreißen lassen.

»Helen?«

Stöhnend schleppte ich mich den Gang entlang.

Die Entbindungs- und Neugeborenenstation war erst im vergangenen Jahr neu ausgebaut worden. Dr. Zuckerman hatte sich persönlich darum gekümmert, dass modernste Technik, Luxus und Architektur so miteinander verschmolzen, dass sich Patientinnen und ihre Familien sowohl gut aufgehoben als auch verwöhnt fühlten.

So war der Gang von OBGYN 1 mit einem Linoleumboden

ausgelegt, der aussah, als habe man winzige Fußabdrücke hineingedrückt. Jedes Mal, wenn ich hier entlanglief, versuchte ich herauszufinden, in welchen Abständen sich das Muster wiederholte. Dass mir das bis dato noch nicht gelungen war, zeigte, wie geschickt es gemacht war.

An den Wänden befanden sich ähnliche Kunstwerke, Handabdrücke von Neugeborenen. Ich erinnerte mich noch, wie Dr. Zuckerman monatelang Dias von Handabdrücken gesichtet und ausgewählt hatte, die dann später mit Projektoren an die Wand geworfen und von künstlerisch begabten Anstreichern nachgezeichnet worden waren.

Gleich hinter dem Zugang von der Notaufnahme waren zu beiden Seiten Untersuchungsräume. Rechts schloss sich dann ein Vorratsraum an, von dessen Seite es in einen großen, offenen Bereich für Besucher ging.

Links war neben dem Untersuchungsraum ein Fahrstuhl, der ausschließlich in den OP-Trakt führte. Nur wer auf einer der beiden Stationen arbeitete und über eine entsprechende Hundemarke verfügte, konnte den Fahrstuhl bedienen.

Daneben war das Schwesternzimmer. Amy steuerte schnellen Schrittes darauf zu und blieb an der Tür stehen.

»Ich kann aber nicht lange bleiben«, sagte ich. »Falls sie mich erst suchen müssen, wenn ...«

Das Wort erstarb mir auf den Lippen, denn aus dem Schwesternzimmer von OBGYN 1 strömte der betörende Duft frischer Waffeln.

»Du hast aber eine verdammt gute Nase«, lachte Amy.

»Das erinnert mich an früher«, erwiderte ich. »Wenn meine Mutter am Sonntag frische Waffeln für uns ...«

Wieder erstarb mir das Wort auf den Lippen. Auf dem Tisch im Schwesternzimmer standen tatsächlich frische Waffeln, neben einer Dose Sprühsahne und einer Schüssel mit heißen Kirschen, die noch dampften.

Der Tisch war festlich gedeckt. Es brannte eine Kerze, und die

Kaffeekanne aus weißem Porzellan passte genau zu den Tellern und Tassen, doch war es nicht allein das, was mir die Sprache verschlagen hatte. Vor einem der Gedecke saß Jodie Lang.

»Hallo, Helen!«

Sie hatte mir ja vorausgesagt, dass wir einander wiedersehen würden. Ich hatte dem keine weitere Bedeutung beigemessen, schließlich gaben die meisten Menschen solche Floskeln beim Abschied von sich.

»Hallo«, entgegnete ich entsprechend irritiert und blieb im Türrahmen stehen.

Jodie lachte.

»Damit hat sie nicht gerechnet«, sagte sie zu Amy und stand auf.

Mit großen Schritten lief sie auf mich zu, und im nächsten Moment umarmte sie mich, wie sie mich schon am Morgen umarmt hatte.

Wieder kam mir diese Umarmung ganz eigenartig vor, nur wurde mir diesmal bewusst, woran das lag. Jodie Langs Umarmung fühlte sich wie der Versuch einer Körperverletzung an. Ihre langen Glieder schlangen sich wie stählerne Fangarme um meinen Körper und pressten ihn gegen ihren, der sich so hart und starr wie eine metallene Rüstung anfühlte.

»Wie geht es Ihnen?«, fragte ich entsprechend spröde.

»Sehr gut«, antwortete sie. »Charlotte ist jetzt oben bei ihrer Mutter, und da wollte ich Ihnen schnell Hallo sagen und bin Amy in die Arme gelaufen.«

»Ich verstehe kein Wort«, sagte die.

Jodie hatte Deutsch gesprochen, und wir beschlossen, aus Gründen der Höflichkeit auf Englisch weiterzureden. Sie setzte sich wieder an den festlich gedeckten Tisch, und Amy forderte mich auf, doch ebenfalls Platz zu nehmen. Ich wollte nicht.

»Du willst im Türrahmen stehen bleiben?«

Ich seufzte und erklärte Amy noch einmal, dass ich nicht lange bleiben könnte. Dann lehnte ich mich gegen den Kühlschrank.

Es war eines jener Modelle aus mattem Edelstahl, die um die dreitausend Dollar kosteten und von denen eine Familie Drescher nur träumen konnte. Da tat es gut, sich wenigstens mal gegen so ein Teil zu lehnen.

»Wie geht es der Frau Henson?«, fragte ich Jodie.

»Eigentlich erstaunlich gut«, meinte sie.

Charlotte hatte am Nachmittag ein wenig geschlafen. Mehr nicht. Sie hatte noch nichts in die Wege geleitet.

Mich persönlich hätte es verwundert, wenn es anders gewesen wäre, doch Jodie schien das nicht so zu sehen.

»Es muss doch wahnsinnig viel organisiert werden, Helen. Aber darüber will sie nicht nachdenken und schon gar nicht sprechen.« Sie seufzte. »Sie scheint außer der Mutter niemanden zu haben«, sagte sie dann. »Vielleicht wollte sie aber auch nur noch nicht … ich hatte ihr angeboten, Anrufe zu erledigen.«

Charlotte hatte es selbst machen wollen, es letztendlich nur nicht getan.

»Ich hätte es ihr sofort abgenommen!«

Da sie Charlotte nicht allein lassen wollte, hatte Jodie ihrer Nachbarin Abigail das Taxi zurück nach Santa Monica bezahlt.

»Deshalb stinke ich jetzt auch langsam vor mich hin.« Sie lachte und zupfte an der durchsichtigen Bluse, die sie schon am Vortag getragen hatte.

»Du stinkst nicht«, befand Amy. »Du duftest nach irgendeinem ganz tollen Parfum.«

»Das ist *Tresor*«, klärte Jodie sie auf. »Hat Charlotte mir ausgeliehen.«

»Das ist *Tresor*? So riecht das bei dir?«

Ich fragte, ob die OPO sich gemeldet habe.

»Gleich heute Morgen«, gab Jodie bereitwillig Auskunft. »Und morgen früh kommt jemand vorbei. Die wollten heute schon jemanden schicken.«

Mit der Polizei hatte sie auch telefoniert.

»Die haben den übrigens geschnappt, der den Unfall verursacht hat, Helen.«

Ich tat so, als sei mir das neu, und erfuhr, dass Jodie und Charlotte am nächsten Tag einen Termin auf dem Polizeipräsidium hatten. Ich nahm an, dass sie dann erfahren würden, was man uns bereits mitgeteilt hatte.

Shawn Black war zwanzig Jahre alt gewesen. Der einzige Sohn wohlhabender Eltern hatte von Kindheit an von einer Karriere als professioneller Footballspieler geträumt. Dafür hatte er auf vieles verzichtet und eine Menge auf sich genommen.

Am Spätnachmittag des 28. September 2005 hatte Shawn auf der Mailbox seines Handys eine Nachricht von seiner Freundin. Sie war es leid, dass sein Sport immer vorging und er nur so wenig Zeit für sie hatte. Lange Rede, kurzer Sinn – sie gab ihm eine letzte Chance. Entweder er holte sie bis Schlag sechs Uhr zu Hause ab und sie gingen gemeinsam zum Essen und anschließend ins Kino, wie andere Paare das ständig taten, oder aber er brauchte sich nie wieder bei ihr blicken zu lassen.

Shawn Black geriet in Panik. Er kam gerade von seinem täglichen Football-Training, und aufgrund der Verkehrslage war es ihm einfach nicht möglich, bis sechs Uhr von Santa Monica nach Pacific Palisades zu fahren. Seine Freundin ging nicht ans Telefon, was ihm verdeutlichte, wie ernst sie es mit ihrer Drohung meinte.

Zwanzig Minuten, nachdem er William Henson und dessen Wagen unter den LKW gepresst und Fahrerflucht begangen hatte, verursachte Shawn Black in einer Seitenstraße des Pacific Coast Highway einen weiteren Verkehrsunfall. Diesmal war er selbst das Opfer. Er starb auf dem Weg ins Krankenhaus.

Ich nahm an, dass die Polizei schonend vorgehen wollte. Der Mensch, der Charlotte Hensons Elend verursacht hatte, war nicht mehr zur Rechenschaft zu ziehen, und das konnte für Hinterbliebene anfangs fast ebenso verheerend sein wie der Verlust selbst.

Hass war in der ersten Zeit nicht nur ein Ventil, sondern auch ein Rettungsring. Er belebte die Sinne, und man konnte sich daran aufrichten. War der Mann an einem Herzinfarkt gestorben, hasste man die Zigaretten, die er geraucht, den Kaffee und den Alkohol, den er getrunken, und den Chef, der ihn übermäßig gefordert hatte.

Bei einem Unfall oder bei einem Verbrechen richtete man seinen Hass auf den Täter, auf diesen einen, der das Unheil angerichtet hatte und dafür jetzt die gerechte Strafe bekommen sollte.

Monatelang konnte der Rettungsring Hass den Betroffenen davor bewahren, in seiner Trauer zu ertrinken. Manchmal vergingen sogar Jahre, bis dem Ring die Luft ausging. Sicher war nur, dass sie ihm eines Tages ausging. Hass verflüchtigte sich nun mal, das lag in seiner Natur.

»Möchtest du wirklich keine Waffel?«, fragte Amy und riss mich damit aus meinen Gedanken.

Ich lehnte dankend ab. So betörend das Backwerk auch duftete, ich musste wieder zurück.

»Wenn du also so freundlich wärest, mir die Tür zu öffnen?«

OBGYN 1 war ein Sicherheitsbereich. Mit meiner Hundemarke kam ich hier weder hinein noch wieder heraus.

»Lass mich nur noch eben zur Toilette gehen!« Amy eilte aus dem Schwesternzimmer, und ich wünschte Jodie noch einen schönen Abend und guten Appetit.

»Normalerweise esse ich so was nicht«, sagte sie, und das glaubte ich ihr aufs Wort. Ihr Figürchen vertrug höchstens zwei, drei Salatblätter am Tag. Allzu groß durften die aber auch nicht sein.

Ich lächelte und bewegte mich schon mal Richtung Tür.

»Wie ist das eigentlich mit der Beerdigung?«, fragte Jodie.

Sie kannte sich mit Beerdigungen überhaupt nicht aus, und bei Charlotte schien es sich ebenso zu verhalten, was Jodie beunruhigte.

»Irgendwie muss das doch geplant werden.«

»Darum wird die OPO sich kümmern«, sagte ich.

»Geht das denn überhaupt, Helen? Kann man den Will ... ich meine ... den Sarg kann man doch sicher nicht offen lassen, nachdem sie ihm das Herz und all die anderen Organe ...«

Ich lehnte mich an den Türrahmen und sah Jodie an. Sie war aufgestanden, und das Thema, das sie gerade angeschnitten hatte, schien sie ernsthaft zu beschäftigen.

»Wegen der Kopfverletzungen wird man vermutlich Abstand davon nehmen, den Sarg offen zu lassen«, sagte ich ruhig. »Wegen der Organentnahme wäre das nicht nötig.« Unsere Ärzte gaben sich mit den Spendern große Mühe. »Das wird alles ganz säuberlich verschlossen, Jodie. Das sieht man nachher überhaupt nicht.«

Das glaubte sie mir nicht. »Wenn man das Herz herausnimmt –«

»Man bestattet doch niemanden nackt«, fiel ich ihr ins Wort.

»Aber wenn man das Herz –«

»Das ist kein so großer Schnitt, Jodie. Präsident Clinton hat den gleichen.«

Sie sah mich an und fing an zu grinsen. »Das erklärt vieles, Helen.«

Ich brauchte einen Moment, dann lachte ich schallend, aber so hatte ich das natürlich nicht gemeint. »Was ich meine, ist, dass man an der Narbe nicht erkennt, ob man eine Bypass-Operation hatte oder ob das Herz –«

»Ich weiß schon«, winkte Jodie ab. »Sie wollen jetzt nur nicht zugeben, dass Sie aufgrund Ihres Berufes Informationen haben, die dem Rest der Bevölkerung vorenthalten werden. Ich wollte übrigens –«

Sie sprach nicht weiter, da in diesem Moment eine Frau an der Tür auftauchte. Sie trug einen bodenlangen Bademantel und hellblaue Fellpantoffeln, und sie wollte wissen, wo Schwester Amy war.

»Sie kommt gleich zurück«, gab ich ihr Auskunft.

»Ich habe schon zweimal geschellt.«

Die Toiletten waren gleich nebenan. Ich lief hinein und rief nach Amy, erhielt aber keine Antwort. Das war auch kein Wunder, denn die Kabinen waren alle leer.

Ärgerlich trat ich wieder auf den Gang hinaus und versprach der jungen Patientin, Amy zu suchen. Ich konnte mir denken, wo sie sich herumtrieb.

Gleich neben dem Schwesternzimmer war jener große verglaste Raum, den man einfach nicht ignorieren konnte, wenn man auf OBGYN 1 war. Dreizehn Neugeborene lagen zurzeit im Babyraum, dreizehn Winzlinge in winzigen Bettchen.

Ich lief am Babyraum vorüber in den vorderen Teil der Station. Hier befanden sich auf der linken Seite zehn Suiten und auf der rechten sieben und zwei Kreissäle. Dann folgten noch einmal je zwei Suiten für Zuckermans Privatpatientinnen und ein weiterer Untersuchungsraum.

Am Ende des Ganges war dann wieder eine Sicherheitstür. Ich blickte durch die Glasscheibe. Hatte ich es mir doch gedacht! In der Eingangshalle der Entbindungs- und Neugeborenenstation hingen auch die öffentlichen Fernsprecher. Amy legte gerade auf und unterhielt sich im nächsten Moment mit ein paar Leuten, die es sich in einer der Sitzgruppen bequem gemacht hatten.

Wütend klopfte ich gegen die Scheibe, ohne Erfolg. Also klopfte ich noch wütender gegen die Scheibe, und diesmal war ich insofern erfolgreich, als dass Dr. Zuckerman plötzlich auf den Gang hinaustrat.

»Helen?«, wunderte er sich.

»Guten Abend«, erwiderte ich und lächelte verlegen. Ich spürte die Bewegung meiner Wimpern.

»Möchten Sie in die Halle?«, fragte Dr. Zuckerman.

Ich schluckte. »Ich brauche Amy.«

Zuckerman lachte.

»Nicht nur Sie, liebe Helen! Viele von uns brauchen Amy, nur ist das nicht so einfach mit der Dame.«

Er öffnete die Sicherheitstür, aber nur einen Spaltbreit. Dann steckte er den Kopf hindurch und brüllte: »Schwester Amy Huxley!?«

Amy war wütend auf mich. »Der ist eh schon nicht gut auf mich zu sprechen«, schimpfte sie, während wir zum Schwesternzimmer zurückgingen. »Du weißt doch, wie schwierig das damals war.«

Bevor Amys Leidenschaft Dr. Kidder gegolten hatte, war Dr. Zuckerman das Opfer ihrer Begierde gewesen. Den hatte sie aber nicht nur mit Nüssen und Plätzchen beglückt, sondern auch noch mit ganz anderen Leckereien, und deshalb hatte lange Zeit das Gerücht kursiert, dass Jeffrey Zuckerman der Vater ihrer Tochter Lineah war – was ich persönlich nicht glaubte, weil es Amy dann finanziell sehr viel besser gegangen wäre.

Allein an seinen Privatpatientinnen verdiente Zuckerman in einem Monat mehr als Amy im Verlauf eines ganzen Jahres mit ihrer Arbeit als Krankenschwester.

»Ich konnte doch nicht ahnen, dass ausgerechnet er auf das Klopfen reagiert«, wehrte ich mich.

»Der hat seine Nase doch überall. Was meinst du, was der mir jetzt wieder für Vorhaltungen macht?«

»Du hast gesagt, du würdest zur Toilette gehen.«

»Wollte ich ja auch. Mir ist auf dem Weg nur eingefallen, dass ich zu Hause anrufen musste.«

Vom Schwesternzimmer aus durften sie nicht mehr privat telefonieren.

»Frag mal, wem wir das zu verdanken haben, Helen! Ich sage dir, der hat seine Nase überall.«

Wir hatten inzwischen das Schwesternzimmer erreicht, vor dessen Tür die junge Frau mit den hellblauen Fellpantoffeln immer noch geduldig wartete. Sie wollte ihren Sohn nun doch lieber im Zimmer haben, und die anderen Schwestern hatten ihr gesagt, dass nur Amy das veranlassen könne.

»Sie sind das!«, entfuhr es mir.

Erst jetzt erkannte ich die Frau.

»Erinnern Sie sich an mich?«

Sie sah mich fragend an.

»Ich habe Sie gestern hergebracht, nachdem Sie eingeliefert wurden«, versuchte ich, mich bei ihr in Erinnerung zu bringen. »Sie hatten doch diesen Busunfall.«

Ihr dämmerte, worauf ich hinauswollte, doch erinnerte sie sich überhaupt nicht an mich.

»Das war alles so ein Albtraum gestern!«

Ihre Fruchtblase war geplatzt, als sie sich gerade zum Abendessen hinsetzen wollten.

»Diesmal war alles so anders als die anderen Male. Ich hatte sofort die irrsinnigsten Wehen in ganz kurzen Abständen.«

Also hatte ihr Mann nicht lange gefackelt und sie auf der Stelle ins Krankenhaus gefahren. Auf dem Weg waren sie unglücklicherweise im dichten Verkehr stecken geblieben.

»Und als wir endlich hier ankamen, wurden gerade all die Leute von diesem schrecklichen Busunfall eingeliefert.« Davon war sie nicht betroffen gewesen. »Deswegen war der Kleine nur schon fast draußen. Ich hatte solche Panik ...«

Sie hatte einen gesunden Sohn zur Welt gebracht. Er hieß Dylan und war ihr erster Sohn nach drei Mädchen.

»Und jetzt ist Schluss!«, erklärte sie mir. »Aber ist er nicht süß?«

Sie zeigte mir, welcher der rotgesichtigen Schreihälse ihrer war, und ich behauptete pflichtschuldig, er sei das mit Abstand niedlichste Baby im Raum. Dann gratulierte ich ihr noch einmal förmlich und sah Amy dabei zu, wie sie den kleinen Dylan aus seinem Bettchen hob. Wehmut erfasste mich. Amy war bei Lineahs Geburt nur zwei Jahre jünger gewesen, als ich es jetzt war. Noch war es nicht zu spät für ein drittes Kind, wenngleich Ben immer behauptete, ich würde mich als Mutter von drei Kindern nicht eignen. Was ihn zu dieser Behauptung veranlasste, war aus meiner Sicht ziemlicher Humbug, allerdings gab es wirklich triftige Gründe, warum bei Familie Drescher schon nach zwei Kindern Schluss sein musste.

Schließlich war Ben nicht gesund. Und wir hatten bereits knapp genug Geld, um zwei Kinder anständig großzuziehen.

Amy brachte Dylan nach draußen und rief mir zu, sie wäre sofort zurück. Jetzt musste sie sich natürlich erst um das Baby kümmern. Ich blickte ins Schwesternzimmer. Jodie war nicht da, aber ihre Tasche lag auf dem Tisch. Ich nahm an, dass sie zur Toilette gegangen war.

Also machte ich mich schon mal auf den Weg. Wie immer blickte ich dabei intensiv auf den Boden, auf diese winzigen Fußabdrücke; vielleicht würde ich irgendwann ja doch noch herausfinden, in welchen Abständen sich dieses Muster wiederholte.

»Nur noch einen Moment!«, hörte ich Amy rufen und blickte auf.

Ich erschrak. Jenseits der Glastür, die OBGYN 1 von der Notaufnahme trennte, stand jemand und sah mir geradewegs ins Gesicht. Die Frau hatte langes blondes Haar, das ihr bis weit über die Brust fiel, und ihr Blick war eigenartig starr.

»Charlotte?«, murmelte ich.

Die Frau, die jenseits der Sicherheitstür stand, war tatsächlich Charlotte Henson. Ich hatte sie nur fast nicht wiedererkannt.

»Das muss an deiner Gegenwart liegen«, meckerte Amy und lief an mir vorbei zur Tür. »Du ziehst Arbeit magisch an, Helen. Jetzt will Rogers Jeffrey was von mir. Wenn ich Pech habe, gar Jeffreys Roger.« Sie öffnete mir die Tür und fragte, ob ich Jennifers Maße benötigen würde.

»Was?«

»Fällt mir gerade ein, Helen. Für die Tennisröcke. Soll ich maßnehmen, oder willst du das selbst tun?«

Ich hatte nicht die geringste Ahnung, wovon die Rede war.

»Welche Tennisröcke?«, fragte ich und blickte dabei durch die Augenwinkel zu Charlotte hinüber.

»Na, du nähst den Mädchen für das Tennisturnier doch neue Röcke.«

Ich hätte liebend gern gewusst, wie Amy darauf kam, hatte im Moment aber andere Sorgen. Charlotte Henson sah mich an, als wolle sie mich mit ihrem Blick töten.

»Lass uns ein andermal darüber reden!«, meinte ich deshalb nur und wandte mich Charlotte zu.

Sie sah völlig verändert aus. Im Gegensatz zum Vortag war sie ungeschminkt, und sie trug Jeans, Turnschuhe und einen weiten Pullover mit wilden Applikationen. »Haben Sie Jodie gesehen?«, fragte Charlotte, bevor ich sie begrüßen konnte.

»Sie war eben noch im Schwesternzimmer«, erwiderte ich. »Ich nehme an, dass sie –«

»Sie hat meinen Autoschlüssel, und den brauche ich.«

Charlotte wirkte extrem angespannt.

In diesem Augenblick stupste Amy meine Rückseite, damit sie die Tür hinter mir schließen konnte.

»Amy, kannst du Jodie mal gerade bitten –?«

»Ich will hier nicht warten«, fiel Charlotte mir gereizt ins Wort. »Ich warte schon viel zu lange, das ist eine Zumutung.

Diese Station hier ... sagen Sie Jodie, sie möchte mir meinen Autoschlüssel nach oben bringen, und zwar schleunigst.«

Ohne ein weiteres Wort drehte Charlotte sich um und lief davon, schnellen Schrittes, mit gesenktem Kopf, hochgezogenen Schultern.

Ich konnte mir vorstellen, dass sie sich in der Notaufnahme nicht wohlfühlte. Kaum jemand kam je freiwillig hierher zurück, nachdem er es mit mir zu tun gehabt hatte.

»Nimm die Hände von meinem Hintern!«, mahnte ich Amy.

»Du musst dich entscheiden, ob du hinausgehen oder wieder hereinkommen willst, Helen! Der Zuckerman –«

Jodie trat aus den Toiletten auf den Gang hinaus.

Kurz darauf standen sie und ich vor der »Höhle«. Jodie schwenkte Charlottes Autoschlüssel in der Hand und fragte, ob sie mich später noch mal belästigen dürfe.

»Worum geht es denn?«

»Es ist etwas Persönliches, Helen. Hat nichts mit Charlotte zu tun.«

Jodie Lang interessierte sich für meine Arbeit.

»Ich würde auch gern was in dieser Art machen. Wie wird man so was?«

Das konnte ich nicht in zwei, drei Sätzen erklären.

»Das denke ich mir. Deshalb würde ich mich ja gern mal in Ruhe mit Ihnen unterhalten.«

Während meiner Arbeitszeit war das schlecht.

»Vielleicht können wir uns mal vorher treffen, Helen? Wann fängt Ihr Dienst morgen denn an?«

»Morgen bin ich gar nicht hier«, sagte ich, und am Wochenende würde ich auch frei haben, ebenso am Montag.

»Und ab Dienstag habe ich wieder Tagschicht.«

Jodie strahlte.

»Dann vielleicht am Dienstag? Nach der Tagschicht?«

Ich fühlte mich überrumpelt, sah aber keine Möglichkeit, mich dagegen zu wehren, ohne unhöflich zu werden, und dafür bestand wiederum kein Grund.

Meine Schicht endete am Dienstag um Viertel nach sechs.

»Vorausgesetzt, wir haben keinen Notfall.«

Gegenüber vom Angestelltenparkplatz des RMC befand sich ein französisches Bistro, das ich als Treffpunkt vorschlug.

»Das kenne ich«, sagte Jodie. »*Chez Martin* oder so ähnlich, nicht wahr?«

»Genau.«

Sie freute sich riesig und versprach, am Dienstagabend um Viertel nach sechs dort auf mich zu warten. Dann nahm sie mich wieder in jenen Klammergriff, den sie für eine Umarmung hielt, und lief eilig zur Feuertreppe, die ins Obergeschoss führte.

»Den Weg sollten Sie eigentlich nicht …«

Aber sie war schon weg.

Ich stieß die Tür zur »Höhle« auf und vernahm nahezu gleichzeitig einen entsetzten Aufschrei.

»Ich weiß«, winselte Dr. Meckelstein. »Ich soll mich nicht immer hinter der Tür verstecken.«

Er hatte sich einen großen Becher heißen Kaffee über den weißen Kittel gegossen und musste sich jetzt erst einmal umziehen.

Ich hielt ihm die Tür auf.

»Helen?«

Dr. Kidder stürmte den Gang hinunter.

»Dich suche ich!«, rief er. »Du sprichst doch Deutsch, Helen. Stimmt das?«

Im Hauptbereich hatten sie ein deutsches Ehepaar und brauchten dringend einen Übersetzer. Zu solchen Diensten hatte man mich schon lange nicht mehr herangezogen. Es war im Allgemeinen nicht nötig, weil Deutsche meistens gut Englisch sprachen.

Im vergangenen Jahr hatte ich einmal ausgeholfen, als es um eine Tetanusimpfung ging. Ein anderes Mal hatte es sich mehr um ein juristisches als um ein medizinisches Problem gehandelt.

Es ging damals um eine junge Deutsche, die ihre Fluglinie belogen hatte und mit einem gefälschten Attest im achten Schwangerschaftsmonat noch geflogen war. Sie hatte eine Frühgeburt erlitten, und unter den gegebenen Umständen lehnte ihr Versicherungsträger es ab, die Kosten zu übernehmen. Der Fall war in der deutschen Presse wohl ziemlich breitgetreten worden, weshalb das RMC seine Erklärungen mit Bedacht hatte abgeben wollen und sicherheitshalber auf meine Sprachkenntnisse zurückgriff.

Bei meinem neuen Einsatz als Übersetzer war ich mit einem fast noch prekäreren Fall konfrontiert. Manfred und Marlies Ottermann kamen aus Ennepetal und machten eine Rundreise durch die Staaten. Kaum in Los Angeles eingetroffen, wurde ihr übel, dann bekam sie heftige Bauchschmerzen und hohes Fieber. Der Hotelarzt alarmierte den Rettungswagen, und Marlies Ottermann wurde ins RMC eingeliefert, wo man einen drohenden Blinddarmdurchbruch diagnostizierte.

Das Problem bestand nun darin, dass der Ehemann nicht bereit war, die Einverständniserklärung zur Operation zu unterschreiben, und die Patientin selbst nicht mehr in der Lage dazu war.

»Mach dem Mann bitte klar, dass wir hier keine Zeit zu verschwenden haben!«, schimpfte Kidder. »Wenn der Appendix platzt und der Dreck erst mal in den Bauchraum fließt, finde ich keinen Idioten mehr, der das operieren will.«

Den Nachsatz übersetzte ich natürlich nicht. Das brauchte Herr Ottermann aus Ennepetal nicht zu wissen. Noch war ja Zeit. Es bestand lediglich Zeitdruck.

Letzteres interessierte nur leider Herrn Ottermann nicht.

»Meine Frage ist, ob unsere Versicherung zahlt, wenn wir das hier operieren lassen, Frau Drescher. Ich würde meine Frau lieber nach Deutschland zurückbringen lassen und da dann –«

»So viel Zeit ist aber nicht, Herr Ottermann.«

Das schien ihm nicht glaubhaft, denn vor einigen Stunden hatte seine Frau sich noch pudelwohl gefühlt.

»Mir hat man gesagt, sie habe seit vier Tagen keine Verdauung gehabt, Herr Ottermann.«

»Meine Frau hat ständig Verstopfung. Das hat doch mit dem Blinddarm nichts zu tun.«

»Ich glaube sehr wohl, dass das mit dem Blinddarm zu tun hat, Herr Ottermann. So habe ich zumindest verstanden, was der Arzt mir –«

»Aber darum geht es doch gar nicht, Frau Drescher.«

Gegen die Operation an sich hatte er ja gar nichts einzuwenden. Es tat ihm leid, wenn das bei mir so ankam. Er wollte nur nicht, dass der Eingriff in Los Angeles vorgenommen wurde. Seine Frau musste vorher nach Deutschland zurückgebracht werden. Die Kosten für einen krankheits- oder unfallbedingten Rücktransport waren nämlich in seiner Reiseversicherungspolice mit eingeschlossen.

»Dafür habe ich extra zugezahlt.«

Ich versuchte, gelassen zu bleiben.

»Wenn der Blinddarm Ihrer Frau platzt, Herr Ottermann, besteht akute Lebensgefahr. Und Sie wollen es doch sicher nicht so weit –«

»Aber die Kosten, Frau Drescher! Man hört doch immer wieder, dass so eine Operation Zigtausende kosten kann, gerade hier in Amerika!« Prompt führte er den Fall jener jungen Frau an, die seinerzeit die Frühgeburt erlitten hatte.

»Und jetzt erinnere ich mich – das war ja auch hier. In diesem Krankenhaus! Ich sehe die Bilder von dem Gebäude hier wieder ganz deutlich vor mir! Und die sind ihres Lebens nicht mehr froh geworden, die Leute. Konnte man überall lesen.«

Dass sein Fall ganz anders lag, schien ihm nicht einzuleuchten. Natürlich hatte er weder die Fluglinie belogen noch ein ärztliches Attest gefälscht.

»Wie kommen Sie auf so was, Frau Drescher?«

»Nur deshalb hat es bei dem Fall, den Sie gerade angeführt haben, damals die Schwierigkeiten gegeben, Herr Ottermann. Die Versicherung wollte sich nicht schröpfen lassen, weil ein Betrug –«

»Ich will niemanden schröpfen, Frau Drescher. Allerdings will ich mich auch nicht schröpfen lassen. Und wenn ich meine Frau schon nicht nach Deutschland zurückbringen kann, was das Beste wäre, will ich zumindest schriftlich ... passen Sie auf! Ich weiß jetzt, wie wir das machen!«

Er wollte, dass wir uns mit seiner deutschen Krankenversicherung in Verbindung setzten, um die Kostenfrage abzuklären.

»Und wenn die bereit sind, dafür aufzukommen, sollen sie mir die entsprechende Einverständniserklärung zufaxen. Damit ich was in der Hand habe. Hier gibt es doch sicher ein Faxgerät.«

Es war 21.40 Uhr. In Deutschland konnte man frühestens ab 23 Uhr unserer Zeit jemanden erreichen.

»Das dauert zu lange, Herr Ottermann.«

»Viele Büros sind schon ab sieben morgens besetzt.«

»Und Sie glauben, da sitzt dann auch gleich der richtige Sachbearbeiter, der das sofort entscheiden kann?«

Davon war er überzeugt. Er brauchte lediglich unsere Faxnummer.

»Oder haben Sie kein Faxgerät? Wenn nicht, müsste ich ins Hotel fahren, und mir wäre es eigentlich lieber, wenn einer von den Verantwortlichen hier im Haus mit den Leuten von der Versicherung redet. Die wollen sicher auch irgendetwas schriftlich haben. So mir nichts, dir nichts kann man sich bestimmt nicht im Urlaub operieren lassen.«

Dr. Kidder lauschte gebannt, als ich ihn kurz darauf über mein Gespräch mit Herrn Ottermann informierte. Er war zu der Zeit gerade in Trauma 1 beschäftigt.

Skateboard gegen Fahrrad war eine Kombination, mit der wir es leider häufiger zu tun hatten. Hier hatte das Skateboard gewonnen, und der Fahrradfahrer, ein fünfzehnjähriger Junge, war in einem desolaten Zustand.

Das Blut spritzte so, dass ich lieber an der Tür des Traumaraums stehen blieb.

»Sag das noch mal!«, rief Kidder. »Der will was, der Knabe? Faxe sollen wir schicken?«

Ich wiederholte Herrn Ottermanns Vorstellungen noch mal, und obwohl ich für den Inhalt meiner Rede überhaupt nicht verantwortlich war, schämte ich mich. Kein Wunder, dass die Amerikaner glaubten, die Deutschen verbrächten die Wochenenden damit, die Mittelstreifen auf der Autobahn frisch zu weißen! Leute wie Herr Ottermann gaben nur noch Wasser auf diese Mühle des Vorurteils.

»Okay«, meinte Kidder. »Dann binden wir uns die Appendektomie an die Hacke, denn wir können die Frau ja schlecht verrecken lassen. Unter einer Bedingung, Helen. Hörst du?«

»Jedes Wort!«, gab ich zurück.

»Tritt dem Ehemann bitte so …«

Er hielt inne.

»Kann von euch einer ein Knie ausrenken?«, rief er dann in die Runde.

»Aus?«, schallte es aus mehreren Mündern zurück.

»Aus! Und noch richtig schön daran ziehen! Und danach lasst uns bitte ganz in Ruhe herausfinden, ob die Krankenkasse von Herrn Korinthenkacker da draußen die Kosten tragen würde, das Biest wieder einzurenken.«

Als ich Stunden später meine Schicht an Marilena übergab, war Frau Ottermann aus Ennepetal erfolgreich operiert und ihr Gatte ins Hotel zurückgefahren.

»Der wollte einen Taxischein?«, fragte Marilena.

»In Deutschland gibt es das angeblich.«

»Für Angehörige? Es gibt in Deutschland Taxischeine für –«

»In Deutschland ist alles besser, Lena.

»Warum ist er dann hier?«

Ich seufzte.

»Das verstehst du nicht«, erklärte ich ihr. »So ein Mann gondelt um die Welt, um sich nach jeder Reise aufs Neue sagen zu können, dass in Deutschland alles am besten ist.«

Ich fügte hinzu, dass ich mich schon darauf freute, Ben von den Ereignissen meiner vorerst letzten Nachtschicht zu erzählen. Er liebte Leute mit Zwangsstörungen.

»Ich weiß zwar nicht, ob es ihm bei seiner Arbeit hilft, aber Leute mit Zwangsstörungen inspirieren ihn.«

Marilena lachte.

»Habt Ihr schon Pläne fürs Wochenende?«

12. Kapitel

Schlafen, schlafen, schlafen – das war vorerst der einzige Plan, den ich für das Wochenende hatte. Am Freitag schlief ich bis vier Uhr nachmittags. Die Kinder waren schon zu Hause, als ich endlich nach unten kam.

Catherine würdigte mich keines Blickes. Sie hatte mir am Morgen geschworen, nie wieder mit mir zu reden. Das hatte ich mir selbst zuzuschreiben, da ich sie gedemütigt hatte. Sie fand nämlich, es sei angebracht, das Tennisturnier im nächsten Monat in einem neuen Rock zu spielen. Und ihres Erachtens war es auch selbstverständlich, dass ihre Freundin Jennifer dann den gleichen Rock bekam. Sie würden ja sonst unterschiedlich aussehen, und das ging schließlich nicht.

Dass ich ihr nun meine Arbeitskraft versagte, nur weil sie versäumt hatte, mich zu fragen, ob ich überhaupt bereit war, ihr meine Arbeitskraft zur Verfügung zu stellen, wollte sie mir nie verzeihen. Damit machte ich sie angeblich vor ihrer Freundin lächerlich.

Am Morgen war ich zu müde gewesen, um mich länger als nötig mit diesem Gezänk zu befassen. Jetzt nahm ich mir vor, einfach so zu tun, als hätte ich es schon wieder vergessen.

So schlurfte ich an meiner Großen vorüber in die Küche, nahm mir eine Dose Cola aus dem Kühlschrank und fragte, ob sie die Physikarbeit schon zurückhatte.

»Die haben wir doch gestern erst geschrieben«, keifte sie.

»Und was –?«

»Habe ich doch alles schon tausendmal gesagt! Ich habe alles total super gekonnt.«

Erbost drehte sie sich um, lief ins Wohnzimmer und schaltete den Fernsehapparat ein.

»Na, herzlichen Dank!«, meinte mein Mann. » Eine weitere Stunde ohne MTV hätte ich bestimmt nicht überlebt.«

Die Fahrradtour, die wir für den Samstag geplant hatten, mussten wir verschieben – Gott sei Dank! Die Brände in und um Los Angeles herum waren inzwischen zwar weitgehend unter Kontrolle, aber die Luft war einfach zu schlecht, um sich draußen aufzuhalten.

Also zog Ben sich ins Arbeitszimmer zurück, und ich fuhr mit den Mädchen ins Einkaufszentrum. Isabelle brauchte neue Jeans, was natürlich bedeutete, dass Catherine auch neue haben wollte – es stand also mehr oder weniger von Anfang an fest, dass es kein angenehmer Einkaufsbummel werden würde.

»Gehen wir zu Toys 'Я' Us, Mom?«

Cathy stöhnte.

»Später, Bellie!«

»Ich will aber jetzt zu Toys 'Я' Us. – Mom?«

»Später, Bellie. Wenn wir mit allem anderen fertig sind.«

»Ich habe Hunger, Mom.«

Ich machte sie darauf aufmerksam, dass sie gerade erst gefrühstückt hatte.

»Ich habe aber schon wieder Hunger.«

Cathy stöhnte.

»Wir können später zu MacDonald's gehen, Bellie.«

»Ich will aber jetzt. Ich will Chicken Nuggets.«

»Später, Bellie.«

»Darf ich auf das Karussell? Mom? – Darf ich auf das Karussell?«

Cathy stöhnte.

Auf diese Art ging es erst einmal weiter. Meine Kleine wollte jede Minute etwas anderes, meine Große stöhnte.

Als wir die Jeans für Isabelle hatten und nach Hosen für Catherine suchten, wendete sich das Blatt. Da wollte Cathy dann jede Minute etwas anderes, und ich stöhnte, während die Kleine nahezu lethargisch an meiner Hand hing und immerzu beteuerte, sie schlafe jetzt gleich ein.

»Ich kann nicht mehr. Ich will nach Hause, Mom.«

Dorthin kehrten wir schneller zurück, als wir gedacht hatten. Ich zeigte mich nicht bereit, Catherine eine Jeans zu kaufen, die so knapp ausfiel, dass Bellies dagegen wie ein Zelt anmutete. Natürlich nahm sie mir das übel und nannte mich eine dumme Zicke.

»Was hast du gesagt?«

»Schwerhörig bist du auch noch?«

Das war's! Ich schob beide Kinder durch das Einkaufszentrum zum Parkplatz, und dann fuhren wir heim. Ohne bei Toys 'Я' Us und MacDonald's gewesen zu sein.

»Bedank dich bei deiner großen Schwester dafür, Bellie!«

Zu Hause ging es dann erst richtig los. Ich knöpfte mir Cathy vor und verlangte sowohl eine Entschuldigung als auch eine Erklärung.

»Ich bin das Benehmen, das du meinst an den Tag legen zu müssen, dermaßen leid!«

Ben wollte wissen, worum es ging, und ich forderte unsere Tochter auf, es ihm selbst zu erzählen.

»Wie kommst du dazu, so mit deiner Mutter zu reden?«, fragte er sanft.

Catherine zuckte mit den Achseln.

»Ich wollte doch bloß die Hose haben«, sagte sie.

»Und deiner Mutter gefiel sie nicht. Was in deinem Alter noch ein Problem ist, Cathy. Solange du nicht erwachsen bist, steht es uns zu, einen gewissen Einfluss darauf auszuüben, was du anziehst und was nicht.«

»Ha, ein gewisser Einfluss, dass ich nicht lache«, parierte sie. »Sie will nicht beeinflussen, sondern bestimmen.«

»Wer?« Ben stellte sich dumm.

»Mom.«

»So eine Hose zieht ein anständiges Mädchen nicht an!«, rechtfertigte ich mich und hätte mich gleich dafür ohrfeigen können.

»Genau das ist es!«, keifte Cathy. »Anständig soll ich immer aussehen, Dad. Total spießig, und genau das will ich nicht. Das ätzt.«

Ihre Klassenkameradin Lolita durfte grundsätzlich die Klamotten tragen, die sie wollte. Deren Eltern waren nicht so spießig wie wir. Vor allem waren sie auch nicht so arm wie wir, denn dass wir arm waren, war fast noch schlimmer als alles andere.

»Wir haben ja nicht einmal ein Medienzimmer.«

Ben schaute sie entgeistert an.

»Was haben wir nicht?«, hakte er nach.

»Ein Medienzimmer«, wiederholte Catherine. »Das ist ein Raum, Dad, mit einem mindestens anderthalb Meter breiten Plasma-Fernseher. Lolitas Eltern haben sogar eine richtige Leinwand. Wie im Kino. Und es gibt richtige Sitze wie im Kino.«

»Viele?«, fragte Ben.

»Dreißig.«

»Wow!«, meinte er daraufhin. »Das muss ja toll sein, wenn man als vierzehnjähriges Mädchen allein in einem Raum mit dreißig Sitzen hockt.«

»Während die Eltern mal wieder durch die Weltgeschichte reisen«, fügte ich hinzu. »Ist Lolita nicht die, die sich die Haare ausreißt?«

Zu meinem Erstaunen wurde Cathy ganz still. Ihre Klassenkameradin Lolita Harris litt tatsächlich an Trichotillomanie; das hatte ich mir nicht etwa aus den Fingern gesaugt. Lolita riss sich die Kopfhaare und die Wimpern aus, und von den Armen und Beinen biss sie sich die Haare mit den Zähnen herunter.

»Warum macht sie das eigentlich?«, fragte Catherine Ben mit plötzlich nachdenklich gewordenem Tonfall.

»Keine Ahnung«, antwortete er.

»Ich denke, du bist Psychologe.« Sie wurde sofort wieder patzig.

»Deshalb weiß ich, dass Menschen mit dieser Störung große Probleme mit ihrem Selbstwertgefühl haben«, sagte Ben. »Nur kann ich dir deshalb noch lange nicht sagen, welche spezifischen Gründe bei Lolita vorliegen.«

Cathy blickte grimmig vor sich hin, während ich meinem Mann ein paar Anhaltspunkte gab.

»Lolitas Vater ist Vorstandsvorsitzender einer Versicherungsgesellschaft, und die Mutter hat wegen dem Kind ihre Schauspielkarriere aufgegeben.«

Vor einigen Jahren hatte sie dann eine Künstleragentur gegründet, mit der sie sehr erfolgreich war.

Ben nickte, als sei es wirklich hilfreich, diese Hintergrundinformationen zu haben. Für Lolita hatten die beiden also nicht viel Zeit, und aus ihrer Sicht hatte das Mädchen sicher auch alles, was man brauchte, um glücklich zu sein.

»Geht sie noch zur Therapie?«, fragte ich Cathy.

Sie schüttelte den Kopf, ohne mich dabei anzusehen.

»Der Psychiater war wohl steinalt und doof.«

»Aha«, meinte mein Mann.

»Kennt Jennifer Lolita?«, fragte ich weiter.

»Weiß ich nicht.«

»Unternehmt doch mal zu dritt was miteinander!«

Endlich sah meine Große mich an, allerdings mit einem Gesichtsausdruck, wie er angewiderter nicht hätte sein können.

»Wie kommst du denn auf so was?«, schnauzte sie mich an. »Jen und ich können uns mit Mühe und Not mal einen Milchshake leisen. Was sollten wir wohl mit Lolita unternehmen?«

»Sie hätte bestimmt Spaß daran, mit euch zweien hier fernzusehen«, behauptete Ben. »Falls ihr unser Fernseher zu mickerig ist, könnt ihr ja immer noch die Lokalität wechseln und euch *Buffy* auf Lolitas Leinwand angucken. Siebenundzwanzig leere

Sitze sind schon nicht mehr ganz so trübe wie neunundzwanzig leere Sitze. Richtig?«

Im Laufe des Nachmittags entspannte sich die Lage wieder ein wenig. Isabelle spielte mit dem Puppenhaus, das Ben und ich ihr im vergangenen Jahr zu Weihnachten geschenkt hatten, Cathy lag auf ihrem Bett und hörte Musik.

»Sie hat sich nicht bei mir entschuldigt, Ben.«

»Zwing sie nicht dazu, Helen! Was nützt es dir, wenn sie sagt, es tut ihr leid, es aber nicht so meint? Willst du sie zu einer notorischen Lügnerin erziehen? Laufen davon nicht schon genug herum?«

Wir aßen zu Abend. Es gab Pizza, damit ich nicht kochen musste, und da wir Pizza alle gleichermaßen liebten, herrschte während der Mahlzeit wohltuende Friedlichkeit.

Das allgemeine Einvernehmen löste sich leider sofort wieder in Luft auf, als wir anschließend den weiteren Verlauf des Abends planten. Nachdem Catherine vorgeschlagen hatte, ins Kino zu gehen, wir uns aber auf keinen Film einigen konnten und ich erklärte, dass es sowieso klüger sei, frühzeitig ins Bett zu gehen, ging das Gezeter wieder los.

... »Langsam komme ich mir hier wirklich wie im Knast vor. Dürfen wir jetzt nicht mal am Wochenende so lange aufbleiben wie normale Menschen?« Cathy wollte sich gerade, unterstützt von Bellie, in ihre Empörung hineinsteigern, als ich mit ruhiger Stimme erklärte: »Ich meine einfach, dass es mehr Spaß macht, einen Ausflug ausgeschlafen anzutreten.«

»Wir machen morgen einen Ausflug?« Bellie war begeistert.

»Das haben wir euch doch schon lange versprochen, und morgen ist es so weit.«

Unsere Große ahnte Schreckliches.

13. Kapitel

In den Weinbergen von Santa Ynez, etwa dreieinhalb Autostunden von Los Angeles entfernt, lag die dänische Hauptstadt Amerikas: Solvang.

Durch Charlotte Henson hatte ich mich daran erinnert, dass ich noch nie in Solvang gewesen war. Ben hatte auch immer schon mal hinfahren wollen, und so machten wir uns am Sonntag nach dem Frühstück auf den Weg.

»Soll ich fahren?«

Mein Mann hatte Kopfschmerzen, behauptete aber, dass das nur auf die schlechte Luft zurückzuführen sei.

»Die verfliegen bestimmt sofort, wenn wir erst mal hier raus sind.«

Ich hoffte, dass er damit recht behielt, denn mit Kopfschmerzen hatte es das letzte Mal auch angefangen.

»Ich fahre gern, Ben. Das macht mir überhaupt nichts aus.«

»Mach dir nicht immer gleich Sorgen, Helen! Es sind nur ganz leichte Kopfschmerzen.«

Sie hinderten ihn keineswegs am Autofahren, davon war er überzeugt.

»Kümmere du dich um den Rest!«

Das war sehr viel leichter gesagt als getan. Wenn wir Ausflüge machten, war das mit dem Rest in unserer Familie nämlich so eine Sache. So waren wir beispielsweise noch nicht ganz aus unserer Straße heraus, als Isabelle behauptete, schon wieder Hunger zu haben.

»Das kann doch gar nicht sein, Bellie.«

»Doch, Mom.«

Sie wollte eine Bretzel. Catherine wollte eine Fanta. Fanta

wollte Isabelle auch, und Catherine brauchte dringend neue Batterien für ihren CD-Spieler.

»Können wir mal gerade an einer Tankstelle anhalten?«

»Jetzt doch noch nicht.«

»Ich brauche die Batterien aber. Wenn ich endlich einen iPOD bekäme, wäre das alles viel einfacher.«

Bellie fand die Bretzel nicht lecker und wollte doch lieber einen Schokoriegel. Einen Schokoriegel wollte Cathy auch, aber nur einen ganz bestimmten.

»Mars will ich nicht.«

Ich hatte aber nur Mars.

»Warum kaufst du nie, was ich mag?«, beschwerte sie sich.

»Bis gestern hast du Mars noch ganz gern gegessen, Cathy.«

»Gestern.« Sie stöhnte genervt. Das war ja ewig her.

Isabelle musste zur Toilette. Wir waren gerade mal eine Viertelstunde auf der Autobahn.

»Cool«, meinte Cathy. »Da kann ich dann ja endlich meine Batterien kaufen.«

Dazu brauchte sie nur Geld. Taschengeld hatte sie keins mehr.

»Wenn ihr mir das ja auch immer erst am Sonntagabend gebt! Andere bekommen ihr Geld am Anfang des Monats. Für den ganzen Monat. Nicht nur für die Woche.«

»Mom, ich muss ganz, ganz, ganz, ganz nötig ...«

So ging es munter weiter, Stunde um Stunde. Zwischendurch erzählte ich ein wenig über Solvang.

Die Stadt war im Jahr 1911 von einer kleinen Gruppe dänischer Siedler gegründet worden.

»Das waren Lehrer, die den –«

»Wen interessiert das?« Cathy stöhnte wieder genervt auf.

»Mich!«, behauptete ihr Vater. Seine Kopfschmerzen waren verschwunden, genau wie er es vorausgesagt hatte.

»Das waren Lehrer, Helen?«, knüpfte er wieder an.

»Genau. Die sind vor den eisigen Wintern im Mittleren Westen geflüchtet.« ›Sonniges Feld‹ hatten sie ihre Siedlung genannt, und auf Dänisch bedeuteten diese Worte Solvang.

»Weißt du das, weil du so fließend Dänisch sprichst?«, fragte mich Cathy zickig von hinten. »Oder hast du etwa schon gelebt, als die das Kaff gegründet haben?«

»Catherine!«, mahnte mein Mann mit gefährlichem Unterton in der Stimme.

Endlich erreichten wir Solvang, nach genau drei Stunden und zwanzig Minuten Fahrt, sieben Dosen Fanta, mehreren Schokoriegeln, ein paar Butterkeksen und einer Tüte Chips.

»Guck mal, Mom, da sind Störche!«

Isabelle war ganz begeistert, als wir in die Stadt hineinfuhren.

»Die sind doch nicht echt«, meinte Cathy sofort. »Die sind doch bestimmt aus Plastik oder aus Holz.«

»Störche gelten als Glücksbringer«, erklärte ich meinen Kindern. »In Deutschland gab es früher auf vielen Häusern –«

»Die Deutschen glauben doch, dass die Babys von Störchen gebracht werden, oder?«, fiel Bellie mir ins Wort.

Ben lachte laut auf.

»Oh ja, Kind! Das glauben die Deutschen, deshalb sitzt ihr da hinten. Weil eure Mutter der festen Überzeugung war –«

»Nun erzähl doch nicht solchen Blödsinn!« Ich kicherte und stieß meinem Mann den Ellenbogen in die Seite.

Endlich kam auch bei mir so etwas wie Ausflugsstimmung auf. Solvang war bezaubernd. Ich war absolut hingerissen von der schmucken Architektur der Häuser mit den typisch dänischen Dachstühlen und den Windmühlen, von denen eine schöner war als die andere.

»Bist du leicht zu befriedigen!«, murrte unsere Große.

Sie fand das alles nur kitschig. Und total überflüssig. Dabei hatten die schmalen Straßen noch richtiges Kopfsteinpflaster, und alle paar Meter standen die farbenprächtigsten Blumenkübel, die man sich vorstellen konnte.

»Fahren wir mit so einer Kutsche, Dad?«

»Cool, Dad! Die haben ein Kino in dem Nest. Da könnte ich mir ja jetzt endlich *Ohne jede Spur* ansehen?«

Ben und ich sahen einander hilflos an. Nein, hier wurde nicht ins Kino gegangen, und mit der Kutsche, der sogenannten Honen, fuhren wir auch nicht. Ben schätzte es nicht, für solche Dinge Geld auszugeben, vor allem wenn man es in weitaus bessere Sachen investieren konnte.

»Riecht ihr das?«, fragte er und sog genießerisch die Düfte ein, die auf einmal von allen Seiten zu uns wehten. In der Luft lag eindeutig das Aroma von frischem Gebäck, und mein Blick fiel in die Auslage einer Konditorei, mitten hinein in eine Silberschüssel, die bis zum Rand mit Pralinen gefüllt war. Das Wasser lief mir im Mund zusammen, und Ben erging es ähnlich, denn er roch frisch gebrautes Bier.

»Wärest du bereit, nachher zu fahren, Helen?«

»Kann ich ein Eis haben, Mom?«

»Was ist denn *Aebleskiver?*«, fragte Cathy.

Wie sich herausstellte, war *Aebleskiver* die dänische Variante eines Apfelpfannkuchens, der mit Marmelade gefüllt und mit Puderzucker bestreut wurde. Ich aß gleich zwei davon und hatte zudem das Glück, dass Bellie ihren nicht mochte, sodass ich den auch noch verputzen konnte. Ben gönnte sich eine dänische Fischpfanne. Damit konnte er auch seinen Bierkonsum rechtfertigen, da Fisch ja bekanntermaßen schwimmen musste.

Die Kinder knabberten hier und da ein bisschen, hielten sich aber vorwiegend an Eis, das an jeder Ecke angeboten wurde.

»Nein«, befand Ben, bevor ich überhaupt etwas sagen konnte. »Du bist keine schlechte Mutter, weil du das zulässt. Milch ist gesund, Helen! In welcher Form die Mädchen die Milch zu sich nehmen, ist doch völlig egal, denk am besten gar nicht weiter darüber nach.«

Als wir am Abend nach Hause kamen, fühlten wir uns, als hätten wir eine weite Reise hinter uns, auf der wir viel gesehen und viel dazugelernt hatten.

Isabelle fielen zwar sofort die Augen zu, als sie sich ins Bett legte. Trotzdem musste ich noch das Buch aus dem Auto holen, das wir ihr am Nachmittag im *Hans Christian Andersen Museum* gekauft hatten. Sie wollte unbedingt noch ein paar Seiten lesen, daran führte kein Weg vorbei.

»Wenigstens das erste Märchen will ich anfangen, Mom. Das von der ... Prinzessin ... auf der ...«

»Erbse!«, beendete ich ganz leise den Satz für sie und knipste die Nachttischlampe aus.

Meine Prinzessin war eingeschlafen, zumindest die kleine. Die große konnte nicht zur Ruhe kommen, sie hatte Probleme. Welcher Art diese Probleme waren, wollte sie mir zunächst nicht sagen. Sie sprach in letzter Zeit schließlich überhaupt nicht gern mit mir. Erst als ihr klar wurde, dass ich in diesem Fall nicht lockerlassen würde, gab sie nach.

»Warum hat der Andersen die Jenny Lind nicht geheiratet?«, wollte sie wissen.

Wenn ich richtig in Erinnerung hatte, was wir am Nachmittag im Museum gehört hatten, war es umgekehrt gewesen.

»Sie hat ihn wohl nicht heiraten wollen, Cathy.«

»Aber warum nicht? Er war doch so verliebt in sie.«

Ich setzte mich zu meiner Großen aufs Bett. »Verliebtheit und Liebe ...«, hob ich an. Weiter kam ich nicht.

»Bitte nicht den Vortrag über die Hormone!«, fiel Cathy mir genervt ins Wort.

»Es reicht, wenn Dad so unromantisch ist.«

Ich lächelte verstehend. »Romantik hat auch nicht viel mit Liebe zu tun«, versuchte ich, am Ball zu bleiben. »Vielleicht hat es genau daran gelegen, Cathy. Vielleicht war Jenny Lind der Andersen zu romantisch.«

Meine Tochter sah mich aufgebracht an. »Gott, seid ihr alle

fertig!«, meinte sie. »Habt ihr total vergessen, was es bedeutet, Gefühle zu haben?« Sie wartete gar nicht ab, ob ich darauf etwas antworten wollte, sondern fuhr gleich fort, so ein Mann wie der Andersen hätte das noch gewusst. »Überleg doch mal! Der hat dieser Frau Dinge geschrieben ...« Sie suchte nach Worten, fand aber auf die Schnelle keine, und das hielt ich für einen Wink des Himmels.

»Hast du schon mal einen Liebesbrief bekommen? Ich meine, einen so poetischen, wie ihn Andersen an Jenny Lind geschrieben hat?«, fragte ich sie.

Ihr Blick, der gerade noch an der Zimmerdecke umhergeirrt war, traf mich wie ein Blitzschlag. Nahezu hasserfüllt blickte meine Tochter mich an.

»Oder einen geschrieben?«, fragte ich trotzdem weiter.

Sie drehte mir den Rücken zu. Ich wartete eine Weile, es kam nichts mehr. Für Catherine schien der Plausch mit ihrer dummen Mutter beendet zu sein.

»Weißt du«, sagte ich leise, »nachdem ich Dad kennengelernt hatte, mussten wir uns ja erst mal wieder trennen.« Das wusste Cathy. Die Geschichte hatten wir den Kindern schon häufiger erzählt. Ben war damals in die USA zurückgekehrt und ich mit den Laboutins wieder nach Paris gefahren.

»In den vier Monaten habe ich deinem Vater fast jeden Tag geschrieben. Ganz schwülstige Liebesbriefe. Und er hat geantwortet. Irgendwann, wenn du alt genug bist –«

»Die Scheiße will ich gar nicht lesen«, blaffte Catherine. »Was soll das schon gewesen sein?«

Diese Worte verletzten mich mehr, als dass sie mich verärgerten. Ich trat den Rückzug an, erhob mich von Catherines Bett.

»Vielleicht bist du gar nicht mehr zu jung«, sagte ich und ging zur Tür. »Vielleicht solltest du die Briefe –«

»Um Gottes willen!«, rief Cathy. »Willst du, dass mir schlecht wird?«

Ich gab auf. Ich hatte einen anstrengenden Tag hinter mir, eine anstrengende Autofahrt, und meine Tochter befand sich gerade in einem Entwicklungsstadium, in dem nicht mit ihr zu reden war.

Das war normal, redete ich mir ein. Das kam in den besten Familien vor. Es lag weder an ihr, noch lag es an mir, dafür war einzig und allein dieses grauenvolle Ding namens Pubertät verantwortlich.

Es würde vorübergehen. Ich brauchte jetzt einfach eine Weile Geduld – und vor allem ein dickes Fell.

In dieser Nacht von Sonntag auf Montag schlief ich erst spät ein. So sehr ich mich auch bemühte, mein zurzeit so getrübtes Verhältnis zu Catherine als etwas Normales zu akzeptieren, das jede Mutter eines Teenagers früher oder später durchmachte, belastete es mich doch, anscheinend so gar keinen Draht mehr zu meiner Ältesten zu finden.

Um zwei Uhr morgens lag ich immer noch wach. Mir war nämlich zu meinem Entsetzen plötzlich klar geworden, dass Cathy und ich eigentlich überhaupt nicht mehr miteinander redeten. Ich fragte sie etwas, und wenn ich Glück hatte, antwortete sie mir – das schon. Sie fragte mich etwas, und wenn ich Glück hatte, regte sie sich über meine Antwort nicht auf – das auch. Ansonsten stritten wir nur. Oder wir schwiegen.

Plötzlich hatte ich Angst, dass ich mir nur einredete, dass unsere gestörte Kommunikation nur eine Phase und normal wäre. Es war bequem, sich das einzureden, denn normale Dinge durfte man hinnehmen, ohne vor sich selbst als nachlässig dazustehen.

Allerdings ging das schon geraume Zeit so zwischen Catherine und mir. Es war nicht erst seit ein paar Wochen schwierig, sondern bereits seit Monaten, und wenn ich es mir ganz ehrlich eingestand, wurde es immer schlimmer.

Das Kind war mir entglitten, und wenn ich nicht aufpasste,

würde mir mit Isabelle über kurz oder lang das Gleiche passieren. Die Arbeit war daran schuld. Ich war zu selten da, wenn die Mädchen mich brauchten, und wenn ich da war, schlief ich oder war mit Dingen beschäftigt, die liegen geblieben waren, weil ich gearbeitet hatte.

So durfte das nicht weitergehen. Ich musste mir meine Zeit anders einteilen, sie besser nutzen. Irgendetwas musste ich mir einfallen lassen.

Als der Wecker am Montagmorgen um zehn Minuten vor sieben losschrillte, hatte ich gerade mal vier Stunden geschlafen. Dementsprechend fühlte ich mich; schon mich aufzusetzen bereitete mir körperliche Schmerzen.

»Ich kann die Kinder fahren«, brummte Ben, als er sah, wie ich mich ins Bad schleppte.

Das kam nicht in Frage. Es reichte völlig, dass mein Mann mir das abnahm, wenn ich Dienst hatte. Sobald ich nicht arbeitete, war es meine Aufgabe, Frühstück zu machen und die Kinder zur Schule zu bringen.

»Was macht dein Kopf?«, fragte ich, die Zahnbürste im Mund.

»Wie?«

»Hast du noch Kopfschmerzen?«

Als wir am Vorabend nach Hause gekommen waren, hatte er wieder Kopfschmerzen gehabt. Er hatte es nur nicht zugegeben und glaubte offensichtlich, ich hätte nicht mitbekommen, dass er nach seinen Tabletten gesucht hatte.

»Hatte ich doch nur gestern Morgen«, log er mir jetzt geradewegs ins Gesicht. »Lag an der schlechten Luft. Habe ich doch gesagt.«

Ich schrubbte meine Zähne und sah ihn dabei fest an.

»Es ist nichts, Helen«, sagte Ben mit sanfter Stimme. »Glaub es mir! Das ist nicht so, wie das damals war. Das hier sind nur ganz leichte Kopfschmerzen.«

Ich beschloss, ihm zu glauben. Er kannte seinen Körper besser als ich, und er neigte auch nicht dazu, sich Dinge schönzureden; dazu war er zu vernünftig und viel zu verantwortungsbewusst.

»Okay!«, beendete ich das Verhör.

Dann widmete ich mich meiner restlichen Morgentoilette.

Isabelle war schon wach, als ich um sieben in ihr Zimmer kam. Sie las in ihrem neuen Märchenbuch und erklärte mir gleich, sie habe überhaupt keine Lust, damit aufzuhören.

»Kann ich nicht mal zu Hause bleiben, Mom?«

»Bellie!«

»Aber wenn ich krank wäre, dürfte ich doch auch zu Hause bleiben.«

»Du bist aber nicht krank.«

»Aber wenn ich jetzt krank würde ...«

Catherines Radiowecker rasselte noch lauter los als sonst, und das schien nicht nur ich so zu empfinden. Kassiopeia von gegenüber kläffte nicht nur, wie sie das immer tat, wenn bei den Dreschers ein neuer Schultag begann, nein, an jenem Montagmorgen versuchte das Tierchen auch, über den Moredock'schen Zaun zu springen.

Ich spähte durchs Fenster und sah, wie sie unser Haus im Visier hielt. Dieser Hund würde sich eines Tages an uns rächen, davon war ich überzeugt.

Das Frühstück verlief routinemäßig. Catherine wollte gar nichts essen, Isabelle wollte auf keinen Fall essen, was sie essen sollte. Ben schlug mit der flachen Hand auf den Tisch, wie er es jeden Morgen tat, und danach wurden artig die Joghurts gelöffelt.

Nach dem Frühstück ging die Routine weiter. Die Kinder wurden nicht fertig. Cathy konnte sich nicht entscheiden, welche Tasche sie mitnehmen sollte, und packte dreimal um. Bellie saß derweil im Auto und las in ihrem Märchenbuch.

Endlich war die Große abfahrbereit, da fiel der Kleinen auf, dass sie ihr Sportzeug vergessen hatte.

»Ich habe dich dreimal gefragt, ob du alles hast.«

»Ich dachte, wir hätten Mittwoch.« Unsere Isabelle war nur selten um eine Ausrede verlegen.

Als ich um kurz vor neun nach Hause zurückkehrte, war ich eigentlich schon wieder reif fürs Bett. Statt dessen gönnte ich mir nicht einmal eine Zigarettenpause, sondern machte mich gleich daran, das Wohnzimmer zu putzen. Das hatte ich mir schließlich vorgenommen, und das musste auch endlich erledigt werden, damit ich meinen nächsten freien Tag anders verplanen konnte. Ich wollte Zeit für meine Mädchen haben.

»Kann ich dir irgendwie helfen, Helen?«

»Du könntest die Gardinen für mich abnehmen!«

Danach durfte sich mein Mann ganz seinem Neurotizismus hingeben, denn das war dringend nötig. In zehn Tagen würden die Vorlesungen wieder beginnen, und bis zum Jahresende sollte das Buch fertig sein.

Es musste bis dahin fertig sein, da er nur dann das Geld vom Verlag bekommen würde, das ich bereits fest verplant hatte. Unser Swimmingpool musste repariert werden, damit wir ihn endlich wieder benutzen konnten. Im Moment war kein Wasser darin, und er war mit großen Holzplanken und Planen abgedeckt. Der Anblick war dermaßen trübe, dass keiner von uns mehr Lust verspürte, in den Garten zu gehen. Ich mochte nicht einmal in den Garten blicken.

Ich putzte die Fenster und saugte die Polstermöbel ab. Gerade hatte ich angefangen, die Glasvitrine auszuräumen, als meine Schwester anrief. Damit hätte ich eigentlich rechnen können, denn bis gerade war es mir eigentlich gut gegangen, und wenn es mir gut ging, rief immer einer meiner Geschwister an, um mir die Laune zu verderben.

Angelika war fünf Jahre älter als ich und lebte in Hamburg. Sie war verheiratet und hatte drei Söhne, war nebenher aber auch noch voll berufstätig. Sie leitete eine Werbeagentur und war stolz, damit noch mehr Geld zu verdienen als ihr Mann, der als Informatiker bereits ein Vermögen machte.

»Wie ist das denn jetzt mit Weihnachten, Helen? Es tut mir ja leid, dass ich dich immer wieder damit belästigen muss, aber wenn du dich nicht entscheidest, können wir hier nicht planen, und es ist schon Oktober. Oder hast du letzte Woche angerufen? Da waren wir ja nicht da. Da waren wir ja in der Schweiz. Ich hatte dir doch erzählt, dass wir die Jungen ...«

Wenn es überhaupt etwas gab, was ich an Angelika schätzte, so war es ihre Fähigkeit, Selbstgespräche zu führen und diese dann für fruchtbare Unterhaltungen zu halten. Theoretisch hätte ich den Telefonhörer jetzt einfach irgendwo ablegen und weiter meine Glasvitrine ausräumen können. Es wäre Angelika nicht aufgefallen.

Sie erzählte schließlich von den Internaten, die sie in Lausanne und in Genf und in Zürich besucht hatten, und wenn es nicht das gewesen wäre, hätte sie Vorträge über andere weltbewegende Dinge gehalten.

Es interessierte sie nicht, ob ich hören wollte, was sie erzählte. Sie wollte erst recht nicht wissen, ob ich vielleicht etwas dazu zu sagen hatte. Für meine Schwester war nur wichtig, dass sie selbst das sogenannte Gespräch genoss, und das genoss sie am meisten, wenn sie ausschließlich sich selbst reden hörte.

Das war schon immer so gewesen. Deshalb hatten wir uns nie verstanden. Deshalb nicht und aus einer Vielzahl anderer Gründe.

Angelika war nur auf dem Papier meine Schwester, wie Maximilian auch nur auf dem Papier mein Bruder war. Genetisch waren wir Halbgeschwister, denn ich kam aus einer Familie, in der es mein, dein und unser Kind gegeben hatte, und ich war *unser* Kind gewesen.

Meine Mutter hatte Angelika mit in die Ehe gebracht. Deren leiblicher Vater war bereits verheiratet gewesen, als er unserer Mutter begegnete, und er hatte sich geweigert, sich von seiner Frau scheiden zu lassen, nur weil Angelika unterwegs war.

Damit hatte er aus Mutters Sicht das Kind abgelehnt, und dafür musste Geli, wie sie liebevoll genannt wurde, lebenslang *entschädigt* werden. Mindestens einmal in der Woche wurde mein Vater aufgefordert, seiner Adoptivtochter zu erklären, was für ein besonderes Kind sie doch war.

»Du bist mir nicht von Gott gegeben worden, Geli, sondern ich habe mich persönlich für dich entschieden!«

Für Maximilian hatte sich unsere Mutter persönlich entschieden, als sie meinen Vater heiratete. Seine leibliche Mutter war bei einem Verkehrsunfall tödlich verunglückt, als er noch ein Baby gewesen war. Diese liebte ihn aber vom Himmel aus weiter, und Mutti erledigte auf der Erde den Rest.

Das war sie Maxi schuldig. Sie war verpflichtet, ihn mindestens ebenso zu lieben wie ihre eigenen Kinder, und der Junge machte ihr das auch leicht, denn er war nur ein halbes Jahr jünger als Geli und verstand sich ganz wunderbar mit ihr. Die beiden liebten einander sehr.

Sie liebten einander alle in meiner Familie – ganz schrecklich. So schrecklich, dass es für mich ganz schrecklich war.

Als das von Gott gegebene Kind der Höffners hatte ich mich von jeher *natürlich* gefühlt, allerdings nur in dem Sinne, wie es natürlich war, eine Hakennase zu haben, wenn alle anderen die Nase von Jennifer Aniston besaßen, weil sie sich persönlich dafür entschieden hatten.

Ich war auch nicht so großartig, wie Angelika und Maximilian es waren, denn für meine Talente interessierte man sich so wenig, dass wir nie richtig herausfanden, ob ich überhaupt welche hatte.

Ich wuchs quasi nebenher auf, und das war nur angemessen, denn ich hatte ja angeblich keine Defizite. An mir mussten die Eltern nichts gutmachen.

Ihre ganze Aufmerksamkeit galt Maxi und Geli, und deshalb war es eigentlich gar kein Wunder, dass meine Schwester heute stundenlange Selbstgespräche führte und überzeugt war, ich würde ihr mit brennendem Interesse zuhören. Dass man ihr zuhörte, hielt Angelika für eine Selbstverständlichkeit. Genauso wie sie es für selbstverständlich hielt, uns einmal im Jahr ihre Söhne zu schicken.

»Ich verstehe gar nicht, warum das jedes Mal diese Schwierigkeiten macht, Helen. Deine Mädchen hätten langst mal herkommen können. Was meinst du, was wir denen alles zeigen würden? Europa hat kulturell so viel mehr zu bieten als Amerika! Das hast du nur längst vergessen, weil ihr es euch in eurer kalifornischen Strandkultur so gemütlich gemacht habt, in euren Shorts und den Schlappen. Es täte Catherine gut, mal die Oper zu besuchen. Denk doch mal, Helen, die Jungen sind viel jünger, und mit denen fahren wir nächstes Jahr nach Bayreuth, damit sie mal den gesamten *Ring der Nibelungen* ... du weißt, wie wichtig es ist, Kinder früh an Wagner heranzuführen! Ich meine, Lortzing und Weber ...«

»Und wie seid ihr verblieben?«, fragte Ben, als ich Stunden später, so kam es mir jedenfalls vor, entnervt auf seinem Schreibtisch saß.

»Ich habe gesagt, dass ich ihr nächste Woche Bescheid gebe.«

»Aber Max will doch schon über Thanksgiving kommen? Wie willst du da vier Wochen später – ?«

»Ich will die alle nicht hier haben«, rief ich verzweifelt aus. »Die ganze Sippe geht mir dermaßen auf den Geist, Ben.«

Ich schlug die Hände vors Gesicht und ergab mich meinem Jammer, düsteren Zukunftsvisionen, geboren aus noch düstereren Erinnerungen an vergangene Familienbesuche.

»Dann sag ihnen klipp und klar, dass sie dieses Jahr nicht kommen können!«, meinte mein Mann. »Nur sag ihnen das jetzt, und lass sie nicht erst noch weitere Pläne machen und Flüge buchen.«

Ich stöhnte so laut vor mich hin, dass es mir selbst peinlich war. Er hatte recht. Ich wusste, dass mein Mann recht hatte. Nur ...

»Kannst du es ihnen sagen, Ben?«

14. Kapitel

Sobald ich Nachtdienst hatte, erschien mir nichts so erstrebenswert wie tagsüber zu arbeiten. Dann konnte ich Stunden damit zubringen, mir und anderen vorzubeten, wie großartig es war, mit dem Rest der Welt aufzustehen und den Sonnenschein zu genießen.

Hatte ich dann wieder Tagdienst, fragte ich mich grundsätzlich, wie ich bloß dazu kam, solchen Blödsinn von mir zu geben. Ich stand ja gar nicht mit dem Rest der Welt auf, sondern lange vorher, und vom Sonnenschein bekam ich nur in den Sommermonaten den einen oder anderen Strahl ab. In der übrigen Zeit war von Sonne noch keine Spur, wenn ich zur Arbeit fuhr, und keine Spur mehr, wenn ich nach Hause zurückkehrte, und dazwischen waren die Neonröhren der Krankenhausflure das Einzige, was auf mich schien.

Der Tagdienst war im Grunde gar nicht besser als der Nachtdienst. Beides war nicht gut. Die ganze Arbeiterei war nicht gut, und wenn ich es recht bedachte, wurde sie zusehends zu einer Gesellschaftskrankheit. Wir arbeiteten alle so viel, weil wir alle so viel Geld brauchten, und wir brauchten alle so viel Geld, weil wir so viele Dinge für nötig hielten, obwohl sie vermutlich gar nicht nötig waren.

Wir wollten vielleicht nur zu viel. Vielleicht sollten wir uns ab und zu einfach mit weniger begnügen.

Ich beschloss, irgendwann einmal in Ruhe darüber nachzudenken – irgendwann, wenn ich Zeit dazu hatte und nicht arbeiten musste.

Marilena erwartete mich sehnlichst. Als ich am Dienstag pünktlich um sechs Uhr morgens in unsere »Höhle« trat, hockte sie mit hängenden Schultern auf dem Ledersofa.

»Was machst du denn hier?«, begrüßte ich sie.

Ich hatte erwartet, Victor vorzufinden.

Statt mir zu antworten, klatschte Marilena in die Hände und stieß etwas aus, was wohl ein Freudenschrei hatte werden sollen, mangels Energie aber zu einer Art von Stöhnen verkümmerte. »Du bist da, Helen! Du bist daaaaaa ...«

Victor hatte sich am Vorabend in letzter Minute krank gemeldet, sodass Marilena eine Vierundzwanzig-Stunden-Schicht schieben musste.

»Und nicht nur das!« Darüber hinaus hatte sie auch einen ganz besonderen Fall gehabt. »Das waren Mexikaner, Helen. Alle drei Familienräume habe ich gebraucht, um die Leute unterzubringen. Und es sind ständig mehr dazugekommen.«

Gemäß der Krankenhausverordnungen hatten wir uns bei unserer Arbeit ausschließlich um die engsten Angehörigen zu kümmern. Das war gut gemeint, nur leider manchmal nicht umzusetzen.

»Es waren ja alle die nächsten Angehörigen«, stöhnte Marilena. »Der Mann war nicht verheiratet, hatte keine Kinder, keine Eltern mehr, aber: – »Sie machte eine dramatische Pause und hob den rechten Zeigefinger, damit ich jetzt bloß aufhorchte. »Er hatte neun Brüder und sechs Schwestern«, beendete sie den Satz.

Und diese neun Brüder und sechs Schwestern hatten alle ihre Ehepartner im Schlepptau gehabt und einige von ihnen auch ihre Kinder mitgebracht.

»Die Automaten sind leer, Helen! Unserer hier hinten, die zwei vorn in der Triage – da kannst du Geld reinschmeißen, so viel du willst.«

Es gab keine Gummibärchen mehr, keine Chips, keine kalten Getränke. Zum Ausgleich sah es in unseren Familienräumen aus wie im *Dodger-Stadion* nach dem Meisterschaftsspiel.

»Wo sind die Leute jetzt?«, fragte ich.

»Keine Sorge«, antwortete Lena. »Alles vorbei!«

Ich konnte nicht umhin, eine gewisse Erleichterung zu empfinden, und gab das auch zu.

»Das verstehe ich«, entgegnete meine Kollegin. »Was ich indes nicht verstehe und was ich vor allem nie verzeihen werde, niemals ...«

Victor hatte ihr das absichtlich eingebrockt. »Der war nicht krank, Helen. Der hat den Fall in der Nacht von Sonntag auf Montag, kurz vor dem Schichtwechsel, reinbekommen. Er konnte sich also ausrechnen, dass die Leute noch hier sein würden. Deshalb hat er einen auf krank gemacht.«

Ich hatte Marilena selten so wütend erlebt. »Hab mal mit so einem Haufen Familie zu tun!«, schimpfte sie. »Da wollte jeder etwas anderes. Ich dachte –«

»Du hättest vielleicht mal fragen sollen, wer der Älteste von ihnen war«, unterbrach ich sie. »In so großen Familien gibt es doch meist so was wie ein Familienoberhaupt.«

Marilena sah mich an, als könne sie meine Einfalt nicht fassen.

»Fragen?«, wiederholte sie dann. »Auf Englisch? Wenn ich meinen Hector nicht gehabt hätte – Gott hab' ihn selig! –, wäre ich total aufgeschmissen gewesen, Helen. Brocken von Englisch in Fluten von Spanisch, und der Lärmpegel war so gewaltig, das kannst du dir gar nicht ausmalen.«

Aber das war noch nicht alles gewesen. Mit alldem hätte Marilena vielleicht noch zurande kommen können. Um kurz vor zwei Uhr morgens hatte sie dann aber noch einen zweiten Patienten bekommen.

»Oh Gott!«, entfuhr es mir.

So was war mir auch schon passiert, und es war fürchterlich gewesen. Ich hatte anschließend Tage und vor allem Bens Hilfe gebraucht, um mich davon zu erholen.

»Ich habe aber keinen hauseigenen Therapeuten«, klagte

meine Kollegin. »Dem Einzigen, dem ich gleich was vorweinen kann, ist Baxter.«

Marilena Hernandez war zehn Jahre älter als ich, groß und kräftig und von uns dreien die mit Abstand Fähigste. Victor und ich konnten eine Menge von ihr lernen.

Marilenas Eltern waren holländische Einwanderer. Sie war in Rotterdam geboren und im Alter von drei Jahren mit den Eltern in die USA gekommen. Die Familie hatte in Minnesota gelebt, wo sie Hector Hernandez begegnet war, einem stolzen und ungemein gut aussehenden Kubaner. Die beiden heirateten und zogen nach Kalifornien. Jahrelang betrieben sie außerhalb von Los Angeles eine Kunstschreinerei und hofften vergeblich auf Nachwuchs.

Die Enttäuschung über die ausbleibende Schwangerschaft wurde schnell von etwas anderem überschattet. Hector war noch keine vierzig, als seine Hände anfingen, merkwürdig zu zittern und zu zucken. Er konnte es nicht kontrollieren, und als ihm das Arbeiten immer schwerer fiel, suchte er einen Arzt auf.

Hectors Sterben dauerte vier Jahre. Seit seinem Tod lebte Marilena allein mit Baxter, einem bildschönen deutschen Schäferhund. Sie liebte das Tier so sehr, dass sie ernsthaft erwog, ihn klonen zu lassen. Inzwischen gab es ein Institut, das erfolgreich die erste Katze geklont hatte, und Marilena war zuversichtlich, dass es bald auch mit einem Hund funktionieren würde, möglichst mit ihrem Hund. Dafür legte sie jeden Cent zurück.

Ich setzte mich zu ihr auf das Ledersofa, und Marilena übergab mir die Schicht.

Oben auf der Intensivstation warteten die Kerrigans auf mich. Ihr siebzehnjähriger Sohn Marc hatte seit Jahren Drogenprobleme und schon zwei Entzugsprogramme hinter sich.

»Gestern ist er nicht in der Schule erschienen«, erzählte Marilena, »und die Eltern haben ihn gesucht und die Polizei alarmiert.«

In der Nacht hatte man den Jungen dann vor dem Haupteingang der Notaufnahme gefunden.

»Lilly sagt, da sei ein Wagen vorgefahren, hätte aber gar nicht richtig angehalten.«

Sie hatten Marc Kerrigan wie einen Gegenstand auf die Straße geworfen und waren dabei gleich weitergefahren.

»Tox war negativ, aber er hatte Kokain und Ecstasy bei sich.«

Aber nicht deshalb war der Junge klinisch tot. Dafür hatte das Geschoss gesorgt, das in seinem Kopf steckte.

»Die Eltern wollen die Organe auf keinen Fall spenden«, sagte Marilena. »Alle hier umgarnen sie zwar wie verrückt, aber das wird nichts.«

Ich trank eine Tasse Kaffee und ging dann nach oben in die ICU, um mir selbst ein Bild von der Lage zu machen.

Faith war noch nicht richtig wach. Sie hatte eine kurze Nacht gehabt, weil ihr Mann überraschend nach Hause gekommen war. Er arbeitete im Katastrophenschutz und war wochenlang in New Orleans gewesen, um sich um die Opfer von Hurrikan *Katrina* zu kümmern.

»Das muss da zugegangen sein, Helen, einfach unvorstellbar. Wenn du später mal Zeit für eine Zigarette hast, erzähle ich dir davon.«

Marc Kerrigan lag in dem gleichen Raum, in dem in der letzten Woche William Henson gelegen hatte, ICU 4. Seine Eltern saßen an seiner linken Seite, ein sehr viel älteres Ehepaar hielt an seiner rechten Seite Wache.

»Das ist mein Vater«, sagte Brenda Kerrigan, nachdem ich mich vorgestellt hatte.

»Und meine Mutter«, erklärte ihr Mann Frank.

Ich begrüßte einen nach dem anderen und fragte, ob ich irgendetwas tun könnte.

»Wir wollen auf keinen Fall, dass man unserem Sohn …« Brenda Kerrigan war erstaunlich ruhig, konnte den Satz aber trotzdem nicht zu Ende bringen.

»Das müssen Sie einfach verstehen«, übernahm ihr Mann für sie. »Marc hat sein Leben lang Probleme damit gehabt, zu sich selbst zu finden.«

»Genau darum ging es ja immer«, sagte die Großmutter. »Der Junge war innerlich so zerrissen.«

Der Großvater erläuterte am anschaulichsten, was sie meinten, doch war das eigentlich gar nicht mehr nötig. Ich verstand auch so, warum für diese Menschen eine Organspende nicht in Frage kam.

»Wenn ich trotzdem irgendetwas für Sie tun kann«, bot ich ihnen noch mal an.

Sie baten um Kaffee.

»Etwas zu essen werde ich Ihnen auch bringen.«

Dr. Kidder konnte nicht glauben, dass ich nicht mehr auf die Leute einwirkte, wie er das nannte. »Das Kerlchen hat in seinem kurzen Leben nur Mist gebaut, da könnte er doch wenigstens jetzt zu irgendwas gut sein.«

Ich war dermaßen fassungslos, dass ich nicht einmal empört reagieren konnte. Ich stand nur da und starrte Kidder an.

»Schmeiß ihnen die Zahlen an den Kopf!«, schimpfte er daraufhin. »Acht Menschen kann der Junge das Leben retten, vierzig bis fünfzig andere kann er glücklich machen. Wenn er sonst schon nichts geleistet hat in seinem –«

»Dr. Kidder!«

Mein Chef hielt die Luft an. Und er tönte auch nicht, ich solle nicht immer Dr. Kidder zu ihm sagen. Ihm war wohl klar, dass mir in diesem Moment nicht unbedingt daran lag, ihm enger verbunden zu sein als nötig. Umgekehrt verhielt es sich offenbar genauso.

»So eine Verschwendung!«, knurrte er mich an. »Und denen bringst du noch Croissants?«

Genau das tat ich, und ich tat es sogar gern. Die Kerrigans

waren nette Leute. Marc war ihr einziges Kind. Als er noch klein gewesen war, hatten sie davon geträumt, dass er Akademiker wurde, heiratete und ihnen Enkel und Urenkel bescherte.

Später hatten sie dann davon geträumt, dass er doch noch ein glücklicher Mensch wurde, dass er die Dämonen seiner Sucht besiegte, für die sie sich insgeheim verantwortlich fühlten.

»Ich habe so oft Angst gehabt, er würde sich umbringen«, weinte Brenda. »Ob nun aus Verzweiflung oder mit einer Überdosis ... nur davor habe ich mich immer gefürchtet. Und jetzt ...«

Die Polizei hatte es oft mit solchen Fällen zu tun. Wer Drogen nahm, bewegte sich in einem kriminellen Umfeld, das lag in der Natur der Sache. Es würde schwer sein, den Täter zu fassen, da dieser wahrscheinlich nur ein ganz kleines Licht in einer schier endlosen Kette von Dealern und anderen Süchtigen war, die fast alle eine Waffe trugen; sozusagen als Berufskleidung.

Die eigentlichen Drahtzieher schnappten sie nie. Die verfügten über perfekte Deckung, führten nach außen zumeist ein ganz normales Leben, waren erfolgreich in einem unauffälligen Beruf, hatten hübsche Häuser, nette Familien.

»Deren Kinder sollten mal so daliegen«, sagte Frank Kerrigan. »Dann wüssten sie, wie sich das anfühlt.«

Im Moment tat es dem Mann natürlich gut, andere für das Schicksal seines Sohnes verantwortlich zu machen; das war nur verständlich. Doch im Grunde seines Herzens wusste er es besser. Nur in den seltensten Fällen wurden Menschen dazu gezwungen, Drogen zu nehmen. Sie taten das in aller Regel freiwillig, um eine innere Leere zu füllen.

Warum sie diese Leere empfanden, hatte individuelle Gründe, und es war unsinnig, sie im Nachhinein finden zu wollen. Tatsache war, dass Marc Kerrigan unter seiner Leere gelitten und versucht hatte, das Loch in seiner Seele mit Drogen zu schließen.

Behutsam versuchte ich der Familie darzulegen, dass ihr Sohn und Enkel – aus welchen Gründen auch immer – einfach nicht mit sich selbst und der Welt klargekommen war.

»Doch sind wir Menschen ja keine Wesen aus Fleisch und Blut, die während ihres Lebens die Erfahrung machen, dass sie eine Seele haben, die sich so oder so fühlt«, sagte ich. »Wir Menschen sind vielmehr Seelen, Herr Kerrigan, die während ihres Lebens die Erfahrung machen, in etwas zu stecken, was aus Fleisch und Blut ist. Und für manche ist das eine unangenehme Erfahrung, und sie wollen so schnell wie möglich wieder aus ihrem Körper heraus.«

Vier Augenpaare starrten mich an.

»So sehen Sie das?«, fragte Brenda Kerrigan nach einer Weile.

Ich nickte. »Sie nicht?«

Ihre Gesichtszüge waren vom Schmerz wie erstarrt, doch entspannten sie sich jetzt auf einmal ein bisschen.

»Ich werde versuchen, es ab heute so zu sehen«, flüsterte sie. »Könnten Sie mir aufschreiben, was Sie da gerade gesagt haben?«

Amy hatte an jenem Dienstag eine Menge Stress. Ich sah sie nur kurz, als ich gegen zehn in die »Höhle« kam, um Kaffee zu trinken. Kurz zuvor hatte sie uns eine Platte mit Petit Fours gebracht. Die Teilchen waren derartige Kunstwerke, dass ich den Blick gar nicht davon abwenden konnte.

»Die dürfen wir nicht einfach essen«, rief ich. »Die müssen wir vorher unbedingt fotografieren. Wer weiß, wann wir so etwas noch mal zu Gesicht bekommen.«

»Blödsinn!«, meinte Meckelstein und griff zu einem der Teilchen.

Es hatte die Form einer Rosenblüte, und inmitten der feinst geraspelten Schokoladenblätter …

»Ist Himbeercreme drin!«, sagte Meckelstein mit vollen Backen. »Lecker!«

»Lasst bitte noch was übrig!«, bat Amy und eilte zurück auf ihre Station.

OBGYN 1 stand eine Vierlingsgeburt bevor. Der Vater der Babys war noch auf dem Weg ins Krankenhaus, aber die Damen und Herren von der Presse standen schon bereit. Das war immer so, wenn wir Mehrlingsgeburten hatten.

»Wie erfahren die das bloß?«, wunderte ich mich. »Wie ist es möglich, dass die Zeitungen und gleich mehrere Fernsehsender ...?«

Ich sprach nicht weiter, denn Dr. Kidder umfasste meine Schultern und meinte, ich sei erfrischend naiv.

»Wieso?«

»Die erfahren das, liebe Helen, weil die werdende Mutter sie anruft. Vier auf einen Streich geben eine gute Geschichte ab.«

Ich schluckte. »Die wollen ins Fernsehen?«

Kidder stieß einen verzückten Laut aus. »Ich revidiere mich«, rief er. »Du bist nicht erfrischend, sondern einmalig naiv. – Es geht um Geld, Helen.«

Während er sich an Amys Petits Fours labte, redete er über Windeln, Öltücher und Babynahrung, und dann sprach er von den Wiegen und von den Autositzen, die Firmen spendeten, wenn sie dafür im Fernsehen genannt wurden.

»Und vergiss die Sparkonten nicht! Die richtet die *Bank of America* in solchen Fällen automatisch ein.«

Ich starrte ihn an.

»Du hast das falsch angestellt, Helen. Nicht ein Kind und sechs Jahre später das zweite! Vier, fünf, sechs auf einen Streich musst du werfen. Dann schenkt der Bürgermeister dir ein Haus, und wenn du Glück hast, kriegst du auch gleich einen Filmvertrag mit der *Universal*.«

Er musste sich entschuldigen. Ein Elektriker war bei Arbeiten in einem Fahrstuhlschacht abgestürzt.

»Hat versucht, auf den Füßen zu landen«, sagte Kim.

Kidder verzog das Gesicht, als wollte das noch nicht viel heißen.

»Sechster Stock«, führte Kim daraufhin aus.

»Uuh.«

Riza rief nach mir. Schwester Faith von der Intensivstation hatte angerufen und nach mir gefragt. »Ob du mal gerade heraufkommen könntest, Helen!«

Ich nahm an, dass es um die Kerrigans ging, und beeilte mich.

»Nein, nein«, sagte Faith.

Sie hatte auch nicht nach meinem Typ verlangt, um mich zu einer ihrer Zigarettenpausen einzuladen. Sie wollte lediglich etwas klären.

»Mia sagt, du hättest letztens für Deutsche übersetzt, und ich nehme an, dass sie das nur falsch in ihren Akten hat, denn du bist doch Schwedin. Oder?«

Ich klärte meine Herkunft, und Faith war enttäuscht.

»So ein Mist, jetzt habe ich fünf Dollar verloren.«

Sie wettete gern.

»Das sollte man ja auch nicht tun, Faith.«

»Ich weiß«, seufzte sie. »Andererseits ...«

Die fünf Dollar erwiesen sich dennoch als gute Investition, weil sie dringend jemanden brauchte, der Deutsch sprach.

»Dr. Meißner ist nämlich heute Morgen nach Hause gegangen.«

Jetzt standen sie allein mit dem Problem, und das hieß Trudy Brock.

»Die ist noch hier?«, wunderte ich mich.

»Und wie!«, gab Faith zurück. »Und sie versteht uns angeblich nicht. Obwohl die Tochter behauptet, ihre Mutter spräche Englisch.«

Faith hatte die Neurologen schon mehrmals gebeten, sich den Fall anzusehen, doch keiner von ihnen schien sich dafür zu interessieren, weil es ihrer Ansicht nach gar kein Fall war.

»Die müssen die Frau ja auch nicht ertragen«, schimpfte Faith. »Sie will ständig irgendetwas. Und deshalb schellt sie alle –« Sie hielt inne und meinte im nächsten Moment: »Alle drei Minuten wollte ich sagen, Helen, aber das stimmt nicht. Sie hat nämlich gerade schon wieder geschellt, und das bedeutet, dass sie es jetzt alle zwei Minuten tut. Kannst du wohl mal nach ihr sehen?«

Trudy Brock hatte bei dem Unfall, der ihren Schwiegersohn das Leben gekostet hatte, multiple Beinbrüche erlitten und eine komplizierte Fraktur des Beckens. Darüber hinaus war ihr Körper von Kopf bis Fuß mit Blutergüssen übersät, und als ich den Raum betrat, blinzelte sie mir aus verschwollenen Augen entgegen.

»Frau Brock?«

»Wer sind Sie?«, fragte sie sofort auf Deutsch.

»Ich bin Helen Drescher«, stellte ich mich vor. »Ich arbeite hier im Haus, und man hat mir gesagt –«

»Meine Tochter soll kommen.«

Ich stutzte.

»Charlotte soll endlich kommen.«

»War sie denn noch nicht wieder bei Ihnen, Frau Brock?«

Ihre verschwollenen Augen weiteten sich, nicht viel, aber genug, dass es mir auffiel.

»Nein«, wimmerte sie und sah mich flehend an. »Und ich will, dass Charlotte kommt.«

Ich überlegte. Es war Dienstag, und am Donnerstagabend war ich Charlotte unten auf dem Korridor begegnet. Falls sie seither nicht wieder hier gewesen war, konnte ich verstehen, dass die Mutter so aufgelöst war.

»Geht es wieder um Charlotte?«, riss Faith mich aus meinen Gedanken.

»Frau Brock wundert sich wohl, dass sie immer noch nicht aufgetaucht ist.«

Faith lehnte sich in den Türrahmen und hatte sichtlich Mühe, ruhig zu bleiben. Sie spitzte die Lippen, und ihre Augen wurden ganz schmal, und die Finger ihrer linken Hand trommelten auf ihren linken Oberschenkel.

»Sag ihr bitte, dass ihre Tochter gegen zwölf Uhr kommt«,

zischte sie durch die Zähne. »Das steht auch dick und fett auf dem Zettel, der da auf Frau Brocks Nachttisch liegt. Den hat die Tochter deshalb extra dahingelegt.«

»Sie war hier?«

»Jeden Tag. Sie geht nur zum Schlafen nach Hause.«

Ich hatte also einwandfrei in die verkehrte Richtung gedacht und wollte gerade übersetzen, was Faith mir gesagt hatte, Trudy Brock kam mir jedoch zuvor.

»Warum muss hier jeder Englisch sprechen?«, beklagte sie sich mit wehleidiger Stimme. »Ist hier keiner mehr fähig, in der Muttersprache – wo ist Charlotte? Warum ist Charlotte immer noch nicht da?«

Ich trat ans Bett und versuchte, Frau Brock ein wenig zu beruhigen. Das schien aber gar nicht nötig zu sein. Aufgeregt war sie nicht. Sie wusste von dem Zettel auf ihrem Nachttisch. Sie wusste, dass ihre Tochter erst gegen zwölf Uhr hatte kommen wollen.

»Das ist aber zu spät. Ich brauche sie jetzt.«

Faith, die immer noch im Türrahmen lehnte, rollte die Augen. Sie hatte Charlotte bereits angerufen, sie nur leider nicht erreicht.

»Ich habe ihr auf den Anrufbeantworter zu Hause gesprochen, Helen, und auf die Mailbox ihres Handys. Mehr kann ich nicht tun.«

Sie hatte sich auch, weiß Gott, um wichtigere Dinge zu kümmern. Trudy Brock war nur noch auf der Intensivstation, weil sie altersbedingt an Herzrhythmusstörungen und Bluthochdruck litt; es handelte sich um eine reine Vorsichtsmaßnahme. Faith hatte andere Patienten, die weit größerer Aufmerksamkeit bedurften.

»Und wenn die hier alle paar Minuten Terror macht ...«

Ich versprach schnell, mich ein wenig mit Frau Brock zu befassen, da ich zurzeit sowieso nichts Dringendes zu tun hatte. Also setzte ich mich auf den Stuhl, der neben ihrem Bett stand, und überlegte, wie ich sie wohl am besten ablenken könnte.

»Wo haben Sie denn so gut Deutsch gelernt?«

Das war am unverfänglichsten.

Trudy Brock sah mich an, als sei ich nicht ganz bei Sinnen.

»Ich bin Berlinerin«, erklärte sie mir.

Dann schloss sie die verschwollenen Augen und erzählte mir etwas von Bomben und Hunger.

»Wenn die Luftbrücke nicht gewesen wäre ... wo ist Charlotte? Warum kommt sie nicht?«

»Sie kommt bestimmt gleich«, entgegnete ich und fragte, wie das damals eigentlich gewesen sei. »Wir kennen zwar alle das Wort Luftbrücke, aber was es im Einzelnen bedeutet hat, weiß wohl keiner, der es nicht miterlebt hat.«

Trudy Brock schwieg. Für einen Moment lag sie stumm und starr da, dann öffnete sie ihre Augen wieder und sah mich an. Sie hatte graublaue Augen, genau die gleiche Augenfarbe, die meine Mutter gehabt hatte. Man versank darin. Man versuchte, etwas zu erkennen oder etwas zu erfühlen, verlor sich aber nur darin.

Umgekehrt war das genau andersherum. Meine Mutter hatte mit ihren graublauen Augen immer in mich hineinsehen können, und für Trudy Brock galt das Gleiche. Sie durchschaute mich. Das sah ich ihr an. Sie wusste genau, dass ich sie mit meinem angeblichen Interesse für die Berliner Luftbrücke nur hatte ablenken wollen, und das gefiel ihr überhaupt nicht.

»Ist was passiert?«, fragte sie mit zitternder Stimme. »Ist Charlotte jetzt auch noch was passiert?«

Sie verzog den Mund und begann zu schluchzen.

»Aber nein!«, rief ich sofort und griff dabei nach ihrem Arm. Das hätte ich besser nicht getan, da sie ja mit Blutergüssen übersät war.

Prompt schrie sie vor Schmerz laut auf und hatte nun allen Grund zu weinen.

»Meine Tochter soll kommen«, jammerte sie. »Ich will mein Kind bei mir haben. Wo ist mein Kind? Wo ist meine Charlotte?«

Ich stand auf, um Faith zu holen. Für meine Begriffe brauchte Trudy Brock jetzt dringend ein Beruhigungsmittel. Mit großen Schritten lief ich zur Tür. Als ich gerade auf den Korridor hinaustrat, prallte ich mit jemandem zusammen. Es ging so schnell, dass ich einen Atemzug brauchte, um zu begreifen, wer das war, in den ich da hineingerannt war.

Es war Charlotte Henson.

»Gott sei Dank!«, entfuhr es mir. »Ihre Mutter wartet schon auf Sie!«

Charlotte reagierte nicht auf meine Worte. Sie stand nur da und sah mich an. Etwas Eigenartiges lag in ihrem Blick. Erst war es erschrecktes Entsetzen, das sich aber rasch in Zorn verwandelte.

»Was tun Sie denn hier?«, fuhr sie mich an. »Was haben Sie im Zimmer meiner Mutter –?«

Sie stockte und lief zur Tür, schaute vorsichtig um die Ecke, sah ihre weinende Mutter. Im nächsten Moment ballte sie die Fäuste und wollte auf mich losgehen. Faith hielt sie gerade noch zurück. »Was ist hier denn los?«, schimpfte sie mit geübt gedämpfter Stimme.

»Fragen Sie das diese Person!«, schimpfte Charlotte ebenso verhalten zurück und versuchte dabei, sich aus Faith' Griff zu befreien. »Ich habe ausdrücklich darum gebeten, meiner Mutter kein Wort von dem zu sagen, was passiert ist. Wie können Sie es also wagen, meine Bitte einfach zu ignorieren?«

Das Missverständnis war schnell geklärt, und Charlotte war ihre heftige Reaktion peinlich. Sie entschuldigte sich in aller Form bei mir.

»Ich bin so fertig«, vertraute sie mir an. »Im Grunde bin ich erstaunt, dass ich morgens überhaupt noch aus dem Bett komme.«

Das konnte ich mir gut vorstellen, und deshalb nahm ich ihre Entschuldigung selbstverständlich an. Ich fragte sie, ob sie irgendjemanden hätte, der ihr zur Seite stand.

»Die Leute von der OPOSC sind sehr hilfsbereit, Helen. Und sie wollen mir auch ständig wen schicken, nur –« Sie sprach nicht weiter. Ihre Mutter hatte inzwischen wohl ihre Stimme gehört und schrie jetzt regelrecht nach ihr.

»Lassen Sie sich bitte nichts von ihr vormachen!«, meinte Charlotte nur noch.

»Meine Mutter spricht fließend Englisch, und das hat sie durch den Unfall auch nicht verlernt. Sie tut nur so, damit Sie mich herzitieren. Verstehen Sie?«

Was sie sagte, verstand ich natürlich, doch verstand ich darüber hinaus überhaupt nichts, und Faith erging es ebenso.

»Wir müssen nach wie vor behaupten, dass es dem Schwiegersohn gut geht«, erzählte sie mir. »Er ist zwar auch verletzt, aber auf dem Wege der Besserung.«

Das hatte ich mir nach allem zwar gedacht, es verwirrte mich aber trotzdem. Inzwischen war fast eine Woche vergangen. William Henson konnte schon beerdigt sein, und seine Schwiegermutter wusste immer noch nicht, dass er tot war.

»Würde sie das vielleicht nicht verkraften?«

»Quatsch«, erwiderte Faith. »Die Frau ist alt und hat halt neben den Brüchen die typischen Wehwehchen. Wir verabreichen ihr aber massenhaft Medikamente, Helen, und würden sofort noch was zuspritzen, wenn sie wirklich zusammenbräche.«

»Und die Tochter weiß das?«

»Wir haben ihr mehrmals angeboten, ihr zu helfen. Sie müsste nicht allein mit der Mutter reden.«

Die Angelegenheit war also äußerst merkwürdig, und ich beschloss, Jodie Lang mal ein wenig auszuhorchen. Mit ihr war ich ja nach dem Dienst verabredet, und da ich mir nicht vorstellen konnte, dass wir lange über meine Arbeit sprechen würden, hatten wir so zumindest noch etwas anderes, worüber wir reden konnten.

Lästern war schließlich gesund. Das hatte mein Mann mir vor Kurzem noch gesagt.

15. Kapitel

Chez Martin war ein französisches Bistro. Da man vom Angestelltenparkplatz des RMC quasi hineinfiel, war es für viele von uns ein beliebter Treffpunkt. Sich hier zu verabreden ersparte uns eine Autofahrt.

Kollegen hatte man zu ignorieren, das war ein ungeschriebenes Gesetz. Nur die allein an der Bar saßen, durfte man ansprechen. Die anderen grüßte man nur, schaute sich dabei aber genauestens an, mit wem sie da waren, da man ja sonst am nächsten Tag nicht darüber hätte herziehen können.

Das *Chez Martin* war also nicht nur ein günstig gelegenes Restaurant mit französischer Küche, sondern zugleich die offizielle Gerüchteküche des RMC. Ich erfuhr auch gleich Neuigkeiten, als ich an jenem Dienstagabend zur Tür hereinkam.

An der Bar saßen zwei von Amys Kolleginnen, und die eine sagte zur anderen, Roger sei keineswegs nur ein Körperteil, sondern eine Krankheit. Ein anderer Mensch hätte mit dieser Aussage nicht viel anfangen können, während ich dadurch Dr. Zuckermans zukünftige Ex-Freundin kennenlernte. Ich grüßte entsprechend freundlich.

Man führte mich durch das Restaurant auf die Terrasse hinaus. Jodie Lang war schon da und stand auf, als sie mich sah. Sie trug einen traumhaften rehbraunen Pullover mit halsfernem Rollkragen und strahlte über das ganze Gesicht.

»Ich freue mich riesig!«, rief sie enthusiastisch, und dann nahm sie mich sofort wieder in diesen Klammergriff alias Umarmung.

»Oh, là, là!«, sagte ich anstelle einer Begrüßung und wies auf das Teilchen, das sie zu dem schlichten Pulli am schönen Leib trug und das wohl ein Rock sein sollte.

»Ist der scharf?«, parierte sie.

Das konnte man wohl sagen.

»Der ist von *Valentino*«, klärte sie mich auf.

»Aha.« Ich setzte mich und zog meine Zigaretten aus der Handtasche. Mein Dienst war vergleichsweise ruhig verlaufen, dennoch hatte ich nur Zeit für eine einzige Zigarettenpause gehabt, und dementsprechend groß war mein Schmacht. Ich fingerte eine Zigarette aus der Schachtel, griff nach meinem Feuerzeug. Als ich wieder aufblickte, stand Jodie unverändert da.

»Was ist?«

Sie wirkte ganz verwirrt. »Gefällt er Ihnen nicht?«, fragte sie.

Ich wusste gar nicht, was sie meinte, und zündete mir erst mal die Zigarette an.

»Mein Rock!«, wurde sie deutlicher. »Gefällt er Ihnen nicht?«

Es war mir unbegreiflich, dass es wichtig für sie war, ob mir ihr Rock gefiel oder nicht. Es schien ihr sogar sehr wichtig zu sein, da sie sich nicht von der Stelle rührte.

»Der Rock ist schön«, sagte ich daraufhin pflichtschuldig. »Ein sehr schöner Jeansrock.«

Sie spürte, dass ein Aber in meinen Worten mitschwang, und konnte sich damit wohl nicht abfinden.

»Der ist von *Valentino*«, wiederholte sie noch einmal, »nicht aus der Kollektion, sondern aus der Couture. Und Sie müssen sich mal ansehen, wie genial er gearbeitet ist.« Sie zeigte mir hier eine Naht und da einen Abnäher, und auch die Qualität des Jeansstoffs war angeblich mit nichts zu vergleichen, was man sonst so auf dem Markt fand.

Diese vielen Erläuterungen ließen darauf schließen, dass sie unsicher war, und das aus gutem Grund. Der Rock war nämlich einwandfrei zu kurz. Er bedeckte nur ein Drittel ihres Oberschenkels, und darüber hinaus war er vorne in der Mitte noch mit einem Schlitz versehen. Da half es überhaupt nicht, dass der Rock achthundert Dollar gekostet hatte und ein Designerstück war. Er sah ordinär aus, und das wusste Jodie. Deshalb entschuldigte sie sich die ganze Zeit, indem sie von der exquisiten Verarbeitung und dem hochwertigen Material sprach.

»Für meinen Geschmack ist er ein bisschen kurz!«, äußerte ich meine Meinung.

»Das muss so sein«, erwiderte sie fast ein wenig empört.

»Na, Sie können das bei Ihrer Figur ja auch tragen.« Ich hoffte mit diesem Kompliment das Thema zu beenden.

»Das tragen jetzt alle«, gab Jodie mir zur Antwort und setzte sich endlich wieder.

Das konnte ich mir zwar nicht so recht vorstellen, doch diese Erklärung bestätigte meinen Eindruck: Die Frau war unsicher.

»Meine Tochter würde für so ein Teil ihren größten Schatz verkaufen«, sagte ich und lächelte.

Jodie hatte gerade die langen Beine übereinanderschlagen wollen. Mitten in der Bewegung hielt sie inne.

»Sie haben Kinder?«, fragte sie mich.

»Zwei Töchter. Cathy ...«

Ich sprach nicht weiter. Jodies Blick war auf einmal ganz leer, und sehr, sehr langsam stellte sie ihre Beine wieder nebeneinander auf den Boden. Sie schien enttäuscht darüber zu sein, dass ich Kinder hatte, und das konnte meines Erachtens nur einen Grund haben.

»Haben Sie Kinder?«, fragte ich und sah sie betont freundlich an.

Jodie schüttelte den Kopf.

»Sind Sie verheiratet?«

Wieder schüttelte sie den Kopf. »Ich habe mich gerade getrennt«, meinte sie aber.

»Von einem Mann?«

Einen Moment lang sah Jodie Lang mich an, als hätte sie die Frage nicht verstanden. Dann dämmerte es ihr, und sie lachte auf, laut und schallend.

»Natürlich von einem Mann!«, rief sie. »Dachten Sie etwa ...?

Ich glaube, ich bin die heterosexuellste Frau, die es je gegeben hat.«

Das war eine interessante Formulierung. Bisher hatte ich gar nicht gewusst, dass sich das Wort heterosexuell steigern ließ.

»Dachten Sie, ich wollte mich deshalb mit Ihnen treffen?«, fragte Jodie und wirkte auf einmal regelrecht entsetzt. »Um Gottes willen! Wie kommen Sie darauf?«

Es tat mir leid, dass sie sich offenbar beleidigt fühlte, da ich wirklich nicht beabsichtigt hatte, ihr in irgendeiner Form zu nahezutreten.

»Das wäre doch absolut legitim«, sagte ich. »Warum sollte eine lesbische Frau nicht ebenso vorgehen wie ein Mann, der eine Frau näher kennenlernen möchte?«

Jodie Lang riss die Augen sperrangelweit auf. »Aber sehe ich denn so aus?«, wollte sie wissen. »Ich sehe doch überhaupt nicht so aus!«

Es war immer wieder erstaunlich, wie viele Vorurteile man haben konnte, und Menschen wie Jodie sorgten dafür, dass diese uns auch erhalten blieben.

»Ich kenne eine Menge Lesben«, erwiderte ich ruhig. »Und glauben Sie mir, die sehen ebenso unterschiedlich aus, wie heterosexuelle Frauen unterschiedlich aussehen.«

Jodies Augen wurden immer größer.

»Sie kennen eine Menge Lesben?«, wiederholte sie. »Arbeiten die etwa im RMC? Ich meine, wenn das so ist, brauche ich gar nicht –«

»Mein Mann hat jahrelang mit Homosexuellen gearbeitet«, unterbrach ich sie. »Es gibt hier in Los Angeles ein großes Gay & Lesbian Center, wo unter anderem psychologische Betreuung angeboten wird. Aber natürlich arbeiten auch im RMC Homosexuelle.«

Jodie biss sich auf die Unterlippe und schüttelte langsam und nachdenklich den Kopf. »Ich komme mit denen nicht klar«, gestand sie mir. »Lesbische Frauen kenne ich gar nicht, aber mit Schwulen komme ich nicht klar. Die sind alle so feindselig.«

Nun war ich es, deren Augen immer größer wurden. Von den Männern, die ich im Verlauf meines Lebens kennengelernt hatte, waren die homosexuellen die mit Abstand empfindsamsten, charmantesten und liebenswertesten gewesen.

»Feindselig?«, fragte ich nach.

Jodie nickte heftig.

»Ich bin ganz erstaunt, dass die bei Ihnen im Krankenhaus arbeiten dürfen, Helen. Die Amerikaner sind damit sonst doch eher streng.«

Ich war dankbar, dass der Kellner kam und mich fragte, was ich trinken wollte. Jodie hatte ein Glas Weißwein und eine große Flasche Mineralwasser vor sich stehen; ich bestellte mir einen koffeinfreien Kaffee und ließ meinen Blick über die Speisenkarte gleiten. Ich machte Jodie darauf aufmerksam, dass die Salate hier besonders lecker waren.

»Da ist aber überall Käse dabei«, stellte Jodie fest und verzog ihr hübsches Gesicht zu einer angewiderten Miene. Sie aß prinzipiell keinen Käse im Salat, und Nudeln konnte sie auch nicht bestellen, weil die Amerikaner ihrer Erfahrung nach die Unsitte hatten, Hühnchen mit Nudeln zu servieren. Im *Chez Martin* wurde nur ein einziges Pasta-Gericht angeboten, das mit einer Fischsoße zubereitet war, allerdings mit einer Lachssoße, und Lachs war Jodie viel zu fettig.

»Fleisch esse ich überhaupt nicht.«

Ich lauschte und wunderte mich nur darüber, dass ich mich so überhaupt nicht wunderte. Jodie hatte neulich ja schon wegen des Wassers so viel Theater gemacht. Wahrscheinlich war sie eine jener Frauen, die einprozentige Milch im Kaffee brauchten und ihn nicht tranken, wenn die Milch zwei Prozent oder kein Fett hatte.

Auf solche Leute stieß man in Los Angeles häufiger. Wer sonst keine Probleme hatte, schuf sich solche.

»Sie interessieren sich also für meine Arbeit«, kam ich auf den eigentlichen Grund unseres Beisammenseins zu sprechen.

Obwohl es unter dem Heizgerät angenehm warm war und ich rauchen konnte, wollte ich das Treffen jetzt schnell hinter mich bringen. Jodie Lang und ich schienen nicht viel miteinander gemein zu haben.

Verwirrt sah sie mich an. »Sprechen wir jetzt Englisch, Helen?«

Bisher hatten wir Deutsch gesprochen, den letzten Satz hatte ich aber auf Englisch gesagt. Nach all den Jahren fiel mir der Wechsel gar nicht mehr auf.

»Ich spreche nur selten Deutsch«, erklärte ich ihr. »Eigentlich nur, wenn ich mit Leuten in Deutschland telefoniere.«

»Aber es wäre doch absurd, wenn zwei deutsche Frauen Englisch miteinander sprechen würden, Helen.«

Da hatte sie irgendwie recht.

»Und sollten wir uns nicht auch duzen?«

»Von mir aus gern«, sagte ich und begann dann noch einmal, diesmal auf Deutsch, von meiner Arbeit zu sprechen.

Jodie rückte ihren Stuhl ganz nah an den Tisch, faltete die Hände wie zum Gebet und sah mir ernst in die Augen. »Das fasziniert mich so, was du machst«, meinte sie beeindruckt. »Und das wäre auch etwas für mich, das weiß ich. Ich würde nämlich gern etwas ganz anderes mit meinem Leben anfangen.«

»Was machst du jetzt beruflich?«

»Filmvertrieb«, antwortete sie. »Das heißt, eigentlich versuche ich, meine Schauspiel-Karriere wiederzubeleben.« Das war nur leider, wie sie erklärte, gar nicht so einfach. Dabei hatte sie im Gegensatz zu vielen anderen zumindest schon mal einen Agenten. Sie hatte überhaupt gute Beziehungen. »Weil ich ja lange als Fotomodell gearbeitet habe.«

Wie ich nun erfuhr, war Jodie 1976 in einem kleinen Dorf außerhalb von Guben geboren, einer Stadt an der polnischen Grenze, die damals zur DDR gehört hatte. Sie war ein Einzelkind. Ihre Eltern, einfache Leute, waren beide schon recht alt gewesen, als sie zur Welt kam.

»Meine Mutter war einundvierzig und mein Vater noch mal zehn Jahre älter.« Unter anderem deshalb war es den Eltern schwergefallen, mit Jodie fertig zu werden, allzumal sie schon als kleines Mädchen eigenwillig und ungehorsam gewesen war. »Es war nicht wirklich ungehorsam, Helen. Es war mehr Verzweiflung.« Sie erzählte mir, dass sie als Kind schlichtweg grässlich ausgesehen hatte.

»Grässlich?« Das konnte ich mir bei bestem Willen nicht vorstellen.

»Glaub es mir! Ich war viel größer als die anderen meines Alters. Und ich war so dünn, dass sich jeder darüber lustig gemacht hat.«

Ihre schwarzen Locken, die ihr jetzt so weich über die Schultern fielen, waren früher angeblich so dicht gewesen, dass sie sich nur schwer durchkämmen ließen. »Deshalb haben die anderen behauptet, ich würde sie nie waschen. Läusebalg haben sie mich genannt.« Jodies einzige Zuflucht war die gleichaltrige Annika gewesen. »Die saß im Rollstuhl und hatte auch keine Freunde. Aber eine Tante, die im Westen lebte.«

Und diese Tante hatte die Familie mit verbotenen Hochglanzmagazinen versorgt. So entdeckte Jodie schon früh im Leben, dass es jenseits ihrer trostlosen noch eine andere Welt gab, und sie träumte davon, diese zu erobern und Schauspielerin zu werden wie Jodie Foster.

»Irgendwann war ich so blöd und habe das erzählt«, seufzte sie. »Da war ich acht.« Es folgte ein Spießrutenlauf ohnegleichen, und Jodie wollte nur noch weg, raus aus dem Dorf. »Dabei wollte ich im Grunde sicher nur raus aus meiner Haut.«

Das konnte ich nachvollziehen. Mir war es in meiner Kindheit und Jugend ähnlich ergangen, wenn auch aus anderen Gründen.

»Und wie war das dann, als sich das hässliche Entlein zum schönen Schwan mauserte?«

Jodie tat zunächst so, als verstünde sie meine Frage nicht, und mimte die Verlegene. »Findest du mich wirklich schön?«, fragte sie dann, weil ihr ein verstecktes Kompliment offenbar nicht genug war.

»Du siehst aus wie eine Filmschauspielerin«, gab ich zurück und behielt wohlweislich für mich, dass die meisten Filmschauspielerinnen, die ich kannte, irgendwo kellnerten und noch darauf warteten, eines Tages den Anruf von Herrn Spielberg zu bekommen.

»Meinst du?«

»Du hast die perfekten Gesichtszüge.« Jetzt musste es gut sein.

Das war Jodie wohl auch klar. »Ich bin aber zu groß«, warf sie nämlich ein. »Ich bin ja einen Meter achtundsiebzig.« Deshalb hatte sie eben lange als Fotomodell gearbeitet. »Ist aber Jahre her, Helen.« Um die Schauspielerei kümmerte sie sich erst wieder, seit sie in Los Angeles lebte.

»Das ist nur leider so furchtbar frustrierend. Leben könnte ich davon nicht.«

»Dein Geld verdienst du mit dem Filmvertrieb?«

Sie nickte.

»Ich führe Marvins Amerika-Geschäfte.« Marvin war der Mann, mit dem sie neun Jahre zusammen gewesen war.

»Du hast dich von ihm getrennt, arbeitest aber für ihn?«

Jodie konnte gar nicht verstehen, dass ich das ungewöhnlich fand.

»Nur weil man sich als Paar nicht mehr versteht, kann man doch befreundet sein«, meinte sie.

Das war nach meiner Erfahrung reichlich unrealistisch, aber letztlich ging es mich ja nichts an.

Marvins Vater besaß in München einen Filmvertrieb, den sein Sohn vor einigen Jahren übernommen hatte. »Deshalb sind wir früher viel gereist«, erklärte Jodie, »vorwiegend nach Los Angeles.« Sie kannte die Stadt wie ihre eigene Westentasche, wie sie sich ausdrückte, und hatte bei jedem Besuch für immer bleiben wollen. »Und jetzt bin ich geblieben.« Sie lebte in Santa Monica und freute sich auf ihren ersten kalifornischen Winter. Im Moment trug sie sich mit dem Gedanken, einen Hund anzuschaffen, weil sie so gern spazieren ging.

»Nur muss man sich um ein Tier ja auch richtig kümmern können. Und wenn du mir jetzt sagst, dass ich für deinen Beruf erst noch drei Jahre zur Schule gehen muss, kann ich mich von dem Gedanken verabschieden.«

Ich atmete so schwer, dass es mir selbst auffiel.

»Sind es mehr als drei Jahre?«, missdeutete Jodie diese Regung. »Muss man dafür studieren?«

Ich wusste nicht, wie ich anfangen sollte. Es ging überhaupt nicht darum, wie lange man was wo lernen musste, um einen Job wie meinen auszuüben. Hier ging es um ganz andere Dinge. Ein ehemaliges Fotomodell mit dem heimlichen Traum, ein Hollywood-Star zu werden, das sein Geld damit verdiente, Filmrechte auszuhandeln, war wohl in meiner Arbeitswelt nicht so richtig gut aufgehoben. Aber vielleicht waren das ja auch nur Vorurteile.

»Studieren muss man nicht«, beruhigte ich Jodie zuerst. »So richtig lernen kann man das, was ich mache, überhaupt nicht.«

Ich persönlich hatte meinen Beruf indirekt meiner Mutter zu verdanken. Sie hatte Brustkrebs gehabt. Als sie das erste Mal erkrankte, war ich genau in Catherines Alter gewesen, gerade vierzehn, und damals hatte sich meine Schwester Angelika um alles gekümmert, da sie ja älter war als ich.

»Die Krankheit kam noch zweimal wieder«, erzählte ich Jodie, »das letzte Mal, als ich kurz vor dem Abitur stand.« Zu diesem Zeitpunkt war das Leben unserer Mutter nicht mehr zu retten gewesen, und ihr langes Sterben begann. Wieder hatte Angelika das Ruder an sich gerissen. Tag und Nacht saß sie am Bett unserer Mutter, und wenn ich nur mal für ein paar Minuten mit ihr allein sein wollte, stürzte meine Schwester sofort gleich ins Zimmer und meinte, das würde jetzt alles viel zu anstrengend für Mutti. *Ich* wäre zu anstrengend für Mutti.

»Sie wollten angeblich nur das Beste für mich. Mein Bruder hat unseren Vater mit Beschlag belegt, damit der mit seinem Kummer nicht allein war, und meine Schwester hat das Sterben unserer Mutter von mir ferngehalten.«

Damit hatte sie nur leider auch die Mutter selbst von mir ferngehalten. Ich bemerkte nicht, was mit ihr passierte, weil ich immer weggeschickt wurde, wenn es ihr besonders schlecht ging. Dann hatte ich idiotische Besorgungen zu machen, die mich oftmals für Stunden aus dem Haus trieben, und wenn ich zurückkehrte, hatte Angelika alles wieder fest im Griff.

Eines Morgens stand sie dann vor meinem Bett und teilte mir mit, unsere Mutter sei in der Nacht gestorben. Sie hätte mich nicht wecken wollen. Ich hätte angeblich so fest geschlafen.

»Ich habe jahrelang kein Wort mit meiner Schwester gesprochen«, erzählte ich Jodie. »Ich wollte ihr niemals verzeihen, dass ich mich ihretwegen nicht von unserer Mutter hatte verabschieden können.« Dieser Hass hatte sich dann irgendwann gegen mich selbst gerichtet.

»Es fing an, als Catherine zur Welt kam. Plötzlich konnte ich mir selbst nicht mehr verzeihen.«

Wie aus heiterem Himmel war ich damals zu der Überzeugung gelangt, dass Angelika mit ihrem Verhalten nur durchgekommen war, weil ich mich nicht dagegen gewehrt hatte. Und ich war sicher, mich deshalb nicht gewehrt zu haben, weil es mir im Grunde meines Herzens nur recht gewesen war, mit dem Sterben unserer Mutter nicht konfrontiert zu werden.

»Ich dachte, ich wäre von Natur aus unfähig, mich um andere Menschen zu kümmern, vor allem dann, wenn diese Menschen wirklich auf mich angewiesen sind.«

Diese Selbsteinschätzung führte nicht nur zu Depressionen, sie war auch gefährlich. Immerhin hatte ich einen Säugling, der mich brauchte.

»Mein Mann ist Psychologe von Beruf«, erläuterte ich Jodie dann, »und Ben arbeitete damals mit einer Gruppe von Leuten zusammen, die ein Hospizprogramm auf die Beine stellten. Dafür brauchten sie dringend Freiwillige, und Ben fand, ich sollte mich zur Verfügung stellen.«

Jahrelang begleitete ich ehrenamtlich Sterbende während der letzten Wochen, Tage und Stunden ihres Lebens.

»Und als mein Mann vor drei Jahren krank wurde und ich mitarbeiten musste, damit wir das Haus behalten konnten, war diese Hospizarbeit meine einzige Qualifikation.«

Eine Ausbildung hatte ich ja nicht. Ich war Au-Pair-Mädchen gewesen, hatte geheiratet und Kinder bekommen und damit keine beruflichen Qualifikationen vorzuweisen.

Jodie hatte mir interessiert zugehört.

»Und Hospizarbeit kann man einfach so machen?«, fragte sie.

Ich lachte. »Einfach so kannst du hier gar nichts machen, Jodie. In Amerika brauchst du für alles Zeugnisse.«

Drei Monate lang hatte ich einmal in der Woche und am Wochenende für jeweils drei Stunden einen Lehrgang besucht.

»Für ehrenamtliche Arbeit?«

»Genau.«

Wir hatten auch regelmäßig Tests absolvieren müssen, schriftliche und mündliche.

»Nach drei Monaten hat man mich dann an der Seite einer erfahrenen Kollegin auf den ersten Patienten losgelassen.« Einhundert Stunden hatte man nachweisen müssen, bevor man allein arbeiten durfte. »Und dann ging es los mit den Fortbildungen! Wer wollte, konnte sich rund um die Uhr beschäftigen.«

»Immer noch ohne Bezahlung?«, vergewisserte sich Jodie.

»Ohne Bezahlung.«

Ja, so sah die Lage aus. Aber es war längst nicht so schlecht, wie es sich anhörte.

»Du siehst ja an mir, dass dieses amerikanische System funktioniert. Sie bringen dir kostenlos etwas bei, und im Gegenzug arbeitest du dann kostenlos für sie. Nur übe ich ja heute auf der Basis dessen, was ich damals gelernt habe, einen Beruf aus, mit dem ich sehr wohl Geld verdiene.«

Diesen Vorteil sah Jodie ein. Sie konnte sich auch nach wie vor vorstellen, meine Arbeit zu tun. Allerdings behagte ihr der Gedanke nicht, durch so etwas wie Hospizarbeit in den Beruf einzusteigen.

»Sterbende? Ich meine ... was haben die? AIDS?«

Die meisten Patienten, die ich betreut hatte, waren krebskrank gewesen.

»Aber ist das nicht deprimierend, Helen?«

Ich verzog das Gesicht, denn wenn sie Hospizarbeit schon deprimierend fand, interessierte sie sich besser nicht weiter für das, was ich heute tat.

»Du kümmerst dich aber doch um die Angehörigen«, widersprach sie, »und nicht um die Patienten. Das ist doch –«

»Viel deprimierender!«, fiel ich ihr ins Wort.

Da war sie anderer Ansicht. »Einem Menschen zu vermitteln, dass es Dinge gibt, die man nicht ändern kann, ist doch längst nicht so deprimierend, wie jemandem beim Dahinvegetieren zusehen zu müssen.«

Dazu hätte ich eine Menge sagen können, wozu ich allerdings nicht kam.

»Weil das Leben dann ja doch zu Ende geht!«, rief Jodie. »Und um das Leben geht es schließlich! Den Leuten, mit denen du heute zu tun hast, muss vor Augen geführt werden, dass ihr Leben weitergeht, Helen. Sie müssen nicht verstehen, was passiert ist. Sie müssen es nicht verzeihen. Hauptsache, sie akzeptieren es und leben weiter.«

Auch dazu hätte ich eine Menge sagen können, wozu ich ebenso wenig kam.

Jodie schien auf einmal stark abgelenkt. Sie drehte ihren Kopf, reckte sich, drehte den Kopf wieder. Eine Gruppe von Männern hatte gerade an einem der Nebentische Platz genommen, und zwei andere Männer, die bis gerade rechts von uns gesessen hatten, waren offenbar im Begriff zu gehen. Die Unruhe, die dadurch entstand, schien sich auf Jodie zu übertragen.

»Gibt es das Hospiz noch, bei dem du damals angefangen hast?«, wollte sie wissen und schenkte sich das restliche Wasser aus der Flasche ein. »Ich meine, wenn es keine andere Möglichkeit gibt, gucke ich mir das mal an.«

Sie leerte das Glas in einem Zug und entschuldigte sich: »Ich muss mal gerade zur Toilette.«

»Die sind gleich neben der Bar«, sagte ich.

Ich zündete mir noch eine Zigarette an und überlegte. Es gab andere Möglichkeiten, in meinen Beruf einzusteigen. Man musste nicht unbedingt den Weg über die Hospizarbeit gehen. Als Jodie ein paar Minuten später an den Tisch zurückkehrte, erzählte ich ihr davon. Meine Kollegin Marilena hatte ihre Vorkenntnisse auf andere Art als ich erworben. Sie hatte jahrelang ihren Mann gepflegt.

»Hector litt an ALS, und dadurch ist sie –«

»Was ist das denn?«, fiel Jodie mir ins Wort.

»Das ist die Abkürzung für Amyotrophe Lateralsklerose, eine Erkrankung, die man auch Lou-Gehrig-Syndrom nennt.«

»Wird man davon gelähmt?«

»Genau«, bestätigte ich, »bei ALS verkümmern die Motoneuronen im Gehirn und im Rückenmark.«

»Was es nicht alles gibt!« Sie stöhnte leise auf.

Da konnte ich ihr nur beipflichten.

»Stirbt man wenigstens schnell daran?«

»Viele Menschen sterben schon nach wenigen Monaten. Aber Stephen Hawking zum Beispiel lebt seit über vierzig Jahren damit. Marilenas Mann hat vier Jahre geschafft, und davon war er die meiste Zeit voll pflegebedürftig.«

»Und sie hat ihn gepflegt?«

Marilena hatte sich hingebungsvoll um ihren Hector gekümmert.

»Außerdem hat sie eine Gruppe gegründet für Angehörige von ALS-Patienten und Trauerbegleitung –«

»So eine Jammergruppe?« Jodie grinste.

Im ersten Moment war ich schockiert über den Einwurf, dann musste ich lachen. Nach Bens Krankheit hatte man mich nämlich in genau so einen Verein geschickt, und damit war ich gar nicht zurechtgekommen.

»Das kann ich gut verstehen«, meinte Jodie. »Ich glaube, wenn du mit so was zurechtkommen willst, musst du deine Seele an den Gott des Selbstmitleids verkaufen.«

Sie seufzte.

»Also Hospiz oder gelähmte Männer pflegen?«

Ich berichtete ihr, dass Victor als Freiwilliger in der Notaufnahme angefangen hatte. Dort nahm er potentielle Patienten in Empfang und sammelte die Informationen, die dann von der Triage-Schwester ausgewertet wurden.

»Und wie ist er an den Job gekommen?«, fragte Jodie.

»Das ist kein Job, so was machen Leute ehrenamtlich.«

Victor und seine Familie waren irische Katholiken. Seine Schwestern hatten nach der High School beide zwei Jahre Missionsdienst geleistet, und da seine Eltern von ihrem einzigen Sohn einen vergleichbaren Liebesdienst erwarteten, Vic aber nicht bereit gewesen war, in einer Missionsstation zu arbeiten, entschied er sich schließlich für die Notaufnahme.

»Machen das viele hier in Amerika, dieses freiwillige Arbeiten?«, fragte Jodie.

»Wer es sich eben erlauben kann!«, erwiderte ich. »Nicht, weil es erwartet wird. Die meisten Leute machen es aus einem eigenen Bedürfnis heraus.«

»Liegt das daran, dass die Amerikaner alle so fromm sind?«

Das war sicherlich einer der Gründe, und mir war, als würde Jodie mit den Zähnen knirschen, als sie das hörte.

»Um in der Notaufnahme als Freiwilliger zu arbeiten, muss man auch erst Kurse belegen, oder?«, fragte sie.

Ich nickte. »Außerdem ... ich weiß nicht, wie empfindlich du bist, Jodie.«

Sie behauptete, überhaupt nicht empfindlich zu sein. »Wieso?«

»Nun ja.« Ich ging es vorsichtig an. »In der Notaufnahme hat man es ziemlich häufig mit Menschen zu tun, denen es beispielsweise übel ist.«

Jodie ahnte, worauf ich hinauswollte. »Du willst sagen ... aber es kümmert sich doch eine Krankenschwester darum, wenn die kotzen oder so.«

Ich lächelte nachsichtig. »Sicher. Allerdings muss hinterher saubergemacht werden.«

Jodie schluckte. »Okay«, meinte sie dann. »Das Hospiz scheint mir von allen Übeln noch das geringste zu sein.«

Ich griff nach meiner Handtasche. Das Hospizprogramm, für das ich damals gearbeitet hatte, gab es nach wie vor, und ich hatte Jodie eine Broschüre mitgebracht. »Die Telefonnummer steht hinten«, sagte ich, als ich ihr das Heftchen gab. »Da kannst du jederzeit anrufen und dich auf mich berufen. Meine Telefonnummer steht auch da, falls jemand Fragen hat. Die Dame, die damals für das Personal zuständig war, hieß Gwyneth.«

Jodie blätterte durch das Informationsmaterial, bekam aber durch die Augenwinkel mit, dass ich dem Kellner mit einer Geste andeutete, er möge mir die Rechnung bringen.

»Willst du schon gehen?«, fragte sie.

»Ich muss. Meine Familie wartet.«

»Aber ich dachte ... können wir vielleicht noch ins Kino gehen?«

»Ein andermal vielleicht.«

»Dann lass uns wenigstens noch was Süßes essen, Helen! Die haben hier ganz tolle Desserts, habe ich gesehen.«

Jodie war auf einmal nervös. Sie bestellte einen weiteren Liter Mineralwasser und erzählte mir etwas von Creme Brulée und Mousse au Chocolat, und eine ihrer Zigaretten sollte ich auch unbedingt probieren, denn es waren ganz besondere, französische.

»Die gibt es nicht überall. Dafür fahre ich einmal in der Woche zum Flughafen.«

Sie fuhr überhaupt viel herum, denn das machte ihr angeblich Spaß. Ich nahm eher an, dass es das Einzige war, was sie allein tun konnte, ohne sich gleich einsam dabei zu fühlen.

»Hast du einen Freund?«, fragte ich.

»Ich habe mich doch gerade erst von Marvin getrennt.«

»Ein neuer Mann ist nicht in Sicht?«

Sie schüttelte den Kopf. Jodie hatte noch nicht viele Kontakte in Los Angeles. Ein paar Leute kannte sie vom Fitnessstudio, und mit denen traf sie sich gelegentlich. »Aber nur selten. Die haben alle so wenig Zeit.«

Zu ihrer Nachbarin Abigail hatte sie ein engeres Verhältnis.

»Und wie ist es mit Charlotte Henson?«

Jodie riss die Augen auf, als hätte ich damit die Büchse der Pandora geöffnet. »Das ist eine Irre«, sagte sie zu mir. »Das kannst du dir nicht vorstellen, Helen!« Sie erzählte mir, dass Charlotte in dem schönsten Haus lebe, das sie jemals gesehen hätte. »Aber in dem Haus sieht es gar nicht aus, als würde da jemand leben, Helen.«

Bei ihrem ersten Besuch hatte Jodie das noch nicht so irritiert. »Vielleicht war ja gerade erst saubergemacht worden. So was weiß man ja nicht.«

Allerdings hatte sie in der Folge viel Zeit im Henson-Haus verbracht. »Und es blieb so ordentlich«, sagte sie. »Da darfst du nämlich kein Glas aus dem Schrank nehmen, wenn du es hinterher nicht gleich spülst und wieder in den Schrank zurückstellst.« Die Konserven waren nach Größe geordnet, und das Gleiche galt für die Topfpflanzen, die im ganzen Haus die Fensterbänke zierten. »Wie die Orgelpfeifen aufgereiht! Und Charlotte hat nicht vergessen, sie zweimal am Tag zu gießen. Sie hat ja auch nicht vergessen, ihre Jacke mit der Flusenrolle zu bearbeiten, als wir an dem

Donnerstagmorgen nach Hause kamen. So was vergisst man vermutlich nicht, nur weil einem gerade der Mann gestorben ist.«

Die Beerdigung hatte am Morgen stattgefunden.

»Heute?«, vergewisserte ich mich.

Charlotte hatte mittags Jeans angehabt, daran erinnerte ich mich genau.

Jodie nickte. »Heute Morgen um neun Uhr dreißig. In aller Stille!«, sagte sie. »Ich war zumindest nicht eingeladen.« Charlotte hatte weder Traueranzeigen verschickt noch eine Annonce in die Zeitung setzen lassen.

»Die hat, solange ich da war, mit niemandem gesprochen. Nur mit den Leuten von der OPO und mit der Polizei.«

Die Dame von der OPOSC war aber sehr schnell bei Charlotte in Ungnade gefallen. »Sie hat nämlich ein Wasserglas auf dem Sofatisch abgestellt, Helen, und nicht auf den dafür vorgesehenen Untersetzer. Und das hat dann einen Ring gemacht! Auf dem guten Holz!«

Ein ähnliches Vergehen hatte zwischen Charlotte und Jodie zu Missstimmigkeiten geführt. »Ich war auf der Toilette und habe mir hinterher die Hände gewaschen und habe das Handtuch nicht auf den dafür vorgesehenen Haken zurückgehängt.«

Darüber hatte Charlotte sich dermaßen aufgeregt, dass Jodie das Weite suchte.

»Ich meine, ich kann zwar gut verstehen, dass sie zurzeit nicht normal ist, Helen, aber anschreien lasse ich mich ja nun nicht. Und was meinst du, wie die getobt hat? Das kannst du dir gar nicht vorstellen!«

Was meine Fantasie in dieser Sache anging, unterschätzte sie mich. Ich konnte mir Charlottes Auftritt sogar bestens vorstellen und erzählte, was sich am Morgen auf der Intensivstation zugetragen hatte.

»Das ist aber auch ein Aas, die Mutter«, zeigte Jodie ein wenig Mitgefühl für Charlotte. »Wenn das meine Mutter wäre, würde sie mit ihrem Benehmen nicht duchkommen.«

»Leben deine Eltern noch?«

Jodies Vater war schon vor Jahren gestorben, ihre Mutter erst kürzlich. »Das war auch ein Grund, warum ich hergekommen bin.«

»Ist sie plötzlich gestorben?«

»Herzversagen. Lebt dein Vater noch?«

Mein Vater war wohlauf. Er schrieb uns fünfmal im Jahr eine Karte, zu den Geburtstagen und zu Weihnachten.

»Er lebt bei meinem Bruder«, erzählte ich. »Die haben für ihn extra ein Gästehaus in den Garten gebaut.«

Jodies Blick verfinsterte sich. Sie atmete auch plötzlich ganz schwer und meinte, so etwas müsse ja jeder selbst wissen. »Ich würde meine Eltern nicht um mich haben wollen.«

Sie erzählte mir von ihrer Nachbarin Abigail, die jeden Sonntag, den der Herr kommen ließ, bei ihren Eltern aß. »Eine erwachsene Frau, Helen! Jeden Sonntag bei Papa und Mama!«

Das fand ich gar nicht schlimm, im Gegenteil. »Ich hätte es herrlich gefunden, wenn meine Eltern nur ein einziges Mal Lust gehabt hätten, einen ganzen Sonntag mit mir zu verbringen. Mein Vater ist nicht mal zu unserer Hochzeit gekommen.«

Mein Bruder hatte sich ein paar Tage vorher beim Skilaufen das Bein gebrochen und konnte nicht fliegen, und allein hatte Vati nicht reisen wollen. »Aber hauptsächlich wollte er Max nicht allein lassen.«

»Na, so was ist auch schlimm«, gestand Jodie. »Da bin ich vielleicht sogar besser dran.«

Sie hatte keine Familie mehr, nicht einmal eine angeheiratete Kusine. Sie hatte aber gute Freunde, und das war ihres Erachtens fast ebenso viel wert. »Nur leben die fast alle in Deutschland«, sagte sie und seufzte.

Sie wollten sie aber besuchen. Ihre beste Freundin hatte in diesen Tagen nach Los Angeles kommen wollen, um mit Jodie ihre Ferien zu verbringen. »Ihr ist dann aber in letzter Minute was dazwischengekommen.« Die Enttäuschung darüber stand Jodie auf der Stirn geschrieben. Sie war einsam, das konnte ich deutlich spüren. Es war auch nicht einfach, in Los Angeles Anschluss zu finden.

Der Lebensstandard in der Stadt war hoch, und dementsprechend waren die Lebenshaltungskosten. Viele Leute hatten zwei Jobs, um sich finanziell über die Runden zu bringen. Fürs Privatleben fehlte es dadurch an Zeit und auch an Kraft.

Eine enge Nachbarschaft, wie man sie an der Ostküste oder in Europa pflegte, existierte gar nicht. Zu nachbarschaftlichen Kontakten kam es höchstens in Wohnblocks oder in sich abgeschlossenen Wohngebieten. Ansonsten hielten die *Angelenos* viel davon, nicht gehört und nicht gesehen zu werden, und erwarteten von ihren Nachbarn das Gleiche.

»Wenn du dich mit dem Hospiz in Verbindung setzt«, sagte ich dann, um sie wieder aufzumuntern, »wirst du ein paar neue Leute kennenlernen. Das sind nette Menschen, Jodie, die auch ein bisschen Substanz haben.«

Sie verzog das Gesicht zu einer bitteren Miene. »Im Großen und Ganzen komme ich gut allein zurecht«, sagte sie. »Was mir fehlt, sind Wanderungen und Fahrradtouren. Allein macht so was einfach keinen Spaß, Helen.«

»Wir machen auch oft Fahrradtouren«, erzählte ich.

»Echt? Könnte ich das nächste Mal mitkommen?«

16. Kapitel

»War es falsch, dass ich sie eingeladen habe?«

Mir waren sofort, als ich ihr das Angebot gemacht hatte, Zweifel gekommen, die während der Heimfahrt nur noch größer geworden waren. Jetzt bestürmte ich Ben damit.

»Warum glaubst du denn, das könnte falsch gewesen sein?«, stellte er mir die Gegenfrage. Das tat er gern, statt mir die Antwort zu geben, die ich hören wollte.

»Na ja.« Ich wand mich unbehaglich auf dem Sofa. »Jodie war zwar nie ein Fall, aber sie hatte natürlich mit einem Fall zu tun.«

»Fühlst du dich deshalb ethisch im Dilemma?«

Ich dachte eine Weile über seine Frage nach. »Ein ethisches Dilemma ist es nicht«, befand ich nach einer Weile. Es wäre für mich nicht gut gewesen, einen persönlichen Kontakt zu einer Frau wie Charlotte Henson zu pflegen. »Mit Jodie hatte ich beruflich ja gar nicht zu tun, Ben.« Außerdem war die Frau einsam.

»Deshalb hat sie sich nach dem Unfall ja auch so gekümmert«, sagte mein Mann. »Das war immer noch besser, als wieder allein zu Hause zu sitzen.«

Ich wusste genau, warum er das sagte. Ich hatte nach William Hensons Tod wild spekuliert, welche Beweggründe Jodie wohl gehabt haben mochte, freiwillig ins Krankenhaus zu kommen. Mein so kluger Ben hatte sofort vermutet, dass es ganz undramatische Gründe dafür gab, und genau das hatte sich jetzt bestätigt.

»Ja.« Ich seufzte ein bisschen theatralisch. »Du bist und bleibst der Klügste.«

»Ich weiß, Helen! – Ist sie nett?«

»Hübsch«, erwiderte ich. »Und sehr unsicher.«

Ich erzählte ihm die Geschichte von ihrem Rock wie auch über ihre Vorurteile und ziemlich verrückten Ansichten. »Schwule sind alle feindselig, Ben. Nur, dass du das weißt!«

»Aha. Leidet sie darunter, dass die auf ihren kurzen Rock nicht stehen?«

Es war erstaunlich, wie schnell mein Mann Zusammenhänge erfassen konnte, auf die ich nicht einmal ansatzweise gekommen wäre.

»Du meinst, sie ist enttäuscht, wenn Männer sie nicht anziehend finden?«

»Enttäuscht sicher nicht, Helen. Eher sauer. Und was meinst du, wie sauer ein schwuler Mann wird, wenn eine Frau ihn dazu zwingen will, sie anziehend zu finden? Das macht ja schon einen Heterosexuellen grimmig, wenn er ein bisschen Verstand hat.«

»Sie hat sich gerade von ihrem Freund getrennt. Vielleicht sucht sie nach einem neuen.«

»Ist sie wegen der Trennung ausgewandert?«

Ich nahm es an. »Deshalb und weil ihre Mutter gestorben ist. Mehr Verwandte hat sie nicht.«

Ben tätschelte meinen Oberschenkel und meinte, unter den Umständen täte ich ein gutes Werk, das Mädchen ein bisschen unter meine Fittiche zu nehmen. »Und du brauchst ja auch immer einen Pflegefall.«

So ganz normal fand mein Mann das zwar nicht, hatte aber mit den Jahren gelernt, es hinzunehmen. Außerdem hielt er es für vorteilhaft, wenn ich wieder eine Freundin hatte. »Dann brauche ich mir wenigstens nicht mehr anzuhören, ob du das Haar vielleicht dunkler oder noch heller oder vielleicht nur kürzer ...« Er sprach nicht weiter. Unsere Ehe hielt nicht umsonst schon so lange. Mein Mann wusste immer, wann es klug war, den Mund zu halten.

Dabei hatte er recht. Er hatte es nur nicht gerade diplomatisch ausgedrückt. Ich war immer eine Frau gewesen, die Freundinnen gehabt hatte, und ich hatte auch immer eine beste Freundin gehabt, eine, mit der ich die intimsten Dinge meines Lebens, wie meine Frisur oder die Schwere meiner Monatsblutungen, teilen konnte.

Erst seit vier Jahren gab es da eine Leerstelle. Seit Michelle mit ihren Kindern an die Ostküste gezogen und Tara völlig überraschend gestorben war. Innerhalb weniger Monate verlor ich die beiden Frauen, mit denen ich immer so viel Spaß gehabt hatte und mit denen ich mich austauschen konnte. Eine neue Freundin fand ich nicht. Amy war zwar nett, aber für meinen Geschmack viel zu nervös. Außerdem hatte sie immer so viel um die Ohren, dass ich jedes Mal ein schlechtes Gewissen bekam, wenn ich eins meiner Probleme ansprach.

Zu den anderen Kollegen im RMC hatte ich privat überhaupt keinen Kontakt. Und selbst wenn ich mich mit jemandem dort angefreundet hätte, wäre es schwierig gewesen, eine Freundschaft aufrechtzuerhalten. Die Schichtwechsel machten das nahezu unmöglich.

Jodie schien mir allerdings auch keine geeignete Kandidatin zu sein. Was das anging, machte Ben sich etwas vor. Die Frau war neun Jahre jünger als ich und hatte meines Erachtens mehr mit Catherine als mit mir gemein.

»Wieso?«, fragte mein Mann, als ich das äußerte. »Weiß Jodie auch nicht, dass die Sonne der größte aller Fixsterne ist?«

Cathy hatte ihre Physikarbeit zurückbekommen und wagte nicht, nach unten zu kommen, wie Ben mir erst jetzt offenbarte. Ich stöhnte und vergrub mein Gesicht in meinen Händen, begann zu schaukeln wie ein von Hospitalismus gepeinigtes Waisenkind. »Und du hast gedacht, ich sei nur mal wieder pessimistisch.«

»Sie hat gesagt, sie hätte alles gekonnt.«

»Das sagt sie immer, Ben!«

»Nicht die Sportfest-Geschichte! Das bringt uns nicht weiter.«

Physik, Chemie und Biologie waren unbegreiflich für unsere Große, was wiederum für meinen Mann unbegreiflich war, weil er in diesen Fächern ganz besonders gut gewesen war. »Diese Schwäche in Naturwissenschaft muss sie von dir geerbt haben, Helen.«

Ich selbst war in keinem Fach gut gewesen und hatte zwei Schuljahre wiederholt, bis ich endlich das Abitur schaffte.

»Und um gut oder schlecht geht es ja auch gar nicht«, schimpfte ich. »Dass Cathy ihre Fähigkeiten nicht einschätzen kann, macht mich wild. Dass immer alles super ist, selbst wenn sie den größten Mist –«

»Lass uns bitte beim Thema bleiben«, fiel Ben mir ins Wort. »Es geht jetzt einzig und allein darum, dass dem Kind irgendwie geholfen werden muss.«

Mit Nachhilfeunterricht hatten wir es schon mal versucht, das hatte nichts gebracht.

»Weil die Gruppe zu groß war«, behauptete ich. Kinder mit Lernschwächen hatten individuelle Probleme, und die musste man meines Erachtens auch individuell beseitigen. Einzelunterricht war jedoch verdammt teuer.

»Und dann gleich in drei Fächern, Helen?«

Physik war Cathys größte Schwäche, gefolgt von Chemie.

»Was meinst du damit?« Ben schätzte es überhaupt nicht, wenn ich laut dachte.

»Ich meine damit, dass wir ihr vielleicht zuerst mal eine Nachhilfe für Biologie besorgen sollten.«

»Aber von den drei Fächern ist sie in Biologie doch noch am besten, Helen.«

»Deshalb ja! Wenn wir fördern, was ihr am leichtesten fällt, hat das vielleicht die größten Aussichten.«

Ben musste zugeben, dass es zwar ein ungewöhnlicher Versuch war, den Stier des Versagens bei den Hörnern zu packen, es aber durchaus Sinn machte. Er versprach mir, gleich am nächsten Tag ein bisschen herumzutelefonieren. Er kannte ein paar

Studenten, die vielleicht nicht ganz so teuer wie professionelle Nachhilfelehrer waren.

»Nimm nur bitte keinen, der aussieht wie Brad Pitt!«, warnte ich ihn.

Mein Mann sah mich an, als verlangte er eine Erklärung. »Geht das etwa schon los, Helen? Ich dachte, damit hätten wir noch ein, zwei Jahre Ruhe.«

Schon am nächsten Tag hatten wir einen Nachhilfelehrer für Catherine. Er hieß Todd Heeler, war dreiundzwanzig Jahre alt und studierte Biochemie. Ben war dermaßen begeistert, ihn gefunden zu haben, dass er mich am Nachmittag im RMC anrief, um mir die freudige Mitteilung zu machen.

»Er gibt ihr gleich heute Abend die erste Stunde, Helen.«

Todd sollte um sieben kommen. Ich war selbst gerade erst zu Hause eingetroffen und saß mit Ben im Wohnzimmer. Wir probierten die Pistazien, die ich auf dem Heimweg von einem Straßenhändler gekauft hatte. Sie waren hervorragend, und ich hatte für den großen Beutel nur zwei Dollar bezahlt, was sie mir noch besser schmecken ließen.

»Sind vermutlich von irgendeinem Laster gefallen«, meinte Ben. Das passierte häufiger in Los Angeles, nicht nur mit Pistazien, auch mit Designer-Taschen und Computern.

Die Uhr auf der Anrichte läutete die volle Stunde ein. Sie schlug zum ersten Mal, zum zweiten Mal – beim dritten Schlag schellte es an der Haustür.

»Siehst du«, erklärte mein Mann erfreut und knackte eifrig weitere Nüsschen, »solche Jungen sind immer pünktlich.«

Dass er von *solchen* Jungen sprach, hätte mich ja eigentlich vorwarnen müssen, aber ich war zu sehr damit beschäftigt, die Pistazienkrümel von meinem Rock zu entfernen und zur Haustür zu eilen.

»Cathy?«, rief ich nach oben. »Kommst du bitte?«

Todd Heeler war etwa einen halben Kopf größer als ich und damit genauso groß wie Ben. Er trug einen schwarzen Pullover und schwarze Hosen, und sein hageres Gesicht war bleich, als habe es in den vergangenen dreiundzwanzig Jahren noch keinen einzigen Sonnenstrahl abbekommen.

»Todd?«, fragte ich und hatte Mühe, das O so zu sprechen, dass es wie das O in Hoffen klang und nicht wie das O in Moped. Todd sah verdächtig wie Tod aus, das zweite D in seinem Vornamen stand einwandfrei für Dünn.

»Frau Dr. Drescher?«, fragte er mich mit belegter Stimme.

Ich bemühte mich um ein Lächeln. »Den Doktortitel hat nur mein Mann«, sagte ich. »Kommen Sie doch herein!«

Todd Heeler trat an mir vorüber in den Korridor, und mir war, als hörte ich seine Knochen klappern. Vielleicht kamen diese bedrohlichen Geräusche aber auch von unserer Haustür.

»Catherine?«, rief ich noch einmal, da unsere Tochter bisher noch nicht aufgetaucht war.

Ben kam aus dem Wohnzimmer und begrüßte Todd. Dabei schlug er ihm in männlicher Manier auf die Schulter, und ich erschrak. Todd erholte sich jedoch unerwartet schnell von diesem angesichts seiner Statur etwas heftigen Körperkontakt. Er trudelte zwar ein bisschen, fiel aber nicht um.

»Dieser junge Mann hatte schon mit sechzehn seinen Highschool-Abschluss«, ließ mein Mann mich wissen. »Und mit neunzehn war er mit dem College fertig. Kannst du dir das vorstellen, Helen?«

Ich gesellte mich zu den beiden und fragte Todd, was er denn nach seinem Studium machen wolle.

»Promovieren«, erwiderte er, und dabei klang seine Stimme wieder so belegt. Diesmal störte ihn das wohl selbst, denn er räusperte sich.

»Und dann möglichst in die Forschung, Frau Drescher.« Er suchte nach einem Platz, an dem er seine Tasche abstellen konnte. Er hatte verschiedene Bücher mitgebracht, musste nur erst mit Catherine sprechen, bevor er entscheiden konnte, mit welchem Lehrstoff sie am besten anfingen.

»Cathy?«, rief ich noch einmal.

Unsere Große hatte natürlich am Treppenabsatz gelauert. Jetzt blickte sie gelangweilt um die Ecke. Diesen Blick übte sie vor dem Spiegel. Unter Teenagern galt es zurzeit als absolute Pflicht, gelangweilt auszusehen und so möglichst unantastbar zu wirken.

»Kommst du bitte!«, sagte ich noch einmal. Dabei klang meine Stimme derart gereizt, dass es mir sogar selbst auffiel.

Catherine reagierte prompt. Sie rollte die Augen und verzog das Gesicht; dann bequemte sie sich im Zeitlupentempo die Treppe hinunter.

In der Zwischenzeit hatte Todd Heeler nicht nur die in Frage kommenden Biologiebücher aus seiner Tasche geholt und eins davon aufgeblättert, um Ben etwas darin zu zeigen, er hatte auch seine Brille aufgesetzt, ein großes schwarzes Biest.

Catherine lehnte sich lässig an die Wand neben dem Treppenaufgang, gab sich wieder gelangweilt und verschränkte auch noch die Arme vor der Brust, wohl, um den Gesamteindruck, den sie erwecken wollte, noch zu unterstreichen.

»Todd, das ist unsere Tochter Catherine«, sagte ich.

Dabei erfüllte mich so etwas wie Vorfreude. So weit war es inzwischen. Ich freute mich darauf, meiner Tochter etwas *anzutun*, um endlich mal echte Gefühle von ihr zu sehen, nicht nur immer dieses coole Gehabe.

Ben trat zur Seite. Erst in diesem Moment sah Cathy ihren neuen Biologielehrer.

Ihr gerade noch so provozierend gelangweilter Gesichtsausdruck wandelte sich schlagartig in einen schockierten. Es hätte aus meiner Sicht gar nicht besser sein können. Ich empfand eine Genugtuung, die ich kaum verbergen konnte. Es gab also doch noch Dinge, auf die Catherine nicht mit Zorn oder Gleichgültigkeit reagierte.

»Das ist Todd Heeler«, flötete ich meiner Tochter zu. »Er studiert Biochemie.«

Cathy ließ ihre Arme sinken und sah mich an. Der Schock schwand aus ihrem Gesicht. Fassungslosigkeit trat an seine Stelle und verwandelte sich im Sekundenbruchteil in Hass. Als Todd ihr im nächsten Moment die Hand entgegenstreckte, machte sie Anstalten, die Flucht zu ergreifen. Nur ihre gute Erziehung hielt sie davon ab. In diesem einen Punkt hatten wir also nicht versagt. Wenigstens das!

Das Telefon klingelte. Ben erklärte mir, er werde sich um den Rest kümmern, und das war mir nur recht. Ich lief ins Wohnzimmer und griff im Vorübergehen nach dem Beutel mit den Pistazien.

Jodie Lang war sehr aufgeregt. Sie hatte sich gleich am Morgen mit dem Hospiz in Verbindung gesetzt, und vor etwa zwei Stunden hatte man sie zurückgerufen.

»Ich habe fantastische Neuigkeiten, Helen. Die fangen im Januar wieder mit einem neuen Kursprogramm an!« Die erforderlichen Papiere hatte sie sich gleich zufaxen lassen, und es war auch schon alles ausgefüllt. »Ist bereits in der Post.«

Das erstaunte mich. Ich hatte im Grunde nicht erwartet, dass Jodie sich für die Hospizarbeit entscheiden würde, schon gar nicht so schnell.

»Wenn ich mir mal was vorgenommen habe, ziehe ich das auch durch«, meinte sie. »Ich soll dich übrigens ganz herzlich von Gwyneth grüßen.« Sie leitete nach wie vor die Personalabteilung des Hospizes und hatte sich offenbar bei Jodie darüber beklagt, dass ich mich nicht mehr meldete.

»Das stimmt leider«, gab ich zu. »Ich habe wenig Zeit, und wenn ich –«

»Habt ihr schon Pläne für den *Columbus Day?*« Der *Columbus Day* war am 10. Oktober, und ich musste an dem Tag arbeiten.

»Hast du nie frei?«, fragte Jodie lachend, die gehofft hatte, wir würden an dem Feiertag eine Fahrradtour machen.

Natürlich hatte ich zwischendurch frei, sogar häufiger als meine Kollegen. Lena und Vic arbeiten im Gegensatz zu mir nämlich auch noch die Wochenendschichten.

»Du hast am Wochenende immer frei?«, fragte Jodie.

»Und einen Tag in der Woche, manchmal sogar zwei. Wann genau, hängt immer vom jeweiligen Dienstplan ab.« Mein nächster freier Tag war der Mittwoch nach dem *Columbus Day*.

»Und was machst du da?«

»Was ich an meinen freien Tagen immer mache«, erwiderte ich und versuchte, mit der einen Hand eine Pistazie zu knacken, während ich mit der anderen den Telefonhörer hielt. »Putzen!«

Jodie stieß ein angewidertes Geräusch aus. »Ich hasse Hausarbeit«, meinte sie.

»Wer nicht? Ich glaube, man findet kaum jemanden, der das –«

»Ich habe in Deutschland eine Freundin, die geht darin auf, Helen. Waschen, putzen, bügeln, kochen – das ist ihr Leben! Wenn du sie lässt, redet sie von nichts anderem.«

Meine Schwester war genauso. Angelika hatte zwar Beruf und Kinder, fand aber nebenher immer noch Zeit, neue Kochrezepte auszuprobieren oder neue Vorhänge fürs Schlafzimmerfenster zu nähen.

Ich setzte mich aufs Wohnzimmersofa und legte die Tüte mit den Pistazien beiseite. Mit einer Hand ließen sich die Schalen nicht lösen.

»Jedes Mal, wenn Angelika mir von ihren Aktionen im Haushalt erzählt, komme ich mir wie ein Versager vor.« Ich seufzte ins Telefon. »Oder ich rede mir ein, dass sie ein Übermensch wäre.«

»Meine Freundin ist einer, Helen! Die richtet für dreißig Leute ein Abendessen mit vier Gängen aus und vergießt dabei keinen Schweißtropfen.«

»Wie Angelika!«, rief ich und streckte meine Beine auf dem Sofa aus. »Sie hat zur Taufe ihres Jüngsten für achtzig Leute die Torten selbst gebacken.«

Jodie wurde schon nervös, wenn sie für Abigail und sich selbst eine Salatsoße zubereiten sollte.

»Da muss ich den Tisch schon Stunden vorher decken, sonst habe ich Angst, ich vergesse was.« Sie hatte kein separates Esszimmer in ihrer Wohnung, und das störte sie.

»Am Anfang dachte ich, das wäre nicht nötig, aber so auf Dauer ist es schon was beengt.« Sie erwog, sich eine andere Wohnung zu suchen, wollte allerdings gern in Santa Monica bleiben, und die Mieten waren in diesem Teil der Stadt horrend.

»In Beverly Hills ist es aber auch nicht besser.«

»Das sind ja auch beides keine Wohngebiete«, klärte ich sie auf und zündete mir eine Zigarette an. »Das sind eher Statussymbole, Jodie. Man wohnt in Pacific Palisades, Santa Monica oder Beverly Hills.« Los Feliz und Bel Air gehörten auch noch in diese Kategorie.

»Und wo ist es billiger und trotzdem noch schön?« Fragen wie diese stellte Jodie Lang häufig. Und Fragen wie diese führten dazu, dass wir immer häufiger miteinander telefonierten. Es war nett, mit ihr zu plaudern, und zufälligerweise erwischte sie mich auch immer, wenn ich gerade Zeit zum Plaudern hatte. Ben schaute sich ein Footballspiel an, das mich zu Tode langweilte, die Kinder schliefen schon oder hatten Freundinnen zu Besuch und durften nicht gestört werden. Just dann rief Jodie an, um irgendetwas zu fragen oder zu erzählen.

Sie war außergewöhnlich aufnahmefähig. Was man ihr einmal sagte, behielt sie, und das gefiel mir. Meinen Töchtern, insbesondere Catherine, konnte ich Dinge hundertmal sagen, und sie taten beim hundertundersten Mal immer noch so, als hätten sie gerade zum ersten Mal davon gehört.

Jodie war auch sehr belesen. Gleichgültig, ob es um Politik ging, um Wirtschaft, um Sport oder um Ernährung, sie konnte immer ein Buch anführen, das sie zu dem jeweiligen Thema gelesen hatte. »Ich weiß gar nicht, ob ich das hier habe«, sagte sie dann jedes Mal. »Ich habe so viele Bücher in München gelassen.«

München fehlte ihr. Und sie ärgerte sich darüber, dass es ihr fehlte. Sie hätte sich so gern in Kalifornien zu Hause gefühlt, kam jedoch nicht dagegen an, die deutsche Lebensart zu vermissen.

»Hast du das nicht, Helen?«

»Überhaupt nicht.«

»Aber die Amerikaner sind doch so anders. Das ist mir früher gar nicht aufgefallen.«

Dass die Amerikaner so anders waren, war nicht gut, denn wer anders war als sie selbst, den lehnte sie ab. Das begriff ich schnell. Sie hatte auch zu allem und zu jedem eine Meinung, die sie lautstark vertrat.

Bei vielen ihrer Äußerungen sträubten sich mir die Haare. Andererseits fand ich es bewundernswert, dass diese junge Frau sich vor nichts scheute. Solch einen Menschen hatte ich noch nie zuvor kennengelernt. Jodie Lang stand zu ihren persönlichen Ansichten, selbst wenn sie noch so töricht oder beschämend waren. Manche waren sogar töricht *und* beschämend.

Jodie hasste beispielsweise alle Ausländer – was an sich ein Witz für eine deutsche Frau war, die gerade erst in die USA eingewandert war. Sie hasste die Asiaten, die Hispanier und die Schwarzen, und die Araber hasste sie sowieso. In ihrem Ausländerhass war sie geübt, schon in Deutschland hatte sie nie einen Hehl daraus gemacht, die Türken zu verabscheuen.

»Türken sind aber doch keine Araber, Jodie.«

»Für mich ist das alles eine Truppe!«

Dass die Asiaten, die in Kalifornien lebten, ganz unterschiedlichen Kulturen entstammten, interessierte Jodie ebenso wenig.

»Du kannst Chinesen nicht mit Japanern oder Koreanern –«

»Schlitzaugen haben sie alle!«, schnitt sie mir das Wort ab. Und den Schlitzaugen war laut Jodie nicht zu trauen, wie auch den Hispaniern nicht zu trauen war, da sie bekanntermaßen die Drogen ins Land schleppten.

»Kolumbien«, sagte ich entkräftet. »In Kolumbien gibt es Drogenringe. Nicht in Costa Rica. Aus Costa Rica beziehen wir unseren Kaffee, Jodie, und Costa Rica ist auch ein hispanisches –«

»Mach dir doch nichts vor, Helen! Lass dich vor allem nicht einlullen! Diese angeblichen Minderheiten sind doch schon lange keine mehr. Guck dich doch mal um! Die Schwarzen kriegen ein Kind nach dem anderen, und wir sollen für sie aufkommen.« In Deutschland verfuhren die Türken so, und darüber hatte Jodie sich schon immer aufgeregt.

»Weißt du«, versuchte ich, ihr meine Meinung zu verdeutlichen, »du bist erst kurze Zeit hier. Die USA sind nicht nur ein wunderschönes Land, Jodie, dieses Land wird dir auch deinen Rassismus austreiben, schließlich sind wir hier ja alle Ausländer.«

Für einen Augenblick war es still.

»Ich bin doch kein Rassist!«, empörte sie sich dann am anderen Ende der Leitung. »Wie kommst du denn darauf, dass ich rassistisch bin, Helen? Ich komme mit jedem zurecht, der sich anständig benimmt.«

Nur lag genau da das Problem. Menschen, die nicht weiß waren, verhielten sich gemäß Jodie Lang nicht anständig. Die Schwarzen waren Verbrecher, die Hispanier hörten viel zu laute Musik, und das war Geräuschbelästigung. Die Araber waren Terroristen. Und die Asiaten aßen viel zu viel Knoblauch und verpesteten damit die Luft. Auf die Weißen war sie allerdings auch nicht gut zu sprechen.

»In Deutschland findest du tolle Menschen. Aber hier?« Die weißen Amerikaner waren Jodie alle viel zu fromm. »Ist das nötig, immer gleich von Gott und Jesus zu faseln? Die Gwyneth vom Hospiz, so nett die war, Helen, aber die hat mich vielleicht zugelabert mit Gottes Gegenwart im Augenblick des körperlichen Todes. Dass du sie dann spürst und sie sonst auch spüren könntest, wenn du nur bla-bla-bla-bla! So was muss doch nicht sein.«

Die Frage erübrigte sich eigentlich, ich stellte sie trotzdem: »Bist du gläubig?«

»Überhaupt nicht!«, antwortete Jodie wie aus der Pistole geschossen. »Du etwa?«

»Leidenschaftlich.« Ben war Jude, und ich war von Haus aus Lutheranerin gewesen. Wir erzogen die Kinder in beiden Glaubensrichtungen, damit sie sich irgendwann frei entscheiden konnten.

»Du machst Witze«, hauchte Jodie erschüttert ins Telefon.

»Warst du auch nie gläubig?«, ging ich darüber hinweg.

»Ich hatte nie das Bedürfnis«, erklärte sie mir. »Es gibt ja Leute, die das brauchen, um an irgendetwas Halt zu finden. Ich brauchte das nie.«

Ich erwartete, dass sie mich nun fragen würde, warum ich im Gegensatz zu ihr das *Bedürfnis* hatte. Aber Jodie wechselte abrupt das Thema, wie sie es so häufig tat, wenn wir telefonierten. Genau das machte unsere Gespräche so kurzweilig. Wir konnten ein ernstes Thema erörtern, und im nächsten Moment begann Jodie, sich über die neusten Skandale irgendwelcher Hollywood-Stars auszulassen.

Am 20. Oktober 2005 kam sie zum ersten Mal zu uns nach Hause. Ich war allein. Catherine und Isabelle waren in der Schule, und Ben hatte am Vortag wieder mit seinen Vorlesungen begonnen. Jodie und ich wollten gemeinsam frühstücken, und wenn wir danach noch Lust hatten, kurz in die *Grove* fahren, ein Einkaufszentrum, das zwar ganz bei uns in der Nähe lag, in dem ich bisher aber noch nie gewesen war.

Um halb zehn stand ich in der Küche und füllte den Orangensaft aus seinem hässlichen Pappbehälter in die wunderschöne geschliffene Kristallkaraffe, die Bens Eltern uns zur Hochzeit geschenkt hatten.

Ein Sportwagen fuhr vor, ein knallrotes Porsche-Cabrio. Ich konnte gar nicht fassen, dass Jodie so ein Auto besaß. Der Filmvertrieb musste ein einträgliches Geschäft sein.

Ich ging zur Haustür und trat nach draußen. Jodie hielt einen Blumenstrauß in der Hand und kicherte haltlos. »Was ist denn los?« Auch ich musste kichern. Ihre Heiterkeit war einfach ansteckend.

Sie drückte mir den Blumenstrauß in die Hand und schob sich an mir vorbei ins Haus. Dann lachte sie lauthals los.

»Jetzt bin ich aber mal gespannt«, sagte ich und schloss die Tür.

»Nichts«, gluckste sie und beruhigte sich ein wenig. »Du weißt doch ... unser Lieblingsthema.«

Laut Jodie waren Männer unser Lieblingsthema, doch stimmte das nur bedingt. Männer waren *ihr* Lieblingsthema, meines nicht. Jodie schien von früh bis spät kaum an etwas anderes zu denken. Sie sah auch immer und überall Männer, selbst wenn sie nur mal eben zum Auto ging, um etwas aus dem Kofferraum zu holen, oder wenn sie im Supermarkt an der Kasse stand oder ihr heißgeliebtes Fitness-Studio besuchte. Ja, sogar auf dem kurzen Weg von ihrem Parkplatz zu unserer Haustür hatte sie zwei Männer gesichtet, die sie beide bewundernd angeblickt hatten. Deshalb war sie jetzt so überaus fröhlich.

»Diesem Gärtner, der da nebenan die Hecken schneidet, Helen, dem sind fast die Augen aus dem Kopf gefallen. So was wie mich hat er offenbar noch nie gesehen. Und wer ist der gutaussehende ältere Herr, der gegenüber wohnt?«

Ich überlegte, wen sie meinte.

»Der gerade aus dem Haus kam, als ich aus dem Auto stieg!«

Ich wusste immer noch nicht, von wem die Rede war.

»Der in dem dunklen Anzug!«

Ich erschrak. Jodie sprach von Kassiopeias Herrchen, dem

netten Herrn Moredock, der zwei Jahre jünger war als Ben. »Also wirklich, das ist doch noch kein älterer Herr, Jodie.«

»Der ist rot geworden, Helen! Als ich ihm einen guten Morgen gewünscht habe, ist er richtig rot angelaufen!«

So ganz verdenken konnte ich es Al Moredock nicht, dass ihm die Röte ins Gesicht geschossen war. Jodie hatte nämlich wieder mal eine wirklich unbeschreibliche Aufmachung gewählt. Sie trug Sandalen mit schwindelerregend hohen Absätzen, auf denen sie durch die *Grove* meines Erachtens nicht lange würde laufen können. Die Schuhe machten die ohnehin schon großgewachsene Jodie noch mal um gut zehn Zentimeter länger, was aber vermutlich nicht der Grund für Herrn Moredocks steigenden Blutdruck gewesen war. Jodie trug ein Kleid, das farblich genau zu ihrem Auto passte. Es war ebenso knallrot. Und es war natürlich zu kurz, aber das erstaunte mich nicht. Der viel besprochene *Valentino*-Rock war ja auch zu kurz gewesen, das schien eine ihrer Vorlieben zu sein. Das Kleid war darüber hinaus aber auch noch mindestens zwei Größen zu klein, es spannte erbärmlich über dem Po und den Oberschenkeln. Das sollte aber offenbar so sein, Jodie schien sich nämlich wohlzufühlen.

Etwas anderes sollte auch so sein, wie es war; das wusste ich Dummerchen nur nicht: Jodies linke Schulter war nackt. Das Kleid war ihr von der Schulter geglitten, – so sah es zumindest für meine Augen aus –, sodass man jetzt einen freien Blick in die Untiefen ihres Ausschnitts hatte.

»Deine Aufmachung ist ja auch ziemlich gewagt«, meinte ich. »Warte mal!« Während ich mit der linken Hand die Blumen hielt, zupfte ich mit der rechten an dem Kleid, zog den linken Ärmel nach oben, über die Schulter, damit sie nicht mehr so nackt war.

»Nicht!«, rief sie entsetzt und riss den Ärmel gleich wieder herunter. »Das muss so sein, Helen.«

Betreten ließ ich meine Hand sinken. Solche Sätze hörte ich in letzter Zeit häufig. Catherine trug auch oft Sachen, die meines

Erachtens schmutzig oder zerrissen waren. Wenn ich das vorbrachte, wurde mir stets glaubwürdig vermittelt, dass das so sein müsste.

Ich seufzte. Es sah so aus, als würde ich langsam alt. Ich kam nicht mehr mit, und ich wollte auch gar nicht mehr mitkommen, und letzteres war ein untrügliches Zeichen für voranschreitenden Verfall.

Jodie fand, dass wir in einer netten Gegend wohnten, und das Haus gefiel ihr auch recht gut, allerdings fehlte ihr ein Garten.

»Wir haben einen«, sagte ich. »Hinten raus.«

Den hatte sie nicht sehen können, weil die Vorhänge im Wohnzimmer zugezogen waren.

»Darf ich mal gucken?«

»Aber bitte nicht erschrecken!«, warnte ich sie. »Das sieht ziemlich wild da draußen aus.«

Sie folgte mir ins Wohnzimmer und erzählte dabei, wie sehr sie es vermisste, einen Garten zu haben. »In München hatten wir einen Englischen Rasen, das mochte Marvin so gern. Ich selbst fand mein Kräutergärtchen am schönsten.«

»Kräuter pflanze ich auch an«, erklärte ich und zog die schweren Samtvorhänge auf und öffnete die Terrassentür. »Nur im Moment nicht.«

»Der ist ja riesig!«, stieß Jodie entzückt aus und klatschte in die Hände.

Das stimmte. Wir hatten einen riesigen Garten, und im Moment sah er noch riesiger aus, als er eigentlich war, da wir Isabelles Schaukel abgebaut und die Gartenmöbel weggeräumt hatten.

»Ist das Hibiskus?« Mit einem Satz war Jodie draußen auf der Terrasse, und sie wollte wohl geradewegs auf unseren Hibiskus zulaufen, als sie plötzlich wie angewurzelt stehen blieb.

»Ich hatte dich ja gewarnt.« Ich musste grinsen.

Wir hatten eben nicht nur einen großen Garten, sondern auch diesen sehr großen Swimmingpool. In dem war zurzeit ja nur kein Wasser, und deshalb war er mit den Holzplanken und den Plastikplanen abgedeckt, was alles andere als einladend aussah.

»In der Verschalung sind Risse«, erklärte ich Jodie, »die sich leider nicht reparieren lassen. Der Pool muss ganz neu verschalt und hinterher auch neu geklinkert werden, und das ist teuer. Wenn Ben sein Buch fertig hat, bekommen wir die Garantiezahlung, und von dem Geld wollen wir das dann machen lassen.«

Jodie, die gerade noch so wild darauf gewesen war, unseren Garten zu erkunden, machte jetzt keine Anstalten, auch nur einen Schritt weiterzugehen. Vielmehr trat sie den Rückzug an; ganz langsam bewegte sie sich wieder Richtung Terrassentür. Dabei erklärte sie mir, einen Pool bräuchte man doch eigentlich gar nicht, der würde nur viel Geld kosten.

»Wenn man ihn nicht heizt, ist es gar nicht teuer«, widersprach ich.

»Aber die Arbeit, Helen! Wie viel Chlor und Salzsäure musst du da permanent reinschütten? Und wenn der verdammte PH-Wert dann trotzdem nicht stimmt, züchtest du Algen und Bakterien. Das ist doch eine Wissenschaft für sich.«

Das stimmte. Nur brauchte ich mich um diese Wissenschaft nicht zu kümmern. Ben machte das, und ihm bereitete es keine Schwierigkeiten, weil er von Chemie viel verstand. Jodies Interesse an diesem Thema ließ in diesem Moment abrupt nach.

»Weißt du, wer mich angerufen hat, Helen? Wollte ich dir neulich schon am Telefon erzählen und habe es dann vergessen«, sagte sie, während sie ins Haus zurückging und sich aufs Sofa setzte. Charlotte hatte angerufen. Sie hatte sich bei Jodie entschuldigt und sie zu sich nach Hause eingeladen.

Ich schloss die Terrassentür und zog die Vorhänge wieder zu. »Charlotte?«, fragte ich dabei.

»Charlotte Henson!«

Ich schien wirklich alt zu werden. Aber zu meiner Entschuldigung waren seit William Hensons Tod über drei Wochen vergangen, und in der Zwischenzeit hatte ich bereits massenhaft neue Fälle gehabt.

»Wie geht es ihr?«, fragte ich und setzte mich zu Jodie.

»Sie hörte sich ganz gut an. Die Mutter ist im Reha-Zentrum und soll da wohl auch noch eine Weile bleiben.«

Was danach kommen sollte, musste noch geregelt werden. Auf jeden Fall hatte Charlotte die Absicht, eine Krankenschwester zu engagieren. »Die soll dann bei der Mutter einziehen, damit sie nicht allein ist.«

»Das wird teuer werden«, stellte ich fest.

»Was soll sie sonst machen?«

»Die Mutter zu sich nehmen?«

»Zu sich nehmen?«, wiederholte sie, als könnte das nicht mein Ernst sein. »Sie muss doch arbeiten, Helen. Sie ist Anwältin.«

»Na, das ist ihr Glück!«, erwiderte ich. »Ihre vierhundert Dollar Stundenlohn braucht sie dringend, wenn sie ihre Mutter rund um die Uhr betreuen lassen will.«

»Meinst du wirklich, dass sie vierhundert Dollar pro Stunde kriegt?« Manche Anwälte waren noch wesentlich teurer.

»Aber das Geld braucht sie jetzt auch«, sagte ich. »Mit einer Krankenschwester kommt sie schließlich nicht aus. Sie braucht mindestens drei.«

»Wenn schon«, meinte Jodie leichthin. »Wenn sie so viel verdient, kann sie sich das leisten. Und besser das Geld ausgeben, als die Mutter im Haus haben!« Was das anging, hatte Jodie wieder mal eine Meinung, die unumstößlich war. Alte Leute waren ihr verhasst. »Ich weiß, dass es sich nicht gut anhört, wenn man das sagt. Aber warum sollte ich lügen?« Sie vermutete, dass ihre Aversion daher rührte, dass ihre Eltern schon so alt gewesen waren, als sie zur Welt kam. Vielleicht lag es aber auch einfach nur in ihrer Natur. »Alte Leute jammern immer nur herum, weil sie angeblich alles nicht mehr so richtig können. Dabei gibt es genug junge Menschen, die auch einiges nicht tun können, Helen, und die dürfen nicht jammern.« Dass alte Menschen oft einsam waren, hielt Jodie auch nicht für ein Argument. »Das sind junge genauso, Helen. Nur erwartet man von denen, dass sie was daran ändern.« Von den Alten wurde gar nichts mehr erwartet, da sie ihren Teil ja angeblich schon geleistet hatten. »Lebensabend!«, meckerte sie. »Wenn ich das Wort schon höre! Picken sich heraus, was ihnen gefällt, wollen alles, können aber nichts mehr, und wage nur nicht, sie zur Rechenschaft zu ziehen, wenn sie was vermurkst haben! Das darfst du nicht, denn sie sind ja alt! Sie können ja nichts dafür.«

Jodie wollte sich gar nicht wieder beruhigen, sodass ich annahm, dass sie zu ihren Eltern nicht gerade ein inniges Verhältnis gehabt hatte. Vorsichtig fragte ich diesbezüglich nach.

»So kann man das nicht sagen«, wehrte sie ab. »Innig oder nicht innig ... das Problem war einfach, dass meine Eltern wahrscheinlich nie gewusst haben, wer ich war.« Und das noch größere Problem hatte darin bestanden, dass ihre Eltern auch nie darauf erpicht gewesen waren, sie kennenzulernen. »Sie hatten ein gewisses Bild von mir, und dem musste ich entsprechen.«

Feingemacht hatte man sie, als sie noch ein Kind gewesen war. »Bei jeder Gelegenheit! Kannst dir ja vorstellen, wie viele es davon auf dem platten Land gab.« Ihre Eltern hatte das nicht gestört. Schon wenn eine Nachbarin auf eine Tasse Kaffee kam, hatten sie das für eine Gelegenheit gehalten. Dann wurde Jodie in lächerliche Kleider gesteckt, die große Schleifen über dem Popo hatten, und wurde aufgefordert, ihre Blockflöte zu holen. »Und dann musste ich einen Knicks machen und etwas vorspielen! Und hinterher wieder artig knicksen.« So hatten ihre Eltern sie erzogen. »Und wenn ich mich anders benahm, waren sie fassungslos. Was meinst du, warum ich so oft weggelaufen bin?«

Wir frühstückten im Esszimmer. Während wir Toast mit Marmelade aßen, erfuhr ich, dass Jodie in ihrer Kindheit und Jugend eine notorische Ausreißerin gewesen war.

»Vor der Wende war ich zwangsläufig häuslich«, erklärte sie mir mit einem breiten Grinsen. »Ich meine, wer flüchtete schon aus der DDR nach Polen? So verzweifelt war ich ja nun auch wieder nicht.«

Am 9. November 1989 war Jodie dreizehn Jahre alt gewesen. »Und da bin ich gleich los und habe es allein bis nach Berlin geschafft.«

Als sie vierzehn war, wurde sie von der Polizei in München aufgegriffen, ein Jahr später übernahmen sie die Kollegen in Hamburg.

Ich staunte nicht schlecht. »Wie sind deine Eltern denn damit – ?«

Sie winkte ab. »Meine Eltern konnten immer nur jammern, Helen. Meine Mutter hat sofort geweint, und mein Vater hat beteuert, er verstehe es einfach nicht. Damit war die Sache dann für sie erledigt.«

Ein einfühlsamer Sozialarbeiter hatte Jodie vor dem Schlimmsten bewahrt. »Er hieß Frank Lieblich«, sagte sie andächtig. »Der Mann hat mir das Leben gerettet, Helen. Das vergesse ich ihm nie.«

Frank Lieblich hatte Jodie davon überzeugt, die drei Jahre bis zu ihrer Volljährigkeit noch durchzuhalten. »Er hat mir gesagt, dass ich in einer Besserungsanstalt enden würde, wenn ich mich nicht zusammennehme.« Zugleich hatte er aber auch versucht, auf Jodies Eltern einzuwirken, und so fuhren die Langs ein Jahr später zum ersten Mal in ihrem Leben alle zusammen in den Urlaub. »Nach Spanien. Warst du da schon mal?«

Ich war mal mit der Schule in Madrid gewesen, und einmal hatten wir mit meinen Eltern die Ferien auf Menorca verbracht.

»Wir waren damals in Torremolinos«, sagte Jodie.

Sie erzählte, dass sie zu dieser Zeit bereits bildhübsch gewesen sei. »Groß für mein Alter, Helen, so groß wie jetzt, und spindeldürr. Klassische Model-Maße. Das wusste bei uns nur keiner.« Als eine Urlaubsbekanntschaft der Familie den Floh ins Ohr gesetzt hatte, dass Jodie in der Modebranche Karriere machen könnte, war die inzwischen Sechzehnjährige nicht mehr zu halten gewesen. »Meine Mutter musste mir Kleider nähen, mein Vater musste mich fotografieren, und die Fotos habe ich dann an sämtliche Agenturen geschickt.«

Sie hatte Glück. An ihrem achtzehnten Geburtstag hatte Jodie Lang bereits mehr Geld verdient als ihre Eltern im Verlauf ihres ganzen Lebens. »Was keine Kunst war, Helen. Meine Eltern waren Landarbeiter!«

Es gefiel mir nicht, dass sie das so abwertend sagte. »Am Ende haben deine Eltern dich doch im Rahmen ihrer Möglichkeiten unterstützt«, stellte ich fest. »Ich meine, wenn deine Mutter dir Kleider genäht hat, und dein Vater –«

»Wenn sie das nicht getan hätten, wäre ich wieder abgehauen, Helen.« Außerdem hatte Jodie sich von ihren Eltern nichts schenken lassen. »Ich wollte sie sogar nach München holen, nachdem ich Marvin kennengelernt hatte. Aber sie wollten nicht kommen, wollten die Heimat nicht aufgeben. Erst nach dem Tod meines Vaters –« Sie hielt inne. »Sag mal, ist das weit zur *Grove*, Helen?«

Es war zwar keine lange Strecke, allerdings musste ich feststellen, dass es sich mit diesem Einkaufszentrum genauso verhielt wie mit vielen anderen Dingen in Los Angeles: Sie schienen zwar zum Greifen nahe, befanden sich in Wahrheit aber in einer ganz anderen Welt.

Als wir angekommen waren, wusste ich schon nach den ersten fünfundvierzig Minuten, dass ich mich ganz genau in der *Grove* umsehen musste, denn nach menschlichem Ermessen würde ich niemals wieder herkommen. Die Geschäfte waren viel zu exklusiv für mein Budget. Trotzdem machte es Spaß, sich mal von Dreitausend-Dollar-Kleidern inspirieren zu lassen und von Bettwäsche, die pro Satz siebenhundert Dollar kostete.

»Wer kauft so was bloß?«, sinnierte ich. »Wer gibt für ein Badetuch dreihundert Dollar aus?«

»Schau doch mal, wie hochwertig die sind!«, meinte Jodie.

»Du trocknest dich doch nur damit ab.«

»Das hat etwas mit Lebensgefühl zu tun, Helen.« Jodie selbst zog es vor, zwei gute Badelaken zu besitzen und die im Wechsel zu benutzen, statt zehn schlechte im Schrank zu haben.

»Zehn schlechte?«, hakte ich nach. »Für sechshundert Dollar bekommst du hundert ordentliche Badetücher. Hundert!«

Jodie verzog das Gesicht. »Man bekommt Ausschlag, wenn man minderwertiges Frottee benutzt.« Schlechte Qualität war für sie einfach indiskutabel. Sie hatte schließlich die letzten neun Jahre mit Marvin zusammengelebt. »Und wir hatten nur ganz exklusive Sachen.« In Marvins Haus gab es vergoldete Wasserhähne, und das Armaturenbrett seines Wagens war eine Sonderanfertigung aus argentinischem Mahagoni. »Ich glaube, an so was kommt man auf legalem Weg gar nicht mehr.« Marvin hatte eben immer nur das Beste gewollt, deshalb war er ja auch mit ihr zusammen gewesen und nicht mit einer anderen Frau. »Und du siehst ja, wie er an mir hängt, Helen.«

Das sah ich an jenem Vormittag in der Tat, oder besser: Ich hörte es.

Gegen zwölf Uhr mittags ging es los. Zu diesem Zeitpunkt war es in München neun Uhr abends, die Zeit, zu der Marvin nach Hause kam.

»Hallo!«, rief Jodie in ihr Handy. »Bist du daheim?«

Am anderen Ende der Leitung wurde eine Weile erzählt, danach berichtete Jodie, wo sie gerade war. »Mit einer Freundin«, sagte sie dann. »Helen, genau.« Sie sah mich an und rollte die Augen. Offenbar ging ihr Marvins Fragerei auf die Nerven.

Das konnte ich ihr nicht einmal verdenken, denn der Mann wollte offenbar Dinge wissen, die meines Erachtens weit über das hinausgingen, was man Interesse nennen konnte. Was Jodie anhatte, welche Schuhe sie dazu trug, wo genau dieses Einkaufszentrum war und wie weit es von Santa Monica entfernt lag.

»Also jetzt stehen wir gerade vor einem Bettengeschäft, Marvin. – Gibt es auch. Soll ich da ...? Okay.«

Sie beendete das Telefongespräch ziemlich abrupt und seufzte. »Er ruft gleich noch mal an, Helen.«

Gleich hieß sofort. Bei diesem zweiten Anruf wollte er, dass Jodie in einem ganz bestimmten Reformhaus nach einem speziellen Multivitaminpräparat suchte.

»Und das sollst du ihm dann schicken?«, fragte ich.

»Das soll ich nehmen«, antwortete sie.

Marvin sorgte sich sehr um Jodies Gesundheit. Er sorgte sich um alles.

»Er liebt mich abgöttisch, Helen.«

Er rief noch zwei Mal an, während wir durch die *Grove* spazierten. Bei diesen weiteren Gesprächen sagte Jodie nicht mehr viel, eigentlich nur ›Mmh‹ oder ›Aha‹.

Vor einem riesigen Spielwarengeschäft, das *Kinderparadies* hieß, stand ein Clown und schwenkte ein Plakat, auf dem in bunten Buchstaben Ausverkauf geschrieben stand.

»Siebzig Prozent Rabatt?«, vergewisserte ich mich.

»Deshalb heißen wir ja Kin-der-pa-ra-dies«, sang der Clown und blies mir dann dicke Seifenblasen um die Ohren.

»Kann ich da mal gerade reingehen, Jodie?«

Sie hob die Hand, als solle ich mich einen Moment gedulden.

»Ich muss Schluss machen«, sagte sie dann zu Marvin. »Helen will – was?«

Ich bedeutete Jodie, sie solle ruhig weiterreden, und betrat allein das *Kinderparadies*.

Das Geschäft war gigantisch. Damit verglichen, war Toys ’Я’ Us ein Krämerlädchen mit minimaler Auswahl. Die normalen Preise waren auch nicht höher als in anderen Spielwarenläden, sodass die zurzeit geltenden siebzig Prozent Rabatt wirklich zum Einkaufen einluden. Vielleicht hatte ich Glück und fand schon etwas für Weihnachten.

Enthusiastisch lief ich durch die unzähligen Gänge, wobei ich ein bisschen den Jahren nachtrauerte, in denen ich bunte Plastikfiguren gekauft hatte, die auf Knopfdruck Liedchen sangen.

»Dafür ist sie doch schon viel zu erwachsen!« Richtiggehend empört klang Jodies Stimme, als sie das sagte. Sie war mir gefolgt und hatte mich in der Stofftier-Abteilung eingeholt. Das Angebot reichte von fünf Zentimeter langen Marienkäfern bis zu Giraffen, die schätzungsweise zweieinhalb Meter hoch waren.

»Wieso das denn?«, fragte ich verstört.

»Helen! Mit vierzehn spielt man doch nicht mehr mit so was! Da will man CDs und was Cooles zum Anziehen.«

Ich lächelte milde. Ich war gar nicht auf die Idee gekommen, hier nach einem Geschenk für Catherine zu suchen. »Ich suche was für Bellie.«

»Ach so.«

Jodie blieb stehen und griff nach einem pinkfarbenen Bären, der ausgesprochen niedlich aussah, weil er so verknautscht war.

»So was vielleicht?«, fragte sie.

»Solche hat sie in Massen.«

»Sie ist sieben?«

»Acht.«

Jodie erstarrte. Ja, für einen kurzen Moment riss sie die Augen weit auf, und dann fiel ihr das Stofftier auch noch aus der Hand.

»Was ist?«, fragte ich.

Sie schüttelte sich wie ein Hund, der aus dem Regen ins Haus kam.

»Nichts«, meinte sie und hob das Bärchen wieder auf. »Was soll denn sein?« Sie drückte mir das Tier in die Hand. »Ich geh raus und rauche eine Zigarette, Helen.«

Ich konnte es ihr nicht verübeln, dass sie keine Lust hatte, in dem Spielwarengeschäft zu stöbern. Wenn man selbst keine Kinder hatte, war das sinnlos.

Außerdem kam ich allein viel schneller und auch viel besser zurecht. Ich brauchte nur zwanzig Minuten und fand in der Zeit nicht nur eine Kleinigkeit für Isabelle, sondern gleich auch noch Weihnachtsgeschenke für sämtliche ihrer Freundinnen.

Als ich nach draußen kam, flirtete Jodie heftig mit dem Clown.

»Natürlich ist das alles echt«, erklärte sie ihm mit gespielter Empörung. »Was denken Sie denn? Sie leben wohl schon zu lange in Kalifornien.« Ganz offensichtlich ging es um Jodies Brüste. Der Herr Clown schien Zweifel an deren Echtheit geäußert zu haben. Er war nur in seiner Freizeit Clown, hauptberuflich studierte er Medizin.

»Sie sagen so was Unverschämtes sicher nur, weil Sie sie mal anfassen möchten«, meinte Jodie kokett. »Habe ich recht? Mein Po ist auch echt. Nur zu Ihrer Information. Kein Silikon!«

Der junge Mann mit der roten Pappnase konnte gar nicht schnell genug pusten, um hinter seinen Seifenblasen zu verschwinden.

»Warum bringst du den denn so in Verlegenheit?«, schimpfte ich Jodie ins Ohr und griff sie am Arm. »Und wie kannst du nur mit einem wildfremden Menschen eine Unterhaltung über deine Brüste führen?«

Sie lachte. Sie schien das alles witzig zu finden, mich, den Clown, einfach alles. »Wir haben doch bloß ein bisschen Blödsinn gemacht, Helen. Außerdem hat er angefangen, nicht ich.«

Wir gönnten uns eine Kaffeepause. Kaum saßen wir, als Marvin schon wieder anrief.

»Geht das immer so?«, erkundigte ich mich bei Jodie.

»Jeden Tag«, antwortete sie und nahm das Gespräch entgegen. Nein, wir seien nicht bei Starbucks. Wir säßen in einem Coffee Bean, einer ähnlichen Café-Kette. »Nicht ganz so groß wie der am Beverly Center«, erklärte Jodie. Ja, grünen Tee gab es hier auch, trotzdem trank Jodie Kaffee. »Koffeinfreien!«, log sie. »Mach dich doch nicht immer gleich verrückt, Marvin!« Sie schloss die Augen, im nächsten Moment hielt sie mir das Telefon entgegen. »Er möchte mit dir sprechen, Helen.«

Ich wusste nicht, wie mir geschah. Ich kannte diesen Mann doch gar nicht.

»Hallo?«, sprach ich zögerlich in den Apparat.

»Helen?«, schallte es zurück.

»Ja, ich bin Helen.«

»Marvin!«, sagte er mit freundlicher Stimme. »Ich finde es schön, dass ich endlich mal Gelegenheit habe, mit Ihnen zu sprechen. Jodie erzählt immer so viel von Ihnen, und ich bin froh, dass sie Sie gefunden hat.« Er erklärte mir, Jodie hätte dringend einen Menschen wie mich gebraucht.

»Ist es nicht schon spät in Deutschland?«, wechselte ich das Thema.

»Kurz nach elf«, meinte Marvin. »Wie ist denn das Wetter bei euch?« Es war sonnig und warm in Los Angeles. In München war es den Tag über kühl und regnerisch gewesen.

»Dann schlafen Sie mal gut, Marvin, und ich gebe Sie zurück an Jodie.« Ich war heilfroh, es auf diese Weise hinter mich gebracht zu haben. Außerdem wurde es langsam Zeit für mich, denn ich musste die Kinder von der Schule abholen und vorher noch zu Hause vorbeifahren, damit Jodie wieder zu ihrem Auto kam.

»Jetzt schon?«, fragte sie entsetzt, nachdem sie Marvin endlich losgeworden war.

»Es ist Viertel nach zwei.«

»Aber ich wollte dich doch so gern noch zum Essen einladen.« Jodie schaute mich dermaßen enttäuscht an, dass ich ein schlechtes Gewissen bekam. Dabei hatte sie gewusst, wie lange ich an diesem Donnerstag Zeit hatte. Ich hatte es ihr vorher gesagt. Trotzdem fühlte ich mich jetzt schuldig.

»Heute geht das wirklich nicht.«

»Wann dann? Nächste Woche?«

In der folgenden Woche hatte ich wieder Nachtdienst, keine Chance. »Lass uns am besten telefonieren, Jodie!«

17. Kapitel

Angelika und Maximilian konnten sich nach langer Zeit endlich mal wieder richtig aufregen. Ihre böse Stiefschwester Helen hatte sie doch tatsächlich in letzter Minute wieder ausgeladen.

Max musste nun binnen vier Wochen ein neues Reiseziel für seine Familie finden, denn wenn er mit Frau und Kindern nicht bei uns unterkommen konnte, sah er überhaupt nicht ein, das viele Geld auszugeben, um nach Amerika zu fliegen.

»Und mach dich auf eins gefasst, meine Liebe. Wenn die mir die Flugkosten nicht zu hundert Prozent zurückerstatten, bitte ich euch zur Kasse!«

Angelika erging sich nicht in Drohungen. Sie begnügte sich damit, mir ein schlechtes Gewissen zu machen, und das beherrschte sie bis zur Perfektion.

»Was meinst du, wie enttäuscht die Jungen sind, Helen? Die haben gestern den ganzen Abend geweint. Sie hatten sich schon so darauf gefreut, wieder nach *Disneyland* zu fahren.«

Ben saß neben mir, während ich die Telefonate führte. Nachdem ich aufgelegt hatte, sah er mich erwartungsvoll an.

»Geschafft!«, sagte ich.

Einen solchen Ausspruch hörte er nie gern, da man ihn seiner Meinung nach verschieden auslegen konnte. Es ging nicht eindeutig daraus hervor, ob ich es geschafft hatte oder ob Geli und Maxi mich mal wieder geschafft hatten.

»Fakten!«, forderte mein Mann und tätschelte meine Hand. »Zähl dir die Fakten auf, Helen!«

Ich seufzte. »Ich habe nicht bis zur letzten Minute mit den Anrufen gewartet«, sagte ich artig.

Vier Wochen waren eine lange Zeit, um neue Pläne zu machen,

und Angelika blieben dafür sogar zwei Monate. Ausgeladen hatte ich meine Geschwister schon mal überhaupt nicht. Man konnte schließlich nur jemanden ausladen, den man zuvor eingeladen hatte. Die beiden hatten sich aber selbst eingeladen, und wer das tat, musste damit rechnen, auf Widerstand zu stoßen.

»Trotzdem«, murmelte ich. So froh ich auch war, die elenden Gespräche hinter mir zu haben, so sehr belastete es mich doch, solche Telefonate überhaupt führen zu müssen. Andere Leute hatten auch Geschwister und nie irgendwelche Probleme. Ben verstand sich beispielsweise blendend mit seinem jüngeren Bruder. Der lebte in Washington D. C., war geschieden, hatte zwei Söhne – mit ihm gab es niemals Schwierigkeiten.

»Wir reden ja auch nur selten miteinander, Helen.« Das stimmte.

»Und wir treffen uns nur zu den runden Geburtstagen.« Das stimmte auch.

»Deine Geschwister würden dich auch in Ruhe lassen«, behauptete mein Mann. »Wenn wir nach Idaho zögen, auf eine Kartoffelfarm außerhalb von Pocatello, müsstest du Max und Geli auf Knien anflehen, uns zur Erntezeit zu besuchen.«

Ich verzog das Gesicht zu einem müden Lächeln. Ich wusste selbst, dass meine Geschwister den Kontakt zu mir vornehmlich deshalb so krampfhaft aufrechterhielten, weil sie auf diese Weise preisgünstig nach Kalifornien kommen konnten. Sie brachten dann ein paar deutsche Lebensmittel mit, weil sie glauben, die würde ich schrecklich vermissen, und einmal luden sie uns groß zum Essen ein.

Als Gegenleistung sollten wir sie dann herumfahren, am besten nach San Francisco und nach Las Vegas, denn die Europäer glaubten ja, das liege alles gleich um die Ecke. Und die Kinder mussten natürlich nach *Disneyland* und nach *Sea World* – möglichst auf unsere Kosten, denn wir bekamen als kalifornische Staatsbürger ja Rabatt.

»Deshalb hat Max jetzt auch keine Zahnarztpraxis mehr, sondern ein Dental-Studio«, zischte ich. »Und Geli kann ihre Jungen auf ein Schweizer Internat schicken. Die braucht keinen Nachtdienst zu schieben.«

Ja, es war mal wieder so weit! In der Zeit vom 23. bis zum 28. Oktober führte ich wieder mein *Leben zum Abgewöhnen,* und diesmal machte es mir ganz besonders zu schaffen.

In Isabelles Schulklasse kursierte eine hartnäckige Atemwegsinfektion. Sie selbst blieb zwar gottlob davon verschont, dafür erwischte es mich, und das machte mir den ohnehin schon so anstrengenden Nachtdienst nahezu unerträglich. Ich brauchte anschließend eine ganze Woche, um wieder einigermaßen auf die Beine zu kommen.

»Aber bis zum 9. hast du dich doch hoffentlich wieder erholt?«, fragte Jodie jeden Tag. »Meinst du nicht, Helen? Bis zum 9.?«

Sie hatte mich für den 9. November zu sich nach Hause eingeladen, damit ich sah, wie sie lebte.

»Dann trinken wir hier was, und anschließend gehen wir schön zum Essen aus.«

Der 9. November war ein Mittwoch. Ich arbeitete den Tag über, hatte aber am Donnerstag frei, sodass es prima passte. Am Ende fühlte ich mich sogar einigermaßen. Die Erkältung war so gut wie weg.

Also fuhr ich nach dem Dienst nach Santa Monica.

Jodie wohnte in einer Seitenstraße des Wilshire Boulevards. In dieser Gegend war ich bisher noch nie gewesen, weil es ein reines Wohngebiet war. Auf den ersten Blick sah es sogar eher wie eine Ferienanlage aus. Die Ein- und Zweifamilienhäuser, die auf beiden Seiten die Straßen säumten, standen auffallend dicht beieinander und hatten nur kleine Vorgärten. In einem wurde gegrillt, in einem anderen spielten Kinder. Von den Dachterrassen klang Musik, und auf einem Telefonmast saßen zwei Möwen.

Als ich aus dem Wagen stieg, roch ich das Meer. Bis zum Santa Monica Pier lief man von hier aus höchstens zehn Minuten. Kein Wunder also, dass sich Jodie, die die bayrischen Winter nicht sonderlich geschätzt hatte, hier wohlfühlte. In diesem Teil der Stadt kam man sich das ganze Jahr über wie in der Sommerfrische vor; man hatte den Urlaubsort sozusagen vor der eigenen Haustür.

Jodies Wohnung lag im Obergeschoss eines Zweifamilienhauses. Der Treppenaufgang war aus zartgrauem Marmor, und das Messinggeländer hatte man wohl gerade erst frisch poliert.

»Herein in die gute Stube!«, rief Jodie. »Ich freue mich wie eine Schneekönigin!«

Der Korridor war klein, wurde aber durch einen gewaltigen Spiegel an der Wand optisch vergrößert.

»Das wäre doch nicht nötig gewesen«, tönte Jodie, als ich ihr das Mitbringsel überreichte, das ich auf dem Weg noch schnell besorgt hatte.

»Vielleicht ist es ja auch gar nicht nötig«, witzelte ich.

Wir gingen ins Wohnzimmer, und Jodie packte das Kochbuch aus mit Rezepten für einhundert vegetarische Gerichte, die man in weniger als dreißig Minuten zubereiten konnte.

»Für alle hundert braucht man nur dreißig Minuten?« Sie schien sich nicht gerade zu freuen.

»Wenn du so eins schon hast, kannst du es umtauschen.«

»Nein, nein.« Sie winkte ab. »Vielen Dank. Obwohl … versuchst du etwa, mich ans Kochen heranzuführen und ein Hausmütterchen aus mir zu machen?«

Die Vorstellung schien ihr überhaupt nicht zu behagen, und so ging ich über ihre Frage hinweg und begann, die beeindruckende Aussicht zu bewundern. Aus dem Wohnzimmerfenster konnte man das Meer sehen, und als ich mich auf die Zehenspitzen stellte, erspähte ich sogar den Strand.

»Klar, dass eine Wohnung mit solchem Panorama eine Kleinigkeit kostet, Jodie!«

»Das ist es aber auch wert, Helen.«

»Hast du aus dem Schlafzimmer den gleichen Blick?«

Sie schüttelte den Kopf. Das Schlafzimmer hatte nur ein kleines Fenster, aus dem man auf die Wand des Nebenhauses sah. Der Raum war auch verhältnismäßig klein. Es passten gerade mal das Bett und zwei Nachttische hinein. Allerdings war mehr Platz auch nicht nötig. Für ihre Garderobe hatte Jodie massenhaft Wandschränke, im Schlafzimmer selbst und auch auf dem Gang, der ins Bad führte.

Wir gingen ins Wohnzimmer zurück. Der Raum hatte eine eigenartige Atmosphäre, wie mir erst jetzt auffiel. Im ersten Moment hatte ich nur die grandiose Aussicht wahrgenommen. Das Sofa war aus weißem Leder. Es war erstklassiges Leder, und das sollte man wohl auch sehen, denn es lag kein einziges Kissen darauf. Der Sofatisch war aus Plexiglas, ebenso der Schreibtisch. Auf Letzterem standen eine Lampe und ein überdurchschnittlich großer Laptop. Sein Metallgehäuse passte genau zu dem Plasmafernseher an der Wand. Alles war ultramodern, ungemein geschmackvoll, äußerst exklusiv – allerdings auch sehr kühl und deshalb irgendwie eigenartig, zumindest für meinen Geschmack. Es hingen nicht einmal Bilder an den Wänden. Es gab überhaupt kaum Dekorationen. Dafür waren überall Bücher, zwar längst nicht so viele, wie ich nach Jodies Reden erwartet hatte, aber immer noch genug. Sie waren gestapelt, weil Jodie noch keine geeigneten Schränke gefunden hatte.

»Regale will ich nicht. Da staubt nur alles ein.« Wir setzten uns auf das elegante Ledersofa, und sie schenkte uns ein Glas Rotwein ein.

»Das ist sehr guter, Helen, kein so billiges Zeug.« Die Flasche hatte zwanzig Dollar gekostet und war aus einem Spezialhandel auf dem Olympic Boulevard. »Die haben nur ganz hervorragende Importweine.« Dieser hier war aus Italien, und das konnte man angeblich schon riechen. Ich roch nichts. Aber ich war ja auch kein Weinkenner. Ich trank überhaupt nicht gerne Alkohol.

»Magst du die Wirkung nicht?«, fragte Jodie. »Das gibt es ja, dass Leute Angst davor haben, sich benebelt zu fühlen.«

Ich lächelte. Angst vor Kontrollverlust hatte ich nicht. »Ich mag den Geschmack nicht«, erklärte ich ihr. »Nicht mal Alkohol-Aroma. Rum-Aroma oder so. Oder wenn Leute Eierlikör über Eis schütten. Da könnte ich weglaufen.«

Jodie schenkte mir einen verstehenden Blick. »Du hast noch nie etwas richtig Leckeres probiert«, sagte sie dann und hob ihr Glas. »Das wird jetzt anders. Prost!«

Wir stießen an und tranken jede einen Schluck. Im nächsten Moment gab Jodie Töne von sich, die von *Aahhs* über *Mmmhs* zu *Oohhs* übergingen, und mir wurde ganz unbehaglich zumute. »Ist der nicht toll, Helen?«, stöhnte sie mit geschlossenen Augen, den Kopf in den Nacken gelegt. »Ist der nicht toll?«

Der Wein war trocken. Und zwar so trocken, dass ich Sorge hatte, meine Zunge würde nun für den Rest meines Lebens unter dem Gaumen kleben bleiben. Unwillkürlich spannte ich all meine Muskeln an, wie man das sonst nur tat, wenn man in eine Zitrone gebissen hatte.

Jodie musste es mir angesehen haben. »Er schmeckt dir nicht«, stellte sie ungläubig fest.

Da wagte ich nicht zu widersprechen, obwohl ich ihrem Gesichtsausdruck entnehmen konnte, wie wenig Verständnis sie dafür hatte, dass mir der Wein nicht schmeckte.

»Möchtest du etwas anderes?«, fragte sie. »Ich habe auch Champagner, Helen. Richtigen.«

Mit richtigem Champagner meinte sie natürlich französischen, nicht den billigen Sekt, der auf englisch ebenfalls »*champagne*« hieß. Es gab davon unzählige billige kalifornische Marken, was sie gar nicht verstehen konnte.

»Wer trinkt so was bloß?«

»Kenner?«, vermutete ich.

Kalifornien war bekannt für seine Weine, nicht nur in den USA, sondern in der ganzen Welt. Nur bis zu Jodie Lang schien sich das noch nicht herumgesprochen zu haben. Vielleicht lehnte sie die heimischen Qualitäten aber auch nur ab, weil sie vergleichsweise preiswert waren.

Ich sah mich noch einmal im Raum um, und das bestätigte mir meine Theorie. Jodie umgab sich nur mit Dingen, die sehr teuer waren. Diese Möbel waren ein Vermögen wert. Sie schufen zwar keinerlei Gemütlichkeit, was wohl aber auch nicht wichtig war, solange man ihnen nur ihre Kostbarkeit ansehen konnte. Jodie Lang wertete sich auf diese Weise auf. Ich hätte gern gewusst, warum sie das nötig hatte, warum sie glaubte, sich aufwerten zu müssen.

»Ist das da dein Freund Marvin?«, fragte ich und zeigte auf ein Foto, das auf einem der Bücherstapel stand. Es war das einzige Foto im Raum, und es steckte in einem schweren Bilderrahmen aus mattiertem Edelstahl.

Jodie lachte laut auf. »Das ist mein Vater!«, rief sie.

»Dein Vater?« Das konnte ich gar nicht glauben.

»War das ein toller Typ, Helen!«

Sie holte das Foto, damit ich es mir näher ansehen konnte.«

In aller Ruhe sah ich mir den Mann auf dem Foto an. Er sah blendend aus. Seine Haut war braungebrannt, seine Gesichtszüge waren markant, er hatte volles Haar, wache hellblaue Augen und ein ausgesprochen charmantes Lächeln.

»Er sieht jung aus«, sagte ich.

»Das stimmt. Mein Vater sah noch mit siebzig wie fünfzig aus.« Jodie hoffte, dass sie seine Gene geerbt hatte und nicht nach ihrer Mutter schlug. »Die hatte Gewichtsprobleme, als sie älter wurde. Ganz schlimm.«

»Von ihr hast du kein Bild?«

Jodie sah mich an, als könne sie die Frage gar nicht verstehen.

Dann schüttelte sie den Kopf. »Ich mag eigentlich keine Fotos«, erklärte sie mir. »Das von meinem Vater steht nur da ...« Sie wusste selbst nicht genau, warum. Außerdem mussten wir auf die Zeit achten.

»Nicht, dass wir uns hier verplaudern!«

Wir aßen nämlich nicht irgendwo zu Abend, sondern im SMPC, und es war schwierig gewesen, dort überhaupt reservieren zu dürfen. »Die nehmen ja nicht jeden, Helen.«

Deshalb hatte Jodie es telefonisch gar nicht erst versucht. Sie war gleich persönlich vorbeigegangen, um den Tisch zu bestellen. »Ich dachte, dass die Chance größer wäre, wenn sie mich sehen.« Die Rechnung war aufgegangen, und sie hatte zwar nicht für halb acht, aber für halb neun einen Tisch ergattert.

Ich atmete schwer. Im SMPC, dem *Santa Monica Private Club* sorgten Türsteher in bornierter Manier dafür, dass nur hereingelassen wurde, wer dem Typ entsprach, den man gern als Mitglied des Privatclubs sah.

Jodie passte dahin. Sie trug an jenem Mittwochabend einen knappen Lederrock, der gerade ihren Po bedeckte, und Netzstrumpfhosen. Dazu hatte sie schenkelhohe Stiefel an, die ich bereits an ihr gesehen hatte, und ein Oberteil aus schwarzer Spitze. Es war hauteng und durchsichtig; einen Büstenhalter trug sie offenkundig nicht. Wie sie mir berichtete, hatte sie in einer ähnlich coolen Aufmachung bei ihrem Gesuch um die Tischreservierung gepunktet.

Ich steckte indes in einem weinroten Hosenanzug. Meine Pobacken waren nur zu erahnen, und meine Brustwarzen waren auch bedeckt. Mithin sah es für mich nicht gut aus. »Ich bezweifle, dass sie mich so ins SMPC lassen, Jodie.«

»Du kommst doch als meine Begleitung!«, gab sie zurück, ohne rot dabei zu werden. »Und wir könnten dich doch auch endlich mal ein bisschen aufpeppen, Helen! Du hast so eine tolle Figur! Wenn ich deine schlanken Oberschenkel hätte –«

Sie hielt inne, da es an der Wohnungstür klingelte. Überrascht lief Jodie zum Küchenfenster, da sie keine Ahnung hatte, wer das sein konnte. »Blumen?«, quiekte sie im nächsten Moment. »Wer bringt mir denn Blumen?«

Sie ging zur Tür und drückte auf, und ich ließ mich darüber aus, dass ich es ja geahnt hätte. »Du hast Verehrer, Jodie. Vermutlich so viele, dass du längst den Überblick verloren hast. Das willst du nur nicht zugeben. Jetzt kommt es –«

»Das gibt es ja nicht!«, hörte ich Jodie rufen.

Charlotte Henson hatte Jodie wohl schon mehrmals versprochen, irgendwann vorbeizukommen, hatte es bisher aber noch nie wahrgemacht.

»Komme ich etwa ungelegen?«, fragte sie jetzt.

»Überhaupt nicht«, erwiderte Jodie. »Ich sitze nur gerade mit Helen zusammen, und wir wollen gleich zum Essen gehen.«

Charlotte stieß einen Ton aus, der einwandfrei bedauernd klang. »War das heute?«, fragte sie. »Dann habe ich da was durcheinandergebracht. Ich dachte, ihr wärt an einem anderen Tag verabredet gewesen.«

Sie überreichte Jodie ein Blumengebinde, einen Traum aus weißen Rosen und weißen Gerbera, der von Palmblättern umhüllt war.

»Nochmals mit der Bitte um Entschuldigung für mein Benehmen!«, sagte sie. »Und die Papiere habe ich auch mitgebracht, Jodie. Damit du mal einen ersten Eindruck bekommst.«

Jodie bedankte sich überschwänglich und führte Charlotte ins Wohnzimmer.

Als ich sie sah, konnte ich meinen Augen kaum trauen. Charlotte Henson sah großartig aus, frisch und fröhlich, überhaupt nicht wie eine Frau, die ihren Mann vor kurzem verloren hatte. Im Gegenteil! Charlotte schien im Verlauf der letzten sechs Wochen mindestens zehn Jahre jünger geworden zu sein. Allerdings auch mindestens zehn Pfund schwerer! Das stand ihr jedoch gut, denn es unterstrich ihre Weiblichkeit.

Sie trug das Haar jetzt kürzer, sodass es ihr nur noch bis auf die Schultern fiel. Außerdem war es auch nicht mehr einheitlich blond, sondern auf dem Oberkopf mit ein paar weißblonden Strähnchen durchwirkt, was die Frisur lebendiger wirken ließ. Charlotte trug eine kamelhaarfarbene Hose mit einem dazu passenden Mantel aus dem gleichen Stoff. Er reichte ihr bis zu den Knöcheln, war an den Seiten aber bis zu den Hüften geschlitzt. Für die türkisfarbene Seidenbluse, die sie darunter trug, hatte sie mindestens drei Stunden arbeiten müssen; das sah ich sofort. Solche Blusen hatten Jodie und ich in der *Grove* gesehen. Ab elfhundert Dollar war man dabei.

»Es tut mir wirklich leid, dass ich ausgerechnet heute hereinplatze«, sagte Charlotte und bewunderte im nächsten Moment die grandiose Aussicht.

Ich stand auf und reichte ihr die Hand. »Schön, Sie zu sehen, Charlotte.«

»Ganz meinerseits, Helen!«

»Sprecht ihr etwa Englisch miteinander?«

Jodie konnte es nicht begreifen. Und wie sie uns wortreich kund und zu wissen gab, würde sie es auch niemals begreifen. »Nicht, solange ich lebe!«

»Du meinst, danach bestünde eher eine Chance?«

Sie ignorierte meine Frotzelei und erklärte, Auslandsdeutsche wie wir müssten dankbar sein, wenn wir Gelegenheit hätten, unsere Muttersprache zu benutzen.

»Und da nutzt man die Gelegenheit!«, ereiferte sie sich. »Dann spricht man doch nicht freiwillig Englisch. Das tut man doch nur, wenn man muss!«

Charlotte lachte. Den Begriff ›Auslandsdeutsche‹ hatte sie gerade zum ersten Mal gehört, und daran, dass Jodie sich so echauffierte, war sie gewöhnt. »Das tut meine Mutter heute noch!«, sagte sie und nahm neben mir auf dem Sofa Platz. »›Die deutsche Sprache ist der Lebenssaft der deutschen Kultur!‹ Wie oft ich das höre! Mindestens einmal in der Woche. Und meine Mutter lebt seit mehr als fünfzig Jahren hier.«

Sie schüttelte den Kopf und meinte: »Wenn sie nicht deutsch sprechen kann, ist sie nicht glücklich.«

Ich fragte, wie es ihrer Mutter ginge, worauf Charlotte die Stirn runzelte. »Sie wird zwar noch Monate Therapie brauchen, bis sie wieder auf ihren eigenen Beinen steht, aber im Moment sieht es danach aus, als würde es wieder werden.«

Vor allem war ihr wichtig, dass ihre Mutter durch den Unfall nicht ihre Selbstständigkeit verlor. »Sie muss wieder allein für sich sorgen können. Ich meine, man kann da eine Hilfe – für mich bitte nicht!«

Jodie hatte gerade ein Glas gebracht und wollte Charlotte auch von dem Rotwein einschenken. »Das ist ein sehr guter«, ließ sie sofort wieder ihr Sprüchlein vom Stapel, »nicht so ein billiges Zeug.«

Charlotte lächelte. Sie wollte keinen Alkohol, lieber Wasser.

»Sag nicht, dass du den Geschmack auch nicht magst.« Jodie stöhnte gespielt auf.

»Den Geschmack mag ich schon, sogar gern.«

»Nur die Wirkung nicht?« Jodie bohrte nach.

Charlotte trank im Allgemeinen nicht so viel, als dass ihr die Wirkung jemals zu schaffen gemacht hatte. »Nein«, seufzte sie, »es ist ... in meinem Zustand wäre es unvernünftig, Alkohol zu trinken. Fahrlässig!«

Es war totenstill im Raum. Jodie stand da, die Weinflasche angewinkelt in der Hand, und rührte sich nicht von der Stelle.

Ich brauchte auch einen Moment, dann entfuhr mir ein atemloses: »Ach, so ist das!«. Jetzt war mir klar, warum Charlotte Henson so frisch und fröhlich wirkte. »Sie erwarten ein Kind?«

Charlotte nickte.

»Können Sie sich das vorstellen, Helen? Nach all den Jahren, in denen Will und ich vergeblich versucht haben, ein Kind zu bekommen? Nach all den Hormonbehandlungen, dem morgendlichen Temperaturmessen und dem ganzen Frust?«

»Das ist –«

»Es ist ein Wunder!«, sagte Charlotte, als nehme sie mir das Wort damit aus dem Mund.

Dabei hatte ich etwas anderes sagen wollen. Das Baby war das Geschenk, das ihr Mann Will ihr zurückgelassen hatte. Ein Wunder war es allerdings auch.

»Wenn ich mich recht erinnere, hatten Sie doch Geburtstag an dem Tag. Richtig?«

Charlotte schenkte mir einen Blick, als wolle sie mein gutes Gedächtnis loben. »Ich bin siebenundvierzig.«

»Alle Achtung!«, rief ich.

Mit siebenundvierzig Jahren schwanger zu werden, ohne eine Hundertschaft von Spezialisten mit dem Unterfangen beschäftigt zu haben, war beachtlich.

»Na, so beachtlich vielleicht auch wieder nicht«, wehrte Charlotte ab. »Wir hatten eben jahrelang gespritzt, Eileiter durchgepustet, Eier entnommen und künstlich befruchtet. Insofern war tatsächlich eine Hundertschaft von Spezialisten beteiligt.«

Damit hatte sie auch wieder recht. Man hörte häufiger, dass Frauen sich jahrelang erfolglos irgendwelchen Behandlungen unterzogen, und dann lange Zeit später, wenn sie bereits aufgegeben hatten, auf natürliche Weise schwanger wurden, wenngleich das so natürlich dann gar nicht war.

»Na, auf jeden Fall herzlichen Glückwunsch!«, sagte ich und griff nach meinem Weinglas. Dabei stand mir gar nicht der Sinn nach dem wenn auch nicht billigen, so doch schrecklich trockenen Zeug, und Charlotte trank ja auch keinen Alkohol.

»Hast du auch Wasser, Jodie?«

Jodie war in die Küche entschwunden. Auf meine Frage reagierte sie nicht.

»Jodie?«

Als sie erneut nicht antwortete, stand ich auf und ging ihr nach.

Die Küche grenzte direkt ans Wohnzimmer. Sie war klein, und das einzige nicht eingebaute Möbelstück war ein wunderschön gedrechselter Holzstuhl, der unter einem aufklappbaren Wandtisch stand. Ansonsten wurde der Raum von dem auf Hochglanz gebürsteten Stahl der Haushaltsgeräte dominiert, dem Herd, dem Backofen, dem Geschirrspüler, der Mikrowelle, dem Kühlschrank.

Jodie stand vor dem weitgeöffneten Einbauschrank hinter der Tür.

»Alles in Ordnung?«, flüsterte ich.

Sie holte eine Flasche Mineralwasser heraus. »Ist *Evian* okay?«, fragte sie.

»Sicher.«

»Möchtest du ein anderes Glas?«

Für Charlotte und mich verging die nächste Stunde wie im Flug, für Jodie dagegen zog sie sich zäh dahin; das war deutlich zu spüren.

Ich erzählte von meinen Schwangerschaften, und Charlotte sprach über ihre Fehlgeburten. Sie hatte drei gehabt, alle im ersten Drittel. Jodie saß stumm dabei, mahnte uns zwischendurch aber immer wieder, dass wir jetzt bald gehen müssten.

»Die sind sehr genau im SMPC. Wenn wir zu spät kommen, ist unser Tisch weg.«

»Ist das dieser Laden am Pico Boulevard?«, fragte Charlotte schließlich.

»Genau«, antwortete Jodie.

Der Ton, der dabei in ihrer Stimme schwang, erinnerte an das Gurren einer Taube. Das passte zu ihrem Gesichtsausdruck. In den SMPC zu gehen bedeutete Jodie mindestens ebenso viel wie anderen eine Einladung ins Weiße Haus.

»Dann nehmt aber unbedingt Taschenlampen mit«, riet Charlotte. »Ein Kollege von mir war kürzlich da und hat gesagt, die Beleuchtung sei so stimmungsvoll, dass man die eigene Hand nicht vor Augen sehen könne.«

»Das stimmt nicht«, widersprach Jodie. »Ich war ja am Abend da. Als ich den Tisch bestellt habe, war Abend, und da –«

»Da soll es auch nur eine einzige Toilette geben.«

Nun war Jodie regelrecht wütend. »Müssen die Leute immer alles schlechtmachen?«, schimpfte sie. Dann griff sie zu ihrem Rotweinglas und leerte es in einem Zug, was mir den Anlass bot, wieder von meinen Schwangerschaften anzufangen.

Ich war dreiundzwanzig Jahre alt gewesen, als ich Catherine bekommen hatte. »Das heißt, als sie geboren wurde, war ich gerade vierundzwanzig geworden.«

»Dann waren Sie ganz schön jung«, bemerkte Charlotte.

Deshalb war mir damals alles so leichtgefallen. Die Schwangerschaft war mir wie ein Spaziergang, die Geburt wie ein Kinderspiel vorgekommen. »Ich habe schon zwei Wochen später wieder in meine normalen Jeans gepasst.«

Bei Isabelle hatte das alles schon ganz anders ausgesehen, denn bei ihrer Geburt war ich ja bereits dreißig Jahre alt gewesen. »Bei Bellie habe ich viel mehr zugenommen als bei Cathy, und ich habe hinterher auch viel länger gebraucht, um mich davon zu erholen.«

Ich musste mich förmlich dazu zwingen, nicht ins Detail zu gehen, schließlich wollte ich Charlotte nicht verschrecken. Was Blasenschwäche war und wie es sich anfühlte, wenn gewisse Körperpartien aus der Form gerieten, würde sie selbst noch früh genug herausfinden.

»Tja«, seufzte sie, »wenn Sie schon mit dreißig Probleme hatten, steht mir in meinem Alter sicher Grausiges bevor.« Sie rechnete auch überhaupt nicht damit, das Kind auf normalem Weg zur Welt bringen zu können. »Man wird mit Sicherheit einen Kaiserschnitt machen müssen. Das hat mir der Arzt schon angedeutet.«

»Das macht aber nichts«, beruhigte ich sie. »Meine Freundin Michelle hatte Zwillinge. Und die sind auch –«

»Ich will ja nicht drängeln«, rief Jodie, »aber wir müssten jetzt wirklich bald los.«

Charlotte hätte zwar sowieso nicht mitkommen können, aber trotzdem tat es Jodie außerordentlich leid, ihr das nicht einmal anbieten zu können. »Ich habe ja nur einen Tisch für zwei Personen bestellt«, erklärte sie ihr, »und wenn wir zu dritt ankommen, lassen die uns bestimmt nicht herein.«

Wir verließen zusammen das Haus und begleiteten Charlotte noch ein Stück die Straße hinunter.

»Wo haben Sie geparkt?«, erkundigte ich mich.

»Mein Auto steht bei meiner Mutter. Die wohnt ja gleich da hinten.«

Jodie wurde sichtlich nervös. So nahe wohnte Charlottes Mutter ihrer Meinung nun nicht gerade. »Und es ist schon Viertel nach acht!«

Charlotte blieb stehen. Wir mussten nicht weiter mit ihr gehen, sie käme wunderbar allein zurecht. »Ich hätte nur eine große Bitte«, sagte sie dann zu mir.

Ihre Mutter litt an schwersten Schuldgefühlen. Sie konnte nicht damit fertig werden, dass sie den Unfall überlebt hatte, während Will gestorben war. »Sie hat zwar jemanden im Reha-Zentrum, der sie psychologisch betreut, Helen, aber trotzdem tauchen da immer wieder Fragen auf. Und ich kann ihr die nicht richtig beantworten.«

Es waren Fragen, die mit Wills Verletzungen zu tun hatten, mit dem Zustand, in dem er gewesen war, als man ihn ins RMC eingeliefert hatte. »Und auch Fragen zu der Organspende.«

»In welchem Reha-Zentrum ist Ihre Mutter?«, erkundigte ich mich.

Charlotte lächelte mich dankbar an. »In Reseda.«

»Ich werde sehen, was ich tun kann«, versprach ich ihr.

»Würden Sie mich vorher anrufen?« Sie gab mir ihre Visitenkarte und dankte mir schon im Voraus.

»Es kann nur noch eine Weile dauern«, sagte ich und spürte, dass Jodies Ziehen an meinem Jackenärmel allmählich zu einem heftigen Zerren wurde.

»Meinen Sie denn, es klappt noch vor Thanksgiving?«

18. Kapitel

Thanksgiving nahte mit Riesenschritten, und normalerweise planten wir Wochen im Voraus, wie wir den Tag gestalten wollten. In diesem Jahr war das anders, denn in diesem Jahr hatte ich Nachtdienst an diesem höchsten aller amerikanischen Feiertage.

Solange ich befürchtet hatte, meinen Bruder und seine Familie in der Zeit am Hals zu haben, war mir das angenehm gewesen. Wer Nachtdienst hatte, konnte schließlich nicht kochen.

Jetzt, da uns Max plus Anhang erspart blieb, behagte mir die Vorstellung, in ein Restaurant zu gehen, nicht mehr.

»Unmöglich!«, reagierte Victor, als ich ihn bat, den Dienst mit mir zu tauschen.

»Nicht mal eins zu zwei?«

Er überlegte ziemlich lange. Dabei glitt sein Blick zunächst über den riesigen Jahreskalender, der hinter der Tür hing, was ihn aber nicht weiterzubringen schien. Er hob das obere Blatt; darunter befand sich der Kalender für 2006.

»Unter Umständen eins zu drei«, meinte er schließlich und ließ das Blatt wieder sinken. »Wenn du bereit wärest, mir im Januar ein langes Wochenende abzunehmen, könnten wir vielleicht noch mal über Thanksgiving reden.«

Dr. Meckelstein hatte sich gerade eine Tasse Kaffee eingeschenkt. Er stand nur wenige Schritte von uns entfernt und hatte die Unterhaltung deshalb zwangsläufig mitangehört. Jetzt räusperte er sich und legte Victor die freie Hand auf die Schulter.

»Hast du das jeden Monat?«, fragte er ihn.

Verständnislose Blicke trafen Meckelstein, nicht nur von Victor, auch von mir.

»Tut mir leid, lieber Vic«, meinte unser Doktor daraufhin, »aber wenn du hier solche Vorschläge machst, muss ich davon ausgehen, dass du unter zyklusbedingten Wahnvorstellungen leidest!«

Er wandte sich an mich. »Frag mal die Lena, Helen! Ich glaube, sie sucht händeringend jemanden, der mit ihr tauscht.«

Zuerst musste ich mich jetzt um Victor kümmern. Meckelsteins Worte hatten ihn dermaßen verletzt, dass ihm die Tränen in die Augen schossen und er fluchtartig die »Höhle« verließ. Gleich hinter der Tür stieß er mit Amy zusammen. Sie balancierte ein Tablett, auf dem eine dreistöckige Schokoladentorte thronte.

»Verflucht!«, kreischte sie und hatte Mühe, sich selbst auf den Beinen und zugleich das Tablett mit der Torte im Gleichgewicht zu halten.

»Was ist denn mit dir?«, schnaubte sie Victor entsprechend zornig hinterher. »Kriegst du deine Tage?«

Ich erstarrte. Ich konnte einfach nicht glauben, dass Amy das gesagt hatte, ausgerechnet das!

»Warte!«, rief sie, als ich Victor folgen wollte.

»Gleich!«

»Nur ganz kurz, Helen!« Sie stellte sich mir in den Weg und wollte wissen, ob ich hin und wieder noch von dieser Jodie hören würde. »Weißt du, wen ich meine? Die Münchnerin.«

Durch die Augenwinkel bekam ich mit, dass Victor ins Dock lief. Sie hatten gerade einen Patienten eingeliefert, und die Türen standen weit offen.

»Ich fand die damals unheimlich nett, Helen, und hatte sie zu uns eingeladen.«

Jodie war auch gekommen, und sie hatten einen wunderschönen Samstagnachmittag verbracht. Sie waren mit den Kindern im

Zoo gewesen, und hinterher hatte Amy etwas gekocht. Danach hatte Jodie sich nie wieder gemeldet.

»Sie hat sich nicht mal bedankt, Helen.«

Meine eigenen Sünden fielen mir ein. Ich hatte mich bei Jodie auch noch nicht für den Abend im SMPC bedankt.

»Ist mit ihr alles in Ordnung?«, fragte Amy. »Nicht, dass ich mich über jemanden ärgere, der im Krankenhaus liegt.«

Ich hatte im Moment wirklich andere Sorgen.

»Soviel ich weiß, ist Jodie kerngesund«, sagte ich deshalb nur. Dann machte ich Amy darauf aufmerksam, dass die oberste Etage ihrer Schokoladentorte im Begriff war, zur Seite zu rutschen, und sah zu, dass ich von dannen kam.

Victor war untröstlich. Er hatte sich im Dock verkrochen und saß dort mit gesenktem Kopf auf dem Bordstein, neben dem Notarztwagen, in dem man gerade erst einen Patienten antransportiert hatte. Die Türen waren noch weit geöffnet, und mir strömte dieser fürchterliche Geruch in die Nase, der durch enormen Blutverlust verursacht wurde. Victor schien ihn gar nicht zu bemerken.

»Meckelstein ist ein Grobian«, sagte ich und hockte mich vor ihn. »Aber das wissen wir doch, Vic.«

Unser Dr. Meckelstein sah ja schon aus wie ein Grobian. Er war ausgesprochen groß gewachsen und trug neben einem ziemlich schweren Knochenbau auch noch einige Kilo Fett mit sich herum. Schuhe konnte er nur in Spezialgeschäften kaufen, und seine riesigen Hände hatten ihn daran gehindert, Chirurg zu werden, was eigentlich seine Absicht gewesen war.

»So was prägt«, versuchte ich, ein wenig Heiterkeit aufkommen zu lassen. »Der Mann ist es sich schuldig, passend zu seinem äußeren Erscheinungsbild –«

»Amy hat was Ähnliches gesagt«, fiel Victor mir ins Wort. »Ich habe das gehört.«

Zaghaft blickte er auf. »Redet ihr über mich, Helen?«

Ich atmete tief durch und schüttelte den Kopf. Wir redeten wirklich nicht über Victor. Unseres Erachtens gab es nichts zu sagen. Ich hockte mich zu ihm auf die Bordsteinkante.

»Warum trägst du in letzter Zeit Eyeliner?«, erkundigte ich mich vorsichtig.

Victor zuckte zusammen. »Sieht man das?«, rief er entsetzt.

»Natürlich sieht man das.«

Er errötete und wollte offenbar etwas sagen. Er schloss den Mund aber sofort wieder, und die Röte wich auch aus seinem Gesicht.

»Meine Eltern wollten, dass ich Priester werde«, sagte er dann mit fester Stimme.

»Dass du glücklich bist, wollen sie nicht?«

Victor sah mich ruhig an. »Ob ich glücklich bin«, meinte er, »das weiß ich gar nicht. Und ob ich glücklich werden kann, wenn ich so weitermache …«

Er schien in dieser Hinsicht Zweifel zu haben.

»Was hindert dich denn deines Erachtens daran, glücklich zu werden?«, bohrte ich weiter.

Victor antwortete prompt. »Alles, Helen.«

»Hinderst du dich nicht vielleicht nur selbst?«

Er lächelte fast mitleidig. »So ist das nicht!«, sagte er dann. »Was ich will, ist gar nicht wichtig. Was ich kann, darum geht es. Und damit meine ich nicht, was ich darf, Helen. Ich meine wirklich, was ich *kann*. Was *ich* kann.«

Ohne ein weiteres Wort stand er auf und ging, zügig, ohne sich noch einmal umzusehen. Dabei strahlte er eine Einsamkeit aus, die körperlich spürbar war; mehr noch, sie tat mir körperlich weh.

Später rief ich Marilena an. Dr. Meckelstein hatte richtiggelegen. Meine Kollegin war nicht nur *bereit*, die Thanksgiving-Schicht mit mir zu tauschen, sie war sogar überglücklich darüber.

Lena hatte ja keine Familie mehr und deshalb auch nur wenig Sinn für das größte amerikanische Familienfest. Sie konnte ihren Baxter aber am Wochenende vor Thanksgiving auf einer Hundeschau vorstellen.

»Wenn du mir die beiden Nachtdienste abnimmst, Helen, kannst du Thanksgiving und den Tag davor haben. Dann hast du richtig viel Zeit für die Vorbereitungen.«

Es war ein wunderbarer Handel. Ben war so begeistert, dass er sofort Wünsche äußerte. Kürbistorte hatte er schon ewig nicht mehr gegessen. Und wenn ich Zeit hatte, brauchte ich den Truthahn ja auch nicht mit einer der Backmischungen zu füllen, auf die ich in den letzten Jahren zwecks Arbeitsersparnis immer zurückgegriffen hatte.

»Früher hast du die Füllung doch immer selbst gemacht, oder?«

Ich versprach ihm das alte Hausrezept rauszusuchen, und er lächelte selig.

»Und wen laden wir ein?«

Bens Kollegen waren alle versorgt. Sie hatten selbst Familien, mit denen sie in großem Rahmen feierten. Für unsere Nachbarn galt das Gleiche. Aber Catherines Klassenkameradin Lolita würde über Thanksgiving alleine sein. Ihre Eltern waren in Europa und fanden es zu anstrengend, für die Tage über den Großen Teich zu fliegen.

»Ruf sie an!«, bat ich Cathy und drückte ihr das Telefon in die Hand.

Meiner Großen wich jedwede Farbe aus dem Gesicht. Vermutlich hatte sie uns nur erzählt, dass Lolita über den Feiertag allein war, um einmal mehr darauf zu verweisen, wie gut es anderen Mädchen ging – so ganz im Gegenteil zu ihr.

»Die käme niemals zu uns!«, entfuhr es ihr im nächsten Moment. »Die legt sich den Tag in die Badewanne. Hat sie schon gesagt.«

Mir wurde schon bei der Vorstellung allein ganz elend. Ein

vierzehnjähriges Mädchen allein in einer Badewanne, allein in einem riesigen Haus.

»Sich solche Menschen anzunehmen ist der Sinn von Thanksgiving«, belehrte ich meine Tochter. »Das Mädchen braucht nicht einsam und verlassen –«

»Die ist doch nicht einsam!«, fiel Cathy mir ins Wort. »Die Harris sind reich, die haben Personal.«

»Ruf das Mädchen bitte an!«

Catherine sah mich unschlüssig an. Entweder sie erschlug mich jetzt mit dem Telefonhörer, oder aber sie erhängte sich selbst an der Telefonschnur.

»Ich will das nicht!«, kreischte sie im nächsten Moment hysterisch auf. »Ich will nicht, dass Lolita sieht ...«

Catherine schämte sich. Sie schämte sich jeden Tag, weil sie keine goldene Uhr hatte und auch keine Schultasche von Gucci. Sie gab vor den anderen in ihrer Klasse nicht zu, dass sie keinen Gesangsunterricht bekam und keinen persönlichen Fitness-Trainer hatte.

»Wir haben ja nicht einmal ein Chalet in Aspen.« Sie hatte erwogen, eins zu erfinden, den Gedanken aber wieder verworfen angesichts der Gefahr, dass eines der anderen Mädchen, deren Eltern wirklich ein Feriendomizil dort besaßen, sie über Weihnachten hätte besuchen wollen. »Dann würde das ja alles auffliegen.« Und auffliegen durfte nichts. Wenn wir Lolita einluden, würde diese sehen, wie Catherine lebte, und das würde sich dann in null Komma nichts in der Schule rumsprechen. Damit wäre der Ruf unserer Tochter ruiniert.

»BEN!«

Mein Mann war ebenso sprachlos wie ich, als Cathy ihm ihr Leid schilderte. Die anderen Mädchen in ihrer Klasse hatten allesamt ein Pferd. »Ich bekomme ja nicht mal Reitunterricht.« Vanessa wurde morgens in einem Sportwagen zur Schule gefahren, und ihr Bruder nahm Flugstunden. »Wir haben aber kein Flugzeug.«

Wir hatten überhaupt nichts, nur dieses einfache Haus, primitive Autos, keine Angestellten, nicht einmal einen Gärtner, und wenn Lolita das herausfand, war es aus.

Ben saß da, als hätte seine Tochter ihn soeben verprügelt. Er brauchte ziemlich lange, bis er etwas zu ihren Schilderungen sagte, und was er dann sagte, erstaunte mich mindestens ebenso wie Cathy. »Höchste Zeit«, meinte er nämlich. »Es wird höchste Zeit, dass es vorbei ist.«

Er schlug vor, dass ich Catherines gesamte Schulklasse zu Thanksgiving einlud. »Damit sie alle mal sehen, wie Armut aussieht. Vielleicht sammeln sie dann sogar für uns.«

Cathy fand das gar nicht lustig. »Kannst du dir überhaupt vorstellen, wie schwierig das alles für mich ist?«, schimpfte sie. »Ich komme mir so schäbig vor, dass ich ...« Sie schlug sich die Hand vor den Mund, denn eigentlich wollte sie nicht darüber reden. Andererseits tat es uns vielleicht gut, es zu erfahren.

»Dass was?«, fragte ich.

Mit verzweifeltem Gesichtsausdruck sah meine Große mich an. »Irgendetwas brauche ich schließlich«, sagte sie. »Irgendetwas, was die anderen nicht haben.« Da so etwas mit Geld nicht zu beschaffen war, da wir ja nun mal kein Geld besaßen, hatte sich unsere Tochter etwas anderes einfallen lassen.

Ben und ich starrten sie mit angehaltenem Atem an. Am Abend des 12. November 2005 erfuhren wir, dass Catherine ihren Schulkameradinnen gegenüber behauptete, bereits einen Freund zu haben. Der war wesentlich älter als sie und hieß Todd.

»Was?«, fragte ich, weil ich hoffte, mich verhört zu haben. »Du behauptest, dein Nachhilfelehrer –«

»Die anderen haben alle keinen Freund, hätten aber gerne einen«, fiel Cathy mir ins Wort.

Ben schnappte nach Luft wie ein Fisch auf dem Trockenen. »Du kompensierst mit einem angeblichen Sexualleben den Mangel an Luxusartikeln?«, erkundigte er sich dann.

Catherine beharrte darauf, schließlich gar keine andere Wahl zu haben. »Irgendetwas brauche ich schließlich auch, auf das ich stolz sein kann.« Deshalb durften wir ihr das auch nicht nehmen. Sie brauchte das wie Luft zum Atmen. »Und wenn Lolita Thanksgiving herkäme, würde sie nach Todd fragen. Sie würde sich wundern, dass der nicht da ist.«

Mein Mann sah mich an, als sei das alles zwar erschütternd, aber längst nicht so schlimm, wie es sich anhörte. »Das ist ganz schnell geregelt, Helen. Da gibt es nämlich nur eins: Sie muss von dieser Schule runter.«

Er blickte unserer Tochter fest in die Augen. »Das ist dir klar, Cathy?«, fragte er sie. »Oder etwa nicht?«

Ihre Klassenkameradinnen kamen vorwiegend aus ganz anderen Verhältnissen als sie. Geld spielte in ihren Elternhäusern keine Rolle. Die Kinder gingen zur *Emerson*, weil schon die Eltern hingegangen waren.

»Du gehst zur *Emerson*, Cathy, damit du trotz deiner mittelmäßigen schulischen Leistungen irgendwann noch eine Chance hast, etwas aus dir zu machen. Dafür schlägt deine Mutter sich die Nächte um die Ohren. Und wenn das kein Grund ist, stolz zu sein, dann musst du runter von der Schule! Ganz einfach.«

Catherine begann zu weinen. Jetzt schämte sie sich doppelt. Sie schämte sich uns gegenüber, weil wir taten, was wir konnten, das aber nicht genug war, und sie schämte sich weiterhin ihren Mitschülern gegenüber, weil das, was wir taten, eben nicht genug war.

»Und wenn Lolita das herauskriegt und es überall herumposaunt ...«

Ben blieb unerbittlich. Und er wollte auch nicht weiter über diese Angelegenheit sprechen.

Am nächsten Morgen rief ich Lolita Harris selbst an, um sie für Thanksgiving zu uns einzuladen. Als sie abnahm, klang sie noch ganz verschlafen, und das um elf Uhr vormittags. Sie gab sich auch ziemlich wortkarg, wohl, weil sie meinen Anruf im ersten Moment für einen dummen Streich hielt. Sie fragte mich nämlich, ob sie mich zurückrufen könne. Ich wollte ihr die Nummer geben, sie zog es jedoch vor, die selbst nachzuschlagen. »Ich habe sie ja in meinen Schulunterlagen.«

Es dauerte etwa fünf Minuten, dann hatte ich sie wieder am Apparat.

»Sie sind ja wirklich Cathys Mutter«, stellte sie erstaunt fest.

Unsere Einladung überforderte sie zunächst. »Ich weiß nicht, Frau Drescher. Ich kenne Sie doch kaum.«

»Sie kennen aber doch Catherine«, versuchte ich, sie für meinen Vorschlag zu erwärmen. »Ist es nicht besser, mit uns Truthahn zu essen, statt allein zu Hause zu sitzen?«

Sie seufzte. Besser war das natürlich, trotzdem blieb sie unschlüssig. »Ich wüsste gar nicht, wie ich zu Ihnen komme. Cathy müsste mir eine exakte Wegbeschreibung geben. Wenn man den Taxifahrern nicht genau erklären kann, wie sie fahren sollen, landet man nie da, wo man hin will.«

Ich bot ihr an, dass Ben sie zu Hause abholte. »Zusammen mit Cathy. Wäre das nicht das Einfachste?«

Todd Heeler luden wir auch ein, da er ebenfalls hätte alleine feiern müssen. Seine Eltern lebten in Kansas, und er hatte nicht das Geld hinzufahren.

»Ich kann aber nicht lange bleiben, Frau Drescher. So gegen sechs müsste ich gehen.« Er half Thanksgiving immer bei der Heilsarmee aus, das tat er seit Jahren.

»Überhaupt kein Problem«, beruhigte ich ihn. »Um drei geht es bei uns los, und bis sechs sind wir sicher mit dem Essen fertig.«

Jetzt musste ich nur noch Jodie dazubitten, und unsere Festtagstafel war komplett.

Es war inzwischen Sonntagnachmittag, und ich hatte mich immer noch nicht bei Jodie für den Donnerstagabend bedankt. Ich hatte es bewusst vor mir hergeschoben. Ich hasste es, nur aus Höflichkeit Dinge zu sagen, die ich überhaupt nicht meinte. Die Wahrheit musste ich ihr gegenüber aber tunlichst für mich behalten.

Charlotte Henson hatte recht gehabt. Der *Santa Monica Private Club* investierte wenig in die Beleuchtung und fast gar nichts in die sanitären Anlagen. Es gab wirklich nur eine einzige Toilette in dem Restaurant, das immerhin über hundert Gästen Platz bot. Ich hatte bis dahin nicht gewusst, dass so etwas überhaupt zulässig war.

Dass man für einen Toilettenbesuch eine gute halbe Stunde Wartezeit einrechnen musste, war aber nicht weiter schlimm, da man sich im SMPC nicht unterhalten konnte. Dazu war die Live-Musik zu laut. Man musste also auf pantomimische Fähigkeiten zurückgreifen, und da das alle taten, ließ sich nur schwer sagen, ob die Verrenkungen, die an den einzelnen Tischen vollführt wurden, auf den Inhalt der Unterhaltung oder aber auf die Qualität des Essens zurückzuführen waren.

Ich hatte Heilbutt gegessen. Der Fisch war einwandfrei frisch gewesen, denn ich hatte die Abwässer der Müllverbrennungsanlage, die neben seiner Fangstelle ins Meer geflossen waren, noch deutlich riechen können. Neunundvierzig Dollar hatte der Spaß gekostet; es waren aber auch ein paar labberige Salatblätter dabei gewesen. Die hatte ich mit Mineralwasser heruntergespült, für das man fünfzehn Dollar pro Fläschchen berappen musste.

Aber es war ja nicht mein Geld gewesen. Jodie hatte darauf bestanden, mich einzuladen, und deshalb musste ich mich jetzt bedanken – so schwer es mir auch fiel.

»Oooooooh!«, rief sie, als sie meine Stimme hörte. Sie schien mir auf diese Weise vermitteln zu wollen, dass sie zwar mit vielem, aber nicht mit meinem Anruf gerechnet hatte.

»Wie geht's dir?«, fragte ich.

»Blendend«, antwortete sie. »Und dir?«

Sie war beleidigt, dass ich nicht eher angerufen hatte. Ich spürte es deutlich, war aber nicht bereit, darauf einzugehen. Wenn ich Jodie gewähren ließ, telefonierten wir jeden Tag miteinander. Für so etwas hatte ich keine Zeit, und so viel gab es auch nicht zu reden.

»Alles in Ordnung«, sagte ich deshalb nur. »Ich wollte mich noch mal in aller Form für den schönen Abend mit dir bedanken, und dann –«

»War es im SMPC nicht grandios?«, fiel sie mir ins Wort. Sie zehrte immer noch davon, von der genialen Musik, von dem gigantisch guten Essen, dem großartigen Ambiente.

»Ja«, sagte ich gedehnt, »und ich möchte mich auch gern für die Einladung revanchieren.« Damit hatte ich das Schlimmste schon mal hinter mir. »Oder hast du schon Pläne für Thanksgiving?«

»Nein«, meinte sie, »aber ich glaube, das ist auch nichts für mich, Helen.« Sie hatte schon ein paar Einladungen bekommen und alle abgelehnt. »Ich esse ja keinen Truthahn.«

Das war das kleinste Problem. Wenn ich mich recht besann, gab es für die Jodies dieser Welt jetzt etwas, das sich *Tofuhahn* nannte, beschloss jedoch, das besser für mich zu behalten. »Ich denke, dass man auch von den Beilagen ganz gut satt werden kann«, sagte ich stattdessen. »Du könntest dann auch endlich mal den Rest der Familie kennenlernen.«

Die Aussicht fand Jodie verlockend. Dafür nahm sie in Kauf, mit einem toten Vogel am Tisch zu sitzen. »Um drei?«, vergewisserte sie sich. »Am 24. November? Vorher hast du keine Zeit mehr?«

Zeit war vor Thanksgiving immer ein Problem, für jeden, der das Fest ausrichtete. Da ich ja nun zudem in den Tagen vorher Nachtdienst hatte und damit weitgehend aus dem Verkehr gezogen war, blieb mir kaum noch Gelegenheit, irgendwelche Vorbereitungen zu treffen. Ich musste mir die Zeit stehlen, um hier schon mal etwas einzukaufen und da schon mal einen Tortenboden vorzubacken und einzufrieren.

Jodie hatte dafür keinerlei Verständnis. Ihres Erachtens machte man sich nicht solche Mühe, nur um ein bisschen Truthahn zu essen. »Silber putzen?«, ereiferte sie sich. »Da lässt du die Spüle voll lauwarmes Wasser laufen, haust ein halbes Pfund Kochsalz rein und zusammengeknüllte Alufolie, dann reinigt sich der Mist von allein.« Dass wir Festtagsgeschirr hatten, fand sie spießig. »Gute Gläser, Helen? So was hat man heutzutage nicht mehr. Und wenn man so was hat, behält man es besser für sich.«

Plötzlich mäkelte Jodie an allem herum. Sie selbst nannte es aber nicht mäkeln, sondern hinweisen. Sie sah nämlich Dinge, die mir schon gar nicht mehr auffielen, und sie sah sie auch erst an mir, wie sie mehrmals im Einzelnen ausführte, nachdem sie in ihrem eigenen Leben bereits rigoros Ordnung geschaffen hatte. »Das war bitter nötig, Helen. Darüber habe ich bloß nicht gesprochen. Ich rede nicht über solche Dinge. Ich tue sie.« Sie hatte in den vergangenen Monaten zu viel gearbeitet, und damit war jetzt Schluss. »Wieso tue ich mir das an, zu irgendwelchen Vorsprechterminen zu rennen? Die Kühe, die angeblich meine Konkurrentinnen sind, können mir doch alle nicht das Wasser reichen.« Büroarbeit machte sie auch nicht mehr. »Marvin kann von München aus Telefonate führen und E-Mails schreiben. Ich treffe mich hier mit den Leuten, dann habe ich wenigstens was davon.« Dass sie etwas von ihrem täglichen Leben hatte, war ab jetzt das einzig Wichtige.

Sie hatte sich seit ihrem Umzug zu wenig mit sich selbst befasst. Das war nachlässig, so lebte man am Leben vorbei. Ich lebte am Leben vorbei. Ich arbeitete viel zu viel, ich tat viel zu viel für meine Kinder, und dass Ben sich nicht mehr kümmerte, fand sie empörend. »Soll er doch putzen, wenn er das Haus sauber haben will!« Sie hatte überhaupt keinen Sinn für die Art von Ehe, die wir führten. Ehe war in unserem Fall für sie ein anderes Wort für Tod. »Aber so leben wohl die meisten Ehepaare, Helen.

Guck dir an, wie die nebeneinander absterben, während sie sich einbilden, miteinander zu leben!«

Sie hatte mit Marvin eine ganz andere Beziehung gehabt. Sie waren glücklich gewesen, heiter und ausgelassen wie die Kinder. Sie waren leidenschaftlich gewesen, feurig und zärtlich zugleich, und so eine Beziehung wollte sie wieder haben. »Und die bekomme ich auch wieder, das weiß ich.«

Immerhin hatte sie Matt Dillon im Fitnessstudio getroffen, und der hatte kaum den Blick von ihrem prallen, wohlgeformten Hinterteil wenden können. Der Manager des Supermarkts auf der 10. Straße war auch hinter ihr her. »So was spüre ich sofort, Helen. Der Mann vibriert, wenn er mich sieht.« So gehörte es sich. Ein Mann, der es wert war, musste vibrieren, nicht nur aus Erregung, sondern aus Liebe. Mehr noch, er musste aus Liebe sterben, wenn die Frau seines Herzens ihn verließ. »Marvin wollte sich umbringen, als ich nach Los Angeles gegangen bin.« Und der Mann, mit dem sie vor Marvin zusammen gewesen war, hatte sogar versucht, sich das Leben zu nehmen. »Mit Schlaftabletten. Er hat nur nicht genug genommen.«

Das waren Beziehungen! Nicht so eine, wie ich sie führte!

»Du schuftest dich zu Tode, damit deine Kinder auf eine Privatschule gehen können. Wo gibt es das denn? Die Kinder müssen selbst sehen, wie sie klarkommen. Das musste ich auch. Ich habe mir alles, was ich habe, selbst erarbeitet.«

Solche Tiraden musste ich mir immer häufiger anhören. Denn Jodie rief dauernd an. Hatten wir zu Anfang ein- oder zweimal in der Woche miteinander telefoniert, so sprachen wir jetzt plötzlich ein-, zweimal am Tag.

Es fiel mir zunächst nicht auf, weil es scheinbar immer einen guten Grund dafür gab, dass Jodie sich meldete. Im Nebenhaus waren neue Leute eingezogen. Die hatten ständig den Fernseher an, und das machte Jodie wahnsinnig. »Ich kann nicht schlafen bei dem Lärm, Helen. Das ist so laut, dass mein Bett wackelt.« Also hatte sie sich beschwert, doch war das wohl ein Fehler gewesen. »Jetzt bespitzeln sie mich, Helen! Die versuchen, in mein Schlafzimmerfenster zu gucken, um mich dabei zu begaffen, wie ich nackt aus der Dusche komme.« Vorhänge kamen für sie nicht in Frage, denn die mussten ja immerzu gewaschen werden. Umziehen wollte sie erst recht nicht.

»Soll dieses Pack doch wieder abhauen!«

Der Hund, der ins Haus gegenüber gehörte, sollte auch endlich Ruhe geben. »Der bellt morgens, Helen. Um Viertel nach acht bellt der mich aus dem Schlaf. Jeden Morgen. Ich könnte das Vieh umbringen.« Zumal der Hundebesitzer kein bisschen einsichtig war. Der Mann wollte nicht begreifen, dass er die Hauptschuld an dem Theater trug. »Wenn er den Köter im Griff hätte, würde er ja nicht bellen.« Aber die Leute in ihrer Nachbarschaft hatten sich offensichtlich alle gegen sie verschworen. »Die sind natürlich neidisch, Helen, das sehe ich ein.« Immerhin war sie eine schöne Frau, die einen Porsche fuhr. Darauf war jeder neidisch, daran war sie schon gewöhnt. »Nur sehe ich nicht ein, dass ich unter ihrem Neid leiden soll.«

Sie musste sich besser durchsetzen, war dessen aber so müde. »Ich habe immer kämpfen müssen«, jammerte sie. »Ich erzürne so viele Menschen, weil sie gern wären wie ich; das kannst du dir gar nicht vorstellen.« Dabei konnte sie doch nun wirklich nichts dafür, dass andere so nachlässig mit sich selbst waren. »Meine Nachbarin Abigail frisst nur Dreck und wundert sich dann, dass sie immer dicker wird.«

Die Leute machten keinen Sport, aßen dafür aber Kartoffelchips. Außerdem nahmen sie Drogen. »Die Amerikaner nehmen ja fast alle Drogen, Helen. Kokain, Pillen, damit sie schlafen können. Ich habe noch nie im Leben etwas nehmen müssen, um zu schlafen.« Jodie nahm höchstens ab und zu ein paar Baldriantropfen, die schickte Marvin ihr regelmäßig aus Deutschland. »Mehr brauche ich nicht. Mehr braucht ein normaler Mensch auch nicht. Aber hier ist ja keiner normal.« Deshalb ließen sie sich ja auch alle die Haare blond färben und Botoxspritzen verpassen. Abigail hatte vor, sich die Brüste vergrößern zu lassen. »Wozu braucht sie das, Helen? Die rennt doch immer nur zu Papa und Mama! Jeden Sonntag, den Gott kommen lässt –«

»Ich muss jetzt Schluss machen, Jodie.«

Es war Dienstag, der 22. November 2005.

»Jetzt schon?«, fragte Jodie verstört. »Es ist doch erst vier.« Jodie wusste inzwischen genau, wann ich Dienst hatte, wann ich meine Einkäufe erledigte, wann ich meine Wäsche wusch. Sie führte besser Buch darüber, was ich in meiner freien Zeit tat, als ich selbst. Das war erschreckend, und es musste ein Ende haben. So ging es nicht weiter.

»Ich will noch etwas erledigen, bevor ich zur Arbeit muss.«

»Etwas Wichtiges?«

Ich wollte das Damast-Tischtuch und die dazugehörigen Servietten stärken und bügeln, die wir für Donnerstag brauchten, behielt das allerdings für mich. »Etwas sehr Wichtiges!«, sagte ich stattdessen.

Für einen Augenblick war es still am anderen Ende der Leitung. »Aha«, meinte Jodie dann. »Na, dann will ich dich nicht länger aufhalten, Helen.«

Ich legte auf. Und dabei fragte ich mich, warum ich mir diese Telefonate eigentlich antat. Am Anfang war es nett gewesen, hin und wieder mit Jodie zu plaudern. Jetzt war es nicht mehr nett. Es war nur noch anstrengend und belastend. Jodie regte sich wahnsinnig schnell über Dinge auf, die andere nicht mal erwähnten. Was interessierte es mich, ob ihre Gasheizung tuckerte? Was interessierte es mich, ob ihr Wasserboiler repariert werden musste? Was interessierte es mich, ob sie vier Flaschen Wein gekauft und bezahlt, aber nur drei in ihrer Tasche gehabt hatte? Ich wollte auch nicht wissen, dass nur sie einen guten Zahnarzt hatte und unserer nichts taugte, weil unserer im Gegensatz zu ihrem ja nicht der beste Zahnarzt im Großraum Los Angeles war. Ebenso wenig wollte ich wissen, dass wir mit Sicherheit zu viel für unsere Autoversicherung bezahlten, weil nur Jodies

Autoversicherung wirklich preiswert war; sie kannte sich aus mit solchen Dingen. Deshalb hatte sie ja auch die beste Krankenversicherung. Die übernahm sämtliche Kosten. Ich wollte das alles nicht mehr hören und nahm mir vor, meine Beziehung zu Jodie Lang nach Thanksgiving einschlafen zu lassen. Dann hatte ich mich für den Abend im SMPC revanchiert und war ihr nichts mehr schuldig.

Erleichtert atmete ich durch. Die Entscheidung war gefällt. Ich konnte mich jetzt in Ruhe mit meinem Damast-Tischtuch befassen, und vielleicht blieb mir danach ja sogar noch Zeit, die Namensschildchen auszuschneiden und zu beschriften.

Am Morgen des 23. November musste ich nur noch den Truthahn abholen, den ich vorbestellt hatte. Es war ein frischer Truthahn, denn Ben behauptete, den Unterschied zwischen einem frischen und einem tiefgefrorenen sofort zu schmecken.

»Happy Thanksgiving!«, wünschte Dr. Kidder, als er sah, dass ich meine Sachen zusammenpackte. Er selbst hatte an jenem Mittwoch vierundzwanzig Stunden Dienst und erst die Hälfte seiner Schicht hinter sich. »So habe ich aber morgen frei!«

Sein Sohn erlebte es zum ersten Mal, dass sein Vater am Thanksgiving-Tag nicht arbeiten musste.

»Und seine Mutter kocht auch ganz gut«, sagte Kidder. »Glaube ich zumindest.«

Sicher war er sich offenbar nicht, denn er hatte während seiner Ehe nur selten zu Hause gegessen. Genau deshalb hatte die Beziehung nicht gehalten.

Seufzend setzte er sich zu mir auf das Ledersofa. Es war inzwischen zehn Minuten nach sechs. »Kommt Vic immer so spät, Helen?«

»Normalerweise nicht.«

»Vielleicht dauert das Schminken länger, als wir denken.«

Dazu sagte ich nichts, da ich nicht über Victor lästern wollte.

»Ich glaube eher, das Abschminken dauert so lange«, meinte Meckelstein. Er saß im Fernsehsessel und arbeitete Schreibkram auf, der liegengeblieben war.

Kidder lachte auf. »Du meinst, der Eyeliner sei nur rudimentär gepinselt?«, fragte er seinen Kollegen.

Davon war Meckelstein überzeugt. »Was meinst du, wie schwer das ist, die *Königin der Nacht* herunterzuwaschen? Die klebt.«

Die Schwingtür flog auf.

»Helen?«

Im nächsten Moment erblickte ich Nathalie, die erleichtert schien, mich zu sehen.

»Schlechte Neuigkeiten!«, teilte sie mir mit. Victor hatte gerade angerufen und sich krank gemeldet.

»Das geht nicht!«, stieß ich entsetzt aus.

»Das muss gehen, Helen.«

»Ich kann nicht bis heute Abend durcharbeiten. Ich bekomme morgen Besuch, ich muss kochen.«

Nathalie sah das ein und versprach mir, Marilena anzurufen, denn vielleicht konnten wir uns das Übel teilen, das Victor angerichtet hatte.

»Was hat er denn?«, schimpfte ich. »Hat er wenigstens gesagt –?«

»Er fühlt sich nicht gut«, sagte Nathalie mit sanfter Stimme, ganz so, als wolle sie mir auf diese Weise raten, mich nicht aufzuregen, weil ich es sonst später vielleicht bereuen könnte, ausfällig geworden zu sein.

»Das hat er letztens schon mal gemacht«, ging ich nur bedingt darauf ein. »Da hat er Lena aufsitzen lassen.«

Meckelstein und Kidder seufzten im Duett, so laut und so synchron, dass es wie einstudiert klang. Verwundert blickte ich vom einen zum anderen.

»Was?«, meinte Kidder daraufhin. »Die Schwulen von heute –«

»Sind das, was früher die Damen der Gesellschaft waren«,

beendete Meckelstein den Satz. »Was meinst du, Helen, warum es Revolutionen gegeben hat?«

Bis neun Uhr schlug ich mich tapfer. Das war auch nicht weiter erstaunlich, denn vor neun, halb zehn ging ich morgens ja nicht ins Bett, wenn ich Nachtdienst gehabt hatte. Nach halb zehn wurde es dann schon wesentlich schwieriger. So viel Kaffee, wie ich gebraucht hätte, konnte ich gar nicht trinken! Ich hatte Mühe, die Augen offen zu halten, und ich stolperte ständig, weil ich die Füße nicht richtig hob.

»Geh mal ein bisschen an die frische Luft!«, riet Nathalie mir. Das tat sie immer, wenn sie Vierundzwanzig-Stunden-Schichten hatte. »Dann trabe ich vor der Auffahrt herum, das weckt die Lebensgeister.«

Ich wollte mich gerade auf den Weg machen und hatte meine Jacke schon in der Hand. In diesem Moment meldete Riza, dass ein Hubschrauber unterwegs sei. »Schulunfall. Emerson High School. Fünfzehnjähriges Mädchen.«

Mir war, als gefriere jeder Tropfen Blut in mir zu Eis. Catherine war zwar erst vierzehn, doch man wusste nie, ob der Notarzt es richtig verstanden hatte. Vielleicht hatte Riza auch nur fünfzehn gesagt, weil sie wusste, dass Cathy vierzehn war.

Obwohl ich eigentlich nicht dazu befugt war, folgte ich Kim, Kidder und den anderen aufs Dach. Als der Hubschrauber landete, glaubte ich, jeden Moment die Besinnung, wenn nicht gar den Verstand zu verlieren. Mein Herz schlug so laut, dass es in meinen Ohren dröhnte, und ich hörte mein Blut wie einen Wasserfall rauschen.

Das Mädchen auf der Trage hatte pechschwarzes Haar. Catherine war blond wie ich. Ich war noch einmal davongekommen. Wir waren verschont geblieben.

»Was machst du denn hier?«, schrie Kidder mich an, zum einen, weil er wütend war, mich auf dem Dach zu sehen, zum anderen, weil er gegen den Lärm des Hubschraubers anbrüllen musste.

Ich war nicht in der Lage zu antworten. Bewegen konnte ich mich zunächst auch nicht. Die Mannschaft und die Patientin waren längst im Aufzug, als ich mich endlich auf weichen Knien ins Treppenhaus schleppte, um wieder nach unten zu gehen.

19. Kapitel

Dawn Michaels war eine Jahrgangsstufe über Catherine. Ihre Klasse hatte am Morgen Schwimmunterricht gehabt, und wie üblich hatten sich die Mädchen etwas früher getroffen. Sie schlichen sich vor dem Unterricht immer heimlich in die Halle, um echte Kopfsprünge zu üben. Das bedeutete, dass sie ohne Badekappen ins Becken sprangen, was nach den Hygienevorschriften nicht erlaubt war. Aber nur so konnte man das herrliche Prickeln auf der Kopfhaut richtig spüren, weshalb sie alle ganz wild darauf waren. Cathy hatte mich unlängst in diese Wissenschaft eingeweiht.

Dawn Michaels war an jenem Morgen etwas später dran gewesen als die anderen Mädchen. Sie hatte wohl keinen geeigneten Platz am Rand des Schwimmbeckens gefunden und war deshalb zum Kinderbecken gegangen. Niemand hatte den Sprung bemerkt. Erst der Sportlehrer sah beim Hereinkommen ihren leblosen Körper im Wasser treiben.

Ich stand vor der Glasscheibe von Trauma 3, als ich Dr. Warren kommen sah. Ihm folgte ein ganzes Geschwader junger Ärzte und Studenten. Die schnatterten aufgeregt durcheinander, da die meisten von ihnen noch nie eine Jefferson-Fraktur gesehen hatten.

»Ist das denn eine? Ich dachte, er hätte gesagt, das Atlantookzipitalgelenk –«

»Guten Morgen, Helen!«, begrüßte Dr. Warren mich freundlich und legte seine rechte Hand auf meinen Arm. »Alles in Ordnung?«

Ich konnte nicht antworten, nickte nur. Es hätte meine Tochter sein können, die da in Trauma 3 um ihr Leben kämpfte. Der Schock saß mir tief in den Knochen.

Anderthalb Stunden später war Dawn Michaels auf der Intensivstation, und ich stand an der Tür, die vom Warteraum der Notaufnahme in den Triage-Bereich führte.

Nathalie sprach mit einer Frau, die etwa in meinem Alter war. Sie kam mir bekannt vor. Auf dem Oberkopf hatte sie zwei kleine Lockenwickler im Haar. Sie trug zu einer Jeans und einem Sweatshirt bunte Fellpantoffeln. Man war nur selten darauf vorbereitet, von einer Sekunde zur anderen aus dem Haus zu stürzen.

Heather Michaels sah mich fragend an, als sie neben Nathalie auf den Gang trat. Ja, ich kam ihr auch bekannt vor. Vermutlich waren wir einander mal auf einer der Schulgalas begegnet.

»Und mein Mann findet mich ganz bestimmt hier?«, fragte sie Nathalie. »Er muss jeden Moment hier sein, wissen Sie? Nicht, dass er mich sucht. Oh mein Gott, was ist denn bloß passiert?«

Nathalie wusste nicht, was genau passiert war, nur, dass Dawn einen Sportunfall gehabt hatte.

»Aber sie hatte doch nur noch Schwimmen heute. Und sie kann doch schwimmen. Ist sie etwa ausgerutscht und hat sich was gebrochen?«

Da wir es für ratsam hielten, auf Frau Michaels Ehemann zu warten, setzte ich mich mit ihr in FAM 2 aufs Sofa und fragte sie, ob ihre Tochter zur Emerson High School gehe.

»Sie haben da auch Kinder?«, entgegnete sie.

»Meine Töchter gehen beide zur Emerson.«

Heather Michaels erinnerte sich. Sie glaubte, mich bei der letzten Weihnachtsfeier gesehen zu haben.

»Wissen Sie noch? Da hat Dawn mit ihrer Ballettgruppe vorgetanzt.«

Sie schlug sich die Hand vor den Mund und kämpfte mit den

Tränen. Sie machte sich furchtbare Sorgen, Dawn könnte sich die Knöchel oder die Knie verletzt haben. »Wenn sie ihr Schlittschuhlaufen aufgeben müsste, wäre das eine Katastrophe, Frau Drescher. Das ist doch ihr Leben. Ballett und Krafttraining, damit sie auf dem Eis weiterkommt. Sie will doch US-Meisterin –« Mitten im Satz hielt Heather Michaels inne und sprang auf. Ihr Mann Tom war gerade gekommen und nahm sie beschützend in die Arme.

»Was ist passiert? Wo ist unsere Tochter?«

Wenn ich Außenstehenden von meiner Arbeit erzählte, glaubten die meisten, ich hätte es ständig mit schreienden, kreischenden Menschen zu tun, die sich vor lauter Verzweiflung pausenlos die Haare rauften oder sich gar auf den Boden warfen. Tatsächlich kam das aber nur selten vor. Die meisten Menschen reagierten auf Schock mit Starre. Was sie hörten, war so unfassbar, dass sie zunächst gar nicht reagieren konnten.

Heather und Tom Michaels sahen Dr. Kidder an, als spreche er in einer fremden Sprache zu ihnen. Ja, wir Menschen hatten sieben Halswirbel, das wussten sie. Daran, dass wir zwei Kopfgelenke hatten, erinnerten sie sich nur dunkel. Deshalb fasste Dr. Kidder kurz für sie zusammen: »Das obere Kopfgelenk, das Atlantookzipitalgelenk, ermöglicht uns unter anderem, mit dem Kopf zu nicken. Deshalb nennt man es auch das Ja-Gelenk. Das untere Kopfgelenk, das Atlantoaxialgelenk, ist komplizierter zu erklären, aber vereinfacht lässt sich sagen, dass es das Nein-Gelenk ist, das uns ermöglicht, den Kopf zu drehen und deshalb auch zu schütteln.«

Die Michaels nickten verstehend.

»Als Ihre Tochter eingeliefert wurde, dachten wir zunächst, wir hätten es mit einer Jefferson-Fraktur zu tun«, erläuterte Dr. Kidder dann. »Dabei handelte es sich um eine komplette Sprengung des Atlas, des obersten Nackenwirbels, C1.«

»Wie ... wie bei dem Schauspieler?«, stammelte Tom Michaels.

»Genau, Herr Michaels«, bestätigte Dr. Kidder. »Wie bei Christopher Reeve.«

Allerdings hatte sich inzwischen herausgestellt, dass bei Dawn auch noch der zweite Halswirbel zertrümmert war, und die abgesprengten Knochensplitter hatten das sogenannte verlängerte Mark verletzt, wenn auch nicht zerstört.

Heather Michaels wagte nicht zu atmen. Gerade hatte sie noch Sorge gehabt, ihre Tochter könne vielleicht nicht mehr Schlittschuh laufen.

»Sie ist gelähmt?«, hauchte sie jetzt.

Dr. Kidder atmete ruhig durch.

»Wenn Dawns Gehirn noch arbeiten würde«, führte er dann sorgfältig aus, »dann wäre sie jetzt gelähmt, Frau Michaels. Das stimmt.«

»Vom Kopf an?«

»Vom Kopf an«, wiederholte er ruhig. »Sie könnte nicht selbständig atmen, nicht schlucken, nicht greifen.«

»Nicht laufen?«, fragte Heather.

»Nicht laufen«, bestätigte Kidder.

Heather blickte hilfesuchend zu ihrem Mann, der jedoch in diesem Moment ebenso hilflos wie sie selbst war.

»Was heißt das, wenn ihr Gehirn noch ...?«, wollte er im nächsten Moment von Kidder wissen. »Weil Dawns Gehirn nicht arbeitet, ist das nicht so, dass sie ...?« Obwohl Tom Michaels scheinbar vor sich hinstammelte und gar nicht genau zu wissen schien, was er sagte, war ihm das Ausmaß der Tragödie seines Kindes wohl zumindest ansatzweise bewusst.

»Ihre Tochter ist klinisch tot«, sagte Dr. Kidder da auch schon. »Es tut mir unendlich leid.«

Heather stieß einen jener entsetzlichen Laute aus, die wir in diesen Situationen so oft hören mussten. Es war ein Schluchzen, das ein Schrei hatte werden sollen, das aber verschluckt wurde, sodass es mehr wie ein Gurgeln klang.

Ich erklärte mir diesen Ton immer damit, dass er mit einem Erdbeben zu vergleichen war. Unser Körper war die Erdkruste, die unsere Seele wie einen Schutzmantel umhüllte. Was Heather Michaels gerade erfahren hatte, führte zu einem Riss in der Erdkruste. Die Seele wölbte sich, und das verursachte diesen grauenvollen Ton.

Männer reagierten anders als Frauen, und Tom Michaels reagierte, wie es die meisten in seiner Situation taten. Er saß mit weit geöffnetem Mund da. Es war kein stummer Schrei, den er ausstieß, vielmehr schrie es nicht aus ihm heraus, wohl aber in ihn hinein. Im nächsten Moment riss er seine Frau in die Arme, und so hielten sie sich eine Weile aneinander fest.

Nathalie, die wie immer mit uns im Raum war, hatte Tränen in den Augen und Mühe, sie zurückzuhalten. Selbst Dr. Kidder konnte man persönliche Gefühle ansehen, und das Gleiche galt für mich. Wir hatten alle selbst Kinder. Keiner von uns war naiv genug zu glauben, dass nicht wir es hätten sein können, die da auf diesem Sofa saßen.

Eine einzige falsche Entscheidung hatte dazu geführt, wie Tom Michaels es ausdrückte, die unüberlegte Entscheidung eines Teenagers. Immer und immer wieder sagte er das, unten in der Notaufnahme, auf dem Weg zur Intensivstation. »Eine einzige falsche Entscheidung! Getroffen im Bruchteil einer Sekunde!«

Wir saßen inzwischen in ICU4, und ich konnte mir das nicht länger anhören.

»Glauben Sie das wirklich?«, hakte ich nach. »Glauben Sie ernsthaft, dass Ihre Tochter jetzt so daliegt, weil sie eine verkehrte Entscheidung getroffen hat?«

Durch die Augenwinkel sah ich Philip Kerner, den Chef unserer Rechtsabteilung. Ich bedeutete ihm mit einer Handbewegung, sich noch ein wenig zu gedulden, worauf er sich wieder zurückzog.

»Was denn sonst?«, stieß Tom Michaels verzweifelt aus. »Was denn sonst?«

Wir lebten unser Leben von einem Tag zum anderen, jeder von uns. Wir aßen, tranken, schliefen, arbeiteten, zahlten unsere Rechnungen, und hin und wieder gönnten wir uns eine Woche Urlaub oder einen Konzertbesuch. Wenn wir krank wurden, stellten wir fest, dass wir einen Körper hatten, der nicht alles mit sich machen ließ und auch ein Eigenleben hatte. Und wenn Menschen starben, die uns nahestanden, wurde uns bewusst, dass das Leben nicht ewig währte. Doch wussten wir eigentlich gar nicht so recht, was das war, dieses Ding namens Leben. Einige wollten es genießen oder zumindest Spaß dabei haben, andere waren froh, es einfach nur zu bewältigen. Wir wussten, dass wir nicht nur aus Körper bestanden, sondern auch aus Geist, und Geist war so ein Gemisch aus Verstand und Gefühlen, das man im modernen Sprachgebrauch unter dem Oberbegriff Psyche zusammenfasste. Das war ein praktisches Wort, da es dehnbar war – man konnte beispielsweise noch die Lebenserfahrung dazupacken –, und darüber hinaus konnte man die Psyche kontrollieren, und Kontrolle war immer gut. So wurde das menschliche Leben hübsch übersichtlich. Wir bestanden aus Körper und Psyche. Aber wir hatten eben auch noch eine Seele. Wer religiös war, hatte zumindest schon mal davon gehört, nur ließ sich die Seele leider nicht wissenschaftlich erklären, und deshalb zogen manche es vor, ihre Existenz zu leugnen.

Heather Michaels und ihr Mann glaubten, dass wir Menschen eine Seele haben. Und sie glaubten auch, dass es einen Gott gibt, der uns diese Seele geschenkt hatte.

»Das glaube ich auch«, sagte ich.

»Und jetzt will er Dawns Seele zurück?« Heather brachte die Frage nur mühsam schluchzend heraus.

Das glaubte ich wiederum nicht. »Dawns Seele will zurück zu ihm«, sagte ich leise. »Unsere Seelen wollen alle zu ihm zurück, wenn es so weit ist.«

Für Dawn Michaels war es am Morgen dieses 23. November 2005 so weit gewesen. Deshalb lag sie jetzt da. Gott hatte sie gerufen, und sie hatte gar nicht überlegen müssen. Sie war an den Rand des Kinderbeckens getreten und geradewegs in seine Arme gesprungen.

Die Michaels sahen mich aus tränenverschleierten Augen an.

»Uns mag es so vorkommen, als sei es in einem einzigen Augenblick der Unachtsamkeit passiert«, sagte ich. »Das ist immer so. Menschen, die auf eine solche Weise zurückgerufen werden, folgen einfach.«

Eine Entscheidung war das nicht, erst recht keine unüberlegte. Es war Dawn Michaels Weg gewesen, und den war sie gegangen.

»Sie glauben wirklich, dass Gott sie aufgefangen hat?«, weinte ihre Mutter. »Dass sie nicht leiden musste? Dass sie nicht jetzt noch ...?«

Ich war überzeugt, dass Gott die kleine Dawn fest in seinen Armen hielt, auch jetzt, während wir an ihrem Bett standen.

Wieder sah ich durch die Augenwinkel Philip Kerner. Er wurde langsam ungeduldig; das zeigte er mir jetzt mit einer Handbewegung.

Dawn Michaels hatte noch keinen Führerschein besessen. Sie hatte sich vermutlich noch nie Gedanken über Organspenden gemacht. Außerdem war sie minderjährig, sodass die Rechtsabteilung des RMC ohnehin der Einwilligung der Eltern bedurfte.

»Entschuldigen Sie mich bitte für einen Moment!«, sagte ich zu den Michaels und trat zu Kerner auf den Gang hinaus.

»Meinen Sie, ich könnte da schon mal vortasten?«, erkundigte er sich prompt.

»Geben Sie ihnen noch ein bisschen Zeit, Herr Kerner.«

Etwa eine Stunde später saß er mit den Michaels in FAM 2. Sie mussten dazu überredet werden, die Organe ihrer Tochter zu spenden, und was Überredungskünste anging, war Philip Kerner ein Meister seines Fachs. Dr. Kidder und Dr. Warren standen ihm zur Seite, und ich nutzte die Zeit, um in die »Höhle« zu gehen und einen Kaffee zu trinken.

Lena war gerade eingetroffen.

»Nette Leute?«, fragte sie mich.

Die Michaels waren sehr nette Leute. Sie hatten noch eine jüngere Tochter, die gerade von den Großeltern abgeholt wurde, damit sie sich von ihrer Schwester verabschieden konnte.

»Ihren Priester habe ich auch verständigt.«

»Katholiken?« Lenas Augen leuchteten auf, da sie mit Juden und Katholiken am liebsten arbeitete.

»Katholiken«, bestätigte ich ihr.

»Sehr schön, Helen. Dann kümmere du dich jetzt um deinen Truthahn, und falls du Reste haben solltest, denk bitte an Baxter!«

Ich war froh, dass Marilena mich an den Truthahn erinnerte. Wenn sie es nicht getan hätte, wäre ich vermutlich ohne das Tier nach Hause gefahren. So machte ich rasch am Supermarkt Halt, rannte zur Frischfleischtheke. Drei Frauen waren vor mir an der Reihe. Die Warterei schien gar kein Ende zu nehmen, und ich wurde mit jeder Minute nervöser. Ich wollte nach Hause. Ich musste nach Hause, zu meinen Kindern.

Ben hatte an diesem Tag schon frei, genauso wie Isabelle. Cathy hatte indes wie Dawn Michaels am Morgen noch Unterricht gehabt, eine Doppelstunde. Es war also davon auszugehen, dass sie von dem Unfall wusste. Vielleicht kannte sie Dawn Michaels sogar.

»Klar kenne ich sie!«, erklärte mir meine Große etwa eine halbe Stunde später. »Wieso?«

Wir standen in der Küche, und ich stellte fest, dass ich den Kühlschrank erst umräumen musste, um den riesigen Truthahn hineinlegen zu können. Aber das musste jetzt erst mal warten. Ich schloss die Kühlschranktür wieder und sah meiner Tochter in die Augen.

»Habt ihr mitbekommen, dass sie den Unfall hatte?«

Cathy wurde kreidebleich. »Sie hatte einen Unfall? Einen Autounfall?«

Ich suchte nach den richtigen Worten, konnte aber auf Anhieb keine finden. Als ich gerade darüber nachdachte, wie schwer sich derart schreckliche Dinge artikulieren ließen, stutzte ich. Der Hubschrauber, der Dawn Michaels ins RMC geflogen hatte, war direkt von der Schule gekommen. Sie hatten die Patientin auf dem Rasen vor dem Hauptgebäude eingeladen; das hatte ich in den Unterlagen gelesen. Rettungshubschrauber verursachten Lärm und Unruhe. Die anderen Schüler mussten das mitbekommen haben.

»Du hattest Musik heute, oder?«, fragte ich Cathy.

»Was mit Dawn passiert ist, will ich wissen, Mom!«

Meine Tochter kam mir plötzlich wie eine Fremde vor. Bis jetzt war mir gar nicht aufgefallen, dass Catherine Jeans trug, die ich noch nie zuvor gesehen hatte, und ein nabelkurzes Oberteil mit Puffärmelchen, die so über die Arme gezogen wurden, dass die Schultern nackt waren. Das Teil sah ich auch zum ersten Mal. Als ich Cathy jetzt danach fragte, rastete sie aus.

»Das gehört Jennifer«, keifte sie mich an. »Wir tauschen unsere Klamotten hin und wieder! Das weißt du doch, verflucht noch mal! Was ist mit Dawn passiert?«

Ben hatte das Gezeter offenbar gehört und kam zu uns in die Küche.

»Catherine, ich verbiete dir, so mit deiner Mutter zu sprechen.«

»Die lässt mich hier zappeln«, rechtfertigte sie sich. »Die macht Andeutungen, sagt aber nicht…« Sie hielt inne. Und wenn ich mich nicht ganz schwer täuschte, überzog plötzlich Röte ihr Gesicht.

»Wo warst du heute Morgen?«, fragte ich ruhig. »Denn in der Schule warst du ja wohl nicht.«

Jetzt war es eindeutig. Catherines Gesicht lief rot an.

»Du hast die Schule geschwänzt?«, fragte Ben.

Cathy fühlte sich in die Enge gedrängt. »Nein!«, behauptete sie. »Natürlich nicht. Ich war in der Schule.«

Ich schloss die Augen. »Wenn du jetzt auch noch lügst«, sagte ich kraftlos, »machst du alles nur noch schlimmer.«

»Ich lüge nicht!« Cathy schrie das heraus und stampfte dazu bekräftigend mit dem Fuß auf.

Ich sah sie an. »Nein? Du lügst nicht? Nie?«

Unsere Tochter drehte sich um und wollte aus der Küche laufen, doch Ben stellte sich ihr in den Weg. »Hört auf, einander anzufauchen!«, schimpfte er. »Ich will hier eine Erklärung!«

Von mir konnte er die schnell bekommen.

»Ein Unfall im Schwimmbad?«, fragte Cathy. »Dawn hatte einen Schwimm-Unfall?«

»Wenn du in der Schule gewesen wärest, wüsstest du das«, erklärte ich ihr.

»Was ist denn nun mit Dawn?« Ihre Stimme klang auf einmal ganz dünn und zittrig. Cathy wusste schließlich, welcher Art meine Arbeit war.

»Wo warst du?« Ich wollte zuerst eine Antwort von ihr.

»Das würde ich jetzt auch gern wissen«, stärkte Ben mir den Rücken.

Um kurz nach zehn hatte Cathy ihren Vater angerufen, um ihm zu sagen, dass er sie nicht abholen müsste, weil die Mutter einer Freundin sie mitnehmen würde. Die hätte allerdings auf dem Weg noch etwas zu erledigen, sodass es vermutlich etwas später werden würde. Erst um halb eins war unsere Tochter zu Hause angekommen. Damit fehlten uns satte vier Stunden.

»Wo warst du?«, fragte ich noch einmal.

Cathy atmete tief durch. Ihr Unterricht war angeblich ausgefallen. »Geschwänzt habe ich nicht.« Lolita könnte das bestätigen; deren Telefonnummer hätte ich ja.

»Und wo warst du, wenn nicht in der Schule?«, fragte Ben.

»Unterwegs.«

Die *Emerson* lag malerisch auf einer Anhöhe. Außer schöner Landschaft war da weit und breit nichts.

»Unterwegs ist auch keine Antwort für eine Vierzehnjährige«, belehrte mein Mann sie. »Wo genau warst du unterwegs? Mit wem?«

»Und wer hat dich um halb eins nach Hause gebracht?«, bedrängte ich sie ebenfalls weiter. »Wer war die Mutter?«

Catherine war nicht bereit, Auskunft zu geben. Wir versuchten es noch eine ganze Weile, zunächst im Guten, dann im Bösen, schließlich mit Drohungen. Am Ende ging Cathy freiwillig auf ihr Zimmer, ließ sich ihren CD-Spieler wegnehmen und den Computer, sie sah sogar dabei zu, wie Ben die Glühbirnen aus den Lampen schraubte.

»Weil im Dunkeln das Nachdenken leichter fällt, mein Kind!«

Isabelle hatte in regelmäßigen Abständen um die Ecke gelugt. Wie immer, wenn ihre Schwester in Schwierigkeiten steckte, kehrte sie das ganz besonders liebe kleine Mädchen heraus, das sonst zumeist im Verborgenen in ihr schlummerte.

Nein, Bellie wollte keine Süßigkeiten, nur auf meinem Schoß sitzen. Nein, Bellie langweilte sich überhaupt nicht, denn sie hatte ja gerade erst ein Bild für uns gemalt. Sicher, wenn Bellie früh ins Bett gehen sollte, tat sie das sofort und ohne jede Widerrede. Sie konnte ja noch ein bisschen lesen.

»War Cathy auch mal so?«, fragte ich Ben.

»Irgendwann«, seufzte er. »In grauer Vorzeit.«

Dass ein Kind mit vierzehn nicht mehr so artig war wie mit acht, war nur verständlich und eigentlich sogar wünschenswert. Es musste sich schließlich entwickeln und ein eigener Mensch werden. Catherines derzeitiges Verhalten ließ sich aber nicht mit Sturm und Drang entschuldigen. Sie führte uns hinters Licht.

»Wann hat sie dich heute Morgen angerufen?«, fragte ich meinen Mann. »Um kurz nach zehn?«

Ich nahm unser Telefon und kontrollierte die während des Tages eingegangenen Anrufe. Dreimal hatte Jodie versucht, mich zu erreichen, um 10.59 Uhr hatte ein Kollege von Ben aus der Universität angerufen.

»Zehn Uhr sieben!«, sagte ich. »Hier haben wir's!« Das Gespräch war nicht aus der *Emerson High School* gekommen, sondern von einem Handy. Wireless Caller stand auf der Anruferidentifikation, die Nummer wurde nicht angezeigt.

»Dann war sie also zu dem Zeitpunkt schon unterwegs, Ben.«

Mein Mann knirschte hörbar mit den Zähnen. »Benutz bitte diesen Ausdruck nicht, Helen. Darauf reagiere ich allergisch. Mit vierzehn ist man nicht unterwegs.«

Pfarrers Kinder und Müllers Vieh geraten selten oder nie. Für Ben war das keine Bauernweisheit, sondern die vielleicht größte Sorge seines Lebens. Natürlich gaben wir uns Mühe mit der Erziehung unserer Töchter. Das taten alle Eltern, die ihre Kinder liebten. Ben hatte darüber hinaus aber auch noch Fachkenntnisse, und er fürchtete sich maßlos davor, dass diese im Endeffekt mehr schadeten als nutzten.

»Vielleicht übersehe ich Dinge, weil mich mein angebliches Wissen überheblich macht. Vielleicht ist Cathy im Moment aber auch mehr ein Fall als ein Kind, und ich müsste mein Wissen viel häufiger anwenden.«

Andere Eltern hätten wahrscheinlich Catherines Schulfreundinnen angerufen, um herauszubekommen, was unsere Tochter an jenem Mittwochvormittag getrieben hatte. Uns ging es nicht so sehr darum, die Wahrheit zu erfahren. Wir wollten, dass Cathy uns die Wahrheit sagte.

»Wie machen wir das denn morgen?« Ich raufte mir die Haare. »Sollen wir etwa so tun, als wäre nichts?«

20. Kapitel

Um vier Uhr morgens schaute ich das letzte Mal auf die Uhr, um sieben wachte ich wieder auf. Catherine hatte ihr Abendessen nicht angerührt. Es stand so vor ihrer Tür, wie ich es hingestellt hatte. Nur die Wasserflaschen waren weg. Sie trank also zumindest.

Ich ging nach unten in die Küche und kochte Kaffee. Am liebsten hätte ich dieses ganze Theater mit Thanksgiving vergessen. Ich war todmüde, stocksauer, von panischer Angst erfüllt, zutiefst enttäuscht, alles zur gleichen Zeit. Gern hätte ich mich wieder ins Bett verkrochen. Stattdessen musste ich jetzt den Tisch decken, den Truthahn füllen, die süßen Kartoffeln schälen, den Rote Bete-Salat anmachen. Ich hätte schreien können.

Gegen Mittag gingen Ben und ich gemeinsam nach oben, um es noch einmal im Guten mit Catherine zu versuchen.

»Ich möchte, dass du etwas isst«, sagte ich und stellte ein Tablett mit einer Schüssel Corn Flakes und einem Becher heißen Kakao auf ihr Bett. »Und ich möchte, dass du uns die Wahrheit sagst.«

»Ganz egal, wie schrecklich die ist!«, fügte Ben hinzu. »Menschen lügen nicht, weil sie schlecht sind, Cathy. Menschen lügen, weil sie glauben, wenn sie die Wahrheit sagen, würden sie nicht mehr geliebt.«

»Und wir werden dich immer lieben!«, erklärte ich meiner Tochter und sah ihr dabei tief in die blauen Augen.

»Ich weiß«, gab sie zurück. Dann senkte sie den Blick und erklärte, sie könne uns trotzdem nichts sagen.

»Warum nicht?«, bohrte Ben. »Hast du jemandem versprochen, nichts zu sagen?«

Sie rührte sich nicht. Erst als er die letzte Frage noch einmal umformulierte und hinzufügte, dass ein vierzehnjähriges Mädchen nicht dazu gezwungen werden dürfe, Geheimnisse zu haben, reagierte unsere Tochter. Sie schrie, wir sollten sie endlich in Ruhe lassen, und dann sprang sie vom Bett und rannte in ihr Badezimmer. Prompt schwappte der Kakao über, und ich griff so hastig nach dem Tablett, dass ich damit alles nur noch schlimmer machte. Jetzt konnte ich auch noch die Laken wechseln. Ich hatte ja sonst nichts zu tun.

Ben und ich gingen wieder nach unten und beratschlagten. Wenn wir Catherine weiterhin sich selbst überließen, liefen wir Gefahr, dass sie sich immer mehr verschloss. Es war aus Sicht meines Mannes vernünftiger, unsere Tochter dazu zu zwingen, am Thanksgiving-Dinner teilzunehmen und so zu tun, als sei alles in bester Ordnung.

»Dann muss sie sich zwangsläufig öffnen, Helen. Im Moment ist sie darauf fixiert, ihr Geheimnis zu hüten.«

Um zwei Uhr kam Catherine widerwillig nach unten. Sie spürte, dass wir irgendetwas vorhatten. Die plötzliche Aufhebung der Einzelhaft behagte ihr ganz und gar nicht. Deshalb hatte sie wohl auch eine Aufmachung gewählt, die gleich wieder für Ärger sorgen sollte. Sie trug einen knöchellangen, bauchfreien Rüschenrock und keine Schuhe. Um den Oberkörper hatte sie sich einen meiner Schals geschlungen. Er war zwischen den Brüsten gedreht, im Nacken geknotet und bedeckte gerade mal das Nötigste, die Brustwarzen nämlich.

»Nicht!«, raunte Ben mir zu, weil er sah, dass ich im Begriff war loszuschreien.

»Komm!«, sagte er dann zu unserer Tochter. »Wir müssen los!«

Die Sache wurde Cathy immer unheimlicher. Ich bildete mir ein, hören zu können, wie es in ihren Hirnwindungen knisterte.

»Ach, bevor ich's vergesse«, sagte sie im Hinausgehen zu mir. »Lass bloß keine Bemerkung vom Stapel, wenn du Lolita gleich siehst. Sie trägt in letzter Zeit eine Perücke.«

Lolita Harris war klein, zart und bleich. Sie trug eine goldene *Cartier*-Uhr am Handgelenk und eine große *Louis Vuitton*-Tasche über der Schulter. Ihr mageres Körperchen steckte in einem schlichten schwarzen Seidenkleid, dessen einziger Schmuck aus einem weißen Spitzenkragen bestand. Jede vierzigjährige Frau hätte großartig darin ausgesehen. Das vierzehnjährige Mädchen wurde von der Aufmachung erdrückt. Wenn ich Lolita ab und zu vor der Schule sah, trug sie immer ein Kopftuch. Das hatte sie jetzt gegen eine blonde Perücke getauscht, die viel zu schwer für ihr schmales Gesichtchen wirkte. Die große *Chanel*-Sonnenbrille, hinter der sie ihre Augen verbarg, setzte der Maskerade das i-Tüpfelchen auf.

»Ich soll Sie ganz herzlich von meinen Eltern grüßen«, sagte sie und reichte mir ihre dürre, kleine Hand. »Die schicken etwas, haben sie gesagt. Ich weiß nur nicht, wann es geliefert wird.«

»Es wird hier doch gerade geliefert!«, gab ich heiter zurück. »Wir freuen uns, dass wir mit dir feiern dürfen, Lolita.«

Isabelle beäugte Cathys Schulkameradin mit so viel Neugier, dass ich sie zur Seite nehmen musste.

»Lolita ist krank«, erklärte ich ihr im Flüsterton. »Deshalb trägt sie die Perücke, Bellie. Und ich möchte nicht, dass du sie so anstarrst, das ist ganz unangenehm für sie.«

Meine Kleine sah das ein, konnte es sogar nachvollziehen. Sie bekam schon mal Fieberbläschen an der Lippe und hatte es dann auch nicht gern, wenn jeder dahin guckte.

Die drei Mädchen gingen nach oben, und ich nahm schon mal den Truthahn aus dem Backofen. Bevor man ihn anschnitt, musste er mindestens eine Stunde bei Raumtemperatur liegen, damit er den Fleischsaft besser hielt.

Ben lief das Wasser im Mund zusammen. Er begutachtete den Vogel von allen Seiten und malte sich dabei aus, welches Stück er als Erstes essen würde.

»Wann kommen die Leutchen denn? Ich habe langsam Hunger.«

»Ich habe gesagt, dass wir um drei –«

Es schellte an der Tür.

»Na, Gott sei Dank!«, meinte mein Mann und steckte sich schnell ein Stückchen Fleisch in den Mund.

»BEN!«

»Das war lose, Helen. Ich mache dir das Tierchen nicht kaputt.«

Jodie entschuldigte sich dafür, ein bisschen zu früh dran zu sein. Sie war bester Laune, trug einen schwarzen, knöchellangen Mantel und darunter ein weißes Kleid. Das reichte ihr tatsächlich bis zu den Knien, ich konnte es kaum glauben.

»Happy Thanksgiving!«, sagte sie und überreichte mir einen in Zellophanpapier gehüllten Korb. Er enthielt Mini-Kürbisse, getrocknete Maiskolben, künstliche Sonnenblumen und farblich darauf abgestimmte Schleifen. Es sah schrecklich kitschig aus, dennoch bedankte ich mich artig.

»Ich dachte mir, dass dir so was gefällt, Helen.«

Jodie zog ihren Mantel aus. »Ganz herzliche Grüße von Charlotte Henson!«, sagte sie dabei. »Soll ich dir unbedingt bestellen, sie hat mich heute Morgen angerufen.«

»Oje, die habe ich ganz vergessen«, fiel mir ein. Gleich nach den Feiertagen musste ich mich darum kümmern.

Jodie hängte ihren Mantel auf einen der Bügel an der Garderobe.

»Ach, du liebe Güte!« Das war das Einzige, was mir im ersten

Moment einfiel. Jodies Kleid reichte zwar bis zu den Knien, der weiße Stoff war jedoch dünn und nicht gefüttert.

»Ist das scharf, Helen?« Sie drehte sich vor mir wie auf dem Laufsteg, und ich bekam den Mund vor lauter Schreck gar nicht mehr zu.

»Hast du keine Unterwäsche an?«, erkundigte ich mich.

»Also weißt du!«, empörte Jodie sich. »Natürlich habe ich Unterwäsche an.«

Tatsächlich erspähte ich bei genauerem Hinsehen den Büstenhalter, den Jodie unter dem beinahe durchsichtigen Kleid trug. Und an der Stelle, an der eigentlich die Unterhose hätte sein sollen, war auch etwas zu erkennen, ein Dreieck nämlich. Allerdings sah man es nur von vorn.

»Trägst du etwa einen Tanga?«

Jodie schloss die Augen. »Unter so einem Kleid muss man einen Tanga tragen, Helen.«

Weil man das angeblich musste, war ich jetzt dazu verdonnert, auf einen nackten Hintern zu gucken! Das fand ich nicht fair.

Ben kam aus der Küche.

»Darf ich dir meinen Mann vorstellen, Jodie?«

Die beiden begrüßten einander und tauschten die üblichen Nettigkeiten aus. Dann führte Ben unseren Gast ins Wohnzimmer und schaute sich dabei über die Schulter zu mir um. Sein Blick sprach Bände.

»Verhaltenspsychologe sind Sie?«, fragte Jodie, noch bevor sie im Wohnzimmer Platz nahm. »Ist das etwas anderes als Psychologe oder Psychiater?«

Ben war an Fragen dieser Art gewöhnt und hielt sich zunächst einmal bedeckt. »Verhaltenspsychologie ist ein Bereich der klinischen Psychologie«, sagte er.

»Etwas, worauf man sich spezialisiert?«

»Genau. Darf ich Ihnen etwas zu trinken anbieten?«

»Sagt doch bitte gleich Du zueinander«, rief ich von hinten, »das ist doch viel unkomplizierter.«

Die Kinder waren nach wie vor oben, und ich musste erst mehrmals rufen, bis Isabelle sich endlich bequemte, nach unten zu kommen.

»Wo sind die Großen?«, fragte ich.

»Lolita ist auf dem Klo, und Cathy schminkt sich.«

Ich ahnte Schreckliches. Da wir auf ihre Kostümierung nicht so reagiert hatten, wie sie gehofft hatte, versuchte Catherine jetzt vermutlich mit ihrem Make-up einen Streit vom Zaun zu brechen. Ich atmete tief durch. Wir durften uns nicht beirren lassen, hatte mein Mann gesagt, und daran würde ich mich stur halten. Also stellte ich erst mal den kitschigen Korb weg, den Jodie mitgebracht hatte, und dann führte ich Bellie ins Wohnzimmer, um sie Jodie vorzustellen.

»Psychologie ist eine Wissenschaft«, erklärte Ben ihr gerade, als wir eintraten. »Es sollte zumindest eine sein, und keine Rätselei oder Großmamas Märchenstunde.« Wissenschaftlich konnte man solche Dinge wie den menschlichen Geist oder das Bewusstsein nur leider nicht definieren, während man Verhalten sehr wohl definieren konnte. »Und wenn wir in der Verhaltenspsychologie von Verhalten sprechen, meinen wir damit erlerntes Verhalten.«

»Der Pawlowsche Hund?«, rief Jodie.

Ben war beeindruckt und hob zu seinem gern gehaltenen Kurzvortrag über die klassische Konditionierungstherorie, bedingungslose Reize und Reaktionen an.

»Ich habe darüber mal ein Buch gelesen«, fiel Jodie ihm gleich nach den ersten paar Sätzen ins Wort. »Darin ging es um Feedback, um positives und negatives und sekundäres; war wahnsinnig spannend.«

Ben lächelte mich an, Bellie und ich hatten jetzt auch schon lange genug stumm dagestanden.

»Das ist unsere Isabelle«, stellte ich Jodie unsere Kleine vor. »Bellie, das ist meine Freundin Jodie.«

Jodie schien sich gestört zu fühlen. Sie versuchte nicht einmal, das zu verbergen, ergriff aber die Hand, die Isabelle ihr entgegenstreckte. »Hallo«, sagte sie dabei.

»Hallo, Jodie«, erwiderte meine Tochter.

»An das Wort Konditionierung erinnere ich mich«, wandte Jodie sich gleich wieder an meinen Mann. »Davon gibt es mehrere. Stimmt das?«

Ben war über Jodies Verhalten offenkundig verwirrt, ging dann aber doch auf ihre Frage ein. »Bei der klassischen Konditionierung folgt auf einen Reiz die Reaktion«, kam er noch einmal auf die Pawlowsche Theorie zu sprechen und sah mich dabei fragend an.

Ich zuckte mit den Achseln. Jodies Benehmen war mir ebenso unverständlich wie ihm, doch wollte sie vielleicht nur erst dieses Thema zu Ende bringen, bevor sie sich weiter mit Isabelle befasste. Nachdem er seine Ausführung über die Konditionierungsarten beendet hatte, wandte er sich an Isabelle. Er wollte sie gerade ansprechen, als Jodie dazwischenfunke. »Und was ist der Unterschied zwischen der klassischen und der operanten Konditionierung?«, fragte sie.

Bellie lehnte sich mit ihrem ganzen Körpergewicht gegen mich.

Ben versuchte, höflich zu bleiben, und gab wieder bereitwillig Auskunft. Jodie stellte gleich die nächste Frage, sodass ich Isabelle bat, mir in der Küche zu helfen.

»Mag Jodie mich nicht?«, fragte sie, kaum dass wir allein waren.

»Sie kennt dich doch noch gar nicht, Bellie. Wie kann sie dich da nicht mögen? Jodie unterhält sich nur so angeregt mit Dad.«

Es schellte wieder an der Tür. Das musste Todd sein.

»Darf ich aufmachen, Mom?«

»Geh lieber hoch, und hol die Großen!«

Todd Heeler hatte Wein mitgebracht, wagte aber nicht, mir die Flasche zu überreichen.

»Ich weiß nicht, ob der schmeckt, Frau Drescher.« Er trank nie Wein und kannte sich überhaupt nicht damit aus. »Und es gab so schrecklich viele Sorten. Wenn man aber nicht weiß, ob lieblich oder trocken oder blumig, fällt die Entscheidung ziemlich schwer.«

»Wir sind auch keine Weinkenner«, beruhigte ich ihn und lotste ihn endlich ins Haus.

Er zog seine Jacke aus. Ich hatte ihn zwei Wochen zuvor das letzte Mal gesehen, und es kam mir so vor, als hätte er seitdem ein wenig zugelegt. Er schien erschrocken, als ich das äußerte.

»Ist das nicht gut?«, fragte ich verunsichert.

Er wusste offenbar nicht, was er dazu sagen sollte. Er war auf einmal nur noch nervöser als bisher und strich mit den knochigen Händen über sein schwarzes Hemd. »Dürfte ich wohl gerade mal Ihre Toilette –« Der Rest der Frage erstarb ihm auf den Lippen. Isabelle und Lolita waren inzwischen nach unten gekommen, und Todd und Lolita starrten einander an, als spielten sie die entscheidende Szene in einem schwülstigen Liebesfilm. Das durfte ja wohl nicht wahr sein! Ein vierzehnjähriges Mädchen und ein dreiundzwanzigjähriger Mann hatten nichts, aber auch rein gar nichts miteinander zu schaffen. Aber im nächsten Moment fiel es mir wie Schuppen von den Augen.

»Kennt ihr einander?«

»Ich glaube«, antwortete Todd.

Lolita schluckte und meinte: »Du gehst auch zu Dr. Abrahams?«

Genauso war es. Todd Heeler litt seit Jahren unter einer Essstörung. »Früher hat man ja geglaubt, nur Mädchen bekämen Anorexie.« Inzwischen wusste man das besser, und seit Todd in Los Angeles studierte, war er in Therapie.

Lolita war bisher erst zweimal bei Dr. Abrahams gewesen.

»Mit dem Kinderpsychiater, bei dem ich vorher war, kam ich nicht mehr klar.«

»Du gehst montags um halb vier?«, fragte Todd. Er selbst war um halb vier fertig, deshalb waren sie einander während der letzten zwei Wochen in der Praxis begegnet.

Erstaunlich erwachsen erzählte Lolita von ihrem Zwang, sich die Haare auszureißen. Todd interessierte sich sehr dafür, und die beiden verzogen sich ins Esszimmer.

»Wenn der Schmerz nachlässt, tut das so gut, dass ich es gleich wieder spüren will«, erklärte Lolita gerade und seufzte, als ich die Schüssel mit den Erbsen auf den Tisch stellte.

Bei den Bohnen erfuhr ich, dass Todd vor Jahren so dünn gewesen war, dass seine Kniegelenke dicker ausgesehen hatten als seine Oberschenkel.

Isabelle brachte den Rosenkohl ins Esszimmer.

»Lolita hat vorne keine Haare, Mom.« Sie hatte die Perücke abgenommen, und Bellie hatte es genau gesehen. Auf dem Oberkopf war Lolita kahl.

Das Kartoffelpüree musste erst mal noch warten, denn Isabelle sollte nicht glauben, dass Lolita Krebs hatte und womöglich daran starb.

»Sie hat etwas anderes, Bellie. Ich erkläre dir das heute Abend. – Cathy?«, rief ich dann zum x-ten Mal nach oben.

Catherine hatte sich zurechtgemacht, wie sie sich ausdrückte. Ihr Haar hatte sie wild aufgesteckt, und an ihren Ohrläppchen hingen Ringe, die fast bis zu den Schultern reichten. Ihre blauen Augen hatte sie mit schwarzem Kajal umrandet, und die Lippen waren so rot, dass man sie vermutlich meilenweit hätte leuchten sehen können. Ganz langsam schritt sie nun die Treppe hinunter und hielt mich dabei im Visier. Sie wartete nur darauf, dass ich etwas sagte, aber ich enttäuschte sie.

»Essen ist fertig! Lolita und Todd sind schon im Esszimmer. Wenn du vorher meiner Freundin Jodie guten Tag sagen willst, sie ist mit Dad im Wohnzimmer.«

Cathy grinste mich an und lehnte sich lässig in den Rahmen der Wohnzimmertür.

»Ist das ein heißer Rock!«, vernahm ich im nächsten Moment.

»Danke!«, rief Catherine erstaunt und drehte sich einmal um sich selbst.

Ich sah es durch die Augenwinkel, als ich die Schüssel mit dem Püree holte.

»Und das Top ist ja irre!«, meinte Jodie und stand plötzlich neben meiner Großen im Rahmen der Wohnzimmertür.

Meine Tochter sah mich triumphierend an. »Ich bin Cathy«, sagte sie und streckte Jodie die Hand entgegen.

»Jodie!«, antwortete die und nahm mein Kind in ihren üblichen Klammergriff.

»Sag bloß, Helen!«, rief mein Mann. Er hatte wohl schon befürchtet, es würde nie mehr was mit dem Truthahn.

Endlich saßen wir alle am Tisch. Isabelle sprach das Dankgebet, und Ben schnitt den Truthahn an. Lolita und Todd unterhielten sich angeregt. Ich ärgerte mich, dass die Beilagen schon wieder kalt waren, und mahnte immerzu, man möge jetzt bitte rasch zugreifen, damit nicht alles noch kälter wurde.

Jodie und Catherine hielten die ganze Zeit Blickkontakt. Sie tuschelten zwischendurch auch miteinander, und danach lachten sie immer ganz laut.

Lolita aß von allem nur wenig. Todd aß nur Gemüse. Ben hatte große Sorge, irgendjemand am Tisch könne Anspruch auf die Truthahnkeulen erheben. Traditionell standen ihm die nämlich zu, die eine an Thanksgiving, die andere am Tag danach.

Jodie sagte zu allem: »Am liebsten ohne.« Sie wollte Mineralwasser ohne Kohlensäure, Kartoffeln ohne Soße, das Eis später ohne Sahne, den Kaffee ohne Milch und ohne Zucker. Sie schwärmte aber von meinem hausgemachten Rote-Bete-Salat und klärte Catherine darüber auf, dass tierische Produkte überhaupt nicht gesund seien. »Davon wird man nur dick, und die Blutfette steigen, und das macht krank.«

Ben räusperte sich.

»Hör dir das lieber mal an!«, meinte unsere Große sofort. »Da kannst du was lernen, Dad.«

Mein Mann äußerte kurz seine Vorbehalte gegenüber vegetarischer Ernährung.

»Stimmt doch gar nicht«, meckerte Cathy. »Du hältst nichts von Vegetariern. So sieht das aus.«

Ben fühlte sich sichtlich unwohl in seiner Haut. »Nimm es bitte nicht persönlich«, meinte er galant zu Jodie.

Das tat sie nicht, wie sie ihm versicherte. Es interessierte sie allerdings, warum er Vorurteile gegenüber Vegetariern hatte.

Mein Mann überlegte sich gut, was er sagte. »Ich habe leider häufig erlebt«, hob er schließlich an, »dass es der Einstieg in eine Essstörung ist, wenn ein Mensch anfängt, ganze Nahrungsmittelgruppen zu verweigern. Und gerade –«

»Aber das ist doch totaler Blödsinn«, rief meine Freundin aufgebracht dazwischen. »Ich habe doch keine Bulimie, nur, weil ich kein Fleisch esse.«

Einen Moment lang saß Ben da, als habe man ihm soeben einen Eimer Eiswasser über den Kopf gegossen. Er wusste nicht, ob er sich schütteln oder lieber so tun sollte, als sei gar nichts passiert.

Todd nahm ihm die Entscheidung ab. »Es gibt verschiedene Essstörungen«, sagte er zu Jodie. »Wer an Bulimie leidet, isst, was er will, denn er bricht es hinterher ja wieder aus.«

»Baahhh!«, stieß Cathy angewidert aus. »Müssen wir uns über so was beim Essen –?«

»Wenn deine Freundin solche Bemerkungen macht, darf man das nicht einfach im Raum stehen lassen«, fiel Todd seiner Nachhilfeschülerin schnöde ins Wort. »Wenn sie so etwas woanders von sich gibt, macht sie sich zum Gespött der Leute. – Dr. Drescher sprach von Anorexie«, wandte Todd sich wieder an Jodie. »Und da ich an Anorexie leide, kann ich bestätigen, dass er mit seiner Behauptung richtigliegt. Bei mir fing es damit an, dass ich kein Fleisch mehr gegessen habe, denn dafür findet man am leichtesten eine Entschuldigung. Dabei vermutet zunächst niemand ... dass du ...«

Jodie war aufgestanden. Sie knüllte ihre Serviette zusammen und warf sie mitten auf den Tisch. Dann lief sie in den Korridor. Catherine folgte ihr auf dem Fuße und bedachte uns im Hinausgehen mit den bösesten Blicken.

»Das ist übrigens meine Freundin«, sagte ich zu Todd. »Nicht Cathys.«

Er war verblüfft.

»Na ja«, fügte ich hinzu. »Sie hat sich zumindest bemüht, meine Freundin zu werden.«

Ich war bereit, Todd für seine unerwarteten Dienste einen Fünfziger extra zuzustecken. Meine so unbefriedigende Beziehung zu Jodie einschlafen zu lassen hätte mühsam werden können. Todd hatte mir hier gerade sehr viel Arbeit erspart.

Todd Heeler verabschiedete sich um Punkt 17.45 Uhr.

»Dürfte ich auch gehen?«, fragte Lolita.

Sie fand es faszinierend, dass Todd Thanksgiving bei der Heilsarmee aushalf, und wollte sich das gern ansehen; vielleicht ließ man sie sogar mithelfen.

»Meine Telefonnummer haben Sie ja, Frau Drescher. Und ich bringe Lolita garantiert vor zehn heute Abend nach Hause.«

Ich seufzte. »Bist du sicher, deinen Eltern wäre das recht, Lolita?«

»Meinen Eltern ist so was egal«, gab sie zurück. »Hauptsache, ich werde nicht krank oder mache ihnen sonst irgendwelchen Ärger.«

Ben hatte überhaupt keine Bedenken, Lolita und Todd fahren zu lassen. »Das ist ein hochanständiger, verantwortungsbewusster junger Mann, Helen!«

So waren wir ab sechs Uhr abends also nur noch zu fünft. Das heißt, eigentlich waren wir nur noch zu dritt, denn Jodie hatte sich mit Cathy in deren Zimmer verzogen. Eine Weile warteten wir noch ab. Dann ging ich nach oben, um mal nach dem Rechten zu schauen.

Catherine und Jodie saßen nebeneinander auf dem Bett und sahen mich erwartungsvoll an.

»Todd ist weg«, sagte ich zu Jodie.

Ich nahm an, dass sie wegen Todd noch nicht wieder nach unten gekommen war. Sie reagierte aber gar nicht auf meine Worte. Sie sah mich nur weiterhin so erwartungsvoll an.

»Und Loli Haarlos?«, fragte meine Tochter derweil.

Jodie fing an wie ein Huhn zu gackern.

»Lolita ist mit ihm gefahren.«

Nun wollte Jodie sich fast ausschütten vor Lachen.

Catherine riss indes die so grausig schwarz umrandeten Augen auf. »Die sind zusammen weg?«, vergewisserte sie sich bei mir.

Ich nickte.

»Da haben sich zwei gesucht und gefunden«, gluckste Jodie und warf sich rücklings auf die Matratze, um ihrer Erheiterung so richtig Ausdruck zu verleihen.

Catherine griente. »Wie gut, dass nur mein Nachhilfelehrer Todd hier war«, sagte sie zu mir. »Stell dir vor, Mom, mein Freund Todd hätte mit uns gefeiert!«

Jodie hörte abrupt auf zu lachen und setzte sich wieder auf. Streng sah sie Catherine an, die jedoch jetzt erst richtig in Fahrt kam.

»Das Schreckgespenst kann Lolita ruhig haben«, erklärte sie mir und spielte dabei mit ihren Ohrgehängen. »Möchte bloß wissen, was sie an dem findet.«

Ich hatte große Mühe, ruhig zu bleiben. »Es gibt Menschen«, erklärte ich meiner Tochter, »die sehen mit dem Herzen und nicht nur mit den Augen.«

»Na, mit den Augen kannst du den Todd aber auch nicht lange angucken«, warf Jodie schnippisch ein. »Und was erdreistet der sich, mich vor deinem Mann lächerlich zu machen, Helen? Hat der Junge ein so verkümmertes Selbstbewusstsein, dass er das nötig hat?« Sie war zunächst sehr verärgert gewesen, hatte aber schnell eingesehen, dass es das nicht wert war. »Von so einem Krüppel lasse ich mich nicht beleidigen. Schon gar nicht, da ich mich doch nur versprochen habe. Mehr war das ja gar nicht. Ich hatte mich lediglich versprochen.« Außerdem gab es viel, viel wichtigere Dinge im Leben. »Nicht wahr?«, sagte sie zu Cathy und sah ihr dabei tief in die Augen.

Meine Tochter senkte den Blick, und Jodie griff nach ihrer Hand und drückte sie. »Komm, Cath!«, sagte sie zu ihr. »Sei gescheit!«

Zwanzig Minuten später saßen wir alle unten im Wohnzimmer: Ben und ich, Isabelle und Catherine – und Jodie. Ohne Jodie war Cathy zu keinem Geständnis bereit, und sie hatte uns ein Geständnis zu machen.

Nur Musikunterricht hatten sie laut Plan am Mittwochmorgen noch gehabt, eine Doppelstunde, von halb neun bis zehn Minuten nach zehn. Und der Unterricht war ausgefallen. Was das anging, hatte Cathy nicht gelogen, und das stellte sie als Allererstes noch mal klar. »Ich habe nicht geschwänzt.« Sie hatte aber etwas Verbotenes getan, denn sie war nicht auf dem Schulgelände geblieben, wie es in solchen Fällen Vorschrift war. »Vanessa hat einen Bruder, der ist siebzehn.«

Vanessa Lickman war eine von Cathys Klassenkameradinnen, deren Namen ich in letzter Zeit häufiger hörte, allerdings immer nur beiläufig. Vanessa hatte die beste Mathematikarbeit geschrieben, Vanessa hatte Schokolade verteilt, Vanessa war die Einzige aus Cathys Klasse, die es ins Cheerleader-Team geschafft hatte.

»Hast du dich mit ihr angefreundet?«, fragte Ben.

Cathy zuckte mit den Achseln. »Nicht richtig«, meinte sie. »Vanessa ist mehr mit den Älteren zusammen.« Das lag angeblich daran, dass Vanessa eben diesen Bruder hatte, der schon siebzehn war. Und weil dieser Bruder schon siebzehn war, hatte er einen Führerschein und selbstverständlich auch ein eigenes Auto. »Einen Miata! Einen ganz süßen, quietschgelben –«

»Und wie heißt dieser Bruder?«, fiel Ben ihr ins Wort, bevor sie sich gänzlich in der Verzückung über den Sportwagen verlor.

»Boris.«

Vanessa Lickman hatte also am Mittwochmorgen ihren Bruder Boris angerufen, der sie gerade erst vor der Schule abgesetzt hatte, damit er sie gleich wieder dort abholte, weil der Musikunterricht ja ausfiel. Da es von Vanessas Zuhause nicht weit bis zu uns war, hatte Boris großzügig angeboten, Catherine mitzunehmen. Auf dem Weg war ihnen die Idee gekommen, dass sie ein bisschen shoppen gehen könnten, und sie waren in die *Grove* gefahren. Und das war weitgehend meine Schuld.

»Du hast letztens erzählt, was für scharfe Geschäfte es da gibt«, erklärte mir meine Tochter. »Die wollte ich auch mal sehen.«

»Und?«, fragte ich, als Cathy nicht weitersprach.

Sie senkte den Blick.

Ben rüstete sich zum Frontalangriff. »Ihr seid also zur *Grove* gefahren und habt euch Geschäfte angeguckt«, resümierte er. »Und warum durftest du uns das nicht sagen?«

Catherine rührte sich nicht.

»Ich hatte Vanessa versprochen, nichts zu sagen«, murmelte sie.

»Und warum nicht? Was ist dabei, ins Einkaufszentrum zu fahren, wenn der Unterricht ausfällt? Schlimm ist daran doch nur, dass du nicht vorher angerufen und um Erlaubnis gebeten hast.«

Unsere Tochter wurde sichtlich unruhig. Sie fing an, mit den

Fingernägeln an ihrer Nagelhaut zu reißen, und das tat sie nach meiner Erfahrung nur, wenn sie Angst hatte. Im nächsten Moment biss sie sich auch noch auf die Unterlippe. Sie hatte also Angst, so große Angst, dass sie nicht einmal wagte, Ben oder mich anzusehen. Sie schaute aber zaghaft zu Jodie hinüber, die dicht neben ihr auf dem Sofa saß.

Die nickte und steckte ihr etwas zu, was sie bisher fest in den Händen gehalten hatte. Es war mir gleich aufgefallen, als Jodie ins Wohnzimmer gekommen war, allerdings hatte ich dem keine weitere Beachtung geschenkt.

Cathy faltete das Etwas jetzt auseinander. Es war das bauchfreie Oberteil mit den Puffärmelchen, das sie am Vortag zu den Jeans getragen hatte.

»Die Hosen gehören Jen«, flüsterte sie. »Die haben wir getauscht. Das da ...« Vanessa hatte es besorgt.

»Besorgt?«, wiederholte ich.

»Heißt das, sie hat es gestohlen?«, fragte Ben.

Catherine nickte. Vanessa tat solche Dinge wohl häufiger und dachte sich nichts dabei. Unsere Tochter war indes vor Angst fast gestorben.

»Wirklich?«, tönte mein Mann. »Und trotzdem hattest du keine Probleme damit, dieses so postulierte Geschenk anzunehmen?«

In den nächsten Stunden gab es im Hause Drescher eine Grundsatzdebatte. Wir wollten wissen, warum Catherine nicht gewagt hatte, uns zu sagen, was vorgefallen war.

»Angst!«

Angst war hier kein Argument.

»Du hast dabei zugesehen, wie ein Verbrechen begangen wurde«, schimpfte Ben. »Davor hättest du Angst haben müssen. Das hätte dich empören müssen. Stattdessen hattest du Angst, ihr würdet erwischt oder wir bekämen es spitz, und das hältst du für ein Zeichen von Charakterstärke?« Wenn unsere Tochter heute jemanden deckte, der etwas stahl, sah sie vielleicht morgen dabei zu, wie jemand Drogen verkaufte oder einen Mord beging. »Was ziehe ich hier groß?«

»Aber man darf doch niemanden verpetzen«, wehrte Cathy sich. »Ihr predigt doch immer Loyalität und wie wichtig Vertrauen ist.«

»Moment!«, fuhr ich ihr mit erhobenem Zeigefinger in die Parade. »Loyalität ist etwas, was ein Mensch sich verdienen muss. Das verdient er sich nicht, indem er etwas stiehlt. Du kannst einem anderen gegenüber loyal sein, solange durch sein Verhalten kein Dritter zu Schaden kommt. In diesem Fall hier sieht die Sache aber doch wohl ein bisschen anders aus.«

»Meint ihr nicht, ihr macht aus einer Mücke einen Elefanten?«

Bis zu diesem Augenblick hatte Jodie schweigend zugehört. Dafür waren Ben und ich ihr nicht einmal dankbar gewesen, vielmehr hatten wir das erwartet. Umso verblüffter waren wir, als sie sich jetzt plötzlich zu Wort meldete.

»Ich weiß«, sagte sie sofort. »Eigentlich dürfte ich mich hier gar nicht einmischen. Ihr macht nur meiner Meinung nach wirklich aus einer Mücke einen Elefanten!« Aus ihrer Sicht war die ganze Angelegenheit nur eine Bagatelle. Junge Mädchen wollten dazugehören, und deshalb taten sie oft Dinge, die dumm waren. »Und junge Mädchen müssen auch dazugehören, Helen! Erinnerst du dich nicht mehr daran, wie schrecklich das war, als du vierzehn warst?« Gestern hatte man noch zu den Eltern gehört, war Papas Liebling und Mamas kleiner Sonnenschein gewesen. »Und dann wachst du eines Morgens auf und stellst fest, dass Mama und Papa dich belogen haben. Du gehörst gar nicht zu ihnen. Sie gehören zueinander, aber nicht zu dir. Du musst dir deinen eigenen Platz suchen.« Das war nicht nur mühsam, sondern man fühlte sich auch furchtbar einsam dabei. »Deshalb brauchst du in dem Alter Freundinnen«, klärte Jodie uns auf.

»Aber denen kannst du nicht trauen. Heute hast du eine beste Freundin, und morgen hat sie sich mit einer anderen verbündet.« Deshalb telefonierten junge Mädchen ja so viel. »Es reicht nicht, dich darüber aufzuregen, dass deine Tochter ewig am Telefon hängt, Helen. Mach dir lieber mal klar, warum sie das tut!«

Laut Jodie hatte Catherine gar keine andere Wahl. Teenager mussten ständig interagieren, denn sie mussten wissen, wo sie standen, ob sie womöglich allein dastanden. Letzteres musste mit allen Mitteln verhindern werden. Und Mädchen in dem Alter zogen es nun mal vor, in schlechter statt in gar keiner Gesellschaft zu sein. Das war nur natürlich. »Das blöde Top mitgehen zu lassen war zwar nicht richtig«, tönte Jodie, »aber das gleich ein Verbrechen zu nennen, halte ich für stark übertrieben.« Junge Mädchen hatten schließlich viele Bedürfnisse und nur selten das Geld, diese zu befriedigen. Da konnte so etwas passieren, und ihres Erachtens sollten wir uns freuen, dass man Catherine und diese Vanessa nicht erwischt hatte. »Dann hättet ihr Probleme!«

Jetzt hatten wir angeblich keine, versuchten vielmehr, welche zu schaffen. »Und es kommt mir auch so vor, als würdet ihr gar nicht sehen, worum es wirklich geht.«

»Aha«, meinte mein Mann. »Und möchtest du uns da jetzt zur Erleuchtung führen?«

Jodie registrierte seinen Sarkasmus, erklärte ihm aber gleich, dass sie dafür Verständnis habe. »Irgendwie müsst ihr euch ja schützen.«

Wir waren schließlich die Wurzel des Übels.

»Eure Tochter geht mit einer Freundin ins Einkaufszentrum – kein Problem! Eure Tochter sieht dabei zu, wie die Freundin ein Top klaut – eigentlich nicht euer Problem! Eure Tochter nimmt das Top als Geschenk an – ausschließlich euer Problem, nicht das eurer Tochter!« Sie erklärte uns, dass sie sich am Nachmittag ausführlich mit unserer Catherine unterhalten hätte. »Ihr schickt das Mädchen auf eine elitäre Schule und lasst sie da dann herumlaufen, als würde sie gar nicht auf diese elitäre Schule gehören.«

Jodie hielt das für genauso unpassend, wie sich einen Rolls Royce anzuschaffen, wenn man in einer Mietwohnung lebte und keine Garage hatte. »Das muss doch alles zusammenpassen! Ihr müsst sie schon ein bisschen ausstaffieren, wenn sie sich in der *Emerson* wohlfühlen soll.«

»Komm!« Ben wurde nun fast ein bisschen böse. »Darum geht es hier nicht. Es geht darum, dass Cathy nicht die Wahrheit gesagt hat und dass sie –«

»Sie hat ja gar nicht *nicht* die Wahrheit gesagt«, fiel Jodie meinem Mann ins Wort. »Sie hat die Wahrheit verschwiegen, Ben, das ist etwas anderes.«

Catherine genoss die Fürsprache. Sie saß da, als würde ihr zum ersten Mal im Leben Gerechtigkeit zuteil.

»Etwas zu verschweigen ist ebenso schlimm wie zu lügen«, sagte ich.

»Der Ansicht bin ich auch«, befand mein Mann. »Und das dann damit entschuldigen zu wollen, dass wir Cathy nicht ausreichend ausstaffieren, ist ein Witz. Es geht im Leben nicht um goldene Armbanduhren!«

»Natürlich nicht!«, pflichtete Jodie ihm bei. »Nur ist Catherine ja erst auf dem Weg ins Leben. Und auf diesem Weg sind goldene Armbanduhren wichtiger als alles andere.«

Ben war nicht bereit, diese Philosophie zu unterstützen.

»Es reicht, wenn die Welt an dieser Art Materialismus zugrunde geht, Jodie. Meine Kinder wird er nicht zerstören, das werde ich verhindern.«

Gleich nach Thanksgiving wollte er mit der Schulleitung der *Emerson* sprechen, damit die sich um den Fall Vanessa Lickman kümmerten.

Catherine wurde bleich. »Wenn du das tust ...«, hauchte sie.

»Das könnt ihr echt nicht machen«, unterstützte Jodie sie.

»Das müssen wir sogar tun!«, blieb Ben hart. »Dieses Mädchen stiehlt schließlich nicht, weil sie ein schlechter Mensch ist. Es ist vielmehr ein Hilfeschrei. Und man kann nicht tatenlos dabei zusehen, wie ein Mensch leidet.«

Das sah Jodie ganz anders. Sie machte sich Sorgen um Catherines Ruf. »Wenn die anderen dahinterkommen, dass sie die Vanessa verpetzt hat–«

»Das kriegt kein Mensch spitz!«, fiel Ben ihr ins Wort. »Ich sorge dafür, dass alles vertraulich behandelt wird. Die ganze Angelegenheit muss man mit sehr viel Sensibilität angehen.« Hier ging es schließlich nicht darum, irgendjemanden zu bestrafen. »Hier muss einem Menschen geholfen werden.«

Cathy horchte auf. »Ich werde nicht bestraft?«, fragte sie.

Ben seufzte. »Von dir war gerade ausnahmsweise mal nicht die Rede«, antwortete er bloß.

Catherines Blick verdunkelte sich wieder.

»Dein Verhalten wird und muss Konsequenzen haben, Catherine«, sagte Ben. »Und ich möchte, dass du dir in aller Ruhe überlegst, wie diese aussehen könnten.«

Jodie blickte verwirrt in die Runde. »Sie soll sich selbst eine Strafe ausdenken?«

»So ist das bei uns«, knurrte Cathy.

Jodie lachte. »Na, dann versprich deinen Eltern, dass du Eiscreme isst, bis dir der Hintern zufriert«, riet sie unserer Großen.

Mein Mann verzog nur das Gesicht, als er das hörte. »Ich glaube, wir sollten unsere Diskussion an dieser Stelle für heute beenden«, meinte er und verwies auf die Zeit. Es war schon nach Mitternacht, und Isabelle war längst auf dem Wohnzimmersofa eingeschlafen. Er trug sie nach oben, und ich begleitete Jodie nach draußen zu ihrem Wagen. Catherine wollte auch mit, barfuß.

»Zieh dir Schuhe an!«, zischte ich. »Nicht, dass du dir noch einen Splitter–«

»Nun reg dich doch nicht immer gleich über so was auf!«, fiel

Jodie mir ins Wort und hängte sich bei mir ein. »Du musst dem Mädchen ein bisschen mehr Freiraum lassen.«

»Du siehst ja, was passiert, wenn sie Freiraum hat!«

»Bohr jetzt nicht schon wieder in der Wunde, Helen! Damit machst du es nur schlimmer.« Sie verstand nicht, dass es mir so schwerfiel, mich in die Gedankenwelt meiner vierzehnjährigen Tochter hineinzuversetzen. »Fällt einem das so schwer, wenn man älter wird?« Jodie konnte sich noch bestens daran erinnern, wie sie sich gefühlt hatte, als sie vierzehn war. »Schreckliche Zeiten waren das, Helen, da kann ich mich nur wiederholen. Man braucht in dem Alter alle Unterstützung, die man kriegen kann.«

»Hat sie uns damit etwa ihre Hilfe angeboten?«, fragte Ben, als wir endlich im Bett lagen.

»Ich fürchte schon.«

Er seufzte laut. »Sag mal, Helen ... wo treibst du nur immer solche Leute auf?« Nach seinem Dafürhalten litt ich an einem klassischen Helfer-Syndrom. »Kommet zu mir, die ihr kummervoll und beladen seid!«, bemerkte er spöttisch. »Damit ziehst du diese Psychos an! Diese Jodie hat doch nicht alle Tassen im Schrank.«

21. Kapitel

Thanksgiving findet traditionell am vierten Donnerstag im November statt. Es ist der einzige Feiertag im Jahr, an dem sämtliche Geschäfte in den USA geschlossen sind, da dieses Fest von allen Amerikanern gefeiert wird, gleichgültig, welchen kulturellen und religiösen Hintergrund sie haben.

Thanksgiving bedeutet aber nicht allein kollektives Truthahnessen mit anschließender Gallenkolik, sondern auch Football und Sonderangebote. Schon am Donnerstagnachmittag geht es mit dem Sport los. Die Fernsehsender überschlagen sich regelmäßig mit Übertragungen von Footballspielen, und wem die Begegnungen der Nationalliga noch nicht reichen, der kann fröhlich auf die der College-Liga umschalten. Von Donnerstagnachmittag bis Sonntagabend sind die Männer also beschäftigt. Sie müssen nicht einmal zwischendurch bekocht werden, da dem Festmahl immer massenhaft Reste zu verdanken sind. Wer in der Lage ist, eine Kühlschranktür zu öffnen, läuft also kaum Gefahr zu verhungern. Das ist den Frauen nur recht, denn die darf man ab Donnerstagabend nicht mehr ansprechen. Sie putzen nach dem großen Schmaus noch rasch die Küche und werfen sich dann ins Bett. Am Freitagmorgen öffnen nämlich viele Geschäfte schon um fünf Uhr. Sie locken die ersten hundert Kunden mit Zwanzig-Dollar-DVD-Spielern und Fernsehapparaten unter fünfzig Dollar, mit spottbilligen Hosen, Hemden und Jacken und mit Einkaufsgutscheinen in Höhe von hundert, fünfhundert oder gar tausend Dollar. Manche Geschäfte schließen in der Nacht von Freitag auf Samstag gar nicht. Das Wort Sonderangebote blinkt und glitzert, denn mit dem nationalen Truthahntag beginnt auch offiziell die Vorweihnachtszeit.

Ben und mir fehlte jedweder Sinn für diesen Wahnsinn. Mein Mann sah sich pro Tag nur ein Footballspiel an. Das wählte er vorher mit Bedacht aus. Ich verließ das Haus nur, wenn es sich gar nicht vermeiden ließ, wenn ich beispielsweise noch Brot brauchte. Freiwillig setzte ich mich den Einkaufstollen da draußen nicht aus.

Wir holten am Freitagvormittag die Weihnachtsdekorationen vom Dachboden. Das war unsere Thanksgiving-Tradition. Die einzelnen Kartons wurden im Wohnzimmer gestapelt und nacheinander ausgepackt. Wenn alles nach Plan lief, war das Haus am Sonntagabend weihnachtlich geschmückt. Selbst der Christbaum stand dann schon. Wir hatten einen künstlichen, und der war schnell aufgestellt.

»Meinst du denn, wir schaffen das dieses Jahr auch?«

Als wir am Freitagmorgen zu uns kamen – aufwachen konnte man das nicht nennen –, hatte ich erhebliche Zweifel. Mir schmerzte jeder Knochen, was nach dem Stress der vergangenen zwei Tage auch nicht verwunderlich war.

Cathy tat so, als wäre nie etwas gewesen. Beim Frühstück redete sie nur darüber, wie toll Jodies Figur wäre, was für tolle Haare Jodie hätte und wie toll die Schuhe gewesen seien, die Jodie angehabt hatte.

»Was für Schuhe waren das denn?«, fragte Ben.

Der Anblick des durchsichtigen Kleidchens hatte meinen Mann ebenso mitgenommen wie mich, sodass wir gar nicht weitergeguckt hatten.

»So ganz spitze«, klärte Cathy uns jetzt auf. »Mit ganz hohen, dünnen Absätzen.«

»Waffen also!«, schlussfolgerte mein Mann.

Das sah Catherine anders. Sie hatte die Schuhe irre chic gefunden und wollte auch so ein Paar. Sie glaubte sogar, genug Geld gespart zu haben, um sich so etwas leisten zu können.

»Aha!«, sagte ich. »Und um wie viel Geld handelt es sich da?«

Achtzig Dollar hatte unsere Tochter im Verlauf des Jahres zurückgelegt.

»Für Weihnachtsgeschenke brauchst du die nicht?«

»Dafür habe ich noch mal extra was.«

»Aha!«, sagte ich wieder und stieß Ben unter dem Küchentisch an.

»Gute Idee«, meinte der sofort und schlug seiner Großen vor, mir die achtzig Dollar zu geben. »Meinst du nicht, das wäre eine gute Selbstbestrafung für das, was du verzapft hast?«

Für einen Moment war Catherine nur entsetzt, dann reagierte sie verärgert. »Ich dachte, ich soll mir selbst was ausdenken«, meckerte sie. Ihr Geld wollte sie gewiss nicht opfern, lieber ihre Zeit. Sie hatte erwogen, auf Isabelle aufzupassen, sodass wir mal etwas unternehmen konnten.

Ben und ich starrten einander an. Wir unternahmen nur dreimal im Jahr etwas ohne die Kinder. Wir gingen zur Jahresveranstaltung der OPOSC, zum Sommerfest der Universität und zur Schulgala – das war's.

»Aber wenn ich auf Isabelle aufpassen würde, könntet ihr häufiger mal weggehen«, meinte unsere Große.

Nun starrten Ben und ich Catherine an.

»Wir haben eine Familie gegründet«, sagte mein Mann, »weil wir eine Familie haben wollten.«

»Und solange wir diese kleine Familie haben«, fügte ich hinzu, »wollen wir sie auch genießen.«

»Aber wenn ich auf Bellie aufpasse –«

»Wenn wir wollten, dass du deine kleine Schwester hütest, würdest du das tun«, erklärte Ben. »Ohne Bezahlung und bestimmt nicht zur Strafe!«

Cathy ließ ihren Löffel in den Teller mit Cornflakes fallen. »Also, mein Geld gebe ich nicht!«, ließ sie uns wissen. »Da überlege ich mir lieber ... darf ich aufstehen?« Sie müsste mal telefonieren.

»Mit wem?«, fragte ich sofort.

»Mit Jodie.« Jodie hatte Catherine ihre Telefonnummer gegeben, damit sie jederzeit anrufen konnte, wenn sie Hilfe brauchte.

»Du brauchst jetzt keine Hilfe!«, befand ihr Vater. »Du isst jetzt deine Cornflakes auf, und dann gehst du mit mir auf den Speicher, die Kisten runterholen.«

Am Spätnachmittag standen die Kartons wie in all den Jahren zuvor in unserem Wohnzimmer, und meine Engel waren schon alle ausgepackt. Die Messingleuchter mussten geputzt werden, bevor ich sie aufstellen konnte, und Catherine war nicht bereit, mir dabei zu helfen, weil das Putzmittel angeblich abartig stank. Sie gab mir aber die achtzig Dollar. »Damit ich es hinter mir habe.«

Nun, so ganz hatte sie es damit noch nicht hinter sich. Das Oberteil, das Vanessa Lickman gestohlen und ihr gegeben hatte, musste sie dieser zurückgeben. »Dad wird am Montagmorgen vor der Schule warten, Cathy. Bis du das getan hast.«

Sie schluckte. »Und dann, Mom?«

»Dann wird er mit der Schulleitung sprechen. Darüber musst du dir aber nicht den Kopf zerbrechen.«

Das Telefon läutete. Jodie war am Apparat und wollte sich für den netten Abend bedanken.

»Weißt du, was heute Morgen passiert ist, Helen? Um halb acht bin ich wachgeworden, von wahnsinnig lauter Musik!« Die Musik dröhnte aus einem Auto, das mit heruntergelassenen Scheiben direkt unter ihrem Wohnzimmerfenster gestanden hatte. »So ein fetter Mischling saß da am Steuer! So was mexikanisch Japanisches, was weiß ich!« Dem hatte sie es aber gegeben! Sie hatte sich nur eben den Bademantel übergezogen und war nach unten gerannt. »Auf die Kühlerhaube habe ich dem geschlagen, Helen, mit beiden Händen. Und dann habe ich ihn angebrüllt, was ihm einfiele, um diese Uhrzeit so einen Höllenlärm zu veranstalten.«

»Ist das Jodie?«, rief Cathy ganz aufgeregt und sprang vor mir herum. »Ist das Jodie? Kann ich auch kurz mit ihr sprechen?«

»Helen?«, rief Jodie mir ins Ohr. »Hörst du mir zu, Helen?«

»Ist das Jodie, Mom?«

»Helen? Ist das Cathy im Hintergrund?«

Ben schaltete gerade den Fernsehapparat ein, und Cathy riss mir fast den Telefonhörer aus der Hand. Im gleichen Moment fing Isabelle an zu schreien. Sie hatte ihrem Lieblingsengel nur ein Küsschen geben wollen, und er war ihr aus der Hand geglitten und in tausend Stücke zerbrochen. Mir blieb nichts anderes übrig, als Cathy das Telefon zu überlassen und Bellie zu trösten.

Achtundvierzig Stunden später war unser aller Welt scheinbar wieder in Ordnung. Wir hatten viel geschlafen, gut und regelmäßig gegessen und alles getan, was wir traditionell an unserem Thanksgiving-Wochenende zu tun pflegten.

Die Außenbeleuchtung war installiert. Den ganzen Samstag hatte Ben damit zugebracht, die Lichterketten anzubringen. Der Christbaum stand auch an seinem angestammten Platz im Wohnzimmer. Als am Sonntagabend die *Hollywood Christmas Parade* wie jedes Jahr live im Fernsehen übertragen wurde, brachte Ben gerade die letzten Lichter an.

»So, meine Lieben!«, verkündete er stolz.

Es war aber auch ein schöner Baum. Wir hatten allen Grund, stolz auf ihn zu sein.

»Darf ich schon eine Kugel reinhängen, Dad?«

Nein, Isabelle durfte keine Kugel an den Baum hängen. Geschmückt wurde er erst am Heiligabend.

»Warum?«, jammerte sie.

»Weil wir das immer so machen, Bellie.«

»Aber warum?«

Es war stimmungsvoll. Und es war eine liebe, alte Gewohnheit, etwas Vertrautes. Vertraute Dinge taten der Seele gut.

Am Montag musste ich wieder arbeiten. Victor erwartete mich und entschuldigte sich sofort für den Mittwoch. »Das tat mir so leid, Helen. Aber ich konnte einfach nicht.«

»Was war denn?«

Er schüttelte den Kopf, als wolle er lieber nicht darüber reden. »Ich habe Nathalie ein bisschen was erzählt«, meinte er nur.

Als ich diese später darauf ansprach, nickte sie vor sich hin. »Er hat psychische Probleme, Helen. Panikattacken. Er kam am Mittwoch vor lauter Angst nicht aus dem Bett.«

Sie glaubte, dass Victor dringend professionelle Hilfe brauchte, sich das nur nicht eingestehen wollte. »Er kommt aus einer erzkatholischen Familie«, erklärte sie. »Homosexualität ist für diese Leute eine Sünde.« Sie mochte sich gar nicht vorstellen, wie der Junge litt. »Wenn er seinen Bedürfnissen nachgibt, ist er ein Sünder, und ihm droht die Hölle. Verdrängt er seine Bedürfnisse, ist er unglücklich.«

»Das weiß ich gar nicht«, warf ich ein. »Mir kommt es so vor, als sei er auch unglücklich, wenn er seinen Bedürfnissen nachgibt.« Ich wiederholte Nathalie, was Victor mir über das Können und das Dürfen gesagt hatte.

Sie schloss die Augen und seufzte. »Kannst du dir das vorstellen, Helen? Unsereiner hat einen Mann kennengelernt, sich verliebt, geheiratet, Kinder bekommen. Kannst du dir vorstellen, wie das ist, wenn das alles Probleme macht? Wenn dir einer gesagt hätte, dass du deinen Mann nicht lieben darfst, sondern eine andere Frau heiraten musst? Weil sich das so gehört?«

Es war ruhig an jenem Montagmorgen, so ruhig, dass ich gegen elf nach oben in die ICU lief und Faith fragte, ob sie Zeit für eine Zigarette hätte.

Sie verzog das Gesicht, als würde ihr meine Frage körperliche Schmerzen bereiten. »Ich rauche nicht mehr«, sagte sie dann.

Das konnte ich nicht glauben. Faith liebte nichts so sehr wie ihre Lakritz-Zigaretten.

»Willst du denn mal sehen, warum ich nicht mehr rauche?«, fragte sie schelmisch und griff nach etwas, mit dem sie dann vor meiner Nase herumwedelte. Im nächsten Moment stieß ich verzückte Schreie aus. Das war ein Ultraschallbild, was Faith da in der Hand hielt. »Herzlichen Glückwunsch!« Ich warf mich förmlich über die Brücke, um Faith in die Arme zu schließen.

Fünf Jahre hatte sie versucht, schwanger zu werden. Fünf Jahre lang waren sie und ihr Mann von einem Spezialisten zum anderen gelaufen, um von jedem wieder das Gleiche zu hören: »Sie sind beide kerngesund! Sie hatten bisher nur noch kein Glück!« Jetzt hatten sie endlich Glück gehabt. »10. Juli!«, flüsterte sie und wischte sich die Tränen aus den Augen. »Zuckerman war auch ganz gerührt.«

»Was sagt dein Mann?«

»Kann man gar nicht beschreiben, Helen. Der hat gejubelt, als hätten wir in der Lotterie gewonnen.«

Also ging ich allein zum Rauchen. Das hatte auch sein Gutes, wie ich feststellte, so konnte ich in Ruhe meinen Gedanken nachhängen. Waschpulver hatte ich nicht mehr, das fiel mir als Erstes ein. Und Isabelle sollte zu Weihnachten ein Tutu bekommen, das genauso gearbeitet war wie das, das ich für Britney Meyers genäht hatte. Dafür musste ich Tüll kaufen und Draht, Stoffröschen hatte ich noch übrig.

Für Cathy würde ich meine Schneiderkünste nicht einsetzen müssen, sie hatte keinen Spaß mehr am Tennis. Wie gut, dass ich mich nicht hatte überreden lassen, die Tennisröcke zu nähen! Unsere Große hatte bei dem Turnier, das sie mit Jennifer gespielt hatte, gleich in der ersten Runde verloren und wollte jetzt lieber surfen. Den Floh hatte Jodie ihr Thanksgiving ins Ohr gesetzt.

Jodie hatte über das Wochenende noch mehrmals angerufen, doch hatte ich persönlich nicht mehr mit ihr gesprochen. Sie hatte Nachrichten auf dem Anrufbeantworter hinterlassen. Eigentlich hatte ich den Kontakt zu Jodie ja abbrechen wollen. Jetzt war ich mir aber nicht mehr so sicher, ob das eine gute Idee war, weil sie offenkundig einen Zugang zu Catherine hatte, der mir selbst zurzeit fehlte. Insofern war es vielleicht vernünftiger, erst einmal abzuwarten, wie sich die Sache weiterentwickelte. Ich musste sie also zurückrufen.

Ich seufzte. Meine Gespräche mit Jodie waren immer so anstrengend. Und sie dauerten auch immer so lang. Dabei hatte ich gar keine Zeit zum Telefonieren. Ich hatte eine lange Liste mit Namen von Menschen, bei denen wir uns schon ewig nicht mehr gemeldet ... – Charlotte Henson!

Ich musste dringend Charlotte Henson anrufen!

Ich lief zurück in die »Höhle« und suchte nach der Visitenkarte, die Charlotte mir an dem Abend in Santa Monica gegeben hatte. Da ich meine Handtasche nur selten aufräumte, flog sie immer noch darin herum.

Ich wählte die Büronummer. Es läutete dreimal, viermal. Es war inzwischen kurz vor zwölf Uhr, und vielleicht hatte Charlotte Mittagspause. Nach dem siebten Läuten nahm endlich jemand ab.

»Anschluss Charlotte Henson!«, sagte eine Frauenstimme. Sie kam mir bekannt vor, was aber gar nicht sein konnte.

»Charlotte Henson, bitte!«

»Tut mir leid, aber sie ist im Moment nicht an ihrem Platz.«

Ich stutzte. »Jodie?«

»Helen?«, kam postwendend zurück.

»Was machst du denn in Charlotte Hensons Büro?«

Jodie wollte sich schlapp lachen, wie sie es nannte, und konnte überhaupt nicht begreifen, dass Charlotte nicht mitlachte, als sie Augenblicke später wieder in ihr Büro kam.

»Ja, hätte ich es denn klingeln lassen sollen?«, hörte ich Jodie fragen. »Deine Tippse ist doch zu Tisch.«

»Dr. Henson!«, vernahm ich im nächsten Moment Charlottes Stimme am anderen Ende der Leitung.

»Helen Drescher.«

Ich entschuldigte mich dafür, nicht früher angerufen zu haben.

»Das macht doch nichts, Helen. Vor Thanksgiving hat doch kaum einer Zeit.«

Ich hatte aber jetzt Zeit, ihre Mutter in Reseda aufzusuchen. »Am Donnerstag wäre es mir am liebsten, Charlotte. Da habe ich frei.«

Donnerstag passte ihr auch gut, und wir einigten uns auf vier Uhr. »Wie Sie zu dem Reha-Zentrum kommen, wissen Sie?«

22. Kapitel

Den Weg nach Reseda würde ich sogar mit geschlossenen Augen finden. Vier Monate lang war ich täglich in die Rehaklinik gefahren: morgens hin, nachmittags wieder zurück, abends wieder hin, nachts zurück. Manchmal hatten die Kinder mich begleitet, meist war ich allein gewesen. Allein mit meinen Ängsten und Sorgen.

Mit Kopfschmerzen hatte alles angefangen. Vor mittlerweile vier Jahren hatte Ben plötzlich immer häufiger über Kopfschmerzen geklagt, und die Medikamente, die er anfangs dagegen nahm, hatten keinerlei Wirkung gezeigt.

Also ließ er sich Rückenmassagen verschreiben, versuchte es mit einer neuen Brille, mit Akupunktur, sogar mit Yoga. Eines Tages erhielt ich dann einen Anruf von der Universität. Mein Mann hatte während einer Vorlesung einen epileptischen Anfall erlitten, und man hatte ihn ins Krankenhaus gebracht.

»Ins RMC, Frau Drescher.«

Als ich an jenem Tag aufgelöst in der Notaufnahme eintraf, machte ich zunächst die Bekanntschaft mit Nathalie Hoskins. Sie erklärte mir, mein Mann sei am Leben und bei Bewusstsein, mehr wusste sie allerdings nicht. Sie hatte keine Ahnung, was mit Ben los war, brachte mich aber nach oben in die Neurochirurgie, damit ich mit dem Arzt sprechen konnte, der meinen Mann behandelte. »Er heißt Dr. Warren.«

Ben ging es gut. Er lag im Bett und war froh, dass ich da war, da er sich um mich mehr Sorgen gemacht hatte als um alles andere.

»Ich wollte dich selbst anrufen, damit du nicht denkst, es wäre etwas Schlimmes passiert.«

Sie hatten ihn nicht gelassen, und Dr. Warren erklärte mir mit wenigen Worten, warum nicht.

Mein Mann hatte einen Hirntumor.

Genaueres konnten sie noch nicht sagen, dazu mussten erst noch weitere Tests gemacht werden, aber dass er einen Tumor hatte, stand einwandfrei fest.

Er erwies sich als gutartig. Es war ein Meningeom. Normalerweise wuchsen diese Tumore nur langsam, was in Bens Fall unbedeutend war, weil der Tumor ungünstig saß. Er musste operativ entfernt werden, und zwar schleunigst, aber wenn wir Glück hatten, war mein Mann danach wieder ganz gesund. Wir konnten allerdings auch Pech haben.

Nach der Operation war ich zunächst überzeugt davon, dass wir Pech gehabt hatten. Dr. Warren war zwar sehr zufrieden, ich hingegen sah dafür eigentlich keinen Grund.

Ben lag flach in seinem Bett. Er konnte sich artikulieren wie vor der Operation, und er konnte auch sehen und hören und schmecken und riechen. Er erinnerte sich auch an alles. Er wusste nur nicht mehr, wie man eine Faust machte. Er konnte auch nicht mehr mit den Zehen wackeln oder den Kopf von rechts nach links drehen.

»Das kommt aber wieder!«, behauptete Dr. Warren. »Seine Reflexe sind alle in Ordnung.«

Also wurde Ben vom RMC ins Reha-Zentrum nach Reseda verlegt. Ich schluchzte wie ein Kind, als sie meinen Mann auf der Trage die Auffahrt hinaufschoben. Diese Behindertenrampe schien mir seine Zukunft zu sein. Von jetzt an brauchten wir eine ebenerdige Welt. Anders ging es nicht mehr.

Als ich am Nachmittag des 1. Dezember 2005 auf den Parkplatz der Reha-Klinik fuhr, erinnerte ich mich einmal mehr an meine damaligen Gedanken. Ich blickte auf diese Behindertenrampe und im nächsten Moment auf die Treppe daneben.

Vier Monate nach seiner Einlieferung war Ben an meiner Seite diese Treppe hinuntergegangen. Ich liebte dieses Reha-Zentrum. Ich liebte jeden Stein, jede Ecke. Und ich liebte die Menschen, die damals hier gearbeitet hatten.

Marlene arbeitete immer noch hier. Und sie war im ersten Moment entsetzt, als sie mich sah.

»Ist etwa …«

»Nein, nein, nein!«

»Na Gott sei Dank!«

Wir umarmten einander, und dann versicherte ich Marlene, dass sie ganz genau so aussähe wie vor dreieinhalb Jahren.

»Du auch, Helen! Du siehst eher aus, als wärest du jünger geworden.«

Damit hatten wir dann genug gelogen und sprachen ein wenig über Ben und die Kinder.

»Vierzehn ist Cathy schon?« Marlenes Sohn war inzwischen zwanzig und gerade dabei, sich selbstständig zu machen. »Mit Computern und so 'nem Kram. Kenne ich mich überhaupt nicht mit aus. Und was macht die Kleine, Helen?«

Isabelle war damals der Wonneproppen der Station gewesen. »Ich weiß noch, wie sie uns immer geholfen hat, das Abendessen auszuteilen.«

»Auf den Pudding hatte sie es abgesehen, Marlene, nicht aufs Helfen.« Trudy Brock lag nicht auf Marlenes Station. »Ich kenne die Frau aber.« Flüsternd fügte sie hinzu: »Ist unsere Frau Hitler.«

»Was?«

»Schlimm, Helen. Bei denen zu Hause hatte sogar der Hund einen arischen Nachweis.«

Charlotte Henson erwartete mich bereits. Sie saß im Besucherraum, einem verglasten Bereich, der freien Blick auf die Korridore bot. Als sie Marlene und mich kommen sah, stand sie auf und lief uns entgegen. »Das ist so nett von Ihnen«, rief sie schon von weitem.

Marlene verabschiedete sich von mir. »Ich komme nachher noch mal kurz vorbei«, versprach ich. Dann wandte ich mich Charlotte Henson zu. Ich war erstaunt, wie sehr sie in den letzten drei Wochen zugelegt hatte. »Man sieht es ja schon richtig.«

»Liegt an meinem zarten Alter, Helen.«

Außerdem war sie von Natur aus nicht schlank. »Ich hatte immer Gewichtsprobleme«, seufzte sie. »Mein Leben lang.«

Sie hatte in den wenigen Wochen bereits so viel zugenommen, dass man hätte glauben können, sie sei schon im sechsten Monat. »Ich muss ganz schön aufpassen, Helen. Der Arzt hat gesagt, wenn ich so viel zunehme, könnte sich das negativ auf den Blutdruck auswirken, und ich habe schon von Natur aus hohen Blutdruck.« Den hatte sie von ihrer Mutter geerbt, und über die wollte sie gern kurz mit mir sprechen. »Bevor wir zu ihr gehen, Helen.«

Wir setzten uns in den verglasten Besucherraum, und Charlotte erzählte mir, dass ihre Mutter von jeher labil gewesen sei. »Sie hat schon als ganz junge Frau versucht, sich das Leben zu nehmen. Deshalb haben meine Großeltern sie damals nach Amerika geschickt.« 1952 war das gewesen. Bei einem Vetter in New Jersey hatte Trudy Brock sich von einer unglücklichen Liebe erholen sollen. »Nur hat sie da gleich wieder einen Mann kennengelernt. Und natürlich wieder einen, der nichts taugte.«

Dieser Mann war Charlottes Vater gewesen. Sie hatte ihn persönlich nie kennengelernt; er hatte sich nie für sie interessiert. »Genauso wenig wie für meine Mutter.« Das hatte die nur erst viel zu spät eingesehen, und danach hatte sie ihre ganze Liebe dann auf ihre Tochter konzentriert. »Eine kranke Liebe, Helen. Glauben Sie mir!« Diese kranke Liebe war das Kreuz, das Charlotte Henson zu tragen hatte. Schon als Will noch lebte, war das schwer gewesen. Jetzt hatte sie manchmal das Gefühl, unter der Last zusammenzubrechen. »Sie haben ja mitbekommen, wie meine Mutter sich damals auf der Intensivstation gebärdet hat«, erinnerte sie mich. »Wenn ich nicht vierundzwanzig Stunden am Tag zur Verfügung stehe, steigert sie sich in Verlustängste. Sie steigert sich in jedes negative Gefühl hinein.« Deshalb auch die Schuldgefühle hinsichtlich Wills Tod. »Könnten Sie bitte darauf achten, wenn Sie gleich mit ihr sprechen?«, bat Charlotte.

Trudy Brock lag in einem Zweibettzimmer. Die Betten standen zur Linken und waren mit einem Vorhang voneinander abgetrennt. Die Dame im ersten Bett litt an Alzheimer. Sie lag mit weit geöffnetem Mund da; so lag sie laut Charlotte immer da, von früh bis spät, seit Wochen, und wie sie vom Sohn der Frau erfahren hatte, angeblich schon seit Jahren. Ihre Mutter lag in dem zweiten Bett, in dem, das direkt neben dem Fenster stand. Es bot einen freien Blick ins Grüne und auf die kleine Terrasse, zu der es vom Zimmer einen Zugang gab.

»Mama, das ist Helen Drescher!«

Ich war hinter Charlotte ins Zimmer gegangen, sodass ich ihre Mutter erst jetzt sah. Sie saß aufrecht im Bett und blickte mir geradewegs ins Gesicht.

Ich erschrak. Ich erschrak so sehr, dass ich mich für einen Moment nicht rühren konnte.

Trudy Brock sah ganz anders aus, als ich sie in Erinnerung hatte. Die Schwellungen waren abgeklungen, die Blutergüsse abgeheilt, und das Haar hing ihr nicht mehr verschwitzt und strähnig im Gesicht. Sie trug jetzt eine Brille, eine Goldbrille mit unmodern großen Gläsern, und zunächst dachte ich, es liege nur daran: Trudy Brock sah aus wie meine Mutter.

Ja, meine Mutter hatte die gleiche Brille getragen. Nur war meine Mutter siebenundfünfzig Jahre alt gewesen, als sie starb, und Charlottes Mutter war bereits fünfundsiebzig. Gleich erschrak ich noch einmal. Meine Mutter war seit achtzehn Jahren tot. Wenn sie noch gelebt hätte, wäre sie jetzt auch fünfundsiebzig Jahre alt gewesen, und dann hätte sie bestimmt genauso ausgesehen wie –

»Helen?«, sprach Charlotte mich an.

Ich riss mich zusammen und begrüßte Trudy, spürte ihre Hand in meiner. »Sie müssen entschuldigen«, sagte ich dann. »Aber … Sie sehen genauso aus wie meine Mutter.«

Trudy freute sich sehr, das zu hören. »Haben Sie ein gutes Verhältnis zu Ihrer Mutter?«, wollte sie wissen.

Ich erzählte ihr, dass meine Mutter bereits lange tot war.

»Sie lebt nicht mehr?«, fragte Trudy mit mitleidiger Stimme nach.

»Schon lange nicht mehr.«

»So jung haben Sie die Mutter verloren?«

»Ich war zwanzig.«

Trudy seufzte schwer. Zwanzig war zu jung, um die Mutter zu verlieren. Sie selbst war vierzig gewesen, als ihre Mutter starb, und das war auch noch viel zu früh gewesen.

»Es vergeht kein Tag, an dem ich nicht an sie denke.«

Mit ihren geheimnisvollen graublauen Augen sah sie mich an. Sie erinnerte sich an mich. Sie glaubte zumindest, sich an mich zu erinnern. »Waren Sie nicht diese nette Person, die mich damals auf der Intensivstation besucht hat?« Sie wandte sich an ihre Tochter: »Erinnerst du dich, Charlotte? An dem Tag, an dem du mal wieder nicht gekommen bist und ich dachte, es wäre was passiert.«

Charlotte bot mir an, auf dem Stuhl Platz zu nehmen, der neben dem Bett stand.

»Wollen Sie sich nicht lieber setzen?«, gab ich zurück.

»Ich denke, dass ich Sie jetzt erst mal eine Weile allein lasse, Helen.«

»Erst musst du mir noch eine Flasche Mineralwasser besorgen!«, fuhr Trudy ihre Tochter an. »Und nicht wieder das ohne Kohlensäure! Wer das warm trinken kann, muss in dem Zustand von der da sein!« Sie wies mit der Hand auf den Vorhang, der die beiden Betten im Raum voneinander trennte.

»Möchten Sie auch etwas trinken?«, fragte Charlotte.

Ich lehnte dankend ab.

»Sie sind auch Deutsche?«, wollte Trudy derweil wissen.

»Ich stamme aus Dortmund.«

»Aus Dortmund?«, rief sie, als sei es unmöglich, dass das ein Zufall war. Sie hatte eine Freundin gehabt, die aus Dortmund kam, und die hatte sie ein paar Mal besucht.

»Das Ruhrgebiet hat ja unter dem Krieg auch furchtbar gelitten«, meinte sie gleich darauf. »Fast so schlimm wie Berlin.« Dann erzählte sie mir von ihrer Kindheit, vom Krieg, von dem Mann, den sie kennengelernt hatte. »Ich war jung und so verliebt. Aber er wollte seine Frau meinetwegen nicht verlassen.« Da hatte sie eine Dummheit begangen, wie sie es ausdrückte. Die Narben an ihren Handgelenken waren noch jetzt deutlich zu sehen, und sie zeigte sie mir sofort. »Aber sie haben mich rechtzeitig gefunden«, erklärte sie und seufzte, als täte ihr das noch heute leid. »Und danach haben meine Eltern mich zu einem Vetter geschickt – zu einem angeheirateten Vetter!«, fügte sie mit erhobenem Zeigefinger hinzu. Der war Jude gewesen und schon Anfang der Dreißigerjahre nach Amerika ausgewandert.

Charlotte, die gerade das Wasser gebracht hatte, stöhnte unüberhörbar.

»Was?«, fauchte ihre Mutter sie an. »Darf ich nicht über mein Leben reden?«

»Natürlich darfst du das, Mama. Aber die Frau Drescher ist ja nicht hergekommen, um sich deine Männergeschichten anzuhören.«

»Männergeschichten?« Trudy Brock war empört. »Meine Tochter tut gerade so, als sei ich von einem Bett ins andere gefallen. Dabei habe ich seit meinem achtundzwanzigsten Lebensjahr keinen Mann mehr –«

»Mama!«

Charlotte reichte ihrer Mutter das Wasserglas, und die beiden Frauen wechselten bitterböse Blicke. Das Wasser war auch nicht richtig. Es war wieder das ohne Kohlensäure.

»Das andere ist nicht gut für dich«, zischte Charlotte durch die Zähne und sah mich dabei an, als müsse ich ihr jetzt unbedingt zu Hilfe kommen.

Ich hatte andere Pläne. Ich wechselte das Thema. Ab jetzt ging es um Will und um die Nacht vom 28. auf den 29. September 2005.

»Soll ich bleiben, Mama, oder soll ich gehen?«

Die beiden Frauen sahen einander immer noch feindselig an.

»Von mir aus kannst du gehen«, kläffte Trudy nach einer Weile. »Das willst du doch. Was fragst du mich also, ob du bleiben sollst?«

Charlotte rollte mit den Augen und ging Richtung Tür. »Wenn Sie mich brauchen, Helen, ich bin auf dem Flur.«

»Warum sollten wir dich brauchen, Charlotte?« Nun war Trudy Brock regelrecht wütend.

»Meine Tochter bevormundet mich«, erklärte sie mir, kaum dass Charlotte aus dem Zimmer war. »Das hat sie immer schon getan. Manchmal frage ich mich, wie ich überlebt habe, bevor sie sich um mich gekümmert hat. Wenn man ihr so zuhört, muss man das für schlichtweg unmöglich halten. Ohne meine Tochter hätte ich angeblich gar nicht überlebt.« Charlotte mischte sich in alles ein. Sie bestimmte, wann Trudy aufstand und wann sie schlafen ging, was sie aß und wen sie in ihre Wohnung ließ. »Fünfmal täglich ruft sie mich an, Helen. Haben Sie Ihre Mutter auch derartig tyrannisiert?«

»Nein«, gab ich lachend zurück. »Ich hätte gar nicht gewusst, was ich meiner Mutter fünfmal am Tag hätte erzählen sollen.«

»Oh«, stieß Trudy Brock aus. »Erzählt wird bei uns nicht, Helen. Deshalb ruft Charlotte nicht an.« Ein durchschnittliches Gespräch dauerte bei ihnen nur zwei, drei Minuten. »Sie fragt mich, wie es mir geht, sagt, dass sie im Stress oder aber todmüde ist, und dann will sie wissen, ob ich meine Medikamente genommen habe oder ob ich den oder den angerufen habe. Und dann geht die Schimpferei los.« Hatte Charlotte sich ausgeschimpft, versicherte sie Trudy ihrer Liebe, und dann legte sie auf. »Weil sie ja im Stress ist oder müde; je nachdem.«

Trudy seufzte erneut tief auf. Will hatte gewusst, was sie mit ihrer Tochter mitmachte. Er hatte Charlotte auch schon mal zur Rede gestellt und Trudys Partei ergriffen, wenn es zu ernsteren Streitigkeiten kam. »Jetzt bin ich ganz allein mit ihr ...«, flüsterte sie, und dabei füllten sich ihre Augen mit Tränen.

Trudy Brock hatte eine liebevolle und sehr enge Beziehung zu ihrem Schwiegersohn gehabt. Das behauptete sie zumindest. »Will hat mich mehr geliebt als seine eigene Mutter«, sagte sie leise. »Das hat er mir einmal sogar gesagt.« Wenn irgendetwas in ihrer Wohnung kaputt war, hatte Will sich immer gleich darum gekümmert. »Und er ist auch zwischendurch schon mal vorbeigekommen. Einfach nur, um einen Kaffee mit mir zu trinken.«

Charlotte hatte davon nichts gewusst. Sie hatten ihr bewusst nie davon erzählt, da Charlotte sehr leicht eifersüchtig wurde, wenn ihre Mutter zu anderen Menschen engere Kontakte knüpfte. »Sie muss die erste Geige spielen, Helen. Verstehen Sie?« Da Charlotte keinen Vater gehabt hatte, war Trudy ihre einzige Bezugsperson gewesen. Sie hatte ihre Mutter nie mit jemandem teilen müssen. »Und Will wollte sie auch mit niemandem teilen. Charlotte war so ... der Mann brauchte bloß die Nachbarin zu grüßen, und meine Tochter hat die Fassung verloren.« Aber vielleicht war das so, wenn man einen Menschen liebte, wie Charlotte ihren Mann geliebt hatte. Dass Charlotte ihren Will geliebt hatte, stand für Trudy nämlich außer Frage. »Allerdings war das eine ganz eigenartige Liebe«, meinte sie. »Manchmal habe ich mich gefragt, wie er das aushält.« Charlotte hatte über das Leben ihres Mannes ebenso bestimmt, wie sie über das Leben ihrer Mutter bestimmte. »Er hat das hingenommen, Helen. Ich glaube, er hat sie viel mehr geliebt als sie ihn.« Und weil Will ihre Tochter so sehr geliebt hatte, hatte Trudy ihn wiederum geliebt. »Das ist ja klar. Wenn man merkt, dass ein Mann dein Kind gut behandelt, kann man ihn nur ins Herz schließen.«

So hatte sie sich wahnsinnig gefreut, als er am Spätnachmittag des 28. September plötzlich bei ihr aufgetaucht war. »Ich hatte ja Charlotte erwartet, und mit der von Santa Monica nach Malibu zu fahren wäre nicht lustig gewesen.« Es war angeblich schon schwierig, mit Charlotte in einem Raum zu sein, den man jederzeit verlassen konnte. »In geschlossenen Räumen kann sie den gelassensten Menschen zum Wahnsinn treiben, Helen!« Folglich war sie regelrecht glücklich gewesen, mit Will zu fahren. »Und er war auch so ganz besonders nett an dem Tag«, erinnerte sie sich.

Will hatte Trudys Geburtstagsgeschenk für Charlotte hinten ins Auto gelegt und ihr dann dabei geholfen einzusteigen. »Und dabei hat er mir von dem Brand erzählt und davon, dass die Straßen alle verstopft waren.« Deshalb hatten sie gleich einen Schleichweg genommen, auf dem sie aber nicht weit kamen, weil gleich an der nächsten Ecke dieser Lastkraftwagen die Straße versperrte. »Will war so nett zu dem LKW-Fahrer, Helen. Er hat ihm die ganze Zeit Handzeichen gegeben, damit er besser wenden konnte. Und am Ende ist er dann ja sogar ausgestiegen.«

Wenn er das nicht getan hätte, wäre er vielleicht noch am Leben. Wenn sie statt Will ausgestiegen wäre, hätte es sie erwischt und nicht ihn. Wenn sie noch ihren Führerschein gehabt hätte, wäre Will gar nicht in Santa Monica gewesen. Dann hätte sie selbst nach Malibu fahren können. Mit bekümmerter Miene nickte sie vor sich hin.

Nach einer Weile sagte sie: »Worüber ich die ganze Zeit nachdenke ... warum hat sie seine Organe gespendet, Helen?« Trudy konnte die Entscheidung ihrer Tochter nicht verstehen. »Man weiß doch, dass die Illegalen davon profitieren. So was unterstützt man doch nicht.«

Die nächste halbe Stunde verbrachte ich damit, Trudy Brock aufzuklären: über Gesetze, über Gesetzesänderungen und vor allem über Gewebetypen. Es war nicht möglich, dass jemand aus Guatemala die Nieren ihres Schwiegersohnes bekommen hatte.

»Das geht gar nicht?«, vergewisserte sie sich mit einem eigenartigen, beinahe frohlockenden Ausdruck im Gesicht.

Jetzt war mir klar, warum man sie hinter vorgehaltener Hand die Frau Hitler nannte.

»Die Organe weißer Spender gehen zumeist auch an weiße Empfänger, Frau Brock.«

»Sagen Sie Trudy zu mir, sonst fühle ich mich so alt.« Sie sagte das fröhlich, doch im nächsten Moment wurde ihr Blick leer. »Aber ich bin ja auch alt«, meinte sie da. »Mit fünfundsiebzig ist man alt.« Sie seufzte. »Ich hätte nie gedacht, dass ich fünfundsiebzig würde.« Sie hatte sich allerdings auch nicht mehr vorstellen können, Großmutter zu werden. »Ich kann Ihnen gar nicht sagen, Helen, wie mich das für Charlotte freut. Ich hoffe nur, dass auch alles gut geht. Nicht, dass sie wieder eine Fehlgeburt hat.«

Die Fehlgeburten hatten ihrer Tochter in der Vergangenheit mehr zugesetzt als die Jahre, in denen sie vergeblich versucht hatten, schwanger zu werden, und es einfach nicht geklappt hatte. »Das war auch schlimm, verstehen Sie mich da nicht falsch, aber nicht ganz so schlimm.« Nach den Fehlgeburten hatte Charlotte sich jedes Mal so verändert, dass Will und Trudy geglaubt hatten, sie sei im Begriff, den Verstand zu verlieren. »Sie hatte sich da so eine ganz merkwürdige Erklärung für alles zurechtgelegt. Weil sie nicht glauben wollte, dass es einfach nicht sein sollte. Das gibt es nicht bei meiner Tochter, dass etwas nicht sein soll, was sie will.« Charlotte setzte sich ein Ziel und erreichte es auch.

»Sie hatte mit sechzehn ihr Abitur, Helen. Mit neunzehn hat sie das College abgeschlossen.«

»Wie der Nachhilfelehrer meiner Tochter«, sagte ich.

»Wird der auch Anwalt?«

»Biochemiker.«

Trudy seufzte. So etwas wäre für ihre Tochter vielleicht auch besser gewesen. »Da hätte sie den ganzen Tag allein in einem Labor gesessen und mit keiner Menschenseele zu tun gehabt.« Als Anwältin hatte sie es mit ihrer Veranlagung sehr viel schwerer gehabt. »Charlotte ist nun mal sehr bestimmend und oft auch so rüde. Das ist ihr in ihrem Job nicht gut bekommen.« So hatte sie zwar mit vierundzwanzig ihre Anwaltslizenz gehabt und mit fünfundzwanzig ihren Doktortitel, die Karriereleiter war sie dennoch nie emporgeklettert. »Die haben sie bei *Cohen, Clark & Danner* nie zum Partner gemacht. Können Sie sich vorstellen, wie belastend das war?« Also hatte Charlotte ihre ganze Energie darauf konzentriert, den geeigneten Mann zu finden, mit dem sie eine Familie gründen konnte. »Ich war heilfroh, als sie Will kennenlernte. Die Männer, die sie davor hatte, die taugten alle nichts.«

Will war der Richtige gewesen, nur hatte es eben mit der eigenen Familie nicht geklappt. »Und sie haben alles versucht, die beiden.« Da Charlotte es nicht gewöhnt war, etwas nicht zu schaffen, was sie sich vorgenommen hatte, war das Ganze rasch aus dem Ruder gelaufen. »Erst war sie ganz verbissen, dann hat sie Gott für alles verantwortlich gemacht.« Auf Dauer hatte Charlotte die Vorstellung beängstigt, dass Gott ihr etwas versagte, was sie sich so inniglich wünschte. »Und da hat sie sich dann eine andere Erklärung gebastelt.« Trudy Brock seufzte herzzerreißend. »›Die Ansprache‹ haben wir das genannt, Will und ich. Charlotte hat uns mindestens zwei-, dreimal in der Woche die Ansprache gehalten. Dass Kinder sich ihre Eltern selbst aussuchen, Helen. Und dass die kleinen Bastarde selbst daran schuld sind, wenn sie sich die verkehrten Eltern aussuchen.«

Ich erinnerte mich an die Nacht, in der Will gestorben war. »Andrea Yates verdient einen Orden?«, fragte ich vorsichtig.

Trudy Brock starrte mich zunächst an, dann klatschte sie in die Hände. »Ich glaube es nicht. Sie hat Ihnen die Ansprache gehalten?« Laut Trudy war ich damit nicht allein. Wer Charlotte länger als ein paar Minuten kannte, kannte auch die Ansprache. »Was meinen Sie, warum die sie bei *Cohen, Clark & Danner* nicht zum Partner gemacht haben? Können Sie sich das vorstellen, Helen? Eine Scheidungsanwältin, die behauptet, die Kinder von Andrea Yates hätten es verdient, ertränkt zu werden?«

Aber das gehörte jetzt ja wohl alles der Vergangenheit an. »Hoffentlich, Helen! Jetzt kriegt sie hoffentlich, was sie immer wollte. Ich bete nur, dass alles gut geht. Wenn sie wieder eine Fehlgeburt erleidet, halte ich das nicht aus.«

Trudy Brock würde noch bis Weihnachten im Reha-Zentrum bleiben müssen. »Das haben sie mir hier zumindest gesagt.« Sie glaubte, dass ihre Tochter dahintersteckte. »Charlotte will ja, dass ich danach gleich wieder in meine eigene Wohnung zurückkehre. Deshalb muss ich natürlich so lange wie möglich hier bleiben. Wenn sie mich zu sich holen würde für die Übergangszeit –«

»Beschwerst du dich schon wieder über mich?«, fragte Charlotte, die unbemerkt hereingekommen war, weil ihr mein Gespräch mit ihrer Mutter sicher ein bisschen zu lange dauerte.

»Dazu habe ich doch keinen Grund«, parierte Trudy. »Oder hätte ich den und weiß es nur nicht?«

»Ich kann dich nicht zu mir holen, Mama, weil ich den ganzen Tag weg bin. Und in dem großen Haus ist die Gefahr, dass dir wieder etwas passiert, sehr viel größer als in deiner Wohnung.» Charlotte fand, dass Trudy mich jetzt lange genug mit Beschlag belegt hatte. »Frau Drescher hat eine Familie. Und einen Job, der anstrengend ist.«

Trudy fragte mich nach meinen Kindern, wie alt sie seien und in welche Schule sie gingen.

»*Emerson?*«, rief Charlotte. »Da wollte ich immer hin. Weißt du noch, Mama?«

Trudy warf ihrer Tochter einen bitterbösen Blick zu. »Das konnte ich mir damals nicht leisten, und das wirft sie mir heute noch vor«, sagte sie dann zu mir.

»Das werfe ich dir nicht vor, Mama. Ich sage nur, dass *Emerson* –«

»Ich weiß genau, was du sagst. Ich weiß aber auch, was du damit meinst.«

Langsam, aber sicher fühlte ich mich unbehaglich in meiner Haut. Außerdem wurde es wirklich Zeit für mich zu gehen.

»Werden Sie mich irgendwann mal besuchen, wenn ich wieder zu Hause bin?«, fragte Trudy.

»Wenn ich in der Gegend bin, gern.« Das war eine schamlose Lüge. »Wir sehen uns ja auch bei der Jahresfeier der OPOSC. Vorausgesetzt, Sie nehmen daran teil.«

Trudy hatte keine Ahnung, wovon ich sprach.

»Das habe ich meiner Mutter noch gar nicht erzählt«, erklärte Charlotte.

Unsere OPO veranstaltete jedes Jahr eine Gedenkfeier, die sogenannte »*Celebration of Life*«. Zu der wurden die Angehörigen der Organspender eingeladen und die Empfänger der einzelnen Organe und ihre Familien, vorausgesetzt, dass alle Parteien damit einverstanden waren.

»Im März ist das?«, fragte Charlotte.

Ich nickte. 2006 sollte die Gedenkfeier am 19. März stattfinden, wenn ich es richtig in Erinnerung hatte.

»Spätestens da sehen wir uns wieder!«, erklärte ich Trudy Brock noch einmal, bevor ich mich von ihr verabschiedete.

Charlotte Henson begleitete mich zum Ausgang. Sie dankte mir für meine Mühe und vor allem für mein Verständnis. »Es ist nicht leicht, mit meiner Mutter umzugehen, das weiß ich.« So schwierig, wie sie es darstellte, war es nun auch wieder nicht gewesen.

»Sagen Sie, ist das RMC gut für Geburtshilfe?«, wechselte sie auf einmal das Thema. Sie ging zurzeit zu einem Gynäkologen in Malibu, und mit dem war sie gar nicht zufrieden.

»Dr. Zuckerman hat einen ausgesprochen guten Ruf«, sagte ich.

»Zuckerman heißt er?«

»Roger–« Ich schloss die Augen, so entsetzt war ich über den Versprecher. Das kam davon, wenn man sich die Bettgeschichten anderer Frauen anhörte. »Jeffrey Zuckerman«, verbesserte ich mich schnell.

»Haben Sie auch bei ihm entbunden?«

Ich hatte unsere Kinder in einer reinen Entbindungsklinik in Woodland Hills zur Welt gebracht.

Charlotte nickte, als wisse sie, worüber ich sprach.

Ich blieb stehen und reichte ihr die Hand. »Ich will noch kurz bei einer Bekannten vorbei«, erklärte ich ihr.

»Dann wünsche ich Ihnen noch einen schönen Abend, Helen. Und nochmals vielen Dank für Ihre Mühe!«

23. Kapitel

Es war kurz vor sieben Uhr, als ich an jenem Donnerstagabend nach Hause kam. Wie immer wollte ich auf meinen angestammten Platz vor der Garage fahren, und entsprechend schneidig bog ich um die Ecke. Im nächsten Moment sah ich rot: Da stand schon ein Auto. Es gelang mir gerade noch, rechtzeitig auf die Bremse zu treten.

»Jodie ist hier?«, fragte ich Ben, der gerade die Treppe herunterkam.

Er hatte keine Ahnung. Er hatte die ganze Zeit in seinem Arbeitszimmer gesessen, nichts gehört und nichts gesehen, nur geschrieben. »Für den Swimmingpool tu ich schließlich alles.«

»Ihr Porsche steht vor der Tür, Ben. Also muss sie hier sein.«

»Sie hat angerufen«, sagte Ben und ging in die Küche, um sich eine Dose Cola aus dem Kühlschrank zu nehmen. »Da warst du gerade weg.« Cathy hatte mit ihr gesprochen, da es wohl sowieso um sie gegangen war. »Ums Surfen. Was weiß ich?!«

Ich stellte nur eben meine Handtasche in der Küche ab und lief dann gleich nach oben. Isabelles Zimmertür stand weit offen.

»Jodie ist da, Mom!«

»Ich weiß, Bellie.«

»Ich musste rausgehen.«

Das gefiel ihr überhaupt nicht, das konnte man ihrer Miene deutlich ansehen, und mir gefiel es auch nicht. Ich hatte große Sorge, Jodie würde hinter verschlossenen Türen ihr Lieblingsthema mit meiner Großen erörtern: Männer. Dafür war Catherine noch zu jung.

Ich klopfte an Cathys Zimmertür, wartete aber nicht, sondern ging gleich hinein. Das Bild, das sich mir bot, sagte mehr, als tausend Worte es vermocht hätten. Jodie und Catherine lagen bäuchlings auf Cathys Bett. Sie trugen beide Hüftjeans, und die Unterwäsche blitzte hervor. Sie trugen beide rückenfreie Oberteile, die im Nacken verknotet waren. Und als ich eintrat, strichen sie sich beide im gleichen Moment das Haar aus dem Gesicht, mit einer Bewegung, die man sicher lange üben musste, um sie so perfekt zu beherrschen. Sie sollte schließlich nicht nur den Zweck erfüllen, sondern auch noch nach was aussehen.

»Hall-o-oooo!«, schallte es mir im nächsten Moment aus zwei Mündern entgegen.

Jodie hatte Kataloge mitgebracht, und die sahen sie sich gerade an. »Das heißt, wir vergleichen die Preise«, klärte Jodie mich auf und fragte, ob ich mich nicht dazusetzen wolle. »Da bestehen nämlich riesige Preisunterschiede zwischen den einzelnen Surfschulen, Helen.«

Ich fühlte mich überrumpelt. Cathy hatte noch gar nicht gefragt, ob wir überhaupt damit einverstanden waren, dass sie surfen ging.

»Dad sagt, das wäre okay«, behauptete meine Große.

»Ist das wahr?«, fragte ich meinen Mann. Er wollte gerade wieder in seinem Arbeitszimmer verschwinden. »Hast du Cathy erlaubt, einen Surf-Kurs zu belegen?«

Ben wusste angeblich nicht, wovon die Rede war. »Sie wollte nur gucken, wie teuer so was ist«, sagte er.

Catherine stöhnte. »Ja, denkst du etwa, ich habe sonst nichts zu tun, Dad? Natürlich müssen wir erst mal wissen, wie teuer so was ist. Allerdings will ich das ja nicht in Erfahrung bringen, um meinen Horizont zu erweitern.«

Jodie lachte laut auf, als Cathy das sagte. Dann setzten die »Geschwister Fürchterlich« sich endlich auf. Zeitgleich. Mit den gleichen Bewegungen. Sie erinnerten mich an Schlangen, die im Begriff waren, sich zu häuten.

Ich blickte zu meinem Mann hinüber, der immer noch auf dem Korridor stand. Ben wollte aber mit solchen Dingen jetzt nicht weiter belästigt werden. »Ich muss das Manuskript vor Weihnachten abgeben, Helen, und das sind nur noch drei Wochen. Sie soll gucken, wie teuer die Surferei ist, und danach gucken wir weiter.«

Drei Tage später erhielten wir die gewünschten Informationen. Am Sonntagabend nach dem Essen breitete Catherine sämtliche Kataloge im Wohnzimmer aus. Präsentation nannte sich das. Diese Wendung hatte sie von Jodie gelernt.

»Den Ausdruck kanntest du vorher nicht?«

»Nicht in dem Zusammenhang, Mom. – *Perfect Wave* ist am billigsten«, hob sie dann an und reichte ihrem Vater den ersten Prospekt. »Die nehmen für zwei Stunden bloß sechzig Dollar. Die anderen Schulen sind teurer.«

»Sechzig Dollar für zwei Unterrichtsstunden?«, wiederholte ich ungläubig. Das war dermaßen günstig, dass ich es mir nicht vorstellen konnte.

»Weil du eine gescheite Frau bist«, meinte Ben da auch schon. »Cathy, hast du mal nachgeguckt, was du mitbringen musst, wenn du bei *Perfect Wave* am Unterricht teilnehmen willst?«

»Was zu essen und ein Handtuch.«

»Nein«, belehrte sie ihr Vater. »Wenn ich das Lesen noch nicht verlernt habe, wollen sie, dass du das Surfbrett mitbringst. Und den Gummianzug.«

Catherine schien den Zusammenhang nicht so ganz zu verstehen. »Die sind trotzdem viel billiger«, behauptete sie. »Die anderen Schulen nehmen für eine Unterrichtsstunde neunundneunzig Dollar, Dad.«

»Weil du da wahrscheinlich wirklich nur ein Handtuch und was zu essen mitbringen musst.«

»Aber ist es nicht billiger, wenn man ein Surfbrett kauft? Das braucht man auf Dauer doch sowieso.«

Auf Dauer! Wenn ich diese Worte aus dem Mund meiner Großen hörte, wurde mir immer ganz elend. Auf Dauer hatte unsere Catherine noch nie etwas durchgehalten.

Isabelle war mit vier Jahren zu ihrer ersten Ballettstunde gegangen, und sie ging immer noch hin, zweimal in der Woche, in die gleiche Schule. Sie liebte Ballett.

Catherine hatte ich auch mit vier in den Ballettunterricht geschickt. Nach drei Monaten war sie es leid gewesen und hatte lieber turnen wollen. Sechs Wochen später war das Turnen auch nicht mehr das Wahre, und wir versuchten es mit Schwimmen, dann mit Gymnastik, schließlich mit Ausdruckstanz, die ersten Musikinstrumente wurden angeschafft. Inzwischen hatte unsere älteste Tochter so ziemlich jede Art von Freizeitbeschäftigung ausprobiert. Den Tennisunterricht hatte sie noch am längsten durchgehalten.

»Warst du da fünf Monate?«

»Länger!«, behauptete sie empört. »Tu nicht immer so, als würde ich alles hinschmeißen, wenn es mir langweilig wird!«

»Du schmeißt es hin, wenn es schwierig wird!«, konterte ich.

Das hatte meine Schwester auch immer getan. Angelika hatte alle paar Monate voller Begeisterung etwas Neues angefangen, doch sobald Mühe ins Spiel kam, hatte sie aufgegeben. Weil es ihr dann keine Freude mehr machte. »Und bei dir ist das genauso, Cathy. Wenn es anstrengend wird, oder wenn du gar versagst, wie das jetzt beim Tennis der Fall war –«

»Aber warum sollte ich auch in meiner Freizeit etwas tun, wobei ich mich scheiße fühle?«, fuhr sie dazwischen. »Darum geht es doch bei den Freizeitbeschäftigungen. Dass du wenigstens dann etwas machst, was dich aufbaut.«

Ganz unrecht hatte sie mit dieser Interpretation nicht, nur war halt nicht abzusehen, wie lange es dauerte, bis sie sich auch beim Surfen wieder scheiße fühlte, wie sie es so trefflich formulierte.

»Und weißt du, wie teuer ein Surfbrett ist, Cathy?«

»Das kostet mindestens hunderttausend Dollar!«, rief Isabelle, die sich bis dahin artig zurückgehalten hatte.

»Quatsch!«, entgegnete Cathy.

»Kein Quatsch!«, beharrte Bellie und sah mich an, als sei ich ihr unter den gegebenen Umständen eine Bestätigung ihrer Behauptung schuldig. Ich musste unsere Kleine zu meinem eigenen Bedauern enttäuschen: »Ganz so teuer ist es nicht, aber teuer ist es, Cathy.«

»Soll ich Jodie mal fragen, ob man sich irgendwo Surfbretter leihen kann?«

Danach musste sie Jodie nicht fragen, das konnten wir selbst herausfinden. »Aber darum geht es auch eigentlich nicht.« Mir behagte diese ganze Surferei nicht, darum ging es! Catherine war zwar eine gute Schwimmerin, doch beim Pazifik handelte es sich schließlich nicht um eine Badewanne. »Kürzlich hat ein Hai einer Surferin mit einem Biss den rechten Arm abgetrennt«, erinnerte ich sie. »Im Fernsehen haben sie tagelang darüber berichtet. Das ist so schnell gegangen, dass das zentrale Nervensystem des Mädchens nicht mal genug Zeit hatte, irgendwelche Schmerzsignale weiterzuleiten.«

»Das war in Hawaii, Mom. Nicht hier.«

»Ist da ein anderer Pazifischer Ozean?«

»Das Wasser ist da wärmer«, brummte mein Mann, der die Zeit nutzte, um durch die einzelnen Kataloge zu blättern, die Cathy uns vorgelegt hatte.

»Gut«, gab ich grimmig zu, »das Wasser ist hier nicht so warm wie an der Küste von Hawaii, aber die Strömungen sind auch hier wahnsinnig gefährlich! Immer wieder treibt es selbst erfahrene Surfer nach draußen, und die ertrinken dann so schnell, dass –«

»Diese Jungs surfen allein, Helen. Nicht in einer Gruppe und im Rahmen eines Unterrichtsprogramms, wie Cathy das will.« Strafend sah mein Mann mich an. Er selbst schien zwar auch nicht begeistert zu sein von der Idee, dass Catherine jetzt das

Surfen erlernen wollte, hielt aber nichts davon, die Kinder von Dingen abzuhalten, indem man ihnen Angst machte.

So leicht gab ich mich aber nicht geschlagen. Wenn Ben mich die Paniktrommel nicht rühren ließ, blieb mir nur das Geld als Druckmittel.

»Ein Surfbrett wird hier nicht gekauft!«, verkündete ich laut und deutlich, damit es auch jeder hörte. »Wenn dein Vater der Ansicht ist, du könntest es mit diesem Sport versuchen –«

»Nur natürlich nicht jetzt!«, rief Ben dazwischen. »Was willst du im Winter mit Surfunterricht, Cathy? Dir eine Lungenentzündung holen?«

Ich war baff. Mehr noch, ich hätte meinen Mann in diesem Moment küssen können. Dass Winter war, hatte ich ganz außer Acht gelassen. Die Natur war uns ausnahmsweise mal hold, denn sie bescherte uns hier eine Ausrede, wie sie besser gar nicht hätte sein können.

»So ein Unsinn!«, schimpfte Cathy. »Was wir hier haben, ist doch gar kein richtiger Winter. In Europa sind die Sommer kälter, hat Jodie gesagt.«

»Aber dein Körper ist an die europäischen Temperaturen nicht gewöhnt«, entgegnete ich. »Du trägst ja schon bei zwölf Grad Celsius eine Mütze.«

»Nur ich?«, erkundigte sie sich sarkastisch. »Du etwa nicht?«

»Wenn du im Frühjahr immer noch surfen willst, können wir gern wieder darüber reden.« Ben bereitete dem unsinnigen Streit kurzerhand ein Ende. »Jetzt will ich fernsehen.«

Wütend packte Catherine die Kataloge zusammen. »Und ich rufe Jodie an und erzähle ihr, was für sture Eltern ich habe.«

»Tu dir keinen Zwang an!«, meinte Ben bloß gähnend.

Cathy rief Jodie nicht nur an diesem Sonntagabend an. Die beiden sprachen fortan häufiger miteinander, und das behagte mir nicht.

»Sie ist noch ein Kind!«, redete ich Jodie ins Gewissen. »Vergiss das bitte nicht! Es schmeichelt ihr sicher, dass du sie ernst nimmst, oder was immer das ist, was euch verbindet. Aber mach dir bitte klar, dass sie noch ein Kind ist.«

Jodie konnte gar nicht verstehen, dass ich da irgendwelche Bedenken hatte.

»Was glaubst du denn, worüber wir reden, Helen?«

»Über Männer?«

Davor fürchtete ich mich am meisten, denn Männer waren ja nun mal leider Jodies Lieblingsthema.

»Helen!«, rief sie entsetzt. »Natürlich nicht!«

Sie redeten angeblich nur über Musik und über Spielfilme, die sie beide gesehen hatten, und über Mode. »Vor allem über Mode, Helen.« Daran waren sie beide gleichermaßen interessiert, und bei mir fand Catherine angeblich nicht genug Verständnis für ihr Bedürfnis, sich durch ihre Kleidung auszudrücken. »Was ich ihr glaube, Helen. Du bist da ja auch dermaßen konservativ.«

Das war ich überhaupt. Ich war konservativ, und wenn ich mich nicht schleunigst bemühte, etwas progressiver zu werden, entglitt Catherine mir immer weiter. »Ich will dir nicht wehtun, wenn ich das sage, Helen, aber es ist so. Sie entgleitet dir. Und das weißt du auch.«

Natürlich wusste ich das. Ich wusste es, und ich litt darunter. Und wenn ich versuchte, etwas daran zu ändern, litt ich nur noch mehr, denn Cathy ließ mich nicht an sich heran. Sie fühlte sich immer gleich belästigt, wenn ich sie etwas fragte. Von sich aus erzählte sie aber nun mal nichts. Meine Große konnte mich anschweigen, dass die Stille unerträglich war, oder aber sie zankte mit mir. Wenn sie etwas wollte und es nicht bekam. Wenn sie eine Meinung hatte, die ich nicht teilte.

»Und das ist nicht besser geworden in letzter Zeit?«

Jodies Frage erstaunte mich. »Wie kommst du darauf?«, hakte ich nach.

»Nur so, Helen.«

Es war in der letzten Zeit tatsächlich etwas harmonischer zwischen Catherine und mir, und ich fragte mich, woher Jodie das wusste. Aber vielleicht erzählte Cathy ihr ja davon. Die Frage, worauf die Besserung zurückzuführen war, musste ich niemandem stellen. Sie war einwandfrei Jodies Verdienst. Meine Große motzte zwar nach wie vor mit mir, wenn sie etwas wollte und es nicht bekam, doch nahm sie es mir plötzlich nicht mehr ganz so übel, wenn sie nicht bekam, was sie wollte.

»Jodie hat gesagt, das wäre bei ihr zu Hause auch so gewesen, als sie in meinem Alter war.«

Trotzdem hatte Jodie sich zu diesem unvergleichlichen Wesen entwickelt, das Catherine in ihr sah. Es bestand also Hoffnung. Jodie gab ihr Hoffnung, in jedweder Hinsicht. Deshalb war alles, was Jodie sagte, für Catherine Gesetz, und alles, was Jodie dachte, war für Catherine Inspiration. Was Jodie wollte, wollte sie auch, und was Jodie hatte, brauchte der Mensch, weil das Leben sonst nämlich keinen Sinn machte.

Cathy wollte aussehen wie Jodie, sich bewegen wie Jodie, reden wir Jodie und vor allem leben wie Jodie. Sie liebte Jodie, und da sie mir verdankte, dass es Jodie in ihrem Leben gab, war sie plötzlich auch netter zu mir.

Es passierte nicht von einem Tag zum anderen, das nicht. Es geschah langsam, und zu Anfang fiel es mir kaum auf. Richtig bewusst wurde es mir zum ersten Mal, als ich Cathy eine Woche vor Weihnachten bat, mir beim Einkaufen zu helfen. Da reagierte sie ungewöhnlich. Sie rollte nicht wie sonst mit den Augen, und sie stöhnte auch nicht, dass sie eigentlich etwas anderes an dem Nachmittag hatte tun wollen. Sie fragte mich vielmehr, um welche Art von Einkäufen es sich denn handele.

»Ich muss nur in den Supermarkt.«

Das hasste sie ganz besonders.

»Ich würde ja allein fahren«, entschuldigte ich mich mehr oder weniger bei ihr, »aber ich muss langsam anfangen für Weihnachten einzukaufen, und das ist so viel –«

»Nimmst du mich denn so mit?«, fiel sie mir ins Wort und drehte sich vor mir.

Sie trug schreckliche Hosen. Die gehörten Jennifer und waren an den Knien zerrissen. Das musste angeblich so sein.

»Ungern«, gab ich zu, äußerst erstaunt, dass ich überhaupt gefragt worden war.

Es kam aber noch dicker. Cathy grinste nämlich, als habe sie gewusst, dass ich das sagen würde, und dann lief sie nach oben und zog sich um.

»Kannst du dir das vorstellen, Ben?«

Als wir am Abend im Bett lagen, konnte ich es immer noch nicht fassen.

»Das muss an Jodie liegen«, sinnierte ich. »Sie muss Cathy irgendwie ins Gewissen reden.« Sie hatte offenbar einen geheimen Draht zu meiner Tochter, den ich bisher noch nicht gefunden hatte.

»Haben Fremde immer, Helen.«

»Sie tut Cathy gut.«

»Mmh.«

»Und das tut mir gut.«

»Mmh«, brummelte mein Mann noch einmal.

Dann seufzte er. »Ich frage mich nur, Helen, was unsere vierzehnjährige Tochter dieser Frau zu bieten hat?«

Das war eine gute Frage.

»Meinst du etwa – ?«

»Ich meine gar nichts!«, erwiderte mein Mann. »Ich denke nur, dass wir diese merkwürdige Freundschaft im Auge behalten sollten.«

24. Kapitel

In der Woche vor Weihnachten hatte ich wieder Nachtdienst. Am Freitagmorgen, am Tag vor Heiligabend, begannen dann offiziell meine Weihnachtsferien, die bis zum 31. Dezember dauerten.

Silvester arbeitete ich die »goldene Schizoschicht«, wie sich dieser Dienst nannte. Das machte ich jedes Jahr, weil Ben und ich von Silvester nichts hielten und alle anderen froh waren, wenn sie an dem Tag frei hatten.

Dr. Kidder und Kim arbeiteten auch über Silvester. Riza flog über Weihnachten und Neujahr zu ihrer Familie nach Manila. Nathalie wollte mit ihren Kindern gleich bis zum neuen Jahr durchfeiern.

Am Morgen des 23. Dezember 2005 gab es in der »Höhle« ein kleines Fest. Victor, der gerade die Schicht von mir übernommen hatte, hängte ein paar Girlanden auf, die er von zu Hause mitgebracht hatte. Amy schleppte massenweise Gebäck an. Geschenke wurden auch ausgeteilt. Außer meinem Wichtelpäckchen wartete auf mich ein großer, mit edlem Geschenkpapier verpackter Karton. Erstaunt starrte ich ihn an.

»Willst du nicht aufmachen?«, fragte Kidder.

Vorsichtig löste ich das Goldband. Ein Swarovski-Karton kam zum Vorschein.

»Wow!«, rief Kim. »Da hat ja jemand richtig tief in die Tasche gegriffen.«

Der Jemand war Charlotte Henson. Sie bedankte sich auf diesem Weg in aller Form bei mir, für alles, was ich für sie und ihre Mutter getan hatte.

»Sind da nur Kartons drin?«, fragte Amy.

Im Moment sah es tatsächlich danach aus, denn der große Swarovski-Karton enthielt vier kleinere. Ich öffnete den ersten und blickte auf den schönsten Kristallstern, den ich je gesehen hatte.

»Was mache ich denn jetzt?«, fragte ich in die Runde.

Kidder zuckte mit den Achseln.

»Aber das darf ich doch gar nicht annehmen, Dr. Kidder.«

Es war uns zwar nicht verboten, Geschenke wie Blumen, Pralinen oder Eau de Cologne anzunehmen, die Gaben durften aber einen gewissen Wert nicht übersteigen.

»Das hier hat eindeutig mehr als hundert Dollar gekostet.«

»Nicht so hastig!«, meinte Meckelstein, der inzwischen einen anderen der Kartons aus der Umverpackung genommen und geöffnet hatte. »Heißt du Isabelle?«

Ich war ganz verwirrt.

»Da ist ein Kärtchen an dem Stern, Helen. Guck mal, was auf deinem steht!«

Auf meinem stand Ben.

»Dann gehört dir nur einer der Sterne!«, sagte Kidder und zwinkerte dabei. »Aus der Kiste bist du also raus, liebe Helen! Falls du allerdings nicht aufhörst, Dr. Kidder zu mir zu sagen, überlege ich mir während der Feiertage in aller Ruhe eine nette Strafe.«

Ich musste mich bei Charlotte Henson bedanken. Ich wollte es gleich erledigen, als ich am Freitagmorgen nach Hause kam, hielt es dann aber für zu unpersönlich, sie im Büro anzurufen.

Also versuchte ich es am Abend bei ihr zu Hause. Sie war sofort am Apparat und schien erleichtert darüber zu sein, dass ich das Geschenk bekommen hatte. »Ich hatte es ja einfach an der Pforte abgegeben und konnte nicht sicher sein, ob es Ihnen auch ausgehändigt wird. Entschuldigen Sie mich bitte einen Moment.«

Sie schnäuzte sich die Nase, es klang ziemlich heftig.

»Sind Sie erkältet?«, erkundigte ich mich.

»Nein«, gab Charlotte seufzend zurück. »Das kommt vom Weinen, Helen.« Sie weine jeden Abend. »Ich komme von der Arbeit nach Hause, und es überfällt mich wie ein Gespenst«, erzählte sie mir. »Wie ein Monster, das in diesem Haus auf mich lauert.« Manchmal weinte sie die ganze Nacht. »Es kommen schon gar keine Tränen mehr, Helen. Meine Augen sind inzwischen so trocken, dass ich bereits Tropfen brauche.«

»Können Sie wenigstens schlafen?«, erkundigte ich mich. Nach dem Tod meiner Mutter hatte ich wochenlang unter Schlafstörungen gelitten.

»Das schon«, sagte Charlotte. »Schlafen kann ich. Das Aufwachen ist nur jeden Morgen der reinste Horror. Ich wache auf, und sofort ist das Monster wieder da. Diese Trauer! Die scheint sich über Nacht ebenso zu erholen wie mein Körper, damit sie sich dann wieder mit voller Wucht über mich hermachen kann.« Gefräßig war ihre Trauer, gewalttätig, und sie raubte ihr beinahe den Verstand. »Haben Sie meine Haare gesehen?«, fragte sie.

An dem Tag in Jodies Wohnung war mir aufgefallen, dass sie sie jetzt viel kürzer trug.

»Das steht Ihnen richtig gut!«, sagte ich.

»Das behaupten viele«, erwiderte Charlotte. »Allerdings habe ich mich nicht bewusst für die neue Frisur entschieden.«

In der Nacht vom 28. auf den 29. Oktober, genau einen Monat nach Wills Tod, hatte Charlotte eine Schere genommen und in einem Anflug von Wahnsinn ihre Haare abgeschnitten. »Oben im Schlafzimmer«, erzählte sie mir. »Ich kam an dem Abend aus der Dusche und habe mich an meinen Frisiertisch gesetzt, wie ich das immer mache.« In jener Nacht hatte sie nicht nur ihr Gesicht im Spiegel gesehen, sondern auch die Ehebetten, die hinter ihr standen. Diese leeren Betten. »Und da fiel mir plötzlich ein, dass man den Witwen in manchen Kulturen die Haare abschneidet.« Also hatte sie angefangen, sich selbst zu verstümmeln, wie sie es jetzt bezeichnete.

»Vielleicht habe ich es auch nur getan, weil Will meine langen Haare so geliebt hat. Nur seinetwegen trug ich sie trotz meines Alters noch so lang, und jetzt, da er nicht mehr da war ... wie Megäre sah ich hinterher aus.« Ein exklusiver Friseursalon in Malibu hatte sich am nächsten Morgen mit dem Drama befasst.

»Das haben die sehr gut kaschiert«, warf ich ein.

»Na, für sechshundert Dollar darf man das ja auch erwarten.«

»Sechshundert Dollar?«

Das Geld war verschmerzt. Die ganze Angelegenheit war inzwischen verschmerzt. »Das war das Wochenende, an dem ich feststellte, dass ich schwanger bin.«

Das Baby, das sie erwartete, hatte Charlotte vielleicht das Leben gerettet. »Vor geistiger Umnachtung hat es mich in jedem Fall bewahrt.«

»Wie weit sind Sie jetzt?«

»Die größte Gefahr ist vorbei«, erwiderte sie. »Was meinen Sie, wie groß meine Angst vor einer weiteren Fehlgeburt war?« Ihre Mutter hatte diese Angst noch geschürt, denn so etwas konnte sie gut. »Meine Mutter ist immer überzeugt, dass alles schiefgeht, was schiefgehen kann. Wenn es irgendwo ziept, meint sie immer gleich, sie hätte Krebs, und wenn am Auto was klappert, muss mindestens ein neuer Motor her.«

Die Beziehung zwischen Charlotte und ihrer Mutter war ja von jeher schwierig gewesen. »Ich hätte nicht geglaubt, dass es noch ärger werden könnte.« Genau das war aber nach Wills Tod passiert. »Und jetzt wird sie auch noch aus der Reha-Klinik entlassen«, fügte Charlotte seufzend hinzu. »Morgen früh. Damit wir einander während der Feiertage so richtig schön auf den Nerven herumtrampeln können.« Sie hatte für Weihnachten und Neujahr keine Krankenschwester finden können. »Nicht mal bei doppeltem Gehalt, Helen. Ich hätte alles gezahlt!« Aber nein, erst ab dem 2. Januar hatte sie jemanden. Bis dahin musste sie es allein durchstehen, und davor hatte sie Angst. »Mir kommt es so vor, als sei nur noch die Frage, wer von uns beiden die andere zuerst erschlägt.«

Es tat mir aufrichtig leid, dass Charlotte das alles durchmachen musste.

»Wenn ich Ihnen irgendwie behilflich sein kann«, bot ich an.

»Das könnte ich nie annehmen, Helen. Sie haben genug mit Ihrer eigenen Familie zu tun. Übrigens war es Jodie, die mir die Namen der einzelnen Familienmitglieder verraten hat. Nicht, dass Sie sich wundern, woher ich weiß, wie Ihre Kinder heißen. Sehen Sie Jodie an Weihnachten?« Charlotte versuchte seit zwei Tagen, Jodie zu erreichen, die offenbar aber nie zu Hause war und ihren Anrufbeantworter abgeschaltet hatte.

»Sehr wahrscheinlich sehe ich sie«, sagte ich. Jodie feierte mit uns. »Haben Sie es auf ihrem Handy versucht, Charlotte?«

»Da geht sie auch nicht ran. Und die Mailbox ist voll.«

Das war merkwürdig. Ich wollte Catherine später mal fragen, ob sie von Jodie gehört hatte, denn die beiden telefonierten ja ständig miteinander.

»Wenn Sie mit Jodie sprechen«, bat Charlotte, »sagen Sie ihr bitte, dass sie mich unbedingt anrufen soll. Es ist dringend.«

»Sie weiß, worum es geht?«, fragte ich, weil ich es gern gewusst hätte.

»Oh ja«, gab Charlotte aber nur zurück.

Dann verabschiedeten wir uns voneinander.

Ich ging in die Küche, um endlich das Abendessen zu machen. Es gab bei uns nur Butterbrote an diesem Donnerstag, denn über Weihnachten würden wir uns die Mägen noch voll genug schlagen. Ben wollte Schinken und Käse auf seinen Schnittchen, Isabelle war nach Marmelade.

»Und Cathy?«

»Die ist im Kino«, sagte Ben. »Mit Jodie.«

Sie sahen sich *King Kong* an. Ich hatte noch geschlafen, als Jodie kam, um Catherine abzuholen.

»Ist *King Kong* denn jugendfrei?«, fragte ich.

»Er ist ab dreizehn, Helen.« Davon hatte sich mein Mann selbstverständlich überzeugt, bevor er unsere Tochter hatte ziehen lassen.

»Und wann kommt sie nach Hause?«

Er nahm an, dass sie jeden Moment kam, denn die Vorstellung hatte ja bereits um fünf Uhr begonnen.

Um neun war Catherine immer noch nicht da, und ab halb zehn versuchte ich, Jodie auf ihrem Handy zu erreichen. Charlotte Henson hatte recht gehabt. Jodie nahm ihr Handy nicht ab, die Mailbox war voll, und bei ihr zu Hause war der Anrufbeantworter abgeschaltet.

»Meinst du, die sind in die Abendvorstellung gegangen, Ben?«

So war es. Um kurz vor Mitternacht kam Cathy fröhlich nach Hause, und dass wir uns aufgeregt hatten, konnte sie gar nicht verstehen.

»*King Kong* hat doch Überlänge.«

»Sieben Stunden braucht der Affe, um vom Empire State Building zu fallen?« Selbst Bens Geduldsfaden war inzwischen zum Zerreißen gespannt; das kam selten vor.

»Drei Stunden«, antwortete unsere Tochter ungerührt.

»Aber ihr seid doch schon vor vier losgefahren.«

Da waren sie erst mal in Jodies Hotel gewesen, um einen Drink zu nehmen.

Mit offenem Mund sank ich aufs Wohnzimmersofa. »Einen Drink?«

Cathy lachte. »Keine Sorge, Mom. Ich hatte Ginger Ale.«

»Hotel?«, merkte ich erst jetzt auf. »Seit wann lebt Jodie denn in einem Hotel?«

Catherine tat so, als sei das keine große Sache. »Sie musste nur für ein paar Tage von zu Hause weg. Wegen Marvin.« Marvin hatte Jodie in letzter Zeit ziemlich belästigt. »Der hat sie zu jeder Tages- und Nachtzeit angerufen«, erzählte Cathy. »Und jetzt ist er sogar hier. In Los Angeles! Er will Weihnachten mit ihr feiern.« Seither wohnte Jodie im Holiday Inn in Hollywood, und das war gut zu wissen.

Ich rief sie an. »Sag mal, was fällt dir ein, Cathy bis Mitternacht durch die Stadt zu schleppen, ohne uns vorher –«

»Bitte nicht, Helen!«, fiel Jodie mir schwach ins Wort. »Mach du mir jetzt bitte, bitte nicht auch noch Stress!« Sie hatte schon genug Sorgen und Probleme im Moment, und sie kam nicht einmal an die Weihnachtsgeschenke, die sie für uns gekauft hatte, da diese in ihrer Wohnung lagen. »Und da kann ich im Moment ja nicht hin.«

Marvin war in Los Angeles, genau, wie Cathy gesagt hatte. Er wohnte im Loeuws Hotel in Santa Monica, saß aber die meiste Zeit in seinem Mietwagen vor Jodies Haus und wartete darauf, dass sie zurückkam.

»Du kannst dir gar nicht vorstellen, was ich hinter mir habe. Er will sich nicht damit abfinden, dass es zwischen uns aus ist. Er hat mir gedroht, sich vor meinen Augen …« Sie schluchzte laut auf, und ich setzte mich vorsichtshalber mit dem Telefon in die Küche, da ich offenbar ein längeres Gespräch vor mir hatte.

Jodie war ein nervliches Wrack. Zwei Tage zuvor war sie nachmittags aus dem Fitness-Studio gekommen, und plötzlich hatte Marvin vor ihr gestanden. »Ich habe mich vielleicht erschreckt, Helen! Ich habe fast einen Herzinfarkt bekommen!« Er hatte sie sofort in seine Arme gerissen und versucht, sie zu küssen, und dann hatte er angefangen zu weinen. »Er hat immer wieder gestammelt, wie sehr er mich liebt und dass er ohne mich nicht leben kann! Und dass er sich das Leben nimmt, wenn ich ihn verlasse.« Er hatte sie nicht losgelassen. Er hatte sie so festgehalten, dass sie jetzt blaue Flecken an den Armen hatte. »Das ging bestimmt eine halbe Stunde so, Helen. Und glaub mal nicht, dass sich irgendeiner meiner Nachbarn darum geschert hat.«

Abigail hätte sich um sie gekümmert, davon war Jodie überzeugt. Aber Abigail war mit ihren Eltern nach Connecticut gefahren. »Das heißt, ich wäre jetzt ganz allein im Haus, und das ist bei Marvins Gemütszustand viel zu gefährlich.« Gottlob kannte sie sich mit Marvins Gemütszustand aus und hatte sich das zunutze gemacht. »Wie ich war, bin ich mit ihm zum *Loeuws* gefahren, Helen. In den Trainingsklamotten.« Dort hatte sie sich mit ihm an die Bar gesetzt und so getan, als sei sie bereit, ihre Beziehung noch einmal zu überdenken. »Und als er endlich zur Toilette musste, bin ich raus, mit dem Taxi nach Hause, habe ein paar Sachen zusammengepackt und dann schnellstens die Fliege gemacht!« Seither saß sie mit drei Slips und zwei T-Shirts im Holiday Inn fest und konnte nicht nach Hause.

»Und wie lange soll das so gehen?«, erkundigte ich mich.

»Bis zum 2. Januar. Dann muss er nach Florida.«

Am 2. Januar hatte Marvins Mutter Geburtstag, und die lebte in der Nähe von Miami. »Da fährt er jedes Jahr hin, sonst kann er nicht leben. Dabei ist die Kuh schuld daran, dass er all die Macken hat.« Marvins Mutter hatte die Familie verlassen, als ihr Sohn sieben Jahre alt war. »Da ist sie mit einem anderen auf und davon.« Deshalb hatte Marvin diese Trennungsängste. Deshalb hielt er so krampfhaft an Beziehungen fest. »Das will er natürlich nicht wahrhaben, Helen! Frag nicht, wie oft wir uns deshalb gestritten haben! Wenn es um seine Mutter geht, hat der Mann überhaupt keinen Stolz. Die Kuh hat sich zehn Jahre nicht gemeldet und ist einfach nach Amerika zurückgegangen. Dann ruft sie einmal bei ihm an, und er springt wie ein Hündchen.«

»Aber bis zum 2. Januar sind es noch zehn Tage, Jodie. Willst du zehn Tage wie eine Gefangene leben?«

»Anders geht es nicht, Helen. Du weißt nicht, wozu Marvin fähig ist. Dagegen kann man sich nicht wehren.«

Da war ich anderer Meinung. »Du könntest eine TRO erwirken«, sagte ich.

»Eine was?«, fragte Jodie.

»Eine *Temporary Restraining Order.* Das ist eine einstweilige Verfügung, mit der man jemanden dazu zwingt, sich von dir fernzuhalten. Dreißig Meter, glaube ich. Wenn Marvin dir näher kommt, kannst du die Polizei holen und ihn einsperren lassen.«

Jodie stieß einen Laut aus, der mir gleich verriet, wie wenig sie von dem Vorschlag hielt. »So was kann man doch nicht machen, Helen.«

»Natürlich kann man das. Du bist mit diesem Mann weder verheiratet noch verwandt oder verschwägert. Also hat er kein Recht, dich in irgendeiner Weise zu bedrängen.«

»Na, ganz so ist das nicht, Helen.«

Es war gut, dass ich auf meinem Küchenstuhl saß. Marvin war gar nicht Jodies Ex-Freund, wie ich jetzt erfuhr. Marvin war vielmehr Jodies Ehemann. Seit neun Jahren waren sie miteinander verheiratet, und jetzt hatte Jodie die Scheidung eingereicht.

»Charlotte hat mir dabei geholfen. Und dafür nimmt sie vierhundertfünfzig Dollar die Stunde, Helen. Nur, dass du Bescheid weißt.«

»Du sollst sie übrigens dringend anrufen«, fiel mir ein.

»Ich weiß«, stöhnte Jodie. »Sie braucht noch Unterlagen, aber da komme ich im Moment auch nicht ran. Die sind in meiner Wohnung.«

Jodie fühlte sich wie ein Tier in der Falle. »Ich kann nicht mit Marvin reden«, erklärte sie mir. »Mit dem kann man sich nicht wie mit einem vernünftigen Menschen unterhalten.« Er wollte die Ehe nicht aufgeben, und seines Erachtens hatte Jodie sich damit abzufinden.

»Das ist doch Quatsch!«, rief ich. »Wenn man eine gewisse Zeit getrennt gelebt hat, geht eine Scheidung problemlos über die Bühne. Warum hast du eigentlich nie ein Wort davon gesagt, dass du verheiratet bist?«

»Es bestand kein Grund, darüber zu sprechen«, behauptete sie. »Es ist schließlich nur ein Stück Papier.«

Nun, durch dieses Stück Papier bekam für mich vieles Sinn, was bis dato keinen gehabt hatte. Jodie wohnte in einer Luxus-Wohnung und fuhr einen Porsche. Wie ich inzwischen herausgefunden hatte, verstand sie unter Arbeit, pro Tag ein Telefonat zu führen und maximal zwei E-Mails zu schreiben. Wenn sie drei Telefongespräche führen und fünf E-Mails schreiben musste, fühlte sie sich von der Arbeitsflut bereits wie erdrückt und war danach so erschöpft, dass sie erst mal ein Nickerchen machen musste. Oder aber sie telefonierte mit Freundinnen und mit solchen, die es werden sollten. Oder sie fuhr ein bisschen herum, kaufte sich hier neue Schuhe, da einen neuen Rock. Wenn sie dazu keine Lust hatte, lieh sie sich in der Videothek einen Film aus oder kaufte in irgendeinem Delikatessengeschäft das Abendessen.

So ging es aber nur an den trüben Tagen zu. An den Sonnentagen traf sie sich mit X zum Frühstück, mit Y zur Happy Hour und mit Z nach dem Abendessen in einer Bar. Es waren immer Leute, die sie durch ihre Arbeit kennengelernt hatte, und sie traf sie selten mehr als zwei- oder dreimal.

Dieser Lebensstil war kostspielig, und bisher hatte ich geglaubt, dass das Geschäft mit dem Filmvertrieb so einträglich war. Jetzt sah ich das Ganze klarer. Dieser Lebensstil wurde von dem Scheck finanziert, den Marvin seiner Noch-Ehefrau jeden Monat schickte.

»Wenn wir erst mal geschieden sind, muss er noch sehr viel mehr bezahlen«, tönte sie.

Immerhin hatte sie Marvin zuliebe eine erfolgreiche Model-Karriere aufgegeben.

»Will er die Scheidung deshalb hinauszögern?«, fragte ich.

Jodie reagierte regelrecht empört. Mit Geld hatte das überhaupt nichts zu tun. Um Gefühle ging es hier. Um Marvins unsterbliche Liebe zu ihr. Von der konnte er sich nicht befreien.

»Und du empfindest gar nichts mehr für ihn?«, fragte ich.

»Überhaupt nicht!«, erwiderte sie. »Das ist alles weg, Helen. Schon lange. Nur der Sex war immer gut.« Das musste sie schon zugeben. Der Sex mit Marvin fehlte ihr auch, und wenn sie ihm gegenübertrat, lief sie sogar Gefahr, in diesem Punkt wieder schwach zu werden. »Das habe ich schon gemerkt, als er da plötzlich auf der Straße stand. Und als wir im Loeuws an der Bar saßen, Helen. Da war da wieder dieses Kribbeln.« Dieses Kribbeln hatte sie nun lange genug daran gehindert, sich von Marvin Lang zu lösen. Damit kettete er sie immer wieder an sich, und das durfte nicht noch einmal passieren. Just deshalb war sie ins Hotel geflüchtet und wagte auch dort kaum, vor die Tür zu gehen. »Die zehn Tage stehe ich durch, Helen. Ich muss zwar morgen umziehen, weil die hier während der Weihnachtstage überbucht sind, aber ich finde schon was. Ich stehe das durch.«

Ich seufzte. Ich konnte mir selbst mit größter Fantasie nicht vorstellen, dass ein erwachsener Mann zehn Tage und zehn Nächte damit zubrachte, vor dem Haus einer Frau zu warten.

»Du kennst ihn nicht, Helen. Mein Mann hat früher Privatdetektive hinter mir hergeschickt, wenn ich mal für zwei Tage zu einer Freundin fuhr. Was meinst du, warum ich nach Los Angeles geflüchtet bin?«

25. Kapitel

Selbstverständlich kam Jodie über die Feiertage zu uns. Das war vorauszusehen gewesen, denn ich litt ja an diesem Helfer-Syndrom, wie mein Mann nicht müde wurde zu wiederholen. Ich selbst sah das natürlich anders. Ich hielt es unter den gegebenen Umständen für anständig, Jodie zu Weihnachten einzuladen, statt sie ein neues Hotelzimmer suchen zu lassen. Schließlich stand das Arbeitszimmer frei, Ben war rechtzeitig mit seinem Buch fertig geworden. So mussten wir am Morgen des 24. Dezember nur schnell seine Papiere und Bücher auf den Speicher räumen, und schon konnte Jodie auf der Schlafcouch nächtigen und die paar Sachen, die sie bei ihrer Flucht mitgenommen hatte, in den Schränken unterbringen.

»Ich leih dir was von mir!«, bot Cathy sich sofort an.

»Echt?«

Die beiden verschwanden in Catherines Zimmer und waren die nächsten Stunden beschäftigt.

Isabelle behagte das nicht. Sie kam zwar nie häufig in den Genuss der Gesellschaft ihrer Schwester, da der Altersunterschied zurzeit wie ein großes Hindernis zwischen ihnen lag, trotzdem sah sie wohl nicht ein, ganz auf Cathy verzichten zu müssen. Außerdem wollte sie auch endlich etwas von Jodie haben. Jetzt, da die auch noch bei uns wohnte, hielt sie es vermutlich für ihr gutes Recht, mal ein bisschen Aufmerksamkeit von ihr zu bekommen.

Bellie ging das Unternehmen gezielt an, gleich am Heiligabend, kurz vor dem Abendessen. Wir waren alle im Wohnzimmer und schmückten den Christbaum, als Bellie ihre Malmappe anschleppte.

»Guck mal, Jodie!«

Jodie reagierte kaum. »Was ist das?«, fragte sie nur.

»Meine Bilder.«

Jodie wandte sich gleich wieder dem Christbaumschmuck zu. »Sind das hier die Kristallsterne, die Charlotte euch geschenkt hat?«, wollte sie von mir wissen.

»Bellie ist künstlerisch sehr begabt«, ging ich nun meinerseits über ihre Frage hinweg. »Schau dir ihre Bilder ruhig mal an, Jodie, du wirst begeistert sein.«

Jodie tat so, als habe sie das nicht gehört. Sie hängte Charlottes Swarovski-Sterne auf, was offenbar ihre gesamte Aufmerksamkeit erforderte.

»Kennst du *Von drauß' vom Walde komm ich her?*«, fragte unsere Kleine.

Sie erhielt keine Antwort.

»Jodie?«, wurde sie deutlicher. »Kennst du *Von drauß' vom Walde komm ich her?*«

»Klar«, antwortete Jodie, ohne Bellie eines Blickes zu würdigen.

»Auswendig?«

Jodie seufzte und entschuldigte sich. Sie müsste mal dringend zur Toilette.

»Nun nerv sie doch nicht so!«, schimpfte Catherine mit ihrer kleinen Schwester. »Merkst du gar nicht, wie du Jodie auf den Geist gehst?«

»Isabelle geht hier niemandem auf den Geist!«, rief Ben verärgert. »Sag mir das Gedicht mal auf«, bat er unsere Kleine. »Von drauß' vom Walde komm ich her – wie geht's weiter ...?«

»Und will euch sagen, es weihnachtet sehr«, fuhr Isabelle fort. »Allüberall auf den Tannenspitzen sah ich goldene Lichtlein sitzen, und droben aus dem Himmelstor sah mit großen Augen das Christkind hervor.« Sie strahlte mich an.

»Weiter?«, fragte ich.

»Und wie ich so strolcht durch den finsteren Tann«, half Cathy aus. »Da rief's mich mit heller Stimme an.«

Isabelle sprang aufgeregt auf der Stelle. »Knecht Ruprecht, rief es, alter Gesell«, erinnerte sie sich. »Hebe die Beine, und spute dich schnell!«

Weiter wusste sie nicht. Cathy erging es ebenso. Ben kannte eh nur die erste Zeile, also musste ich ran. »Die Kerzen fangen zu brennen an«, zitierte ich Theodor Storms *Knecht Ruprecht*, »das Himmelstor ist aufgetan. Alt' und Junge sollen nun von der Jagd des Lebens einmal ruhn; und morgen flieg ich hinab zur Erden, denn es soll wieder Weihnachten – « Ich stockte. Da war ein Geräusch gewesen. Es kam aus dem Korridor. Es klang wie ein lautes Schluchzen.

Jodie hatte sich inzwischen in die Küche verzogen. Dort stand sie an der Spüle und weinte bitterlich.

»Was ist denn?«, fragte ich sanft.

Sie antwortete mir nicht, sondern weinte nur noch heftiger. Erst nach einer ganzen Weile beruhigte sie sich. »Das sind die Feiertage«, meinte sie dann und wischte sich die Tränen vom Gesicht. »Das ist jedes Jahr so. Ich hasse dieses Scheiß-Weihnachten so sehr.« Sie lief an mir vorüber aus der Küche, in den Korridor, die Treppe hinauf. Ich hörte, wie sie die Tür von Bens Arbeitszimmer mit Wucht hinter sich zuschlug.

Beim Abendessen war sie dann wieder ganz die Alte. Jodie erzählte von Al Moredock. Unser Nachbar hatte angeblich auf der Straße gestanden, als sie sich fürs Essen umgezogen hatte. »Und hat geradewegs in mein Zimmer geguckt, der Spanner!«

»Hast du die Vorhänge denn nicht zugezogen?«, fragte ich.

»Der hat doch nur den Hund ausgeführt«, meinte Ben.

»Nein«, widersprach Cathy. »Der ist total heiß auf Jo. Das wissen wir längst, Dad.«

»Warum hast du keine Kinder?« Isabelle stellte die Frage mit der gleichen Unbefangenheit, mit der man einen Menschen nach der Uhrzeit fragte. Entsprechend verwirrt war sie über Jodies Reaktion. Die verzog zunächst das Gesicht, als habe sie eine solche Frage noch nie gehört, dann nahm ihre Miene einen fast angewiderten Ausdruck an.

»Meinst du nicht, dass das eine ziemlich persönliche Frage ist?«, blaffte sie Bellie dann auch noch an.

»Sie hat es nicht böse gemeint«, stand ich meiner Kleinen bei. »Die Kinder in dem Alter –«

»Ich habe keine Kinder«, fiel Jodie mir ins Wort, »weil es genügend Frauen gibt, die sich dazu berufen fühlen, Kinder zu haben. Ich gehöre nicht zu ihnen.« Wütend stand sie auf. Sie musste schon wieder dringend zur Toilette.

»Über ihre fantastische Nierenfunktion wundere ich mich überhaupt nicht«, sagte Ben, als wir später das Geschirr in die Küche brachten und Jodie wiederum auf der Toilette war. »Die hat allein zum Essen zwei Flaschen Wasser getrunken.«

Und nach dem Essen trank Jodie weiter. Ein Glas Wasser nach dem anderen schüttete sie in sich hinein, und als ich sie darauf ansprach, erklärte sie mir, es sei gesund, so viel zu trinken.

»Trinkst du immer solche Mengen?«, fragte Ben.

»Oft.«

»Hast du dich mal auf Zucker untersuchen lassen?«

Jodie wurde regelrecht ärgerlich. »Nein, ich habe keine Essstörung, weil ich kein Fleisch esse! Und ich bin auch nicht zuckerkrank, weil ich viel trinke.«

»Wie viel trinkst du denn im Schnitt?« Mein Mann ließ nicht locker.

Sie zuckte die Achseln. »Vier Liter«, meinte sie. »Mindestens. Das muss man doch auch. Das sagen sie immer wieder.«

Ben sah mich an, als wolle er seinen Ohren nicht trauen. »Zwei bis zweieinhalb Liter sollte man pro Tag zu sich nehmen«, sagte er dann. »Und das ist bereits eine große Menge. Die beinhaltet auch all die Flüssigkeit, die du mit der Nahrung zu dir nimmst, Jodie. Mit Obst und Gemüse.«

Das glaubte sie nicht. Das wusste sie besser. »Außerdem habe ich immer schon so viel getrunken.« Sie wollte schlafen gehen. »Wann wird bei euch morgen aufgestanden?«

Am Weihnachtsmorgen wurde bei uns traditionell um halb neun Uhr gefrühstückt. Vorher fand die Bescherung statt. Da Isabelle vor lauter Aufregung schlecht schlief, stand sie aber schon um kurz nach sechs vor meinem Bett.

»Bist du wach? – Mom? – Bist du wach? – Dad? – Seid ihr wach? – Moooooom?«

Bis halb acht gelang es Ben und mir, unsere Kleine zu vertrösten. Dann war kein Halten mehr, und das war ja auch verständlich. So saß die Familie schließlich vereint im Wohnzimmer, und wir packten unsere Geschenke aus.

Cathy hatte den iPOD bekommen, den sie sich schon so lange wünschte. Sie war außer sich vor Glück und wollte gleich nach dem Frühstück die erste Musik herunterladen.

»Schade, dass ich euch meine Geschenke nicht geben kann«, sagte Jodie und seufzte. Sie wirkte unausgeschlafen, bemühte sich aber, das zu verbergen.

»Mach dir darüber bitte keine Gedanken«, beruhigte ich sie. »Weihnachten hat schließlich nur wenig mit Geschenken zu tun.«

Sie verzog das Gesicht. »Für mich schon«, meinte sie dann. »Und so soll es bitte auch bleiben.«

Nach dem Frühstück gingen wir ohne Jodie in die Kirche. Sie blieb zu Hause und schaute sich einen Film an.

»Und schon wieder die Wasserflasche am Hals«, flüsterte Ben mir zu, als wir zurückkamen. Dabei hatte Jodie beim Frühstück, das kaum zwei Stunden zurücklag, drei große Gläser Orangensaft und jede Menge Milchkaffee getrunken. Trotzdem leerte sie im Verlauf der nächsten Stunde eine Zwei-Liter-Flasche Evian und brach noch eine weitere an. Danach stieg sie auf Leitungswasser um, wohl, damit wir es nicht weiter kontrollieren konnten.

»Schade«, meinte Ben. Jodies Wasserkonsum interessierte ihn brennend.

»Wieso? Das leuchtet mir gar nicht ein.«

»Braucht es auch nicht, Helen.«

Wir verlebten einen harmonischen Weihnachtstag. Isabelle war so glücklich über ihr Tutu, dass sie es am Abend gar nicht mehr ausziehen wollte.

»Dann verknickt aber der Draht«, warnte ich sie. »Wenn du dich damit ins Bett legst, verknickt der Draht.«

Widerwillig ließ sie zu, dass ich die Haken öffnete, damit sie dem Traum aus Tüll und Röschen entsteigen konnte. »Warum fühlt die Jodie sich nicht gerufen von Kindern?«, fragte sie dabei.

Ich brauchte einen Moment, um die Frage zu verstehen, und berichtigte dann erst einmal die Wortwahl. »Sie fühlt sich nicht dazu berufen, Kinder zu haben, Bellie.«

»Und warum nicht?«

»Weil so viele andere sich dazu berufen fühlen«, wiederholte ich Jodies Worte.

»So wie du?«, fragte mein Kind.

»So wie ich.«

»Ist das bei Jodie wie bei Frau Kim?«

Frau Kim war Isabelles Ballettlehrerin. Die war als junges Mädchen sehr krank gewesen und konnte deshalb keine Kinder bekommen.

»Damit könntest du sogar richtig liegen, Bellie.« Vielleicht konnte Jodie ja auch keine Kinder bekommen und wollte das nur nicht zugeben, weil es ihr wehgetan hätte.

Das schien für Isabelle Sinn zu ergeben. Sie fand es nur schade. »Denn ich kann ja nichts dafür, Mom.« Aus Bellies Sicht wurde das Ganze auf ihrem Rücken ausgetragen. Jodie spielte nicht mit Isabelle. Jodie hörte Isabelle nicht zu, wenn sie etwas sagte, Jodie sah sie nicht einmal an. »Die guckt weg, wenn ich komme.«

Ich stritt das alles ab. Das bildete sich unsere Kleine alles nur ein. Dabei dachte ich im Grunde meines Herzens, dass Isabelle recht hatte. Es schien mir nur so absurd. Ich nahm mir aber vor, in nächster Zeit gezielt darauf zu achten; das schien mir das Vernünftigste zu sein.

Am nächsten Tag nutzte ich jede Gelegenheit, um Jodie und Isabelle zu beobachten. Was dabei herauskam, kam mir noch absurder vor als das, was unsere Kleine behauptet hatte. Jodie schenkte dem Kind wirklich keine Beachtung. Bellie sah sie an, und Jodie schaute weg. Bellie fragte sie etwas, und Jodie antwortete bestenfalls, nachdem Isabelle die Frage noch zweimal wiederholt hatte; die Antwort fiel dann zumeist nur einsilbig aus. Jodie stand auf und ging, wenn Isabelle etwas vortragen oder zeigen wollte, und wenn die Kleine etwas erzählte, wandte Jodie sich sofort an Catherine und begann mit ihr ein Gespräch. Unser Kind litt also nicht an getrübter Wahrnehmung. Im Gegenteil, unser Kind bekam vieles gar nicht mit. Und das war ein Segen.

Am Tag nach Weihnachten begann Ben, den Garten herzurichten, nicht, damit wir ihn wieder benutzen konnten, wohl aber, um den Handwerkern zu ermöglichen, dort unbehelligt zu schalten und zu walten. Anfang Januar sollte unser Swimmingpool neu verschalt werden.

Isabelle half ihrem Vater, die Plastikplanen zu reinigen und zu falten. Jodie stand die ganze Zeit am Wohnzimmerfenster und beobachtete Bellie. Sie ließ das Kind nicht aus den Augen. Sie stellte sich auch oben auf den Korridor und belauschte Isabelle, wenn die in ihrem Zimmer Tierarzt spielte.

»Was?«, fragte Ben mit vor Entsetzen geweiteten Augen, als ich ihm davon erzählte. »Was tut sie?«

Ich beschrieb ihm im Einzelnen, was ich beobachtet hatte, und mein Mann hoffte schwer, dass ich mir das alles nur einredete.

»Warum ist sie überhaupt noch hier?«, schimpfte er. »Ich dachte, sie sollte nur über Weihnachten bleiben.«

Es war unmöglich gewesen, so kurzfristig ein Hotelzimmer zu finden. »Wir leben eben nicht in Pocatello, Ben.«

Er seufzte. Er konnte mit Jodie nicht viel anfangen, merkte aber ebenso wie ich, dass sich ihre Gegenwart positiv auf Catherine auswirkte. »Wir dürfen aber auf keinen Fall aus lauter Bequemlichkeit so tun, als sei das alles normal. Die Frau ist nämlich eindeutig nicht ganz dicht, Helen.«

Ich konnte mich nicht erinnern, dass mein Mann jemals etwas in dieser Art über einen Menschen gesagt hatte. Normalerweise sprach Ben höchstens schon mal über Inhibitionen oder über mögliche Anzeichen gewisser Störungen, die er beobachtet zu haben glaubte.

»Und von Jodie sagst du, sie sei nicht dicht?«

Er hatte schon mal so etwas gesagt. Wenn ich mich recht besann, hatte er da behauptet, Jodie habe nicht alle Tassen im Schrank.

Mein Mann wirkte äußerst angespannt und nickte mit dem Kopf. »Überleg doch mal, Helen! Die Frau leidet an krankhafter Geräuschempfindlichkeit. Und sie leidet einwandfrei an Polydipsie, so viel, wie sie trinkt. Und an Herzrasen, wenn sie nicht wie eine Irre zweimal am Tag durch die Gegend rennt. Und jetzt sagst du, sie spioniert Bellie nach?«

Ich war ganz verwirrt. Dass Jodie morgens und abends joggen ging, wusste ich. Sie musste das tun, da sie ja zurzeit nicht in ihr Fitness-Studio gehen konnte, und ohne körperliche Anstrengung konnte sie angeblich nicht leben.

»Sie hat Depressionen, Helen. Deshalb trinkt sie so viel. Der Mund ist wahrscheinlich immer trocken.« Er stöhnte und fügte hinzu: »Oh, ich hoffe schwer, dass es nur das ist.« Polydipsie konnte nämlich auch andere Gründe haben, wie Ben mir erklärte, doch wollte er darüber gar nicht nachdenken. »Sie hat Depressionen«, sagte er noch einmal. »Deshalb wundert sie sich, dass wir in diesem Haus schlafen können.« Jodie selbst tat kaum ein Auge zu, denn die Heizung machte so schrecklichen Lärm.

»Die Heizung?«, fragte ich perplex nach. Unsere Heizung schaltete sich automatisch ab, wenn die gewünschte Temperatur erreicht war. Fiel die Raumtemperatur wieder, schaltete sie sich dann ebenso automatisch wieder ein, und das verursachte ein leichtes Pochen, was aber höchstens ein paar Sekunden dauerte.

»Das empfindet sie als Lärm, Helen. Hat sie mir heute Morgen noch gesagt. Der Lärm der Heizung macht sie wahnsinnig.«

»Es sind nur noch ein paar Tage«, tröstete ich mich selbst.

Wir hatten inzwischen den 28. Dezember. Am 2. Januar konnte Jodie zurück in ihre Wohnung.

»Nicht, wenn sie meinen Töchtern nachsteigt!«, erklärte Ben.

Mehr sagte er nicht mehr an jenem Abend. Lieber wollte er sich als Mann der Tat zeigen. So begann er gleich am nächsten Morgen gezielt damit, sich selbst ein Bild von der Lage zu machen.

Jodie hatte wieder schlecht geschlafen. An unserer Heizung lag das aber nur bedingt, wie sie zugab. »Ich bin extrem lärmempfindlich, das weiß ich.«

»War das schon immer so?«, fragte Ben.

Sie antwortete nicht. Sie war zu sehr damit beschäftigt, wieder

Unmengen von Flüssigkeit in sich hineinzuschütten. Man mochte kaum zusehen. Als Ben sie anschließend dazu überreden wollte, ausnahmsweise mal auf ihren Morgenlauf zu verzichten, wurde sie ganz nervös. »Ich muss mich bewegen, sonst werde ich verrückt.«

»War das schon immer so?«, fragte Ben auch hier wieder.

Jodie gefiel es nicht, ausgehorcht zu werden. »Ja«, behauptete sie und warf dabei ihr Haar in den Nacken, »bewegen musste ich mich immer schon sehr viel. Ich brauche das einfach.« Sie brauchte es auch, stundenlang mit Catherine auf dem Bett zu liegen und Musik zu hören. Das entspannte sie. Und wann immer sie zwischendurch aufstand, um zur Toilette zu gehen – das viele Wasser, das sie trank, wollte ja auch wieder heraus –, suchte sie Isabelle und beobachtete sie dann aus sicherer Entfernung. Das brauchte sie offenbar auch.

»Dem Spuk mache ich heute ein Ende!«, versprach mir mein Mann.

Beim Abendessen ließ er Jodie nicht aus den Augen. Als sie sich hinterher mit Cathy zurückziehen wollte, damit sie oben wieder Musik hören konnten, bat er sie offen, davon abzusehen. »Ich fände es besser, wenn wir den Abend heute mal alle zusammen ausklingen lassen.«

Wir setzten uns ins Wohnzimmer, und Catherine wurde losgeschickt, ihre Gitarre zu holen.

»Aber ich habe doch ewig nicht mehr gespielt, Dad.«

»Umso besser«, meinte mein Mann. »Dann verlernst du es wenigstens nicht ganz.«

Jodie fühlte sich sichtbar unbehaglich. »Müssen wir jetzt etwa singen?«, fragte sie.

»Isabelle kann etwas tanzen«, meinte Ben.

Unsere Kleine war begeistert und holte sofort ihr Tutu.

Jodie brauchte unbedingt ein Glas Wasser.

»Bring ich dir!«, erbot ich mich und ging in die Küche.

Ein paar Minuten später saßen wir alle zusammen in der Runde. Cathy schlug in die Saiten ihrer Gitarre, und Bellie gab dazu ihre Variante des sterbenden Schwans zum Besten.

Jodie hockte im Schneidersitz auf dem Boden, direkt unter dem Weihnachtsbaum, und blickte kein einziges Mal auf. Es war so demonstrativ, dass es Isabelle schließlich verunsicherte. Sie blieb stehen und sah mich hilfesuchend an.

»Du hast das wunderschön getanzt«, sagte ich und streckte meine Hände nach ihr aus.

»Und du bist gut im Improvisieren!«, lobte Ben unsere Große.

»Das stimmt!«, rief Jodie. »Ganz toll hast du das gemacht, Cath. Du scheinst da wirklich eine Begabung zu haben. Vielleicht solltest du –«

»Warum magst du mich nicht leiden?« Isabelle stand hochaufgerichtet da. Endlich war sie es mal, die auf Jodie hinabblickte. Sie schien den Umstand voll auszukosten.

Jodie fühlte sich ertappt. »Sprichst du mit mir?«, fragte sie nervös lachend und sah Isabelle dabei kurz an.

»Ja.« Ben kam seinem Kind zu Hilfe. »Ich glaube, Isabelle spricht mit dir, Jodie. – Richtig, Bellie?«

Unsere Kleine nickte und glitt auf meinen Schoß.

Jodie fühlte sich bedrängt. Sie griff nach ihrem Wasserglas, das jedoch leer war.

»Gleich«, sagte ich, bevor sie nach Nachschub fragen oder gar welchen holen und damit ausweichen konnte.

Sie saß also in der Falle. Zuerst sah sie mich an, dann schaute sie zu Ben hinüber. Wir hielten beide ihrem Blick stand, und so schloss sie schließlich die Augen und holte tief Luft. Dann wandte sie sich an Isabelle. »Du verstehst das nicht«, sagte sie zu ihr. »Das heißt, du verstehst das alles ganz falsch, Isabelle.«

Es war das erste Mal, dass Jodie den Namen unserer Kleinen ausgesprochen hatte. Das Kind war so erstaunt darüber, dass es mich ganz aufgeregt ansah.

»Was versteht Isabelle falsch?«, erkundigte ich mich.

»Es ist nicht so, dass ich sie nicht leiden mag, Helen. Ich bin nur ...« Wieder schloss sie für einen Moment die Augen, wieder holte sie tief Luft. »Ich ... ich habe selbst einmal ein Kind gehabt«, sagte sie dann. »Auch ein Mädchen.«

Sie öffnete die Augen und sah Isabelle an. »Und die wäre jetzt ganz genauso alt wie du.«

Es war totenstill im Raum. Ich hatte mit vielem gerechnet, aber nicht damit. Ich konnte kaum atmen.

»Und wo ist dein Kind?«, fragte Isabelle in die Stille.

Jodies Augen füllten sich mit Tränen, die sie sich gleich abwischte. Carla war tot. Carla war einen Monat älter gewesen als Isabelle und kurz nach ihrem vierten Geburtstag tödlich verunglückt. »Direkt vor unserem Haus ist sie überfahren worden.« Jodie war zu dem Zeitpunkt nicht in München gewesen. Sie und ihr Mann hatten geschäftlich in Berlin zu tun gehabt. »Aber meine Mutter lebte ja bei uns.« Die hatten sie nach dem Tod von Jodies Vater zu sich nach München geholt. »Sie hat im Gästehaus gewohnt«, sagte Jodie zu mir. »Wie dein Vater bei deinem Bruder Max im Gästehaus wohnt.« Ihre Mutter hatte immer auf Carla aufgepasst, wenn Jodie und Marvin unterwegs gewesen waren. »Das war nichts Besonderes.«

Besonders war an diesem einen Wochenende nur gewesen, dass Carla eine Erkältung gehabt hatte. »Die war aber auch schon fast wieder weg. Sie hat nur noch ein bisschen gehustet.« Deshalb hatte sie Hustensaft nehmen müssen, und Jodies Mutter hatte dem Kind den verkehrten gegeben. »Marvin hatte ein paar Wochen vorher eine schlimme Bronchitis. Dagegen hatten sie ihm ein ziemlich heftiges Mittel mit Codein verschrieben.« Carla wurde von dem Saft übel, und sie verdrehte die Augen, und dadurch fiel der Großmutter ihr Fehler auf.

»Sie wusste plötzlich nichts mehr«, schimpfte Jodie und bekam dabei wieder feuchte Augen. »Nicht, wo das Telefon steht! Nicht, welche Nummer man bei Notfällen anrufen muss! Nichts! Die

Frau ist nur noch ausgeflippt und aus dem Haus zu den Nachbarn gerannt.« Es war Sonntagmorgen. Und die Nachbarn waren in der Kirche. »Am Sonntag müssen die Scheiß-Katholiken ja in die Kirche, sonst brennen sie doch in der Hölle.« Also rannte Jodies Mutter von Haus zu Haus, und nirgendwo wurde ihr aufgemacht, während Carla im Haus nach ihrer Oma suchte. Schließlich lief das Kind aus der sperrangelweit offenstehenden Haustür nach draußen, geradewegs auf die Straße.

»Die haben gesagt, sie sei sofort tot gewesen«, erzählte Jodie und wischte sich über die Augen. »Aber erzählen können die dir ja viel. Es war ja keiner dabei. Der Scheiß-Autofahrer hatte einen Schock. Das Schwein haben sie später sogar freigesprochen. Und meine Mutter hat eh nur getan, was sie immer getan hat.« Ihre Mutter hatte geweint. Sie hatte geweint und geschrien. »Bis zu ihrem Tod hat sie das gemacht. Geweint, geweint, geweint, und wenn sie damit nicht mehr durchkam, hat sie geschrien.«

»Woran ist deine Mutter gestorben?«, fragte Ben.

Jodie sah ihn an, als dürfe er beruhigt sein über seine Fähigkeit, eins und eins zusammenzuzählen. Er vermutete das Richtige, und sie war nur zu gewillt, ihm das zu bestätigen. »Meine Mutter hat sich das Leben genommen«, sagte sie. »Aber erst vor zwei Jahren! Wenn ich an ihrer Stelle gewesen wäre, hätte ich das schon lange vorher getan.«

Als wir spät in der Nacht ins Bett gingen, war mir, als habe sich mehr als ein Rätsel gelöst. Ich wusste jetzt endlich, warum Jodie Religionen und alte Leute hasste, und ich wusste endlich, warum sie sich in der Nacht von William Hensons Tod so sehr um Charlotte gekümmert hatte.

»Ich hatte also doch recht«, erklärte ich meinem Mann. »Sie wusste, wie sich das anfühlt, in Charlottes Schuhen zu stecken.«

Mein Mann nickte anerkennend. »Trotzdem bräuchte sie natürlich dringend einen Psychiater«, meinte er dann. »Was das angeht, sollten wir ihr mal gut zureden.«

Jodie hatte zwar ein paar Mal eine Therapie angefangen, war aber über drei, vier Sitzungen nie hinausgekommen.

»Ohne Therapie kannst du ein solches Trauma nicht überstehen, Helen.«

Gesunde Ernährung und ausreichende Bewegung brachten da nach Ansicht meines Mannes nicht das nötige Ergebnis. »Das hilft nur dabei, die Angstzustände und Depressionen etwas im Zaum zu halten. Und sie kann sich ja nicht ein Leben lang mit Vierzehnjährigen umgeben, um sich unbeschwert zu fühlen.« Dass ihre Ehe mit Marvin an dem Verlust des Kindes zerbrochen war, erstaunte Ben nicht. Das kam nach seiner Erfahrung häufig vor, weil Männer und Frauen sehr unterschiedlich um ein Kind trauerten. »Er wollte wahrscheinlich noch mal von vorne anfangen, und sie wollte das nicht. Weil sie bestimmt Angst hat, das Gleiche könnte ihr noch mal passieren.«

Wir legten uns ins Bett und löschten das Licht.

»Lass uns nur bitte trotzdem ein bisschen vorsichtig ihr gegenüber sein«, bat mein Mann und griff im Dunkeln nach meiner Hand. »Nicht, dass wir aus Mitleid dahinschmelzen!« Die Frau benahm sich für seinen Geschmack einfach zu verworren. Ben seufzte. »Wer so großes Leid erfahren und nie richtige Hilfe bekommen hat, wer keinerlei Moralanschauungen besitzt, weil er weder mit Gott noch mit Konventionen was am Hut hat ... Wer so viele schwerwiegende Probleme hat, den ganzen Tag quatscht, aber nie über diese Probleme redet ... Ich möchte einfach keine böse Überraschung erleben.«

26. Kapitel

Es gibt Tagschichten, Nachtschichten, Doppelschichten, Wochenendschichten und Feiertagsschichten; das weiß jeder, der im Gesundheitswesen tätig ist. Daneben gibt es aber auch noch Horrorschichten und Schizoschichten, und was sich dahinter verbirgt, lernt man erst, wenn man eine Weile in einem Traumazentrum wie dem des RMC gearbeitet hat. Theoretisch kann jede Schicht zu einer Horrorschicht entarten, das liegt in der Natur des Arbeitsbereichs. In der Praxis gibt es aber Schichten, von denen man mit ein bisschen Erfahrung voraussagen kann, dass sie mit an Sicherheit grenzender Wahrscheinlichkeit Horrorschichten werden. Die Klassiker sind die Tagschicht am Montag, die Wochenendschicht vom Samstagmorgen bis zum Sonntagabend und vor allem die Nachtschicht vom Freitag auf den Samstagmorgen.

Man kann also sagen: Das Wochenende meint es nicht gut mit uns Menschen! In den Nächten von Freitag auf Samstag kommt es verstärkt zu schweren Verkehrsunfällen. Die Leute haben den Tag über noch gearbeitet, sind also früh aufgestanden, und sie sind von der hinter ihnen liegenden Arbeitswoche erschöpft. Für viele ist das aber kein Argument. Sie stürzen sich trotzdem gleich nach Feierabend ins Wochenendvergnügen, und wenn müde Menschen Alkohol trinken und Auto fahren, sind die Katastrophen sozusagen vorprogrammiert.

Von Samstagmorgen bis Sonntagabend hat man es dann vornehmlich mit Heimwerkern, Wochenendsportlern und Drogenopfern zu tun. Die einen waren vom Dach gefallen oder hatten sich mit fünfzig endlich zum Drachenfliegen berufen gefühlt, die anderen hatten schon die Nacht vom Freitag auf den Samstag durchgefeiert und glaubten, die nächste nur noch schaffen zu können, wenn sie auch endlich mal Ecstasy probierten.

Am Montagmorgen ist die Nation dann fix und fertig. Man hat so viel gefeiert oder so viel im und am Haus oder schwarzgearbeitet, dass man sich unausgeschlafen in die nächste Arbeitswoche stürzt, und so hagelt es am Vormittag Verkehrs- und Arbeitsunfälle und Unglücke im Haushalt.

Am Montagnachmittag ebbt die Flut der Neueinlieferungen dann spürbar ab. Anschließend herrscht bis Freitagabend in den Notaufnahmen nur durchschnittlicher Betrieb, und dann geht alles von vorne los.

Da Horrorschichten regelmäßig anstehen, kann man sich an sie gewöhnen. Man plant voraus, indem man sich im Vorfeld ein bisschen mehr Ruhe als sonst gönnt, und vor allem macht man sich darauf gefasst, dass alles ganz schrecklich werden kann. Das ist wichtig. Wer sich das Grässlichste ausmalt, hat die besten Aussichten, angenehm überrascht zu werden.

Auf Schizoschichten sind diese Tricks nicht anzuwenden. Deshalb heißen sie ja Schizoschichten und nicht etwa Super-Horrorschichten. Schizoschichten gab es bei uns nur dreimal im Jahr. Technisch handelte es sich dabei um eine Doppelschicht, die zugleich auch eine Feiertagsschicht war. Das hieß also, dass wir – die drinnen waren– an die Grenzen unserer körperlichen und geistigen Anstrengung kamen, während die anderen – die draußen waren – nur so im jeweiligen Festtagsvergnügen schwelgten.

Die Schizoschichten waren bei uns unterteilt wie olympisches Edelmetall. Die bronzene Schizoschicht war der Dienst am Nationalfeiertag. Er begann am Morgen des 4. Juli und endete am Morgen des 5. Juli, und wer am Ende noch aufrecht stehen und dreimal hintereinander rückwärts seinen Namen buchstabieren konnte, bekam von Dr. Kidder eine Plakette mit der Aufschrift »Ich bin Spitze«.

Die silberne Schizoschicht war der Dienst an Halloween. Der

begann am Abend des 31. Oktober und endete am Abend des 1. November, und wer da bei der Dienstübergabe noch aufrecht stehen und dreimal hintereinander seinen Namen rückwärts buchstabieren konnte, der bekam von Dr. Kidder eine Plakette mit der Aufschrift »Ich bin ein Held«.

Die ultimative, die goldene Schizoschicht war der Silvesterdienst. Der begann am Silvestertag um 18 Uhr und endete am Neujahrstag um 18 Uhr, und keiner von uns wusste, was auf den Plaketten stand, die Dr. Kidder im Anschluss verteilt hätte. Und so lautete die alljährliche Frage: »Meint ihr, wir packen es dieses Jahr?«

Als ich an jenem Samstagabend zur Arbeit kam, war ich guter Hoffnung. Marilena übergab mir den Dienst, und sie hatte einen ruhigen Nachmittag hinter sich. Sie hatte lesen können.

»Ich habe vorgeschlafen«, sagte ich.

»Sehr klug von dir«, meinte Marilena. Dann wünschte sie mir einen guten Rutsch und ging.

Bis halb zehn ging es friedlich zu. Nathalie hatte vorne ein paar Knochenbrüche und die ersten Alkoholvergiftungen, aber bei uns war es still.

Um halb elf brachten sie uns dann den ersten Verkehrsunfall. Zwei der Opfer waren DOA, also bereits bei der Ankunft tot gewesen, das dritte starb in Trauma 1.

»Fängt ja großartig an!«, schimpfte Kidder, nachdem er über eine Stunde versucht hatte, den jungen Mann wiederzubeleben. Dieser war fünfundzwanzig Jahre alt gewesen. Er stammte aus Arizona und war nur über Silvester und Neujahr nach Los Angeles gekommen, um mit Freunden zu feiern, mit denen er das College besucht hatte. Bereits stark angetrunken hatten sie ein Motorrad-Wettrennen veranstaltet, in einer schmalen Straße mit Gegenverkehr, ohne Schutzhelme.

»Ich kann die Eltern nicht erreichen«, klagte Mia. »Ich habe denen auf dem Anrufbeantworter eine Nachricht hinterlassen, dass sie zurückrufen sollen.«

Um Viertel vor zwölf bekamen wir einen sogenannten Multi, einen Verkehrsunfall mit einer Vielzahl von Schwerverletzten. Kidder und Meckelstein rannten von einem Traumaraum in den anderen, und zwischendurch sah es so aus, als würden sie zwei der drei Patienten verlieren.

»Von wegen!«, jubelten sie anschließend. »Mit uns doch nicht!« Es war für sie ein schöner Erfolg, allerdings auch so ziemlich der letzte in dieser Nacht.

Um fünf Minuten nach halb eins brachte uns eine hysterische Mutter ihre fünfjährige Tochter Laurie. Das Mädchen hatte mit ihr im Garten gestanden, als das Feuerwerk losging, und dann war die Kleine plötzlich zusammengebrochen. Sie blutete am Kopf.

Als Dr. Kidder das Kind auf den Behandlungstisch legte, blutete sie schon nicht mehr. »Ruf die Polizei, Kim!« Schusswunden waren meldepflichtig.

Lauries Mutter glaubte Kidder kein Wort. Sie lebte in einer guten Wohngegend. Da wurde nicht geschossen.

»Es hat meines Erachtens auch niemand auf Ihr Kind gezielt«, seufzte unser Doktor. Die Schusswunde der kleinen Laurie war vielmehr auf eine liebe Gewohnheit unserer mexikanischen Mitbürger zurückzuführen. Die packten am Silvesterabend gern ihre Waffen aus und schossen damit in die Luft, wie das in Mexiko üblich war, wo man das neue Jahr mit einer Salve von Salutschüssen begrüßte. In den Medien wurde jedes Jahr davor gewarnt, immer und immer wieder, doch begriffen diese Leute es wohl nicht. Es leuchtete ihnen einfach nicht ein, dass sich Kugeln, die man in die Luft schoss, nicht in Luft auflösten, dass sie irgendwie auch wieder herunterkamen und dann Menschen verletzen und manchmal, wie in diesem Fall, sogar töten konnten.

»Sie kann nicht tot sein«, schrie Lauries Mutter. »Bitte! Bitte, tun Sie was! Sie darf nicht tot sein!«

Nathalie brachte die Beruhigungsmittel, ich richtete FAM 2 her. Die Polizei kam erstaunlich schnell.

»Schusswunde?«, fragten die Beamten verwirrt. Deshalb waren sie nicht da. Sie hatten die »Springerin«, begleitet, eine zwanzigjährige Frau. Sie starb um Viertel nach eins in Trauma 1. Während der Silvesterparty hatte sie sich vom Dachgarten des Hochhauses gestürzt, in dem sie gefeiert hatten. Ihr Freund hatte nämlich eine andere geküsst. Sie hatte es gesehen, ihrer Freundin gesagt, dass sie es gesehen hatte und sich deshalb umbringen würde. Und sie hatte keine Zeit verschwendet. Sie war sofort gesprungen.

»Habe nur den Vater erreicht«, ließ Mia mich wissen. »Ich glaube aber, der war total voll. Der hat nicht kapiert, wovon die Rede war.«

Kidder forderte sie auf, den Mann noch einmal anzurufen und ihm notfalls die Polizei nach Hause zu schicken.

»Heute Nacht?«, schimpfte einer der Beamten, die auf unserem Korridor standen. »Heute Nacht sind wir froh, wenn wir unseren eigenen Kram auf die Reihe kriegen.«

Nein, keiner der Herren in Uniform war wegen der Schusswunde hier. Und die Kollegen, die sich um die Springerin gekümmert hatten, waren schon wieder im Einsatz. »Wir bewachen den Geisterfahrer.«

Der wurde gerade in den Hauptbereich der Notaufnahme geschoben. Er hatte einen Heidenspaß dabei. Er bedauerte nur, dass niemand mit ihm anstoßen wollte: »Wir müssen das neue Jahr doch begrüßen«, lallte er. »Sonst bringt es uns doch kein Glück.« Was er in den ersten Minuten des neuen Jahres angerichtet hatte, war ihm gar nicht bewusst. Dazu war er zu betrunken.

Die Lindstroms waren fünfundfünfzig und siebenundfünfzig Jahre alt gewesen. Auf der Rückfahrt von einer Silvesterfeier waren sie mit dem Geisterfahrer zusammengeprallt. Er selbst erlitt nur ein paar Knochenbrüche. Die Lindstroms starben.

»Kommst du klar, Helen?«

Es war zwar nett, aber völlig unsinnig, dass Kidder sich um mein Wohlergehen sorgte. Man konnte sich nur um das Wohlergehen eines Menschen sorgen, der noch eine Chance hatte, dass es ihm wohl erging. Diese Phase hatte ich längst überschritten.

Von halb elf an lief ich von einem Familienraum in den anderen und brauchte nicht einmal Kaffee, um wach zu bleiben. Das Adrenalin strömte nur so durch meine Adern. Es gab mir auf ganz natürliche Weise den erforderlichen Kick.

Um halb drei wurde das Opfer einer Messerstecherei eingeliefert. Um Viertel vor drei traf das Opfer eines weiteren Verkehrsunfalls ein. Um halb vier brachten sie uns zwei Drogentote, einen Achtzehnjährigen und eine Neunzehnjährige, die sich an jenem Silvesterabend einen sogenannten Partymix gegönnt hatten.

Das war die neueste Seuche in Los Angeles. Die jungen Leute beschafften sich verschreibungspflichtige Medikamente, zumeist Mittel, die dem Betäubungsmittelgesetz unterlagen, denn durch das Internet war das leider ganz einfach geworden. Jeder Gast, der etwas auf sich hielt, brachte irgendwelche Pillen mit, die dann alle in einen großen Topf geworfen und durchgeschüttelt wurden. Anschließend griff jeder zu, eine Hand voll musste es schon sein. Dabei wussten diese jungen Menschen natürlich weder, um welche Tabletten es sich da im Einzelnen handelte, noch wussten sie, ob man diese Tabletten überhaupt miteinander kombinieren durfte.

Im Fall von Frank und Sally war die Dosis tödlich gewesen. Und die Eltern der beiden bezichtigten sich gegenseitig, die Schuld an dem Drama zu tragen. Der Sicherheitsdienst musste den Vätern Handschellen anlegen. Ich verkroch mich in der hintersten Kabine unserer Toiletten, bis der Lärm auf dem Gang etwas abebbte.

»Halbzeit!«, rief Kidder, als wir uns um sechs Uhr morgens in der »Höhle« trafen. Darüber schien er froh zu sein. Er wirkte regelrecht erleichtert, dass die Hälfte unserer Schizoschicht vorbei war, während ich selbst entsetzt war, dass ich erst die Hälfte hinter mir hatte.

Vielleicht machte ich mich umsonst verrückt. Es war auf einmal ruhiger. Zwei Stunden lang passierten keine Katastrophen. Ich ging sogar mal kurz nach oben auf mein Rauchermäuerchen. Friedvolle Stille lag über der Stadt. Das neue Jahr hatte begonnen, und für kurze Zeit schien die Welt zu schlafen, sodass sie auch kein Unheil anrichten konnte.

Dann wachte die Welt wieder auf, und es ging weiter. Auf die Silvesterunfälle folgten die ersten Neujahrsunfälle. Unausgeschlafene Menschen mit hohen Anteilen an Restalkohol im Blut verursachten zum Teil schreckliche Desaster.

Das Schlimmste passierte vor einer katholischen Kirche. Ein noch stark betrunkener Mann ärgerte sich so sehr darüber, keinen Parkplatz zu finden, dass er bei dem Versuch, eben noch einmal um den Block zu fahren, in eine Gruppe von Kindern raste, die bei der Neujahrsmesse im Chor hatten singen sollen und vorher noch mal proben wollten. Zwei der insgesamt elf Kinder starben. Es waren Geschwister. Die Mutter sagte kein Wort, als Kidder ihr die traurige Botschaft überbrachte. Sie saß nur starr da, absolut regungslos.

»Guck dir das an!«, flüsterte Nathalie mir zu. »Ist das ein Wunder der Natur, oder was?«

Die Frau, die vor uns saß, war im sechsten Monat schwanger. Übermäßige Erregung hätte ihrem ungeborenen Kind schaden können. Während der Mensch sich vor Schock nicht schützen konnte, war die Natur sehr wohl in der Lage, den menschlichen Körper davor zu bewahren, Schock zu empfinden. Nur mit dem Verstand war diese Frau zurzeit fähig, das Ausmaß der Tragödie zu erfassen, die ihr widerfahren war. Ihre Gefühle waren indes wie eingefroren. Das bewahrte ihren Körper vor Schockreaktionen, das schützte das ungeborene Kind, und das war ein Wunder der Natur. Besser hätte Nathalie es gar nicht ausdrücken können.

Am Sonntagmorgen um kurz nach zehn Uhr trafen die Eltern des Motorradunfallopfers ein. Sie waren auf einer Silvesterparty gewesen und erst nach Mitternacht nach Hause gekommen. Wie in Trance waren sie von Phoenix nach Los Angeles gefahren. Sie wussten zwar nicht, was passiert war, schienen es aber zu ahnen.

»Sonst hätte die Frau am Telefon etwas gesagt.«

»Sonst hätte er uns selbst angerufen.«

Nach wie vor lief ich von einem Familienraum in den anderen. Allerdings sank der Adrenalinspiegel allmählich, sodass ich mich jetzt fühlte, als müsste ich jeden Moment über meine eigenen Füße stolpern.

»Noch sieben Stunden!«, rief Kidder um elf in die Runde. »Das schaffen wir!«

Ich nahm an, dass er das mehr zu sich selbst sagte als zu uns, denn er brauchte die Aufmunterung im Moment am meisten. Bisher hatte er eine schlichtweg grauenvolle Schicht hinter sich, und es ging Schlag auf Schlag weiter.

Um halb zwölf bekamen wir wieder mal einen Schwimmbad-Unfall. Hier war niemand in zu seichtes Wasser gesprungen, wie das leider so oft passierte, hier hatten Eltern am Pool gedöst und nicht gesehen, dass ihr Zweijähriger ins Wasser gefallen war.

»Er hat gar nicht geschrien.«

Das hörten wir immer in diesen Fällen. So kleine Kinder schrien nicht, wenn sie ins Wasser fielen. Bei so kleinen Kindern dauerte es nur den Bruchteil einer Sekunde, und sie waren unter Wasser. Sie schlugen auch nicht um sich. Ihre kleinen Lungen füllten sich so schnell mit Wasser, dass sie dazu gar keine Zeit hatten.

Nur zwanzig Minuten nach dem Zweijährigen brachten sie uns einen Fünf- und einen Siebenjährigen. Die hatten mit dem

Gewehr ihres Vaters gespielt, der es in der Nacht nicht wieder in die Garage zurückgestellt hatte. Pablo Moralez gehörte nämlich zu denen, die das neue Jahr mit Salutschüssen begrüßten. Er hatte es auch in diesem Jahr getan und seine Leistung anschließend mit Tequila begossen. Sein älterer Sohn Jorge hatte das Gewehr nun am Morgen auf dem Balkon gefunden, sofort die Gelegenheit beim Schopf ergriffen und mit seinem kleinen Bruder endlich mal richtig Cowboy gespielt. Es war nur leider noch eine Kugel im Lauf gewesen. Sie hatte ihr Ziel nur gestreift, es war eine unbedeutende Fleischwunde. Der Rückschlag des Schusses war indes so heftig gewesen, dass es Jorge den Boden unter den Füßen weggerissen hatte. Dadurch war er mit dem Kopf auf einen der beiden Steinblöcke geschlagen, die seine Eltern erst am Vortag besorgt hatten. Sie sollten als Beine für die neue Bank dienen, die sie auf dem Balkon aufstellen wollten.

»Es tut mir unendlich leid«, sagte Kidder zum soundsovielten Mal während dieser Schizoschicht, »aber Ihr Sohn Jorge ist klinisch tot.«

Der Übersetzer wiederholte das Ganze auf Spanisch, was die Szenerie noch unwirklicher erscheinen ließ, als sie es ohnehin schon war.

Die Moralez waren einfache Leute. Umso erstaunlicher fand ich es, dass sie Erfahrung mit Organspenden hatten. In ihrem Heimatdorf im Nordosten Mexikos hatte es ein Mädchen gegeben, das mit einer kranken Leber zur Welt gekommen war. Dank einer Organspende hatte dieses Mädchen eines Tages eine neue Leber bekommen und war heute Mutter eines gesunden Sohnes.

»Jetzt wissen sie, warum sie das Mädchen damals kennengelernt haben«, teilte der Übersetzer mir mit.

Ich hatte keine Ahnung, was er meinte.

»Gott hat sie damit vorbereitet«, wurde er deutlicher.

Wie es schien, war ich inzwischen für alles zu müde, nicht nur fürs Stehen und Laufen, auch fürs Denken und natürlich erst recht für Philosophie und Religion und die Deutung irgendwelcher Zeichen.

»Auf was?«, fragte ich entsprechend verwirrt. »Auf was hat Gott sie vorbereitet?«

Die Moralez waren gern bereit, die Organe ihres Sohnes zu spenden. Sie waren überzeugt, dass das Schicksal ihres Sohnes Gottes Wille war und dass Gott Großes mit denen vorhatte, die durch Jorges Tod weiterleben konnten. Sie waren dankbar, dass Gott ihnen die Möglichkeit gab, so viel Gutes zu tun.

»Von denen könnten sich viele eine Scheibe abschneiden!«, seufzte ich, als ich um kurz nach sechs in die »Höhle« ging.

Victor war schon da. Er hatte mit seinen Eltern Sylvester gefeiert. »Meine Schwestern waren da«, sagte er. »Und Freunde meiner Eltern.« Er wirkte eigenartig stumpf, wie ausgehöhlt. »Bin nur müde«, meinte er.

Kidder tauchte auf und hatte sein Döschen dabei. Es war ein grünes Döschen, und es enthielt die Plaketten.

»Wer will zuerst?«, rief er.

Nathalie winkte ab. Nicht für Geld und nicht für gute Worte!

»Helen?«

Ich saß auf dem Ledersofa und überlegte angestrengt, ob es sich wohl lohnen würde, aufzustehen und dreimal hintereinander Helen Drescher rückwärts zu buchstabieren.

»Ich probiere es höchstens im Sitzen«, gähnte Meckelstein und hob an: »N-I-E-T-S-L-E-C-«

»Aus!«, rief Kidder. »Schon vorbei.«

»Wieso das denn, Steven? Ich habe doch –«

»Schreibst du dich plötzlich nur noch mit C?«

Ich überlegte angestrengt. Drescher war rückwärts auch nicht so einfach zu buchstabieren, wie es beim Vorwärtslesen vielleicht aussehen mochte.

»Können wir wenigstens mal sehen, was auf den dusseligen Plaketten steht?«, bat Kim. »Ich meine, was soll ich mich mit den neunzehn Buchstaben meines Namens herumplagen, wenn ich die Plakette vielleicht gar nicht haben will?«

Das war ein Aspekt. Darauf war bisher noch keiner gekommen.

Kidder weigerte sich aber. »Das muss erarbeitet werden«, erklärte er uns. »Geschenkt gibt es hier gar nichts.«

Stöhnen erfüllte den Raum. Nein, heute wurde das nichts mehr, auf gar keinen Fall. Sollte er am 5. Juli wieder nachfragen!

Um kurz nach sieben kam ich an jenem Neujahrsabend nach Hause. Ben lag im Wohnzimmer auf dem Sofa und guckte Sport. Bellie hockte neben ihm und malte. Catherine war den ganzen Tag nicht aus dem Bett gekommen; es ging ihr nicht gut.

»Du weißt schon«, sagte mein Mann und wies auf seinen Bauch.

»Und Jodie?«, fragte ich.

Jodie war weg. »Ihre Nachbarin hat angerufen. Der Gatte ist wohl abgereist.«

Cathy bestätigte mir das. Jodies Nachbarin Abigail war am Mittag aus Connecticut zurückgekehrt, und Marvin Lang hatte sie erwartet und ihr für Jodie einen Brief und ein Paket gegeben. Dann hatte er sich ein Taxi bestellt und war weggefahren. Jodie hatte vorsichtshalber noch im Hotel angerufen, doch Marvin war tatsächlich abgereist

»Bist du traurig, weil sie weg ist?«, fragte ich meine Große.

Cathy tat so, als sei das nicht so schlimm. Sie fühlte sich nur körperlich nicht gut. »Du weißt schon«, meinte sie.

Dabei bereitete die Periode ihr nur selten Schwierigkeiten.

»Hast du Bauchschmerzen?«, fragte ich.

Sie nickte. »Ist aber schon wesentlich besser als heute Morgen, Mom.«

Essen wollte sie nichts, nur schlafen. Also deckte ich sie zu. Das hatte ich seit zwei Jahren nicht mehr getan. Normalerweise wollte Catherine nicht, dass ich sie wie ein Kind ins Bett brachte. Jetzt ließ sie es sich willenlos gefallen und gab mir sogar einen Gutenachtkuss.

»Schlaf du auch gut, Mom.«

27. Kapitel

Am Montag hatte ich frei. Ich wollte schlafen, bis ich ganz von allein aufwachte, doch um acht klingelte es an unserer Haustür.

»Hör gar nicht hin!«, brummte Ben und drehte sich auf die andere Seite.

Doch es schellte wieder, immer und immer wieder. Stöhnend setzte ich mich auf die Bettkante, griff nach meinem Bademantel.

»Ach, du Schreck!«, rief Ben in diesem Moment und saß im nächsten Moment senkrecht im Bett. »Das sind die Poolmänner, Helen.« Er hatte ganz vergessen, dass die an diesem Morgen mit der Arbeit beginnen sollten.

Tatsächlich standen zwei Knaben vor unserer Haustür, die für *Oscar's Pool & Spa* arbeiteten. Sie hießen Roberto und Enrique und sprachen kaum ein Wort Englisch. Sie bildeten aber auch nur die Vorhut, wie sie uns radebrechend erklärten. Sie maßen unseren Pool noch einmal aus und überlegten, wie sie welche der Maschinen, die sie brauchten, am besten auf unser Grundstück bugsieren sollten. Das dauerte lange. Alles dauerte bei Roberto und Enrique lange.

»Vielleicht, weil sie sich abgelenkt fühlen«, meckerte mein Mann. »Zieh dich doch bitte erst mal an, Helen.«

Nein, ich wollte wissen, was da in unserem Garten vor sich ging, und zwischendurch geschah ständig etwas anderes: Angelika rief an, um sich für unsere Weihnachtskarte zu bedanken. »Habt ihr unsere bekommen, Helen? Wir hatten euch ja auch eine geschickt. Ist die noch nicht da? Wenn die noch nicht da ist, muss ich einen Suchantrag stellen, denn so geht das ja nicht. Die Post in Deutschland wird immer nachlässiger, aber die Kosten steigen. Du kannst dir gar nicht vorstellen, wie teuer das hier geworden ist. Eine normale Familie mit zwei Kindern und einem Verdiener kann sich kaum noch über Wasser halten.« In diesem Tenor ging es die nächsten Minuten weiter.

Roberto und Enrique begutachteten immer noch unsere Hecke. Inzwischen hatte meine Schwester den gesamten Verfall der deutschen Wirtschaft erörtert, einschließlich der Gründe, die zu dem Verfall geführt hatten. »Wenn der Schröder damals –«

»Da kommt ein anderes Gespräch, Geli. Ich rufe dich zurück.«

Ich wusste nicht, ob sie mich gehört hatte. Wenn nicht, dann war es auch nicht schlimm. Deutsche Innenpolitik war Angelikas Steckenpferd. Darüber sprach sie gern und am allerliebsten mit sich selbst.

Der andere Anrufer war Jodie. Sie wollte wissen, ob es am Abend bei fünf Uhr bliebe oder ob es möglich wäre, dass sie schon etwas früher käme.

»Bitte nicht!«, bat ich sie. Ich hatte noch so viel zu erledigen, dass ich damit unmöglich vor fünf Uhr fertig werden konnte. Ich musste jetzt ja auch noch Roberto und Enrique beaufsichtigen. Die maßen den Pool schon wieder aus, dabei hatten sie das bereits gemacht.

»Zieh dich bitte an, Helen!« Mein Mann konnte nicht ertragen, wenn ich im Bademantel herumlief. Als er noch ein Kind gewesen war, hatte seine Mutter alle vier Wochen Bademantel-Tage eingelegt, mindestens drei hintereinander. Deshalb war eine Frau im Bademantel für meinen Mann eine Frau, die ihre Periode hatte und über nichts anderes sprechen wollte als über Blut, schlecht sitzende Gürtel, rutschende Einlagen, Wassereinlagerungen, mehr Blut.

»Zieh dich um Gottes willen an, Helen!«

Ich konnte nicht, nicht jetzt. Jetzt wollte Cathy nämlich etwas essen, und Isabelle hatte Lust auf Kakao.

»Was ist?«, fragte ich Roberto und Enrique, die plötzlich in unserem Wohnzimmer standen.

Sie strahlten mich an, und Enrique sagte: »Esse wirde schone gehe.«

»Was wird gehen?«, erkundigte ich mich.

»Esse wirde schone gehe.«

Das versicherte er mir noch mehrere Male, dann war Mittagspause. Um halb eins kam Oscar dann persönlich. Seine Leute hatten ihm die schlechten Nachrichten bereits übermittelt.

»Was für schlechte Nachrichten?«

Eine der benötigten Maschinen musste mit einem Kran angeliefert werden, und das kostete extra.

»Wie viel extra?«, fragte mein Mann.

Das konnte Oscar im Moment noch nicht sagen. Dazu musste er sich erst in unserem Haus umsehen, denn so wurden solche Kostenvoranschläge gemacht.

»Räum das Silber weg, und häng die Bilder ab, Helen!«, flüsterte mein Mann mir zu.

Ich hatte eine bessere Idee. »Tut mir leid«, sagte ich zu Oscar und zog am Gürtel meines Bademantels, »aber ich arbeite nachts und hatte noch keine Zeit, mich anzuziehen.«

Der Ober-Poolmann nickte mitfühlend. »Vielleichte mache Kran für frei«, meinte er.

»Umsonst?«, vergewisserte ich mich.

»Vielleichte.«

Ich war so begeistert, dass ich mich erbot, Kaffee zu kochen. »Ich kann auch ein paar Schnittchen machen.« Ich lief in die Küche, und mein Mann kam mir nach. Er versprach, sich nie wieder daruber zu beklagen, wenn ich im Bademantel herumlief.

Um vier Uhr nachmittags sah es in unserem Garten wie auf einer Baustelle aus. Oscar und seine Männer machten Feierabend. Sie waren erschöpft von den schätzungsweise zwei Stunden Dauerarbeit und konnten kaum mehr die Hand zum Gruß heben, als sie sich verabschiedeten. Mit hängenden Schultern und gesenkten Köpfen schlurften sie auf ihren Kombi zu. Im nächsten Moment geschah ein Wunder.

Roberto traf es als Ersten. Er straffte sich plötzlich und öffnete den Mund, riss die Augen auf. Nach einem Augenblick fand die gleiche wundersame Wandlung bei Enrique statt, doch hatte sie bei ihm auch noch Auswirkung auf die unteren Extremitäten; er begann, mit den Füßen auf der Stelle zu treten. Schließlich reagierte auch Oscar. Ihm fiel das Köfferchen mit dem Handwerkszeug aus der Hand, und da er nicht guckte, wohin es fiel, stolperte er prompt darüber und prallte gegen die Kühlerhaube seines Kombis. Dann schnalzte Roberto mit der Zunge. Enrique pfiff wie ein Schiedsrichter beim Fußball. Oscar begann, anerkennende Geräusche auszustoßen, und auf einmal standen alle drei Poolbauer aufgreiht wie die Zinnsoldaten auf dem Bürgersteig vor unserem Haus.

Jodie war gekommen. Deren Anblick machte halt die müdesten Männer munter!

Ich selbst mochte schon gar nicht mehr hinsehen. Diese viel zu kurzen Röcke! Diese viel zu spitzen Schuhe mit den viel zu hohen Absätzen! Diese Netzstrumpfhosen und diese viel zu tief ausgeschnittenen Oberteile aus den durchsichtigen Stoffen!

Ben glaubte, sie wolle die Männer mit ihrem Erscheinungsbild abschrecken, damit sie einen Grund hatte, allein zu bleiben. Ich glaubte das nicht. Für meine Begriffe wollte Jodie spielen. Sie spielte die Rolle der Circe, und deshalb trug sie keine Kleidung, sondern Kostüme, wie man sie im Theater auf der Bühne trug. Wenn Jodie so wie jetzt an aufgeregten, mit der Zunge schnalzenden Männern vorüberschritt, hatte sie ihr Ziel erreicht. Die Männer dachten ihretwegen an Sex! Doch sie konnten Jodie natürlich nicht haben. Sie mussten sich mit dem Traum von ihr begnügen, und dass sie darüber enttäuscht waren, erfüllte sie mit Befriedigung. Es stärkte ihr Selbstwertgefühl. Die arme Seele begriff nicht, dass die Robertos, Enriques und Oscars dieser Welt den Traum von ihr mit nach Hause zu ihren Ehefrauen nahmen. Im ärgsten Fall stellte Jodie sogar eine Kostenersparnis dar. Man hätte sich sonst längst mal wieder ein neues Pornoheftchen kaufen müssen.

Nein, Jodie begriff das nicht. Sie freute sich sichtlich über das Benehmen unserer Poolmänner. Für sie waren das klare Bekundungen von Bewunderung. Sie strahlte mich an und schwang dabei die Hüften. Ich strahlte nicht zurück. Das fiel ihr auf. Mit jedem Schritt, den Jodie näher kam, fiel es ihr mehr auf, und so verwandelte sich ihr Strahlen schließlich in eine fragende Miene.

»Du bist früh dran!«, begrüßte ich sie mit scharfem Unterton.

Es war fünf Minuten nach vier, und ich war sauer. Jodie hatte mich am Vormittag angerufen, um zu fragen, ob sie früher kommen könne. Ich hatte klar nein gesagt, aber jetzt war sie trotzdem eine Stunde eher da als abgemacht.

Und sie entschuldigte sich nicht einmal dafür. »Da war kaum Verkehr«, antwortete sie nur und stellte ihre Tüten und Taschen im Wohnzimmer ab. Darin befanden sich unsere Weihnachtsgeschenke. Dank Marvin gab es bei uns eine zweite Bescherung an diesem 2. Januar 2006.

»Endlich!«, erklärte sie mir. Sie konnte es kaum noch erwarten. Deshalb durfte jetzt auch keine weitere Zeit verschwendet werden. Noch vor dem Abendessen mussten wir uns alle im Wohnzimmer versammeln, um Jodies Geschenke auszupacken.

Isabelle bekam ein Stofftier. Es sah ähnlich aus wie der verknautschte Plüschbär, den wir damals im *Kinderparadies* gesehen hatten. Das Teil war niedlich, doch wenn ich mich richtig erinnerte, hatte ich Jodie damals erzählt, welche Massen von solchen Tieren unsere Kleine schon besaß. Es wunderte mich, dass sie trotzdem so etwas gekauft und sich nicht mehr Mühe bei der Auswahl des Geschenks gegeben hatte.

Als ich mein eigenes auspackte, wunderte ich mich schon weniger. Ich bekam einen Bilderrahmen aus mattiertem Edelstahl, der dem, den ich bei Jodie gesehen hatte, deutlich ähnelte. Er war von hervorragender Qualität, passte nur leider in unser Haus wie die Faust aufs Auge. Das fiel ihr entweder nicht auf, oder aber es interessierte sie nicht. Ich vermutete Letzteres. Sie schenkte Ben nämlich ein Fotobuch mit dem Titel *Persische Teppiche*. Darin konnte er sich auf zweihundertzwanzig Hochglanzseiten ansehen, wie Teppiche geknüpft wurden.

Nur Catherine konnte mit ihrem Geschenk etwas anfangen. Sie bekam nämlich einen Gutschein.

»Für die *Diamond Gym?*«, rief sie verzückt.

Die *Diamond Gym* war ein berühmtes Fitness-Studio in Hollywood. Jeder, der etwas auf sich hielt, war dort Mitglied – auch Lindsay Lohan. Die vielen, vielen anderen, die es sich nicht leisten konnten, dort Mitglied zu werden, belegten zumindest mal einen Kurs.

»Die bieten wahnsinnig viel an«, schwärmte Jodie. »Wir suchen uns was aus, was uns beiden gefällt.« Sie selbst dachte an Bauchtanz, während Cathy Pilates machen wollte. »Wir finden was!«, meinte Jodie zuversichtlich. Im Zweifelsfall konnten sie die insgesamt zwölf Stunden auch auf zwei Kurse verteilen. »Freitag gucken wir uns den Laden erst mal in Ruhe an.«

Am nächsten Morgen ging ich wieder zur Arbeit. Ich hatte Tagschicht. Aber glücklicherweise hatte Ben noch die ganze Woche frei, sodass er die Poolmänner beaufsichtigen konnte.

»Meinst du, die werden bis Freitag fertig?«

Davon war mein Mann überzeugt. »Zwei Tage, um die alten Fliesen abzuschlagen, dann wird neu verschalt. Klar sind die bis Freitag fertig!«

Als ich am Dienstagabend nach Hause kam, war Ben schon nicht mehr so optimistisch.

»Vielleicht war das nur heute so«, meinte er.

»Was?«

»Na ja, Helen ...«

Den Oscaros, wie er die Männer jetzt nannte, hatte an diesem Dienstag immerzu etwas gefehlt, entweder der richtige Kollege oder aber das richtige Gerät. War alles verfügbar gewesen, hatten sie leider auch nicht arbeiten können, weil ausgerechnet dann immer gerade Pause gewesen war, Frühstückspause oder Mittagspause, im Zweifelsfall Zigarettenpause. Oscar, der Chef, hatte laut Aussage meines Mannes im Stehen geschlafen. »Mit dem Hämmerchen in der Hand, Helen!«

»Bezog sich der Kostenvoranschlag auf das Projekt«, fragte ich vorsichtig an, »oder auf die geleisteten Arbeitsstunden?«

Ben war enttäuscht. »Hältst du mich für so blöd, Helen?« Natürlich bezog sich der Kostenvoranschlag auf das Projekt. »Und vielleicht waren die ja auch nur heute so träge.« Der Jahreswechsel konnte es in sich haben. Die vielen Feiertage steckten manchen bis Mitte Januar in den Knochen. »Das war bestimmt nur heute, Helen.«

Was das anging, irrte sich mein Mann. Was er für Trägheit gehalten hatte, war vielmehr die Arbeitsmoral der Oscaros. Sie kamen morgens und tranken erst einmal Kaffee. Dann besprachen sie das Tagespensum. Danach musste Enrique zumeist für längere Zeit zur Toilette, und Oscar setzte sich in die Sonne, zückte das Handy und führte ein paar Telefonate. Roberto inspizierte derweil die Lage. Sie hatten das Arbeitspensum für den Tag bisher ja nur besprochen. Er musste sich also erst mal in natura anschauen, was auf sie zukam. Danach brauchte er eine Zigarettenpause, was schon in Ordnung ging, da Enrique ja inzwischen zurück war. Der sah seinen Chef telefonieren, und ihm fiel ein, dass er auch einen Anruf erledigen musste. Danach war Frühstückspause.

»Sieh mal, Helen!«, sagte Ben nach der ersten Woche. »Die haben jetzt fünf Tage gebraucht, um die Hälfte der alten Fliesen abzuschlagen. Gib ihnen noch mal eine Woche für die andere Hälfte, dann kommt das Verschalen, dann muss neu gefliest werden. Ende Januar haben wir es hinter uns, schätze ich.«

Und damit hatten wir ein Problem. Am 9. Januar fingen Bens Vorlesungen wieder an, genauso wie die Schule. Die Oscaros waren damit über Tag allein auf dem Grundstück, und niemand konnte kontrollieren, was sie taten, bis Ben am Nachmittag wieder nach Hause kam.

Frau Moredock von gegenüber bot sich spontan an, zwischendurch mal nach dem Rechten zu sehen. »Das tu ich gern, Frau Drescher!«

Die Nachbarschaft hatte den Moredocks eine letzte Warnung geschickt. Wenn Schatzilein, wie Al und Mildred Moredock ihre Kassiopeia nannten, nicht aufhörte, sie morgens in aller Frühe aus dem Bett zu bellen, wollten die Anwohner einen Anwalt einschalten und gerichtlich gegen die Moredocks vorgehen. Alle hatten unterschrieben, nur wir nicht. Das rechneten die Moredocks uns hoch an, und deshalb schienen sie sich dazu verpflichtet zu fühlen, sich erkenntlich zu zeigen.

Am 11. Januar hatte ich frei. Ich nutzte den Tag, um die letzten Weihnachtsdekorationen wegzuräumen, und das tat ich nie gern, es erfüllte mich jedes Mal mit Angst. Ich fragte mich bei der Arbeit unwillkürlich, ob ich die Sachen wohl jemals wieder auspacken würde, und wenn ja, was sich bis dahin in unserem Leben geändert hatte. In zehn Monaten konnte so vieles geschehen. Am Spätnachmittag hatte ich es hinter mir. Die Weihnachtskartons waren alle wieder auf dem Speicher, und ich beschloss, rasch zum Supermarkt zu fahren und Tulpen zu kaufen. Die wollte ich auf den Esstisch stellen und mir einreden, es sei schon Frühling.

Catherine machte sich gerade zurecht. Sie wollte an diesem Abend zum ersten Mal mit Jodie in die *Diamond Gym* gehen. Sie hatten sich in der Woche zuvor mehrere der angebotenen Kurse angesehen und sich für Jazztanz entschieden, was mich wunderte. Catherine hatte schon mal Jazztanz-Unterricht genommen und damals überhaupt keinen Spaß daran gehabt. »Weil das so ballettig war«, hatte sie uns erklärt. »In der *Diamond Gym* machen die das ganz anders.«

»Ich bin gleich wieder zurück!«, rief ich nach oben und lief in die Küche, um meine Handtasche zu holen. »Ich fahre nur eben Tulpen kaufen.« Bellie wollte mit. Ich wartete auf sie, und dann gingen wir gemeinsam nach draußen.

Frau Moredock war gerade mit Kassiopeia Gassi gewesen. Sie führte den winzigen Hund jetzt zweimal täglich eine Stunde lang aus, damit er dann hoffentlich zu müde zum Bellen war. »Also, diese Handwerker, die Sie da haben, Frau Drescher!« Mildred Moredock hatte die Oscaros am Vortag kaum aus den Augen gelassen. »Man kann ja nicht eine Minute den Blick von denen wenden«, behauptete sie. »Die sind dermaßen faszinierend.« Sie erzählte mir, sie habe schon häufig erlebt, dass Menschen nicht organisiert seien. »Bei denen ist das aber anders, Frau Drescher. Die sind nicht unorganisiert. Dahinter steckt System.«

So hatte Enrique beispielsweise am Vortag um den Hammer gebeten. »Steht im Pool und fragt danach wie der Chirurg nach dem Skalpell!« Daraufhin hatte Roberto ihm die Zange gebracht, denn den Hammer konnte er gerade nicht bringen, den hatte Oscar nämlich in der Hand. »Aus keinem besonderen Grund. Der telefonierte und hatte den Hammer einfach nur so in der Hand.« Enrique hatte die Zange genommen und sie von allen Seiten begutachtet. Dann war er aus dem Pool geklettert, um sie dahin zurückzulegen, wo Roberto sie gerade hergeholt hatte. »Und dann hat er überlegt, Frau Drescher. Man konnte den Aufruhr in seinen Hirnwindungen förmlich sehen.« Weit hatte der Aufruhr nur leider nicht geführt, denn Enrique kletterte zurück in den Swimmingpool, sah sich in Ruhe um. »Und dann hat er den anderen wieder um den Hammer gebeten.«

Ich konnte gar nicht anders und lachte lauthals. So traurig das Ganze auch war, Mildred Moredocks Schilderung war einwandfrei komisch. Isabelle wollte auch lachen und fragte mich, worum es denn gehe. Sie hatte nichts mitbekommen, weil sie vor Kassiopeia auf dem Rasen kniete und das Tierchen streichelte. Der Hund war so erschöpft, dass er kaum darauf reagierte. Er sprang nicht einmal auf, als sein Herrchen nach Hause kam und sich zu uns gesellte.

»Erzählt meine Frau von Ihren Standbildern der Arbeit, Frau Drescher?« Al begrüßte mich und gab seiner Mildred einen Kuss auf die Wange. »Höflich sind die aber«, sagte er zu mir. »Sie grüßen jeden, der vorbeigeht, und fragen, wie's geht.«

Unsere Haustür wurde geöffnet, und Catherine trat nach draußen. Sie trug ihre riesige Sporttasche über der Schulter.

»Ich dachte, du wolltest Tulpen –«

Sie stockte. Die bis gerade so sanftmütige Kassiopeia hatte sich auf die Hinterbeine gesetzt und knurrte wie ein Bluthund. Als Nächstes legte sie die Öhrchen zur Seite, und dann begann sie wie wild zu kläffen.

»Nicht, Schatzilein!«, jammerte Frau Moredock und sah sich verängstigt um. »Still, Schatzilein!«

In diesem Moment fuhr Jodies Porsche vor, und auf einmal war nicht nur Kassiopeia aus dem Häuschen, auch Al Moredock zeigte Anzeichen von Unruhe. Er beugte sich hastig vor und nahm seinen bellenden Hund hoch. Dabei fiel ihm die Aktentasche aus der Hand. Er ließ sie einfach liegen und suchte das Weite.

»Gu-ten A-bend!«, rief Jodie ihm nach, als stimme sie eine Arie an. Dann hockte sie sich auf das Heck ihres Wagens und beobachtete jeden einzelnen Schritt, den Al Moredock noch gehen musste, bis er in seinem Haus verschwand. Es war eigenartig. Es war mir unangenehm. Frau Moredock schien ebenso zu empfinden, und ich konnte es ihr wirklich nicht verdenken. Sie räusperte sich und hob die Aktentasche ihres Mannes auf. »Ich muss jetzt auch los, Frau Drescher. Schönen Abend noch!«

Es wurde ein schöner Abend. Ben und Bellie und ich sahen uns noch einmal *Shrek 2* an und hatten einen Heidenspaß. Dann brachten wir unsere Kleine ins Bett und warteten auf die Große. Die kam eine halbe Stunde zu spät, versprach uns aber, dass das nicht wieder vorkommen würde. »Wir waren nach dem Kurs noch was trinken, deshalb hat es so lange gedauert.« Der Kurs selbst war laut Catherine das Tollste, was sie jemals in ihrem Leben gemacht hatte. »Total cool!«, schwärmte sie. »Megacool. Ultracool.«

28. Kapitel

Am nächsten Morgen musste ich zu meiner Jahresuntersuchung. Das war Routine; jeder Angestellte des RMC musste sich dem unterziehen. Der Arzt nahm dann Blut ab, machte ein EKG, und vor allem wurde man auf Tuberkulose untersucht.

Durch die vielen illegalen Einwanderer war diese einstmals ausgerottete Erkrankung wieder auf dem Vormarsch. Nur war es heute keine Tragödie mehr, TBC zu bekommen. Eine von Nathalies Kolleginnen hatte sich unlängst infiziert und war binnen weniger Wochen wieder völlig gesund gewesen.

Nach der Untersuchung ging ich kurz auf den Raucherbalkon und gönnte mir eine Zigarette. Wir hatten wunderschönes Wetter. Bisher war dieser Winter mild und trocken gewesen, und im Hinblick auf die Oscaros hoffte ich sehr, dass es auch noch eine Weile so blieb. Außerdem war es herrlich, zwischendurch mal für ein paar Minuten in der Sonne zu sitzen. Da schmeckte die Zigarette gleich noch viel besser.

Danach machte ich mich auf den Rückweg ins Traumazentrum. Dazu lief ich zunächst durch das schmale Treppenhaus in den zweiten Stock hinunter, in den Vorraum, von dem es zur Intensivstation und in die Operationsabteilung ging.

Faith hatte zurzeit Urlaub, deshalb lohnte es sich nicht, der ICU einen Besuch abzustatten. Ich lief gleich weiter zur Feuertreppe, die nach unten führte. Eine Frau ging vor mir die Treppe hinunter. Sie war schon fast unten, lief jedoch wesentlich langsamer als ich, sodass ich sie einholte. Sie öffnete mir die Tür.

»Charlotte?«

»Helen!«

»Was machen Sie denn hier?«

Charlotte Henson schnappte nach Luft, so kam es mir zumindest vor.

»Ich habe jemanden besucht«, erklärte sie mir und trat auf den Gang der Notaufnahme. »Und da dachte ich mir, ich schaue mal kurz bei Ihnen vorbei.«

Mir wurde heiß und kalt zugleich. Es gab einen guten Grund dafür, dass außer uns Angestellten niemand die Feuertreppe benutzen sollte. Über sie gelangte man auf so ziemlich jede Station im RMC. Das behielt ich für mich. Ich klärte Charlotte aber darüber auf, dass die Benutzung der Feuertreppe eigentlich für Patienten und Besucher verboten sei. »Weil sie gefährlich ist. Und für Sie in ihrem momentanen Zustand ganz besonders!«

Die Treppenstufen waren tatsächlich ungewöhnlich niedrig, und Charlotte war inzwischen so rund, dass es ihr mit Sicherheit schwerfiel, noch genau abzuschätzen, wohin sie trat.

»Mein Gynäkologe hatte schon Sorge, ich würde Zwillinge bekommen«, sagte sie. »Werde ich aber nicht.« Und ihr Gynäkologe war es auch nicht, wie sie hinzufügte. Mit dem war sie gar nicht zufrieden. »Ist dieser Dr. Zuckerman wirklich so gut, Helen? Jeder schwärmt von ihm, aber wenn die Leute so viel schwärmen, werde ich immer skeptisch.«

Ich führte sie in FAM 3, damit wir uns einen Moment in Ruhe unterhalten konnten.

»Dr. Zuckerman ist ein attraktiver Mann«, erzählte ich Charlotte, als wir unter uns waren. »Ich nehme an, dass die Frauen unter anderem deshalb so begeistert von ihm sind.« Einen guten Ruf hatte der Chef unserer Geburtsabteilung aber auch. »Da dürfen Sie ganz beruhigt sein. Selbst die Frauen, die hier im RMC arbeiten, gehen zu ihm, und das sagt ja eigentlich alles.«

Da musste sie mir recht geben. Ohne Grund zeigte man die intimsten Bereiche niemandem, den man regelmäßig im Fahrstuhl oder auf dem Korridor traf.

»Könnte ich mir seine Station denn mal angucken?«, fragte Charlotte. »Oder geht so was nicht?«

Da musste ich Amy fragen. Soviel mir bekannt war, kamen viele Frauen vorher vorbei, um sich ein Bild von dem zu machen, was sie auf OBGYN 1 erwartete.

»Könnten Sie die Frau nicht jetzt mal gerade fragen, Helen? Da ich schon mal hier bin.«

Ich lief in die »Höhle«, um Amy anzurufen. Sie war im Dienst, nur nicht an ihrem Platz, aber das war ja nichts Neues.

»Ich glaube sogar, die ist drüben bei euch«, meinte ihre Kollegin.

Ich fragte die anderen Kollegen, aber im Trauma-Bereich war Amy nicht, und es hatte sie auch niemand gesehen. Im Hauptbereich und in der Triage konnte ich sie ebenso wenig finden, also musste ihre Kollegin sich irren.

Ich lief zurück zu Charlotte und ließ sie wissen, dass es sich jetzt nur noch um Stunden handeln könne. »Amy hat die Fähigkeit, sich manchmal in Luft aufzulösen, aber wir haben sie bisher noch –«

»Ich wünschte!«, rief es hinter mir. »Ich wünschte, ich hätte die Fähigkeit, mich in Luft aufzulösen.«

»Da bist du ja.«

»Hast du mich gesucht?«

Ich stellte Amy und Charlotte einander vor und fasste kurz zusammen, worum es ging.

»Selbstverständlich können Sie sich die Räumlichkeiten ansehen, Frau Henson! Was für eine Krankenversicherung haben Sie?«

Charlotte war Privatpatientin. »Na, dann dürfen Sie die Räumlichkeiten sicher sogar zur Probe bewohnen«, witzelte Amy. »Ab fünftausend Dollar Tagessatz wird unser Doktor in aller Regel großzügig. – Kommst du mit, Helen? Wir haben frischgebackene Waffeln da.«

Amy führte uns auf OBGYN 1 und begann mit der Führung.

»Sind das hier alles solche Sicherheitstüren?«, fragte Charlotte sofort.

»Oh ja!«, erwiderte Amy. »Wenn Sie hier mal drinnen sind, kommen Sie so ohne weiteres nicht mehr heraus.«

Es wurde auch alles mit Videokameras überwacht, und das musste so sein, da der Handel mit Babys leider ein einträgliches Geschäft war. »Sie können über hunderttausend Dollar für ein gesundes weißes Kind bekommen, Frau Henson. Was meinen Sie, was manche Leute für hunderttausend Dollar zu tun bereit sind?«

»Und wenn ein Unglück passiert?«, fragte Charlotte. »Wenn ein Feuer ausbricht oder wenn wir ein Erdbeben haben? Kommt dann auch keiner hier rein oder raus?«

In dem Fall wurden die Sicherheitstüren freigeschaltet. »Das kann aber nur die Feuerwehr tun, wir selbst können das nicht.«

»Das heißt, wenn die Feuerwehr nicht rechtzeitig kommt, müssen wir alle hier drinnen verbrennen?«

Darauf wusste Amy auf die Schnelle auch keine Antwort. Nach ihrer Erfahrung kam die Feuerwehr schnell. »Wir hatten bisher zweimal einen Fehlalarm, und da waren die so schnell hier, dass ich –«

»Wenn man noch atmen kann, kommt einem alles schnell vor.«

Amy sah mich hilfesuchend an. Ich lächelte. Was hatte Charlotte mir über ihre Mutter erzählt? Trudy Brock war überzeugt, dass alles schiefging, was nur irgendwie schiefgehen konnte? Die Tochter hatte diese zweifelhafte Fähigkeit nicht nur geerbt, sondern anscheinend auch noch perfektioniert.

»Wie geht es eigentlich Ihrer Mutter, Charlotte?«

Das war ein Thema, das Charlotte lieber nicht vertiefen wollte. »Zumindest nicht jetzt, Helen. Jetzt muss ich mich konzentrieren.«

Charlotte nahm jede einzelne Ecke von OBGYN 1 in Augenschein, und überall fehlten ihr die Notausgänge.

»Wir liegen ja ebenerdig«, versuchte Amy, ihr zu erklären. »Da brauchen wir nicht zwingend einen Notausgang.«

»Hier drüber ist nichts?«

OBGYN 1 war ein Flachbau, den man später erst angebaut hatte.

»Und wo ist OBGYN 2? Gibt's das auch?«

OBGYN 2 war die alte Entbindungsstation im vierten Stock. Heute hatten Zuckerman und seine Kollegen ihre Büros dort, und die Wöchnerinnenzimmer von einst wurden als normale Krankenzimmer benutzt. »Da liegen Frauen, die Abtreibungen hatten oder sich die Eileiter haben abbinden lassen.«

»Und wenn hier unten ein operativer Eingriff nötig wird?«, fragte Charlotte sofort weiter. »Ich sehe hier keinen OP.«

Der Aufzug, der direkt und ausschließlich in die Operationsabteilung führte, war ihr zu weit weg. »Überlegen Sie mal, Helen! Von den Privatsuiten und von den Kreißsälen braucht man allein ein, zwei Minuten bis an das andere Ende des Gangs. Und wenn man dann erst noch Code-Karten einstecken und darauf warten muss, dass grüne Lämpchen blinken, kann man ja schon verblutet sein. Das gefällt mir gar nicht.« Dass die Kreißsäle mit den modernsten Geräten ausgestattet waren, tröstete sie da wenig. Sie seufzte fortwährend, sodass Amy immer unsicherer wurde. Sie schien sich persönlich für Charlotte Hensons Unzufriedenheit verantwortlich zu fühlen.

»Die Privatsuiten kann ich Ihnen heute nicht mal –« Amy hielt inne. »Vielleicht doch!«, meinte sie und bat Charlotte, sich einen Moment zu gedulden.

»Was jetzt?«, fragte die.

OBGYN 1 kam nicht in Frage für sie, das stand ihr mehr oder weniger auf der Stirn geschrieben. Sie wirkte enttäuscht darüber, enttäuscht und auch irgendwie nervös. Auf einmal kam Charlotte mir richtig unruhig vor.

»Warum warten wir hier jetzt?«, wollte sie von mir wissen.

Ich vermutete, dass Dr. Zuckermans Privatsuiten zurzeit alle belegt waren. »Amy will sicher fragen, ob eine der Patientinnen damit einverstanden ist, dass sie Ihnen den Raum trotzdem zeigt.«

Charlotte sah mich an, als verstehe sie kein Wort. »Ach so«, meinte sie im nächsten Moment und entspannte sich sichtlich. »Die Patientinnen, die da …« Sie ließ den Satz unbeendet und starrte vor sich hin.

Kurze Zeit später saßen wir mit Amy und zwei ihrer Kolleginnen im Schwesternzimmer und aßen Waffeln. Sie waren köstlich. Sie rochen nicht nur wie die Waffeln, die meine Mutter immer für uns gemacht hatte, sie schmeckten auch ganz genauso.

»Hatten Sie ein Glück!«, witzelte Charlotte und nahm sich eine dritte Waffel, während ich immer noch mit der ersten beschäftigt war. »Meine Mutter dachte schon, sie würde kochen, wenn sie mir mal ein Spiegelei gebraten hat.«

Zur Köchin hatte Trudy Brock nach Aussage ihrer Tochter nie getaugt. Hausarbeit jedweder Art war ihr eine Last gewesen. »Sie ging aber auch nie gern arbeiten«, erzählte Charlotte. Ihre Mutter war dreißig Jahre lang bei der gleichen Firma beschäftigt, aber nie zufrieden gewesen. »Sie fühlte sich immer ausgenutzt und bekam angeblich nie die Anerkennung, die ihr ihres Erachtens zugestanden hätte.« Nur hatte sie sich auch nie einen anderen Job gesucht. Das ging angeblich nicht, weil es zu unsicher gewesen wäre. »Und daran war ich natürlich schuld!«, setzte Charlotte unter Stöhnen hinzu. So war das vaterlose Leben in doppelter Hinsicht schwer für sie gewesen. »Ich fühlte mich ständig dafür verantwortlich, dass meine Mutter so viel arbeiten musste und so unglücklich war, und ich sehnte mich immerzu nach diesem unbekannten Wesen namens Vater.« Wenn ihre Mutter das ab und zu mitbekam, erlitt sie jedes Mal eine Art Nervenzusammenbruch. »Dann hat sie mich angebrüllt, ob ich denn gar keinen Stolz hätte. Mein Vater hätte mich schließlich verlassen. Dabei hatte er ja eigentlich nur sie verlassen.«

Da Charlotte nie erlebt hatte, was es bedeutete, einen Vater zu haben, hatte sie sich in ihrer Fantasie einen gebastelt. »Und diesem Traumbild hatte der Mann zu entsprechen, den ich heiraten wollte.« Kein Wunder also, dass sie sich schwer damit getan hatte, einen geeigneten Partner zu finden. »Und wenn ich dachte, der oder der wäre der Richtige, hat mir meine Mutter garantiert dazwischengefunkt.« Kein Mann war gut genug gewesen für Charlotte Brock. Ihre Mutter hatte an jedem etwas auszusetzen gehabt. »Will konnte sie anfangs auch nicht leiden.« Charlotte erzählte, dass ihre Mutter Will lange Zeit den Hungerleider genannt hatte, das Möchtegern-Genie. Vorübergehend hatte sie ihrer Tochter sogar einreden wollen, William Henson zeige Symptome von Autismus. »Weil er immer so ruhig war.« Aber das tat ihre Mutter sowieso gern. Sie liebte es, bei anderen Menschen Persönlichkeitsstörungen zu diagnostizieren. »Nur ihre eigenen Macken übersieht sie.«

Charlotte Henson redete und redete, meist über ihre Mutter. Sie sprach auch sonst häufig über ihre Mutter, wie ich wusste. Trudy schien Charlottes Lieblingsthema zu sein, wie Männer Jodies Lieblingsthema waren. Vielleicht kam mir das aber auch nur so vor, denn Amy hörte offenbar aus Charlottes Ausführungen etwas ganz anderes heraus.

»Haben Sie täglich darunter gelitten, dass Sie keinen Vater hatten?«, wollte sie wissen. »Oder war das nur manchmal so? An Geburtstagen oder zu Weihnachten?«

»Jeden einzelnen Tag«, behauptete Charlotte.

Amy schlug sich die Hände vor den Mund. »Mit anderen Worten«, meinte sie im nächsten Moment, »brauche ich Ihnen hier heute nur zuzuhören und erfahre dabei, worüber sich meine Kinder in zwanzig Jahren beklagen werden.« Amy machte sich große Sorgen um ihre Kinder, vor allem um Ricky. »Wenn er bei mir ist, will er zu seinem Dad. Ist er bei dem, will er zu mir.«

»Er sieht seinen Vater?«

Das war ein Luxus, von dem Charlotte nur hatte träumen können.

»Sie meinen, dann würde das mit dem Verlustgefühl nicht so

schlimm, wenn sie älter werden?«, fragte Amy. Ihre Jennifer sehnte sich maßlos nach einem Mann im Haus. Aber wie es aussah, wurde ihr dieser Wunsch bald erfüllt. »Ich hoffe zumindest«, seufzte Amy. »Das heißt ... eigentlich bin ich mir sicher.« Ja, sie war sicher, endlich den Mann fürs Leben gefunden zu haben.

»Im Ernst?«, rief ich euphorisch.

Vor zwei Tagen hatte sie Dr. Kidder noch Spargelröllchen gebracht und ihm das erste eigenhändig in den Mund gesteckt. Der neue Mann in ihrem Leben musste also neueren Datums sein.

»Was ist?«, fragte ich.

Amy saß da und schüttelte den Kopf, als könne sie mich mindestens ebenso wenig verstehen wie ihre Kinder und den Rest der Welt. »Warum tust du plötzlich so, als sei das etwas ganz Neues?«, pflaumte sie mich an. »Hast du mir die letzten Monate überhaupt nicht zugehört?«

Ich schluckte. »Der Mann fürs Leben ist ... Dr. Kidder?«

»Na, wer denn sonst, Helen?«

Kurz darauf verabschiedete sich Charlotte. Sie hatte nur den Vormittag frei gehabt und musste jetzt zurück in die Kanzlei.

»Grüßen Sie Ihre Mutter von mir!«, sagte ich. »Hat sie sich wieder zu Hause eingelebt?«

Charlotte schüttelte entkräftet den Kopf. »Das wird auch nichts mehr«, meinte sie dann. »Zumindest nicht in diesem Leben!«

Dieser Ansicht war Jodie auch. »Nur ist das nicht die Schuld der Mutter«, erklärte sie mir, als sie Cathy das nächste Mal zur *Diamond Gym* abholte. »Den Strick dreht Charlotte sich selber.«

Jodie sah Charlotte Henson mindestens dreimal in der Woche, manchmal sogar noch öfter. »Die Mutter wohnt ja bei mir um die Ecke.«

Wochentags fuhr Charlotte abends nach der Arbeit zu Trudy. »Dann essen sie zusammen, streiten sich, und wenn ich Pech habe, kommt Charlotte hinterher zu mir, um sich auszuweinen.« An den Wochenenden war es noch ärger. Soweit Jodie wusste, wollten Charlotte und Trudy sonntags immer in die Kirche und anschließend zum Mittagessen gehen. Das war der Plan. Bisher war es nur noch nie dazu gekommen, dafür sorgte das Samstagsprogramm. »Charlotte geht nämlich jeden Samstagmorgen einkaufen«, erzählte Jodie. »Zuerst für sich selbst und dann für Mama.« Was sie für ihre Mutter eingekauft hatte, brachte sie am Mittag vorbei, und das war nie das Richtige. »Dann streiten sie sich gleich wieder, Helen. Oder Charlotte findet etwas in den Schränken, was sie nicht mitgebracht hat. Letztens war da eine Flasche Wein.« Jodie rollte mit den Augen. »Meine Mutter darf keinen Alkohol trinken«, äffte sie Charlotte nach. »Wer war da nur so unverantwortlich und hat ihr Wein mitgebracht? Der kann sie umbringen.« Deshalb hatte Charlotte die Flasche auch gleich in den Ausguss geschüttet, und Trudy hatte daraufhin den Stock geschwungen, den sie zurzeit noch als Gehhilfe benutzte, und ihrer Tochter verboten, je wieder ihre Wohnung zu betreten. »Danach haben sie drei Tage nicht miteinander gesprochen, Helen. Haben einander aber ständig angerufen und aufgelegt, wenn die andere abnahm. Kannst du dir das vorstellen?«

»Wie Kinder«, sinnierte ich.

»Die sind süchtig nacheinander.«

Das war gut gesagt. Jodies Worte versahen diese merkwürdige Beziehung, die Charlotte und ihre Mutter zueinander hatten, mit Bildern, die das Ganze auf grausige Weise veranschaulichten. Die beiden Frauen waren wie eine Droge füreinander. Wenn sie die Droge nahmen, ging es ihnen schlecht, da es in der Natur von Drogen lag, unbekömmlich zu sein. Hatten sie zu viel von der

Droge genommen, litten sie anschließend an einem Kater, den sie erst einmal überstehen mussten. Dann war es unmöglich, erneut von der Droge zu nehmen. Waren sie aber zu lange abstinent, weil der letzte Kater so schrecklich gewesen war, kamen die Entzugserscheinungen, und dann fühlten sie sich mindestens ebenso schlecht.

»Na, wenn sie das Kind hat, wird das alles anders werden«, sagte ich und sah, wie meine Catherine die Treppe herunterkam, die große Sporttasche lässig über die Schulter geschwungen.

»Auf das Kind ist die Mutter jetzt schon eifersüchtig«, gab Jodie zurück. »Wenn das nicht wäre, könnte sie doch zu Charlotte ziehen. Das Baby hat der Alten das ganze Leben versaut, und das in Anbetracht der Tatsache, dass sie doch bald stirbt. Das sagt sie Charlotte zweimal am Tag, dass sie bald stirbt.«

»Au weia«, sagte ich und fragte Cathy, warum sie denn für den Jazztanz-Kurs die große Sporttasche mitschleppe. Das war mir schon beim letzten Mal aufgefallen. In dem ganzen Durcheinander wegen der bellenden Kassiopeia und Jodies dramatischem Auftritt war ich nur nicht dazu gekommen, dem weiter nachzugehen.

»Weil die cool ist!«, gab meine Tochter zurück. »Die Tasche war das einzig Gute am Tennis.«

Wenigstens etwas, dachte ich und trauerte ein weiteres Mal den Dollars nach, die wir in Catherines Tennisunterricht investiert hatten.

Derweil sprach Jodie weiter über Charlotte, darüber, dass sie, wenn sie an Charlottes Stelle wäre, die Mutter schon längst in ein Heim gegeben hätte. »So drangsalieren ließe ich mich nicht. Aber ihr gefällt das ja, so drangsaliert zu werden. Die braucht das.« Davon war Jodie überzeugt, denn sie kannte Charlotte inzwischen gut genug, um das beurteilen zu können. »Was meinst du, welchen Einblick du bekommst, wenn du dir solches Gejammer dreimal die Woche anhörst? Mindestens dreimal die Woche!« Darüber wollte sie sich aber nicht beschweren, Charlotte zeigte sich schließlich erkenntlich. »Ich höre mir ihren Schwachsinn an, und sie berechnet mir für meine Scheidung nur einen Pauschalbetrag.«

Marvin belästigte Jodie nach wie vor. Er wollte sie immer noch dazu überreden, es noch einmal miteinander zu versuchen. »Er hat mir sogar angeboten, für ein halbes Jahr nach Los Angeles zu kommen.« Jodie grauste schon bei der Vorstellung. »Was meinst du, wie nachteilig sich das finanziell auswirken würde, Helen? Wenn Marvin jemanden einstellen muss, der in München seine Geschäfte führt, damit er herkommen kann, um hier einen auf Ehemann zu mimen ... da zahl ich ja an allen Ecken drauf!«

Catherine drängelte. Sie mussten los, um nicht zu spät zum Unterricht zu kommen.

»Denk bitte dran, dass sie bis halb zehn zu Hause sein muss!«, erinnerte ich Jodie.

»Ich weiß, Mutter!«, stöhnte sie und gab mir einen Kuss auf die Wange. »Kannst dich auf mich verlassen!«

29. Kapitel

Am folgenden Wochenende hatte Victor Dienst. Oder besser, Victor hätte vom Samstagmorgen bis zum Sonntagabend arbeiten müssen, wenn er denn zum Dienst erschienen wäre. Genau das tat er aber nicht. Er rief vielmehr um fünf Uhr in der Früh im RMC an und teilte Marilena mit, er könne nicht kommen.

Drei Stunden später klingelte bei uns das Telefon.

Wir hatten an diesem 21. Januar 2006 endlich mal wieder eine Fahrradtour machen wollen.

»Können wir das nicht trotzdem?«, fragte Cathy.

»Ohne deine Mutter?«

»Wieso nicht, Dad?«

»Mit Jodie?«, bohrte mein Mann weiter.

»Klar.«

Das kam für Ben nicht in Frage. »Drei Kinder sind mir zu viel!«

Dagegen, dass Jodie und Catherine allein eine Radtour machten, hatte er indes nichts einzuwenden. »Dann können Bellie und ich ein bisschen im Garten arbeiten. Die rechte Seite kann man ja wieder betreten.« Mit dem Rest haperte es noch. Der Pool war inzwischen zwar neu verschalt, die noch verbleibende Arbeitszeit hatte Ben allerdings völlig falsch kalkuliert. Die Oscaros hatten nicht drei Tage gebraucht, um die erste Hälfte des Pools neu zu verklinkern. Sie hatten vielmehr drei Tage gebraucht, um die neuen Fliesen vom Auto in unseren Garten zu transportieren. Da lagen sie jetzt, in hübschen zwölf mal zwölf Inch großen Päckchen. »Vielleicht sollten Isabelle und ich die Fliesen heute Nachmittag schon mal auspacken. Dafür werden die Oscaros nämlich sicher noch mal drei Tage brauchen.«

Bellie war begeistert von der Idee. Sie liebte es, ihren Vater ganz für sich zu haben. »Wann musst du weg, Mom?« Auf einmal konnte sie es kaum noch erwarten, mich loszuwerden.

Um zwei Uhr nachmittags löste ich Marilena an diesem Samstag ab.

»Den guten Victor müssen wir uns jetzt mal vorknöpfen, Helen!«, sagte sie beim Abschied zu mir. »Der kann uns nicht ständig seine Arbeit aufbrummen.«

Ich blickte missmutig vor mich hin. Victors Panikattacken und seine depressiven Verstimmungen waren eine Sache. Jetzt hatten wir es meines Erachtens aber mit etwas anderem zu tun.

»Weißt du noch, dass er Thanksgiving für ein langes Wochenende mit mir tauschen wollte?« Dabei hatte es sich um ein Wochenende im Januar gehandelt, daran erinnerte ich mich genau. Victor hatte also schon im November gewusst, dass er an diesem 21. Januar 2006 nicht verfügbar sein würde.

»Das wäre ja noch schlimmer«, schimpfte Marilena. »Für so was gibt es schließlich Urlaubstage.«

Kim und Dr. Meckelstein hatten an jenem Samstagnachmittag auch Dienst. Sie konnten es nicht gut miteinander, das war allgemein bekannt. Meckelstein schätzte Kims Selbständigkeit nicht, und Kim fühlte sich von Meckelstein bevormundet.

»Der braucht mir nicht über die Schulter zu gucken, wenn ich eine Infusion lege!«

»Die soll mich fragen, bevor sie eine Infusion legt!«

»Wenn der mich noch einmal fragt, ob ich weiß, was ich tue, vergesse ich mich!«

»Wenn die noch einmal was tut, ohne mich vorher zu fragen, ob sie das soll, knallt es hier!«

»Ein eingebildeter Affe ist das!«

»Die Kuh leidet an gnadenloser Selbstüberschätzung!«

»Dr. Meckelstein?«

»Schwester Kim?«

Es war wie ein Spielfilm. Den ganzen Samstagnachmittag lief das Duell der Geschlechter, in Farbe und in Stereo. Ich saß im Fernsehsessel und tat so, als würde ich mir neue Aufzeichnungen von *LOST* anschauen, dabei war das Drama *Kim & Meckelstein* viel unterhaltsamer.

Es gab Menschen, die glaubten, gegenseitige Ablehnung sei oft ein Zeichen von versteckter oder unterdrückter Zuneigung. In diesem Fall hier stimmte das nicht. Trotzdem waren die Schwierigkeiten, die Kim und Meckelstein miteinander hatten, durchaus auf Zuneigung zurückzuführen, allerdings auf die Zuneigung, die Kim Meckelsteins Chef, Dr. Kidder, entgegenbrachte und die von dem auch erwidert wurde.

Meckelstein fühlte sich von Kim bespitzelt. Er behandelte einen Patienten und wusste, dass er nicht den kleinsten Fehler machen durfte, denn wenn er einen machte, würde Kim es Kidder erzählen. Also versuchte Meckelstein bei jeder Gelegenheit, den Spieß umzudrehen, denn Angriff war bekanntlich die beste Verteidigung. Deshalb bespitzelte er Kim und hoffte, sie damit ausreichend zu verunsichern, sodass sie sich mehr auf sich selbst konzentrieren musste. Das verschaffte ihm Freiraum.

Es war äußerst interessant, gleichwohl aber auch anstrengend. Zuzusehen war schon anstrengend, und so war ich heilfroh, als der Schichtwechsel kam.

Am Samstagabend um 18 Uhr ging Meckelstein nach Hause, und Kidder kam.

»Helen?«, wunderte er sich, mich zu sehen. »Hat dein Mann dich rausgeschmissen?« Er wartete meine Antwort nicht ab, da er erst einmal eine Tasse Kaffee und ein paar Minuten für sich allein brauchte. Nur Kim wollte er kurz sprechen, bevor die nach

Hause ging. »Aber vielleicht machen wir das besser draußen«, sagte er und hielt ihr die Tür auf. Ich lächelte milde. Das Ganze war dermaßen offensichtlich. Die beiden verschwanden jetzt kurz in Kidders Ruheraum, und da – ich wollte es gar nicht zu Ende denken. Es war nicht nur offensichtlich, es war auch peinlich.

Riza fand es eher traurig als peinlich.

»Wieso?«

»Na ja«, meinte sie. »Kim muss doch sehen, dass sie da einen Fehler macht. Sie ist doch sonst eine vernünftige Frau.«

Ich hatte keine Ahnung, wovon die Rede war. »Kidder!«, half Riza mir auf die Sprünge.

»Du meinst, dass der ein Fehler ist?«

Riza sah mich an, als sei sie nun wirklich enttäuscht von mir. »Welche gescheite Frau lässt sich denn auf so etwas ein, Helen? Das ist doch ...« Sie sprach nicht weiter, und dafür war ich ihr irgendwie sogar dankbar. Beziehungen zwischen Arzt und Krankenschwester gingen nur selten gut, das war bekannt. Doch andererseits gehörten Beziehungen zwischen Ärzten und Krankenschwestern zur Tagesordnung. Sie fingen an, und sie hörten auf, und es fingen neue an, und die hörten dann auch wieder auf. Es war ein ewiger Kreislauf – wie Schichtdienst.

Am frühen Samstagabend bekamen wir einen *Multi*. Eine alte Frau hatte Gas- und Bremspedal miteinander verwechselt und war auf eine Bushaltestelle zugerast, an der zu der Zeit unglückseligerweise viele Menschen gewartet hatten.

Sechs Schwerverletzte und zwei Schwerstverletzte übernahm das RMC, und Dr. Kidder konnte einmal mehr unter Beweis stellen, wie brillant er war. Er pendelte nicht nur zwischen den Traumaräumen, sondern auch noch zwischen Haupt- und Traumabereich.

»Mir kommt das manchmal so vor, als wäre der zur gleichen

Zeit an drei verschiedenen Stellen«, schwärmte Nathalie. »Der Mann ist Gottes persönliches Geschenk an die Trauma-Medizin.« Davon war sie überzeugt, und deshalb sagte sie so etwas häufiger. Als Gott eines schönen Tages der Dilettanten überdrüssig gewesen war, hatte er sich nach Nathalie in aller Ruhe hingesetzt und ein Meisterwerk von Arzt geschaffen: Dr. Steven Kidder. »Wie bei den Eiskunstläufern, Helen. Da war der liebe Gott es auch irgendwann leid und hat Sasha Cohen gebaut.« Ja, Nathalie Hoskins hatte ihre ganz persönlichen Vorstellungen von der Schöpfung. Sie glaubte auch fest daran, dass alles einen Sinn hatte, so sinnlos es uns manchmal auch erschien. In Nathalies Welt gab es Gerechtigkeit. Nichts, was geschah, war falsch. Alles war richtig, wir wussten es oft nur noch nicht, wenn es geschah.

Ich selbst sah es ebenso. Nur deshalb war ich in der Lage, meine Arbeit zu tun. An meinem Glauben und an meinem Gottvertrauen hielt ich mich fest, und nichts konnte diese beiden Säulen meines Lebens erschüttern. Das dachte ich zumindest. Bis zu diesem Samstagabend dachte ich das.

Es war 23.30 Uhr, am 21. Januar 2006. Unweit des RMC war ein betrunkener Autofahrer mit einer Geschwindigkeit von über achtzig Stundenkilometern in ein stehendes Fahrzeug gerast. Die fünf Insassen des Wagens, ein Ehepaar in den Enddreißigern und ihre drei Kinder, wurden zur gleichen Zeit bei uns eingeliefert. Der Unfallfahrer war nach Aussage der Feuerwehr nur noch stückweise aus seinem Autowrack zu bergen. »Macht aber nichts!«, meinte der Polizeibeamte, der Mia den vorläufigen Unfallbericht brachte. »Riecht alles ganz wunderbar nach Bier und Schnaps.«

Alicia Collum und ihr Mann Nick waren an jenem Samstag bei Freunden gewesen. Die Kinder hatten gespielt, die Erwachsenen hatten gegrillt, und um halb elf war die Familie aufgebrochen, um wieder nach Hause zu fahren. »Wir waren ja fast schon da!«, schrie Alicia Collum außer sich. »Hundert Meter noch.

Die letzte Ampel.« Sie hatte eine Knöchelfraktur erlitten, verspürte aber keine Schmerzen. Die Schnittwunden an ihrem Oberkörper und im Gesicht taten auch nicht weh. »Wo ist mein Mann?«, fragte sie nur immer wieder. »Was ist mit den Kindern?«

Um die Kinder hatte Dr. Kidder sich zuerst gekümmert. Oliver Collum war mit dreizehn Jahren der Älteste von ihnen gewesen. Er hatte hinter seinem Vater gesessen und war gestorben, bevor Kidder ihm helfen konnte.

Diana Collum war elf. Sie lebte noch, hatte aber schwerste Schädel- und Wirbelsäulenverletzungen. Sie wurde gleich nach der Einlieferung in die Neurochirurgie gebracht, Dr. Warren bezweifelte jedoch, dass die Operation etwas ausrichten konnte. »Wenn sie die überhaupt übersteht.«

Während ich bemüht war, Alicia Collum diese Informationen erst einmal vorzuenthalten, kümmerte Dr. Kidder sich in Trauma 3 um ihre Jüngste, die neunjährige Patricia.

»Können Sie mal fragen, was mit Patty ist?«, weinte ihre Mutter. »Bitte, Frau Drescher! Können Sie mal gucken gehen?«

Patricia Collum hatte zwischen ihren Geschwistern auf dem Rücksitz gesessen und litt an inneren Blutungen. Nur einen Teil davon hatte Kidder inzwischen lokalisiert. »Wo kommt das ganze Blut nur her?«, fluchte er immer wieder.

Als alles nichts brachte, musste er härtere Maßnahmen anwenden, um ihr Leben zu retten. Mediane Sternotomie wurde das genannt, und ich stand an der Tür, als Kidder die Knochensäge ansetzte, um das Brustbein des Mädchens in zwei Teile zu spalten.

»Da haben wir es also!«, rief er, als der Brustkorb der kleinen Patricia offen vor ihm lag. »Verdammter Mist! Mist, verdammter!«

Wenn ich richtig verstand, was ich hörte, war Patricia Collums Aorta verletzt. Ich versuchte, mir vorzustellen, was das im schlimmsten aller Fälle bedeutete, es war unvorstellbar. Es konnte nicht angehen, dass die Collums im Bruchteil einer Sekunde ihre drei Kinder verloren.

»Wo ist denn der Ehemann?«, fragte ich in die Runde.

Nick Collum lag in Trauma 2. Eine Horde von Chirurgen war um den Tisch versammelt, und die Damen und Herren konnten sich offenbar nicht einig werden, wie sie weiter verfahren sollten.

»Es bringt doch überhaupt nichts, das zu versuchen.«

»Kidder hat gesagt – «

»Er will den nur hier unten raushaben. Den kriegen wir aber doch höchstens bis in den Aufzug.«

»Herzstillstand!«, schrie jemand, bevor das EKG es meldete.

»Nicht mal zum Aufzug!«, berichtigte sich der Pessimist.

»Schock ihn!«

»Wie oft noch?«

»Schock ihn!«

Das Gerät wurde aufgeladen, es wurde geschockt. Nichts. Das Gerät wurde weiter aufgeladen, und es wurde wieder geschockt. Es funktionierte. Nick Collums Herz schlug wieder.

Seine Tochter Patricia hatte weniger Glück. »Zwölf Uhr neunundvierzig!«, rief Kidder und erklärte das Kind damit für tot.

Ich war gerade erst wieder zur Tür hereingekommen. Zornig riss sich Gottes Geschenk an die Traumamedizin die blutigen Handschuhe herunter und murmelte dabei vor sich hin, er habe hier zu keiner Zeit eine Chance gehabt. »Diese gottverdammten ... was ist mit der Schwester?«, fragte er mich und stürmte dabei auf den Gang hinaus. »Ist sie oben?«

Ja, Diana Collum war in der Neurochirurgie und wurde notoperiert.

»Und der Vater?«

Der war soeben verstorben, wie wir erfuhren. Ich schlug die Hände vor den Mund, weil ich es einfach nicht fassen konnte. »Die Frau hat ihren Mann und zwei ihrer Kinder verloren?«

Kidder war auch ganz blass. »Ich fürchte, es kommt noch schlimmer«, flüsterte er und griff nach meinem Arm. »Komm, Helen! Lass uns jetzt erst mal ein bisschen verschnaufen.« Er schob mich in die »Höhle« und rief zunächst einmal die Kollegen von der Neurochirurgie an, um sich nach Diana Collum zu erkundigen. Die konnten aber noch nichts sagen. Sie wussten nur, dass es nicht gut aussah, aber das war ja nichts Neues.

»Pass auf, Helen!«, sagte Kidder und atmete tief durch. »Hier können wir auf keinen Fall nach Plan vorgehen. Das müssen wir anders machen, sonst wird die Frau verrückt.«

Alicia Collums Knöchelbruch musste zwar chirurgisch gerichtet werden, was aber Zeit hatte. Um ihre anderen Verletzungen, die vergleichsweise marginal waren, hatte man sich bereits gekümmert.

»Die sollen die Frau jetzt soweit wie eben möglich ruhig stellen«, sagte Kidder zu sich selbst. Dann rief er Nathalie an und gab ihr die entsprechende Anweisung. »Ich glaube nicht, dass die Tochter überlebt«, teilte er mir dann mit. »Wir sollten aber unbedingt mit der Frau sprechen, solange die Tochter noch nicht tot ist. Damit sie wenigstens noch einen Hoffnungsschimmer hat.«

Ganz wichtig und dementsprechend vorrangig war allerdings noch etwas anderes.

»Meine Eltern leben in San Francisco«, sagte Alicia Collum, als ich sie nach weiteren Verwandten fragte. »Was ist mit meiner Familie?«

Über ihre Familie wusste ich nichts, denn das gehörte nicht zu meinem Arbeitsbereich. »Meine Aufgabe besteht darin –«

»Rufen Sie meine Eltern bitte, bitte nicht an!«, flehte sie. »Das will ich selber tun. Sonst denken die, es sei was Schreckliches passiert, und kriegen einen Herzinfarkt.« Nicks Mutter war tot, und der Vater war schon alt. Den wollte Alicia auch lieber selbst anrufen. »Können Sie nicht herausfinden, was mit meiner Familie ist?«, bettelte sie.

»Ich weiß nur, dass sie in den besten Händen sind, Alicia. Haben Sie denn in Los Angeles keine Verwandten?«

Doch, ihre Schwägerin lebte ganz in der Nähe. »In Rancho Palos Verdes.«

Sie gab mir die Telefonnummer, und Mia riss mir den Zettel förmlich aus der Hand.

Um kurz vor drei Uhr morgens teilte Dr. Warren seinem Kollegen Kidder mit, dass es ihnen nicht gelang, Diana Collums Hirndruck dauerhaft zu senken. Sie wollten sich aber weiterhin bemühen, obwohl die bereits entstandenen Schäden dagegen sprachen. Die Umstände waren einfach zu grauenvoll. Hier musste man auch noch nach dem letzten Strohhalm greifen.

Kidder hatte gerade den Telefonhörer aufgelegt, als die Franklins eintrafen. Maja Franklin war Nick Collums ältere Schwester. Ihr Mann Ted ahnte gleich, dass etwas Schreckliches passiert war. »Sonst hätte man uns ja sicher nicht mitten in der Nacht aus dem Bett geholt.«

Ich brachte die beiden in FAM 2, und Dr. Kidder sprach zuerst mit ihnen.

Die Schreie, die Maja Franklin ausstieß, wurden von Tod zu Tod schriller. Dass ihr Bruder nicht mehr am Leben war, konnte sie gerade noch verstehen. Ihr Neffe konnte unmöglich tot sein, denn der wollte doch Pilot werden. Und mit Patricia hatte sie am Morgen noch telefoniert. Das Kind konnte also erst recht nicht tot sein. »Ich habe doch vor ein paar Stunden noch mit ihr gesprochen!«

Falls Diana Collum den Unfall überlebte, was mit jeder Minute fraglicher wurde, war sie nicht mehr das Mädchen, das die Franklins bisher gekannt hatten.

»Sie hat in jedem Fall eine Querschnittlähmung davongetragen, und die Hirnverletzungen sind kaum beschreibbar.« Kidder wollte dem Onkel und der Tante nichts vormachen. »Wenn sie überhaupt durchkommt, ist sie ein Pflegefall.«

Die Franklins saßen da wie geprügelte Hunde.

»Und Alicia?«, fragte Ted schließlich.

»Sie weiß das alles noch nicht«, erwiderte Kidder. »Ich wollte zuerst mit Ihnen sprechen. Und erst wenn Sie sich imstande fühlen, Ihrer Schwägerin gegenüberzutreten, werden Helen und ich mit ihr reden.«

Er stellte mich den Franklins vor und beruhigte sie, sie könnten sich ganz auf mich verlassen. Dafür hätte ich ihn schlagen können. Ich hatte mich noch nie zuvor ähnlich hilflos gefühlt, ähnlich überfordert, ähnlich inkompetent. Nie zuvor hatten wir einen vergleichbaren Fall gehabt. Natürlich kam es vor, dass ganze Familien von einem Verkehrsunfall betroffen waren. Wir hatten Eltern erlebt, die ihre Kinder verloren; Kinder, die ihre Eltern verloren. Wir hatten sogar einmal einen Mann gehabt, der seine Frau und drei seiner vier Kinder verloren hatte. So etwas wie das hier erlebten wir jedoch zum ersten Mal.

Alicia Collum war am Samstagmorgen aufgewacht als Ehefrau und Mutter von drei Kindern. Am Sonntagmorgen um 4.48 Uhr war sie eine kinderlose Witwe. Ihre Tochter Diana war soeben für klinisch tot erklärt worden. Den Neurochirurgen war es nicht gelungen, den Druck in ihrem Hirn unter Kontrolle zu bringen.

Dianas Organe hingegen waren unbeschädigt. Und da ihre Mutter ja noch nicht genug gelitten hatte, sollte sie die nun zur Spende freigeben. Sie tat es. Sie wollte nur die allgemein üblichen vierundzwanzig Stunden warten. »Damit Sie die Tests alle noch mal machen können.«

Alicia Collum arbeitete für die OPOSC. Sie war verantwortlich für die ordnungsgemäße Weitergabe aller Organe, die im Zuständigkeitsbereich unserer OPO frei wurden. Das Wort Organspende war ihr also bestens vertraut, nur hatte sie nicht erwartet, je auf diese Weise damit konfrontiert zu werden.

Ich war sprachlos, nicht nur, als ich das hörte. Mir fiel überhaupt nicht viel in jener Nacht ein. Kein tröstendes Wort kam mir über die Lippen, denn meines Erachtens gab es in diesem Fall keinen Trost. Wenn ich ehrlich mit mir war, fragte ich mich nur, wie lange es wohl dauern würde, bis Alicia Collum versuchen würde, sich das Leben zu nehmen. Zwei Tage? Zwei Wochen? Zwei Monate?

Als Marilena am Sonntagmittag meine Schicht übernahm, eilte ich nach Hause, kam aber nicht zur Ruhe.

»Weil der Fall zu viele eigene Ängste in dir freisetzt«, versuchte Ben, mir das zu erklären.

»Und das erstaunt dich?«, fuhr ich ihn an. Im nächsten Moment hätte ich mich für meine schroffe Reaktion ohrfeigen können. Ich wollte jetzt nicht mit meinem Mann streiten. Ich wollte ihn viel lieber in den Arm nehmen und ganz fest halten, und meine Kinder wollte ich auch bei mir haben.

»Du schläfst jetzt erst mal.« Ben übernahm den Part des Vernünftigen. »Wenn du ausgeruht bist, sind die Ängste nur noch halb so schlimm.« Das stimmte mit Sicherheit, nur war ich leider viel zu aufgekratzt, um schlafen zu können. »Dann lege ich mich zu dir, bis du …« Er stockte. Da er Dinge, die ich sagte, gern umkehrte, nahm ich an, dass er das auch mit dem Wort »aufgekratzt« hatte versuchen wollen.

Ich musste lachen. »Bis ich *abgekratzt* bin, möchtest du lieber doch nicht warten?«, vermutete ich.

Nun musste auch er lachen. »Nein, das nun wirklich nicht, Helen.«

Isabelle spielte nebenan und Cathy war mit Jennifer im Kino, wie ich von ihm erfuhr. »Sie schauen sich *Syriana* an«, sagte Ben. »Weil George Clooney da mitspielt, und Jennifers Mutter behauptet, einer ihrer Kindsväter sähe dem ähnlich.«

»Im Ernst?«, fragte ich. »Amy sagt, Lineahs Vater sehe aus

wie George Clooney?« Zu mir hatte Amy das noch nie gesagt, denn ich hätte sofort zwei und zwei zusammengezählt, wie ich das jetzt tat. »Weißt du, wer George Clooney wirklich ähnlich sieht, Ben? Dr. Zuckerman!«

Mein Mann war froh, dass er mich auf andere Gedanken gebracht hatte, und ließ mich reden: von Amy und Zuckerman, von Amy und Kidder, von Kim und Kidder, von Kim und Meckelstein ... darüber schlief ich ein. Nichts war so ermüdend wie Liebesgeschichten, die nicht die eigenen waren.

30. Kapitel

Catherines Nachhilfeunterricht zahlte sich aus. Gleich nach der Weihnachtspause schrieb sie in ihrer Chemiearbeit eine Drei, und zwei Wochen später bekam sie die erste Biologiearbeit zurück.

Als ich an dem Mittwochabend nach Hause kam, drückte Ben mir bereits an der Haustür einen roten Filzstift in die Hand. Er schob mich in die Küche vor den Kühlschrank, an dessen Tür unser Kalender mit Magneten befestigt hing. »So«, sagte er, »und nun mach schön ein Kreuzchen beim 25. Januar, Helen! Ein dickes, fettes rotes Kreuzchen.« Unsere Cathy hatte eine Zwei nach Hause gebracht. In Biologie. Die Nachricht, man habe Osama Bin Laden auf der Rutsche des örtlichen Kinderspielplatzes dingfest gemacht, hätte mich nicht mehr überraschen können.

Um halb zehn kamen Jodie und unsere Große von der *Diamond Gym* nach Hause. Ich empfing meine Tochter mit offenen Armen und überschüttete sie mit Lob.

Jodie schob sich an uns vorüber, da sie noch rasch zur Toilette musste, bevor sie sich auf den Heimweg machte. »Was bekommt sie denn zur Belohnung?«, fragte sie auf halber Strecke.

»Belohnung? Die Nachhilfe kostet uns ein Vermögen!«

»Geld will ich ja auch gar nicht«, meinte Catherine großmütig. Sie wollte für die guten Noten auf andere Art belohnt werden, und sie wusste auch schon ganz genau, wie: »Ich will einen neuen Nachhilfelehrer!«

»Das musst du verstehen«, säuselte Jodie und lehnte sich dabei gegen die Toilettentür. »Guck mal zweimal in der Woche auf einen derart hässlichen Menschen wie diesen Todd.«

Ich war entsetzt. »Todd ist nicht hässlich!«, rief ich und sah, wie Jodie abwinkte und im Badezimmer verschwand. »Kein Mensch ist hässlich. Jedes menschliche Wesen –«

Catherine brach in schallendes Gelächter aus. »Sag doch so was nicht, Mom! Todd sieht aus wie eine Schießbudenfigur. Und er hat sich mit Lolita angefreundet. Kannst du dir vorstellen, wie deren Kinder mal aussehen werden? Haarlos und ausgemergelt?«

Jodie lachte so laut über Cathys Bemerkung, dass ich es durch die geschlossene Toilettentür hören konnte.

»Er hat sich mit Lolita angefreundet?«, rief Ben aus dem Wohnzimmer. »Ist der Altersunterschied nicht ein bisschen groß?«

»Ach, die tun doch nichts!«, beruhigte Cathy ihren Vater. »Die sind doch viel zu sehr damit beschäftigt, irgendwas nicht zu essen oder sich die Haare auszureißen. Die reden bloß. Über Neurosen, Psychosen, Teerosen und sonstige Rosen.«

Jetzt lachte Jodie so laut, dass es sogar den Lärm der Wasserspülung übertönte.

Ich fand die Äußerungen meiner Tochter indes gar nicht lustig. Catherine legte eine Überheblichkeit an den Tag, die mir nicht gefiel. »Hochmut kommt vor dem Fall!«, ermahnte ich sie deshalb auch gleich. »Das weißt du doch. Lass dich nicht von oberflächlichen Dingen blenden. Dabei übersiehst du nämlich ganz schnell, was wirklich zählt.«

Cathy rollte die Augen. »Todd ist eine Schießbudenfigur«, sagte sie dann noch einmal. »Total uncool.«

»Glaubst du, Bill Gates hat in dem Alter anders ausgesehen? Die größten Männer der Weltgeschichte waren in ihrer Jugend nur selten der Schwarm aller Mädchen.«

»Die größten Männer der Weltgeschichte wollen wir ja auch gar nicht«, sagte Jodie, die gerade wieder aus der Toilette kam.

»Wir sind schon mit den schönsten Männern der Weltgeschichte zufrieden.« Dass ein Mann gut aussah, war für Jodie wichtiger als alles andere. »Und wenn Cath in dieser Hinsicht genauso gepolt ist wie ich, Helen, musst du versuchen, ein bisschen Verständnis dafür aufzubringen.« Diese Dinge hatten nämlich mit Ästhetik zu tun, nur dass ich es wusste! »Wie schrecklich, wenn man immer jemanden angucken muss, der eine krumme Nase hat. Oder einen Bierbauch. Oder hängende Schultern.« Jodie schüttelte sich schon bei der Vorstellung. »Wenn ein Mann gut gebaut und schön durchtrainiert ist, macht das die Sache doch ganz anders.« Sie schnalzte mit der Zunge, und das aus gutem Grund. Sie hatte nämlich einen solchen Mann kennengelernt. »In der *Diamond Gym*.« Er hieß Robert, war vierunddreißig Jahre alt und geschieden. Er arbeitete dort als Trainer, und sie hatten sich für den Samstagabend verabredet.

»Du müsstest mal sehen, Mom, wie der Jo anschmachtet!« Cathy stand im Gesicht geschrieben, wie sehr sie Jodie darum beneidete. »Der hat uns heute Abend sogar zum Auto begleitet und Jo die Tür gehalten.«

»Donnerwetter!«, sagte ich. »Der Mann scheint ernste Absichten zu haben.«

Nur meinem Mann fiel mein Zynismus auf. Ich hörte ihn im Hintergrund lachen. Cathy hing ihren eigenen Gedanken nach, und Jodie war gar der Ansicht, dass ich mit meiner Vermutung richtiglag. »Das ist mir auch gleich aufgefallen«, meinte sie. »Die Chemie zwischen uns hat sofort gestimmt.« Deshalb hatten sie auch bereits zweimal miteinander telefoniert, und für den Samstag hatten sie große Pläne. »Robert holt mich am Nachmittag ab, und wir fahren nach Laguna Beach. Und da gehen wir dann aus. Und für den Fall …« Sie vollführte ein paar Verrenkungen, die ziemlich eindeutig waren. Falls es gut lief, wollte Jodie offenbar die Nacht mit Robert verbringen. »Da gibt es doch dieses tolle Hotel, Helen.«

»Das Ritz-Carlton?«

Genau das meinte sie. Um eine neue Wohnung wollte sie sich auch endlich kümmern. »Bei mir kann Robert ja gar nicht einziehen, dazu ist zu wenig Platz. Und er wird ja auch nur eine kleine Wohnung haben.« Sie wusste nicht, wo er wohnte, ebenso wenig, seit wann er geschieden war, nur, dass er aus dieser Ehe ein Kind hatte. »Eine Tochter. Muss neun oder zehn sein.« Die lebte aber bei der Mutter, und das würde auch so bleiben. »Sie kann natürlich am Wochenende mal kommen, wenn das sein muss.« Dagegen hatte Jodie nichts, und sie war sicher, dass Robert ihr das hoch anrechnete. »Eine andere Frau würde ihm bestimmt nicht so entgegenkommen.« Jodie war in dieser Hinsicht großzügig veranlagt. Und sie war unkonventionell. »Das ist Robert als Erstes an mir aufgefallen, hat er gesagt. Deshalb klappt das auch mit uns.«

Jodie und ich standen im Korridor, und sie redete und redete. Ich hörte artig zu und fragte mich dabei die ganze Zeit, ob Jodie häufiger so weltfremd war. Bisher war mir diese Seite noch gar nicht an ihr aufgefallen. Sie hatte diesen Mann doch gerade erst kennengelernt. Sie hatten erst zweimal telefoniert und waren noch nie miteinander ausgegangen. Trotzdem plante sie einen Umzug und das Besuchsrecht seiner Tochter.

»Denk vielleicht mal nicht ganz so weit in die Zukunft!«, brachte ich ihre Fantastereien schließlich zum Ende.

Jodie verzog keine Miene. »Das tu ich nie!«, meinte sie, ohne mit der Wimper zu zucken. »Ich lasse immer alles auf mich zukommen.«

Die Kleinigkeiten mussten allerdings überdacht werden. Damit musste sie mich aber nicht behelligen, denn dafür hatte sie ja jetzt Catherine. Die musste in den nächsten Tagen mitentscheiden, was Jodie am Samstag anzog, wie sie ihre Haare trug und vor allem, welche Tasche sie mitnahm. Die Tasche war das größte Problem. War sie zu klein, bekam Jodie nicht genug hinein, und das hasste jede Frau. Eine Tasche konnte andererseits auch schnell zu groß sein. Und war Jodies Tasche zu groß, bekam Robert womöglich Angst, sie wolle gleich bei ihm einziehen, oder aber er dachte – und das war noch wesentlich schlimmer –, dass Jodie so vieles brauchte, um auszusehen, wie sie aussah. Dabei brauchte sie doch nur Seife und eine Zahnbürste, höchstens noch ein bisschen Lippenstift und Mascara. Und Make-up natürlich. Und losen Puder. Falls sie wirklich im Ritz-Carlton blieben, auch Nachtcreme.

Am Freitag war sich Jodie sicher, dass sie in Laguna Beach übernachten würden. Deshalb fuhr sie am Nachmittag nach Beverly Hills und kaufte sich eine neue Reisetasche. Die hatte eine mittlere Größe. Damit konnte jetzt nichts mehr schiefgehen.

Sie rief vom Auto aus an, um Cathy davon zu erzählen. So wichtig war das. Alles war wichtig, was die beiden miteinander besprachen. Wir verstanden das nur nicht. Wie waren eben alt und lebten in einer anderen Welt.

Deshalb gingen Ben und ich am Sonntagmorgen auch mit den Kindern in die Kirche. Das machten alte Leute so. Auf dem Heimweg kauften wir bei unserem Lieblings-Thailänder das Abendessen ein, und damit glaubten wir, unser Tagwerk weitgehend gelungen über die Bühne gebracht zu haben. Alte Leute hatten es gern schön übersichtlich. So zumindest hätte Jodie unseren Tag zusammengefasst.

Die Mädchen wollten noch einmal den *Herrn der Ringe* sehen, wir hatten den Film auf DVD. Damit waren sie für die nächsten zehn Stunden beschäftigt. Ben und ich wollten die Ruhe nutzen, um ein bisschen zu lesen und zu schlafen. Wir malten uns das auf der Heimfahrt in den schönsten Farben aus.

»Ist das Jo?«, rief Cathy, als wir in unsere Straße einbogen.

Ich blickte auf und sah den roten Porsche in unserer Ausfahrt stehen. Das war Jodies Auto. Im nächsten Moment sah ich sie. Sie hockte wie ein Häufchen Elend vor unserer Haustür.

»Um vier sollte Robert mich gestern abholen«, schluchzte sie kurze Zeit später im Wohnzimmer. »Und um Viertel nach vier hat er angerufen, es würde was später werden.« Bis sechs hatte Jodie gewartet, dann rief sie ihn an, konnte ihn aber nicht erreichen. Erst um halb neun meldete er sich wieder bei ihr und behauptete, ihm sei etwas dazwischengekommen. »Seine Tochter wäre krank, und er könnte sie nicht allein lassen.« Messerscharf hatte Jodie geschlussfolgert, dass das eine Lüge war. »Und dann war er auch noch so dumm dabei, Helen! Zu doof zum Lügen.« Er hatte sich bei seinem letzten Anruf nämlich nicht wie sonst von seinem Handy gemeldet, sondern von einem anderen Anschluss. »Wer ist so blöd, Helen?«

Dank moderner Technik konnte man die Jodies dieser Welt heute nicht mehr für dümmer verkaufen, als sie bereits waren. Jodie hatte sofort nachgeforscht. Um halb neun, als Robert behauptet hatte, bei seiner kranken Tochter zu sein, war er in Wahrheit in Laguna Beach gewesen. In einem Restaurant. »Der ist ohne mich gefahren, Helen. Und dann hatte er nicht mal den Anstand, mir abzusagen.« Jodie hatte die ganze Nacht geweint.

Ben nickte mitfühlend, als er das hörte. Dann entschuldigte er sich und bot den Mädchen an, sich den *Herrn der Ringe* oben in unserem Schlafzimmer anzusehen.

Catherine wollte lieber unten bei Jodie bleiben.

»Das kann ich mir denken«, sagte mein Mann spitz. Seiner Auffassung nach verstand man unter einem Frauengespräch aber ein Gespräch zwischen Frauen und nicht ein Gespräch, bei dem Frauen von einem Mädchen belauscht wurden. »Hopp, Cathy!«

Meine Familie zog also ab und ließ mich mit Jodie allein. Sie breitete dann noch einmal dramatisch vor mir aus, wie sehr sie in der vergangenen Nacht geweint hatte. Der Schmerz hatte ihr fast das Herz zerrissen, da sie an solche Demütigungen nicht gewöhnt war. »Es gibt ja Frauen, denen so etwas häufiger passiert, Helen. Ich kenne das aber nicht.« Die Männer, mit denen Jodie es bisher zu tun gehabt hatte, waren alle verrückt nach ihr gewesen. »Die haben mich auf Händen getragen. Du siehst ja, dass Marvin heute noch nicht von mir loskommt.« Zum einen lag das an ihrer Schönheit, denn davon konnten Männer abhängig werden, das wusste sie. »Einer schönen Frau wie mir können sie nicht widerstehen. Das haben mir schon viele gesagt.« Sie machte jeden damit verrückt, dessen war sie sich bewusst. »Sogar Frauen, Helen!«

Um mir das beispielhaft zu erläutern, erzählte sie, dass sie am Donnerstag der vergangenen Woche beim Hospiz gewesen sei, um an ihrer ersten Schulung teilzunehmen. Und da hatte sie Gwyneth getroffen.

»Mit der hast du kürzlich telefoniert, Helen?« Ich hatte Gwyneth vor Weihnachten angerufen und ihr schöne Feiertage gewünscht.

»Das hat sie mir erzählt«, sagte Jodie. »Und sie hat gesagt, sie würde dich in den nächsten Tagen zurückrufen, weil sie ein Hühnchen mit dir zu rupfen hätte.«

»Mit mir?« Ich war mir keiner Schuld bewusst.

Jodie lächelte, als habe sie sich das schon gedacht. »Sie hat wörtlich zu mir gesagt, Helen, du hättest ihr zwar erzählt, dass ich hübsch sei, aber dass ich so hübsch sei, hättest du ihr nicht gesagt.«

Ich war sprachlos. Ich saß da und starrte Jodie an. Die bemerkte das jedoch überhaupt nicht, da sie völlig selbstverliebt über die zahllosen Menschen redete, die sich allesamt von ihrer Schönheit fasziniert gezeigt hatten, Männer und Frauen, vor allem aber Männer. »Deshalb hat mich bisher auch jeder Mann verehrt«, erklärte sie mir. »Es ist ja auch ein Geschenk, wenn du morgens aufwachst und so jemanden wie mich neben dir hast.« Außerdem hatte sie eine Menge zu bieten. Sie war klug, sie war witzig, sie war charmant, sie war gebildet. Und sexuell war sie unschlagbar. »Ein Mann, der einmal mit mir geschlafen hat, will keine andere Frau mehr, Helen.«

Sie zuckte zusammen. So groß war offenbar die Wucht des Geistesblitzes, den sie da gerade gehabt hatte. Nur deshalb hatte

Robert sie vermutlich versetzt! Anders konnte es ja gar nicht sein. Der Mann hatte sicher Angst gehabt, nie wieder von ihr loszukommen, wenn er sich erst einmal mit ihr einließ. »So ein Vollidiot!«, rief sie. »Beraubt sich selbst der größten Wonne! Aus Angst!« Der Mann wusste ja gar nicht, was er verpasst hatte. »Und jetzt wird er es auch nie erfahren! Kannst du dir das vorstellen, Helen? Kannst du dir vorstellen, wie der sich selbst um die beste Erfahrung seines Lebens betrogen hat?«

Ich konnte mir vor allem vorstellen, wie Jodie sich selbst betrog. Noch nie zuvor in meinem Leben war ich einem Menschen begegnet, der sich selbst dermaßen überschätzte. Sie war hübsch, da gab es nichts. Schön war sie jedoch nicht. Ihr Gesicht brauchte einen ganz gewissen Ausdruck, um makellos zu erscheinen, und da sie lange als Fotomodell gearbeitet hatte, war sie in der Lage, diesen Gesichtsausdruck jederzeit aufzusetzen. Es war eine ernste Miene, mit einem nur leicht angedeuteten Lächeln auf den Lippen. Richtig lachen durfte Jodie nicht. Wenn sie das tat, hatte es sich sofort mit der Schönheit. Dann fiel ihr Gesicht regelrecht auseinander. Es nahm einen hämischen Ausdruck an, gleichgültig, worüber sie lachte.

Auch körperlich war Jodie nicht wirklich schön. Sie hatte zwar einen wunderbaren Busen, aber überhaupt keine Taille. Ihr Becken war knabenhaft schmal, und dafür hatte sie einen mordsmäßig dicken Hintern, zumindest für meinen Geschmack. Ihre Oberschenkel waren auch zu kräftig. Sie hatte sich bei ihren häufigen Fitnessstudio-Besuchen eindeutig zu dicke Muskeln antrainiert. Die unweiblichen Schenkel passten allerdings zu Jodies Händen, die ungemein grob waren. Sie sahen aus wie Männerhände und passten gar nicht richtig zu ihrem übrigen Körper. Deshalb trug Jodie auch keine Ringe. Sie behauptete, sie möge keine Ringe, da sie vermutlich annahm, dann fiele niemandem auf, dass sie schlecht Ringe tragen konnte.

Von ihren körperlichen Makeln lenkte sie also ab, indem sie einfach überspielte, sie zu haben. Und andere Makel hatte sie ihres Erachtens nicht. Dabei musste man ernsthaft fragen, wovon sie wohl sprach, wenn sie sich auf all das berief, was sie in ihrem Leben geleistet hatte. Mit ihrer Bildung war es längst nicht so weit her, wie ich anfangs angenommen hatte. Sie las zwar viel und merkte sich auch immer ein paar Sätze. Allerdings war jemand, der ein Zitat von Nietzsche wiedergeben konnte, noch lange kein Nietzsche-Experte. Sie brachte auch vieles durcheinander, und wenn es jemandem auffiel, behauptete sie gern, sich nur versprochen zu haben. Das heißt, wenn es hochkam, behauptete sie dann, sich versprochen zu haben. Lieber behauptete sie, man habe falsch verstanden, was sie gesagt hatte.

Jodie Lang machte keine Fehler. Nie. So sah sie sich. Oder sie gab zumindest vor, sich selbst so zu sehen. Mit anderen Worten betrog sie entweder die anderen und glaubte, die seien alle viel zu dumm, das zu durchschauen, oder aber sie betrog sich selbst.

Ben hielt die Sache für noch wesentlich prekärer. »Diese Frau hat ein ganz niedriges Selbstbewusstsein«, flüsterte er mir zu, als wir in der Küche das Abendessen aufwärmten. Einzig und allein weil Jodie sich so minderwertig fühlte, legte sie seines Erachtens dieses Verhalten an den Tag, das ich ihm gerade stichwortartig geschildert hatte. »Damit wertet sie sich für ein paar Minuten auf, damit sie es überhaupt ertragen kann.« Wie schlimm es um Jodies Selbstwertgefühl bestellt war, las er daran ab, dass sie unter der vergleichsweise harmlosen Abfuhr so litt. »Sie muss massenweise Zurückweisungen auf dem Buckel haben, dass sie das so mitnimmt. Sie hat ja richtig geschluchzt. Aber hat sie geweint, als sie uns vom Tod ihrer Tochter erzählt hat?«

Das hatte sie nicht getan, vielmehr hatte sie jeden Anflug von Trauer im Keim erstickt. Wir hatten danach auch kaum mehr über das Kind und dessen Tod gesprochen. An diesem Sonntagnachmittag war weit mehr über Robert geredet worden als in all den Wochen zuvor über Carla.

»Wir müssen sie überreden, eine Therapie zu machen und die dann auch durchzuhalten«, beschwor mein Mann mich noch einmal. »Bring da gleich mal das Thema drauf, und ich stärke dir den Rücken.«

Leider kam es nicht dazu. Als Ben und ich ins Esszimmer kamen, hatten Jodie und Catherine soeben beschlossen, eine Fahrradtour zu machen, und ab jetzt wurde von nichts anderem mehr geredet.

»Von Los Angeles nach Newport Beach!«

Das waren hundert Meilen. Ein unmögliches Unterfangen.

»Doch nicht an einem Tag!«, lachten die beiden. Zwei Tage wollten sie schon unterwegs sein, am Samstag hin, auf dem Campingplatz übernachten, am Sonntag zurück.

»Du willst an einem Tag fünfzig Meilen mit dem Rad fahren?«, fragte ich unsere Tochter. Bisher hatte Cathy immer schon Schwierigkeiten gehabt, fünfundzwanzig Meilen durchzuhalten.

»Wir können jederzeit Halt machen, wenn es ihr zu viel wird«, meinte Jodie.

Ben und ich erbaten uns Bedenkzeit. Wir wollten uns erst einmal die Route ansehen, die Jodie und Cathy vorschwebte.

Ben stellte die Frage, die ich schon erwartet hatte: »Könnte Catherine auch allein von Los Angeles nach Newport Beach fahren, Helen?« Das war sein Gradmesser. Das war schon immer so gewesen. Es war gleichgültig, was die Kinder mit wem unternehmen wollten. Für meinen Mann war immer nur wichtig, ob sie es auch alleine gekonnt hätten, denn für seine Begriffe waren Freunde nur selten Hilfe, zumeist eher eine Ablenkung.

Die Fakten sprachen dafür, dass Cathy die Tour allein hätte machen können. Ihre Fahrkünste reichten dazu aus. Lesen konnte sie ebenfalls, und damit war sie in der Lage, eine Straßenkarte bzw. Schilder richtig zu deuten. Nördlich von Newport Beach gab es eine Jugendherberge. Sie wurde von unserer jüdischen Gemeinde betrieben, und dort konnte Cathy jederzeit übernachten.

»Wenn sie allein fahren könnte, Helen, können wir sie auch mit Jodie fahren lassen.«

Jodie und Cathy waren außer sich vor Freude. Sie schmiedeten generalsstabsmäßige Pläne für das erste gemeinsame Wochenende, und als sie am Mittwoch davor von der *Diamond Gym* kamen – Robert hatte sich nicht sehen lassen! –, verzogen sie sich in die Garage und inspizierten Catherines Fahrrad. Jodie hatte nämlich Ahnung von solchen Dingen. Mit Rädern kannte sie sich aus.

»Hoffentlich nicht genauso gut wie mit Männern«, meinte mein Mann. Er zog es vor, das Rad seiner Tochter am Freitag selbst noch mal auf etwaige Defekte zu prüfen.

Am Samstagmorgen um sieben Uhr holte Jodie Catherine ab. Sie fuhren mit dem Auto zurück nach Santa Monica und schwangen sich dort auf ihre Räder. Alle zwei Stunden rief Catherine an. So war es ausgemacht. Sie hielt sich präzise daran, und dafür war ich ihr dankbar.

Am Spätnachmittag waren die zwei tatsächlich in Newport Beach angekommen, und unsere Tochter konnte nicht mehr. Ihr Hinterteil tat ihr weh, ihre Beine waren wie Bleiklumpen. Jodie war gerade dabei, das Zelt aufzubauen. Cathy wollte nur noch was essen und dann schlafen. »Wenn ich mich jetzt also nicht mehr melde, Mom, mach dir keine Gedanken.«

Ich wollte noch kurz mit Jodie sprechen. Ich musste wissen, ob sie ebenso erschöpft war wie mein Kind. Nicht, dass sie Catherine in dem Zelt auf dem Campingplatz außerhalb von Newport Beach sich selbst überließ und sich ins Nachtleben stürzte. »Bist du verrückt?«, meinte sie, als ich das andeutete. »Ich kann doch selbst kaum noch geradeaus gucken.«

Bis Sonntagmorgen, neun Uhr, hörten wir nichts mehr. Dann rief Catherine verschlafen an. Es war auf der Luftmatratze gar nicht so unbequem gewesen. Nur das Pinkeln hatte sie sich bisher verkniffen, weil die sanitären Anlagen auf dem Campingplatz so schrecklich waren.

»Wir frühstücken jetzt erst mal was, Mom. Jodie hat gerade belegte Brote besorgt.«

Wieder rief unsere Tochter alle zwei Stunden an. Den letzten Anruf erhielt ich am Sonntagabend, da waren Jodie und Cathy schon wieder in Santa Monica.

»Und Jodies Auto springt nicht an, Mom! Kann Dad mich holen?«

Ben ging es nicht gut. Er war am Morgen schon mit Kopfschmerzen aufgewacht, und sie waren über Tag immer schlimmer geworden. Jetzt hatte er sich hingelegt, und deshalb spielte Isabelle seit Stunden in ihrem Zimmer, leise, damit sie ihren Vater nicht störte.

Ich schrieb meinem Mann einen Zettel, damit er wusste, wo wir waren, falls er in der Zwischenzeit aufwachte. Dann schnappte ich mir meine Kleine, und wir fuhren nach Santa Monica, um Cathy abzuholen.

Jodies Porsche stand direkt vor dem Haus. Das Verdeck war heruntergeklappt, und Catherines Fahrrad klemmte zwischen den Vorder- und den Rücksitzen. So hatten sie es am Vortag auch von Studio City nach Santa Monica transportiert, da war das Rad sauber gewesen; jetzt war es unbeschreiblich dreckig.

Ich fand keinen Parkplatz in der Straße. Am späten Sonntagnachmittag waren natürlich die meisten Anwohner zu Hause, und deshalb war nirgendwo eine Lücke frei. »Wenn es nicht anders geht, springst du schnell raus und klingelst bei Jodie und gibst Cathy Bescheid, dass sie runterkommen soll«, sagte ich zu Isabelle.

»Ich will aber Jodies Wohnung sehen«, klagte die.

Also suchte ich weiter nach einem Parkplatz, und um die Ecke hatte ich tatsächlich Glück. Ich brauchte zwar fast fünf Minuten, um mein großes Auto in die kleine Lücke zu bugsieren, aber schließlich gelang es mir.

Das Wetter war wunderschön, mild und klar. Bellie nahm meine Hand, und wir liefen zu Jodies Haus zurück. In einem der Vorgärten stand ein kleines Mädchen und wünschte Isabelle einen guten Tag. Im Haus daneben bellte uns ein Hund an.

»Ist das der, über den die Jodie sich beschwert hat, Mom?« Das glaubte ich nicht. Der Hund, über den Jodie sich beschwert hatte und der sie seither anknurrte, lebte meines Wissens im Haus gegenüber, und so weit waren wir ja noch nicht.

Eine alte Frau kam uns entgegen. Sie lief am Stock und trug eine große Tasche, die ihr wohl zu schwer war, denn sie stellte sie alle paar Meter ab. Als wir näher kamen, sah ich, dass die Frau schwitzte. Der Schweiß tropfte ihr nur so vom Gesicht, und sie stöhnte und ächzte bei jedem Schritt.

»Frau Brock?« Die alte Frau blickte auf. Es war Trudy Brock. »Helen Drescher!«, erinnerte ich sie, da sie offenbar überlegte, woher wir einander kannten. »Ich habe Sie damals in Reseda besucht.«

»Natürlich!«, rief Trudy und wirkte auf einmal ganz fröhlich. »Helen!« Sie reichte mir die Hand und entschuldigte sich dafür, dass sie so verschwitzt war. »Ich brauchte nur unbedingt Lebensmittel. Ich hatte nichts mehr im Haus.« Deshalb war sie in den Supermarkt gegangen, und das hatte sie seit dem Unfall noch nicht wieder getan. »Das war jetzt das erste Mal, Helen. Und im Moment bin ich sicher, dass es auch das letzte Mal war.« Sie wusste kaum, wie sie die letzten Meter bewältigen sollte. Darüber brauchte sie sich jetzt aber keine Sorgen mehr zu machen. »Wir helfen Ihnen!«

Isabelle wollte die Tasche tragen. Da sie nicht schwer war, erlaubte ich es ihr, und so lief sie voraus. »Weiter geradeaus?«, fragte sie alle paar Meter.

»Weiter geradeaus!«, bestätigte Trudy Brock und lächelte. »Ein nettes Kind haben Sie, Helen. Ob ich noch erleben werde, dass mein Enkelkind auf die Welt kommt?« Sie bezweifelte das. Sie fühlte sich nicht gut, und seit Charlotte verreist war, ging es ihr ganz schlecht. »Weil ich mir natürlich Sorgen mache«, erklärte sie mir. »Wenn man so lange vergeblich darauf gehofft hat, Mutter zu werden, riskiert man so was doch nicht.« Charlotte war geflogen. Ins Ausland. »Dabei weiß doch jedes Kind, dass schwangere Frauen nicht fliegen sollen.« Seit Freitag war Charlotte nicht in Los Angeles, und sie kam erst am Mittwoch zurück. Trudy wusste nicht, wie sie die Tage überstehen sollte, und es half ihr auch nicht, dass ihre Tochter zwei-, dreimal am Tag anrief. »Was soll sie tun, wenn sie so weit weg ist? Wenn mir was passiert, kann sie nicht schnell mal herkommen.«

Charlotte war in Kanada. Warum und weshalb wusste Trudy nicht, aber es hatte mit ihrer Arbeit zu tun. »Das ist sehr ungewöhnlich, Helen. Wenn ihr sonst was nicht passt, sagt sie das sofort. Deshalb ist sie ja immer bei *Cohen, Clark & Danner* angeeckt.« Gegen die Kanadareise hatte Charlotte offenbar keine Einwände gehabt, und das konnte Trudy nicht verstehen. »Ich kann es mir nur damit erklären, dass sie mich quälen will. Weil sie genau weiß, wie ich mich sorge, wenn sie unterwegs ist. Wenn sie fliegt, werde ich fast wahnsinnig.«

Wir hatten inzwischen das Haus erreicht, in dem Trudy Brock wohnte, und sie sperrte umständlich die Tür auf. »Möchten Sie noch kurz mit nach oben kommen, Helen? Ich habe auch was für die Kleine.«

Trudys Wohnung war klein und dunkel. Die Jalousien waren alle heruntergelassen, sodass ich automatisch das Licht einschaltete. Ich bereute es sofort. In dem engen Wohnzimmer sah es aus, als wäre eine Bombe eingeschlagen. Überall lagen aufgeklappte Bücher und Landkarten von Kanada.

Trudy hatte Süßigkeiten für Isabelle, Popcorn mit Karamelgeschmack. Mein Kind machte sich sofort voller Begeisterung darüber her, und Trudy wollte eine Tasse Kaffee für uns kochen.

»Heute geht das leider nicht«, musste ich sie enttäuschen und sagte, dass Catherine auf uns wartete.

»Hätten Sie denn morgen Zeit, Helen?« Da musste ich arbeiten.

»Und am Dienstag?«

»Sie können mich jederzeit anrufen, wenn irgendetwas sein sollte«, bot ich an und schrieb ihr meine Telefonnummer auf einen Zettel.

»Sie sind ein guter Mensch!«, sagte Trudy mit trauriger Stimme zu mir. »Ich wünschte, meine Charlotte hätte ein bisschen von Ihrer Herzenswärme.«

»Das hat sie gesagt?«, wunderte Jodie sich kurze Zeit später. »Was wollte sie denn von dir? Dass du bei ihr bleibst?« Jodie traute Charlottes Mutter nicht über den Weg. »Das ist ein ganz verschlagenes Biest, Helen. Die lügt das Blaue vom Himmel herunter.« Dass Charlotte in Kanada war, war beispielsweise eine solche Lüge. »Sie ist in San Francisco«, wurde ich aufgeklärt. »Bei einer Mandantin, die dorthin gezogen ist. Sie hat Charlotte für ein paar Tage eingeladen. Außerdem ist Charlotte mit dem Auto gefahren und nicht geflogen.«

»Wieso erzählt die Mutter denn dann so eine Geschichte?«

»Weil sie sich ständig interessant machen muss. Wenn sie nicht mit Charlotte reden kann, muss sie über Charlotte reden, und da ist ihr jedes Mittel recht.« Jodie konnte nicht verstehen, dass eine an und für sich doch intelligente Frau wie ich auf so etwas hereinfiel. »Deine Telefonnummer hast du ihr gegeben?«, ereiferte sie sich. »Was meinst du, was du dir damit eingehandelt hast?«

Als ich etwa anderthalb Stunden später nach Hause kam, musste ich feststellen, dass Jodie mit dieser Prophezeiung offenbar richtiggelegen hatte. Trudy Brock hatte bereits zweimal bei uns angerufen und auf dem Anrufbeantworter lange Nachrichten hinterlassen. Sie wollte zwar nicht stören, doch hatte ich ihr ja angeboten, mich anzurufen, falls etwas war, und es war etwas. Sie wurde fast verrückt vor Angst, und sie musste unbedingt mit mir sprechen.

Ich rief sie zurück und erfuhr, dass sie nicht übertrieben hatte. Die Frau war tatsächlich kurz davor, vor Angst verrückt zu werden.

Charlotte hatte am Vortag um acht Uhr abends angerufen. Jetzt war schon neun Uhr, und sie hatte sich immer noch nicht gemeldet, und Trudy konnte sie ihrerseits nicht erreichen. »Weil sie mir ja nie die Telefonnummern gibt«, schluchzte sie ins Telefon. »Meine Tochter hat ja Angst, ich würde hinter ihr her telefonieren.«

»Geben Sie ihr mal noch bis zehn, halb elf!«, riet ich Trudy. »Vielleicht ist sie zum Essen ausgegangen und hat die Zeit vergessen.«

»Und wenn was passiert ist? Wenn sie einen Unfall hatte? Ich wüsste ja gar nicht, wo ich suchen sollte.«

»Wenn Ihre Tochter einen Unfall gehabt hätte, hätten Sie das schon längst erfahren«, versuchte ich, sie auch dahingehend zu beruhigen. »Sie glauben gar nicht, wie schnell das in den Fällen geht.«

Ja, so etwas behauptete Charlotte auch immer, zumal sie es ja selbst erlebt hatte. Trösten konnte Trudy das nicht. »Ich bin einsam, Helen, verstehen Sie? Ich bin hier ganz allein, und ich bin alt und krank. Ich kann tot umfallen, und niemand würde es bemerken.« Die Krankenschwester, die morgens immer kam, um sich um sie zu kümmern, war Trudy keine Hilfe. Die sprach nur schlecht Englisch und überhaupt kein Deutsch, und nett war sie auch nicht. »Und die Nachbarn hier haben alle ihr eigenes Leben. Wer will sich schon mit einer alten Frau abgeben? Meine Freundinnen sind fast alle tot. Die einzige, die noch lebt, wohnt bei ihrer Tochter in North Carolina. Mit der spreche ich einmal im Monat. Mehr ist da nicht mehr.« Charlotte war Trudys einziger Bezug zur Außenwelt. Ohne Charlotte hatte sie nichts mehr. »Ich kann ja nicht mal mehr allein einkaufen gehen. Sie haben ja gesehen, wie desolat mein Zustand heute Nachmittag war.« So fehlten ihr Kontakte jedweder Art, und der Fernseher allein machte auf Dauer nicht glücklich. Der war kein Ersatz für das Leben. »Natürlich kann ich mich damit eine Weile ablenken. Aber nicht ständig. Ich möchte auch mal wieder mit Menschen reden. Gemütlich mit jemandem Kaffee trinken und Kuchen essen. Wissen Sie, was ich meine? So einen richtig schönen Kaffeeklatsch, wie wir das in Deutschland machen?«

Die Vorstellung war irgendwie verlockend.

»Wissen Sie was, Frau Brock?« Ich hatte am Dienstag frei und musste nach der Schule nur eben mit Isabelle zum Zahnarzt, um ihre Klammer nachziehen zu lassen. »Wie wäre es, wenn ich danach zu Ihnen komme und wir den Kaffeeklatsch nachholen, den wir heute ausfallen lassen mussten?«

»Am Dienstag?«, fragte sie nach. »Ist das der 7. oder schon der 8.?« Am 8. Februar kam Charlotte nämlich zurück, deshalb konnte sie sich für den Tag nichts vornehmen.

»Dienstag ist der 7.«, beruhigte ich sie.

»Wunderbar, Helen. Wann möchten Sie denn kommen?«

»Gegen fünf?«

»Wunderbar! Und was für Kuchen möchten Sie?«

»Sagen Sie mir lieber, was Sie möchten, und ich fahre auf dem Weg zu Ihnen beim Bäcker vorbei. Dann brauchen Sie nur noch Kaffee zu kochen.«

Trudy Brock war begeistert. Schwarzwälder Kirschtorte aß sie am liebsten, und die beste gab es in einer Konditorei auf der La Brea.

»Dann bis Dienstag«, verabschiedete ich mich. Ich legte auf, drehte mich um und erschrak so sehr, dass mir ein schriller Schrei entfuhr. Mein Mann stand plötzlich vor mir, mit grimmer Miene und hochgezogenen Brauen.

»Dein Kopf?«, fragte ich entsetzt. »Wird es nicht besser?«

»Um meinen Kopf musst du dir keine Sorgen machen«, erwiderte er. »In deinem scheint was nicht zu stimmen.«

Zum einen hatte Ben die Nachrichten gehört, die Trudy Brock auf unserem Anrufbeantworter hinterlassen hatte. Zum anderen hatte er einen großen Teil des Gesprächs mitbekommen, das ich gerade mit ihr geführt hatte.

»Dieses Helfer-Syndrom kann zu einer Krankheit ausarten, Helen. Warum lädst du dir jetzt auch noch einen Menschen auf, der nicht nur Neurosen hat, sondern zudem auch noch alt ist? Reicht dir Jodie nicht als Pflegefall? Was schleppst du uns als Nächstes ins Haus?« Er wollte sich gar nicht wieder beruhigen. Dabei ging ich doch nur zu einem Kaffeeklatsch.

31. Kapitel

Man hatte mich noch nie davon abhalten können, ein gutes Werk zu tun. Am Dienstagnachmittag fuhr ich wie geplant nach Santa Monica.

Trudy Brock hatte inzwischen die Wohnung aufgeräumt und den Tisch gedeckt. Sie war wesentlich fröhlicher als am Sonntag, denn Charlotte ging es gut, und sie würde am nächsten Tag bei ihr vorbeikommen. »Das liegt ja auf dem Weg vom Flughafen.«

»Wo in Kanada war sie?«, fragte ich, da Trudy beharrlich ihre Geschichte vom Fliegen weiterspann.

»In Toronto und dann in Winnipeg. Den Wahnsinn müssen Sie sich mal überlegen, Helen! Welche schwangere Frau setzt ihr ungeborenes Kind solchen Gefahren aus?« Das Kind kam Mitte Mai zur Welt. Genau wusste Trudy es nicht, denn der Gynäkologe schien Schwierigkeiten zu haben, den exakten Geburtstermin zu bestimmen. »Weil das Baby wohl sehr groß ist.«

Das hielt ich für eine Mär. Heutzutage ließen sich diese Dinge auf den Tag genau vorhersagen, und zwar schon, wenn das Kind die Größe einer geschälten Erdnuss hatte. »Wissen Sie denn, was es wird?«

»Das will Charlotte nicht wissen.« Sie hätte es gleich nach der Fruchtwasseruntersuchung erfahren können, die bei Frauen ihres Alters Vorschrift war, hatte aber darauf bestanden, es nicht mitgeteilt zu bekommen. »Charlotte kann sehr merkwürdig sein, Helen. Das hat sie von ihrem Vater.« Der war ein äußerst schwieriger Mensch gewesen. »Das war verständlich, Helen. Wenn man bedenkt, was der Mann alles hinter sich hatte!«

Dietrich Heider war Deutscher gewesen und stammte wie Trudy Brock aus Berlin. Als sie ihm begegnete, lebte er aber bereits seit Jahren in einem winzigen Farmhaus in New Jersey und ging nur nach Einbruch der Dunkelheit nach draußen. »Diese Leute hatten alle vom Krieg was weg«, flüsterte Trudy. »Mein Dietrich war ja nur gerade noch mal davongekommen.«

»War er Jude?«, fragte ich.

Trudy riss die Augen auf. »Nein!«

»Kommunist?«

»Um Gottes willen, Helen. Nein!«

Mir wurde ganz elend zumute, und dieses Gefühl nahm in der Folge nur noch zu. Dietrich Heider war Nazi gewesen, zwar nur ein kleiner Scherge, aber immerhin. Ein paar Hinrichtungen hatte er schon angeordnet, wie Trudy mir erzählte, und das nicht ohne Furcht erregenden Stolz.

»Nach dem Zusammenbruch des Dritten Reichs haben sie diese Leute ja gehetzt, Helen.« Unsägliche Entbehrungen hatte Dietrich Heider auf sich nehmen müssen, um den Bluthunden der Alliierten zu entkommen. Mit gefälschten Papieren hatte er es schließlich in die USA geschafft, wobei er all seine Ersparnisse aufgebraucht hatte. Der Mann hatte nichts mehr besessen. »Und hier haben sie diese Menschen ja auch nicht in Frieden gelassen«, klärte Trudy mich auf. Daran waren die Juden schuld gewesen, das wusste sie, denn die hatten die Leute mit ihren Geschichten aufgehetzt.

Ich sprang förmlich vom Stuhl, ich konnte gar nicht anders.

»Meine Schwiegereltern sind Juden«, machte ich dieser Pseudo-Geschichtsstunde ein Ende. »Mein Schwiegervater stammt aus Warschau, meine Schwiegermutter aus Krakau, und beide waren noch ganz kleine Kinder, als Hitler an die Macht kam. Und sie sind beide –«

»Polnische Juden?«, fiel Trudy mir ins Wort. »Die haben überlebt?«

Ich entschuldigte mich. Ich musste dringend zur Toilette. Ich hatte zwar längst nicht so viel gegessen, wie ich jetzt gern wieder von mir gegeben hätte, doch war es einen Versuch wert.

Als ich ins Wohnzimmer zurückkehrte, sah Trudy Brock mich mitfühlend an. »Ich weiß, dass Sie jetzt schockiert sind«, sagte sie zu mir. »Aber Menschen wie Charlottes Vater ... ich musste mich für seine Geschichte erwärmen, Helen. Sonst hätte ich sein Kind niemals lieben können. Verstehen Sie, was ich meine?«

Ich wollte nichts verstehen. Ich wollte gehen. Ich wollte mich gar nicht wieder hinsetzen.

»Sind Sie für oder gegen Abtreibungen?«, fragte Trudy und beobachtete mich dabei, wie ich nach meiner Handtasche griff.

»Dagegen!« Was das anging, war ich geradezu verbohrt.

»Dann müssten Sie mich eigentlich verstehen, Helen! Stellen Sie sich mal vor, ein Mörder würde Sie vergewaltigen und Sie bekämen ein Kind! Wenn Sie dann nicht versuchen, die guten Seiten des Mannes zu sehen, können Sie nicht weiterleben.«

Das machte Sinn. Das ergab einen erschreckenden Sinn.

Ich stellte meine Handtasche auf den Boden zurück und setzte mich wieder an den Kaffeetisch.

Dietrich Heider hatte sich nie um Charlotte gekümmert. »Daran sehen Sie schon, was für ein schlechter Mensch er war.« Trudy seufzte. Sie hatte Charlotte ganz allein großgezogen, und das war nicht einfach gewesen. »Charlotte war zwar überdurchschnittlich intelligent, dafür fehlte es ihr aber an vielen anderen Dingen.« Deshalb hatte sie nie Karriere gemacht, und deshalb hatte sie wohl auch keine Freunde. »Das war bei ihrem Vater ganz genauso.«

Charlotte hatte keine Freunde, und Will, der vor ihrer Ehe viele Freundschaften gepflegt hatte, gab diese nach und nach auf, als er mit Charlotte zusammen war. »Was zwischenmenschliche Beziehungen angeht, ist meine Tochter unterentwickelt, Helen. Sie versucht es zwar hin und wieder mal mit jemandem, so wie jetzt mit dieser Amy, oder wie die heißt, aber das hält nie lang.«

Ich stutzte. »Amy?«, vergewisserte ich mich. »Sie meinen Jodie!«

Nun stutzte Trudy. »Jodie ist das Flittchen, das hier um die Ecke wohnt«, meinte sie dann. »Von der Kinderkrankenschwester spreche ich. Oder heißt die nicht Amy?«

Gleich am nächsten Morgen hatte ich Gelegenheit, die Sache zu klären. Amy versorgte Dr. Kidder gerade mit Croissants.

»Sag mal?«, sprach ich sie an. »Hast du dich mit Charlotte Henson angefreundet?«

»Wieso?«

»Hast du?«

»Wieso wundert dich das, Helen? Das ist doch eine unheimlich nette Frau.«

Nachdem Amy mit ihr durch OBGYN 1 gegangen war, hatte Charlotte am Abend noch mal bei ihr angerufen. »Sie wollte wissen, ob es vielleicht möglich wäre, sich mal mit Patientinnen vom Zuckerman zu unterhalten. Um herauszufinden, ob die wirklich mit ihm zufrieden sind.«

Amy hatte sofort ein paar Frauen darauf angesprochen, und die meisten waren spontan bereit gewesen, mit Charlotte zu reden. »So eilig war das aber nicht, damit wollte sie warten. Sie hat sich aber trotzdem bei mir bedankt.« Sie hatte Amy einen Kerzenhalter von Swarovski geschenkt. Seither telefonierten sie manchmal miteinander, und vor zwei Wochen war Amy mit den Kindern in Malibu gewesen. »Die hat ja vielleicht ein tolles Haus, Helen! Ricky wollte gar nicht mehr aus dem Pool raus!«

Das Kinderzimmer, das Charlotte eingerichtet hatte, war ein Traum. »Darin gibt es nichts, was es nicht gibt«, schwärmte Amy. »Und alles in Weiß und Zartgelb. Aber mal was ganz anderes«, wechselte sie plötzlich das Thema. »Was ist denn mit Jen und Cathy los? Weißt du, warum die nicht mehr miteinander sprechen?«

Ich stutzte. »Sie sprechen nicht miteinander? Seit wann?« Letzten Donnerstag waren sie noch gemeinsam im Kino gewesen. »Und am Montag waren sie in der *Grove*.«

Amy zog die Brauen hoch.

»Die haben seit Wochen nichts mehr miteinander unternommen, Helen. Letzten Donnerstag war Jennifer mit ihrem Vater unterwegs. Und am Montag hat sie Lineah gehütet. Deine Tochter scheint dir ja ganz schöne Bären aufzubinden.«

Meine Knie wurden weich, und ich schob Amy aus der »Höhle« auf den Korridor hinaus. »Bist du dir ganz sicher?«, fragte ich sie. »Weißt du das hundertprozentig?«

»Was ich über letzten Donnerstag und vorgestern gesagt habe, kann ich beschwören, Helen! Die Mädchen hatten kurz nach Weihnachten einen Riesenkrach. Jen hat mir das nur erst vor ein paar Tagen erzählt. Cathy wollte plötzlich keine Sachen mehr mit ihr tauschen, weil Jen nur so billigen, langweiligen Kram hätte.« Dass Jennifer nicht rauchte, störte unsere Catherine auch.

»Was?«

»Deine Tochter hat sich Sylvester so betrunken, Helen, dass sie den ganzen nächsten Tag nicht aus dem Bett gekommen ist.«

Ich musste gar nicht überlegen. Ich wusste sofort, dass das stimmte. Catherine hatte uns die Menstruationsbeschwerden nur vorgespielt, damit wir nicht misstrauisch wurden, weil sie den ganzen Neujahrstag im Bett verbracht hatte. Mir schwirrte der Schädel. Ben war vor Mitternacht schlafen gegangen. Das tat er jedes Jahr, und er hatte mir auch erzählt, dass er es diesmal so gehalten hatte. Vermutlich hatten Jodie und Catherine miteinander gefeiert. Wer wusste, was Jodie unserer Tochter noch so alles ermöglichte, wenn wir nicht dabei waren?

Ich war außer mir, nicht so sehr aus Wut, vielmehr aus Angst. Und ich wusste auch, was ich als Nächstes tun musste. Voller Ungeduld wartete ich darauf, dass meine Schicht endlich endete. Das tat sie pünktlich um Viertel nach sechs, doch half mir das nicht, denn Victor war nicht da.

Marilena, die wieder mal für ihn einspringen musste, kam erst um Viertel vor sieben, und das war fast schon ein bisschen zu spät. Trotzdem fuhr ich vom RMC nach Hollywood.

»Wann kommst du denn?«, fragte Ben, den ich von unterwegs kurz anrief.

»Ich muss nur noch schnell was erledigen.«

Ich parkte meinen Wagen in der Tiefgarage der *Diamond Gym*. Die acht Dollar Gebühr mussten in einer solchen Ausnahmesituation drin sein.

»Um neunzehn Uhr finden hier bei uns keine Jazztanzkurse statt!«, erklärte mir eine der Angestellten kurz darauf.

Hatte ich es mir doch gedacht! Mittwochs boten sie überhaupt keine Tanzkurse in der *Diamond Gym* an.

»Nur Pole-Dancing, aber das ist ja –«

»Was für Dancing?«

»Pole-Dancing.«

Da ich keine Ahnung hatte, was das war, und wahrscheinlich dementsprechend aus der Wäsche guckte, bot man mir an, das Training anzusehen.

»Studio 3.«

Die einzelnen Studios waren große verglaste Trainingsräume. Im ersten stapften übergewichtige Frauen auf Trittbrettern. Im zweiten lagen übergewichtige Männer und Frauen auf Yogamatten und atmeten sich schlank. In Studio 3 …

Ich wollte meinen Augen nicht trauen. In diesem Raum gab es Metallstangen von der Decke bis zum Boden, und die Damen, die versuchten, ihre Körper um diese Stangen zu winden, waren alle ungewöhnlich gekleidet. Sie trugen Schuhe mit irrsinnig hohen Absätzen und Netzstrumpfhosen, wie Jodie sie so liebte. Manche hatten lange Röcke an, die durchsichtig und mindestens an einer Seite bis zur Hüfte geschlitzt waren. Eine trug Ledershorts, die anderen hatten nur Strumpfhosen und Tangahöschen an. Die Oberteile der Damen konnte man nicht als Bekleidungsstücke bezeichnen. Sie drückten die zum Teil üppigen Busen nach oben, bedeckten sie aber kaum.

Zu schrecklicher Musik – eine Frau stöhnte zu den dumpfen Klängen einer Gitarre – wanden sich all diese Damen um die Metallgestänge, wie Go-Go-Girls es taten, die damit ihren Unterhalt verdienen mussten.

Mir stockte der Atem. Meine Catherine verbog sich gerade den Rücken wie eine rollige Katze und klammerte sich dabei an ihrem Metallstab fest, an diesem ultimativen Phallus.

Mit einem Satz war ich an der Tür und riss sie auf. »Catherine Drescher, du kommst auf der Stelle her!«

Die Musik verstummte, und etwa zwanzig Augenpaare starrten mich an.

»Auf der Stelle!«, wiederholte ich.

Sie kam. Und irgendjemand rief mir nach, mit Straßenschuhen dürfe ich hier eigentlich gar nicht hinein.

32. Kapitel

Meine Tochter fühlte sich zutiefst gedemütigt. Wie sie mir im Auto erklärte, war sie nur mit mir gekommen, um noch Schlimmeres zu verhindern. »Wie du dich aufgeführt hast, musste ich ja damit rechnen, dass du mich an den Haaren herausgeschleift hättest!« Zumindest das hatte sie richtig erkannt. Sie verstand nur nicht, warum ich den Aufstand machte. »Gut, vielleicht hätte ich sagen müssen, dass wir Pole-Dancing machen und keinen Jazztanz. Aber wenn ich das gesagt hätte, hättet ihr mich nicht gelassen.«

»Und du meinst, es ist einfacher, um Vergebung zu bitten als um Erlaubnis?«

»Was ist denn dabei, Mom? Es ist doch nur ein Sport wie jeder andere auch.«

»Und wie ist es mit Rauchen und Trinken? Ist das auch nur Sport?«

Sie hatte angeblich keine Ahnung, wovon ich redete.

»Wo warst du letzten Donnerstag, Cathy? Mit Jennifer im Kino warst du nicht. Und wo warst du vorgestern?«

Sie antwortete mir nicht, aber das hatte ich eigentlich auch gar nicht erwartet. Ich war gespannt, was Ben zu der Angelegenheit zu sagen hatte. Ich konnte gar nicht schnell genug nach Hause kommen.

Mit quietschenden Reifen parkte ich vor der Garageneinfahrt. Dann hupte ich auch gleich noch dreimal hintereinander, damit Ben bloß mitbekam, dass seine liebe Frau zu Hause war.

»Raus aus dem Auto!«, keifte ich Cathy an und riss die Beifahrertür auf.

Ben hatte das Hupen tatsächlich gehört und öffnete uns die

Haustür. »Was ist denn mit euch?« Er lachte uns an. »Hat euch … oh, oh.«

Er sah an meinem Gesicht, dass Heiterkeit völlig fehl am Platze war.

Wieder hörte ich das Quietschen von Reifen, diesmal hinter mir.

»Helen? Warte, Helen! Du weißt ja gar nicht …« Jodie fuhr hinter meinen Wagen in die Garageneinfahrt.

»Mach bloß, dass du wegkommst!«, schrie ich sie an.

Dann schob ich Ben und Cathy ins Haus.

»Unsere Tochter macht keinen Jazztanz, sondern Pole-Dancing wie eine Nutte. Und sie raucht und trinkt. Und sie lügt, wenn sie weggeht. Seit Wochen hat sie mit Jennifer nichts unternommen. Gott allein weiß, was sie in Wirklichkeit –«

»Reg dich bitte, bitte nicht so auf, Helen!«, rief Jodie, die inzwischen vor der Haustür stand. »Das ist alles meine Schuld, Cath hat da gar nichts –«

»Hör auf, unsere Tochter Cath zu nennen!«, fuhr ich die Dame Lang an und schob sie vom Haus weg, zurück zu ihrem knallroten Porsche. »Ich weiß nicht, was mit dir nicht stimmt, aber ich bin sicher, dass du eine dicke Schraube locker hast! Wie kannst du einem vierzehnjährigen Mädchen Alkohol geben und sie rauchen lassen? Wie kannst du –?«

»Ich habe Cathy doch keinen Alkohol gegeben, Helen. Wer behauptet denn so was? Und rauchen lasse ich sie erst recht nicht. Wenn einer weiß, wie unangenehm die Sucht ist, dann doch wohl ich.«

»Wo wart ihr am Donnerstag?«

»Am Donnerstag?«

Sie schien gar nicht zu wissen, worum es ging, und musste überlegen. »Da war ich zu Hause«, sagte sie schließlich. »Am Donnerstag war ich den ganzen Tag zu Hause. Und am Abend bin ich kurz joggen gegangen, das war …« Sie hielt inne, denn da stand plötzlich jemand, nur wenige Schritte von uns entfernt.

Ich blickte zu dem Jemand hinrüber und wollte meinen Augen nicht trauen. »Vic?«

Victor war kaum zu erkennen. Sein Gesicht war verschwollen, und er trug zu einer dunkelgrünen Jeans ein orangefarbenes T-Shirt, eine dunkelrote Jacke, einen hellblauen Schal und braune Schuhe – es sah erschreckend aus.

»Ich brauche Hilfe, Helen. Wenn du mir nicht hilfst...« Dicke Tränen rollten ihm über die Wangen, und für einen Moment wusste ich nicht, was ich tun sollte. »Ich kann nicht mehr, Helen. Ich kann nicht mehr.«

Ich atmete tief durch. »Komm erst mal ins Haus!«, forderte ich ihn dann auf.

Ben und Cathy standen noch im Korridor, als ich mit Victor hereinkam.

»Das ist ganz normales Tanzen, nur mit einer Stange!«, versuchte Cathy, ihrem Vater zu erklären. »Daran ist nichts nuttig, nur die schmierige Fantasie der anderen.«

»Ben?«

Mein Mann war sichtlich verwirrt.

»Erinnerst du dich an Victor?«, fragte ich ihn. Die beiden waren einander bisher nur zweimal flüchtig begegnet, jeweils auf der Gedenkfeier der OPOSC.

»Sicher«, meinte mein Mann und streckte meinem weinenden Kollegen die Hand entgegen.

Gleich schluchzte Victor noch mehr, und Ben sah mich an, als solle ich froh sein, dass hier im Moment so viele Zeugen waren. Sonst hätte ich bestimmt was erleben können.

»Was zuerst?«, wollte er von mir wissen und wies in die Runde.

Das war eine gute Frage. Ich schlug vor, dass Vic und Ben ins Wohnzimmer gingen.

»Und du setzt dich in die Küche, Cathy, und rührst dich nicht von der Stelle!«

Natürlich schlüpfte Jodie hinter uns ins Haus, das war ja eigentlich klar gewesen. Vielleicht war das aber sogar von Vorteil. Wenn Catherine uns als Nächstes vorlügen wollte, dass sie in der Zeit, die sie angeblich mit Jennifer verbracht hatte, in Wahrheit mit Jodie zusammen gewesen war, konnten wir das auch gleich klären.

Im Moment war ich auf alles gefasst. Vielleicht war mein Kind schon keine Jungfrau mehr. Man hörte immer häufiger, dass die Mädchen heute bereits mit zwölf, dreizehn Jahren sexuell aktiv wurden.

Zuerst mussten wir uns aber jetzt um Victor kümmern. Der war tatsächlich in einer verzweifelten Lage, und mit zwei, drei aufbauenden Sätzen war es nicht getan.

Victor war inzwischen siebenundzwanzig Jahre alt. Seit drei Jahren hatte er einen festen Freund, Jack. Da seine Eltern streng katholisch waren und Jesus Christus und die Kirche mehr liebten als ihre Kinder, durften sie davon nichts wissen. Sie hatten aber wohl etwas geahnt. »Deshalb haben sie mir an Thanksgiving ein Mädchen vorgestellt.« Sie war neunzehn und die Tochter von Freunden. Victor war ein paar Mal mit ihr ausgegangen, um so zu tun, als habe er Interesse an ihr. »Damit meine Eltern keinen weiteren Verdacht schöpften.« Der Schuss war jedoch nach hinten losgegangen. Ehe er sich versah, bedrängten ihn nicht nur seine Eltern, sondern auch das Mädchen sowie deren Eltern. »Und dann habe ich mich meinem Priester anvertraut.« Kurz vor Weihnachten war das gewesen, und sein Priester hatte ihm dringend geraten, wenigstens mal zu versuchen, gegen seine Triebe anzukämpfen. »Das war gar nicht dumm, was er gesagt hat. Pater Ralph meinte –«

»Du machst Witze«, fiel Ben dem jungen Mann ins Wort, der zitternd auf unserem Wohnzimmersofa saß. »Pater Ralph?«

»Wieso?«, fragte Victor.

Die *Dornenvögel* waren offenbar vor seiner Zeit gewesen. »Nichts«, meinte Ben und bat ihn, doch bitte weiterzusprechen.

Victor hatte noch nie in seinem Leben mit einer Frau geschlafen. Alle sexuellen Kontakte, die er bisher gehabt hatte, waren homosexueller Natur gewesen. Deshalb hatte Pater Ralph ihm vorgeschlagen, es doch wenigstens mal mit einer Frau zu versuchen. »Wenn ich es danach immer noch nicht wollte, könnten wir weiterreden, hat er gesagt.« Das war in der Tat ein guter Rat gewesen, nur war es nicht ohne Folgen geblieben, dass er den Rat befolgt hatte. »Jetzt ist Rosemary schwanger. Das hat sie mir –«

»Rosemary?«, fiel Ben ihm wieder ins Wort. Dann sah er mich an. »Liegt das an mir, Helen? Bin ich das nur?«

Ich winkte ab. Nein, mir war ebenfalls aufgefallen, dass Pater Ralph indirekt für Rosemarys Baby verantwortlich war.

»Sie ist schwanger?«, hakte ich nach. »Und?«

»Und?«, wiederholte Victor. »Das ist eine Katastrophe. Deshalb haben Jack und ich nicht geheiratet.« Eigentlich war das für den 20. Januar geplant gewesen; deshalb hatte Victor an dem Wochenende nicht arbeiten können. Jacks Eltern waren geschieden, und der Vater lebte in Boston. »Er hatte Geburtstag am 21., und da wollten wir beide Feiern verbinden, denn in Massachusetts dürfen wir ja heiraten.«

Als sie gerade auf dem Logan Airport angekommen waren, rief Rosemary an und setzte Victor davon in Kenntnis, dass sie ihre Periode nicht bekam. »Jack hat das natürlich mitgekriegt.« Daraufhin hatten sie sich wahnsinnig gestritten und nicht geheiratet, aber inzwischen hatten sie sich wieder versöhnt. Jack wollte natürlich, dass Victor sich für ihn entschied. Und Rosemary, die gar nichts von Jack wusste, erwartete, dass Vic sie heiratete. Victor wollte natürlich nach wie vor lieber Jack heiraten, obwohl er sich für das Baby verantwortlich fühlte.

»Okay, okay, okay!«, rief mein Mann dazwischen.

»Meine Eltern dürfen nichts von alldem erfahren!«, fügte Victor rasch noch hinzu.

Ben atmete tief durch. »Will sich hier irgendjemand das Leben nehmen?«, fragte er dann.

»Jack«, antwortete Victor. »Wenn ich ihn verlasse.«

»Und wie ist es mit dir?«

Selbstmord war eine Sünde. Nur wusste Victor nicht weiter. Deshalb war er zu uns gekommen. Er wusste, dass Ben jahrelang für das Gay & Lesbian Center gearbeitet hatte und mit schwierigen Fällen Erfahrung hatte. Und Victor hielt sich für einen ausgesprochen schwierigen Fall. Seine Probleme waren überwältigend.

»So groß sind die gar nicht«, sagte mein Mann und lächelte Victor an. »Liebst du Jack?«

»Mehr als mein Leben.«

»Liebst du Rosemary?«

Vic schüttelte den Kopf. Er liebte Rosemary nicht, mochte sie aber. Sie war ein nettes Mädchen, und es tat ihm leid, dass er ihr das angetan hatte.

»Will sie das Baby?« Das war eine überflüssige Frage. Rosemary war ebenso katholisch wie Victor und ihrer beider Familien. »Umso besser«, meinte mein Mann. »Dann hast du es also mit Menschen zu tun, die vergeben können. Die fähig sind, Verständnis aufzubringen. Die wissen, was Liebe ist.« Er erklärte Victor, dass er nicht der einzige Mensch sei, der sich in einer so schwierigen Lage befand. »Ich kenne Männer, die verheiratet sind und Kinder haben und die jeden Tag in der Angst leben, es könnte herauskommen, dass sie in Wahrheit homosexuell sind.« Ben kannte auch Leute, die solchen Männern halfen, ihre Probleme zu lösen. »Und einen davon werde ich jetzt anrufen. Da kannst du heute Abend noch hingehen, und der wird euch helfen.«

Er ging nach oben ins Arbeitszimmer, um den Anruf zu erledigen. Als er wiederkam, fragte er Victor, ob er in der Lage sei, nach Hollywood zu fahren.

»Ich weiß nicht ...«

»Wo steht dein Auto?«

»Hier um die Ecke.«

»Dann lass das da stehen und hol es morgen.«

Mein Mann griff nach seiner Jacke. »Bin in einer Dreiviertelstunde zurück, Helen!«

Ben litt zwar nicht an einem Helfer-Syndrom, doch wenn ich ihm eine Suppe einbrockte, musste er sie auslöffeln. So sah er das.

Ich ging in die Küche. Jodie und Catherine hockten da wie die armen Sünder. Sie saßen einander gegenüber, stützten ihre Arme auf die Tischplatte, und Cathy senkte betreten den Kopf, als ich zur Tür hereinkam.

»Du darfst dem Mädchen keine Vorwürfe machen, Helen. Sie hat gar nicht gewusst, was Pole-Dancing ist. Ich habe sie dazu überredet. Und ich war froh, dass sie mitgemacht hat.«

»Und was war Sylvester?«

Ein Glas Champagner hatte Jodie getrunken. »Mehr war ja gar nicht im Haus. Ich hatte doch nur einen Piccolo gekauft.«

»In einem Piccolo ist aber doch mehr als ein Glas.«

Das bestritt sie. Sie hatte allerdings auch keine Sektflöte genommen, sondern ein Wasserglas.

»Und Cathy hat nicht mal mit dir angestoßen?«

»Doch«, gab meine Tochter sofort zu und hob endlich den Kopf. »Aber mit Sprite, Mom. Ich weiß nicht, was die Jennifer dir da vorgelogen hat.« Meine Cathy trank weder Alkohol, noch rauchte sie Zigaretten. »Das habe ich mal probiert, Mom, das weißt du doch. Als ich neun war, habe ich eine von deinen Zigaretten probiert, und danach war mir zwei Tage schlecht.« Die Erfahrung brauchte sie nicht noch einmal zu machen. Ihr leuchtete nicht ein, dass mir das nicht selbst klar war.

»Und wo warst du, wenn du angeblich mit Jennifer zusammen warst?«

Meine Tochter blickte Hilfe suchend zu Jodie hinüber.

»Das war falsch!«, sagte die zu Cathy. »Das hättest du nicht tun dürfen. Stell dir mal vor, es wäre was passiert!«

Boris Lickman! Mit dem war Catherine unterwegs gewesen, wenn sie sich angeblich mit Jennifer Huxley getroffen hatte.

Entsetzt sank ich auf einen der freien Küchenstühle.

»Boris Lickman?«, wiederholte ich dann.

Der Junge war siebzehn Jahre alt. Wie kam meine vierzehnjährige Tochter dazu, sich mit dem einzulassen?

»Das ist nicht so, wie du denkst, Mom! Der wollte nichts von mir. Der wollte mir nur helfen.« Nachdem Ben mit der Schulleitung von *Emerson* gesprochen hatte, war Vanessa aufgeflogen. Sie stahl wohl wie ein Rabe; das war ihren Eltern nur bis dahin nicht aufgefallen. Jetzt wurde Vanessa zur Therapie geschickt. »Zu Dr. Abrahams. Wie Lolita. Die geht ja auch zu Dr. Abrahams. Wie Todd.« Alle gingen sie zu Dr. Abrahams, nur unsere Cathy nicht, das arme Kind. Dabei hätte gerade sie so dringend professionelle Hilfe gebraucht. »Was meinst du, was ich eine Angst hatte, nachdem Dad die Vanessa angeschwärzt hatte? Das wusste doch jeder, warum die plötzlich den Stress hatte.« Und Vanessa hatte auch prompt nicht mehr mit Cathy gesprochen. Sie hatte vielmehr versucht, andere aus der Klasse gegen Catherine aufzuhetzen.

»Und warum hast du uns nichts davon gesagt?«, rief ich entsetzt.

»Ihr sagt doch immer, dass man seine Probleme selbst lösen muss«, gab Cathy zurück. Sie hatte das versucht und Vanessa zu Hause angerufen. »Sie war aber nicht da. Nur der Boris war zu Hause.« Und der hatte sich bei unserer Tochter bedankt. »Der war wahnsinnig lieb, Mom. Er hat gesagt, dass es mit Vanessa ohne unser Eingreifen ganz schlimm geendet wäre.« Am nächsten Tag hatte Boris in der Pause auf Cathy gewartet und ihr vor versammelter Mannschaft einen Kuss auf die Wange gegeben.

»Ist das cool!« Jodie lachte.

Strafend sah ich sie an. »Und weil er wollte, dass du ihm auch einen Kuss gibst, hat er dich ins Kino eingeladen?«, bohrte ich bei Cathy weiter.

»Aber nein!«, erwiderte die. »Er wollte nur nett sein. Deshalb hat er mich eingeladen.«

Ich traute dem Braten nicht. »Warum hast du uns nichts davon gesagt, wenn es nur ums Kino ging?«

»Ihr hättet mich doch nie gelassen, Mom!« Es war wie mit dem Pole-Dancing. Mit uns konnte man nicht offen sprechen.

»Woher willst du das wissen?«, meckerte ich. »Du hast es doch noch nie versucht.«

»Und ob ich es versucht habe!«, widersprach Catherine. »Denk bloß an das Surfen! Dad vertröstet mich, und du sagst gleich Nein. So ist das immer, Mom. Ganz egal, wonach ich frage.«

»Du durftest die Fahrradtour machen.«

»Das war das erste Mal, dass ihr was erlaubt habt, ohne einen Riesenzirkus zu machen.«

»Das ist jetzt ein ganz schwieriges Alter«, mischte Jodie sich ein. »Du musst wirklich ein bisschen vorsichtig mit ihr sein, Helen. In Cathys Alter fühlt man sich ständig unter Druck. Man hat Angst, das Leben zu verpassen. Und die Eltern schüren diese Angst noch, weil sie ständig von einem verlangen, dass man sich mit allem hübsch Zeit lässt. Das sind zwei Urkräfte, die da aufeinanderprallen.«

Mit meinem Blick signalisierte ich Jodie deutlich, was ich von ihrem Plädoyer hielt. Sie störte das überhaupt nicht, sondern sie redete munter weiter. Für ihre Begriffe wollten wir Cathy so lange wie möglich klein halten, weil wir dann die Kontrolle nicht verloren. »Weil ihr einfach Angst um sie habt, und das ist ja auch verständlich.« Im Leben lauerten aber nun mal überall Gefahren, und jeder Mensch musste lernen, ihnen aus dem Weg zu gehen oder ihnen zu trotzen. »Und das kann man nur durch Übung lernen, Helen. Ihr müsst dem Mädel mehr Freiraum lassen.«

Ich war nicht gewillt, mir das weiter anzuhören. »Und dieses Wort Freiraum kann ich nicht mehr hören.« Dagegen war ich inzwischen allergisch. Mit vierzehn Jahren ging man morgens in die Schule, und nachmittags machte man Hausaufgaben. »Daneben darfst du noch ein Hobby haben, Freiraum brauchst du da nicht.«

»Wenn du das so siehst«, seufzte Jodie.

Sie hatte schon mit zwölf Jahren Freiraum gebraucht, nicht erst mit vierzehn. »Und Menschen sind unterschiedlich, Helen.« Wenn ich nicht wollte, dass meine Vierzehnjährige weiterhin Pole-Dancing machte, sah sie das ein. »Aber wie gesagt, das war einzig und allein meine Schuld. Wir können gern etwas anderes machen, wirklich Jazztanz oder irgendein Krafttraining.« Sie blickte Cathy an, als bäte sie um Erlaubnis. »Lass mich das am besten auch gleich loswerden«, meinte sie da auch schon. »Nicht, dass es deshalb wieder Stress gibt.«

Jodie hatte für sie beide Surfbretter besorgt. »Ich hab sie im Internet gefunden, und sie waren total günstig. Damit habt ihr gar nichts zu tun, Helen! Die stifte ich.« Allerdings nutzten ihnen die Surfbretter natürlich wenig, wenn Ben und ich Cathy jetzt nicht erlaubten, surfen zu gehen.

»Keine Chance!«, sagte ich zu Jodie. Im Moment war ich zu keinem Zugeständnis bereit, nicht einmal zu dem winzigsten.

»Ben hat schließlich auch noch ein Wort mitzureden.«

Der wollte nach seiner Rückkehr erst einmal die Fakten ordnen. »Was war hier wirklich gelogen, und was sah nur so aus, als sei es gelogen?«

Alkohol hatte unsere Tochter nicht getrunken, und geraucht hatte sie auch nicht. Sie hatte sich zu einer Form der körperlichen Ertüchtigung überreden lassen, für die eine Vierzehnjährige effektiv zu jung war, und sie hatte gelogen, mit wem sie ihre freie Zeit verbracht hatte. Letzteres war die eigentliche Verfehlung. Das musste bestraft werden, befand mein Mann. »Da du nicht in der Lage warst, verantwortlich mit deiner Freiheit umzugehen, hat es sich jetzt erst mal mit den Freiheiten!«

Er wollte guten Willen sehen. Für die nächste Zeit verlangte er, dass Catherine über Schritt und Tritt Rechenschaft ablegte. »Und gnade dir Gott, du lügst wieder! Dann blüht dir Hausarrest.«

Die Drohung kam an. Cathy nahm sie ernst und verhielt sich entsprechend. Die nächsten zwei Wochen ging sie morgens zur Schule, und nachmittags machte sie ihre Hausaufgaben.

Dienstags und donnerstags kam Todd Heeler. Am Mittwoch durfte sie mit Jodie in die *Diamond Gym*. Dort machten sie jetzt Krafttraining, das sie auf den Surfunterricht vorbereiten sollte, den sie hoffentlich irgendwann nehmen würden. Ansonsten konnte unsere Große ihre Freizeit damit verbringen, im Haushalt zu helfen. Handarbeit war auch noch im Angebot.

Sie hielt durch. Zwei Wochen hielt sie tapfer durch und krönte ihre wundersame Wandlung mit einer Drei in Physik.

»Darf ich das wenigstens feiern?« Sie wollte mit Jodie ins Kino gehen, doch hielten wir es für angebrachter, wenn sie mit Jennifer ausging.

»Oder willst du eure Freundschaft einfach wegschmeißen?«

Das wollte sie nicht, und zu ihrem Erstaunen war Jennifer sogar bereit, ihr zu verzeihen. Es war verletzend gewesen, Jen zu sagen, sie besitze nur billige Klamotten. Zumal es gar nicht stimmte. Was den Alkohol und die Zigaretten anging, hatte nicht Jennifer gelogen. Vielmehr hatte Cathy gelogen, um sich vor Jennifer aufzuspielen.

»Das habe ich auch getan in dem Alter«, brummte Ben. »Habe behauptet, mich total betrunken mit Freunden in einer Bar herumgetrieben zu haben. Dabei saß ich brav mit Papa und Mama zu Hause auf dem Sofa.«

Ich selbst war sogar noch einen Schritt weitergegangen. Als man mir zum ersten Mal anbot, einen Joint mitzurauchen, lehnte ich dankend ab. »Ich habe behauptet, das würde ich schon kennen. LSD hatte ich angeblich auch schon probiert.« Wenn das damals einer weitererzählt hätte, wären wir auch in Schwierigkeiten gewesen. Die Teenager von heute waren also nicht anders, als die Teenager von gestern es gewesen waren. Die Teenager von gestern erinnerten sich nur nicht mehr daran, wie sie gewesen waren.

»Ist ja auch viel bequemer, das zu vergessen«, seufzte mein Mann.

Am 24. Februar 2006 veranstaltete unsere Kirchengemeinde ihren monatlichen Disco-Abend. Der war speziell für Jugendliche zwischen zwölf und sechzehn gedacht, und für Cathy und Jen war das genau das Richtige.

Ben fuhr die Mädchen am frühen Abend hin und holte sie um Punkt 22 Uhr wieder ab.

Danach hatte er mir etwas zu erzählen. »Du wirst es nicht glauben, Helen!«

Als Ben Jennifer Huxley zu Hause ablieferte, wollte Cathy noch kurz mit ins Haus gehen, um sich eine CD zu leihen. Ben wartete im Auto und sah jemand aus dem Haus schleichen.

»Aus der Hintertür, Helen. Wie in einem schlechten Film.«

Der Mann zog sich den Hosenstall erst zu, als er bereits auf dem Rasen hinter dem Haus stand, und während er zu seinem Auto ging, knöpfte er sich das Hemd zu und steckte es in die Hose. »Und nun darfst du dreimal raten, wer das war!«

Ich hatte keine Ahnung.

»Nur ganz bestimmt nicht Dr. Kidder«, lachte ich. »Das ist das Einzige, was ich ... sicher ...« Ich sprach nicht weiter, weil Ben mich eigenartig ansah. »Es *war* Dr. Kidder?«, hauchte ich fassungslos.

Mein Mann nickte. Er kannte meinen Chef zwar nur von den jährlichen Veranstaltungen der OPOSC, aber Ben vergaß niemals ein Gesicht. »Einwandfrei war er das!«, sagte er. »Und du glaubst, Amy würde ihn nur mit Nahrungsmitteln beglücken.«

Nun, vor allen Dingen hatte ich geglaubt, Amy würde sich nur mal wieder etwas vormachen. »Ich war überzeugt, der Kidder hätte eine Affäre mit Schwester Kim.«

»Das eine schließt das andere ja auch nicht aus«, erwiderte mein Mann. »Ein guter Trauma-Mediziner muss in der Lage sein, auf zwei Hochzeiten zu tanzen.«

Ich war erschüttert, nicht etwa, weil Amy mit meinem Chef schlief, wohl aber, weil ich Amy nicht geglaubt hatte, dass ihre Beziehung zu Kidder anders war, als sie sich uns darstellte. »Deshalb habe ich Amy letztens so verzweifelt gesucht und nicht finden können. Die war mit dem Kidder im Ruheraum! Nur … warum schleicht der sich denn aus der Hintertür?«

Ben nahm an, dass Amy die Beziehung vor den Kindern geheim halten wollte. »Die Kleinen kann sie ins Bett stecken. Mit Jennifer dürfte das schwieriger sein.«

Das ergab einen Sinn. Alles ergab auf einmal einen Sinn.

»Sag mal, Ben … kann ich Menschen so schlecht einschätzen?«

Mein Mann sah mich liebevoll an. »Du schätzt Menschen überhaupt nicht ein«, antwortete er. »Das ist ja gerade das Besondere an dir. Du lässt die Leute sein, Helen. Und das behalte bitte bei. Bleib ganz genau, wie du bist!«

Drei Tage später änderte Ben seine Meinung, oder besser: Drei Nächte später änderte er sie. Da verlangte mein Mann plötzlich, dass ich mich auf der Stelle änderte, von Grund auf und für alle Zeiten, da es so nicht weitergehen konnte. »Du leidest einwandfrei an einem Helfer-Syndrom, Helen. Und nun guck dir an, was du damit anrichtest!«

Der Grund für Bens Erregung war Trudy Brock. Die rief in der Nacht vom 27. auf den 28. Februar 2006 dreimal an: um kurz vor Mitternacht, um zehn Minuten nach eins, ein letztes Mal um fünf Minuten nach halb vier.

Charlotte war schon wieder in Kanada. Charlotte hatte nicht wie verabredet angerufen.

Beim ersten Mal schluchzte Trudy Brock mir ins Ohr, ihre Tochter sei mit Sicherheit verunglückt und sterbe, während wir sprachen, einsam und verlassen in irgendeinem Krankenhaus in Winnipeg.

Bei ihrem zweiten Anruf war Trudy Brock überzeugt, jetzt selbst jeden Augenblick zu sterben. Sie bekam keine Luft mehr, das Blut pochte wie wild in ihren Schläfen, sie war im Begriff, diese Welt zu verlassen, und zwar jetzt sofort.

Der Anruf um fünf Minuten nach halb vier war reine Rache. »Sie hätten nicht gleich den Notarzt rufen müssen, Helen. Das war nicht nett von Ihnen. Charlotte wird mir dafür die Hölle heiß machen.«

Charlotte kam am nächsten Abend im RMC vorbei. Sie wusste von Amy, dass ich Dienst hatte, und brachte mir einen riesigen Blumenstrauß. »Zum Dank!«, sagte sie zu mir. »Vor allem aber als Entschuldigung.« Was da in der vergangenen Nacht passiert war, war ihr äußerst peinlich. »Ich konnte gestern Abend nicht anrufen«, erklärte sie mir. »Das wusste meine Mutter. Ich hatte es ihr sogar aufgeschrieben. Ich weiß nicht, warum die Frau immer so ein Theater macht!«

Charlotte sah todmüde aus. Sie hatte tiefe Schatten unter den Augen, und ihr sonst immer so perfekt frisiertes Haar hing ihr strähnig im Gesicht.

»Waren Sie wirklich in Kanada?«, fragte ich.

Sie erschrak, fasste sich aber schnell wieder. »Das sind Dinge, Helen, über die ich leider nicht offen sprechen kann.« Sie war ihren Mandanten gegenüber schweigepflichtig. »Ich kann nicht sagen, wo ich ... wie geht es Jodie eigentlich?« Von der brauchte sie dringend noch eine Unterschrift, doch war die Dame ja schwerer zu erreichen als der Präsident.

»Soviel ich weiß, geht es ihr gut, Charlotte.«

Wie Jodie Catherine erzählt hatte, gab es einen neuen Mann in ihrem Leben. Der hieß Bill, war groß, dunkelhaarig und makellos gebaut. Er war jung und wohlhabend, und gute Manieren hatte er auch. Er lebte in New York City, flog aber jede Woche für drei Tage an die Westküste zu seinen Geschäftspartnern. Welcher Art die Geschäfte waren, für die er diese Partner brauchte, wusste Cathy nicht, und ich nahm an, dass Jodie es auch nicht wusste. Bill war jedenfalls der Mann fürs Leben. Das wusste sie, und das war ja auch was wert.

Für uns konnte das sogar sehr viel wert sein. Wenn wir diesmal mehr Glück hatten, als es seinerzeit bei Robert der Fall gewesen war, zog Jodie vielleicht bald schon nach New York. Damit waren Ben und ich dann schon mal einen meiner sogenannten Pflegefälle los, und Victor war auch im Begriff, seinen Weg zu finden.

Ben hatte dafür gesorgt, dass man sich im Krisenzentrum des Gay & Lesbian Centers um Victor kümmerte. Dort hatte er jetzt auch mit seinen Eltern eine Familientherapie begonnen, und im Moment sah es so aus, als würde die Geschichte doch noch ein gutes Ende nehmen.

Victors Eltern waren gar nicht so engstirnig, wie ihr Sohn gefürchtet hatte. Sie liebten zwar Herrn Jesus und Mutter Kirche sehr, ihre Kinder glücklicherweise aber noch sehr viel mehr. Sie hatten geahnt, dass mit ihrem Sohn etwas nicht stimmte, wie sie es ausdrückten. Als es sich bestätigte, waren sie zwar betrübt, zeigten aber keine Überreaktion. Victors Freund Jack begegneten sie mit Respekt. Sie empfingen ihn nicht mit offenen Armen, wohl aber mit offenen Herzen.

Rosemary war da verbissener. Sie wollte Victor niemals wiedersehen und schwor Gott und der Welt, dass sie niemals zulassen würde, dass ihr Kind Kontakt zu seinem Vater aufnahm.

»War alles ein ziemliches Drama«, sagte Vic. Er nahm nicht an, dass sie es schon hinter sich hatten. »Da kommt bestimmt noch mehr, wenn das Baby erst mal da ist.« Aber bis dahin war ja noch Zeit, und diese Zeit wollten Jack und Victor nutzen.

»Wollt ihr zusammenziehen?« Die Frage kam von Riza, und Victor sah sie an, als könne er die Welt nicht mehr verstehen.

»Ihr wundert euch gar nicht?«, fragte er.

»Worüber denn?«, wollte Meckelstein wissen. »Darüber, dass du schwul bist und dich endlich dazu bekennst?« Sein Bruder war auch schwul. »Schläft er eben mit Männern.«

»So einfach ist das nicht«, widersprach Victor. »Wenn du im Grunde deines Herzens gern normal wärest, es aber nicht –«

»Normal?«, fiel Dr. Kidder ihm ins Wort. »Hältst du dich etwa für unnormal?« Falls es so war, riet er Vic, schleunigst eine intensive Psychotherapie zu machen. »Du bist doch ein erwachsener Mann«, erklärte er ihm. »Und dieser erwachsene Mann schläft mit einem anderen erwachsenen Mann. Was sollte daran denn unnormal sein? Hast du Sex mit jemandem, der minderjährig ist? Der sich nicht dagegen wehren kann? Mit einem Königspudel?« Was erwachsene Menschen im gemeinsamen Einvernehmen und im wachen Geisteszustand im Bett trieben, war aus Kidders Sicht alles gleichermaßen normal. »Weil dann erlaubt ist, was gefällt. Richtig?«

Natürlich war das richtig, das gab Victor zu. Nur war es deshalb aus seiner Sicht noch lange nicht normal. Aber um damit klarzukommen, machten sie ja jetzt diese Familientherapie im Gay & Lesbian Center.

»Das wird schon werden.«

Das wird schon werden!, dachte auch ich mir, als ich mich am Abend des 3. März in mein neues, nilgrünes Abendkleid warf.

Dabei wussten wir nicht, ob der Scheck, den Ben in Kürze bei der Schulgala abgeben würde, überhaupt gedeckt war. Unser

Swimmingpool hatte nämlich dreitausend Dollar mehr gekostet als geplant. Daran waren wir selbst schuld. Die Fliesen, die wir bekommen hatten, waren sehr viel teurer gewesen als die Fliesen, die wir ursprünglich bestellt hatten. Und gemäß dem Kleingedruckten auf dem Kostenvoranschlag wäre es unsere Pflicht gewesen, nachzuprüfen, ob die Fliesen, die wir bekommen hatten, auch wirklich die waren, die wir bestellt hatten. Das hatten wir versäumt. Ben hatte es versäumt. Türkisblau 1m3006tb war nicht das Gleiche wie Türkisblau 1mh3006tb. Jetzt hatten wir den Schlamassel.

Aber ich wollte mir den einzigen Ball, den ich einmal im Jahr besuchen durfte, von solchen *Kleinigkeiten* nicht verderben lassen. Ich hatte mir für diesen Anlass doch extra das neue Kleid gekauft. Ich fühlte mich wie eine Prinzessin, als ich an dem Abend die Treppe hinunterging.

»Das wird schon werden!«

Catherine passte an jenem Freitagabend auf ihre kleine Schwester auf. Das tat sie jedes Jahr, wenn wir zur Schulgala gingen. In diesem Jahr passte es ihr jedoch nicht so richtig in den Kram, weil sie für das Wochenende mit Jodie wieder eine Radtour geplant hatte und dafür natürlich ausgeruht sein musste. Diesmal sollte es Richtung Norden gehen. Das Ziel war Ventura und die auf dem Weg liegenden Strecken, die in die Berge führten.

»Kommt also bitte nicht zu spät!«, rief unsere Große zum Abschied. »Ich muss morgen früh raus!«

Wir taten unser Bestes. Wir waren schließlich folgsame Eltern. Das Abendessen begann aber leider erst um halb neun, und erst ab halb zwölf wurde getanzt. Beim Walzer stießen wir mit den Meyers zusammen.

»Haben Sie schon gehört, Frau Drescher?« Emily Meyers war ganz aufgeregt. Seit ein paar Tagen fuhr sie Britney morgens selbst zur Schule. »Und ich hole sie nachmittags auch wieder ab.«

Dr. Abrahams hatte ihr dringend geraten, sich mehr um das Kind zu kümmern. »Denn der sieht natürlich eine Menge. Und ich will ja nicht, dass Britney irgendwann anfängt zu stehlen. Oder sich die Haare ausreißt.«

Sie fragte, ob ich Lust hätte, einer Müttergruppe beizutreten.

»Lust sicher!«, gab ich zurück. »Aber es wird leider an der Zeit scheitern.«

Ich hatte ja nicht mal jetzt Zeit. Wir mussten nach Hause, damit unsere Große endlich in Ruhe schlafen konnte.

So fuhren Ben und ich kurz nach Mitternacht heim. Unser Haus war hell erleuchtet. Wir sahen es gleich, als wir in die Straße einbogen. Vor der Garageneinfahrt stand Jodies Porsche.

»Diese Frau macht mich aggressiv«, knurrte mein Mann. »Die kann so überhaupt keine Distanz halten.«

Ich hatte indes Angst, meinen Kindern sei etwas passiert. Vielleicht hatten sie versucht, uns anzurufen und uns nicht erreichen können. Wir stürmten ins Haus, auf alles gefasst. Jodie, Catherine und Isabelle saßen in trauter Eintracht im Wohnzimmer.

»Mom!«, rief unsere Kleine, als sie mich erblickte. Dann sprang sie auf und rannte mir entgegen. »Stell dir vor, Mom! Die Charlotte hat einen Gummibauch.«

33. Kapitel

Jodie wusste gar nicht, wo sie anfangen sollte. Sie war sehr aufgeregt und erzählte uns ausführlich, wie schrecklich sie sich fühlte und vor allem, wie gefährlich es gewesen sei, in diesem Zustand kreuz und quer durch Los Angeles zu fahren. »Und dann warst du nicht da, Helen!« Sie hatte nicht gewusst, was sie machen sollte. So etwas Unglaubliches hatte sie schließlich noch nie erlebt. Noch nie zuvor in ihrem Leben –

»Erfahren wir auch noch, was eigentlich passiert ist?«, fiel Ben ihr ins Wort und setzte sich aufs Sofa.

Jodie schnappte nach Luft. Dann schluckte sie und schloss für einen Moment die Augen. Sie musste sich erst einmal sammeln. Es war schließlich alles so schrecklich gewesen, so aufreibend und so gefährlich.

Ich konnte verstehen, dass mein Mann im Begriff war, die Geduld zu verlieren. Mir ging es ähnlich.

»Charlotte brauchte noch eine Unterschrift von mir«, hob sie schließlich an. »Und da wollte sie –«

»Wer ist Charlotte?«, fiel Ben ihr gleich wieder ins Wort und sah mich an. »Kennen wir die?«

Ich fasste rasch zusammen, dass Charlotte Henson die Tochter der Frau sei, die uns unlängst mitten in der Nacht aus dem Schlaf gerissen hatte. »Bei der ich zum Kaffeeklatsch war, Ben. Deren Schwiegersohn, der Ehemann von Charlotte, ist bei uns in der Notaufnahme gestorben, und dadurch habe ich Jodie –«

»Alles klar!«, unterbrach mich mein Mann. »Du kennst sie also, ich nicht. – Und die brauchte von dir noch eine Unterschrift?«, wandte er sich an Jodie.

»Wegen meiner Scheidung, Charlotte ist ja Anwältin. Und

deshalb wollte sie heute Abend nach der Arbeit bei mir vorbeikommen«, führte sie aus. »Weil sie dann ja eh immer zu ihrer Mutter geht.« Nur war Charlotte krank geworden. Sie hatte sich auf ihrer mysteriösen Reise eine schwere Erkältung zugezogen, und deshalb rief sie Jodie am Freitagmorgen an, um ihr Treffen auf den Sonntag zu verschieben. »Aber da bin ich ja mit Cath unterwegs.« Die Unterschrift war jedoch wirklich wichtig gewesen. Jodie hatte viel daran gelegen, dass die Papiere noch vor dem Wochenende auf die Post gegeben wurden, und so fuhr sie schließlich zu Charlotte nach Malibu, um die Angelegenheit schnell zu erledigen. »Ganz dreckig ging es ihr, Helen. Die hat gehustet und geprustet, das konnte ich schon von draußen hören.«

Charlotte hatte auch miserabel ausgesehen. Ihre Augen tränten, die Nase war knallrot, auf der Lippe hatte sie Fieberbläschen, und angezogen war sie auch nicht. Sie trug einen Bademantel, einen schweren weißen Frotteemantel, der viel zu lang für sie war. »Weil der Mantel Will gehört hat«, erklärte Jodie. »Auch so was Irres! Wer läuft schon im Bademantel seines verstorbenen Mannes herum?«

Ben sah verzweifelt zu mir herüber. Wir kannten viele Leute, die so etwas taten. Ich hatte heute noch das Nachthemd im Kleiderschrank, das meine Mutter in der Nacht ihres Todes getragen hatte. Dass Jodie für solche Dinge kein Verständnis hatte, war eine Sache. Dass Menschen sich wie Charlotte Henson verhielten, war eine andere. Ich selbst konnte das sehr gut nachvollziehen.

»Und weiter?«, fragte mein Mann, sichtlich besorgt, dass er sich hier eine Geschichte anhören sollte, die eigentlich gar keine war.

Jodie spürte seine Ungeduld, war aber wohl nicht bereit, sich deshalb kürzer zu fassen. Im Gegenteil! Da sie sich gedrängt fühlte, ging sie jetzt erst recht ins Detail und führte aus, dass sie Charlotte erst einmal Tee gekocht hatte. »Wenn es einem so schlecht geht, muss man ja besonders viel trinken.« Dann war sie zum Supermarkt gefahren und hatte Orangensaft gekauft und Kiwis. »Die Frau brauchte ja dringend Vitamine.« Anschließend hatten sie den Papierkram erledigt. »Und dabei musste Charlotte ständig husten, Helen. Ganz übel. Richtige Hustenkrämpfe.« Bei jedem Anfall löste sich das Band ihres Bademantels ein wenig, und jedes Mal, wenn die Hustenattacke vorbei war, zog Charlotte dieses Band wieder an. »Und dabei ist es mir das erste Mal aufgefallen«, erzählte Jodie. »Das Band hat sich so komisch eingegraben, verstehst du? Der Bauch hat sozusagen nachgegeben, Helen. Als würdest du ein Band um ein Kissen schlingen. Da geben die Federn ja auch nach.«

Jodie hatte so getan, als wäre es ihr nicht aufgefallen, und darauf war sie stolz. »Stellt euch mal vor, ich hätte mir was anmerken lassen! Wer weiß, was dann passiert wäre?« Sie war, ohne mit der Wimper zu zucken, in die Gästetoilette geflüchtet und hatte erst einmal ihre Gedanken geordnet. »Und danach habe ich Charlotte dann geraten, sich ins Bett zu legen. Ich bin nach oben gegangen, habe das Schlafzimmer gelüftet und das Bettzeug gerichtet. Ein neues Nachthemd habe ich auch rausgelegt. Nach Wills Tod habe ich ja ein paar Tage in dem Haus gelebt«, fügte sie für Ben erklärend hinzu. »Deshalb kenne ich mich da ein bisschen aus.« Das Badezimmer im Obergeschoss grenzte an die Dachterrasse. »Wenn du da in der Badewanne liegst, kannst du auf den Swimmingpool gucken. Ultraschick ist das.« Von der Dachterrasse konnte man natürlich auch in das Badezimmer hineingucken. Und Charlotte, die glaubte, Jodie sei wieder nach unten in die Küche gegangen, um noch einmal Tee zu kochen, hatte sich unbeobachtet gefühlt. Sie zog den Bademantel aus und setzte sich auf die Toilette. Anschließend wechselte sie das Nachthemd.

»Und ich dachte, mich trifft der Schlag!«, rief Jodie. »Kennt ihr diese Silikonbusen, die man sich in den Büstenhalter stopft? Diese Dinger, die sich echt anfühlen und auch genauso wippen wie echte Brüste? Die haben sogar Brustwarzen.«

Natürlich kannten wir so etwas. So etwas trug ich gerade augenblicklich in meinem Abendkleid, denn ohne hätte ich mir den Ausschnitt nicht erlauben können.

»So etwas Ähnliches hatte Charlotte vor dem Bauch!«, rief Jodie. »Es hat sogar einen heraussstehenden Bauchnabel! Es wird mit einem Gürtel im Rücken geschlossen. Ich dachte, ich werd nicht mehr!« Jodie hatte zunächst nicht gewusst, was sie tun sollte. »Ich habe mich dermaßen erschreckt und war so aufgeregt. Ich hatte das Gefühl, ich drehe durch.« Doch war sie nicht umsonst, wer und was sie war. Wenn es darauf ankam, war Jodie immer in der Lage, sich zusammenzureißen. Damit erstaunte sie sich selbst jedes Mal wieder, wie sie uns mit blumigen Worten vermittelte. »Ich kann mich dann so konzentrieren! Das glaubt ihr nicht.« Also hatte sie Charlotte gegenüber behauptet, einen wichtigen Termin verschwitzt zu haben. »Und dann bin ich sofort weg!« Sie hielt inne und blickte in die Runde. Es kam mir fast so vor, als erwartete sie Applaus von uns.

»Und?«, fragte Ben aber nur.

Jodie spitzte die Lippen. »Ich habe sofort versucht, dich anzurufen«, sagte sie zu mir. »Aber es war nur der Anrufbeantworter eingeschaltet, und dein Handy hast du auch nicht abgenommen.« Zu der Zeit hatte ich mich gerade für den Ball zurechtgemacht und wollte nicht gestört werden. »Ich hätte so gern mit dir gesprochen.« Jodie seufzte inbrünstig. »Aber das ist ja immer so: Wenn du Menschen brauchst, sind sie nicht da.« Also war sie nach Hause gefahren und hatte dort nach dem Buch gesucht, das sie mal zu dem Thema gelesen hatte. »Darin geht es speziell um eingebildete Schwangerschaften«, erklärte sie Ben. »Denn das kommt ja häufig vor, dass Frauen sich so sehr wünschen, ein Kind zu bekommen, dass sie sogar einen dicken Bauch bekommen.«

Mein Mann riss Augen und Mund auf. »Was?«, fragte er fassungslos. »Eingebildete Schwangerschaften? Wie kommst du denn da jetzt drauf?«

Jodie konnte gar nicht verstehen, dass ihn das wunderte. »Manche Frauen sind so verrückt, Ben!«

»Eingebildete Schwangerschaften gibt es nur ganz selten!«, widersprach er ihr rüde. »Und was, um alles in der Welt, hat –«

»Von wegen!«, erwiderte Jodie mindestens ebenso rüde. »Es gibt Frauen, die sich dermaßen in die Idee hineinsteigern, ein Kind zu wollen, dass sie wirklich rund werden.«

»In den ersten paar Wochen können manche Frauen Symptome entwickeln, Jodie. Die Periode bleibt dann beispielsweise aus, oder sie meinen Schmerzen in den Brüsten zu spüren. Weil sie es sich eben so sehr wünschen, schwanger zu sein. Aber darüber hinaus kommt es zu keinen körperlichen Veränderungen.« Er schüttelte den Kopf.

Das glaubte Jodie ihm nicht. Es stand ihr auf der Stirn geschrieben, dass sie ihm nicht glaubte. »Ich will ja auch nur sagen, dass manche Frauen so wild darauf sind, Mutter zu werden, dass sie alles tun würden«, wehrte sie sich. »Letztens hat eine Frau, die keine Kinder bekommen konnte, über das Internet mit einer Gruppe von Schwangeren Kontakt aufgenommen und behauptet, sie erwarte auch ein Kind. Und dann hat sie sich mit einer der Schwangeren getroffen und der das Baby aus dem Bauch herausgeschnitten. So verrückt sind manche.«

Ben schloss erschöpft die Augen. »Ich habe von dem Fall gehört, Jodie. Allerdings verstehe ich nicht, was solche Geschichten mit Charlotte Henson zu tun haben.«

Und er verstand erst recht nicht, was wir mit der Sache zu tun hatten. »Warum sitzen wir um zwei Uhr morgens im Wohnzimmer und diskutieren über den Gummibauch einer Frau, die uns nichts angeht?«

Jodie konnte seine Einfalt nicht nur nicht verstehen, sie war auch nicht bereit, sie zu dulden. »Na, weil sie was vorhat!«, rief sie und schlug sich dabei mit der Hand an den Kopf, als sollte Ben es auch mal damit versuchen, um seine Denkfähigkeit wieder in Gang zu setzen. »Warum hat sie einen Gummibauch, Ben?

Warum will sie, dass wir alle glauben, sie sei schwanger? Was hat sie vor?«

Mein Mann schüttelte den Kopf. Ihn interessierte keine dieser Fragen, denn uns ging das Ganze nichts an.

»Sie hat sich mit Amy angefreundet«, sagte ich ruhig zu ihm. »Das hat Charlottes Mutter mir erzählt, und Amy hat es bestätigt. Und sie wollte wohl auch –«

»Mit der, die auf der Säuglingsstation arbeitet?«, fragte Jodie dazwischen. Mit der hatte sie sich ja auch einmal getroffen, nur hatte sie deren Kinder nicht ertragen. »Amy behauptete zwar, sie hießen Ricky und Lineah, aber ich kenne sie nur unter den Namen ›Lass das!‹ und ›Nicht!‹.« Im Zoo waren sie gewesen, der Tag war Jodie unvergesslich. »Die hat diese Blagen ja überhaupt nicht im Griff.« Doch wollte sie jetzt nicht vom Thema abkommen. »Charlotte hat sich bestimmt nur mit ihr angefreundet, weil sie ... ich weiß!«, rief sie, als sei sie im Begriff, das Rad neu zu erfinden. »Sie will ein Kind stehlen, Helen! Deshalb hat sie sich mit Amy angefreundet. Da geht sie dann unter einem Vorwand auf die Station, holt sich ein Neugeborenes und behauptet, es sei ihr Kind.«

Jodie Lang hatte einwandfrei eine blühende Fantasie.

»Da hätte sie keine Chance«, musste ich sie enttäuschen. »Und das weiß Charlotte auch.« Ich erzählte Ben und Jodie von Charlottes Besuch auf OBGYN 1. Endlich machte es Sinn, dass sie sich so für die Sicherheitstüren interessiert hatte und dafür, ob die sich im Falle eines Feueralarms automatisch öffneten. »Insofern glaube ich, dass Jodie recht hat, Ben. Charlotte hat zumindest in Erwägung gezogen, ein Kind zu stehlen. Nur hat sie da eben keine Chance, bei uns nicht.«

Etwas anderes bereitete mir indes Sorgen. Charlotte wollte mit Patientinnen sprechen, die bei Zuckerman entbunden hatten oder kurz davor standen, bei ihm zu entbinden. »Und Amy hat mir erzählt, dass sie da sofort etwas organisiert hatte, dass Charlotte aber noch damit warten wollte.«

»Klar«, rief Jodie. »Bis zu ihrem angeblichen Geburtstermin muss sie damit warten.« Jodie sprang auf und lief vor unseren Augen auf und ab. Das half ihr wohl, ihre Gehirnzellen auf Trab zu bringen. »Ich weiß ganz genau, was sie vorhat«, meinte sie da auch schon. »Die trifft sich mit einer, die gerade ihr Kind bekommen hat, findet die Adresse heraus, und wenn die Frau mit dem Baby nach Hause kommt, fährt sie hin: ein Griff!«

Mein Mann stieß Laute aus, als wäre er kurz davor durchzudrehen.

»Was?«, fuhr Jodie ihn an. »Das ist doch einwandfrei –«

»Wie weit würde die Frau mit dem gestohlenen Baby wohl kommen?«, fiel Ben ihr wieder mal ins Wort. »Bis zur Straßenecke? Oder willst du mir als Nächstes erzählen, dass sie von langer Hand geplant hat, die Mutter des Kindes mit einem spitzen Messer abzustechen? Für welchen Unsinn verschwenden wir hier unseren Nachtschlaf?«

Jodie war beleidigt. Überdies hielt sie Bens Verhalten für typisch amerikanisch. »Wenn es mich nicht persönlich betrifft, kümmere ich mich nicht darum! So sind die Leute hier alle. Gucken zu, wie jemand vergewaltigt wird, halten den Mund, obwohl irgendwo ein Krieg angezettelt wird. Geht mich nichts an, kümmere ich mich nicht drum!« Ärgerlich rutschte sie auf die Sofakante. »Was, wenn sie die Mutter des Kindes wirklich umbringt, Ben?«

Mein Mann sah sie an, als zweifle er nun ernsthaft an ihrem Verstand. »Das würde nicht reichen«, erklärte er Jodie mit sanfter Stimme. »Deren Mann müsste sie auch noch töten. Und Amy, deren Kollegen, Dr. Zuckerman, Helen und natürlich auch dich.« Bei jeder Kindesentführung wurde erst einmal geklärt, ob im Vorfeld des Verbrechens irgendetwas Ungewöhnliches vorgefallen war. »Was meinst du, wie viele Leute sich im RMC erinnern würden, dass da eine Charlotte Henson war, die Tage vor der Tat mit der Mutter von Baby X gesprochen hat? Diese Frau ist Anwältin, Jodie. Die hat eine Mutter, zu der sie eine verkorkste Beziehung hat, und eine Villa in Malibu. Meinst du, das würde sie alles aufgeben?« Nach Ansicht meines Mannes gingen eindeutig die Pferde mit uns durch. »Ich bin sicher, dass diese Frau Henson ein paar schwere psychische Probleme hat«, räumte er ein. »Aber bisher hat sie sich lediglich einen Gummibauch umgebunden, falls du das richtig gesehen hast, und sie hat sich –«

»Natürlich habe ich das richtig gesehen«, schimpfte Jodie.

»Und sie hat sich mit einer Kinderkrankenschwester angefreundet«, brachte Ben seinen Satz zum Ende. »Gestern waren das noch keine Verbrechen.«

Damit auf keinen Fall Verbrechen daraus werden konnten, schlug er mir vor, Amy von der Geschichte zu erzählen. »Damit sie die Augen offen hält! Und wenn Charlotte wirklich mit Patientinnen sprechen will, soll sie das verhindern.« Darüber hinaus hatte er nur noch einen Rat: »Haltet euch da raus!«

»Und wenn sie es in einem anderen Krankenhaus versucht?«

Ben sah Jodie an, als müsse er sich mit letzter Kraft zusammennehmen. Ihm schien der Sinn danach zu stehen, sie übers Knie zu legen. »Das RMC hat kein außergewöhnliches Sicherheitssystem«, erklärte er ihr. »Das ist in anderen Kliniken ähnlich.« Er wandte sich an mich. »Wage es nicht!«, sagte er mit erhobenem Zeigefinger. »Wage nicht, diese Charlotte auf irgendetwas anzusprechen, was du heute hier gehört hast, Helen! In dem Fall würde dein Helfer-Syndrom nicht nur dir selbst schaden, sondern vor allem dieser Frau.« Damit war die Angelegenheit für ihn erledigt. Er stand auf, denn er wollte jetzt schlafen gehen, und riet uns dringend, seinem Beispiel zu folgen. »Es sei denn, Cathy, du willst eure Fahrradtour verschieben.«

34. Kapitel

Wie unsere Große an dem Samstagmorgen aus dem Bett kam, war mir rätselhaft, obwohl es mich eigentlich nicht hätte erstaunen dürfen. Wenn es um Vergnügungen ging, hatte Catherine von jeher enorme Widerstandsfähigkeit an den Tag gelegt. Als Isabelle gegen zehn zu Ben und mir unter die Decke kroch, war Catherine bereits auf dem Weg nach Ventura.

Wieder rief sie artig alle zwei Stunden an. »Klar sind wir müde, Mom. Solltest uns mal sehen.« Jodie gackerte im Hintergrund wie ein Huhn.

»Fahrt besonders vorsichtig!«, mahnte ich meine Tochter.

Ben und ich nutzten das Wochenende, um unseren Garten endgültig in Ordnung zu bringen. In den Swimmingpool wurde wieder Wasser eingelassen, und das Sprungbrett und die Rutsche wurden installiert. Ich putzte die Gartenmöbel und holte die Auflagen vom Speicher. Isabelles Schaukel kam an ihren angestammten Platz zurück, und der Basketballkorb wurde auch wieder aufgestellt.

Mein Kräutergärtchen brauchte neue Erde. Ich besorgte sie im Großhandel und brachte auch gleich neue Samen mit.

Am Sonntagmorgen rief ich Amy an. Dass Charlotte Henson zurzeit die Grippe hatte, wusste sie. Alles andere traf sie wie ein Keulenschlag.

»Um Gottes willen, Helen! Meinst du wirklich, die ... aber das ginge ja gar nicht.«

Wir kamen überein, Stillschweigen zu bewahren, wohl aber die Augen offen zu halten.

»Nur gib ihr auf keinen Fall irgendwelche Namen und Adressen, Amy!«

»Bin ich verrückt?« Amy erwog sogar, sich bei der Polizei zu erkundigen, was man in solchen Fällen tun konnte. Sie wollte nur erst Steven um Rat fragen.

»Wen?«

»Weißt du doch, Helen. Kidder.« Sie sahen einander inzwischen regelmäßig, nur den Kindern hatte sie ihn noch nicht vorgestellt. »Das mache ich erst, wenn ich mir hundertprozentig sicher bin«, erklärte sie. »Ich will nicht, dass sie mit einer Beziehung belastet werden, aus der am Ende wieder nichts wird.« Was das anging, war Amy ein gebranntes Kind. Jennifer trauerte Jeffrey Zuckerman immer noch nach. »Vier Jahre ist das jetzt her, Helen! Und das Mädchen kriegt nach wie vor glänzende Augen, wenn sie an ihn denkt.« Er war nämlich mal mit Jen nach Disneyland gefahren. Dort hatte er ihr Eis spendiert und eine Barbie geschenkt, die Jennifer heute noch wie ihren Augapfel hütete.

»Sag mal«, wagte ich endlich zu fragen, »ist da eigentlich was dran, dass der Zuckerman der Vater von Lineah ist?«

»Ich wünschte, es wäre so!«, rief Amy. »Ich war so doof damals, Helen! Als Jeffrey mich sitzen ließ, bin ich in meinem Jammer zu Rickys Vater gerannt und habe mich bei dem ausgeweint. Weil es mir offenbar nicht reichte, dass der bis dahin nur für ein Kind unregelmäßig Unterhalt zahlte.« Sie hatte den Vaterschaftstest dreimal wiederholen lassen, das Ergebnis war leider eindeutig gewesen. »Und trotzdem, Helen! Findest du nicht auch, dass die Kleine ein bisschen aussieht wie George Clooney?«

Am Sonntagnachmittag kochte ich wieder mal vor. Möhreneintopf, Nudelsoße und Gulasch brodelten zeitgleich in den Töpfen, während Ben und Isabelle in unserem neu verschalten Pool um die Wette schwammen.

Um siebzehn Uhr rief Catherine an und erklärte mir, sei sei in etwa zwei Stunden zu Hause.

»Frag Jodie, ob sie mit uns essen möchte!«, bat ich sie.

»Wie?«

Es war laut im Hintergrund. Da waren so viele verschiedene Geräusche, dass ich sie im Einzelnen zunächst gar nicht ausmachen konnte.

»Wenn Jodie heute Abend mit uns ...« Ich stockte. Wenn ich mich nicht ganz schwer täuschte, hörte ich da gerade ...

»Ich bin in zwei Stunden zu Hause, Mom!«

Bevor ich noch etwas sagen konnte, wurde das Gespräch unterbrochen, und mein Gulasch begann gefährlich zu brutzeln.

Ich musste mich geirrt haben. Ich konnte gar nicht gehört haben, was ich da gerade gehört zu haben glaubte. Außerdem hatte ich ein akutes Problem, ich musste versuchen, irgendwie das verbrannte Gulasch zu retten.

Um sieben war der Tisch im Esszimmer gedeckt, und wir warteten auf Cathy und Jodie.

Um halb acht waren sie immer noch nicht da, und wir begannen schon mal mit dem Essen. Zwischendurch rief ich Cathy mehrmals auf ihrem Handy an, doch sie nahm nicht ab.

Um fünf Minuten vor acht meldete sie sich von sich aus, hektisch und atemlos. »Wir sind noch was essen gegangen, Mom, weil Jodie nicht mehr abwarten konnte.«

»Ich bin vor Hunger fast umgefallen!«, rief Jodie laut im Hintergrund.

»Und jetzt sind die Straßen so verstopft, Mom, das wird noch dauern.«

»Hier geht es nur im Schneckentempo voran, Helen. Hörst du?«

Ich blieb ruhig, so ruhig, dass es mich selbst erstaunte. »Ist schon gut«, sagte ich zu meiner Tochter. »Fahrt nur schön vorsichtig!«

Dann legte ich auf und schickte Isabelle ins Bett.

»Jetzt schon?«, beschwerte sie sich, weil sie am nächsten Morgen erst um zehn in der Schule sein musste.

»Du darfst noch lesen.«

»Aber es ist doch erst acht.«

»Bellie!«

Ben ahnte Schreckliches. »Was ist denn los?«, fragte er, kaum dass wir allein waren.

Mir war ganz heiß. Mir schwirrte der Schädel, und mein Mund war so trocken, dass mir die Zunge unter dem Gaumen pappte. So ruhig wie möglich gab ich meinem Mann wieder, was Catherine mir gerade am Telefon gesagt hatte, und ich berichtete ihm ebenfalls, was Jodie im Hintergrund von sich gegeben hatte. »Ben, da waren auch noch andere Geräusche im Hintergrund. Und ähnliche Geräusche waren im Hintergrund, als Cathy heute Nachmittag angerufen hat.« Bei diesen Geräuschen hatte es sich zum einen um Autolärm gehandelt, zum anderen um Lautsprecherdurchsagen. »Und wo bittet man dich, dein Gepäck nicht unbeaufsichtigt zu lassen?«

Mein Mann starrte mich an.

»Die waren am Flughafen, Ben! Sie waren gar nicht auf einer Radtour!« Kaum dass ich das ausgesprochen hatte, fiel es mir wie Schuppen von den Augen. Ich fragte mich, warum ich nicht direkt darauf gekommen war. »Schon das letzte Mal«, stammelte ich, »als sie angeblich in Newport Beach waren, sind sie nicht auf den Rädern unterwegs gewesen.«

Catherine hatte hinterher nicht über Muskelkater geklagt. Nur als sie an dem Tag selbst anrief, hatte sie gestöhnt, ihre Beine seien schwer wie Blei. Danach war das kein Thema mehr gewesen. Erst als ich sie das zweite Mal danach fragte, behauptete sie, Schmerzen zu haben. »Die waren aber offenbar nicht so schlimm, denn sie konnte ja drei Tage später in die *Diamond Gym* gehen.«

Das hätte mir auffallen müssen! Ich hätte mich dafür schlagen können, dass ich nicht misstrauisch geworden war. Wenn wir mit den Kindern zwei Stunden Rad fuhren, jammerte Catherine schon über ihre ach so schmerzenden Oberschenkel, und das Gejammer hielt danach tagelang an. Sie bewegte sich dann auch immer ganz eigenartig, wie in Zeitlupe. »Und diesmal war sie total fit, Ben. Sie hat – « Ich erschrak. »Das Fahrrad!«, sagte ich. »Cathys Fahrrad!«

Ich erinnerte mich plötzlich an den Sonntagnachmittag, an dem ich unsere Große in Santa Monica abgeholt hatte. »Ihr Rad klemmte zwischen den Sitzen von Jodies Porsche, und es war wahnsinnig dreckig. Dabei war es draußen absolut trocken gewesen. Wie konnte das da so dreckig werden?«

Auf einmal war mir alles klar. Jodie lebte noch nicht lange genug hier, um diese Dinge zu wissen. Deshalb wusch sie ja auch ihr Auto, statt es abzustauben, wie wir das meistens taten. Die Luft war bei uns nicht feucht. Der Schmutz auf Oberflächen schmierte nicht, solange man nicht versuchte, ihm mit Feuchtigkeit zu Leibe zu rücken.

»Du meinst, die haben das Fahrrad quasi per Hand so dreckig gemacht?«, fragte Ben.

Davon war ich überzeugt. »Das sah aus, als seien sie damit durch Schlamm gefahren.«

Er erinnerte sich, dass Cathy es am nächsten Tag mit dem Gartenschlauch abgespritzt hatte. »Da habe ich mich auch gewundert, das stimmt, Helen.«

»Was machen wir denn jetzt?«

Eine knappe Stunde später kehrten Catherine und Jodie freudestrahlend heim. Die Tour war fantastisch gewesen. Sie hatten sogar noch einen Umweg gemacht und waren in Simi Valley in die Berge gefahren.

Ben und ich hörten freundlich nickend zu und taten so, als sei alles in bester Ordnung. Ben entschuldigte sich wenig später unter irgendeinem Vorwand. Als er zurückkam, äußerte er Cathy gegenüber sein Erstaunen, wie ungewöhnlich sauber ihr Fahrrad doch sei.

»Von wegen!«, lachte Jodie. »Das war so dreckig, dass wir es erst mal saubermachen mussten, als wir in Santa Monica ankamen. Wie das aussah, konnte ich es gar nicht in mein Auto stellen.«

»Den ganzen Dreck von zwei Tagen Radtour hast du abgewischt?«

Catherine nickte.

»Gut!«, meinte ihr Vater. »Erstaunlich.«

Ich fragte, ob sie denn zumindest schmutzige Wäsche hätte. »Du kannst sie mir direkt geben, dann lasse ich schon mal die Waschmaschine laufen, während wir hier sitzen.«

Nur zögernd stand meine Große auf und lief Richtung Korridor, wo sie ihre Sporttasche abgestellt hatte. Gleich an der Tür blieb sie wieder stehen und drehte sich zu mir um. »Eigentlich sind nur die T-Shirts schmutzig, Mom.«

»Sonst nichts?«

»Nein.«

Das wunderte mich nicht. Mich wunderte überhaupt nicht mehr viel, nur noch meine eigene Dummheit. »Meine Gutgläubigkeit«, verbesserte ich mich. »Aber irgendwann wacht eben auch der gutgläubigste Mensch auf.« Geradeheraus fragte ich meine Tochter, wo sie gewesen sei.

Catherine sah mich fassungslos an, dann blickte sie zu Jodie hinüber, die neben Ben auf dem Sofa saß.

»Wohin seid ihr zwei geflogen?« Ich wurde deutlicher.

Jodie stand auf und stellte sich neben Catherine in den Türrahmen, wohl, um ihr im wahrsten Sinne des Wortes zur Seite zu stehen. Dabei sah sie mich an, als könne sie die Welt nicht mehr verstehen.

»Versuch gar nicht erst, mir irgendeine Geschichte aufzutischen!«, warnte ich unsere Tochter. »Ich habe die Lautsprecherdurchsagen im Hintergrund deutlich gehört. Um fünf und dann noch einmal um fünf vor acht. Mit anderen Worten seid ihr von irgendwo nach Los Angeles zurückgeflogen, und das hat länger gedauert, als geplant war. Deshalb warst du nicht rechtzeitig zu Hause, Catherine. Und deshalb konntest du auch nicht früher anrufen.« Gleich, nachdem sie das Flughafengebäude verlassen hatten, versuchte sie wieder, uns zu erreichen. Dummerweise hatte sie dabei außer Acht gelassen, dass da eben im Hintergrund diese Lautsprecherdurchsagen waren.

Jodie stöhnte. Dann schloss sie die Augen und schüttelte den Kopf. »Helen ...«, meinte sie mit kraftloser Stimme, »... das ist nicht normal! Du redest dir Dinge ein –«

»Wer hier wem etwas einreden will, muss erst noch geklärt werden!« Ben stärkte mir den Rücken.

Jodie sah ihn an. Dann setzte sie sich wieder aufs Sofa und verschränkte die Hände. »Wir sind am Flughafen vorbeigefahren«, erklärte sie Ben. »Das stimmt. Das mussten wir tun, weil die Straßen alle dicht waren.«

Das war lächerlich. Ich war so wütend, als ich das hörte, dass ich kaum noch in der Lage war, mich am Riemen zu reißen. »Du kannst lügen«, fuhr ich Jodie an und setzte mich neben meinen Mann auf die Sofalehne, »und du kannst auch betrügen, Jodie. Dagegen bin ich machtlos. Aber wage nicht, mich für dumm zu verkaufen!« Kein Mensch fuhr von Santa Monica zum Flughafen, um von da nach Studio City zu gelangen. »Das wäre so, als würdest du von Rosenheim über Frankfurt nach München fahren!«

»In Santa Monica laufen gerade Protestaktionen.« Jodie war nicht kleinzukriegen. »Mach das Fernsehen an, wenn du mir nicht glaubst! Die protestieren gegen den Krieg, gegen neue Einwanderungsgesetze, was weiß ich, wogegen! In jedem Fall ist alles dicht.« Um überhaupt wegzukommen, waren sie also erst mal Richtung Flughafen gefahren, denn die Strecke hatte die Polizei freigehalten.

Ich glaubte ihr nicht. Dass in der ganzen Stadt Protestaktionen stattfanden, stimmte zwar, doch glaubte ich ihr trotzdem nicht. Ich hatte den Lärm im Hintergrund schließlich schon Stunden vorher gehört.

»Als ich dich heute Nachmittag angerufen habe, war auch Lärm im Hintergrund«, sagte Catherine, die sich inzwischen ein wenig gefangen hatte.

»Nur keine Lautsprecherdurchsagen«, fügte Jodie hinzu. »Wenn du die um fünf Uhr heute Nachmittag gehört hast, hast du ernsthaft ein Problem.« Sie redete noch eine ganze Weile weiter. Sie berichtete uns im Einzelnen von der Fahrradtour, welche Straßen sie von wo nach wo genommen hatten, an welchen Raststätten sie sich ausgeruht, auf welchem Campingplatz sie übernachtet hatten. »Belege habe ich dafür leider nicht!«, raunzte sie mich an. »So was hebe ich nie auf, Helen. Was soll ich auch damit? Wer kommt schon auf die Idee, dass er nach einem schönen Wochenende ins Kreuzverhör genommen wird?« Jodie fühlte sich von meinem Benehmen persönlich angegriffen. »Und dass du diese Hysterie deiner Frau auch noch unterstützt«, erklärte sie Ben, »das finde ich armselig.« Aber sie wusste natürlich, warum wir uns so anstellten. »Ich habe ja ein Kind verloren!«, tönte sie. »Und das war zwar ein Unfall, für den ich überhaupt nichts konnte, aber vielleicht war ich ja doch daran schuld ... richtig?«

Sie kannte das. Wir waren nicht die Ersten, die ihr unterschwellig unterstellten, als Mutter versagt zu haben. »Wisst ihr, wie toll das ist?« Sie genoss es sichtlich, uns ein schlechtes Gewissen zu machen. »Da hast du schon einen solchen Verlust erlitten, und dann wollen dir die Leute auch noch einreden, dass du dafür verantwortlich warst? Ganz toll ist das!«

Ben griff nach meiner Hand und drückte sie, wohl, damit ich mich zurückhielt. »Kein Mensch macht dich hier verantwortlich für den Unfalltod deiner Tochter«, sagte er laut und deutlich. »Du kannst uns aber nicht –«

»Natürlich tut Helen das!«, fuhr Jodie ihm über den Mund. »Deine Frau hält mich für eine Schlampe, weil ich mich schick anziehe, und sie glaubt, ich lasse Cath rauchen und Alkohol trinken und rede mit ihr über Männer. Und warum?«

»Warum?«, erkundigte ich mich ruhig.

Jodie schien den Tränen nahe. »Weil du denkst, dass ich keinerlei Verantwortungsgefühl besitze«, sagte sie mit zitternder Stimme. »Weil du nicht begreifst, wie das ist, was ich hinter mir habe.« Für einen Moment sah es so aus, als wäre Jodie kurz davor, die Fassung zu verlieren. Doch sie riss sich zusammen und warf dramatisch das Haar nach hinten und legte den Kopf tief in den Nacken. Wir hatten ja keine Ahnung, nicht die geringste.

Ihr Leben hatte an dem Tag geendet, an dem das Unglück geschehen war. Danach war nichts mehr so, wie es vorher gewesen war. Es hatte Zeiten gegeben, in denen sie geglaubt hatte, an dem Schmerz zu sterben. »Und dann haben sie mich in diese Jammergruppen geschickt«, klagte sie. »Zu Verwaiste Eltern e.V., oder wie die alle heißen.« Nichts hatte ihr das gebracht. Es hatte sie nicht getröstet, dass es anderen ebenso ergangen war wie ihr. »Also haben sie mich von einem Seelenklempner zum anderen gejagt. Und die haben mir dann Pillen aufgenötigt, von denen ich in drei Wochen zwanzig Pfund zugenommen habe. Und dann haben sie mich in Therapie geschickt, vor allem in Gruppentherapie, wo ein Irrer den anderen anweint.« Das hatte ihr erst recht nicht geholfen. Nichts als Leere war in Jodie gewesen, völlige Zeitlosigkeit, nichts, was noch in irgendeiner Weise mit dem zu tun hatte, was ein gesunder Mensch unter Leben verstand. »Und dann war ich eines Tages in München auf dem Hauptbahnhof«, erzählte sie, und dabei umspielte der Anflug eines Lächelns ihre Lippen. »Und da war eine Gruppe von Jugendlichen, alle so zwischen fünfzehn und siebzehn Jahren alt.« Die wollten wissen, wie man auf dem schnellsten Weg nach Schwabing kam, und Jodie hatte sie kurzerhand begleitet. »Und an dem Tag habe ich zum ersten Mal wieder so etwas wie Glück gespürt.«

Erwartungsvoll sah sie uns an. Das war ihre Geschichte. Wenn wir jetzt noch Fragen hatten, war uns nicht zu helfen. Wenn wir jetzt kein Verständnis hatten, mussten wir uns schämen. Genau das lag in ihrem Blick.

Ben seufzte. Er hatte aufmerksam zugehört, und ihm erklärten Jodies Schilderungen wohl auch einiges. »Wie alt warst du, als deine Tochter geboren wurde?«, fragte er nämlich.

»Zwanzig«, gab Jodie fast ein bisschen unwirsch zur Antwort.

»Dann warst du neunzehn, als du schwanger wurdest?«

Ben sah mich an, als dürfte ich wirklich stolz auf ihn sein. Wie hatte er es bereits vor Monaten so trefflich formuliert: ›Sie kann sich nicht ein Leben lang mit Vierzehnjährigen umgeben, um sich unbeschwert zu fühlen.‹

»Es ging nach dem Verlust scheinbar nicht mehr vorwärts«, erklärte er Jodie. »Deshalb bist du rückwärts gegangen, zurück in die Zeit, als du noch kein Kind hattest.«

Deshalb umgab sie sich so gern mit Jugendlichen. Deshalb verstand sie sich so gut mit Catherine. »Aber du kannst dich nicht für den Rest deines Lebens mit Vierzehnjährigen umgeben, Jodie.« Er riet ihr dringend, einen Psychiater aufzusuchen, und schrieb ihr auch gleich ein paar Namen auf. »Du kannst nicht versuchen wollen, eine Tragödie, wie sie dir widerfahren ist, ohne Hilfe zu bewältigen.« Er fragte sie, ob sie jemals in Erwägung gezogen hatte, noch einmal ein Kind zu bekommen.

»Nie.«

»Hast du Angst davor, noch einmal Mutter zu werden?«

»Todesangst!«, gab sie zurück. »Wenn mir so was noch mal passieren würde ...« Sie sprach nicht weiter und vergrub ihr Gesicht in den Händen.

Catherine setzte sich an ihre Seite und legte ihren Arm um sie. Dabei bedachte sie uns mit hasserfüllten Blicken. Ihres Erachtens waren nur wir daran schuld, dass ihre Freundin jetzt so traurig war.

»Das Leben ist eine äußerst gefährliche Angelegenheit.« Ben ließ sich von der rührseligen Szene nicht beirren. »Eine tödliche Angelegenheit, Jodie. Für jeden von uns. Und du kannst noch so vorsichtig sein und trotzdem krank werden, einen Unfall haben oder einen Menschen verlieren, den du liebst. Es nützt dir nicht, dich gesund zu ernähren, ein anderer kann krank sein und dich anstecken. Es nützt dir nicht, bei jedem Schritt aufzupassen, ein anderer passt nicht auf und fährt dich zum Krüppel.« Es war jedoch möglich zu verhindern, einen geliebten Menschen zu verlieren – in diesem einen Punkt konnte er Jodie trösten. »Wenn du dich hütest, jemanden zu lieben, hast du das im Griff. Halte deine Beziehungen so oberflächlich wie möglich! Binde dich an niemanden! Nur ist das dann noch ein Leben?«

Mit anderen Worten hinderte Jodie die Angst vor dem Leben daran, ein Leben zu führen. Sie lief davor weg. »Und das ist eine Krankheit«, erklärte Ben ihr freundlich, »die man heilen kann. Ein Psychiater kann dir helfen, wieder gesund zu werden.«

Jodie richtete sich auf. Sie brauchte keinen Psychiater. So etwas hatte sie noch nie gebraucht. Sie war wesentlich stärker, als Ben und ich glaubten. Sie konnte es nur nicht leiden, wenn man sie grundlos angriff.

»Ich habe niemals etwas getan, was Cath in irgendeiner Weise in Gefahr gebracht hätte«, sagte sie zu mir. »Ich passe auf deine Tochter auf, Helen, als wäre es meine eigene.« Genau deshalb litt sie so unter meinen Unterstellungen. Und weil sie so darunter litt, verlangte sie jetzt auch eine Entschuldigung von mir. »Wenn ich die nicht bekomme ...« Sie beendete den Satz nicht, sondern schüttelte lediglich den Kopf, als sei ich es dann selbst schuld.

Ich sah sie an und fragte mich, warum sich alles in mir sperrte. Im Allgemeinen war ich ein Mensch, der schnell bereit war, einen Fehler einzugestehen. Diese Eigenschaft schien mir plötzlich abhanden gekommen zu sein. Ich hatte Verständnis für Jodies traurige Lebensgeschichte, und ich empfand aufrichtiges Mitgefühl. Nichtsdestotrotz ging es hier nicht um den Tod ihrer Tochter, sondern um den Verbleib meiner Tochter an diesem Wochenende. Die beiden konnten mir erzählen, was sie wollten. Ich hatte gehört, was ich gehört hatte: Lautsprecherdurchsagen! Um acht *und* um fünf. Hinter unserem Rücken ging irgendetwas vor, das spürte ich, auch wenn ich es nicht beweisen konnte.

Ich erhob mich von der Sofalehne und seufzte. »Es tut mir leid, Jodie, dass du dich verletzt fühlst.« Wenn man einen Psychologen im Haus hatte, lernte man solch geschickte Formulierungen. Diese war ganz besonders gut. Es klang wie eine Entschuldigung, war aber keine.

Jodie fiel das natürlich auf. Sie tat aber so, als würde sie es nicht bemerken. Außerdem war es schon spät, und sie musste gehen.

»Ich bringe dich nach draußen«, sagte ich.

»Nicht nötig, Helen!« Dabei lächelte sie mich an, als seien mindestens zehn Kameras auf sie gerichtet. Flüchtig verabschiedete sie sich von uns, dann ließ sie sich von Cathy zum Auto begleiten.

»Das will ich sehen!«, flüsterte Ben und lief nach oben ins Arbeitszimmer, weil man von dort den besten Blick hatte. Ich folgte ihm. Jodie und Cathy standen neben dem Porsche.

»Und drehen uns beide hübsch den Rücken zu«, bemerkte mein Mann, der überzeugt war, dass das nicht zufällig so war. »Übrigens ... wenn du dich das nächste Mal zu Behauptungen hinreißen lässt, sei dir bitte hundertprozentig sicher, was du sagst, Helen!«

Ich war mir hundertprozentig sicher.

Genau das hatte mein Mann befürchtet. »Irgendetwas ist da faul«, sinnierte er. Deshalb musste diese eigentümliche Freundschaft zwischen unserer vierzehnjährigen Tochter und dieser schwerst gestörten Frau, die in Kürze dreißig wurde, ein Ende haben. »Und zwar sofort! Das da ist jetzt offiziell das Ende!«, sagte Ben, da Catherine und Jodie einander gerade umarmten. »Abgemacht, Helen?«

35. Kapitel

Ben und ich überlegten hin und her, wie wir am besten vorgehen sollten. Natürlich hätten wir unserer Tochter den Umgang mit Jodie verbieten können. Nur hätte Cathy sich bestimmt nicht daran gehalten. Sie hätte sich ungerecht behandelt gefühlt, wäre böse auf uns gewesen, und dann hätte sie heimlich versucht, mit ihrer Freundin Kontakt aufzunehmen. Ein Verbot wäre in diesem Fall also gleichbedeutend gewesen mit einer Aufforderung, uns zu betrügen. Wir mussten vorsichtiger zu Werke gehen.

Dass die beiden telefonierten, konnten wir weitgehend nicht verhindern. Wir waren aber in der Lage, Gespräche, die von zu Hause geführt wurden, nach kurzer Zeit zu unterbrechen.

Cathys Handy verfügte kaum noch über Einheiten. Neue kaufte ich ihr nicht. Fünf hatte sie noch, und für einen Notfall reichten die. Damit war sie außer Haus auf öffentliche Fernsprecher angewiesen.

»Schreiben sie einander E-Mails?« Das war eine gute Frage, die Ben da stellte. Damit gab es ein weiteres Kommunikationsmittel, das außerhalb unserer Kontrolle war, denn Cathy brauchte den Computer für die Schule. »Dass sie sich treffen, können wir verhindern!«, frohlockte mein Mann. »Mit ihren Besuchen in dieser *Diamond Gym* ist Schluss, und wenn Jodie anruft und wissen will, warum …« Ben wollte sich noch in Ruhe überlegen, was wir ihr dann sagten. »Mit so etwas muss man sich richtig Mühe geben, Helen.«

Also gaben wir uns Mühe, doch sah es bald schon danach aus, als sei das gar nicht nötig.

Am Abend des 5. März 2006 hatte Jodie Lang unser Haus verlassen, sich in ihren Porsche gesetzt und war davongefahren. Danach hörten wir nichts mehr von ihr.

Am Montag rechnete ich noch jeden Moment mit ihrem Anruf. Am Dienstag wartete ich regelrecht darauf. Am Mittwoch wunderte ich mich über ihr Schweigen, und am Donnerstag fragte ich mich, ob sie vielleicht erwartete, dass ich sie anrief.

»Natürlich tut sie das!«, fuhr Catherine mich an. »Das wäre ja auch das einzig Anständige. Du müsstest dich bei ihr entschuldigen.«

»Und wofür?«

»Du hast Jo unterstellt, dass sie mir Alkohol und Drogen gibt!«

»Von Drogen war nie die Rede, Cathy.«

»Na, das wäre vermutlich als Nächstes gekommen. Kein Wunder, dass sie nichts mehr mit mir zu tun haben will.«

Genauso sah es nämlich aus. Gleich am Montag hatte Cathy versucht, Jodie anzurufen. Zuerst war sie nicht da gewesen, und sie hatte ihr Nachrichten auf dem Anrufbeantworter hinterlassen. Später hatten sie dann persönlich miteinander gesprochen. »Da hatte sie aber keine Zeit, weil der Bill kam.« Sie versprach Cathy zurückzurufen, tat es aber nicht. »Also habe ich es am Dienstag noch mal probiert. Und gestern auch, denn da hätten wir ja Training gehabt.«

Das Resultat war immer das Gleiche gewesen. Jodie hatte Catherine versprochen zurückzurufen, es aber nicht getan, und den Unterricht in der *Diamond Gym* hatte sie auch platzen lassen.

Daran waren wir schuld. »Dad mit seinem Gequatsche über Psychiater! Und du mit deinen haltlosen Unterstellungen!« Damit hatten wir unserer Tochter die einzige Freundschaft zerstört, an der ihr jemals etwas gelegen hatte. »Aber das ist euch ja egal. Ich kann mich schließlich mit euch unterhalten, wenn mir langweilig wird. Richtig?« Dass ihr danach nicht der Sinn stand, demonstrierte sie uns in aller Deutlichkeit.

An jenem Donnerstagabend ging Catherine wie an den Tagen zuvor gleich nach dem Essen in ihr Zimmer, und erst am Freitagmorgen kam sie wieder zum Vorschein. Mehr als »ja, bitte« und »nein, danke« war ihr nicht zu entlocken. Sie aß und trank, was ich ihr hinstellte, sah aber keinen von uns an, weder ihren Vater noch Isabelle, und mich natürlich erst recht nicht.

Mir wurde das unheimlich. »Wie lange soll das so gehen, Ben?«

»Lass sie, Helen!« Aus Sicht meines Mannes mussten wir Catherine ein bisschen Zeit lassen, über die Trennung hinwegzukommen. »Du darfst es dir nicht so zu Herzen nehmen, dass sie böse auf dich ist!«, riet er mir. »Lass sie böse sein! Was sie jetzt durchmacht, ist wie Liebeskummer.« Ben nahm an, dass Jodie unserer Tochter das Gefühl vermittelt hatte, ein gleichwertiger Partner zu sein. »Das heißt, Cathy hat Jodie angesehen, und nach einer Weile kam ihr das so vor, als blicke sie in einen Spiegel.« In dieses vermeintliche Spiegelbild hatte Cathy sich verliebt. Sie hatte sich erwachsen gefühlt. »Und jetzt ist der Spiegel plötzlich weg, Helen. Das bedeutet, dass sie stündlich ein Stück weiter in die Realität zurückgestoßen wird, in der sie eben erst vierzehn ist.« Das tat weh, und dafür wollte sie jemanden verantwortlich machen. »Lass sie also! Wir sollten lediglich versuchen, sie ein wenig abzulenken!«

Da Ben solche Dinge nie einfach nur sagte, sondern immer auch gleich in die Tat umsetzte, standen am Freitagabend, als ich von der Arbeit nach Hause kam, prompt zwei merkwürdige Teile vor unserer Garage. Mein Mann hatte für unsere Mädchen Surfbretter gekauft. »Und ich gehe mit, Helen! Damit du dir nicht vor Angst in die Hose machst!« In Wahrheit wollte er natürlich nur mitgehen, um seine Töchter im Zweifelsfall aus dem Maul eines Haifischs zu befreien, doch das hätte er natürlich niemals zugegeben.

Catherine bemühte sich nach Kräften, keinerlei Freude zu zeigen. Sie sah sich das Surfbrett an, nickte, dann ging sie gleich wieder ins Haus. Isabelle brach derweil in frenetischen Jubel aus. Sie warf sich sofort in einen Badeanzug und wollte im Pool versuchen, auf das Brett zu klettern.

»Du kannst das ganze Wochenende üben«, erklärte Ben zu ihrer Enttäuschung.

Jetzt hatten wir andere Pläne. Wir wollten an diesem Abend mit den Mädchen zum Pizza-Essen gehen, denn unsere Große sollte ja abgelenkt werden.

Am Samstagmorgen besuchten wir den Gottesdienst in der Synagoge, und danach zogen wir uns um und fuhren nach Venice Beach. Das hatten wir schon ewig nicht mehr gemacht. Zwei Stunden liefen wir den Strand entlang Richtung Malibu. Für den Rückweg brauchten wir über drei Stunden und fielen abends entsprechend müde ins Bett. Ich konnte trotzdem nicht schlafen, weil mich meine Sorgen nicht losließen. Catherine machte zwar alles mit, schien dabei aber nur körperlich anwesend zu sein. Mit ihren Gedanken war sie immer woanders.

»Das ist so in dem Alter, Helen!«

»Ich weiß nicht, Ben, das ist doch nicht normal.«

»Lass sie! Das wird schon wieder!«

36. Kapitel

Wenn ich später an den 12. März 2006 zurückdachte, machte ich mir jedes Mal Vorwürfe. Ich war blind und taub gewesen. Dabei hätte ich etwas bemerken müssen. Es gab massenhaft Warnsignale. Nur erkannte man die ja immer erst im Nachhinein.

Als ich an dem Sonntagmorgen um halb neun nach unten ging, um Frühstück zu machen, saß Catherine in ihrem Bademantel vor dem Fernseher.

»Bist du schon lange auf?«, fragte ich sie.

Sie zuckte mit den Achseln.

»Konntest du nicht schlafen?«

Sie schüttelte den Kopf.

»Hast du überhaupt nicht geschlafen?«

Wieder schüttelte sie den Kopf.

Ich setzte mich zu ihr aufs Sofa, doch meine Tochter war nicht gewillt, eine Unterhaltung mit mir zu führen, obwohl ich mehrere Anläufe machte. Intensiv schaute sie auf den Bildschirm.

»Ist das ein Spielfilm, Cathy?«

Sie griff nach einer CD-Hülle, die vor ihr auf dem Sofatisch lag, und drückte sie mir in die Hand. *Crash* stand auf der Hülle, *DVD-Rip von Jennifer Huxley.*

»Hat Jen dir den geliehen?«, fragte ich weiter. »Oder hat sie dir die Kopie geschenkt?«

Catherine hielt den Film an und sah mir fest in die Augen. »Ich bin müde, Mom. Ich habe letzte Nacht nicht geschlafen. Ich möchte mich nicht unterhalten. Ich möchte einfach nur hier sitzen.« Dann ließ sie den Film weiterlaufen.

Ich machte Frühstück. Dabei fragte ich mich, ob es richtig war, Cathys zickiges Verhalten durchgehen zu lassen. Ben hielt es für richtig, solange sich unsere Tochter nicht im Ton vergriff. Mir passte es nicht, gleichgültig, welchen Ton sie anschlug. Ich wollte, dass meine Große sich wie ein normaler Mensch benahm.

Während ich mir darüber den Kopf zerbrach, trieb Ben unsere Kleine zur Eile, damit wir pünktlich zur Kirche kamen.

»Wir waren doch gestern«, meckerte Isabelle. »Warum müssen wir da heute schon wieder hin?«

Besondere Zeiten verlangten nun mal besondere Maßnahmen, doch brauchte Bellie das nicht zu wissen. Sie hatte recht. Normalerweise gingen wir eine Woche in die Synagoge und in der folgenden Woche in die Kirche. Allerdings kam es auch schon mal vor, dass wir überhaupt nicht zum Gottesdienst gingen.

»Und zum Ausgleich sozusagen gehen wir diese Woche eben in beide!«, behauptete Ben.

Auf dem Weg zur Kirche sprach Catherine kein Wort. Während des Gottesdienstes saß sie regungslos neben mir. Auf dem Rückweg nach Hause stritt sie aber mit Isabelle.

»Was soll der Schwachsinn, im Pool Surfen zu üben?«

»Das ist kein Schwachsinn!«, konterte Bellie. »Das ist schwer, auf dem Brett zu stehen. Das kannst du im Pool üben.«

»Und du glaubst, wenn du im Pool darauf stehen kannst, könntest du das auch im Meer?«

Davon war Isabelle überzeugt. Catherine hielt es nach wie vor für Schwachsinn. So zankten sie sich weiter, und das hielt Ben für ein gutes Zeichen.

»Immerhin spricht sie, Helen.«

Zum Mittagessen gab es Salat und Butterbrote. Die Kinder griffen beide ordentlich zu, und danach verzog Cathy sich in ihr Zimmer, da sie am nächsten Morgen eine Mathematikarbeit schrieb und dafür lernen musste.

Wir gingen mit Isabelle in den Garten, obwohl es recht kühl

war. Ben las, ich säumte eine meiner Hosen neu um, und Bellie schaffte es endlich, nicht nur auf ihr Surfbrett zu klettern, sondern auch eine Weile darauf stehen zu bleiben. Jetzt mussten wir stoppen, wie lange sie sich jedes Mal aufrecht stehend halten konnte.

Um Viertel vor fünf kam Catherine nach unten und wollte wissen, wann es Abendessen gab.

»Halb acht«, antwortete ich. »Hast du Hunger?«

Die Augen meiner Großen weiteten sich. »So spät?«, fragte sie.

Ich war verwundert. Wir aßen immer um halb acht zu Abend, nur wenn ich Nachtdienst hatte, aßen wir früher.

»Ach so«, dämmerte es mir. Cathy hatte angenommen, dass ich an diesem Sonntagabend zur Arbeit musste, denn ich hatte in der kommenden Woche wieder Nachtdienst. »Ich habe ja am Freitag noch die Tagschicht gearbeitet«, erklärte ich ihr.

Wir hatten untereinander getauscht, weil doch nächsten Sonntag die Jahresfeier der OPOSC war, und an der wollten alle teilnehmen, zumindest für ein paar Stunden.

Meine Große starrte mich fassungslos an.

»Hast du Hunger?«, fragte ich sie noch einmal.

Das konnte oder wollte sie mir offenbar nicht beantworten und verschwand wieder, um weiterzulernen.

»Ich kann dir ein Butterbrot machen«, rief ich ihr nach.

»Kann ich auch ein Butterbrot kriegen?«, fragte Bellie sofort.

Ich ging gerade in die Küche, um meine Kleine zu versorgen, als das Telefon klingelte.

Amy war am Apparat, und sie war völlig aufgelöst. »Stell dir vor, was passiert ist, Helen!« Charlotte Henson hatte gerade bei ihr angerufen. »Sie hat gesagt, sie müsste dringend mit mir sprechen. Ob sie vorbeikommen dürfte.« Amy fühlte sich total überrumpelt. Sie hatte Charlotte deutlich gesagt, dass sie überhaupt keine Zeit hätte, sich mit ihr zu treffen. Trotzdem würde sie jetzt um acht kommen. »Die hat mich regelrecht ausgetrickst.« Damit hatte Amy jetzt gleich mehrere Probleme auf einmal. Sie wollte auf keinen Fall allein mit Charlotte sprechen. Steven musste dabei sein, und der hatte auch Zeit. »Den habe ich gerade schon angerufen.« Die Kinder wussten nur immer noch nichts vom Verhältnis ihrer Mutter zu Dr. Kidder, und es ihnen jetzt eben auf die Schnelle zu sagen schien Amy nicht das Wahre zu sein.

»Willst du sie zu uns bringen?«, bot ich ihr an.

»Alle drei willst du dir antun, Helen?«

»Siehst du! Ihr fällt auf, dass das eine Zumutung ist!«, schimpfte Ben ein paar Minuten später mit mir. »Dir fällt es nicht auf! Meine Frau hat ein derart ausgeprägtes Helfer-Syndrom ... Eine Krankheit ist das, Helen. Du brauchst Hilfe!«

Ricky brachte einen aufblasbaren Speer mit. Den stach er zur Begrüßung jedem von uns in den Bauch, und seine Mutter sagte jedes Mal das Gleiche: »Nicht, Ricky! Lass das!«

Lineah weinte Krokodilstränen. Sie wollte nicht bei uns bleiben, sie wollte mit ihrer Mama gehen. Ihre Schreie gellten durch die Nachbarschaft, sodass Kassiopeia von gegenüber prompt zu bellen begann, was alles nur noch schlimmer machte. Jetzt kreischte Lineah wie eine Kreissäge, und die unerträglichen Laute verebbten erst, als Jennifer ihre kleine Schwester auf den Arm nahm und anfing, ihr Kinderlieder vorzusingen.

»Sobald die Henson weg ist, hole ich sie wieder ab!«, versprach Amy.

Das schien meinem Mann zu unsicher zu sein. »Ich kann die Kinder zurückfahren«, erbot er sich. »Um neun?«

»Sobald Charlotte weg ist, melde ich mich, Ben.«

»Ich komme so kurz nach neun«, sagte Ben noch einmal und holte sich gleich Lineahs Kindersitz aus dem Auto. Er wollte offenbar ganz auf Nummer sicher gehen. Nicht, dass Amy ihre Rasselbande über Nacht bei uns ließ!

Die nächsten zwei Stunden wurden chaotisch. Broderick Alister Huxley war ein Kind, das man keine Sekunde aus den Augen lassen durfte. Er warf hier etwas um, schlug da irgendwo gegen, machte dort etwas kaputt, im Zweifelsfall vergriff er sich an den Kleinen. »Mom, der Ricky zieht mir an den Haaren! – Dad, der Ricky tritt mir auf die Füße! – Neeeiiiinnnn!«

»Helen, du verdienst eine Tracht Prügel!« Mein Mann war nicht bereit, mir zu verzeihen, dass ich ihm das ruiniert hatte, was ein gemütlicher Sonntagabend hätte werden können. »Dafür gibt es keine Entschuldigung!«

Um Punkt halb acht stand das Abendessen auf dem Tisch. Ich hatte Nudeln gekocht, denn damit hatte man bei Kindern die größten Chancen. Isabelle wollte Fleischsoße dazu. Catherine mochte sie nur mit Ketchup. Jennifer wollte ihre mit Ketchup und Parmesankäse. Lineah wollte nur Butter.

»Ich nur Käse!«, rief Ricky und hielt die Gabel in der Hand, wie er bisher den aufblasbaren Speer in der Hand gehalten hatte: wie eine Waffe.

Ich gab einen Löffel Parmesankäse über seine Nudeln, und er blies hinein, sodass die Krümel über den ganzen Tisch flogen.

Cathy rollte entnervt mit den Augen. »Können Jen und ich oben essen, Mom? Ich muss auch noch lernen.«

»Sicher!«, erlaubte ihr Ben, bevor ich etwas sagen konnte. »Geht ihr zwei rauf!«

»Darf ich auch?«, fragte Bellie sofort.

Sie musste mit uns ausharren, was ihr gar nicht gefiel. »Der Ricky tritt mich unter dem Tisch!«

»Nicht, Ricky!«, sagte ich betont sanft. »Lass das bit – au!« Jetzt hatte Ricky mir einen Tritt verpasst. »Sag mal, was fällt dir ein, du kleines Monster?«

Lineah fing an zu lachen. Sie hatte sich gerade ihren Apfelsaft über die Nudeln gegossen, und jetzt schmeckte alles ekelig.

»Wie spät ist es, Helen? Wie lange muss ich das noch aushalten?«, erkundigte sich Ben stöhnend.

Um zwanzig Minuten nach acht rief Amy an.

»Hörst du mich, Helen?« Ich hörte sie gut, es rauschte nur ein bisschen im Hintergrund.

»Das liegt daran, dass wir gerade durch den Canyon fahren«, wurde mir erklärt. »Da kommt es schon mal vor, dass die Verbindung schlecht ist.«

Sie und Steven wollten nur noch rasch etwas essen gehen. Alles andere war erledigt und wesentlich glimpflicher abgegangen, als Amy erwartet hatte. »Das mit der Henson hat keine drei Minuten gedauert«, schrie sie mir ins Ohr. »Sie ist mit einem riesigen Blumenstrauß aufgetaucht und hat mir erklärt, sie müsse mich um einen Gefallen bitten ... weiter habe ich sie gar nicht kommen lassen.«

Alles, was sie wusste, hatte Amy Charlotte an den Kopf geworfen: dass sie in Wirklichkeit gar nicht schwanger war, dass sie von der Münchnerin erfahren hätte, dass sie einen Gummibauch hatte, dass sie beabsichtigte, ein Kind zu entführen und sich deshalb auf der Station hatte umsehen wollen. »Und ich habe ihr auch gleich dazu gesagt, dass sie sich gar keine Illusionen machen soll. Wenn hier irgendwo im Land ein Kind abhanden kommt, bin ich so schnell bei der Polizei, dass sie nicht mal Zeit hat zu blinzeln.«

Ich schluckte. »Das hast du ihr so gesagt, Amy?«

»Das war eine meiner einfachsten Übungen.«

»Und wie hat sie reagiert?«

»Gar nicht doll«, meinte Amy. »Sie hat mich angestarrt, und dann hat sie sich auf dem Absatz umgedreht und ist weg!« Danach hatten sie Hunger bekommen, und deshalb waren sie jetzt auf dem Weg ins Restaurant.

»Wohin fahrt ihr denn?«, fragte ich.

»Die fahren weg?«, rief Ben entsetzt von hinten.

»Sie gehen nur eben was essen«, beruhigte ich ihn. »Danach –«

Ricky schrie wie ein Irrer, und Ben riss mir das Telefon aus der Hand. »Hörst du, Amy?«, rief er freundlich. »Ich fahre um halb zehn mit den Kindern hier weg, ja?«

Ich folgte unterdessen den Schreien von Amys Sprössling, sie kamen aus dem Garten. Wie von Furien gehetzt rannte ich nach draußen.

Frau Moredock stand an der Hecke und hielt die zitternde Kassiopeia auf dem Arm. Ricky hatte den Hund mit dem aufblasbaren Speer nur erschrecken wollen, Schatzilein hatte sich das natürlich nicht gefallen lassen und zugebissen. Jetzt ging dem Speer die Luft aus, und Ricky wollte sich gar nicht wieder beruhigen. »Wo ist deine kleine Schwester?«, wollte ich von ihm wissen.

Er klammerte sich an mich, als befände er sich in Lebensgefahr.

»Wo ist Lineah, Ricky?«

»Weeeiiisss ich niiicchhhhttt.« Und es interessierte ihn auch nicht. Wenn ich das wissen wollte, musste ich selber suchen.

Glücklicherweise lag Lineah nicht auf dem Grund unseres Pools, sie saß vielmehr friedlich auf Jennifers Schoß in der Küche.

»Ich dachte, du wärest oben«, sagte ich zu Jen und setzte mich zu ihr.

»Cathy muss lernen«, antwortete sie und sah dabei wie durch mich hindurch.

»Ich weiß«, seufzte ich. »Sie schreibt morgen eine Mathematikarbeit, und du weißt ja, dass Mathe nicht gerade –«

»Ist sie mit diesem Kidder zusammen?«

In den nächsten fünf Minuten stellte ich erschüttert fest, dass Jennifer bestens im Bilde war, was das Verhältnis ihrer Mutter zu Dr. Steven Kidder anging. »Sie will nur nicht, dass ich den kennenlerne«, erklärte sie mir. »Der weiß wahrscheinlich gar nicht, dass es mich gibt.« Einer ihrer Klassenkameradinnen war es genauso ergangen. Deren Eltern waren geschieden, und die Mutter hatte einen neuen Mann kennengelernt. Den kleinen Bruder stellte sie ihm vor, die große Schwester verheimlichte sie ihm. »Wir sind eben nicht mehr so niedlich wie die Kleinen.« Jennifer vermutete, dass sie bald in ein Internat geschickt wurde. »Damit ich aus dem Weg bin.« Nur fragte sie sich, wie ihre Mutter das Geld dafür aufbringen wollte. »Aber vielleicht gibt er ihr das ja.«

Ich stand auf und holte meine Zigaretten aus der Handtasche.

»Helen, ich bitte dich herz-«

»Ich weiß, Ben! Aber wenn ich jetzt nicht rauche ...« Ich nahm Lineah von Jennifers Schoß und hielt sie Ben entgegen. »Bitte!«, flehte ich ihn an. »Pass bitte auf, dass die Kleinen keinen Unfug anstellen, und gib mir ein paar Minuten mit Jennifer!«

Er ließ sich nur ungern darauf ein, kam meiner Bitte dann aber nach. Das war ja schon mal etwas. So blieb mir Zeit, Jennifer in aller Ruhe den wahren Grund für das Verhalten ihrer Mutter zu erklären. »Sie will dich nur schützen, Kind, nicht verstecken.«

Dass Amy glaubte, ihre Älteste wisse nichts von Steven Kidder, fand Jennifer wirklich amüsant. »Hält die mich für so blöd?«

Ich seufzte. Wir dachten eben, unsere Teenager wären noch Kinder. Wir hielten sie nicht für blöd, wohl aber für wesentlich unreifer, als sie in Wahrheit waren.

»Soll ich deiner Mutter sagen, dass du Bescheid weißt?«

Sie schüttelte den Kopf. Sie wollte es ihr selbst sagen. »Das mach ich am besten gleich heute Abend.«

Um Punkt halb zehn rief Ben Amy auf ihrem Handy an.

»Sehr schön!«, freute er sich im nächsten Moment. »Dann fahren wir jetzt los.«

Wir verfrachteten die Kinder ins Auto. Isabelle war schon im

Bett. Catherine kam nach unten, um sich von Jennifer zu verabschieden. Eng umschlungen standen die beiden da, eine ganze Weile, und der Anblick stimmte mich zuversichtlich. Meine Große hatte also doch noch eine Freundin. Ich hatte ihr nicht das ganze Leben kaputtgemacht.

Wir winkten der Huxley-Bagage nach und gingen ins Haus zurück.

»Ich bin halbtot«, sagte Cathy zu mir und gähnte.

Das glaubte ich ihr gern. »Es ist anstrengend für den Körper, eine Nacht nicht zu schlafen.«

Catherine sah mich an, dann nahm sie mich in die Arme, zaghaft nur, aber immerhin. Das letzte Mal hatte sie das getan, als sie am vergangenen Sonntag von ihrer vermeintlichen Fahrradtour zurückgekommen war.

Ich genoss den Moment, presste mein Kind fest an mich.

»Ich gehe schlafen, Mom. Zum Lernen habe ich morgen früh noch Zeit.«

Ich gab ihr einen Kuss auf die Wange.

»Träum was Schönes!«, sagte ich und schaute ihr nach, als sie nach oben lief. Dann sah ich mich vorsichtig im Untergeschoss um. Mir blieb keine Wahl. Ich war auch müde, trotzdem musste hier erst noch aufgeräumt werden.

Dank der drei Huxleys sah es aus, als sei ein Wirbelsturm durch unser Haus gefegt. Was eigentlich ins Wohnzimmer gehörte, war im Esszimmer. Was eigentlich in Isabelles Zimmer gehörte, war im Wohnzimmer. Was eigentlich ins Esszimmer gehörte, stand entweder draußen im Garten oder irgendwo im Korridor. Ein Glas fand ich sogar in der Gästetoilette. Erschöpft ließ ich mich dort irgendwann auf der Klobrille nieder. Es war gut, dass Ben sich durchgesetzt hatte und wir kein drittes Kind bekommen hatten. Ich wäre wirklich nicht in der Lage gewesen, das zu bewältigen. Im Moment durfte ich mir gar nicht vorstellen, für einen weiteren kleinen Menschen verantwortlich zu sein. Es reichte mir völlig, Catherine und Isabelle –

Da war ein Geräusch. Es klang wie ein Klacken.

Ich erhob mich mit müden Knochen vom Klo und trat in den Korridor hinaus. Da war nichts. Ich musste mich geirrt haben. Also räumte ich weiter auf, trug hier etwas weg, da etwas hin.

Um Punkt zehn Uhr kam Ben zurück. Ich hörte das Auto, die Autotür. Die Uhr im Wohnzimmer hatte gerade angefangen, die volle Stunde einzuläuten. Schnell lief ich in die Küche, um auch eben noch die Spülmaschine einzuräumen. Erst als ich damit schon fertig war, fiel mir auf, dass ich mich geirrt hatte. Ben war noch gar nicht da. Das war eigentlich auch nicht verwunderlich, denn es dauerte gut zwanzig Minuten von uns bis zu Amy. Ich hatte also noch ein bisschen Zeit und fing an, die Küche zu wischen. Dabei fragte ich mich, wie oft Amys Kinder wohl derart spät ins Bett kamen. Wenn es häufiger vorkam, war es nicht verwunderlich, dass Ricky so aggressiv und Lineah so weinerlich war. Zehn Uhr war keine Schlafenszeit für Drei- und Siebenjährige.

»Absolut richtig!«, befand Ben, als er um Viertel nach zehn zurück war. »Und glaube mal nicht, dass sie die Kleinen jetzt ins Bett verfrachtet hat. Als wir kamen, gab es erst mal noch Eiscreme, Helen.«

Er selbst war von dem turbulenten Nachmittag zu Tode erschöpft und ließ sich im Wohnzimmer aufs Sofa fallen.

»Sollen wir uns *Crash* angucken?«, rief er nach einer Weile.

Die DVD lag immer noch auf dem Wohnzimmertisch, und Catherine hatte Ben am Nachmittag beteuert, dass der Film großartig sei. »Diesen Satz hat sie heute mit mir gesprochen, Helen! Ins Gesicht hat sie ihn mir gesagt.«

Ich setzte mich für einen Moment zu ihm und erzählte, dass unsere Große vor dem Schlafengehen noch mehr gesprochen und mich sogar umarmt hatte. Ben war froh, das zu hören, und meinte zuversichtlich: »In ein paar Tagen hat sie sich gefangen, Helen, da bin ich mir sicher.«

Kurz darauf gingen wir nach oben und zogen uns aus. Um Viertel vor elf lagen wir nachtfein auf den Betten, und Ben schob uns *Crash* in den DVD-Spieler. Im gleichen Moment läutete es an unserer Haustür.

37. Kapitel

Zweimal hatte Charlotte Henson ihre Mutter in den vergangenen Wochen alleingelassen. In Kürze musste sie ein drittes Mal verreisen, diesmal für längere Zeit, und damit Trudy nicht wieder verrückt spielte, sollte sie während der Tage in einem Heim einquartiert werden.

Von diesem Heim hatte Charlotte durch Amy erfahren. Dabei war das LBT kein Heim im herkömmlichen Sinne, vielmehr ein Hotel mit professionellem Pflegepersonal. Eine Bekannte von Amy hatte das Projekt aufgezogen und sehr großen Erfolg damit.

Viele Menschen kümmerten sich im Alltag um ein Familienmitglied, das pflegebedürftig war, sei es nun um einen alternden Elternteil oder um ein behindertes Kind. Irgendwann brauchten diese Menschen auch mal Urlaub, und den mussten sie sich oft verkneifen, weil sie niemanden fanden, der sich während ihrer Abwesenheit ausreichend um die Pflege ihres Angehörigen kümmerte.

LBT stand für *Love But Travel*, was frei übersetzt etwa so viel hieß wie: Du liebst, obwohl du dir mal eine Auszeit gönnst. Amys Bekannte nahm die Trudy Brocks dieser Welt für mindestens drei und für höchstens achtundzwanzig Tage auf. Sie und ihre Angestellten versorgten sie medizinisch, kochten und wuschen für sie. Außerdem organisierten sie ein Unterhaltungsprogramm, damit die alten Herrschaften nicht mitten in der Nacht herumtelefonieren mussten, um mit jemandem zu reden.

Es war also genau das, was Charlotte Henson brauchte, und so hatte sie versucht, ihre Mutter für die Zeit vom 5. bis zum 21. Mai 2006 im LBT unterzubringen. Doch leider war bereits alles belegt. Charlotte musste in den Tagen aber um jeden Preis die Stadt verlassen, und deshalb hatte sie Amy bitten wollen, im LBT ihre persönlichen Beziehungen spielen zu lassen.

»Nur deshalb wollte ich heute Abend mit ihr sprechen«, sagte Charlotte. »Aus keinem anderen Grund!«

Sie stand in unserem Korridor und entschuldigte sich noch einmal für die späte Stunde, für die Störung, für all die vielen Unannehmlichkeiten. »Sie müssen ja denken ... ich hatte doch keine Ahnung, das Sie alle Bescheid wissen!«

Ben schnappte so laut nach Luft, dass ich ihn verschreckt ansah. Charlotte musste es auch gehört haben, war jedoch zu sehr mit sich selbst beschäftigt. Ihre Hände zitterten, und wenn ich mich nicht ganz schwer täuschte, zuckte auch ihr linkes Augenlid.

»Möchten Sie nicht erst mal hereinkommen?«, fragte ich sie.

Sie biss sich auf die Unterlippe. »Sie machen sich kein Bild, in was für einer Lage ich bin, Helen! Sagen Sie mir bitte, bitte, wer noch alles davon weiß? Amy? Jodie? Sie? Sonst noch jemand?«

Ich schob Charlotte ins Wohnzimmer, und sie setzte sich aufs Sofa. Perfekt machte sie das, ganz genau wie eine Frau, die im siebten Monat schwanger war.

»Können wir Ihnen irgendetwas anbieten?«, fragte mein Mann sichtlich verwirrt.

»Einen Schnaps!«, antwortete Charlotte wie aus der Pistole geschossen. »Am besten –« Sie hielt inne. Dann schloss sie die Augen und atmete aus, ganz langsam. »Das ist natürlich Quatsch«, meinte sie dann und öffnete die Augen wieder. »Wenn ich jetzt auch noch Alkohol trinke ... Ein Glas Wasser wäre vernünftiger.«

Nachdem Amy ihr an den Kopf geworfen hatte, wovon Charlotte bis dahin geglaubt hatte, es sei das bestgehütete Geheimnis aller Zeiten, war sie erst mal nur davongestürzt. »Sie hat mir ja gesagt, dass sie das alles von der Münchnerin wüsste, also bin ich erst mal zu Jodie.« Die hatte sie gerade noch erwischt. »Sie musste weg und war wahnsinnig hektisch. Und sie hat mir auch gar nicht richtig zugehört. Das tut sie ja nie.« Vielmehr hatte Jodie sich aufgeführt, als habe Charlotte ihr persönlich etwas getan. »Sie war richtig böse mit mir und hat behauptet, ich würde mir einbilden, schwanger zu sein. Sie schließt ja immer von sich auf andere.« Charlotte seufzte. Selbstverständlich wusste sie, dass sie nicht schwanger war. In den ersten zwei Tagen nach Wills Tod war es unvorstellbar für sie gewesen, dass er niemals wiederkommen würde. »Wenn ich es gar nicht mehr aushalten konnte, habe ich so getan, als sei er nur verreist.« Deshalb hatte sie auch die Beerdigung in aller Stille durchgezogen. Solange sie es nicht aussprechen musste, dass ihr Mann tot war, konnte sie sich vormachen, dass er nur vorübergehend weg war. »Und da ich niemandem die Wahrheit gesagt habe, haben die Leute mich ja sogar gefragt, wann Will wiederkäme. Das machte den Selbstbetrug noch einfacher.« Eine Weile brauchte sie das. »Will war schließlich nicht nur mein Ehemann«, sagte sie zu uns. »Er war nicht nur mein Liebhaber und mein bester Freund, er war vor allem auch mein Retter.«

Will hatte Charlotte aus den Fängen ihrer Mutter gerettet. »Sie hatte immer nur mich, Helen. Aber sie hatte mich nicht, weil sie mich wollte.« Trudy Brock hatte Charlottes Vater gewollt. »Aber der Mann war nicht nur Alkoholiker, sondern ein Nazi, dem man seine Ideologie und seinen Gott Adolf Hitler weggenommen hatte. Er fühlte sich einsam und verlassen.« Heiraten wollte er nicht. Kinder wollte er auf gar keinen Fall. »Das hatte er meiner Mutter von Anfang an gesagt.« Trudy war es aber noch nie darum gegangen, was andere wollten. Für sie hatte von jeher nur gezählt, was sie wollte.

»Sie lachen gleich, wenn ich Ihnen erzähle, wie ich entstanden bin«, sagte Charlotte uns voraus. »Es ist nämlich ein Witz.« Um Dietrich Heider an sich zu binden, hatte Trudy Brock keine Mühe gescheut. Wochenlang machte sie ihm glaubwürdig vor, sehr, sehr krank zu sein. Sie gab vor, an einer schweren Unterleibsentzündung zu leiden und deshalb zweimal in der Woche zum Arzt zu müssen. Nach knapp zwei Monaten lief sie eines Tages weinend zu Charlottes Vater und erklärte ihm, der Arzt habe ihr soeben eröffnet, sie könne keine Kinder mehr bekommen. Dietrich Heider fiel auf die traurige Geschichte der Unfruchtbarkeit herein. Ein paar Monate später wurde er unvorsichtig und Trudy schwanger. »Allerdings hat er ihr nicht abgekauft, dass ein Wunder passiert war. Er hat sie durchschaut und sitzen lassen.«

Eigentlich hätte Trudy nun wieder versuchen müssen, sich das Leben zu nehmen, wie nach ihrer ersten gescheiterten Liebe. »Und in gewisser Weise hat sie das sogar getan«, meinte Charlotte seufzend. Ihre Mutter floh so weit Richtung Westen, wie es eben möglich war, ohne das Festland zu verlassen, und in Los Angeles brachte sie Charlotte zur Welt. »Und in dem Moment endete ihr Leben. Zumindest aus ihrer Sicht. Von dem Augenblick an hat sie nur noch für mich gelebt.«

Charlotte sollte all das werden, was Trudy niemals gewesen war. »Meine Mutter wollte, dass mein Vater sich irgendwann vor Wut die Haare ausriss, weil er sein großartiges Kind nicht gewollt hatte.« Leider war Charlotte aber nicht so großartig gewesen. »Ich war gut in der Schule, mehr aber auch nicht.« Sie war nie so attraktiv gewesen, wie Trudy es gern gesehen hätte, und mit Menschen kam Charlotte überhaupt nicht zurecht. »Ist ja auch kein Wunder bei der Mutter!«

Niemand war gut genug gewesen für Charlotte Brock. Trudy hatte an jeder Freundschaft, die ihre Tochter eingegangen war, etwas auszusetzen gehabt. Als es galt, den richtigen Mann für Charlotte zu finden, war es erst richtig losgegangen. Der eine war zu alt, der andere zu arm, der nächste zu klein, Will war auch nicht richtig gewesen. Allerdings hatte Charlotte sich da nicht beirren lassen. »Mein Mann wusste, was es bedeutet, wenn Leute wie ich Konserven der Größe nach stapeln. Wenn die Blumentöpfe in einer speziellen Reihenfolge stehen müssen.« Sie blickte traurig zu Ben. »Sie wissen sicher auch, was das bedeutet«, sagte sie zu ihm.

Mein Mann lächelte. »Unter welchen Zwängen leiden Sie?«, fragte er.

»Allen möglichen«, antwortete sie prompt. »Ich schließe Türen ab, wieder auf, dann noch mal ab, um sie Minuten später wieder aufzuschließen. Beim Laufen zähle ich die Schritte, immer in Gruppen von sieben. Ich überprüfe auch jeden Morgen siebenmal, ob die Kaffeemaschine wirklich abgeschaltet ist.« Sie seufzte. Sie nahm Medikamente dagegen. Die halfen mal besser, mal schlechter; Hauptsache, sie kam überhaupt zurecht.

»Haben Sie einen Waschzwang?«, fragte Ben weiter.

Charlotte lachte auf. »So weit kommt das bei mir gar nicht.« Sie wurde schon hysterisch, wenn irgendwo ein Wassertropfen war. »Ich bin besessen davon, Dinge sauber und in Ordnung zu halten«, erklärte sie. »Kontrolle jedweder Art ist wie eine Droge für mich.«

Will hatte damit umgehen können. Er hatte Charlottes Verhalten krankhaftes Mikro-Management genannt und sie liebevoll zurechtgewiesen, wenn sie es zu sehr übertrieb. »Er hat mich auch schreien lassen. Und ich habe oft herumgeschrien, wenn ich meine Anfälle bekam, weil irgendetwas nicht so war, wie es eigentlich hätte sein sollen.« Will hatte gewusst, dass sie sich nicht so irrsinnig aufführte, weil sie ein schlechter Mensch war. »Ich muss nun mal alles unter Kontrolle haben, sonst bekomme ich Angst.«

Und dann war sie mit dem Tod konfrontiert worden, zum ersten Mal in ihrem Leben. Die Zukunft, die ihr nach dem Tod ihres Mannes bevorstand, kam einem Albtraum gleich. »Ich hätte meine Mutter zu mir holen müssen. Damit wäre ich wieder zurück in diese grauenhafte Abhängigkeit zu ihr geraten An etwas anderes konnte ich kaum denken in der Nacht, als Will starb.« Wochen später war sie endgültig zusammengebrochen und hatte sich die Haare abgeschnitten, um die Frau zu vernichten, die sie nur dank Will für eine Weile hatte sein dürfen. »Dabei habe ich mir vorgestellt, wie anders alles wäre, wenn wir Kinder gehabt hätten.«

Sie schlug die Hände vors Gesicht. »Erinnern Sie sich noch an diese Szene im Treppenhaus, Helen? Als Sie mich in der Nacht auf die Galerie gebracht haben? Als uns die dicke Schwester, die auf der Intensivstation arbeitet, entgegengekommen ist und Ihnen von einer anderen Frau erzählt hat, die in der Nacht ihren Mann verloren hatte. Und die war schwanger und hatte das noch gar nicht gewusst.«

Natürlich erinnerte ich mich. »Sie hatte ihren Vater verloren, Charlotte, nicht ihren Mann.«

Für Charlotte war es unbedeutend, wen sie verloren hatte. Für Charlotte zählte allein der Umstand, dass diese Frau nichts von ihrer Schwangerschaft gewusst hatte. Das brachte sie auf die Idee. Noch hatte sie eine Möglichkeit, das Kind zu bekommen, das ihr Leben in andere, bessere Bahnen lenken konnte. Noch war Will erst kurze Zeit tot.

»Ich habe Tag und Nacht gegessen, um zuzunehmen«, gestand Charlotte. Bei einer Firma, die Theaterkostüme herstellte, hatte sie zwei verschiedene künstliche Bäuche bestellt. »Einen für den Anfang und den, den ich jetzt trage.« Gleichzeitig hatte sie sich intensiv um eine Adoption bemüht. »Ich hatte mich vorher mit diesem Thema nie auseinandergesetzt. Für Will und mich kam eine Adoption nie in Frage, wir wollten immer nur unser eigenes Kind, Deshalb habe ich auch gedacht, dass das kein Problem sein könnte.« Dank ihres Berufes war es leicht gewesen, schnell die richtigen Ansprechpartner zu finden, die auch alle sehr nett zu ihr gewesen waren. »Meine Einkommensverhältnisse waren in Ordnung. Es spielte auch keine Rolle, dass ich alleinstehend war. Aber ich war schon zu alt. Wer älter als fünfundvierzig ist, kommt für eine Adoption nicht mehr in Betracht.« Zuerst hatte sie geglaubt, das könne nicht angehen. »Ich meine, Ausnahmen werden schließlich immer und überall gemacht.« Sie war auch nach wie vor überzeugt, dass man bei ihr eine Ausnahme gemacht hätte, nur nicht in dem von ihr gewünschten Zeitrahmen. »Ich kann ja schlecht drei Jahre schwanger bleiben.«

In ihrer Verzweiflung hatte sie erwogen, ein Baby zu entführen; das gab sie zu. »Deshalb wollte ich mir damals die Station angucken. Mein Gott! Als ich diese Sicherheitstüren gesehen habe, wurde mir ganz anders!« Sie hatte sogar in Betracht gezogen, mit Frauen Kontakt aufzunehmen, die gerade entbunden hatten. »Ich hätte es aber nie fertiggebracht, einer Mutter ihr Kind wegzunehmen. Was für ein Leben wäre das dann auch gewesen? Permanent auf der Flucht zu sein, mit der Angst im Nacken, erwischt zu werden.«

Zum jetzigen Zeitpunkt war das jedoch alles kein Thema mehr. Charlotte bekam ein Baby, es wurde in diesen Tagen geboren. Deshalb war sie zweimal im Ausland gewesen; wo genau, wollte sie nicht sagen. »Es ist sogar legal«, sagte sie. »Hat mich allerdings das halbe Haus gekostet.« Es war ein vergleichsweise kleiner Preis. »Was ist schon Geld im Gegensatz zu meiner Freiheit, meinem Leben?«

Sie seufzte herzergreifend. Kein Mensch konnte sich vorstellen, was sie hinter sich hatte. »Wenn man erst mal anfängt zu lügen, muss man ständig auf der Hut sein.« So nahm ihre Mutter beispielsweise nie Charlottes Handy in die Hand. »Meine Mutter fürchtet sich vor den Dingern.«

An dem Abend, an dem das Reisebüro anrief, um Charlottes Flüge zu bestätigen, hatte Trudy sich aber offenbar nicht gefürchtet. »Ich bin auf der Toilette, höre das Telefon klingeln, und als ich ins Wohnzimmer komme, sitzt meine Mutter mit dem Ding in der Hand da und erklärt, hier müsse es sich um ein Missverständnis handeln. Ihre Tochter fliege nicht.« Charlotte hatte das Schlimmste verhindert und behauptet, nach Kanada zu müssen. »Wenn sie erfahren hätte, wohin ich wirklich fliege, wäre sie total durchgedreht.« Allerdings hatte sie schon Tage vorher Jodie erzählt, dass sie nach San Francisco zu einer Mandantin fuhr. »Wer konnte denn ahnen, dass Sie ausgerechnet in diesen Tagen mit beiden Frauen sprechen, Helen? Aber so geht das eben, wenn man einmal mit dem Lügen anfängt.«

Gott sei Dank war damit jetzt bald Schluss. Sechs Wochen nach der Geburt konnte Charlotte ihr Baby abholen. Sie wollte zwei Wochen länger wegbleiben und dann erzählen, dass das Kind in dieser Zeit geboren worden sei. »Meine Mutter darf auf keinen Fall die Wahrheit erfahren.«

Sie schloss die Augen und biss sich auf die Unterlippe. Ich hatte selten zuvor in meinem Leben einen ähnlich verzweifelten Menschen gesehen – und das bei meinem Beruf!

Ben atmete tief durch. Dann räusperte er sich. »Sie sind eine erwachsene Frau«, sagte er freundlich zu Charlotte, »und Sie wagen es trotzdem nicht, Ihrer Mutter zu sagen, was Sie wollen?«

Charlotte sah ihn an, als habe sie diese Frage schon so häufig gehört, dass sie keine Lust mehr hatte, noch einmal darauf zu antworten. »Sie verstehen das nicht«, sagte sie, um einen ebenso freundlichen Tonfall bemüht. »Das kann man nicht verstehen, wenn man uns nicht beide kennt. Meine Mutter würde einer Adoption niemals zustimmen. Sie würde mich mit ihrem Gerede über zweifelhafte Gene eines fremden Kindes und ähnlichen absurden Bedenken nur wahnsinnig machen.« Sie hielt einen Moment inne und lächelte Ben an. »Dieses Kind hat Gott mir gegeben, Herr Drescher. Dagegen ist meine Mutter machtlos. Verstehen Sie? – Ein Kind zu adoptieren würde für sie bedeuten, dass ich mich lieber um fremde Leute als um meine eigene Mutter kümmere.« Nein, Charlotte Henson hatte gar keine andere Wahl. Ohne ein Kind war sie verpflichtet, ihre Mutter zu sich zu holen. »Alles andere würde sie nicht überleben.« Die Adoption eines Kindes würde ihre Mutter ihr niemals verzeihen. »Und das würde ich dann nicht überleben.«

So gestört Trudys Beziehung zu ihrer Tochter auch war, Charlottes Beziehung zu ihrer Mutter musste man als noch wesentlich gestörter bezeichnen. »Ich weiß das«, sagte sie und seufzte. »Und ich war deshalb auch jahrelang in Behandlung. Und dadurch ist vieles besser geworden.« Sie fuhr jetzt nicht mehr gleich nach Santa Monica, wenn ihre Mutter mal nicht ans Telefon ging. Sie lag auch nicht mehr nächtelang wach, voller Angst, ihre Mutter sterbe, nur weil sie einmal ihre Vitamine nicht genommen hatte. »Will und ich konnten nie richtig in Urlaub fahren. Länger als zwei, drei Tage konnte ich nicht weg.« Ihre Mutter sorgte sich, wenn Charlotte nicht in der Nähe war. Charlotte sorgte sich aber auf die gleiche Weise, wenn sie nicht in der Nähe ihrer Mutter war. »Ich werde verrückt, wenn ich nicht jeden Tag mit ihr spreche. Ich hatte ja immer nur sie.« Allein deshalb war es schon ein Segen, dass sie jetzt selbst bald Mutter wurde. »Ich hoffe, dass sich diese Verlustangst dann irgendwie verteilt.« Deshalb war es einwandfrei die richtige Entscheidung gewesen, das Kind zu adoptieren. Sie hatte nur Angst, dass es herauskam.

Mit Amy hatte sie inzwischen gesprochen. »Ich bin noch mal zu ihr gefahren, als ich von Jodie kam.« Von dieser Seite hatte sie also nichts zu befürchten.

»Von uns natürlich auch nicht«, beruhigte ich sie.

Ich würde mit den Kindern ganz vernünftig über Charlottes Gummibauch reden, sie würden dann schon verstehen und nichts darüber verlauten lassen. Für Jodies Verschwiegenheit konnte ich allerdings nicht garantieren.

»Na, wer kann bei Jodie schon für irgendetwas garantieren?«, fragte Charlotte. »Obwohl die es gerade nötig hat, mir Vorwürfe zu machen.«

Um ein Uhr morgens begleitete ich Charlotte Henson nach draußen zu ihrem Wagen.

»Rufen Sie mich bitte an, wenn Ihr Kind da ist!«, forderte ich sie freundlich auf.

Erstaunt sah sie mich an, als sei es unfassbar, dass jemand an ihrem Nachwuchs Interesse hatte. Ihre Augen wurden feucht. »Es ist ein Mädchen«, sagte sie leise. »Sagen sie zumindest.«

»Haben Sie sich schon einen Namen überlegt?«

Sie nickte, wollte ihn aber noch nicht preisgeben. »Erst muss das Kleine auf der Welt sein, Helen.«

Ben und ich saßen noch eine ganze Weile unten im Wohnzimmer. Wir mussten erst einmal verkraften, was wir gerade gehört hatten.

»Und ich habe geglaubt, ich hätte eine schwierige Beziehung zu meiner Mutter gehabt«, stellte ich seufzend fest.

Mein Mann nickte nachdenklich vor sich hin. »Ich weiß, warum ich nie eine Praxis haben wollte«, erklärte er mir. »Stell dir vor, du bekommst den ganzen Tag solche Geschichten zu hören!« Charlotte konnte einem im Grunde genommen nur leidtun. Und ihre Mutter war mindestens ebenso arm dran. »Und warte erst mal ab, was dem Baby blüht!«, sagte mein Mann voraus. »Am besten, die verkauft das Haus in Malibu und zieht gleich zur Untermiete bei irgendeinem Psychiater ein. Das spart Zeit.«

Um kurz nach zwei Uhr kroch ich zu Ben ins Bett und schmiegte mich an ihn.

»Lass uns jetzt bitte ganz schnell schlafen, Helen!« Er hatte am nächsten Morgen schon früh eine Vorlesung und musste vorher die Mädchen zur Schule bringen. Mehr als viereinhalb Stunden Schlaf würden ihm in dieser Nacht nicht vergönnt sein. Mir ging es da besser. Ich konnte im Zweifelsfall bis zum Nachmittag im Bett bleiben, denn ich hatte ja Nachtdienst und damit eine gewisse Narrenfreiheit. Entsprechend wohlig kuschelte ich mich in die Kissen und war dankbar dafür, dass es uns so gut ging.

Es war die Zufriedenheit der Ahnungslosen. Sie sollte nicht lange anhalten.

38. Kapitel

»Helen! – Du musst aufwachen, Helen!« Mein Mann zitterte wie Espenlaub. Schlaftrunken wie ich war, wunderte ich mich bloß. In so einem Zustand hatte ich Ben noch nie gesehen. »HELEN!«

Es war zwanzig nach sieben, und er hatte bereits überall gesucht. »In der Garage. Auf dem Speicher. Im Keller.«

»Wonach?«, fragte ich gähnend.

»Cathy!«

Das konnte nicht sein. Es musste eine einfache Erklärung geben. Da Ben aber keine Ruhe gab, kletterte ich schließlich schwerfällig aus dem Bett und begann nun meinerseits nach unserer Tochter zu suchen. »Catherine?«, rief ich laut.
Sie war wirklich nicht in ihrem Bett. Im Bad war sie auch nicht.

»Cathy?«

Ich wurde nervös. Ich spürte es deutlich. Die Erregung befiel zuerst meinen Bauch, dann den Kopf, schließlich Hände und Füße.

»Cathy?«

Ich lief nach unten, in die Küche, ins Wohnzimmer, ins Esszimmer. Ich riss die Tür der Gästetoilette auf. Vielleicht war unserer Großen ja schlecht geworden. Vielleicht lag sie irgendwo ohnmächtig in einer Ecke.

»CATHY?«

Was gerade noch Nervosität gewesen war, wandelte sich in Panik. Mein Kind war nicht da. Sie war nicht im Haus. Also musste sie draußen sein. Ich stürmte zur Haustür, schloss auf und riss sie weit auf. Prompt wurde der Alarm ausgelöst. Catherine konnte das Haus also gar nicht verlassen haben. Das hätte mir spätestens in diesem Moment auffallen müssen, da das Aufschließen der Tür ja noch nicht gereicht hatte. So weit konnte ich in dem Augenblick nur leider nicht denken und rannte im Nachthemd auf die Straße, um nach meiner Tochter zu rufen.

Mildred Moredock trat verschreckt aus ihrem Haus. »Was ist passiert, Frau Drescher?«

»Haben Sie Cathy gesehen?«, schrie ich.

Kassiopeia begann zu bellen.

»Cathy?«, wiederholte Frau Moredock. »Ist die weg?«

Ich rannte die Straße entlang und rief weiter nach meiner Tochter.

Unsere Alarmanlage veranstaltete einen mörderischen Lärm, und Kassiopeia tat noch das ihre dazu. So öffneten sich nach und nach die Haustüren in unserer Nachbarschaft, und verschlafene Menschen steckten die Köpfe heraus.

»Haben Sie Cathy gesehen?«, schrie ich jeden Einzelnen an. »Meine Tochter? Haben Sie Cathy gesehen? – Catherine?«

Plötzlich hielt ein Wagen neben mir. »Frau Drescher?«

Al Moredock war noch im Schlafanzug. »Steigen Sie bitte ein, Frau Drescher! Ihr Mann braucht Sie im Haus.«

Ich war nicht in der Lage, mich zu rühren. Herr Moredock musste aussteigen und mich um sein Auto herumführen. Mit sanfter Gewalt drückte er mich auf den Beifahrersitz.

»Cathy wird mit diesem Flittchen unterwegs sein«, sagte Al zu mir, als er sich ans Steuer setzte. »Machen Sie sich mal keine allzu großen Sorgen, Frau Drescher.«

Ich verstand kein Wort. Ich saß nur fassungslos da, während Al Moredock den Wagen wendete und die paar Meter zu unserem Haus zurückfuhr, und dabei fragte ich mich die ganze Zeit, ob ich das hier wirklich erlebte. Vermutlich war es nur ein böser Traum. Ich wachte nur leider nicht auf.

»Frau Drescher?«

Wir waren inzwischen angekommen, und Al Moredock griff nach meiner Hand. »Ich habe Ihrem Mann gerade schon erzählt, was mir mit der Dame passiert ist, die Ihre Cathy immer abholt. Ich bin ganz sicher, dass die Kleine mit ihr unterwegs ist. Für so junge Mädchen ist eine solche Frau ... machen Sie sich keine allzu großen Sorgen!«

Mein Kopf war so leer, dass ich gar nicht reagieren konnte. Ich bedankte mich lediglich mit zittriger Stimme, stieg aus dem Wagen und rannte ins Haus.

Isabelle stand weinend im Flur. Ben hatte die Alarmanlage inzwischen abgeschaltet und den Sicherheitsdienst informiert, dass es sich um einen Fehlalarm gehandelt habe.

»Eingebrochen hat auch niemand«, erklärte er mir. Er hatte sämtliche Fenster und Türen kontrolliert, alles war intakt und fest verschlossen gewesen. Jetzt suchte er verbissen nach einem Brief, nach einem Zettel, nach irgendetwas, das uns einen Hinweis geben konnte.

Wir fanden nichts.

»Guck in dein Portemonnaie, Helen! Guck, ob da was fehlt.«

Meine Handtasche stand wie immer in der Küche. Am Vortag hatte ich zweihundert Dollar Bargeld bei mir gehabt. Jetzt war meine Geldbörse leer.

»Was fehlt noch, Helen? Guck nach, was sonst noch fehlt!«

Ich lief nach oben, und die weinende Isabelle folgte mir wie ein Schatten.

»Moooooooom!«

»Jetzt nicht, Bellie!«

Ich riss Catherines Kleiderschrank förmlich auseinander. Ihre große Sporttasche war weg, das stellte ich fest. Was darüber hinaus fehlte, war schwer herauszufinden, weil die Mädchen ihre Klamotten ja ständig untereinander tauschten. »Die GAP-Jeans und der dunkelblaue Pulli sind nicht da. Und ihre dicken Sportschuhe.«

»Ausweis?«, fragte mein Mann.

Der Ausweis war normalerweise in Catherines Schultasche, in ihrem Portemonnaie. Das war nicht an seinem Platz.

Ben und ich sanken auf Cathys Bett. Isabelle hatte sich inzwischen einen Teddybären geholt, den sie anweinen konnte. Sie stand im Türrahmen und schluchzte so verzweifelt in das Bärenfell, dass es mir fast das Herz zerriss. Prompt schossen auch mir die Tränen in die Augen und ich lief zu meiner Kleinen und schloss sie in die Arme.

»Hör jetzt bitte auf zu heulen, Helen!«, schimpfte Ben. »Wir müssen jetzt nüchtern nachdenken, vorher können wir nichts unternehmen. Die Alarmanlage war eingeschaltet«, resümierte er. »Und die Haustür war abgeschlossen.«

»Ich habe sie zugesperrt, nachdem ich Charlotte zum Auto gebracht hatte«, wimmerte ich.

»Sie konnte also raus, während wir mit der Henson im Wohnzimmer gesessen haben.« Das war aber unwahrscheinlich. Ben hatte den Korridor die ganze Zeit im Blick gehabt. »Und irgendetwas hätten wir ja auch hören müssen.« Nein, er nahm an, dass Catherine zu dieser Zeit schon nicht mehr im Haus gewesen war. Allerdings hatte er die Alarmanlage eingeschaltet, nachdem er von den Huxleys zurückgekommen war. »Das war Viertel nach zehn, Helen. Und die Henson kam wann?«

Ich ließ Isabelle los und lehnte meinen Rücken gegen den Türrahmen, rutschte daran entlang, bis ich auf dem Boden saß.

»Was ist?«, schrie Ben und kniete im nächsten Moment neben mir. »Mach jetzt um Himmels willen nicht schlapp, Helen!«

»Gestern Abend«, stammelte ich, und dabei war mein Mund so trocken, dass es mir schwerfiel, die Worte auszusprechen. »Um Schlag zehn habe ich ein Auto gehört. Ich dachte, du wärest das, aber –« Die plötzliche Gewissheit traf mich mit solch einer Wucht, dass ich nach Luft schnappen musste. »Kurz vorher war ich unten auf der Toilette, Ben. Und da habe ich so ein komisches Geräusch gehört, ein Klacken. Das war die Haustür. Die Haustür ist ganz leise zugezogen worden.«

Ich sprang auf und lief nach unten. Wir mussten Catherine anrufen. Ich fragte mich, warum wir das nicht längst getan hatten. Mit zitternden Fingern wählte ich die Nummer ihres Handys. Im nächsten Moment läutete es – oben, in ihrem Zimmer!

»Sie hat ihr Handy hiergelassen?«, fragte ich atemlos.

»Denkst du, sie läuft weg, um dann von uns angerufen zu werden?«

»Was hat Moredock dir erzählt, Ben? Hatte das irgendetwas mit Cathy zu tun?«

Darüber wollte mein Mann im Moment nicht sprechen. Ich sollte erst mal Jennifer anrufen. »Vielleicht hat sie der irgendwas gesagt.«

Jennifer war glücklicherweise zu Hause. Sie hatte aber keine Ahnung. Catherine hatte ihre gegenüber keinerlei Andeutungen gemacht. »Sie hat gestern überhaupt nicht viel mit mir geredet. Weil sie ja für die Arbeit lernen musste.«

Mir wurde immer elender. Die Mädchen hatten sich doch so innig voneinander verabschiedet.

»Das ist mir auch aufgefallen«, sagte Jennifer. »Cathy hat mich so fest gedrückt. Das hat sie, glaube ich, noch nie getan.«

»Leg auf!«, rief Ben dazwischen. Wir hatten den Lautsprecher eingeschaltet, sodass er mithören konnte, und seines Erachtens brachte uns das Gespräch wohl nicht weiter.

»Wenn ich irgendetwas tun kann«, schrie Amy im Hintergrund. »Ein Wort genügt, Helen! Jederzeit!«

Ben unterbrach die Verbindung und sah mich an, wie er mich noch nie zuvor angesehen hatte. In seinen Augen stand nackte Angst. »Ruf Jodie an!«, forderte er mich auf. »Auf allen Nummern! Die wird zwar nicht abnehmen, aber versuch's trotzdem!«

Es war inzwischen zehn Minuten vor acht, und natürlich nahm Jodie nicht ab.

»An der Uhrzeit liegt das nicht, Helen.«

Er schickte Isabelle in die Küche, unter dem Vorwand, uns doch bitte ein Glas Orangensaft zu holen. Kaum dass das Kind aus dem Zimmer war, griff er meinen Arm. »Als sie während der

Weihnachtstage bei uns war«, flüsterte Ben, »da hat sie vor dem Moredock oben am Fenster Striptease gemacht.«

»Jodie?«

»An zwei aufeinander folgenden Abenden. Jedes Mal, wenn er den Hund ausführte.« Am dritten Abend hatte Jodie draußen auf Al Moredock gewartet. Sie hatte ihn freundlich begrüßt und seine Hand in ihre Jogginghose gesteckt. »Und sie hatte keine Unterwäsche an.«

Isabelle kam zurück. Nur das bewahrte mich davor, einen Schreikrampf zu bckommen.

»Ruf Charlotte Henson an!«, sagte Ben zu mir. »Wir müssen genau wissen, wann sie gestern Abend mit Jodie gesprochen hat!«

Charlotte Henson war auf dem Weg zur Kanzlei, als ich sie auf ihrem Handy erwischte.

»Um Gottes willen!«, sagte sie erst mal nur. » Warten Sie, Helen ... lassen Sie mich kurz überlegen.« Um acht Uhr war sie bei Amy eingetroffen, und um kurz nach acht war sie wieder weggefahren. »Das hat lange gedauert bis Santa Monica. Ich glaube, es war schon nach neun, als ich bei Jodie ankam.« Zu dem Zeitpunkt hatte diese gerade Sachen in ihren Porsche gepackt, eine Tasche und einen kleinen Koffer. »Ich habe sie noch gefragt, ob sie verreisen wollte, aber sie hat mir keine Antwort gegeben.« Da Charlotte für die Fahrt nach Santa Monica so lange gebraucht hatte, war es Jodie vermutlich nicht anders ergangen. »Das war das Auto, das ich um Punkt zehn gehört habe, Ben.« Damit hatten wir einen Zeitrahmen, und wir hatten auch eine ungefähre Vorstellung von dem, was passiert sein konnte. Mehr brauchten wir im Moment nicht. Das dachten wir zumindest.

Wir riefen die Polizei an.

Was sich in den nächsten Stunden abspielte, war dermaßen unerträglich, dass ich zwischendurch immer wieder dachte, ich würde es nicht eine Minute länger aushalten können.

Dabei waren die Damen und Herren von der Polizei wirklich nett. Wir wurden zwar dreimal weiterverbunden, bis wir endlich an die richtige Stelle gelangten, doch jeder einzelne Beamte, der uns weiterreichte, verhielt sich ausgesprochen höflich und zuvorkommend. Mit Worten.

Taten durften wir indes nicht erwarten, zumindest nicht im Moment. Catherine war schließlich kein kleines Mädchen mehr. Immerhin war sie schon vierzehn Jahre alt, und nach Erfahrung der Polizei kam es häufiger vor, dass Mädchen dieses Alters von zu Hause wegliefen. »Die kommen alle zurück, Herr Dr. Drescher. Zwei, drei Tage, und ihre Tochter steht wieder vor der Tür.«

Da wir überdies annahmen, dass Jodie Lang für Cathys Ausreißen verantwortlich war, schloss die Polizei ein Verbrechen erst einmal aus. Schließlich war unsere Tochter in Begleitung einer Erwachsenen.

»Kann man denn wenigstens die Flughäfen und die Bahnhöfe informieren?«, fragte mein Mann.

Der Beamte am anderen Ende der Leitung lachte. Ohne Reisepass konnte Cathy das Land nicht verlassen, und außerdem war ja gar nicht sicher, ob wir nicht alles nur falsch verstanden hatten. »Überlegen Sie bitte ganz genau, Herr Dr. Drescher! Hat diese Frau Lang Sie vielleicht um Erlaubnis gebeten, mit Ihrer Tochter nach X oder nach Y zu fliegen oder zu fahren?«

Ben ließ sich den Namen und die Dienstnummer des Herrn am anderen Ende der Leitung geben, dann legte er wutentbrannt auf. »In den ersten vierundzwanzig Stunden tun sie prinzipiell nichts, Helen.«

Diese vierundzwanzig Stunden mussten wir also wohl oder übel abwarten. Trotzdem ließen wir die Zeit nicht ungenutzt verstreichen. Ben fuhr zum Polizeipräsidium, um die Formalitäten zu erledigen. Noch konnte er unsere Tochter zwar nicht als vermisst melden, konnte aber die Anzeige vorbereiten, sodass wir das ganze Theater in vierundzwanzig Stunden nicht noch einmal über uns ergehen lassen mussten.

Danach machte mein Mann sich auf den Weg zur *Emerson* und meldete der Schulleitung, was geschehen war. Dort zeigte man sich äußerst entgegenkommend und unterbrach den Unterricht. Ihre Klassenkameraden wurden ins Auditorium gerufen und gefragt, ob sie irgendetwas wussten. Vanessa Lickman meldete sich als Einzige. Cathy hatte ihrem Bruder Boris in der vergangenen Woche erzählt, dass ihre Mutter schrecklich eifersüchtig auf ihre Freundin Jodie wäre. Weil sie nicht so hübsch und erfolgreich wie Jodie wäre. Weil Cathy Jodie im Gegensatz zu ihrer Mutter aufrichtig liebte.

Während Ben sich in Ruhe mit Vanessa Lickman unterhielt, saß ich mit Isabelle zu Hause und rief von meinem Handy aus die Mütter von Catherines Klassenkameraden an.

Keine wusste etwas. Allerdings hörte ich immer wieder, dass Cathy sich offenbar in letzter Zeit sehr zurückgezogen hatte. »Weil sie einen Freund hat und mit dem viel Zeit verbringt.«

»Cathy hat keinen Freund!«, rief ich jedes Mal mit immer verzweifelterer Stimme. »Das behauptet sie nur, weil wir kein Chalet in Aspen haben.«

Mittags kam Amy vorbei. Sie wollte Flugblätter mit einer Suchmeldung machen und brauchte deshalb Fotos von Cathy. Sie hatte einen Nachbarn, der in einem Fotogeschäft arbeitete. »Die machen uns Abzüge, Helen. Tausende, wenn es sein muss.«

Ein Foto von Jodie wollte sie auch, und ich drückte ihr den Packen der Bilder in die Hand, die wir Weihnachten gemacht hatten.

Als ich Amy nach draußen zu ihrem Wagen begleitete, fuhr ein Mercedes vor. Es war Charlotte. Mit der hatte ich nun wirklich nicht gerechnet.

Amy schien ebenso überrascht zu sein und wollte wissen, ob Charlotte uns am Vorabend noch erreicht hatte. »Sie war gestern noch mal bei mir, und ich wollte danach sofort bei dir anrufen, aber dann kam Jen plötzlich und sagte, sie ...« Amy hielt inne und lief Charlotte entgegen, die gerade aus ihrem Wagen stieg. »Das passt jetzt gar nicht gut«, sagte sie zu ihr. »Du musst Helen ein andermal von deinem Gummibauch erzählen. Im Moment –«

»Ich weiß schon alles«, rief ich dazwischen, damit die Verwirrung nicht noch größer wurde.

Charlotte trug eine dicke Mappe unter dem Arm. »Können wir reingehen, Helen?«

Kaum dass wir im Haus waren, sah sie mir fest in die Augen. »Sie waren so nett zu mir«, erklärte sie. »Da will ich jetzt auch nett zu Ihnen sein. Egal, welche Folgen das vielleicht für mich hat.« Sie hatte Jodies Scheidungsakte mitgebracht. Darin befand sich unter anderem die Telefonnummer von Marvin Lang. »Der weiß fast immer, wo sie ist, Helen. Wenn sie nicht weiterkann, setzt sie sich mit ihm in Verbindung.«

39. Kapitel

Was ich in den nächsten anderthalb Stunden erfuhr, war dermaßen befremdlich, dass ich eine Zigarette nach der anderen rauchte, da ich mich an irgendetwas festhalten musste.

Jodie Langs wahre Lebensgeschichte war zwar im Ansatz die gleiche Geschichte, die sie uns erzählt hatte. Allerdings gab es darin ein paar Besonderheiten, die Jodie zu ihren Gunsten verändert oder ausgelassen hatte.

Wo und wann sie geboren war, stimmte. Dass ihre Eltern einfache Leute gewesen waren, stimmte auch, genauso, dass Jodie schon als Kind häufig ausgerissen war. »Nur warum sie ausgerissen ist, behält sie für sich, Helen!« Frauen wie Jodie hatte man früher Nymphomaninnen genannt. Heute nannte man sie sexsüchtig. Diese Erkrankung trat nur selten isoliert auf, sondern ging in aller Regel mit einer Persönlichkeitsstörung einher. »Sie hat sich schon als ganz junges Mädchen mit Männern eingelassen«, erzählte Charlotte. »In Hamburg hat man sie wegen Prostitution verhaftet, als sie gerade mal fünfzehn war.« Ein Sozialarbeiter hatte sie davor bewahrt, dass das in ihre Akten kam.

»Frank Lieblich«, hauchte ich. »Deshalb ist sie ihm so dankbar.«

Dankbar musste Jodie vielen Menschen sein, vor allem ihrem Ehemann. »Jodie hatte ihr Kind schon, als sie Marvin kennenlernte, und er hat sie geheiratet, weil sie allein nicht zurechtkam.« Das Model, das so gut im Geschäft gewesen war, hatte durch die Schwangerschaft den Anschluss verpasst. Jodie war schließlich keine Cindy Crawford gewesen. Für ihren Frauentyp gab es jede Menge Ersatz.

»Als sie Marvin kennenlernte, saß sie in München in einem

winzigen Zimmer zur Untermiete und hatte ein schreiendes Kind, das sie fast zum Wahnsinn trieb.« Den Vater der kleinen Carla hatte Jodie kaum gekannt. »Das hat sie Marvin damals aber nicht gesagt. Ihm gegenüber hat sie behauptet, der Mann hätte sie verlassen.«

Sie hatte Marvin eine Menge verschwiegen, Dinge, die Marvin jedoch früh genug selbst herausfand. Zunächst einmal war er einfach nur in Jodie verliebt gewesen, unsterblich verliebt. »So eine Frau hatte er bis dahin nie kennengelernt«, erzählte Charlotte. »Die war so verrückt auf Sex, dass er sich vorkam, als gehöre ihm die Welt. Der Mann dachte ja, die Frau sei so verrückt nach Sex mit ihm.«

Er nahm Jodie und die vier Monate alte Carla zu sich und bestellte schon kurze Zeit später das Aufgebot. »Die kannten einander erst sieben Wochen, als sie geheiratet haben. Und davon war sie noch eine Woche bei ihrer Mutter, weil der Vater gestorben war.« Statt einer Hochzeitsreise wollte Jodie eine Schönheitsoperation. »Angeblich hatten ihre Brüste durch die Schwangerschaft die Form verloren, und das machte sie depressiv.« Eine neue Nase bekam sie auch, und dann kauften sie außerhalb von München ein großes Haus mit Swimmingpool und Garten, damit Jodie sich endlich wohlfühlte.

»Sie fühlte sich nämlich nicht wohl«, berichtete Charlotte. »Trotz allem nicht. Marvin schenkte ihr angeblich nicht genug Aufmerksamkeit, das Kind war so anstrengend, sie hatte ständig Depressionen.« Doch denen wusste sie beizukommen. Sie traf sich zum Frühstück mit einer Freundin in der Stadt und ging anschließend zur Massage in einen ganz besonderen Salon. Dort gab es den Sex kostenlos dazu. »Zum Mittagessen traf sie sich dann mit Marvin, hatte mit dem einen Quickie auf dem Klo oder im Auto, und dann zog sie weiter.«

»Und der Mann hat das mitgemacht?«, fragte ich fassungslos.

Marvin hatte jahrelang nichts von Jodies Neigungen gewusst.

Er war sich der Treue seiner Ehefrau absolut sicher gewesen, denn er schlief ja täglich mit ihr. »Kann ich irgendwie sogar verstehen, dass er sich überhaupt keine Gedanken gemacht hat«, meinte Charlotte und seufzte.

Ich seufzte auch. Dann erzählte ich, was Ben am Morgen von Al Moredock erfahren hatte.

»Das ist nichts Besonderes«, sagte Charlotte, als gehe es darum, dass ein Mensch seinen Kaffee immer nur schwarz trank. »Jodie sitzt mit Ihnen im Restaurant, Helen, und hält einen Monolog über irgendeinen Blödsinn, beispielsweise darüber, wie unfair es ist, dass immer noch nicht die Pille für den Mann erfunden worden ist. Und dann steht sie plötzlich auf und geht mal eben zur Toilette ...«

»Und?«, fragte ich, da Charlotte nicht weitersprach.

»Diese eigenartigen Restaurants, die sie so gern aufsucht, Helen, das sind oft Treffpunkte. Diese Leute nehmen im Internet Kontakt auf und treffen sich da.«

»Und haben Sex?«

So wollte Charlotte Henson es nicht nennen. »Die ficken«, sagte sie ruhig. »Irgendwo. Das geht so schnell, so schnell kann unsereiner gar nicht gucken.« Um den Genuss ging es dabei wohl nicht. Nur um den Akt an sich. »Das ist eine Sucht, Helen.« Jodies Mutter hatte die ersten Anzeichen der Krankheit erkannt, als ihre Tochter gerade mal vierzehn Jahre alt war. »So etwas ist schwer zu heilen, da die meisten Sexsüchtigen sich selbst ja gar nicht krank fühlen. Auch Jodie findet sich toll. Sie glaubt, dass alle anderen Frauen gestört sind, weil sie ihre Weiblichkeit nicht zelebrieren, wie sie das ausdrückt.« Deshalb waren bisher auch alle Versuche gescheitert, Jodie zu einer Behandlung zu überreden. »Sie war zweimal in einer psychiatrischen Klinik und zigmal in Therapie. Nie hat sie durchgehalten.« Marvin versuchte immer wieder, sie auf den rechten Weg zu bringen. »Er ist erst kurz vor Carlas Tod dahintergekommen, was mit seiner Frau los ist«, erzählte Charlotte.

Zu dem Zeitpunkt hatte es im Großraum München kaum noch jemanden gegeben, der Jodie nicht näher kannte. Bei einer Hochzeit hatte sie sich dem Vater der Braut an den Hals geworfen und war dabei von der Brautmutter erwischt worden. »Und die hat es Marvin erzählt. Der wollte Jodie daraufhin windelweich schlagen, wovon ihn seine Schwiegermutter aber gerade noch zurückhalten konnte.« Jodies Mutter lebte seit dreieinhalb Jahren bei den Langs, als das Unglück geschah. »Übrigens auch ein interessanter Aspekt«, warf Charlotte ein. »Jodie spricht nie von ihrer Tochter oder von Carla, immer nur von dem Kind und dem Unglück.«

»Damit löst sie sich davon«, sinnierte ich.

»Als würde sie das Kind entpersonifizieren«, stimmte Charlotte mir zu. »Es war nicht *ihr* Kind, sondern *das* Kind. – Aber um auf Jodies Mutter zurückzukommen. Sie hat Marvin damals alles erzählt, was sie wusste. Daraufhin hat der davon abgesehen, Jodie zu verprügeln, und sie beschatten lassen, um einen Eindruck vom Ausmaß ihrer Krankheit zu bekommen.« Was dabei herauskam, war so schrecklich, dass Marvin es noch heute nicht fassen konnte. »Unter anderem trieb es seine liebe Frau mit einem Drogenhändler, der in richtig finstere Geschäfte verwickelt war und in halb Europa steckbrieflich gesucht wurde.« Nicht zuletzt deshalb konfrontierte Marvin Jodie mit dem, was er herausgefunden hatte, denn für ihn stand plötzlich mehr als der Ruf auf dem Spiel. Er fürchtete um seine wie um Carlas Sicherheit. »Und da ist sie ausgeflippt, Helen.« Eine Woche vor Carlas Unfalltod war das gewesen, am Montag davor. Jodie war schreiend aus dem Haus gelaufen. »Quer durch München ist Marvin ihr nach, hat sie aber irgendwann verloren.« Also fuhr er nach Hause und wartete darauf, dass Jodie anrief. »Fünf Tage später hat sie sich endlich gemeldet. Da saß sie weinend in Berlin in irgendeinem schäbigen Hotel und konnte nicht mehr. Wollte sich umbringen.« Als Marvin am gleichen Abend bei ihr eintraf, war sie schon wieder wesentlich fröhlicher. Da wollte sie Sex.

Und er wollte reden. »Darauf hat sie ihn wieder sitzen lassen. Und er ist ihr wieder hinterher.«

Als der Anruf kam, dass Carla tödlich verunglückt war, lagen Marvin und Jodie gerade schweißnass aufeinander.

»Marvin hat das Kind geliebt, als sei es sein eigenes«, führte Charlotte aus. »Er hatte den Swimmingpool mit Planken abgedeckt, damit das Kind nicht hineinfiel, und Jodie hatte ihren Kräutergarten aufgeben müssen, damit das Kind sich nicht vergiftete. Und dann so was! Der Mann war am Boden zerstört.« Jodie zeigte zunächst auch ein paar Veränderungen. Geraume Zeit schlief sie seltener mit irgendwelchen fremden Männern, dafür vergnügte sie sich aber umso häufiger mit sich selbst.

»Erinnern Sie sich an das Ledersofa in Jodies Wohnung?«

Natürlich erinnerte ich mich daran.

»Das ist ein Schlafsofa mit einem riesigen Bettkasten.«

Laut Marvin stapelten sich darin Vibratoren und eine Vielzahl anderer stimulierender Gerätschaften. »Ich habe das nachgeprüft, Helen. Es stimmt!«

Ich schluckte. »Und Ben dachte, Jodie hätte Angst vor Männern«, sagte ich flüsternd.

»Angst vor Nähe!«, berichtigte er sich, als Charlotte die Geschichte am Nachmittag für ihn wiederholte. »Und vermutlich vor jeder Menge anderen Dingen.«

Wie Charlotte sogleich ausführte, hatte Jodie wohl vor allem Angst davor, wieder schwanger zu werden. »Die Angst muss so groß sein, Herr Drescher, dass sie in den letzten Jahren mehrmals monatelang ihre Periode nicht bekam. Und zunahm. Und morgens war ihr übel.«

»Deshalb das Gerede von den eingebildeten Schwangerschaften«, brummte mein Mann. »Hatte sie Abtreibungen?«

»Drei«, antwortete Charlotte. »Von dreien weiß zumindest ihr Mann.«

»Geschlechtskrankheiten?«

»Alles außer HIV und Syphilis.«

Ben schloss erschöpft die Augen.

»Sie benutzt Catherine«, sagte er leise. »Sie benutzt sie dazu, Männer kennenzulernen. Ich kann mir bildhaft vorstellen, wie unbeschwert die sich geben.«

»New York!« Ich schrie das förmlich heraus, und Ben sah mich an, als sei nun ernsthaft zu befürchten, dass ich dabei war, den Verstand zu verlieren. »Die sind in New York, Ben!« Ich wusste selbst nicht, warum ich plötzlich darauf kam, war mir aber ganz sicher. »Sie hat doch diesen Bill kennengelernt«, erinnerte ich meinen Mann. »Diesen New Yorker, der jede Woche –«

»Das stimmt!«, pflichtete Charlotte mir bei. »Bill ist ihre neueste Besessenheit.«

So etwas brauchte Jodie nebenbei auch immer noch. Sie konnte sich im Bruchteil einer Sekunde in einen Mann verlieben und ließ dann nichts unversucht, damit er ihre Gefühle erwiderte. »Tut er es, wird er uninteressant. Tut er es nicht, rächt sie sich, indem sie mit anderen Männern schläft.«

»Sie sind in New York, Ben. Glaub es mir!«

Mein Mann hielt das durchaus für eine Möglichkeit, doch brachte es uns leider nicht weiter. Uns blieb nichts anderes übrig, als zu warten, die Zeit totzuschlagen und zu hoffen, dass Catherine anrief, um uns zu versichern, dass ihr nichts Schreckliches zugestoßen sei.

Solange Charlotte Henson bei uns war, riss ich mich einigermaßen zusammen. Danach wurde es wesentlich schwieriger. Ich wollte weder essen noch trinken, und hinlegen wollte ich mich erst recht nicht. Jedes Mal, wenn das Telefon klingelte, schickte ich Stoßgebete gen Himmel. Amy rief an. Victor rief an. Marilena rief an. Riza rief an. Dr. Kidder rief an. Nathalie rief an. Nur meine Tochter meldete sich nicht.

»Sollen wir uns nicht doch mit diesem Marvin in Verbindung

setzen?«, fragte ich Ben immer und immer wieder. »Wir haben seine Telefonnummer. Und ich habe doch sogar schon mal mit ihm gesprochen. Vielleicht weiß er ja wirklich, wo Cathy und Jodie sind.«

Ben hielt das für keine gute Idee. »Überleg doch mal, Helen! Der Mann lässt sich trotz allem, was vorgefallen ist, nicht von dieser Frau scheiden. Der ist doch mindestens ebenso gestört wie sie. Er wird sie um jeden Preis schützen.« Auf einen solchen Menschen konnten wir uns unmöglich verlassen. Ein solcher Mensch konnte alles nur noch schlimmer machen. »Außerdem bin ich sicher, dass sie sich in Kürze meldet, Helen. Cathy wird anrufen.« Davon war er überzeugt.

Es passierte nur nicht.

Am Dienstagmorgen um acht Uhr kümmerten sich dann endlich auch die Damen und Herren von der Polizei um unseren Fall.

Inzwischen war ich seit achtundvierzig Stunden auf den Beinen – wenn man von den etwa vier Stunden Schlaf am Montagmorgen absah – und befand mich in einem entsprechend schlechten Zustand. Mein Kreislauf bereitete mir zusehends Schwierigkeiten, ich bekam Weinkrämpfe und hatte immer häufiger das Gefühl, mich aus dem Fenster stürzen zu müssen.

»Was, wenn sie tot ist? Was, wenn diese Irre ihr was angetan hat? Was, wenn sie sich mit Leuten einlassen, die ihr was antun?«

Eine Spritze bereitete all diesen Fragen ein Ende. Auf einmal war mir alles egal. Es kam, wie es kommen sollte. Ich konnte nichts daran ändern.

Am Nachmittag erfuhren wir, dass ich mit meiner Vermutung richtig gelegen hatte. Jodie und Catherine waren am Sonntag, den 12. März 2006, mit der letzten Maschine nach New York City geflogen.

»American Airlines Flug Nummer 30«, teilte uns der Beamte mit. »Ab Los Angeles um dreiundzwanzig Uhr dreißig, an John F. Kennedy gestern Morgen um sieben Uhr achtundvierzig.«

Gleichzeitig bestätigte sich noch eine andere Sache: Jodie und Cathy waren am vorangegangenen Wochenende wirklich nicht auf einer Radtour gewesen. Vielmehr hatten Jodie Lang und »ihre Nichte« Catherine Drescher in der Nacht vom 4. auf den 5. März 2006 im *Caesar's Palace* in Las Vegas genächtigt. Die beiden hatten uns also ins Gesicht gelogen, ohne auch nur mit der Wimper zu zucken.

»Dann stimmte alles andere auch, Ben. Dann stimmte das auch mit dem Alkohol und den Zigaretten. Dann hat sie das nicht nur behauptet, um sich vor Jennifer –«

»Nun beschäftige dich doch nicht mit solchen Kinkerlitzchen!«, meckerte mein Mann. »Darüber mache ich mir jetzt die geringsten Sorgen.« Jodie litt seiner Meinung nach an einer Persönlichkeitsstörung. »Deshalb existieren Regeln nur für die anderen, Helen. Mit so was Lächerlichem hat sie nichts zu tun.«

»Aber sie regt sich doch darüber auf, wenn jemand nach zweiundzwanzig Uhr noch Lärm macht?«

»Dann sind es ja auch die anderen, die sich nicht an die Regeln halten. Sie misst mit zweierlei Maß.« Er durfte sich gar nicht vorstellen, mit welcher Art von Lebensstil unsere Tochter zurzeit konfrontiert wurde. Wenn wir Glück hatten, fungierte Cathy lediglich als Jodies Publikum. »Dann braucht sie Catherine nur an ihrer Seite, um einen Zeugen für ihre Heldentaten zu haben, jemanden, der sie dafür bewundert, wie locker und wie toll sie ist.« Wenn wir ganz großes Glück hatten, bekam unsere Tochter nur die Hälfte davon mit. Wenn wir Pech hatten, erlebte sie sämtliche Obszönitäten hautnah.

»Nein, Ben!« Vieles konnte ich mir vorstellen, das nicht! Catherine war rebellisch, das schon. Sie trank vermutlich Alkohol und rauchte. Im schlimmsten Fall probierte sie auch Drogen. Aber Sex … »Nein, Ben!« Was das anging, war sie noch ein

Kind. Da irrte ich mich nicht. So sehr durfte ich mich einfach nicht irren.

Am Dienstagabend waren die Behörden in New York City informiert. Jeder Streifenpolizist im Big Apple hielt Ausschau nach unserer Tochter. Ich lag im Wohnzimmer auf dem Sofa und starrte hypnotisch auf das Telefon, damit es endlich klingelte, damit mein Kind endlich anrief und mir sagte, dass es ihm gut ging und es nach Hause wollte.

Nichts geschah.

Am Mittwochnachmittag brauchte ich wieder eine von den Wunderspritzen, die mich so gleichgültig machten.

Isabelle war zu diesem Zeitpunkt in einem Zustand, den man keiner Achtjährigen wünschte. Sie hatte Angst um ihre Schwester, Angst um ihre Mutter, Angst vor ihrem Vater. Ben hatte keine Wunderspritzen bekommen und reagierte auf das kleinste Geräusch, als sei eine Bombe eingeschlagen. Er wollte Antworten auf Fragen, die er noch gar nicht gestellt hatte.

Am Donnerstagmorgen kam Victor unerwartet vorbei. Er hatte nicht nur den Nachtdienst für mich übernommen, sondern kümmerte sich insgesamt rührend um uns.

»Jack hat lange in New York gelebt«, sagte er und setzte sich zu mir aufs Sofa. »Er hat da viele Freunde, und denen haben wir Fotos von Cathy geschickt.« Die Fotos hatte er von Amy, die sie im Krankenhaus sowie an Jennifers und Rickys Schule verteilt hatte. »Ein Foto von Jodie haben die auch«, sagte Vic und zupfte dabei meine Wolldecke zurecht. »Ihr hattet Weihnachten ein so scharfes Bild gemacht, dass sie Jodies Kopf vergrößern konnten.« Er griff nach meiner Hand und hielt sie ganz fest. »Hab keine Angst!«, sagte er mit einer Stimme, die klang, als habe er gerade mit Gott gesprochen, als habe der ihm persönlich versichert, alles würde gut werden. »Wir finden sie, Helen, glaub mir das! Wir finden Cathy!« Er war sich seiner Sache ganz sicher.

So benebelt ich auch war, das fiel mir auf. Aber vielleicht war Victor sich seiner Sache ja aus gutem Grund so sicher. Er kannte seinen Partner Jack schließlich seit Jahren. Wenn der behauptete, auf seine New Yorker Freunde sei Verlass, so musste das aus Victors Sicht einfach stimmen.

Und es stimmte wirklich.

Schwule Männer liebten alles, was schön und gut war: schöne Kleidung, schöne Hotels, gute Bars, gute Restaurants. Schwule Männer wussten auch immer, was gerade »in« war und wo man hingehen musste, wenn man dazugehören wollte.

Während Ben und ich in Los Angeles vor dem Telefon gewartet hatten und jede Stunde um mindestens ein Jahr gealtert waren, hatten Jacks Freunde in New York City Fotos verteilt. Am Donnerstagabend um kurz nach sieben Uhr unserer Zeit rief uns ein Mann namens Michael an. Er war in einer Bar im Village, die *Monti's* hieß, und etwa zehn Meter von ihm entfernt saßen Catherine und Jodie an einem der Tische und tranken Cola.

»Sind Sie sicher?«, fragte Ben mit bebender Stimme.

»Hundertprozentig.« Michael wollte jetzt nur wissen, wie er weiter verfahren sollte, ob wir wirklich wollten, dass die Polizei eingeschaltet wurde.

»Und ob!«, rief Ben ins Telefon und schaltete den Lautsprecher ein. »Ihnen verleihe ich persönlich einen Orden, junger Mann, aber den Rest soll bitte die Polizei erledigen.«

Michael behauptete, das sei gar kein Problem. Mit seinem Handy in der Hand lief er nach draußen auf die Straße und erzählte uns dabei fröhlich, dass gleich an der Ecke eine Streife stehe.

Ich richtete mich von meinem Lager auf dem Sofa auf wie eine Mumie, die man soeben aus einem Jahrhunderte währenden Tiefschlaf erweckt hatte.

Der Lärm des New Yorker Abendverkehrs drang in unser Wohnzimmer nach Los Angeles.

»Officer?«, hörten wir Michael plötzlich sagen. »Das Mädchen hier, das sitzt da im *Monti's!*«

»Nicht auflegen!«, flehte mein Mann ins Telefon. »Legen Sie jetzt bitte nicht auf! – Michael?«

Der junge Mann am anderen Ende der Leitung lachte. »Ich lege doch jetzt nicht auf«, meinte er. »Die ganze Nacht haben wir uns gestern um die Ohren geschlagen, da will ich Ihre Erleichterung jetzt schon hautnah –« Er stockte.

»Hallo?«, rief Ben ins Telefon. »Hallo?«

»Herr Drescher?«

Wir wagten kaum zu atmen.

»Alles erledigt, Herr Drescher. Sie haben sie.«

Die Erleichterung, die mich übermannte, hatte schlimmere Folgen als all der Stress der vorangegangenen vier Tage. Ich hatte eigentlich nur kurz aufschreien wollen, konnte jedoch plötzlich nicht mehr damit aufhören. Ich schrie und schrie, dass es mir selbst in den Ohren schmerzte, und dabei hatte ich den Eindruck, mein ganzer Körper würde sich versteifen.

Ben schlug mir energisch ins Gesicht, sodass ich verschreckt innehielt. »Atme, Helen! Atme tief ein!«

Ich schnappte nach Luft.

»Anhalten! Und jetzt ganz langsam ausatmen, Helen, ganz langsam ...«

40. Kapitel

Es war Freitag, der 17. März 2006. American Airlines Flug 117 aus New York City sollte um 17.25 Uhr in Los Angeles landen. Ich machte Ben ab 14 Uhr verrückt.

»Nicht, dass wir zu spät kommen!«, erklärte ich ihm alle fünf Minuten. »Es ist Wochenende. Da kann Stau sein, und wir kommen nicht rechtzeitig!«

Um drei war mein Mann es leid und lud uns ins Auto. Isabelle konnte es kaum noch erwarten, ihre Schwester wiederzusehen. Unsere Vorfreude war indes getrübt.

Cathy und Jodie waren überrascht gewesen, als die Polizei plötzlich vor ihnen stand, nicht entsetzt, nicht verwirrt, nicht verärgert, nur überrascht. Den Anweisungen waren sie widerspruchslos gefolgt.

Jodie hatte man festgenommen. Allerdings würden wir wohl nicht damit durchkommen, sie wegen Kindesentführung vor Gericht zu bringen. Catherine war immerhin schon vierzehn Jahre alt, und sie war freiwillig mit Jodie gegangen. Jodie hatte sie zu nichts gezwungen. Sie hatte ihre Entscheidung, Jodie nach New York zu begleiten, am Abend des 5. März 2006 vor unseren Augen gefällt. Als die beiden vor unserem Haus standen, hatte Jodie unserer Tochter erklärt, sie könnte das alles nicht länger mitmachen. Wir würden sie beschimpfen, ihr unterstellen, geisteskrank zu sein, und das durfte sie sich nicht gefallen lassen. Deshalb bräuchte sie erst einmal eine Auszeit, die sie in New York verbringen wollte. Cathie hatte sofort gewusst, dass sie mit wollte, heraus aus der Enge, hinein ins Vergnügen.

Das hatte unsere Tochter den Beamten in New York City immer und immer wieder erklärt, und genau das war es, was unsere Vorfreude so trübte. Catherine kam nicht nach Hause, weil sie nach Hause kommen wollte. Sie kam einzig und allein, weil sie musste. Aus ihrer Sicht hatte sie nichts Verwerfliches getan. Dass sie im zarten Alter von vierzehn Jahren ohne unsere Zustimmung und ohne unser Wissen auf die andere Seite des Kontinents gereist war, hatte ihrer Meinung nach nicht viel zu bedeuten. Sie hatte schließlich nur deshalb nicht um unsere Erlaubnis gebeten, weil wir sie ihr nicht gegeben hätten.

So waren wir nun mal! Wir wollten nur, dass sie zur Schule ging, lernte, irgendein Hobby hatte, das ihr Spaß machte, und zufrieden war mit einer Freundin wie Jennifer, die ihrerseits damit zufrieden war, regelmäßig ihre kleine Schwester zu hüten.

Mehr durfte Cathy bei uns vom Leben nicht erwarten, und damit zog das eigentliche Leben gnadenlos an ihr vorüber. Sie wollte sich schick anziehen. Sie wollte ausgehen. Sie wollte tanzen und feiern und reisen und die Welt sehen. Durch Jodie hatte sie einen Einblick in dieses erstrebenswerte Leben erhalten. Während die beiden uns vorgegaukelt hatten, Fahrradtouren zu unternehmen, hatten sie sich in Jodies Wohnung verlustiert – Klamotten anprobiert, Schminksessions veranstaltet und den ein oder anderen Drink genommen, um dann abends durch die Clubs zu ziehen. Nachdem unsere Tochter einmal auf den Geschmack gekommen war, wollte sie diese Art von Vergnügung nicht mehr missen. Da wir ihr den nötigen Freiraum für so etwas jedoch nie zugebilligt hätten, war ihr gar nichts anderes übrig geblieben, als ihn sich einfach zu nehmen. Das durfte man ihr nicht vorwerfen. Sie hatte ja keine andere Wahl gehabt.

Dass sie mir zweihundert Dollar gestohlen hatte, sah ich nicht etwa zu eng: Ich sah es falsch. Sie hatte mir das Geld nicht gestohlen, sie hatte es sich vielmehr von mir ausgeliehen. Den Betrag bekam sie zum Geburtstag von ihrem Großvater, Onkel Max und

Tante Geli locker zusammen, dann hätte sie ihn mir zurückgegeben.

Die halbe Nacht hatte Ben mit Beamten gesprochen. Einige unserer Sorgen hatten sich glücklicherweise als unbegründet erwiesen: Unsere Tochter war nach wie vor Jungfrau, und sie hatte auch keine Drogen genommen. Allerdings hatte Cathy geringe Mengen Alkohol im Blut sowie Zigaretten in der Tasche gehabt. Das hielt sie selbst natürlich für Kinkerlitzchen. Sie hielt die ganze Aufregung für völlig übertrieben, gab aber zu, dass sie selbst daran schuld war. Sie hätte Jodies Rat befolgen und kurz zu Hause anrufen sollen. Es war dumm gewesen, das nicht zu tun. Das sah sie ein.

Darüber hinaus zeigte Catherine Drescher nach Aussage der New Yorker Behörden weder Reue, noch Angst. Sie sorgte sich lediglich um das Wohlergehen ihrer Freundin Jodie und litt sehr darunter, dass man sie von ihr getrennt hatte.

Wir hatten es also keineswegs hinter uns. Im Grunde fing das Drama jetzt erst an.

Um kurz nach siebzehn Uhr trafen wir am Flughafen ein. Es war gut gewesen, dass wir uns so früh auf den Weg gemacht hatten. Der Wochenendverkehr tobte auf den Straßen, und wir hatten für die Strecke, die man normalerweise in vierzig Minuten zurücklegen konnte, zwei volle Stunden gebraucht.

Als wir endlich ankamen, durften wir feststellen, dass Cathys Flug Verspätung hatte.

»Großartig!« Ben stöhnte laut auf. Über eine Stunde länger zu warten als erwartet würde kostspielig werden, das wusste er. Isabelle wollte alle paar Minuten etwas anderes, hatte Hunger, Durst, Langeweile, wieder Durst, wieder Hunger. Da das Kind in den vorangegangenen Tagen mindestens ebenso gelitten hatte wie wir, war jetzt auch nicht die Zeit, ihr irgendetwas zu versagen.

»Kümmere du dich bitte darum!«, bat ich ihn seufzend. Ich selbst war zu nichts mehr fähig. Ich lief noch ein wenig herum, rauchte draußen eine Zigarette, dann sicherte ich mir einen Platz direkt gegenüber vom Ausgang des Gates.

AA 0117 stand in großen Lettern auf der Anzeigetafel, *voraussichtliche Ankunft 18.25*. Zu meiner Rechten war eine riesige Wanduhr. Sie zeigte 17.24 Uhr, als ich auf meiner Bank Stellung bezog. Ich fragte mich, ob das alles überhaupt wahr sein konnte, ob Catherine wirklich nur nach Hause kam, weil man sie dazu zwang. Irgendetwas musste sie doch vermissen – wenn schon nicht uns, so doch zumindest ihre Schwester, unser Zuhause, ihr Zimmer. Ein Mensch ließ doch nicht einfach alles zurück.

Andererseits war meine Schwester Angelika in ihrer Jugend ähnlich *spontan* gewesen. Hals über Kopf stürzte sie sich in irgendwelche Abenteuer. Sie machte sich mit dem Rucksack auf zu einem Rock-Konzert in Köln und rief am nächsten Tag aus Paris an und fragte, ob die Eltern ihr wohl Geld schicken könnten. Das war der Unterschied: Angelika hatte angerufen! Sie hatte zwar die verrücktesten Sachen angestellt, die Familie jedoch nie über ihren Verbleib im Unklaren gelassen.

Catherine war da anders. Sie war schon immer anders gewesen.

Ich erinnerte mich an den Tag ihrer Geburt. Cathy hatte wie am Spieß geschrien, und als die Hebamme sie mir in den Arm legte, war der Blick des Kindes rastlos umhergeirrt. Isabelle hatte sehr viel weniger als ihre große Schwester gebrüllt. Und sie hatte mich mit ihren großen blauen Augen angesehen, als ich sie zum ersten Mal hielt.

Ihre ersten Schritte lief Catherine nicht auf mich zu, sondern von mir weg. Im Wohnzimmer war das gewesen, ich erinnerte mich genau. Isabelle war auch zum ersten Mal im Wohnzimmer gelaufen. Vom Tisch in meine Arme, ich hatte an der Tür gestanden. An ihrem ersten Schultag hatte Catherine nicht eine

Sekunde gezögert. Während all die anderen Kinder ihrer Klasse sich kaum von ihren Müttern hatten trennen können, hatte sie sich noch nicht mal zu mir umgedreht. Allerdings hatten die anderen Kinder sicher auch nicht zwei Tage später wie Cathy verkündet, dass sie nun keine Lust mehr hätten, in die Schule zu gehen. »Das mache ich nicht weiter!«, hatte sie Ben und mir damals beim Frühstück erklärt. Wir hatten herzlich darüber gelacht.

Catherine war nie sonderlich anhänglich gewesen. Sie hatte schon als Baby nicht gern geschmust, und wenn ich mich recht besann, war sie vier oder fünf gewesen, als sie sich das letzte Mal freiwillig auf meinen Schoß gesetzt hatte. Isabelle saß heute noch gern auf meinem Schoß. Gerade fragte sie mich, ob ich etwas dagegen hätte, wenn sie darauf Stellung bezog.

»Pass nur mit dem Eis auf!«, bat ich sie und stellte die Handtasche zwischen meine Füße. Es war inzwischen 17.49 Uhr. Meine Kleine rutschte auf meine Beine und lehnte ihren Oberkörper gegen meinen.

»Freut Cathy sich auf zu Hause?«, fragte sie nach einer Weile und leckte dabei an ihrem Himbeereis.

Das bezweifelte ich.

»Will sie nicht zu uns zurück, Mom?«

»Es kann sein, dass sie das behauptet«, seufzte ich. »Aber das meint sie dann nicht so, Bellie.«

Wenn Menschen sagten, dass sie nicht mehr leben wollten, meinten sie damit ja auch zumeist, dass sie nicht mehr so leben wollten, wie sie es im Moment tun mussten. Ich nahm an, dass es sich mit Catherine ähnlich verhielt, und vielleicht war das einzig und allein unsere Schuld.

Ben und ich legten großen Wert auf innere Werte, auf Moral und Anstand und Vertrauen. Vielleicht war so was nicht mehr zeitgemäß. Vielleicht mussten wir umdenken. Heutzutage musste man nicht mehr zuverlässig zu sein. Hauptsache, man war *hot*. Wie man sein Geld verdiente, war auch unbedeutend. Hauptsache, man hatte es. Loyalität und Integrität waren mit Sicherheit nicht *cool*. Nicht, was man wusste, zählte, sondern wen man kannte.

»Will sie denn lieber bei Jodie bleiben, Mom?«

Ich befürchtete, dass es so war, zumindest im Augenblick.

»Jodie gibt deiner Schwester das Gefühl, schon groß zu sein«, erklärte ich Bellie. »Aber sie ist noch nicht groß. Cathy ist zwar größer als du, aber solange ein Kind glaubt, es sei schon erwachsen, Isabelle, so lange ist ein Kind nicht erwachsen. Verstehst du das?«

Isabelle blickte nachdenklich vor sich hin.

»Erst wenn du dich fragst, ob du das, was vor dir liegt, auch wirklich bewältigen kannst«, wurde ich deutlicher, »erst dann bist du auf dem Weg dahin, erwachsen zu werden.«

»Zweifel sind ein Zeichen von Reife«, erklärte Ben, der sich gerade zu uns setzte, und machte ihre Verwirrung damit noch größer.

»Aber man darf doch nicht zweifeln! Das sagt der Rabbi immer«, widersprach Isabelle.

»An Gott brauchst du nie zu zweifeln«, bestätigte ich ihr. »Der macht keine Fehler.«

»Und an dem, was du gelernt hast und kannst, solltest du nie zweifeln«, fügte Ben hinzu. »Sonst verunsichert dich das, und aus Unsicherheit macht man unnötige Fehler.«

»Und warum sind Zweifel dann ein Zeichen von Reife?«, wiederholte unsere Kleine.

Mein Mann sah mich an. Wir wussten es auch nicht. Wir wussten gar nichts mehr, zumindest nicht mehr viel.

»Ich sage es ja, Ben, wir müssen umdenken.« Er hatte keine Ahnung, wovon ich sprach, aber das machte nichts. Es war ja ohnehin schon alles im Eimer.

American Airlines Flug 117 landete. Ich sah die Lämpchen auf der Anzeigetafel blinken, und sofort wurde mir übel. Es passierte von einer Sekunde zur anderen.

»Weil du dich unnötig aufregst!«, behauptete mein Mann. Dabei standen ihm selbst die Schweißperlen auf der Stirn.

Die ersten Passagiere traten nach draußen, und ich musste aufstehen, um noch etwas sehen zu können. Man konnte sich den besten Platz gesichert haben, aber wenn es interessant wurde, fand sich immer jemand, der sich einem geradewegs vor die Nase stellte. Die Maschine schien bis zum letzten Platz besetzt gewesen zu sein. Massen fremder Menschen strömten an uns vorbei, und ich fragte mich, wann endlich meine Tochter kam.

»Reg dich nicht so auf, Helen!«, sagte mein Mann und wischte sich den Schweiß von der Stirn. »Die haben sie in dieses Flugzeug gesetzt, und sie kann unterwegs nicht ausgestiegen sein.«

»Warum dauert das dann so lange? Guck, Ben! Es sind doch schon alle durch.«

Tatsächlich war die Halle schon wieder leer. Niemand kam mehr aus dem Ausgang, und ich sank entkräftet auf die Bank zurück.

Inzwischen war es 18.45 Uhr. Ja, als ich zum soundsovielten Mal an diesem Abend auf die große Wanduhr zu meiner Rechten blickte, sprang der Zeiger gerade auf 18.46 Uhr.

Ich erschrak. Das hatte ich schon einmal erlebt. Ich konnte mich im Moment nur nicht erinnern. Etwas Schreckliches war passiert, nur das wusste ich. Vielleicht bildete ich mir das aber auch nur ein. Vielleicht war es genau umgekehrt, und ich hatte dieses scheinbare Déjà-vu, weil es mich davor warnen sollte, dass jetzt etwas Schreckliches passieren würde.

Im nächsten Moment erschrak ich noch heftiger. Catherine trat aus dem Ausgang in die Halle, flankiert von zwei Flughafenangestellten.

»Herr Dr. Drescher?«

Ben musste sich ausweisen, während Isabelle auf ihre Schwester zustürmte und sie umarmte. Ich stand hilflos da. Cathy sah uns nicht an, keinen von uns. Sie starrte regungslos vor sich hin. Als ich meine Arme um sie und Isabelle legte und die Mädchen an mich drückte, machte sie sich regelrecht steif. Und als ich daraufhin anfing zu weinen, drehte sie auch noch den Kopf zur Seite. Ich spürte Bens Arm auf meiner Schulter und seinen Körper, der sich gegen meinen drückte. Er hielt seine ganze Familie fest umschlungen, und eine ganze Weile standen wir so schweigend da.

Dann machten wir uns auf den Heimweg.

Den gesamten Vormittag hatten wir dieses Unternehmen geplant. Für den Fall, dass Catherine von sich aus etwas sagte oder fragte, wollten wir darauf eingehen. Allerdings glaubten wir selbst nicht, dass es so ablaufen würde. Mein kluger Mann ging davon aus, dass sie sich in Schweigen hüllte, und das wollten wir erst einmal akzeptieren. So wurden auf der Heimfahrt keine Fragen gestellt, wir sprachen über Belanglosigkeiten wie den Verkehr, das Wetter und darüber, was es zum Abendessen gab. Ein Teil unserer Familie zu sein war für Catherine zwar augenblicklich nicht erstrebenswert, trotzdem sollte sie spüren, dass sie es war.

Isabelle hielt sich erstaunlich gut an die Absprache. Wenn ich mich zwischendurch zu ihr umdrehte, sah ich zwar, wie schwer es ihr fiel, aber sie schlug sich tapfer. Britneys Mutter hatte sie eingeladen, das Wochenende bei den Meyers zu verbringen.

»Das mache ich aber lieber nächstes Wochenende. Diese Woche will ich, dass wir alle zusammen sind.« Frau Meyers war viel netter, als Isabelle bisher gedacht hatte. »Die kann sogar richtige Limonade machen, Cathy. Selber! Der Mann in dem komischen Anzug hat ihr nur die Zutaten gegeben.«

»Das ist der Butler, Bellie.«

»Nein, Mom, das ist kein Bettler. Der hat so einen Frack an, oder wie das heißt.«

»Richtig«, bestätigte Ben, nur mit Mühe ein Lachen unterdrückend. »Einen Frack hat der an, Schatz. Der Butler. Nicht Bettler.«

Catherine sah ihre kleine Schwester mitleidig an. Dass man sich mit Butlern und Bettlern und Fräcken befasste, war ihr völlig unbegreiflich.

Als wir zu Hause ankamen, stieg unsere Große aus dem Wagen, wartete, bis ihr Vater ihr die Sporttasche gab, die sie nach New York mitgenommen hatte, dann lief sie zum Haus. Dort blieb sie vor der Tür stehen, bis ich aufschloss, und kaum, dass sie im Haus war, wollte sie nach oben in ihr Zimmer.

»Nein, nein, nein!« Ben hielt sie behutsam zurück. »Jetzt setzen wir uns erst mal zusammen!«

Widerwillig gesellte Cathy sich zu uns ins Wohnzimmer. Sie wollte sich zuerst gar nicht setzen. Mit gesenktem Kopf stand sie mitten im Raum, ihre Haltung drückte die reine Feindseligigkeit aus. Ben ließ sich nicht davon beeindrucken. Ganz ruhig, nahezu sanft verlangte er von unserer Tochter, dass sie sich aufs Sofa setzte, und dann forderte er sie auf, sich bei ihrer Schwester zu entschuldigen. »Was Isabelle deinetwegen mitmachen musste, kannst du kaum wiedergutmachen, Catherine.«

Bellie begann zu weinen, als sie das hörte. Die ganze Anspannung dieser grässlichen Heimfahrt fiel ab von ihr, und unsere Kleine schluchzte heftig.

»Ich möchte, dass du dich bei ihr entschuldigst«, wiederholte Ben mit einer Wärme, die vielleicht erschütternder war, als jede Schärfe es hätte sein können. »Und ich finde auch, dass du Isabelle eine Erklärung schuldig bist!«

Damit hatte Catherine nicht gerechnet; das war ihr anzusehen. Sie hatte gedacht, sich nur mit uns auseinandersetzen zu müssen. Auf uns und unsere Inquisition war sie vorbereitet gewesen, aber nicht auf einen Gefühlsausbruch ihrer kleinen Schwester. Isabelle schluchzte immer lauter. Sie klammerte sich schließlich an Catherine und fragte sie immer wieder das Gleiche: »Warum hast du das gemacht?«

Nach einer Weile zeigte endlich auch Cathy ein paar Gefühle. Die Tränen ihrer kleinen Schwester berührten sie also doch. »Es tut mir leid«, sagte sie mit zitternder Stimme zu ihr, »aber ... ich musste das tun, Bellie. Ich musste hier raus.«

»Aber wieso denn?«, insistierte Isabelle mit zittriger Stimme. »Was hab ich denn gemacht?«

»Mit dir hat das nichts zu tun.«

»Das stimmt doch nicht.« Isabelle wusste das besser. Wie es schien, hatte sie in den letzten Tagen eine Liste ihrer Verfehlungen erstellt. Sie hatte Catherines Lindsay Lohan-CD versteckt und ihren Lipgloss heimlich benutzt. Sie hatte Britney von Catherines Handy angerufen und damit Telefoneinheiten verplempert. »Und aus der Schultasche habe ich dir eine Zigarette geklaut.«

Ich hatte schon den Mund geöffnet, um aufzuschreien, was Ben mit einer Handbewegung jedoch gerade noch verhindern konnte.

Catherine bedauerte, dass Isabelle ihretwegen so sehr gelitten hatte. Das sagte sie mehrmals. Und sie beteuerte Bellie mindestens ebenso oft, dass sie nichts mit ihrer Entscheidung wegzugehen zu tun gehabt hatte.

»Du musst versprechen, dass du das nie wieder machst, Cathy! Das musst du mir schwören.«

Catherine nahm ihre kleine Schwester in die Arme, doch sie versprach ihr nichts. Das konnte sie angeblich nicht. »Du bist noch zu klein, um das zu verstehen.«

»Sie ist nicht zu klein, um dich zu lieben«, sagte Ben sofort.

Cathy starrte ihn an.

»Und wir sind noch nicht zu alt, um dich zu lieben«, fügte ich hinzu.

»Spürst du, dass wir dich lieben, Cathy?«, fragte Ben. »Spürst du das?«

Unsere Große brach in Tränen aus. Ja, sie spürte es. »Es nützt mir nur nichts«, erklärte sie.

»Bedeutet es dir nichts?«

»Doch, Dad, es bedeutet mir was. Aber trotzdem fühle ich mich so einsam hier.« Mit Jodie fühlte sie sich nicht einsam, wie sie uns erzählte. In deren Gegenwart war sie ein Teil des Ganzen.

Deshalb hatte sie große Angst, das nie wieder empfinden zu dürfen. »Was machen die jetzt mit ihr?«, fragte sie schluchzend. »Ist sie etwa im Gefängnis, weil ich mit ihr verreist bin?« Laut Aussage unserer Tochter hatte man ihre Freundin in New York wie eine Verbrecherin behandelt. »Die haben ihr Handschellen angelegt.«

Isabelle fand das wahnsinnig aufregend. »Handschellen?«, vergewisserte sie sich. »Wie im Fernsehen?«

»Und alles nur, weil ihr so ein Theater gemacht habt!«

»Mit uns hatte das wenig zu tun«, widersprach Ben ruhig. »Für ihre Festnahme gab es andere Gründe.«

Cathy glaubte ihm kein Wort. »Das hatte alles nur mit mir zu tun«, fuhr sie ihren Vater an. »Ich gebe ja zu, dass ich hätte anrufen können. Aber nur weil ich das nicht getan habe, gleich so einen Aufstand zu machen, dass man unschuldige Leute dafür ins Gefängnis steckt?«

Ben ließ sich auf diese Art von Diskussion nicht ein. »Aufgegriffen hat man sie deinetwegen«, räumte er ein. »Verhaftet hat man sie aus einem anderen Grund!«

»Aus welchem denn?«, keifte Catherine.

Ben blieb ganz ruhig. »Jemand hatte Anzeige gegen Jodie erstattet«, erklärte er seiner Tochter. »Deshalb hat man sie –«

»Wer sollte das denn getan haben?«, fiel sie ihm ins Wort. »Das ist doch völlig aus der Luft gegriffen. Das habt ihr –«

»Ihr wart am Dienstag einkaufen?«

Nun wurde Catherine richtiggehend ärgerlich. »Was hat das denn damit zu tun?«, schrie sie.

»Cathy, mir ist gleichgültig, ob du denkst, dass ich unzusammenhängendes Zeug frage! Sei nur bitte so lieb und antworte mir. Wart ihr am Dienstag einkaufen?«

Sie waren bei Bloomingdale's gewesen. Dort hatten sie sich dickere Jacken gekauft, weil es in New York sehr viel kühler gewesen war, als sie angenommen hatten.

»Und die Jacken gab es wo, Cathy? In der Damenabteilung?«

»Jo hat nichts gestohlen, Dad! Und ich natürlich auch nicht. Wir haben alles –«

»Darum geht es nicht, Cathy. Bitte! Gab es die Jacken in der Damenabteilung?«

Catherine konnte zwar nicht verstehen, warum ihren Vater das interessierte, aber das war ja schon fast Normalzustand. »Also, wenn du es unbedingt wissen musst, Dad, die Jacken gab es unten. In einem speziellen Verkaufsbereich.«

»Und der war für Damen *und* Herren?«

Sie nickte.

»Siehst du, Catherine! Und genau da hat Jodie einen Augenblick genutzt und einem Mann, der da auch nur eine Jacke anprobieren wollte – genau wie du –, dem hat sie ... sie hat ihm etwas angeboten, was er nicht haben wollte.«

Unsere Tochter hatte keine Ahnung, wovon ihr Vater sprach. So sah sie ihn zumindest an. »Aber was sollte sie dem denn angeboten haben?«, hakte sie auch schon nach. »Wir hatten doch nur unsere Handtaschen dabei, alles andere war im Hotel.«

Ben schien erleichtert zu sein, gab sich allerdings Mühe, sich das nicht anmerken zu lassen. »Ist dir nie etwas aufgefallen, wenn Jodie und du herumgezogen seid?«, wollte er wissen. »Wenn sie mit Männern geflirtet hat?«

Cathy gefiel es wohl nicht, dass Ben die Vergangenheit benutzte, wenn er von Jodie sprach. »Männer sind verrückt auf Jo«, antwortete sie prompt in der Gegenwart. »Die kann jeden Mann um den Finger wickeln.«

»Und das beeindruckt dich?«

»Dad! Du bist wahrscheinlich der einzige Mann auf der Welt, der Jodie nicht toll findet. Vielleicht hat sie aber auch recht, und du findest sie eigentlich toll und willst es dir nur nicht anmerken lassen, damit du keinen Ärger mit deiner Frau bekommst.«

Für einen Moment war es totenstill im Raum.

»Meine Frau, Catherine, ist deine Mutter!«, sagte Ben dann. »Und lass dir versichern ... Ich finde Jodie abstoßend. Ich bin auch gerne bereit, dir im Einzelnen zu erläutern, was ich an ihr so abstoßend finde, nur nicht jetzt. Jetzt werden wir nämlich zu Abend essen! Damit hier wieder etwas Normalität einkehrt!«

In den folgenden vierundzwanzig Stunden wurde im Hause Drescher viel geredet, mitunter auch gestritten. Letzteres war gar nicht zu vermeiden. Für meinen Mann war erst einmal wichtig, das Bild, das Catherine von Jodie hatte, zurechtzurücken. Dazu musste er mit ihr über Dinge sprechen, für die sie eigentlich noch zu jung war. Gleichzeitig hoffte er allerdings, Cathy auf diese Weise zu vermitteln, dass wir sie ernst nahmen.

Jodie Lang war krank. Dank Charlotte Henson hatten wir das schriftlich. Nach den psychiatrischen Gutachten, die man in der Vergangenheit in zwei verschiedenen deutschen Kliniken erstellt hatte, litt Jodie Lang an einer narzisstischen Persönlichkeitsstörung, an Sexsucht und an einer Vielzahl von anderen Symptomen und Syndromen. Sie war also wirklich krank, und Krankheit war keine Schande.

Im Allgemeinen *hat* man eine Krankheit. In Jodies Fall verhielt es sich anders. Sie *war* eine Krankheit. Unsere Tochter hatte sich also nicht mit einer Frau angefreundet, sondern mit einer Krankheit.

Niemand machte Catherine deswegen Vorwürfe. »Wir haben es ja selbst nicht gemerkt«, sagte Ben. »Wenn es so einfach wäre, solche Krankheiten zu erkennen, würde nie etwas passieren. Dann gäbe es keine Sexualtriebtäter, keine Kinderschänder, nicht mal Diebe.«

»Jo ist doch kein Kinderschänder«, stieß Catherine entsetzt aus.

»Das nicht«, pflichtete ihr Vater ihr bei. »Nur … flirtet sie gern?«

»Was hat das denn damit zu tun? Nur weil jemand gern flirtet, ist er doch nicht gestört!«

»Sie flirtet also gern! Häufig?«

Cathy stöhnte. Ja, Jodie flirtete gern und oft.

»Und verschwindet sie schon mal mit einem der Männer, mit denen sie flirtet?«

Catherine konnte die Frage nicht verstehen. »Die Männer haben sie doch genauso angemacht«, verteidigte sie ihre Freundin. »Manche schenken ihr sogar was.« In New York war ihnen ein Mann auf der Straße nachgelaufen und hatte Jodie eine CD geschenkt.

»Wart ihr da vorher in einem Musikladen?«, fragte Ben.

»Ja.«

»War sie da auf der Toilette?«

»Kann schon sein. Sie trinkt ja so viel und muss deshalb öfter aufs Klo.«

»Und war der Mann, der ihr später die CD geschenkt hat, zu der Zeit auch auf der Toilette?«

Das konnte Catherine nun wirklich nicht sagen, sie starrte schließlich nicht permanent auf irgendwelche Toilettentüren. Sie verstand auch gar nicht, was die ganze Fragerei sollte.

»Du kannst dir nicht vorstellen, was Jodie tut, wenn sie für ein paar Minuten mit einem Mann verschwindet?«

Unsere Tochter wurde bleich.

»Hat sie jemals mit dir über Sex geredet?«, fragte ich zaghaft an.

Cathy zögerte einen Moment, dann nickte sie.

»Wärst du bereit, uns zu sagen, was sie dir darüber erzählt hat?«

Catherine wusste nicht so recht, wie sie anfangen sollte. Eigentlich hatte Jodie nie über Sex im Allgemeinen gesprochen. »Eher darüber, was sie selbst so empfindet.« Für Jodie war Sex ebenso lebenswichtig wie Wasser und Luft. Sie brauchte ihn, um existieren zu können. Das Kribbeln hatte sie unserer Tochter im Detail beschrieben, dieses Kribbeln, das ihr den Atem nahm und sie am Ende wie eine Welle davontrug.

»Deshalb wollte die surfen«, seufzte Ben. »Erzähl weiter, Kind! Mir scheint, dass du in der Theorie mehr über sexuelle Erregung weißt, als deine Mutter und ich je wissen werden.«

Catherine lachte, als er das sagte. Das war am Samstagnachmittag. Es war ein ehrliches Lachen, das erste überhaupt, seit sie wieder zu Hause war. Und es hatte Folgen. Es öffnete unser Kind. Unsere Tochter begann plötzlich zu reden.

Eine Sache ging Cathy an Jodie auf die Nerven. Das gab sie zwar ungern zu, sprach es dann aber doch aus. »Dass sie immer so angibt! Ich meine, als sie mir das erste Mal erzählt hat, dass die Männer in ihrem Leben sie alle so geliebt und so wahnsinnig begehrt haben, da fand ich das ja noch spannend.« Nur hatte Jodie ihr das immer und immer wieder erzählt. »Vor allem von Marvin spricht sie ständig. Wie der sie vergöttert und was der alles für sie tut.« Letztens hatte eine wildfremde Frau bei Jodie angerufen. Die hatte Marvin tags zuvor in München auf einer Party getroffen, und da hatte er von nichts anderem gesprochen als von Jodie.

»Und um Jodie das zu sagen, hat die fremde Frau aus München in Los Angeles angerufen?«, fragte Ben ungläubig.

Catherine fand das nicht verwunderlich. »Der Marvin ist doch total verrückt nach Jo«, erklärte sie. »Der kommt sofort, wenn er sie sieht. Der braucht ihre Stimme bloß am Telefon zu hören und holt sich gleich einen runter.«

Ich schnappte nach Luft, doch sah Ben mich dermaßen scharf an, dass ich gleich wieder ausatmete. Wenn ich jetzt Kritik an der Wortwahl unserer Tochter übte, tat ich uns offenbar keinen Gefallen.

»Dann ist der also abhängig von ihr«, meinte mein Mann derweil zu unserer Großen. »Darauf braucht sie sich aber eigentlich nichts einzubilden, Cathy. Tut sie aber, oder?«

»Sie ist total stolz darauf«, gab Catherine zurück. »Jo ist immer stolz, wenn einer scharf auf sie ist. Und sie sieht das auch immer gleich. Dann lacht sie sich darüber kaputt, weil sie auf diese Männer nie scharf ist.«

Sie stutzte. »Sie kauft aber ständig Kondome«, murmelte sie dann. »Immer gleich so riesige Packungen.« In diesem Moment schien Cathy irgendein Licht aufzugehen. Eine Weile blickte sie nachdenklich vor sich hin. »Als wir das erste Mal mit dem Rad unterwegs waren, hat Jo mich was Komisches gefragt«, erzählte sie dann. »Da wollte sie wissen, ob ich mir auch manchmal überlege, wie das wohl wäre, wenn ich ... also, wenn ich irgendwo in einem Restaurant oder in der Schule auf etwas warte, ob ich mir da auch manchmal vorstellen würde, mit dem nächstbesten Jungen, der vorbeikommt, einfach Sex zu haben. Einfach so, und mich danach dann wieder hinsetze und weiter warte, als wäre nie was gewesen.«

»Und?« Ich wagte kaum zu fragen.

»Na ja«, sagte Catherine, »an so was hatte ich noch nie gedacht.«

»Und als Jodie dich auf die Idee gebracht hat, mal darüber nachzudenken?«, bohrte Ben.

Unsere Tochter verzog das Gesicht und schüttelte den Kopf. »Ich weiß nicht«, meinte sie. »Das war eine so komische Frage. Was soll das, mit jemandem Sex zu haben, den man gar nicht kennt?«

Als Ben ihr eröffnete, dass Jodie Lang genau so lebte, war Cathy erst einmal fassungslos. »Die hatte Sex mit Robert?«, fragte sie sich selbst. »Ich dachte, der hätte sie nur ...« Sie sprach nicht weiter, und wahrscheinlich sah sie vor ihrem geistigen Auge jetzt all die vielen anderen Männer, mit denen Jodie mal irgendwo kurz verschwunden war. »Aber sie war doch verliebt!«, rief sie kurz darauf erschüttert. »In den Robert war sie doch so verliebt ... und in den Bill erst! Auf den war sie ... deshalb wollte sie doch nach New York. Um ihn zu überraschen.« Gleich nach der Landung waren sie zu Bills Adresse gefahren.

»Und?«, fragte Ben. »Hat der Mann sich gefreut, Jodie zu sehen?«

Die Frage konnte Catherine nicht beantworten. Bill war nämlich gar nicht zu Hause gewesen, nur seine Frau und seine Kinder. Jodie und sie hatten sich daraufhin in einem kleinen Hotel in der Nähe ein Zimmer genommen. Später hatte Jodie Bill irgendwie aufgespürt und ihm eine Szene gemacht. »Das war ziemlich schlimm«, gab Cathy zu, hatte aber noch immer Verständnis für Jodies Wut. »Der hatte Jo schließlich nicht gesagt, dass er verheiratet ist.« Glücklicherweise war Jodie aber schnell darüber hinweggekommen. »Wir sind ins Village in so einen ganz schönen Pub gegangen.« Da hatte Jodie gleich den nächsten Mann kennengelernt. Eigentlich waren es sogar zwei Männer gewesen, beide aus Australien. »Aber Jodie fand nur einen von denen gut. Den Ronald.«

»Ronald«, wiederholte mein Mann. »Und während du mit dem anderen am Tisch gesessen hast, ist sie auch mal wieder lange auf der Toilette gewesen? Und dieser Ronald auch?«

Catherine überlegte einen Moment, dann schlug sie die Hände vors Gesicht und nickte.

»Hat jemals irgendeiner dieser Männer versucht, dich anzufassen?«, fragte ich.

Meine Tochter sah mich an, als gehe ich jetzt entschieden zu weit. »Das fragst du noch, Mom? Hat es nicht gereicht ... wisst ihr eigentlich, was ihr mir angetan habt?« Unsere Tochter hatte bisher nicht die Absicht gehabt, uns jemals zu verzeihen. Grundsätzlich waren die Beamten in New York sehr nett zu ihr gewesen. Sie hatten sie aber gleich von Jodie getrennt. »Und dann musste ich vor den Augen einer dicken Mexikanerin in einen Pappbecher pinkeln!«, jammerte Cathy. »Herzlichen Dank dafür!« Danach hatte man ihr etwas zu essen und etwas zu trinken gebracht. Etwas später war eine Sozialarbeiterin gekommen. »Die hat mir tausend Fragen gestellt. Ob ihr mich verprügelt. Ob Dad dich verprügelt. Ob Dad mich je irgendwo angefasst hat.«

Und dann war etwas ganz Schreckliches passiert. Man hatte Catherine einer gynäkologischen Untersuchung unterzogen, zum ersten Mal in ihrem Leben. »Die haben mich gar nicht gefragt. Eine Ärztin hat in meine Scheide geguckt«, beklagte sie sich bei mir. »Die war zwar nett, aber geguckt hat sie trotzdem. Wie konntet ihr mir das nur antun?«

So gern unsere Tochter es sich auch einreden wollte: Wir hatten mit diesen Dingen überhaupt nichts zu tun. »Du warst in diesem Moment nicht unser Kind«, erklärte Ben. »Für die Behörden warst du lediglich eine vierzehnjährige Ausreißerin, Catherine. Und mit denen verfährt man so. Machst du dir überhaupt ein Bild von dem, was du dir und uns mit deinem Verhalten eingehandelt hast?«

Am Montag hatten wir einen Termin beim Jugendamt. Die Polizei in Los Angeles hatte auch noch jede Menge Fragen.

»Wir haben dich immer an einer ganz langen Leine gehalten«, erklärte ich meiner Tochter. »Und die hat dir viele Freiheiten ermöglicht. Du hättest vielleicht probieren sollen, wie weit du mit der Leine kommen kannst. Stattdessen hast du sie abgeschnitten.«

Das hatte Folgen, nicht nur für sie, auch für uns, für die ganze Familie. »Das Schlimmste an der Sache ist der Vertrauensbruch«, sagte Ben. »Wir haben dir vertraut, und du hast unser Vertrauen missbraucht. Jetzt können wir dir erst mal nicht mehr vertrauen. Alles andere wäre töricht, das siehst du doch wohl ein, oder?«

Fortan verließ unsere Tochter das Haus nur noch mit einem von uns gemeinsam.

»Dienstags und donnerstags arbeitest du nachmittags mit Todd Heeler. Montags und freitags gehst du zu Dr. Abrahams.« Um die Therapie zu finanzieren, schob ich ein paar Wochenendschichten; anders ging es nicht.

»Du wirst an den Wochenenden aber auch nicht mehr faulenzen«, eröffnete Ben unserer Tochter. Er bot ihr drei Dinge zur Auswahl an. Sie konnte auf der Altenstation des Reha-Zentrums in Reseda aushelfen, auf der Krebsstation der Kinderklinik in Hollywood oder aber in dem Heim für behinderte Kinder, das nur ein paar Blocks von uns entfernt war.

»Samstags und sonntags von zehn bis sieben!«, sagte mein Mann.

Cathy war einem Zusammenbruch nahe. »Alte Leute oder behinderte Kinder?«, fragte sie wimmernd.

»Sei vorsichtig!«, erwiderte Ben. »Im Moment hast du den Mittwochnachmittag noch zur freien Verfügung.«

»Ihr könnt mich aber doch nicht für den Rest meines Lebens an die Kette legen!«

»Für den Rest deines Lebens nicht«, erklärte ich ruhig. »Für den Rest deiner Kindheit schon, wenn es sein muss. Wenn wir dir nicht beibringen können, allein auf deinen zwei Beinen zu stehen, ohne andere damit zu verletzen, haben wir als Eltern versagt.«

Catherines Blick glitt in den Korridor, und ich konnte gar nicht anders: Ich seufzte. Ben hatte also recht gehabt. Es war wirklich nötig gewesen, den Code unserer Alarmanlage zu ändern.

Wir blickten keinen rosigen Zeiten entgegen. Aber jetzt mussten wir erst mal ins Bett.

»Jetzt schon?«, fragte Cathy verwundert. Es war doch erst zehn und außerdem Samstag.

»Morgen ist die *Celebration of Life*. Also müssen wir alle früh aus den Federn.«

Unter den gegebenen Umständen war ich nicht bereit, die Kinder allein zu Hause zu lassen. Und ohne Ben wollte ich auch nicht gehen.

»Muss ich da etwa mit hin? Den ganzen Tag? Auf diese schreckliche Feier?«

»Das ist keine schreckliche Feier, Cathy. Da treffen sich Menschen, die viel schwerere Zeiten hinter sich haben als wir.«

41. Kapitel

Die *Celebration of Life,* die Gedenkfeier zu Ehren der Organspender des vorangegangenen Kalenderjahres, fand im Frühjahr statt. Allerdings waren jedes Mal viele der Anwesenden Angehörige von Organspendern des laufenden Kalenderjahres, da sie den schrecklichen Verlust gerade erst erlitten hatten und die Gemeinschaft deshalb am nötigsten brauchten.

Hauptziel der Festivität war, die Hinterbliebenen der Organspender während der Veranstaltung mit den Organempfängern und ihren Familien zusammenzuführen, sofern alle Beteiligten damit einverstanden waren. An diesem Tag flossen viele Tränen, wie jede *Celebration of Life* der Vergangenheit gezeigt hatte.

Das Fest wurde auf einem freien Feld gefeiert. Dort hatte man in den vorausgehenden Tagen verschiedene Zelte aufgebaut, mobile sanitäre Anlagen aufgestellt und eine Tribüne mit einem Altar errichtet. Um zehn Uhr begann das Programm mit einem konfessionslosen Gottesdienst. Anschließend wurden die Namen der einzelnen Organspender sowie die der anwesenden Organempfänger verlesen. In verschiedenen Zelten, die alphabetisch unterteilt waren, konnten diese Menschen einander dann kennenlernen.

Für das leibliche Wohl wurde an jeder Ecke gesorgt. Es gab sogar ein richtiges Festzelt, in dem warme Mahlzeiten und alkoholfreies Bier serviert wurden. Auf der Haupttribüne war den ganzen Tag etwas los. Es wurden Reden gehalten, Vorträge, Ansprachen, zwischendurch gab es sogar kleinere künstlerische Darbietungen.

Für die Crew des RMC war die *Celebration of Life* zugleich Ersatz für eine Betriebsfeier. Wir hatten vorgearbeitet und Schichten getauscht, damit jeder von uns an diesem Sonntag für ein paar Stunden Gelegenheit bekam, an den Feierlichkeiten teilzunehmen. Wir hielten uns in einem bestimmten Bereich des Festgeländes auf. Auf diese Weise wussten die Leute, die den einen oder anderen von uns gern wiedersehen wollten, wo sie uns finden konnten. Wie schon in den Vorjahren lag dieser Angestelltenbereich direkt neben dem Parkplatz. Wir sahen es sofort, als wir an dem Sonntagmorgen auf das Gelände fuhren.

»Ich dachte, wir wären früh«, sagte Ben.

Es war erst kurz nach neun, aber Victor war bereits da, trank Kaffee, aß ein Sandwich und unterhielt sich dabei angeregt mit einem jungen Paar. Ich war so froh, ihn zu sehen, bisher hatte ich nur mit ihm telefoniert. Jetzt hatte ich endlich Gelegenheit, mich persönlich bei ihm zu bedanken.

Ben schaltete den Motor ab, und ich löste den Sicherheitsgurt und wollte aussteigen, wurde aber von meinem Mann zurückgehalten.

»Wartet einen Moment!« Bens Stimme hatte einen eigenartigen Klang. Er atmete tief durch. »Ich möchte mich bei eurer Mutter entschuldigen«, sagte er und griff nach meiner Hand. »Ich muss mich bei dir entschuldigen, Helen.«

Ganz ernst sah er mich an. »Ich habe dir so oft vorgeworfen, dass du dich ständig um andere Leute kümmerst«, sagte er ruhig. »Ich habe mich über dein Helfer-Syndrom lustig gemacht! Eine Krankheit habe ich es genannt!« Er atmete ein zweites Mal tief durch. »Und nun schau uns an!«, meinte er dann. Amy, Charlotte, Victor – ich hatte ihnen Zeit und Aufmerksamkeit geschenkt, und mein Mann hatte das für verschwendete Kraft und Zeit gehalten. »Weißt du, dass Jennifers Mutter über zweitausend Fotos von dir verteilt hat?«, fragte Ben nach hinten. »Dass Charlotte Henson für dich ihre Anwaltslizenz riskiert hat, Cathy? Victor hat die ganze Schwulenszene von New York City in Bewegung gesetzt, um dich wiederzufinden.« Ben wollte, dass die Kinder das nicht nur hörten, sondern verstanden. »Mit dem

Herzen sollt ihr das verstehen! Großzügige Menschen wie eure Mutter werden auch großzügig behandelt. Und ich will, dass ihr euch auch zu großzügigen Menschen entwickelt.«

Catherine lachte, ganz leise, aber immerhin.

»Was?«, fragte Ben. »Was ist daran nun schon wieder witzig?«

»Ist schlecht ohne Geld«, parierte sie. »Meinst du nicht?«

Mein Mann seufzte, war aber wohl nicht bereit, einfach aufzugeben. »Nein, Catherine, dafür brauchst du ausnahmsweise kein Geld«, sagte er mit bewunderungswürdiger Innigkeit. »Sei großzügig mit deiner Zeit, mit deiner Kraft, mit deiner Liebe. Am besten mit deinem ganzen Leben.« Er sah mir fest in die Augen. Dann küsste er meine Hand.

Außer uns beiden wusste niemand, was das bedeutete. Nur dreimal hatte mein Mann meine Hand geküsst: nach Isabelles Geburt, nach Catherines Geburt, nach unserer Hochzeit. Als der Rabbi ihm nach der Trauung nach alter Tradition erlaubte, die Braut zu küssen, da hatte er zum ersten Mal meine Hand genommen und sie geküsst. Übrigens sehr zum Schrecken der Hochzeitsgemeinde, die das für ein Zeichen von mangelnder Leidenschaft gehalten hatte. Ich wusste es gottlob besser. Ben erwies mir mit diesem Kuss Respekt, er war das Zeichen einer Dankbarkeit, für die es seines Erachtens keine Worte gab.

Mir traten die Tränen in die Augen.

»So!«, rief er da auch schon. »Und jetzt raus hier!«

Victor kam mir entgegen und umarmte mich herzlich. Er hatte schon angenommen, dass wir gar nicht aussteigen wollten.

»Alles in Ordnung?«, fragte er.

»So einigermaßen«, seufzte ich. »Ist sehr viel schwieriger, als ich dachte.«

Stolz stellte er mir seinen Freund Jack vor. »Den eigentlichen Helden.«

»Nein, das ist Michael«, erklärte Jack lachend.

Jack war ein wunderschöner junger Mann, wie gemalt, groß,

schlank, blond, durchtrainiert, mit sonnengebräunter Haut und strahlend weißen Zähnen.

»Was machen Sie, wenn Sie gerade nicht im Heldeneinsatz sind?«, fragte ich. Dabei hätte ich das eigentlich gar nicht fragen müssen. Der Junge war natürlich Friseur!

»Und das ist meine Freundin Rosemary«, sagte Victor im nächsten Moment zu mir.

Ich war überrascht. »Das freut mich«, sagte ich entsprechend verwirrt. »Das ... das kann ich ja gar nicht in Worte kleiden, wie sehr mich das freut.«

Das junge Mädchen war ein wenig verunsichert.

»Helen weiß, was geschehen ist«, versuchte Victor, es ihr etwas leichter zu machen.

»Alles?«, fragte sie entsetzt.

Victor und Jack nickten in trauter Eintracht.

»Erst einmal meinen herzlichen Glückwunsch!«, sagte ich und reichte Rosemary die Hand. »Zu Ihrem Baby und vor allem dazu, dass Sie offenbar einen Weg gefunden haben ... ich meine, das Kind wird zwei Väter haben. Das allein ist eigentlich schon ein Grund zum Feiern!«

»Sie meint damit, dass ein Vater oft nicht reicht«, mischte Ben sich nun auch in das Gespräch. Er begrüßte Victor und drückte Jack einen Block und einen Kugelschreiber in die Hand. »Ich brauche die genaue Anschrift von Ihrem Freund Michael«, sagte mein Mann. »Alles andere habe ich von der Polizei. Und schreiben Sie mir am besten gleich auch noch dazu, was er gern mag, was er gern isst oder trinkt.«

»Also, ganz besonders gern hat er Jaguar«, erwiderte Jack. »Nicht den Pelz, sondern das Auto.« Lachend gab er Ben den Block und den Kugelschreiber zurück. »Vergessen Sie das! Wenn Michael das nächste Mal nach LA kommt, können Sie uns alle mal zum Essen einladen.«

So ging das nicht. Auf so etwas Banales ließ mein Mann sich nicht ein. »Diese jungen Leute haben sich schließlich Nächte um die Ohren geschlagen, das kann man nicht mit einem simplen Essen wiedergutmachen.« Er bedeutete mir, er würde das regeln. Ich konnte mir mit den Kindern also ruhig schon mal einen Sitzplatz suchen, damit wir während des Gottesdienstes nicht stehen mussten.

Vor der Tribüne hatte man an die fünfhundert Stühle aufgestellt. In der ersten Reihe, direkt unter dem Altar, saßen Charlotte Henson und ihre Mutter. Das wunderte mich gar nicht. Menschen wie Trudy Brock standen notfalls um vier Uhr morgens auf, um den besten Platz zu bekommen. Charlotte fühlte sich offenbar nicht wohl in der ersten Reihe. Sie drehte sich unentwegt nach hinten um. So sah sie mich, als ich mit den Mädchen durch den Mittelgang lief. Ich winkte ihr zu. Charlotte stand auf und kam uns entgegen. Großartig machte sie das! Wenn sie mal keine Lust mehr darauf hatte, als Scheidungsanwältin zu arbeiten, konnte sie sicher als *Schwangere vom Dienst* irgendwo eine Anstellung finden. Sie stellte sogar die Füße auswärts wie eine watschelnde Ente. Es war hundertprozentig glaubwürdig.

»Das ist die mit dem Gummibauch«, murmelte Cathy, die Charlotte einmal bei Jodie kurz begegnet war.

»Ist das die mit dem Gummibauch?«, fragte Bellie, die den Aussagen ihrer Schwester wohl nicht mehr blind Glauben schenkte.

»Nein!«, sagte ich laut und deutlich. »Das mit dem Gummibauch hat die Jodie nur erfunden.«

Catherine war entsetzt. »Im Ernst?«, fragte sie.

»Im Ernst!«, gab ich zurück. Endlich hatte ich mal etwas davon, dass Jodie Lang so selten die Wahrheit sagte.

Isabelle lief zu Trudy Brock. Ich konnte die Gedanken meiner Kleinen lesen – vielleicht hatte die alte Dame ja Popcorn mit Karamelgeschmack dabei, man wusste ja nie. Catherine folgte ihrer Schwester, und so hatte ich Gelegenheit, in Ruhe ein paar Worte mit Charlotte zu wechseln. Die war seit zwei Tagen stolze Mutter einer Tochter. Das Kind war gesund und wartete auf sie.

»Und da kann nichts mehr schiefgehen?«

Sie schüttelte den Kopf. »Alles legal. Ich habe die Papiere schon.«

Wenn das noch kein Grund war, auf den Tisch zu springen, hatte ich noch mehr gute Neuigkeiten. »Amy hat das mit dem LBT geregelt, Charlotte. Wenn Sie wollen, können Sie den ganzen Mai verplanen.«

Ihr kamen die Tränen. »Gott, dann könnte ich ja … ich kann Ihnen gar nicht sagen, wie dankbar ich –«

»Haben Sie schon einen Namen für die Kleine?«, fiel ich ihr ins Wort.

Sie nickte andächtig. »Catherine«, sagte sie dann.

Mir wurde ganz warm ums Herz. Ich konnte mir nur nicht erklären, warum Charlotte unter den gegebenen Umständen …

»Will wollte immer, dass wir eine Tochter Catherine nennen.«

»Ach so!«

Ich fragte, ob sie von Jodie gehört hätte, und sie nickte.

»Gestern, Helen. Marvin ist nach New York gekommen und nimmt sie jetzt erst mal für eine Zeit mit nach München. Die Scheidung liegt auf Eis; sie wollen es wohl noch mal mit einer Therapie versuchen.«

Ich atmete schwer. Wir redeten uns so gern ein, dass wir uns nicht mehr um andere kümmern konnten, weil wir angeblich mit unserem eigenen Leben so viel zu tun hatten. Dabei hatten wir in Wahrheit gar kein *eigenes* Leben. »Unser Leben ist so mit dem Leben anderer Menschen verwoben, Charlotte, dass man manchmal gar nicht mehr erkennen kann, wo die Grenzen sind. Ob es da überhaupt Grenzen gibt.«

Wenn Will nicht gestorben wäre, hätte Charlotte jetzt kein Kind gehabt. Wenn Will nicht gestorben wäre, hätte ich Jodie nicht kennengelernt, und Catherine wäre nicht ausgerissen. »Wissen Sie eigentlich, wie unheimlich das war, Charlotte?«

»Was?«

»Ihr Mann ist damals um 18.46 Uhr für hirntot erklärt worden, und meine Tochter ist vorgestern um 18.46 Uhr zurück nach Hause gekommen, und dann all die Daten! Ihr Geburtstag und mein Hochzeitstag und die Geburtstage der Männer und all das andere.«

Ich sah Charlotte geradewegs ins Gesicht, als ich das sagte, und deshalb fiel mir auf, dass sie plötzlich zu lächeln begann. Es war jedoch ein ganz eigenartiges Lächeln, das sie mir in diesem Moment schenkte. »Das Ganze muss schrecklich für Sie gewesen sein«, meinte sie mit dazu passendem Ton. »Sie bräuchten jetzt erst mal ganz viel Ruhe, Helen.«

Erst Stunden später dämmerte mir, was sie gemeint hatte. Ach, sollten die Leute mich ruhig für vorübergehend unzurechnungsfähig halten. Das störte mich nicht. Solange ich selbst es besser wusste, störte mich das überhaupt nicht.

Wir verbrachten einen angenehmen Tag, Ben, die Kinder und ich. Ich sah Menschen wieder, die ich fast schon vergessen hatte. Ich sah aber auch Menschen wieder, von denen ich wusste, dass ich sie niemals vergessen würde.

Alicia Collum wurde von ihrem Schwager und ihrer Schwägerin begleitet. Als ich mich erkundigte, wie sie sich durchschlage, seufzte sie. »Ganz gut, Frau Drescher. Ich habe mir Tabletten besorgt und ein Datum ausgesucht. Und wenn ich mich an dem fraglichen Tag immer noch so fühle wie heute, ist Schluss.« Seit sie diese Entscheidung getroffen hatte, ging es ihr besser. »Vielleicht ist das der ganze Trick im Leben. Vielleicht muss man sich das Biest in verdauliche Stückchen schneiden.«

Dawn Michaels Mutter war auch da. Ihr Mann war verhindert. »Das ist er in letzter Zeit häufig, Helen. Ich glaube, die Verhinderung ist blond.« Heather hatte nicht die Absicht, um ihre Ehe zu kämpfen. Sie hatte überhaupt keine Lust mehr zu kämpfen. Seit Dawn tot war, kam ihr das Leben nur noch sinnlos vor. Dass sie noch eine Tochter hatte, tröstete sie nicht darüber hinweg, eine andere Tochter verloren zu haben.

»Darf ich Ihnen jemanden vorstellen?«, fragte ich vorsichtig.

»Wenn es jemand ist, der nachvollziehen kann, was ich durchmache!«

Da durfte sie beruhigt sein. Niemand konnte ihre Lage besser nachvollziehen als Alicia Collum.

Über tausend Menschen tummelten sich am 19. März 2006 auf dem Fest der OPOSC.

»Was haben die alle mit den Organspendern zu tun?«, fragte Charlotte, die ich zwischendurch immer wieder traf.

»Auf einen Organspender können bis zu fünfzig, sechzig Nutznießer fallen«, erklärte ich ihr.

»So viele?«

»Hören Sie sich die Geschichten mal an!«

Sie verzog das Gesicht. Dem war sie bisher ja gerade so gezielt aus dem Weg gegangen. »Zwei Leute sind wohl hier, die von Will etwas bekommen haben«, sagte sie. »Meine Mutter wollte sie kennenlernen.«

Trudy saß immer noch mit diesen Menschen zusammen, Charlotte wollte sich ihnen nicht anschließen. »Ich weiß, ich weiß, man muss auch gönnen können! Ich kann das nur nicht. Jedenfalls nicht gut.«

»Sie brauchen sich ja auch nicht gleich mit Ihrer eigenen Geschichte zu befassen.« Ich wollte ihr die Angelegenheit ein bisschen schmackhaft machen. »Fangen Sie doch erst mal mit den Geschichten anderer Leute an!«

Im Augenblick stand gerade ein dreizehnjähriger Junge auf der Tribüne. Er war mit einem schweren Herzleiden zur Welt gekommen und verdankte den Umstand, dass er heute dort stand, einem kleinen Jungen namens Jorge Moralez. Dem gleichen Jorge Moralez verdankte ein anderes Kind sein Augenlicht und zwei weitere ein Leben ohne Dialyse. Sie hatten gemeinsam ein Gedicht für Jorge Moralez geschrieben, und das trugen sie jetzt vor. Jorges Mutter betete derweil einen Rosenkranz.

»Die Frommen haben es leichter«, flüsterte ich Charlotte ins Ohr. »Die fragen sich seltener, ob sie selbst zufrieden sind, und häufiger mal, ob Gott mit ihnen zufrieden ist.«

Charlotte tätschelte meine Hand. »Irgendwann komme ich vielleicht auch dahin«, meinte sie. »Jetzt muss ich mich erst mal intensiv mit dem Muttersein befassen.«

»Charlotte?« Aus dem Hintergrund drang eine quäkende Stimme an unsere Ohren. »Wo bist du, Charlotte? Charlotte??«

Charlotte Henson grinste. »Falsch!«, verbesserte sie sich dann. »Erst muss ich mich mit meiner eigenen Mutter befassen!«

Ich lachte und sah ihr nach.

Ben winkte mir zu. Er stand mit den Kindern in unserem Angestelltenbereich, in Gesellschaft von Dr. Kidder und Amy.

Ich lief zu ihnen, und Amy kam mir entgegen. »Siehst du, Helen! Alles gut ausgegangen! Ich bin so froh.«

»Was meinst du, wie froh ich erst mal bin.«

Dr. Kidder streckte beide Arme aus. Er umarmte mich und fasste dabei erschütternd fest zu. »Hast ja bei dem Stress höchstens zehn Pfund abgenommen«, meinte er. »Das hatte ich mir ja viel, viel schlimmer vorgestellt.«

Ich sah Jennifer, Ricky und Lineah.

»Du hast mit den Kindern gesprochen?«, fragte ich Amy.

»Wir haben mit ihnen gesprochen!«, antwortete sie.

Kidder grinste. »Ja, Helen. Amy und ich sind jetzt *wir.*«

»Ach ja?«

Kim hatte um ihre Versetzung gebeten. Sie arbeitete ab dem 1. April in einem anderen Krankenhaus.

»Ach so!«, rief ich erfreut.

Amy strahlte mich an, als müsse ich es zugeben: Ganz großartig hatte sie das hingekriegt. Im Herbst wollten sie ihren Bund besiegeln.

»Ihr wollt wirklich heiraten?«, rief ich entzückt. Ich liebte

Hochzeiten. Allein die Aussicht, dafür ein neues Kleid zu brauchen, beseelte mich schon.

»Psssst!«, meinte Kidder und legte den Zeigefinger seiner rechten Hand auf meinen Mund. »Ich will nicht das halbe Krankenhaus einladen müssen.« Er sah sich um, als könne man nie wissen. In aller Stille wollten sie es durchziehen, voraussichtlich im September. »Das verkünden wir aber erst hinterher«, sagte Kidder. »Und dann, Helen ...« Er machte eine lange Pause und sah mich an, als sei jetzt meine gesamte Aufmerksamkeit gefordert.

»Dann was?«, fragte ich.

Er grinste. »Dann wage nur ja nicht, immer noch Dr. Kidder zu mir zu sagen.«